Rainer Maria Rilke

Das große Lesebuch

Herausgegeben von
Michael Lentz

Fischer Taschenbuch Verlag

MIX
Papier aus verantwortungsvollen Quellen
FSC® C083411

Originalausgabe

Veröffentlicht im Fischer Taschenbuch Verlag,
einem Unternehmen der S. Fischer Verlag GmbH,
Frankfurt am Main, Mai 2011

Für diese Ausgabe:

Satz: Dörlemann Satz, Lemförde
Druck und Bindung: CPI – Clausen & Bosse, Leck
Printed in Germany
ISBN 978-3-596-90334-4

Unsere Adressen im Internet:
www.fischerverlage.de
www.fischer-klassik.de

Inhalt

I. Gedichte

1. Aus den zu Lebzeiten publizierten Gedichtzyklen

Der junge Bildner

Ich muß nach Rom; in unser Städtchen
kehr ich aufs Jahr mit Ruhm zurück;
nicht weinen; sieh, geliebtes Mädchen,
ich mach in Rom mein Meisterstück.

Er sprachs; dann zog er fort im Rausche
durch jene Welt, die er erhofft;
doch war ihm, seine Seele lausche
auf einen innern Vorwurf oft.

Die Unrast trieb ihn heim, die arge:
Er bildete mit nassem Blick
sein armes, fahles Lieb im Sarge,
und das – das war sein Meisterstück.

Heilige

Große Heilige und kleine
feiert jegliche Gemeine;
hölzern und von Steine feine,
große Heilige und kleine.

Heilge Annen und Kathrinen,
die im Traum erschienen ihnen,
baun sie sich und dienen ihnen,
heilgen Annen und Kathrinen.

Wenzel laß ich auch noch gelten,
weil sie selten ihn bestellten;
denn zu viele gelten selten –
nun, Sankt Wenzel laß ich gelten.

Aber diese Nepomucken!
Von des Torgangs Lucken gucken
und auf allen Brucken spucken
lauter, lauter Nepomucken!

In dubiis

I

Es dringt kein Laut bis her zu mir
von der Nationen wildem Streite,
ich stehe ja auf keiner Seite;
denn Recht ist weder dort noch hier.

Und weil ich nie Horaz vergaß,
bleib gut ich aller Welt und halte
mich unverbrüchlich an die alte
aurea mediocritas.

II

Der erscheint mir als der Größte,
der zu keiner Fahne schwört,
und, weil er vom Teil sich löste,
nun der ganzen Welt gehört.

Ist sein Heim die Welt; es mißt ihm
doch nicht klein der Heimat Hort;
denn das Vaterland, es ist ihm
dann sein Haus im Heimatsort.

Der kleine ›Dráteník‹

Kommt so ein Bursche, ein junger,
Mausfallen, Siebe am Rücken,
folgt mir durch Gassen und Brücken:
»Herr, ich hab ›türkischen Hunger‹.

Nur einen Krajcar, nur *einen*
für ein Stück Brot, milost' pánků!«
Da! – Und er stammelt mir Dank zu,
doch läßt nicht Ruh er den Beinen.

Lebt nicht von bloßem Gelunger. –
Riecht an den Türen den Braten
und muß die Pfannen doch drahten –
leer: – das macht ›türkischen Hunger‹.

In der Vorstadt

Die Alte oben mit dem heisern Husten,
ja, die ist tot. – Wer war sie? – Du mein Gott,
sie gab uns nichts, – ihr gab man Hohn und Spott …
Kaum, daß die Leute ihren Namen wußten.

Und unten stand der schwarze Kastenwagen.
Die letzte Klasse; als der Totenschrein
sich spreizte, stieß man fluchend ihn hinein,
und dann ward rauh die Türe zugeschlagen.

Der Kutscher hieb in seine magern Mähren
und fuhr im Trab so leicht zum Friedhof hin,
als wenn da nicht ein ganzes Leben drin
voll Weh und Glück – und tote Träume wären.

Nennt ihr das Seele, was so zage zirpt
in euch? Was, wie der Klang der Narrenschellen,
um Beifall bettelt und um Würde wirbt,
und endlich arm ein armes Sterben stirbt
im Weihrauchabend gotischer Kapellen, –
nennt ihr das Seele?

Schau ich die blaue Nacht, vom Mai verschneit,
in der die Welten weite Wege reisen,
mir ist: ich trage ein Stück Ewigkeit
in meiner Brust. Das rüttelt und das schreit
und will hinauf und will mit ihnen kreisen …
Und das ist Seele.

Der König Abend weiß sich schwach
und satt, und ihm geschieht:
Er schenkt sein Gold dem jungen Bach,
der einem Hirtensingen nach
in Menschenlande zieht.

Jetzt ist der Bach ein Königskind.
Er jubelt laut Alarm
und gibt den wunden Krumen blind
sein Gold. – Und wo die Hütten sind,
dort ist er wieder arm.

Ich ging durch ein Land, durch ein trauriges Land.
Wie auf leerer Wiege ein Wiegenband
lag der blasse Fluß auf dem flachen Sand,
darüber aus nassem Nebelgewand
reckte die Weide die Totenhand.

Mir war so traurig. Ich starrte und stand.
Ich sah dich kauern am Wegesrand.
Einst hab ich dich und das Glück gekannt.
Du weintest wühlend und unverwandt,
und ich fragte dich: Ist das dein Heimatland?

Du nicktest, du nicktest wie traumgebannt …
Da hab ich dich wieder wie einst genannt;
doch dein Bild zerrann mir, dein Bild entschwand.
Die Pappeln kohlten im Abendbrand,
und der Tod ging rot durch dein Heimatland.

Wo sind die Lilien aus dem hohen Glas,
die deine Hand zu pflegen nie vergaß?
   Schon tot?
Wo ist die Freude deiner Wangen hin,
die wie ein ganzer Lenz zu prangen schien –
   Verloht?
Und wo ist unser Glück, so groß und rein,
das hell dein Haar wie ein Madonnenschein
   umspann?
Auch das ist tot. Heut weinen wir ihm nach,
und morgen kommt der Frost uns ins Gemach –
   Und dann?

Arme Heilige aus Holz
kam meine Mutter beschenken;
und sie staunten stumm und stolz
hinter den harten Bänken.

Haben ihrem heißen Mühn
sicher den Dank vergessen,
kannten nur das Kerzenglühn
ihrer kalten Messen.

Aber meine Mutter kam
ihnen Blumen geben.
Meine Mutter die Blumen nahm
alle aus meinem Leben.

[Aus: Engellieder]

Ich ließ meinen Engel lange nicht los,
und er verarmte mir in den Armen
und wurde klein, und ich wurde groß:
und auf einmal war ich das Erbarmen,
und er eine zitternde Bitte bloß.

Da hab ich ihm seine Himmel gegeben, –
und er ließ mir das Nahe, daraus er entschwand;
er lernte das Schweben, ich lernte das Leben,
und wir haben langsam einander erkannt …

Das sind die Gärten, an die ich glaube:
Wenn das Blühn in den Beeten bleicht,
und im Kies unterm löschenden Laube
Schweigen hinrinnt, durch Linden geseigt.

Auf dem Teich aus den glänzenden Ringen
schwimmt ein Schwan dann von Rand zu Rand.
Und er wird auf den schimmernden Schwingen
als erster Milde des Mondes bringen
an den nicht mehr deutlichen Strand.

Erste Rosen erwachen,
und ihr Duften ist zag
wie ein leisleises Lachen;
flüchtig mit schwalbenflachen
Flügeln streift es den Tag;

und wohin du langst,
da ist alles noch Angst.

Jeder Schimmer ist scheu,
und kein Klang ist noch zahm,
und die Nacht ist zu neu,
und die Schönheit ist Scham.

Ich fürchte mich so vor der Menschen Wort.
Sie sprechen alles so deutlich aus:
Und dieses heißt Hund und jenes heißt Haus,
und hier ist Beginn und das Ende ist dort.

Mich bangt auch ihr Sinn, ihr Spiel mit dem Spott,
sie wissen alles, was wird und war;
kein Berg ist ihnen mehr wunderbar;
ihr Garten und Gut grenzt grade an Gott.

Ich will immer warnen und wehren: Bleibt fern.
Die Dinge singen hör ich so gern.
Ihr rührt sie an: sie sind starr und stumm.
Ihr bringt mir alle die Dinge um.

Wenn die Uhren so nah
wie im eigenen Herzen schlagen,
und die Dinge mit zagen
Stimmen sich fragen:
Bist du da? –:

Dann bin ich nicht der, der am Morgen erwacht,
einen Namen schenkt mir die Nacht,
den keiner, den ich am Tage sprach,
ohne tiefes Fürchten erführe –

Jede Türe
in mir gibt nach …

Und da weiß ich, daß nichts vergeht,
keine Geste und kein Gebet
(dazu sind die Dinge zu schwer) –
meine ganze Kindheit steht
immer um mich her.
Niemals bin ich allein.

Viele, die vor mir lebten
und fort von mir strebten,
webten,
webten
an meinem Sein.

Und setz ich mich zu dir her
und sage dir leise: Ich litt –
hörst du?

Wer weiß wer
murmelt es mit.

Die Weise von Liebe und Tod des Cornets Christoph Rilke

Geschrieben 1899

»... den 24. November 1663 wurde Otto von Rilke / auf Langenau / Gränitz und Ziegra / zu Linda mit seines in Ungarn gefallenen Bruders Christoph hinterlassenem Antheile am Gute Linda beliehen; doch mußte er einen Revers ausstellen / nach welchem die Lehensreichung null und nichtig sein sollte / im Falle sein Bruder Christoph (der nach beigebrachtem Totenschein als Cornet in der Compagnie des Freiherrn von Pirovano des kaiserl. oesterr. Heysterschen Regiments zu Roß ... verstorben war) zurückkehrt ...«

Reiten, reiten, reiten, durch den Tag, durch die Nacht, durch den Tag.
Reiten, reiten, reiten.
Und der Mut ist so müde geworden und die Sehnsucht so groß. Es gibt keine Berge mehr, kaum einen Baum. Nichts wagt aufzustehen. Fremde Hütten hocken durstig an versumpften Brunnen. Nirgends ein Turm. Und immer das gleiche Bild. Man hat zwei Augen zuviel. Nur in der Nacht manchmal glaubt man den Weg zu kennen. Viel-

leicht kehren wir nächtens immer wieder das Stück zurück, das wir in der fremden Sonne mühsam gewonnen haben? Es kann sein. Die Sonne ist schwer, wie bei uns tief im Sommer. Aber wir haben im Sommer Abschied genommen. Die Kleider der Frauen leuchteten lang aus dem Grün. Und nun reiten wir lang. Es muß also Herbst sein. Wenigstens dort, wo traurige Frauen von uns wissen.

Der von Langenau rückt im Sattel und sagt: »Herr Marquis …«
Sein Nachbar, der kleine feine Franzose, hat erst drei Tage lang gesprochen und gelacht. Jetzt weiß er nichts mehr. Er ist wie ein Kind, das schlafen möchte. Staub bleibt auf seinem feinen weißen Spitzenkragen liegen; er merkt es nicht. Er wird langsam welk in seinem samtenen Sattel.
Aber der von Langenau lächelt und sagt: »Ihr habt seltsame Augen, Herr Marquis. Gewiß seht Ihr Eurer Mutter ähnlich –«
Da blüht der Kleine noch einmal auf und stäubt seinen Kragen ab und ist wie neu.

Jemand erzählt von seiner Mutter. Ein Deutscher offenbar. Laut und langsam setzt er seine Worte. Wie ein Mädchen, das Blumen bindet, nachdenklich Blume um Blume probt und noch nicht weiß, was aus dem Ganzen wird –: so fügt er seine Worte. Zu Lust? Zu Leide? Alle lauschen. Sogar das Spucken hört auf. Denn es sind lauter Herren, die wissen, was sich gehört. Und wer das Deutsche nicht kann in dem Haufen, der versteht es auf einmal, fühlt einzelne Worte: »Abends« … »Klein war …«

Da sind sie alle einander nah, diese Herren, die aus Frankreich kommen und aus Burgund, aus den Niederlanden, aus Kärntens Tälern, von den böhmischen Burgen und vom Kaiser Leopold. Denn was der Eine erzählt, das haben auch sie erfahren und gerade so. Als ob es nur *eine* Mutter gäbe …

So reitet man in den Abend hinein, in irgend einen Abend. Man schweigt wieder, aber man hat die lichten Worte mit. Da hebt der Marquis den Helm ab. Seine dunklen Haare sind weich und, wie er das Haupt senkt, dehnen sie sich frauenhaft auf seinem Nacken. Jetzt erkennt auch der von Langenau: Fern ragt etwas in den Glanz hinein, etwas Schlankes, Dunkles. Eine einsame Säule, halbverfallen. Und wie sie lange vorüber sind, später, fällt ihm ein, daß das eine Madonna war.

Wachtfeuer. Man sitzt rundumher und wartet. Wartet, daß einer singt. Aber man ist so müd. Das rote Licht ist schwer. Es liegt auf den staubigen Schuhn. Es kriecht bis an die Kniee, es schaut in die gefalteten Hände hinein. Es hat keine Flügel. Die Gesichter sind dunkel. Dennoch leuchten eine Weile die Augen des kleinen Franzosen mit eigenem Licht. Er hat eine kleine Rose geküßt, und nun darf sie weiterwelken an seiner Brust. Der von Langenau hat es gesehen, weil er nicht schlafen kann. Er denkt: Ich habe keine Rose, keine.

Dann singt er. Und das ist ein altes trauriges Lied, das zu Hause die Mädchen auf den Feldern singen, im Herbst, wenn die Ernten zu Ende gehen.

Sagt der kleine Marquis: »Ihr seid sehr jung, Herr?«

Und der von Langenau, in Trauer halb und halb im Trotz: »Achtzehn.« Dann schweigen sie.

Später fragt der Franzose: »Habt Ihr auch eine Braut daheim, Herr Junker?«

»Ihr?« gibt der von Langenau zurück.

»Sie ist blond wie Ihr.«

Und sie schweigen wieder, bis der Deutsche ruft: »Aber zum Teufel, warum sitzt Ihr denn dann im Sattel und reitet durch dieses giftige Land den türkischen Hunden entgegen?«

Der Marquis lächelt. »Um wiederzukehren.«

Und der von Langenau wird traurig. Er denkt an ein blondes Mädchen, mit dem er spielte. Wilde Spiele. Und er möchte nach Hause, für einen Augenblick nur, nur für so lange, als es braucht, um die Worte zu sagen: »Magdalena, – daß ich immer *so war*, verzeih!«
Wie – war? denkt der junge Herr. – Und sie sind weit.

Einmal, am Morgen, ist ein Reiter da, und dann ein zweiter, vier, zehn. Ganz in Eisen, groß. Dann tausend dahinter: Das Heer.
Man muß sich trennen.
»Kehrt glücklich heim, Herr Marquis. –«
»Die Maria schützt Euch, Herr Junker.«
Und sie können nicht voneinander. Sie sind Freunde auf einmal, Brüder. Haben einander mehr zu vertrauen; denn sie wissen schon so viel Einer vom Andern. Sie zögern. Und ist Hast und Hufschlag um sie. Da streift der Marquis den großen rechten Handschuh ab. Er holt die kleine Rose hervor, nimmt ihr ein Blatt. Als ob man eine Hostie bricht.
»Das wird Euch beschirmen. Lebt wohl.«
Der von Langenau staunt. Lange schaut er dem Franzosen nach. Dann schiebt er das fremde Blatt unter den Waffenrock. Und es treibt auf und ab auf den Wellen seines Herzens. Hornruf. Er reitet zum Heer, der Junker. Er lächelt traurig: ihn schützt eine fremde Frau.

Ein Tag durch den Troß. Flüche, Farben, Lachen –: davon blendet das Land. Kommen bunte Buben gelaufen. Raufen und Rufen. Kommen Dirnen mit purpurnen Hüten im flutenden Haar. Winken. Kommen Knechte, schwarzeisern wie wandernde Nacht. Pakken die Dirnen heiß, daß ihnen die Kleider zerreißen. Drücken sie an den Trommelrand. Und von der wilderen Gegenwehr hastiger Hände werden die Trommeln wach, wie im Traum poltern sie, poltern –. Und Abends halten sie ihm Laternen her, seltsame: Wein, leuchtend in eisernen Hauben. Wein? Oder Blut? – Wer kanns unterscheiden?

Endlich vor Spork. Neben seinem Schimmel ragt der Graf. Sein langes Haar hat den Glanz des Eisens.
Der von Langenau hat nicht gefragt. Er erkennt den General, schwingt sich vom Roß und verneigt sich in einer Wolke Staub. Er bringt ein Schreiben mit, das ihn empfehlen soll beim Grafen. Der aber befiehlt: »Lies mir den Wisch.« Und seine Lippen haben sich nicht bewegt. Er braucht sie nicht dazu; sind zum Fluchen gerade gut genug. Was drüber hinaus ist, redet die Rechte. Punktum. Und man sieht es ihr an. Der junge Herr ist längst zu Ende. Er weiß nicht mehr, wo er steht. Der Spork ist vor Allem. Sogar der Himmel ist fort. Da sagt Spork, der große General:
»Cornet.«
Und das ist viel.

Die Kompagnie liegt jenseits der Raab. Der von Langenau reitet hin, allein. Ebene. Abend. Der Beschlag vorn am Sattel glänzt durch den Staub. Und dann steigt der Mond. Er sieht es an seinen Händen.
Er träumt.
Aber da schreit es ihn an.
Schreit, schreit,
zerreißt ihm den Traum.
Das ist keine Eule. Barmherzigkeit:
der einzige Baum
schreit ihn an:
Mann!
Und er schaut: es bäumt sich. Es bäumt sich ein Leib den Baum entlang, und ein junges Weib,
blutig und bloß,
fällt ihn an: Mach mich los!

Und er springt hinab in das schwarze Grün
und durchhaut die heißen Stricke;
und er sieht ihre Blicke glühn
und ihre Zähne beißen.

Lacht sie?

Ihn graust.
Und er sitzt schon zu Roß
und jagt in die Nacht. Blutige Schnüre fest in der Faust.

Der von Langenau schreibt einen Brief, ganz in Gedanken. Langsam malt er mit großen, ernsten, aufrechten Lettern:

»Meine gute Mutter,
»seid stolz: Ich trage die Fahne,
»seid ohne Sorge: Ich trage die Fahne,
»habt mich lieb: Ich trage die Fahne –«

Dann steckt er den Brief zu sich in den Waffenrock, an die heimlichste Stelle, neben das Rosenblatt. Und denkt: er wird bald duften davon. Und denkt: vielleicht findet ihn einmal Einer … Und denkt: ….; denn der Feind ist nah.

Sie reiten über einen erschlagenen Bauer. Er hat die Augen weit offen und Etwas spiegelt sich drin; kein Himmel. Später heulen Hunde. Es kommt also ein Dorf, endlich. Und über den Hütten steigt steinern ein Schloß. Breit hält sich ihnen die Brücke hin. Groß wird das Tor. Hoch willkommt das Horn. Horch: Poltern, Klirren und Hundegebell! Wiehern im Hof, Hufschlag und Ruf.

Rast! Gast sein einmal. Nicht immer selbst seine Wünsche bewirten mit kärglicher Kost. Nicht immer feindlich nach allem fassen; einmal sich alles geschehen lassen und wissen: was geschieht, ist gut. Auch der Mut muß einmal sich strecken und sich am Saume seidener Decken in sich selber überschlagen. Nicht immer Soldat sein. Einmal die Locken offen tragen und den weiten offenen Kragen und in seidenen Sesseln sitzen und bis in die Fingerspitzen so: nach dem Bad sein. Und wieder erst lernen, was Frauen sind. Und wie die weißen tun und wie die blauen sind; was für Hände sie haben, wie sie ihr Lachen singen, wenn blonde Knaben die schönen Schalen bringen, von saftigen Früchten schwer.

Als Mahl beganns. Und ist ein Fest geworden, kaum weiß man wie. Die hohen Flammen flackten, die Stimmen schwirrten, wirre Lieder klirrten aus Glas und Glanz, und endlich aus den reifgewordnen Takten: entsprang der Tanz. Und alle riß er hin. Das war ein Wellenschlagen in den Sälen, ein Sich-Begegnen und ein Sich-Erwählen, ein Abschiednehmen und ein Wiederfinden, ein Glanzgenießen und ein Lichterblinden und ein Sich-Wiegen in den Sommerwinden, die in den Kleidern warmer Frauen sind.
Aus dunklem Wein und tausend Rosen rinnt die Stunde rauschend in den Traum der Nacht.

Und Einer steht und staunt in diese Pracht. Und er ist so geartet, daß er wartet, ob er erwacht. Denn nur im Schlafe schaut man solchen Staat und solche Feste solcher Frauen: ihre kleinste Geste ist eine Falte, fallend in Brokat. Sie bauen Stunden auf aus silbernen Gesprächen, und manchmal heben sie die Hände so –, und du mußt meinen, daß sie irgendwo, wo du nicht hinreichst, sanfte Rosen brächen, die du nicht siehst. Und da träumst du: Geschmückt sein mit ihnen und anders beglückt sein und dir eine Krone verdienen für deine Stirne, die leer ist.

Einer, der weiße Seide trägt, erkennt, daß, er nicht erwachen kann; denn er ist wach und verwirrt von Wirklichkeit. So flieht er bange in den Traum und steht im Park, einsam im schwarzen Park. Und das Fest ist fern. Und das Licht lügt. Und die Nacht ist nahe um ihn und kühl. Und er fragt eine Frau, die sich zu ihm neigt:
»Bist Du die Nacht?«
Sie lächelt.
Und da schämt er sich für sein weißes Kleid.
Und möchte weit und allein und in Waffen sein.
Ganz in Waffen.

Hast Du vergessen, daß Du mein Page bist für diesen Tag? Verlässest Du mich? Wo gehst Du hin? Dein weißes Kleid gibt mir Dein Recht –.«

– –

»Sehnt es Dich nach Deinem rauhen Rock?«

– –

»Frierst Du? – Hast Du Heimweh?«
Die Gräfin lächelt.
Nein. Aber das ist nur, weil das Kindsein ihm von den Schultern gefallen ist, dieses sanfte dunkle Kleid. Wer hat es fortgenommen?
»Du?« fragt er mit einer Stimme, die er noch nicht gehört hat.
»Du!«
Und nun ist nichts an ihm. Und er ist nackt wie ein Heiliger. Hell und schlank.

Langsam lischt das Schloß aus. Alle sind schwer: müde oder verliebt oder trunken. Nach so vielen leeren, langen Feldnächten: Betten. Breite eichene Betten. Da betet sichs anders als in der lumpigen Furche unterwegs, die, wenn man einschlafen will, wie ein Grab wird.
»Herrgott, wie Du willst!«
Kürzer sind die Gebete im Bett.
Aber inniger.

Die Turmstube ist dunkel.
Aber sie leuchten sich ins Gesicht mit ihrem Lächeln. Sie tasten vor sich her wie Blinde und finden den Andern wie eine Tür. Fast wie Kinder, die sich vor der Nacht ängstigen, drängen sie sich in einander ein. Und doch fürchten sie sich nicht. Da ist nichts, was gegen sie wäre: kein Gestern, kein Morgen; denn die Zeit ist eingestürzt. Und sie blühen aus ihren Trümmern.
Er fragt nicht: »Dein Gemahl?«
Sie fragt nicht: »Dein Namen?«
Sie haben sich ja gefunden, um einander ein neues Geschlecht zu sein.
Sie werden sich hundert neue Namen geben und einander alle wieder abnehmen, leise, wie man einen Ohrring abnimmt.

Im Vorsaal über einem Sessel hängt der Waffenrock, das Bandelier und der Mantel von dem von Langenau. Seine Handschuhe liegen auf dem Fußboden. Seine Fahne steht steil, gelehnt an das Fensterkreuz. Sie ist schwarz und schlank. Draußen jagt ein Sturm über den Himmel hin und macht Stücke aus der Nacht, weiße und schwarze. Der Mondschein geht wie ein langer Blitz vorbei, und die reglose Fahne hat unruhige Schatten. Sie träumt.

War ein Fenster offen? Ist der Sturm im Haus? Wer schlägt die Türen zu? Wer geht durch die Zimmer? – Laß. Wer es auch sei. Ins Turmgemach findet er nicht. Wie hinter hundert Türen ist dieser große Schlaf, den zwei Menschen gemeinsam haben; so gemeinsam wie *eine* Mutter oder *einen* Tod.

Ist das der Morgen? Welche Sonne geht auf? Wie groß ist die Sonne.
Sind das Vögel? Ihre Stimmen sind überall.
Alles ist hell, aber es ist kein Tag.
Alles ist laut, aber es sind nicht Vogelstimmen.
Das sind die Balken, die leuchten. Das sind die Fenster, die schrein.
Und sie schrein, rot, in die Feinde hinein, die draußen stehn im flakkernden Land, schrein: Brand.
Und mit zerrissenem Schlaf im Gesicht drängen sich alle, halb Eisen, halb nackt, von Zimmer zu Zimmer, von Trakt zu Trakt und suchen die Treppe.
Und mit verschlagenem Atem stammeln Hörner im Hof:
Sammeln, sammeln!
Und bebende Trommeln.

Aber die Fahne ist nicht dabei.
Rufe: Cornet!
Rasende Pferde, Gebete, Geschrei,
Flüche: Cornet!
Eisen an Eisen, Befehl und Signal;
Stille: Cornet!
Und noch ein Mal: Cornet!
Und heraus mit der brausenden Reiterei.
– –
Aber die Fahne ist nicht dabei.

Er läuft um die Wette mit brennenden Gängen, durch Türen, die ihn glühend umdrängen, über Treppen, die ihn versengen, bricht er aus aus dem rasenden Bau. Auf seinen Armen trägt er die Fahne wie eine weiße, bewußtlose Frau. Und er findet ein Pferd, und es ist wie ein Schrei: über alles dahin und an allem vorbei, auch an den Seinen. Und da kommt auch die Fahne wieder zu sich und niemals war sie so königlich; und jetzt sehn sie sie alle, fern voran, und erkennen den hellen, helmlosen Mann und erkennen die Fahne …

Aber da fängt sie zu scheinen an, wirft sich hinaus und wird groß und rot …

Da brennt ihre Fahne mitten im Feind, und sie jagen ihr nach.

Der von Langenau ist tief im Feind, aber ganz allein. Der Schrecken hat um ihn einen runden Raum gemacht, und er hält, mitten drin, unter seiner langsam verlodernden Fahne.
Langsam, fast nachdenklich, schaut er um sich. Es ist viel Fremdes, Buntes vor ihm. Gärten – denkt er und lächelt. Aber da fühlt er, daß Augen ihn halten und erkennt Männer und weiß, daß es die heidnischen Hunde sind –: und wirft sein Pferd mitten hinein.
Aber, als es jetzt hinter ihm zusammenschlägt, sind es doch wieder Gärten, und die sechzehn runden Säbel, die auf ihn zuspringen, Strahl um Strahl, sind ein Fest.
Eine lachende Wasserkunst.

Der Waffenrock ist im Schlosse verbrannt, der Brief und das Rosenblatt einer fremden Frau. –
Im nächsten Frühjahr (es kam traurig und kalt) ritt ein Kurier des Freiherrn von Pirovano langsam in Langenau ein. Dort hat er eine alte Frau weinen sehen.

Du, Nachbar Gott, wenn ich dich manchesmal
in langer Nacht mit hartem Klopfen störe, –
so ists, weil ich dich selten atmen höre
und weiß: Du bist allein im Saal.
Und wenn du etwas brauchst, ist keiner da,
um deinem Tasten einen Trank zu reichen:
Ich horche immer. Gieb ein kleines Zeichen.
Ich bin ganz nah.

Nur eine schmale Wand ist zwischen uns,
durch Zufall; denn es könnte sein:
ein Rufen deines oder meines Munds –
und sie bricht ein
ganz ohne Lärm und Laut!

Aus deinen Bildern ist sie aufgebaut.

Und deine Bilder stehn vor dir wie Namen.
Und wenn einmal das Licht in mir entbrennt,
mit welchem meine Tiefe dich erkennt,
vergeudet sichs als Glanz auf ihren Rahmen.

Und meine Sinne, welche schnell erlahmen,
sind ohne Heimat und von dir getrennt.

Ich kann nicht glauben, daß der kleine Tod,
dem wir doch täglich übern Scheitel schauen,
uns eine Sorge bleibt und eine Not.

Ich kann nicht glauben, daß er ernsthaft droht;
ich lebe noch, ich habe Zeit zu bauen:
mein Blut ist länger als die Rosen rot.

Mein Sinn ist tiefer als das witzige Spiel
mit unsrer Furcht, darin er sich gefällt.
Ich bin die Welt,
aus der er irrend fiel.

Wie er
kreisende Mönche wandern so umher;
man fürchtet sich vor ihrer Wiederkehr,
man weiß nicht: ist es jedesmal derselbe,
sinds zwei, sinds zehn, sinds tausend oder mehr?
Man kennt nur diese fremde gelbe Hand,
die sich ausstreckt so nackt und nah –
da da:
als käm sie aus dem eigenen Gewand.

Dein allererstes Wort war: *Licht*:
da ward die Zeit. Dann schwiegst du lange.
Dein zweites Wort ward Mensch und bange
(wir dunkeln noch in seinem Klange)
und wieder sinnt dein Angesicht.

Ich aber will dein drittes nicht.

Ich bete nachts oft: Sei der Stumme,
der wachsend in Gebärden bleibt
und den der Geist im Traume treibt,
daß er des Schweigens schwere Summe
in Stirnen und Gebirge schreibt.

Sei du die Zuflucht vor dem Zorne,
der das Unsagbare verstieß.
Es wurde Nacht im Paradies:
sei du der Hüter mit dem Horne,
und man erzählt nur, daß er blies.

Gott spricht zu jedem nur, eh er ihn macht,
dann geht er schweigend mit ihm aus der Nacht.
Aber die Worte, eh jeder beginnt,
diese wolkigen Worte, sind:

Von deinen Sinnen hinausgesandt,
geh bis an deiner Sehnsucht Rand;
gieb mir Gewand.

Hinter den Dingen wachse als Brand,
daß ihre Schatten, ausgespannt,
immer mich ganz bedecken.

Laß dir Alles geschehn: Schönheit und Schrecken.
Man muß nur gehn: Kein Gefühl ist das fernste.
Laß dich von mir nicht trennen.
Nah ist das Land,
das sie das Leben nennen.

Du wirst es erkennen
an seinem Ernste.

Gieb mir die Hand.

Eine Stunde vom Rande des Tages,
und das Land ist zu allem bereit.
Was du sehnst, meine Seele, sag es:

Sei Heide und, Heide, sei weit.
Habe alte, alte Kurgane,
wachsend und kaumerkannt,
wenn es Mond wird über das plane
langvergangene Land.
Gestalte dich, Stille. Gestalte

die Dinge (es ist ihre Kindheit,
sie werden dir willig sein).
Sei Heide, sei Heide, sei Heide,
dann kommt vielleicht auch der Alte,
den ich kaum von der Nacht unterscheide,
und bringt seine riesige Blindheit
in mein horchendes Haus herein.

Ich seh ihn sitzen und sinnen,
nicht über mich hinaus;
für ihn ist alles innen,
Himmel und Heide und Haus.
Nur die Lieder sind ihm verloren,
die er nie mehr beginnt;
aus vielen tausend Ohren
trank sie die Zeit und der Wind;
aus den Ohren der Toren.

Dich wundert nicht des Sturmes Wucht, –
du hast ihn wachsen sehn; –
die Bäume flüchten. Ihre Flucht
schafft schreitende Alleen.
Da weißt du, der vor dem sie fliehn
ist der, zu dem du gehst,
und deine Sinne singen ihn,
wenn du am Fenster stehst.

Des Sommers Wochen standen still,
es stieg der Bäume Blut;
jetzt fühlst du, daß es fallen will
in den der Alles tut.
Du glaubtest schon erkannt die Kraft,
als du die Frucht erfaßt,
jetzt wird sie wieder rätselhaft,
und du bist wieder Gast.

Der Sommer war so wie dein Haus,
drin weißt du alles stehn –
jetzt mußt du in dein Herz hinaus
wie in die Ebene gehn.
Die große Einsamkeit beginnt,
die Tage werden taub,
aus deinen Sinnen nimmt der Wind
die Welt wie welkes Laub.

Durch ihre leeren Zweige sieht
der Himmel, den du hast;
sei Erde jetzt und Abendlied
und Land, darauf er paßt.
Demütig sei jetzt wie ein Ding,
zu Wirklichkeit gereift, –
daß Der, von dem die Kunde ging,
dich fühlt, wenn er dich greift.

Lösch mir die Augen aus: ich kann dich sehn,
wirf mir die Ohren zu: ich kann dich hören,
und ohne Füße kann ich zu dir gehn,
und ohne Mund noch kann ich dich beschwören.
Brich mir die Arme ab, ich fasse dich
mit meinem Herzen wie mit einer Hand,
halt mir das Herz zu, und mein Hirn wird schlagen,
und wirfst du in mein Hirn den Brand,
so werd ich dich auf meinem Blute tragen.

Fragmente aus verlorenen Tagen

… Wie Vögel, welche sich gewöhnt ans Gehn
und immer schwerer werden, wie im Fallen:
die Erde saugt aus ihren langen Krallen
die mutige Erinnerung von allen
den großen Dingen, welche hoch geschehn,
und macht sie fast zu Blättern, die sich dicht
am Boden halten, –
wie Gewächse, die,
kaum aufwärts wachsend, in die Erde kriechen,
in schwarzen Schollen unlebendig licht
und weich und feucht versinken und versiechen, –
wie irre Kinder, – wie ein Angesicht
in einem Sarg, – wie frohe Hände, welche
unschlüssig werden, weil im vollen Kelche
sich Dinge spiegeln, die nicht nahe sind, –
wie Hülferufe, die im Abendwind
begegnen vielen dunklen großen Glocken, –
wie Zimmerblumen, die seit Tagen trocken,
wie Gassen, die verrufen sind, – wie Locken,
darinnen Edelsteine blind geworden sind, –
wie Morgen im April
vor allen vielen Fenstern des Spitales:
die Kranken drängen sich am Saum des Saales
und schaun: die Gnade eines frühen Strahles
macht alle Gassen frühlinglich und weit;
sie sehen nur die helle Herrlichkeit,
welche die Häuser jung und lachend macht,
und wissen nicht, daß schon die ganze Nacht
ein Sturm die Kleider von den Himmeln reißt,
ein Sturm von Wassern, wo die Welt noch eist,
ein Sturm, der jetzt noch durch die Gassen braust
und der den Dingen alle Bürde
von ihren Schultern nimmt, –
daß Etwas draußen groß ist und ergrimmt,
daß draußen die Gewalt geht, eine Faust,

die jeden von den Kranken würgen würde
inmitten dieses Glanzes, dem sie glauben. –
...... Wie lange Nächte in verwelkten Lauben,
die schon zerrissen sind auf allen Seiten
und viel zu weit, um noch mit einem Zweiten,
den man sehr liebt, zusammen drin zu weinen, –
wie nackte Mädchen, kommend über Steine,
wie Trunkene in einem Birkenhaine, –
wie Worte, welche nichts Bestimmtes meinen
und dennoch gehn, ins Ohr hineingehn, weiter
ins Hirn und heimlich auf der Nervenleiter
durch alle Glieder Sprung um Sprung versuchen. –
wie Greise, welche ihr Geschlecht verfluchen
und dann versterben, so daß keiner je
abwenden könnte das verhängte Weh,
wie volle Rosen, künstlich aufgezogen
im blauen Treibhaus, wo die Lüfte logen,
und dann vom Übermut in großem Bogen
hinausgestreut in den verwehten Schnee, –
wie eine Erde, die nicht kreisen kann,
weil zuviel Tote ihr Gefühl beschweren,
wie ein erschlagener verscharrter Mann,
dem sich die Hände gegen Wurzeln wehren, –
wie eine von den hohen, schlanken, roten
Hochsommerblumen, welche unerlöst
ganz plötzlich stirbt im Lieblingswind der Wiesen,
weil ihre Wurzel unten an Türkisen
im Ohrgehänge einer Toten
stößt ...

Und mancher Tage Stunden waren so.
Als formte wer mein Abbild irgendwo,
um es mit Nadeln langsam zu mißhandeln.
Ich spürte jede Spitze seiner Spiele,
und war, als ob ein Regen auf mich fiele,
in welchem alle Dinge sich verwandeln.

Die Stimmen

Neun Blätter mit einem Titelblatt

Titelblatt

Die Reichen und Glücklichen haben gut schweigen,
niemand will wissen was sie sind.
Aber die Dürftigen müssen sich zeigen,
müssen sagen: ich bin blind
oder: ich bin im Begriff es zu werden
oder: es geht mir nicht gut auf Erden
oder: ich habe ein krankes Kind
oder: da bin ich zusammengefügt …

Und vielleicht, daß das gar nicht genügt.

Und weil alle sonst, wie an Dingen,
an ihnen vorbeigehn, müssen sie singen.

Und da hört man noch guten Gesang.

Freilich die Menschen sind seltsam; sie hören
lieber Kastraten in Knabenchören.

Aber Gott selber kommt und bleibt lang
wenn ihn *diese* Beschnittenen stören.

Das Lied des Bettlers

Ich gehe immer von Tor zu Tor,
verregnet und verbrannt;
auf einmal leg ich mein rechtes Ohr
in meine rechte Hand.
Dann kommt mir meine Stimme vor
als hätt ich sie nie gekannt.

Dann weiß ich nicht sicher wer da schreit,
ich oder irgendwer.
Ich schreie um eine Kleinigkeit.
Die Dichter schrein um mehr.

Und endlich mach ich noch mein Gesicht
mit beiden Augen zu;
wie's dann in der Hand liegt mit seinem Gewicht
sieht es fast aus wie Ruh.
Damit sie nicht meinen ich hätte nicht,
wohin ich mein Haupt tu.

Das Lied des Trinkers

Es war nicht in mir. Es ging aus und ein.
Da wollt ich es halten. Da hielt es der Wein.
(Ich weiß nicht mehr was es war.)
Dann hielt er mir jenes und hielt mir dies
bis ich mich ganz auf ihn verließ.
Ich Narr.

Jetzt bin ich in seinem Spiel und er streut
mich verächtlich herum und verliert mich noch heut
an dieses Vieh, an den Tod.
Wenn der mich, schmutzige Karte, gewinnt,
so kratzt er mit mir seinen grauen Grind
und wirft mich fort in den Kot.

Das Lied des Selbstmörders

Also noch einen Augenblick.
Daß sie mir immer wieder den Strick
zerschneiden.
Neulich war ich so gut bereit
und es war schon ein wenig Ewigkeit
in meinen Eingeweiden.

Halten sie mir den Löffel her,
diesen Löffel Leben.
Nein ich will und ich will nicht mehr,
laßt mich mich übergeben.

Ich weiß das Leben ist gar und gut
und die Welt ist ein voller Topf,
aber mir geht es nicht ins Blut,
mir steigt es nur zu Kopf.

Andere nährt es, mich macht es krank;
begreift, daß man's verschmäht.
Mindestens ein Jahrtausend lang
brauch ich jetzt Diät.

Der Schauende

Ich sehe den Bäumen die Stürme an,
die aus laugewordenen Tagen
an meine ängstlichen Fenster schlagen,
und höre die Fernen Dinge sagen,
die ich nicht ohne Freund ertragen,
nicht ohne Schwester lieben kann.

Da geht der Sturm, ein Umgestalter,
geht durch den Wald und durch die Zeit,
und alles ist wie ohne Alter:
die Landschaft, wie ein Vers im Psalter,
ist Ernst und Wucht und Ewigkeit.

Wie ist das klein, womit wir ringen,
was mit uns ringt, wie ist das groß;
ließen wir, ähnlicher den Dingen,
uns *so* vom großen Sturm bezwingen, –
wir würden weit und namenlos.

Was wir besiegen, ist das Kleine,
und der Erfolg selbst macht uns klein.
Das Ewige und Ungemeine
will nicht von uns gebogen sein.
Das ist der Engel, der den Ringern
des Alten Testaments erschien:
wenn seiner Widersacher Sehnen
im Kampfe sich metallen dehnen,
fühlt er sie unter seinen Fingern
wie Saiten tiefer Melodien.

Wen dieser Engel überwand,
welcher so oft auf Kampf verzichtet,
der geht gerecht und aufgerichtet
und groß aus jener harten Hand,
die sich, wie formend, an ihn schmiegte.
Die Siege laden ihn nicht ein.
Sein Wachstum ist: der Tiefbesiegte
von immer Größerem zu sein.

Aus einer Sturmnacht

Acht Blätter mit einem Titelblatt

Titelblatt

Die Nacht, vom wachsenden Sturme bewegt,
wie wird sie auf einmal weit –,
als bliebe sie sonst zusammengelegt
in die kleinlichen Falten der Zeit.
Wo die Sterne ihr wehren, dort endet sie nicht
und beginnt nicht mitten im Wald
und nicht an meinem Angesicht
und nicht mit deiner Gestalt.
Die Lampen stammeln und wissen nicht:

lügen wir Licht?
Ist die Nacht die einzige Wirklichkeit
seit Jahrtausenden …

⟨1⟩

In solchen Nächten kannst du in den Gassen
Zukünftigen begegnen, schmalen blassen
Gesichtern, die dich nicht erkennen
und dich schweigend vorüberlassen.
Aber wenn sie zu reden begännen,
wärst du ein Langevergangener
wie du da stehst,
langeverwest.
Doch sie bleiben im Schweigen wie Tote,
obwohl sie die Kommenden sind.
Zukunft beginnt noch nicht.
Sie halten nur ihr Gesicht in die Zeit
und können, wie unter Wasser, nicht schauen;
und ertragen sie's doch eine Weile,
sehn sie wie unter den Wellen: die Eile
von Fischen und das Tauchen von Tauen.

⟨2⟩

In solchen Nächten gehn die Gefängnisse auf.
Und durch die bösen Träume der Wächter
gehn mit leisem Gelächter
die Verächter ihrer Gewalt.
Wald! Sie kommen zu dir, um in dir zu schlafen,
mit ihren langen Strafen behangen.
        Wald!

⟨3⟩

In solchen Nächten ist auf einmal Feuer
in einer Oper. Wie ein Ungeheuer
beginnt der Riesenraum mit seinen Rängen
Tausende, die sich in ihm drängen,
zu kauen.
Männer und Frauen
staun sich in den Gängen,
und wie sich alle aneinander hängen,
bricht das Gemäuer, und es reißt sie mit.
Und niemand weiß mehr *wer* ganz unten litt;
während ihm einer schon das Herz zertritt,
sind seine Ohren noch ganz voll von Klängen,
die dazu hingehn …

⟨4⟩

In solchen Nächten, wie vor vielen Tagen,
fangen die *Herzen* in den Sarkophagen
vergangner Fürsten wieder an zu gehn;
und so gewaltig drängt ihr Wiederschlagen
gegen die Kapseln, welche widerstehn,
daß sie die goldnen Schalen weitertragen
durch Dunkel und Damaste, die zerfallen.
Schwarz schwankt der Dom mit allen seinen Hallen.
Die Glocken, die sich in die Türme krallen,
hängen wie Vögel, bebend stehn die Türen,
und an den Trägern zittert jedes Glied:
als trügen seinen gründenden Granit
blinde Schildkröten, die sich rühren.

⟨5⟩

In solchen Nächten wissen die Unheilbaren:
wir waren …
Und sie denken unter den Kranken
einen einfachen guten Gedanken
weiter, dort, wo er abbrach.
Doch von den Söhnen, die sie gelassen,
geht der Jüngste vielleicht in den einsamsten Gassen;
denn gerade *diese* Nächte
sind ihm als ob er zum ersten Mal dächte:
lange lag es über ihm bleiern,
aber jetzt wird sich alles entschleiern –,
und: daß er da? feiern wird,
        fühlt er …

⟨6⟩

In solchen Nächten sind alle die Städte gleich,
alle beflaggt.
Und an den Fahnen vom Sturm gepackt
und wie an Haaren hinausgerissen
in irgend ein Land mit ungewissen
Umrissen und Flüssen.
In allen Gärten ist dann ein Teich,
    an jedem Teiche dasselbe Haus,
    in jedem Hause dasselbe Licht;
    und alle Menschen sehn ähnlich aus
    und halten die Hände vorm Gesicht.

⟨7⟩

In solchen Nächten werden die Sterbenden klar,
greifen sich leise ins wachsende Haar,
dessen Halme aus ihres Schädels Schwäche
in diesen langen Tagen *treiben*,
als wollten sie über der Oberfläche
des Todes bleiben.
Ihre Gebärde geht durch das Haus
als wenn überall Spiegel hingen;
und sie geben – mit diesem Graben
in ihren Haaren – Kräfte aus,
die sie in Jahren gesammelt haben,
welche *vergingen*.

⟨8⟩

In solchen Nächten wächst mein Schwesterlein,
das vor mir war und vor mir starb, ganz klein.
Viel solche Nächte waren schon seither:
Sie muß schon schön sein. Bald wird irgendwer
sie frein.

Requiem

Clara Westhoff gewidmet

Seit einer Stunde ist um ein Ding mehr
auf Erden. Mehr um einen Kranz.
Vor einer Weile war das leichtes Laub … Ich wands:
Und jetzt ist dieser Efeu seltsam schwer
und so von Dunkel voll, als tränke er
aus meinen Dingen zukünftige Nächte.
Jetzt graut mir fast vor dieser nächsten Nacht,
allein mit diesem Kranz, den ich gemacht,

nicht ahnend, daß da etwas wird,
wenn sich die Ranken ründen um den Reifen
ganz nur bedürftig, dieses zu begreifen:
daß etwas nichtmehr sein kann. Wie verirrt
in nie betretene Gedanken, darinnen wunderliche Dinge stehn,
die ich schon einmal gesehen haben muß …

…. Flußabwärts treiben die Blumen, welche die Kinder gerissen haben im Spiel; aus den offenen Fingern fiel eine und eine, bis daß der Strauß nicht mehr zu erkennen war. Bis der Rest, den sie nachhaus gebracht, gerade gut zum Verbrennen war. Dann konnte man ja die ganze Nacht, wenn einen alle schlafen meinen, um die gebrochenen Blumen weinen.

Gretel, von allem Anbeginn
war dir bestimmt, sehr zeitig zu sterben,
blond zu sterben.
Lange schon, eh dir zu leben bestimmt war.
Darum stellte der Herr eine Schwester vor dich
und dann einen Bruder,
damit vor dir wären zwei Nahe, zwei Reine,
welche das Sterben dir zeigten,
das deine:
dein Sterben.
Deine Geschwister wurden erfunden.
nur, damit du dich dran gewöhntest,
und dich an zweien Sterbestunden
mit der dritten versöhntest,
die dir seit Jahrtausenden droht.
Für deinen Tod
sind Leben erstanden;
Hände, welche Blüten banden,
Blicke, welche die Rosen rot
und die Menschen mächtig empfanden,
hat man gebildet und wieder vernichtet
und hat zweimal das Sterben *gedichtet*,
eh es, gegen dich selbst gerichtet,
aus der verloschenen Bühne trat.

… Nahte es dir schrecklich, geliebte Gespielin?
war es dein Feind?
Hast du dich ihm ans Herz geweint?
Hat es dich aus den heißen Kissen
in die flackernde Nacht gerissen,
in der niemand schlief im ganzen Haus …?
Wie sah es aus?
Du mußt es wissen …
Du bist dazu in die Heimat gereist.
– –
Du weißt
wie die Mandeln blühn
und daß Seeen blau sind.
Viele Dinge, die nur im Gefühle der Frau sind
welche die erste Liebe erfuhr, –
weißt du. Dir flüsterte die Natur
in des Südens spätdämmernden Tagen
so unendliche Schönheit ein,
wie sonst nur selige Lippen sie sagen
seliger Menschen, die zu zwein
eine Welt haben und *eine* Stimme –
leiser hast du das alles gespürt, –
(o wie hat das unendlich Grimme
deine unendliche Demut berührt).
Deine Briefe kamen von Süden,
warm noch von Sonne, aber verwaist, –
endlich bist du selbst deinen müden
bittenden Briefen nachgereist;
denn du warst nicht gerne im Glanze,
jede Farbe lag auf dir wie Schuld,
und du lebtest in Ungeduld,
denn du wußtest: das ist nicht *das Ganze*.
Leben ist nur ein Teil ….. Wovon?
Leben ist nur ein Ton …… Worin?
Leben hat Sinn nur, verbunden mit vielen
Kreisen des weithin wachsenden Raumes, –
Leben ist so nur der Traum eines Traumes,

aber Wachsein ist anderswo.
So ließest du's los.
Groß ließest du's los.
Und wir kannten dich klein.
Dein war so wenig: ein Lächeln, ein kleines,
ein bißchen melancholisch schon immer,
sehr sanftes Haar und ein kleines Zimmer,
das dir seit dem Tode der Schwester weitwar.
Als ob alles andere nur dein Kleid war
so scheint es mir jetzt, du stilles Gespiel.
Aber *sehr viel*
warst du. Und wir wußtens manchmal,
wenn du am Abend kamst in den Saal;
wußten manchmal: jetzt müßte man beten;
eine Menge ist eingetreten,
eine Menge, welche dir nachgeht,
weil du den Weg weißt.
Und du hast ihn wissen gemußt
und hast ihn gewußt
gestern ...
jüngste der Schwestern.

Sieh her,
dieser Kranz ist so schwer.
Und sie werden ihn auf dich legen,
diesen schweren Kranz.
Kanns dein Sarg aushalten?
Wenn er bricht
unter dem schwarzen Gewicht,
kriecht in die Falten
von deinem Kleid
Efeu.
Weit rankt er hinauf,
rings rankt er dich um,
und der Saft, der sich in seinen Ranken bewegt,
regt dich auf mit seinem Geräusch;
so keusch bist du.

Aber du bist nichtmehr zu.
Langgedehnt bist du und laß.
Deines Leibes Türen sind angelehnt,
und naß
tritt der Efeu ein …

– –

wie Reihn
von Nonnen,
die sich führen
an schwarzem Seil,
weil es dunkel ist in dir, du Bronnen.
In den leeren Gängen
deines Blutes drängen sie zu deinem Herzen;
wo sonst deine sanften Schmerzen
sich begegneten mit bleichen
Freuden und Erinnerungen, –
wandeln sie, wie im Gebet,
in das Herz, das, ganz verklungen,
dunkel, allen offen steht.

Aber dieser Kranz ist schwer
nur im Licht,
nur unter Lebenden, hier bei mir;
und sein Gewicht
ist nicht mehr
wenn ich ihn, zu dir legen werde.
Die Erde ist voller Gleichgewicht,
Deine Erde.
Er ist schwer von meinen Augen, die daran hängen,
schwer von den Gängen,
die ich um ihn getan;
Ängste aller, welche ihn sahn,
haften daran.
Nimm ihn zu dir, denn er ist dein
seit er ganz fertig ist.
Nimm ihn von mir.

Laß mich allein! Er ist wie ein Gast …
fast schäm ich mich seiner.
Hast du auch Furcht, Gretel?

Du kannst nicht mehr gehn?
Kannst nicht mehr bei mir in der Stube stehn?
Tun dir die Füße weh?
So bleib wo jetzt alle beisammen sind,
man wird ihn dir morgen bringen, mein Kind,
durch die entlaubte Allee.
Man wird ihn dir bringen, warte getrost, –
man bringt dir morgen noch mehr.
Wenn es auch morgen tobt und tost,
das schadet den Blumen nicht sehr.
Man wird sie dir bringen. Du hast das Recht,
sie sicher zu haben, mein Kind,
und wenn sie auch morgen schwarz und schlecht
und lange vergangen sind.
Sei deshalb nicht bange. Du wirst nicht mehr
unterscheiden, was steigt oder sinkt;
die Farben sind zu und die Töne sind leer,
und du wirst auch gar nicht mehr wissen, wer
dir alle die Blumen bringt.

Jetzt weißt du *das Andre*, das uns verstößt,
so oft wir's im Dunkel erfaßt;
von dem, was du *sehntest*, bist du erlöst
zu etwas, was du *hast*.
Unter uns warst du von kleiner Gestalt,
vielleicht bist du jetzt ein erwachsener Wald
mit Winden und Stimmen im Laub. –
Glaub mir, Gespiel, dir geschah nicht Gewalt;
Dein Tod war schon alt,
als dein Leben begann;
drum griff er es an,
damit es ihn nicht überlebte.

. . . .
Schwebte etwas um mich?
Trat Nachtwind herein?
Ich bebte nicht.
Ich bin stark und allein. –
Was hab ich heute geschafft?
.... Efeulaub holt ich am Abend und wands
und bog es zusammen, bis es ganz gehorchte.
Noch glänzt es mit schwarzem Glanz.
Und meine Kraft
kreist in dem Kranz.

Schlußstück

Der Tod ist groß.
Wir sind die Seinen
lachenden Munds.
Wenn wir uns mitten im Leben meinen,
wagt er zu weinen
mitten in uns.

Östliches Taglied

Ist dieses Bette nicht wie eine Küste,
ein Küstenstreifen nur, darauf wir liegen?
Nichts ist gewiß als deine hohen Brüste,
die mein Gefühl in Schwindeln überstiegen.

Denn diese Nacht, in der so vieles schrie,
in der sich Tiere rufen und zerreißen,
ist sie uns nicht entsetzlich fremd? Und wie:
was draußen langsam anhebt, Tag geheißen,
ist das uns denn verständlicher als sie?

Man müßte so sich ineinanderlegen
wie Blütenblätter um die Staubgefäße:
so sehr ist überall das Ungemäße
und häuft sich an und stürzt sich uns entgegen.

Doch während wir uns aneinander drücken,
um nicht zu sehen, wie es ringsum naht,
kann es aus dir, kann es aus mir sich zücken:
denn unsre Seelen leben von Verrat.

Der Tod des Dichters

Er lag. Sein aufgestelltes Antlitz war
bleich und verweigernd in den steilen Kissen,
seitdem die Welt und dieses von-ihr-Wissen,
von seinen Sinnen abgerissen,
zurückfiel an das teilnahmslose Jahr.

Die, so ihn leben sahen, wußten nicht,
wie sehr er Eines war mit allem diesen;
denn Dieses: diese Tiefen, diese Wiesen
und diese Wasser *waren* sein Gesicht.

O sein Gesicht war diese ganze Weite,
die jetzt noch zu ihm will und um ihn wirbt;
und seine Maske, die nun bang verstirbt,
ist zart und offen wie die Innenseite
von einer Frucht, die an der Luft verdirbt.

Morgue

Da liegen sie bereit, als ob es gälte,
nachträglich eine Handlung zu erfinden,
die mit einander und mit dieser Kälte
sie zu versöhnen weiß und zu verbinden;

denn das ist alles noch wie ohne Schluß.
Wasfür ein Name hätte in den Taschen
sich finden sollen? An dem Überdruß
um ihren Mund hat man herumgewaschen:

er ging nicht ab; er wurde nur ganz rein.
Die Bärte stehen, noch ein wenig härter,
doch ordentlicher im Geschmack der Wärter,

nur um die Gaffenden nicht anzuwidern.
Die Augen haben hinter ihren Lidern
sich umgewandt und schauen jetzt hinein.

Der Panther

Im Jardin des Plantes, Paris

Sein Blick ist vom Vorübergehn der Stäbe
so müd geworden, daß er nichts mehr hält.
Ihm ist, als ob es tausend Stäbe gäbe
und hinter tausend Stäben keine Welt.

Der weiche Gang geschmeidig starker Schritte,
der sich im allerkleinsten Kreise dreht,
ist wie ein Tanz von Kraft um eine Mitte,
in der betäubt ein großer Wille steht.

Nur manchmal schiebt der Vorhang der Pupille
sich lautlos auf. – Dann geht ein Bild hinein,
geht durch der Glieder angespannte Stille –
und hört im Herzen auf zu sein.

Die Gazelle

Gazella Dorcas

Verzauberte: wie kann der Einklang zweier
erwählter Worte je den Reim erreichen,
der in dir kommt und geht, wie auf ein Zeichen.
Aus deiner Stirne steigen Laub und Leier,

und alles Deine geht schon im Vergleich
durch Liebeslieder, deren Worte, weich
wie Rosenblätter, dem, der nicht mehr liest,
sich auf die Augen legen, die er schließt:

um dich zu sehen: hingetragen, als
wäre mit Sprüngen jeder Lauf geladen
und schösse nur nicht ab, solang der Hals

das Haupt ins Horchen hält: wie wenn beim Baden
im Wald die Badende sich unterbricht:
den Waldsee im gewendeten Gesicht.

Der Engel

Mit einem Neigen seiner Stirne weist
er weit von sich was einschränkt und verpflichtet;
denn durch sein Herz geht riesig aufgerichtet
das ewig Kommende das kreist.

Die tiefen Himmel stehn ihm voll Gestalten,
und jede kann ihm rufen: komm, erkenn –.
Gieb seinen leichten Händen nichts zu halten
aus deinem Lastenden. Sie kämen denn

bei Nacht zu dir, dich ringender zu prüfen,
und gingen wie Erzürnte durch das Haus
und griffen dich als ob sie dich erschüfen
und brächen dich aus deiner Form heraus.

Der Schwan

Diese Mühsal, durch noch Ungetanes
schwer und wie gebunden hinzugehn,
gleicht dem ungeschaffnen Gang des Schwanes.

Und das Sterben, dieses Nichtmehrfassen
jenes Grunds, auf dem wir täglich stehn,
seinem ängstlichen Sich-Niederlassen –:

in die Wasser, die ihn sanft empfangen
und die sich, wie glücklich und vergangen,
unter ihm zurückziehn, Flut um Flut;
während er unendlich still und sicher
immer mündiger und königlicher
und gelassener zu ziehn geruht.

Die Erblindende

Sie saß so wie die anderen beim Tee.
Mir war zuerst, als ob sie ihre Tasse
ein wenig anders als die andern fasse.
Sie lächelte einmal. Es tat fast weh.

Und als man schließlich sich erhob und sprach
und langsam und wie es der Zufall brachte
durch viele Zimmer ging (man sprach und lachte),
da sah ich sie. Sie ging den andern nach,

verhalten, so wie eine, welche gleich
wird singen müssen und vor vielen Leuten;
auf ihren hellen Augen die sich freuten
war Licht von außen wie auf einem Teich.

Sie folgte langsam und sie brauchte lang
als wäre etwas noch nicht überstiegen;
und doch: als ob, nach einem Übergang,
sie nicht mehr gehen würde, sondern fliegen.

Abschied

Wie hab ich das gefühlt was Abschied heißt.
Wie weiß ichs noch: ein dunkles unverwundnes
grausames Etwas, das ein Schönverbundnes
noch einmal zeigt und hinhält und zerreißt.

Wie war ich ohne Wehr, dem zuzuschauen,
das, da es mich, mich rufend, gehen ließ,
zurückblieb, so als wärens alle Frauen
und dennoch klein und weiß und nichts als dies:

Ein Winken, schon nicht mehr auf mich bezogen,
ein leise Weiterwinkendes –, schon kaum
erklärbar mehr: vielleicht ein Pflaumenbaum,
von dem ein Kuckuck hastig abgeflogen.

Todes-Erfahrung

Wir wissen nichts von diesem Hingehn, das
nicht mit uns teilt. Wir haben keinen Grund,
Bewunderung und Liebe oder Haß
dem Tod zu zeigen, den ein Maskenmund

tragischer Klage wunderlich entstellt.
Noch ist die Welt voll Rollen, die wir spielen.
Solang wir sorgen, ob wir auch gefielen,
spielt auch der Tod, obwohl er nicht gefällt.

Doch als du gingst, da brach in diese Bühne
ein Streifen Wirklichkeit durch jenen Spalt
durch den du hingingst: Grün wirklicher Grüne,
wirklicher Sonnenschein, wirklicher Wald.

Wir spielen weiter. Bang und schwer Erlerntes
hersagend und Gebärden dann und wann
aufhebend; aber dein von uns entferntes,
aus unserm Stück entrücktes Dasein kann

uns manchmal überkommen, wie ein Wissen
von jener Wirklichkeit sich niedersenkend,
so daß wir eine Weile hingerissen
das Leben spielen, nicht an Beifall denkend.

Die Insel

Nordsee

I

Die nächste Flut verwischt den Weg im Watt,
und alles wird auf allen Seiten gleich;
die kleine Insel draußen aber hat
die Augen zu; verwirrend kreist der Deich

um ihre Wohner, die in einen Schlaf
geboren werden, drin sie viele Welten
verwechseln, schweigend; denn sie reden selten,
und jeder Satz ist wie ein Epitaph

für etwas Angeschwemmtes, Unbekanntes,
das unerklärt zu ihnen kommt und bleibt.
Und so ist alles was ihr Blick beschreibt

von Kindheit an: nicht auf sie Angewandtes,
zu Großes, Rücksichtsloses, Hergesandtes,
das ihre Einsamkeit noch übertreibt.

II

Als läge er in einem Krater-Kreise
auf einem Mond: ist jeder Hof umdämmt,
und drin die Gärten sind auf gleiche Weise
gekleidet und wie Waisen gleich gekämmt

von jenem Sturm, der sie so rauh erzieht
und tagelang sie bange macht mit Toden.
Dann sitzt man in den Häusern drin und sieht
in schiefen Spiegeln was auf den Kommoden

Seltsames steht. Und einer von den Söhnen
tritt abends vor die Tür und zieht ein Tönen
aus der Harmonika wie Weinen weich;

so hörte ers in einem fremden Hafen –.
Und draußen formt sich eines von den Schafen
ganz groß, fast drohend, auf dem Außendeich.

III

Nah ist nur Innres; alles andre fern.
Und dieses Innere gedrängt und täglich
mit allem überfüllt und ganz unsäglich.
Die Insel ist wie ein zu kleiner Stern

welchen der Raum nicht merkt und stumm zerstört
in seinem unbewußten Furchtbarsein,
so daß er, unerhellt und überhört,
allein

damit dies alles doch ein Ende nehme
dunkel auf einer selbsterfundnen Bahn
versucht zu gehen, blindlings, nicht im Plan
der Wandelsterne, Sonnen und Systeme.

Die Rosenschale

Zornige sahst du flackern, sahst zwei Knaben
zu einem Etwas sich zusammenballen,
das Haß war und sich auf der Erde wälzte
wie ein von Bienen überfallnes Tier;
Schauspieler, aufgetürmte Übertreiber,
rasende Pferde, die zusammenbrachen,
den Blick wegwerfend, bläkend das Gebiß
als schälte sich der Schädel aus dem Maule.

Nun aber weißt du, wie sich das vergißt:
denn vor dir steht die volle Rosenschale,
die unvergeßlich ist und angefüllt
mit jenem Äußersten von Sein und Neigen,
Hinhalten, Niemals-Gebenkönnen, Dastehn,
das unser sein mag: Äußerstes auch uns.

Lautloses Leben, Aufgehn ohne Ende,
Raum-brauchen ohne Raum von jenem Raum
zu nehmen, den die Dinge rings verringern,
fast nicht Umrissen-sein wie Ausgespartes
und lauter Inneres, viel seltsam Zartes
und Sich-bescheinendes – bis an den Rand:
ist irgend etwas uns bekannt wie dies?

Und dann wie dies: daß ein Gefühl entsteht,
weil Blütenblätter Blütenblätter rühren?
Und dies: daß eins sich aufschlägt wie ein Lid,
und drunter liegen lauter Augenlider,
geschlossene, als ob sie, zehnfach schlafend,
zu dämpfen hätten eines Innern Sehkraft.
Und dies vor allem: daß durch diese Blätter
das Licht hindurch muß. Aus den tausend Himmeln
filtern sie langsam jenen Tropfen Dunkel,
in dessen Feuerschein das wirre Bündel
der Staubgefäße sich erregt und aufbäumt.

Und die Bewegung in den Rosen, sieh:
Gebärden von so kleinem Ausschlagswinkel,
daß sie unsichtbar blieben, liefen ihre
Strahlen nicht auseinander in das Weltall.

Sieh jene weiße, die sich selig aufschlug
und dasteht in den großen offnen Blättern
wie eine Venus aufrecht in der Muschel;
und die errötende, die wie verwirrt
nach einer kühlen sich hinüberwendet,

und wie die kühle fühllos sich zurückzieht,
und wie die kalte steht, in sich gehüllt,
unter den offenen, die alles abtun.
Und was sie abtun, wie das leicht und schwer,
wie es ein Mantel, eine Last, ein Flügel
und eine Maske sein kann, je nach dem,
und *wie* sie's abtun: wie vor dem Geliebten.

Was können sie nicht sein: war jene gelbe,
die hohl und offen daliegt, nicht die Schale
von einer Frucht, darin dasselbe Gelb,
gesammelter, orangeröter, Saft war?
Und wars für diese schon zu viel, das Aufgehn,
weil an der Luft ihr namenloses Rosa
den bittern Nachgeschmack des Lila annahm?
Und die batistene, ist sie kein Kleid,
in dem noch zart und atemwarm das Hemd steckt,
mit dem zugleich es abgeworfen wurde
im Morgenschatten an dem alten Waldbad?
Und diese hier, opalnes Porzellan,
zerbrechlich, eine flache Chinatasse
und angefüllt mit kleinen hellen Faltern, –
und jene da, die nichts enthält als sich.

Und sind nicht alle so, nur sich enthaltend,
wenn Sich-enthalten heißt: die Welt da draußen
und Wind und Regen und Geduld des Frühlings
und Schuld und Unruh und vermummtes Schicksal
und Dunkelheit der abendlichen Erde
bis auf der Wolken Wandel, Flucht und Anflug,
bis auf den vagen Einfluß ferner Sterne
in eine Hand voll Innres zu verwandeln.

Nun liegt es sorglos in den offnen Rosen.

Archaïscher Torso Apollos

Wir kannten nicht sein unerhörtes Haupt,
darin die Augenäpfel reiften. Aber
sein Torso glüht noch wie ein Kandelaber,
in dem sein Schauen, nur zurückgeschraubt,

sich hält und glänzt. Sonst könnte nicht der Bug
der Brust dich blenden, und im leisen Drehen
der Lenden könnte nicht ein Lächeln gehen
zu jener Mitte, die die Zeugung trug.

Sonst stünde dieser Stein entstellt und kurz
unter der Schultern durchsichtigem Sturz
und flimmerte nicht so wie Raubtierfelle;

und bräche nicht aus allen seinen Rändern
aus wie ein Stern: denn da ist keine Stelle,
die dich nicht sieht. Du mußt dein Leben ändern.

Leda

Als ihn der Gott in seiner Not betrat,
erschrak er fast, den Schwan so schön zu finden;
er ließ sich ganz verwirrt in ihm verschwinden.
Schon aber trug ihn sein Betrug zur Tat,

bevor er noch des unerprobten Seins
Gefühle prüfte. Und die Aufgetane
erkannte schon den Kommenden im Schwane
und wußte schon: er bat um Eins,

das sie, verwirrt in ihrem Widerstand,
nicht mehr verbergen konnte. Er kam nieder
und halsend durch die immer schwächre Hand

ließ sich der Gott in die Geliebte los.
Dann erst empfand er glücklich sein Gefieder
und wurde wirklich Schwan in ihrem Schooß.

Ein Prophet

Ausgedehnt von riesigen Gesichten,
hell vom Feuerschein aus dem Verlauf
der Gerichte, die ihn nie vernichten, –
sind die Augen, schauend unter dichten
Brauen. Und in seinem Innern richten
sich schon wieder Worte auf,

nicht die seinen (denn was wären seine
und wie schonend wären sie vertan)

Jeremia

Einmal war ich weich wie früher Weizen,
doch, du Rasender, du hast vermocht,
mir das hingehaltne Herz zu reizen,
daß es jetzt wie eines Löwen kocht.

Welchen Mund hast du mir zugemutet,
damals, da ich fast ein Knabe war:
eine Wunde wurde er: nun blutet
aus ihm Unglücksjahr um Unglücksjahr.

Täglich tönte ich von neuen Nöten,
die du, Unersättlicher, ersannst,
und sie konnten mir den Mund nicht töten;
sieh du zu, wie du ihn stillen kannst,

wenn, die wir zerstoßen und zerstören,
erst verloren sind und fernverlaufen
und vergangen sind in der Gefahr:
denn dann will ich in den Trümmerhaufen
endlich meine Stimme wiederhören,
die von Anfang an ein Heulen war.

Eine Sibylle

Einst, vor Zeiten, nannte man sie alt.
Doch sie blieb und kam dieselbe Straße
täglich. Und man änderte die Maße,
und man zählte sie wie einen Wald

nach Jahrhunderten. Sie aber stand
jeden Abend auf derselben Stelle,
schwarz wie eine alte Citadelle
hoch und hohl und ausgebrannt;

von den Worten, die sich unbewacht
wider ihren Willen in ihr mehrten,
immerfort umschrieen und umflogen,
während die schon wieder heimgekehrten
dunkel unter ihren Augenbogen
saßen, fertig für die Nacht.

Toten-Tanz

Sie brauchen kein Tanz-Orchester;
sie hören in sich ein Geheule
als wären sie Eulennester.
Ihr Ängsten näßt wie eine Beule,
und der Vorgeruch ihrer Fäule
ist noch ihr bester Geruch.

Sie fassen den Tänzer fester,
den rippenbetreßten Tänzer,
den Galan, den ächten Ergänzer
zu einem ganzen Paar.
Und er lockert der Ordensschwester
über dem Haar das Tuch;
sie tanzen ja unter Gleichen.
Und er zieht der wachslichtbleichen
leise die Lesezeichen
aus ihrem Stunden-Buch.

Bald wird ihnen allen zu heiß,
sie sind zu reich gekleidet;
beißender Schweiß verleidet
ihnen Stirne und Steiß
und Schauben und Hauben und Steine;
sie wünschen, sie wären nackt
wie ein Kind, ein Verrückter und Eine:
die tanzen noch immer im Takt.

Die Versuchung

Nein, es half nicht, daß er sich die scharfen
Stacheln einhieb in das geile Fleisch;
alle seine trächtigen Sinne warfen
unter kreißendem Gekreisch

Frühgeburten: schiefe, hingeschielte
kriechende und fliegende Gesichte,
Nichte, deren nur auf ihn erpichte
Bosheit sich verband und mit ihm spielte.

Und schon hatten seine Sinne Enkel;
denn das Pack war fruchtbar in der Nacht
und in immer bunterem Gesprenkel

hingehudelt und verhundertfacht.
Aus dem Ganzen ward ein Trank gemacht:
seine Hände griffen lauter Henkel,
und der Schatten schob sich auf wie Schenkel
warm und zu Umarmungen erwacht –.

Und da schrie er nach dem Engel, schrie:
Und der Engel kam in seinem Schein
und war da: und jagte sie
wieder in den Heiligen hinein,

daß er mit Geteufel und Getier
in sich weiterringe wie seit Jahren
und sich Gott, den lange noch nicht klaren,
innen aus dem Jäsen destillier.

Der Stylit

Völker schlugen über ihm zusammen,
die er küren durfte und verdammen;
und erratend, daß er sich verlor,
klomm er aus dem Volksgeruch mit klammen
Händen einen Säulenschaft empor,

der noch immer stieg und nichts mehr hob,
und begann, allein auf seiner Fläche,
ganz von vorne seine eigne Schwäche
zu vergleichen mit des Herren Lob;

und da war kein Ende: er verglich;
und der Andre wurde immer größer.
Und die Hirten, Ackerbauer, Flößer
sahn ihn klein und außer sich

immer mit dem ganzen Himmel reden,
eingeregnet manchmal, manchmal licht;
und sein Heulen stürzte sich auf jeden,
so als heulte er ihm ins Gesicht.
Doch er sah seit Jahren nicht,

wie der Menge Drängen und Verlauf
unten unaufhörlich sich ergänzte,
und das Blanke an den Fürsten glänzte
lange nicht so hoch hinauf.

Aber wenn er oben, fast verdammt
und von ihrem Widerstand zerschunden,
einsam mit verzweifeltem Geschreie
schüttelte die täglichen Dämonen:
fielen langsam auf die erste Reihe
schwer und ungeschickt aus seinen Wunden
große Würmer in die offnen Kronen
und vermehrten sich im Samt.

Die Bettler

Du wußtest nicht, was den Haufen
ausmacht. Ein Fremder fand
Bettler darin. Sie verkaufen
das Hohle aus ihrer Hand.

Sie zeigen dem Hergereisten
ihren Mund voll Mist,
und er darf (er kann es sich leisten)
sehn, wie ihr Aussatz frißt.

Es zergeht in ihren zerrührten
Augen sein fremdes Gesicht;
und sie freuen sich des Verführten
und speien, wenn er spricht.

Fremde Familie

So wie der Staub, der irgendwie beginnt
und nirgends ist, zu unerklärtem Zwecke
an einem leeren Morgen in der Ecke
in die man sieht, ganz rasch zu Grau gerinnt,

so bildeten sie sich, wer weiß aus was,
im letzten Augenblick vor deinen Schritten
und waren etwas Ungewisses mitten
im nassen Niederschlag der Gasse, das

nach dir verlangte. Oder nicht nach dir.
Denn eine Stimme, wie vom vorigen Jahr,
sang dich zwar an und blieb doch ein Geweine;
und eine Hand, die wie geliehen war,
kam zwar hervor und nahm doch nicht die deine.
Wer kommt denn noch? Wen meinen diese vier?

Leichen-Wäsche

Sie hatten sich an ihn gewöhnt. Doch als
die Küchenlampe kam und unruhig brannte
im dunkeln Luftzug, war der Unbekannte
ganz unbekannt. Sie wuschen seinen Hals,

und da sie nichts von seinem Schicksal wußten,
so logen sie ein anderes zusamm,
fortwährend waschend. Eine mußte husten
und ließ solang den schweren Essigschwamm

auf dem Gesicht. Da gab es eine Pause
auch für die zweite. Aus der harten Bürste
klopften die Tropfen; während seine grause
gekrampfte Hand dem ganzen Hause
beweisen wollte, daß ihn nicht mehr dürste.

Und er bewies. Sie nahmen wie betreten
eiliger jetzt mit einem kurzen Huster
die Arbeit auf, so daß an den Tapeten
ihr krummer Schatten in dem stummen Muster

sich wand und wälzte wie in einem Netze,
bis daß die Waschenden zu Ende kamen.
Die Nacht im vorhanglosen Fensterrahmen
war rücksichtslos. Und einer ohne Namen
lag bar und reinlich da und gab Gesetze.

Eine Welke

Leicht, wie nach ihrem Tode
trägt sie die Handschuh, das Tuch.
Ein Duft aus ihrer Kommode
verdrängte den lieben Geruch,

an dem sie sich früher erkannte.
Jetzt fragte sie lange nicht, wer
sie sei (: eine ferne Verwandte),
und geht in Gedanken umher

und sorgt für ein ängstliches Zimmer,
das sie ordnet und schont,
weil es vielleicht noch immer
dasselbe Mädchen bewohnt.

Die Gruppe

Paris

Als pflückte einer rasch zu einem Strauß:
ordnet der Zufall hastig die Gesichter,
lockert sie auf und drückt sie wieder dichter,
ergreift zwei ferne, läßt ein nahes aus,

tauscht das mit dem, bläst irgendeines frisch,
wirft einen Hund, wie Kraut, aus dem Gemisch
und zieht, was niedrig schaut, wie durch verworrne
Stiele und Blätter, an dem Kopf nach vorne

und bindet es ganz klein am Rande ein;
und streckt sich wieder, ändert und verstellt
und hat nur eben Zeit, zum Augenschein

zurückzuspringen mitten auf die Matte,
auf der im nächsten Augenblick der glatte
Gewichteschwinger seine Schwere schwellt.

Schlangen-Beschwörung

Wenn auf dem Markt, sich wiegend, der Beschwörer
die Kürbisflöte pfeift, die reizt und lullt,
so kann es sein, daß er sich einen Hörer
herüberlockt, der ganz aus dem Tumult

der Buden eintritt in den Kreis der Pfeife,
die will und will und will und die erreicht,
daß das Reptil in seinem Korb sich steife
und die das steife schmeichlerisch erweicht,

abwechselnd immer schwindelnder und blinder
mit dem, was schreckt und streckt, und dem, was löst –;
und dann genügt ein Blick: so hat der Inder
dir eine Fremde eingeflößt,

in der du stirbst. Es ist als überstürze
glühender Himmel dich. Es geht ein Sprung
durch dein Gesicht. Es legen sich Gewürze
auf deine nordische Erinnerung,

die dir nichts hilft. Dich feien keine Kräfte,
die Sonne gärt, das Fieber fällt und trifft;
von böser Freude steilen sich die Schäfte,
und in den Schlangen glänzt das Gift.

Schwarze Katze

Ein Gespenst ist noch wie eine Stelle,
dran dein Blick mit einem Klange stößt;
aber da, an diesem schwarzen Felle
wird dein stärkstes Schauen aufgelöst:

wie ein Tobender, wenn er in vollster
Raserei ins Schwarze stampft,
jählings am benehmenden Gepolster
einer Zelle aufhört und verdampft.

Alle Blicke, die sie jemals trafen,
scheint sie also an sich zu verhehlen,
um darüber drohend und verdrossen
zuzuschauern und damit zu schlafen.
Doch auf einmal kehrt sie, wie geweckt,
ihr Gesicht und mitten in das deine:
und da triffst du deinen Blick im geelen
Amber ihrer runden Augensteine
unerwartet wieder: eingeschlossen
wie ein ausgestorbenes Insekt.

Der Balkon

Neapel

Von der Enge, oben, des Balkones
angeordnet wie von einem Maler
und gebunden wie zu einem Strauß
alternder Gesichter und ovaler,
klar im Abend, sehn sie idealer,
rührender und wie für immer aus.

Diese aneinander angelehnten
Schwestern, die, als ob sie sich von weit
ohne Aussicht nacheinander sehnten,
lehnen, Einsamkeit an Einsamkeit;

und der Bruder mit dem feierlichen
Schweigen, zugeschlossen, voll Geschick,
doch von einem sanften Augenblick
mit der Mutter unbemerkt verglichen;

und dazwischen, abgelebt und länglich,
längst mit keinem mehr verwandt,
einer Greisin Maske, unzugänglich,
wie im Fallen von der einen Hand

aufgehalten, während eine zweite
welkere, als ob sie weitergleite,
unten vor den Kleidern hängt zur Seite

von dem Kinder-Angesicht,
das das Letzte ist, versucht, verblichen,
von den Stäben wieder durchgestrichen
wie noch unbestimmbar, wie noch nicht.

Die Parke [VII]

Aber Schalen sind, drin der Najaden
Spiegelbilder, die sie nicht mehr baden,
wie ertrunken liegen, sehr verzerrt;
die Alleen sind durch Balustraden
in der Ferne wie versperrt.

Immer geht ein feuchter Blätterfall
durch die Luft hinunter wie auf Stufen,
jeder Vogelruf ist wie verrufen,
wie vergiftet jede Nachtigall.

Selbst der Frühling ist da nicht mehr gebend,
diese Büsche glauben nicht an ihn;
ungern duftet trübe, überlebend
abgestandener Jasmin

alt und mit Zerfallendem vermischt.
Mit dir weiter rückt ein Bündel Mücken,
so als würde hinter deinem Rücken
alles gleich vernichtet und verwischt.

Der Fremde

Ohne Sorgfalt, was die Nächsten dächten,
die er müde nichtmehr fragen hieß,
ging er wieder fort; verlor, verließ –.
Denn er hing an solchen Reisenächten

anders als an jeder Liebesnacht.
Wunderbare hatte er durchwacht,
die mit starken Sternen überzogen
enge Fernen auseinanderbogen
und sich wandelten wie eine Schlacht;

andre, die mit in den Mond gestreuten
Dörfern, wie mit hingehaltnen Beuten,
sich ergaben, oder durch geschonte
Parke graue Edelsitze zeigten,
die er gerne in dem hingeneigten
Haupte einen Augenblick bewohnte,
tiefer wissend, daß man nirgends bleibt;
und schon sah er bei dem nächsten Biegen
wieder Wege, Brücken, Länder liegen
bis an Städte, die man übertreibt.

Und dies alles immer unbegehrend
hinzulassen, schien ihm mehr als seines
Lebens Lust, Besitz und Ruhm.
Doch auf fremden Plätzen war ihm eines
täglich ausgetretnen Brunnensteines
Mulde manchmal wie ein Eigentum.

Die Flamingos

Jardin des Plantes, Paris

In Spiegelbildern wie von Fragonard
ist doch von ihrem Weiß und ihrer Röte
nicht mehr gegeben, als dir einer böte,
wenn er von seiner Freundin sagt: sie war

noch sanft von Schlaf. Denn steigen sie ins Grüne
und stehn, auf rosa Stielen leicht gedreht,
beisammen, blühend, wie in einem Beet,
verführen sie verführender als Phryne

sich selber; bis sie ihres Auges Bleiche
hinhalsend bergen in der eignen Weiche,
in welcher Schwarz und Fruchtrot sich versteckt.

Auf einmal kreischt ein Neid durch die Volière;
sie aber haben sich erstaunt gestreckt
und schreiten einzeln ins Imaginäre.

Die Entführung

Oft war sie als Kind ihren Dienerinnen
entwichen, um die Nacht und den Wind
(weil sie drinnen so anders sind)
draußen zu sehn an ihrem Beginnen;

doch keine Sturmnacht hatte gewiß
den riesigen Park so in Stücke gerissen,
wie ihn jetzt ihr Gewissen zerriß,

da er sie nahm von der seidenen Leiter
und sie weitertrug, weiter, weiter …:

bis der Wagen alles war.

Und sie roch ihn, den schwarzen Wagen,
um den verhalten das Jagen stand
und die Gefahr.
Und sie fand ihn mit Kaltem ausgeschlagen;
und das Schwarze und Kalte war auch in ihr.
Sie kroch in ihren Mantelkragen
und befühlte ihr Haar, als bliebe es hier,
und hörte fremd einen Fremden sagen:
Ichbinbeidir.

Rosa Hortensie

Wer nahm das Rosa an? Wer wußte auch,
daß es sich sammelte in diesen Dolden?
Wie Dinge unter Gold, die sich entgolden,
entröten sie sich sanft, wie im Gebrauch.

Daß sie für solches Rosa nichts verlangen.
Bleibt es für sie und lächelt aus der Luft?
Sind Engel da, es zärtlich zu empfangen,
wenn es vergeht, großmütig wie ein Duft?

Oder vielleicht auch geben sie es preis,
damit es nie erführe vom Verblühn.
Doch unter diesem Rosa hat ein Grün
gehorcht, das jetzt verwelkt und alles weiß.

Der Junggeselle

Lampe auf den verlassenen Papieren,
und ringsum Nacht bis weit hinein ins Holz
der Schränke. Und er konnte sich verlieren
an sein Geschlecht, das nun mit ihm zerschmolz;
ihm schien, je mehr er las, er hätte ihren,
sie aber hatten alle seinen Stolz.

Hochmütig steiften sich die leeren Stühle
die Wand entlang, und lauter Selbstgefühle
machten sich schläfernd in den Möbeln breit;
von oben goß sich Nacht auf die Pendüle,
und zitternd rann aus ihrer goldnen Mühle,
ganz fein gemahlen, seine Zeit.

Er nahm sie nicht. Um fiebernd unter jenen,
als zöge er die Laken ihrer Leiber,
andere Zeiten wegzuzerrn.
Bis er ins Flüstern kam; (was war ihm fern?)
Er lobte einen dieser Briefeschreiber,
als sei der Brief an ihn: Wie du mich kennst;
und klopfte lustig auf die Seitenlehnen.
Der Spiegel aber, innen unbegrenzter,
ließ leise einen Vorhang aus, ein Fenster –:
denn dorten stand, fast fertig, das Gespenst.

Der Einsame

Nein: ein Turm soll sein aus meinem Herzen
und ich selbst an seinen Rand gestellt:
wo sonst nichts mehr ist, noch einmal Schmerzen
und Unsäglichkeit, noch einmal Welt.

Noch ein Ding allein im Übergroßen,
welches dunkel wird und wieder licht,
noch ein letztes, sehnendes Gesicht
in das Nie-zu-Stillende verstoßen,

noch ein äußerstes Gesicht aus Stein,
willig seinen inneren Gewichten,
das die Weiten, die es still vernichten,
zwingen, immer seliger zu sein.

Der Leser

Wer kennt ihn, diesen, welcher sein Gesicht
wegsenkte aus dem Sein zu einem zweiten,
das nur das schnelle Wenden voller Seiten
manchmal gewaltsam unterbricht?

Selbst seine Mutter wäre nicht gewiß,
ob *er* es ist, der da mit seinem Schatten
Getränktes liest. Und wir, die Stunden hatten,
was wissen wir, wieviel ihm hinschwand, bis

er mühsam aufsah: alles auf sich hebend,
was unten in dem Buche sich verhielt,
mit Augen, welche, statt zu nehmen, gebend
anstießen an die fertig-volle Welt:
wie stille Kinder, die allein gespielt,
auf einmal das Vorhandene erfahren;
doch seine Züge, die geordnet waren,
blieben für immer umgestellt.

Der Apfelgarten

Borgeby-Gård

Komm gleich nach dem Sonnenuntergange,
sieh das Abendgrün des Rasengrunds;
ist es nicht, als hätten wir es lange
angesammelt und erspart in uns,

um es jetzt aus Fühlen und Erinnern,
neuer Hoffnung, halbvergeßnem Freun,
noch vermischt mit Dunkel aus dem Innern,
in Gedanken vor uns hinzustreun

unter Bäume wie von Dürer, die
das Gewicht von hundert Arbeitstagen
in den überfüllten Früchten tragen,
dienend, voll Geduld, versuchend, wie

das, was alle Maße übersteigt,
noch zu heben ist und hinzugeben,
wenn man willig, durch ein langes Leben
nur das Eine will und wächst und schweigt.

Der Berg

Sechsunddreißig Mal und hundert Mal
hat der Maler jenen Berg geschrieben,
weggerissen, wieder hingetrieben
(sechsunddreißig Mal und hundert Mal)

zu dem unbegreiflichen Vulkane,
selig, voll Versuchung, ohne Rat, –
während der mit Umriß Angetane
seiner Herrlichkeit nicht Einhalt tat:

tausendmal aus allen Tagen tauchend,
Nächte ohne gleichen von sich ab
fallen lassend, alle wie zu knapp;
jedes Bild im Augenblick verbrauchend,
von Gestalt gesteigert zu Gestalt,
teilnahmslos und weit und ohne Meinung –,
um auf einmal wissend, wie Erscheinung,
sich zu heben hinter jedem Spalt.

Der Ball

Du Runder, der das Warme aus zwei Händen
im Fliegen, oben, fortgiebt, sorglos wie
sein Eigenes; was in den Gegenständen
nicht bleiben kann, zu unbeschwert für sie,

zu wenig Ding und doch noch Ding genug,
um nicht aus allem draußen Aufgereihten
unsichtbar plötzlich in uns einzugleiten:
das glitt in dich, du zwischen Fall und Flug

noch Unentschlossener: der, wenn er steigt,
als hätte er ihn mit hinaufgehoben,
den Wurf entführt und freiläßt –, und sich neigt
und einhält und den Spielenden von oben
auf einmal eine neue Stelle zeigt,
sie ordnend wie zu einer Tanzfigur,

um dann, erwartet und erwünscht von allen,
rasch, einfach, kunstlos, ganz Natur,
dem Becher hoher Hände zuzufallen.

Requiem
Für eine Freundin

Geschrieben am 31. Oktober,
1. und 2. November 1908 in Paris

Ich habe Tote, und ich ließ sie hin
und war erstaunt, sie so getrost zu sehn,
so rasch zuhaus im Totsein, so gerecht,
so anders als ihr Ruf. Nur du, du kehrst
zurück; du streifst mich, du gehst um, du willst
an etwas stoßen, daß es klingt von dir
und dich verrät. O nimm mir nicht, was ich
langsam erlern. Ich habe recht; du irrst
wenn du gerührt zu irgend einem Ding
ein Heimweh hast. Wir wandeln dieses um;
es ist nicht hier, wir spiegeln es herein
aus unserm Sein, sobald wir es erkennen.
  Ich glaubte dich viel weiter. Mich verwirrts,
daß *du* gerade irrst und kommst, die mehr
verwandelt hat als irgend eine Frau.
Daß wir erschraken, da du starbst, nein, daß
dein starker Tod uns dunkel unterbrach,
das Bisdahin abreißend vom Seither:
das geht uns an; das einzuordnen wird
die Arbeit sein, die wir mit allem tun.
Doch daß du selbst erschrakst und auch noch jetzt
den Schrecken hast, wo Schrecken nicht mehr gilt;
daß du von deiner Ewigkeit ein Stück
verlierst und hier hereintrittst, Freundin, hier,
wo alles noch nicht *ist*; daß du zerstreut,
zum ersten Mal im All zerstreut und halb,
den Aufgang der unendlichen Naturen
nicht so ergriffst wie hier ein jedes Ding;
daß aus dem Kreislauf, der dich schon empfing,
die stumme Schwerkraft irgend einer Unruh
dich niederzieht zur abgezählten Zeit –:

dies weckt mich nachts oft wie ein Dieb, der einbricht.
Und dürft ich sagen, daß du nur geruhst,
daß du aus Großmut kommst, aus Überfülle,
weil du so sicher bist, so in dir selbst,
daß du herumgehst wie ein Kind, nicht bange
vor Örtern, wo man einem etwas tut –:
doch nein: du bittest. Dieses geht mir so
bis ins Gebein und querrt wie eine Säge.
Ein Vorwurf, den du trügest als Gespenst,
nachtrügest mir, wenn ich mich nachts zurückzieh
in meine Lunge, in die Eingeweide,
in meines Herzens letzte ärmste Kammer, –
ein solcher Vorwurf wäre nicht so grausam,
wie dieses Bitten ist. Was bittest du?
 Sag, soll ich reisen? Hast du irgendwo
ein Ding zurückgelassen, das sich quält
und das dir nachwill? Soll ich in ein Land,
das du nicht sahst, obwohl es dir verwandt
war wie die andre Hälfte deiner Sinne?
 Ich will auf seinen Flüssen fahren, will
an Land gehn und nach alten Sitten fragen,
will mit den Frauen in den Türen sprechen
und zusehn, wenn sie ihre Kinder rufen.
Ich will mir merken, wie sie dort die Landschaft
umnehmen draußen bei der alten Arbeit
der Wiesen und der Felder; will begehren,
vor ihren König hingeführt zu sein,
und will die Priester durch Bestechung reizen,
daß sie mich legen vor das stärkste Standbild
und fortgehn und die Tempeltore schließen.
Dann aber will ich, wenn ich vieles weiß,
einfach die Tiere anschaun, daß ein Etwas
von ihrer Wendung mir in die Gelenke
herübergleitet; will ein kurzes Dasein
in ihren Augen haben, die mich halten
und langsam lassen, ruhig, ohne Urteil.
Ich will mir von den Gärtnern viele Blumen

hersagen lassen, daß ich in den Scherben
der schönen Eigennamen einen Rest
herüberbringe von den hundert Düften.
Und Früchte will ich kaufen, Früchte, drin
das Land noch einmal ist, bis an den Himmel.
  Denn Das verstandest du: die vollen Früchte.
Die legtest du auf Schalen vor dich hin
und wogst mit Farben ihre Schwere auf.
Und so wie Früchte sahst du auch die Fraun
und sahst die Kinder so, von innen her
getrieben in die Formen ihres Daseins.
Und sahst dich selbst zuletzt wie eine Frucht,
nahmst dich heraus aus deinen Kleidern, trugst
dich vor den Spiegel, ließest dich hinein
bis auf dein Schauen; das blieb groß davor
und sagte nicht: das bin ich; nein: dies ist.
So ohne Neugier war zuletzt dein Schaun
und so besitzlos, von so wahrer Armut,
daß es dich selbst nicht mehr begehrte: heilig.
  So will ich dich behalten, wie du dich
hinstelltest in den Spiegel, tief hinein
und fort von allem. Warum kommst du anders?
Was widerrufst du dich? Was willst du mir
einreden, daß in jenen Bernsteinkugeln
um deinen Hals noch etwas Schwere war
von jener Schwere, wie sie nie im Jenseits
beruhigter Bilder ist; was zeigst du mir
in deiner Haltung eine böse Ahnung;
was heißt dich die Konturen deines Leibes
auslegen wie die Linien einer Hand,
daß ich sie nicht mehr sehn kann ohne Schicksal?
  Komm her ins Kerzenlicht. Ich bin nicht bang,
die Toten anzuschauen. Wenn sie kommen,
so haben sie ein Recht, in unserm Blick
sich aufzuhalten, wie die andern Dinge.
  Komm her; wir wollen eine Weile still sein.
Sieh diese Rose an auf meinem Schreibtisch;

ist nicht das Licht um sie genau so zaghaft
wie über dir: sie dürfte auch nicht hier sein.
Im Garten draußen, unvermischt mit mir,
hätte sie bleiben müssen oder hingehn, –
nun währt sie so: was ist ihr mein Bewußtsein?

Erschrick nicht, wenn ich jetzt begreife, ach,
da steigt es in mir auf: ich kann nicht anders,
ich muß begreifen, und wenn ich dran stürbe.
Begreifen, daß du hier bist. Ich begreife.
Ganz wie ein Blinder rings ein Ding begreift,
fühl ich dein Los und weiß ihm keinen Namen.
Laß uns zusammen klagen, daß dich einer
aus deinem Spiegel nahm. Kannst du noch weinen?
Du kannst nicht. Deiner Tränen Kraft und Andrang
hast du verwandelt in dein reifes Anschaun
und warst dabei, jeglichen Saft in dir
so umzusetzen in ein starkes Dasein,
das steigt und kreist, im Gleichgewicht und blindlings.
Da riß ein Zufall dich, dein letzter Zufall
riß dich zurück aus deinem fernsten Fortschritt
in eine Welt zurück, wo Säfte *wollen*.
Riß dich nicht ganz; riß nur ein Stück zuerst,
doch als um dieses Stück von Tag zu Tag
die Wirklichkeit so zunahm, daß es schwer ward,
da brauchtest du dich ganz: da gingst du hin
und brachst in Brocken dich aus dem Gesetz
mühsam heraus, weil du dich brauchtest. Da
trugst du dich ab und grubst aus deines Herzens
nachtwarmem Erdreich die noch grünen Samen,
daraus dein Tod aufkeimen sollte: deiner,
dein eigner Tod zu deinem eignen Leben.
Und aßest sie, die Körner deines Todes,
wie alle andern, aßest seine Körner,
und hattest Nachgeschmack in dir von Süße,
die du nicht meintest, hattest süße Lippen,
du: die schon innen in den Sinnen süß war.

O laß uns klagen. Weißt du, wie dein Blut
aus einem Kreisen ohnegleichen zögernd
und ungern wiederkam, da du es abriefst?
Wie es verwirrt des Leibes kleinen Kreislauf
noch einmal aufnahm; wie es voller Mißtraun
und Staunen eintrat in den Mutterkuchen
und von dem weiten Rückweg plötzlich müd war.
Du triebst es an, du stießest es nach vorn,
du zerrtest es zur Feuerstelle, wie
man eine Herde Tiere zerrt zum Opfer;
und wolltest noch, es sollte dabei froh sein.
Und du erzwangst es schließlich: es war froh
und lief herbei und gab sich hin. Dir schien,
weil du gewohnt warst an die andern Maße,
es wäre nur für eine Weile; aber
nun warst du in der Zeit, und Zeit ist lang.
Und Zeit geht hin, und Zeit nimmt zu, und Zeit
ist wie ein Rückfall einer langen Krankheit.

Wie war dein Leben kurz, wenn du's vergleichst
mit jenen Stunden, da du saßest und
die vielen Kräfte deiner vielen Zukunft
schweigend herabbogst zu dem neuen Kindkeim,
der wieder Schicksal war. O wehe Arbeit.
O Arbeit über alle Kraft. Du tatest
sie Tag für Tag, du schlepptest dich zu ihr
und zogst den schönen Einschlag aus dem Webstuhl
und brauchtest alle deine Fäden anders.
Und endlich hattest du noch Mut zum Fest.

Denn da's getan war, wolltest du belohnt sein,
wie Kinder, wenn sie bittersüßen Tee
getrunken haben, der vielleicht gesund macht.
So lohntest du dich: denn von jedem andern
warst du zu weit, auch jetzt noch; keiner hätte
ausdenken können, welcher Lohn dir wohltut.
Du wußtest es. Du saßest auf im Kindbett,
und vor dir stand ein Spiegel, der dir alles
ganz wiedergab. Nun war das alles *Du*

und ganz *davor*, und drinnen war nur Täuschung,
die schöne Täuschung jeder Frau, die gern
Schmuck umnimmt und das Haar kämmt und verändert.
   So starbst du, wie die Frauen früher starben,
altmodisch starbst du in dem warmen Hause
den Tod der Wöchnerinnen, welche wieder
sich schließen wollen und es nicht mehr können,
weil jenes Dunkel, das sie mitgebaren,
noch einmal wiederkommt und drängt und eintritt.

Ob man nicht dennoch hätte Klagefrauen
auftreiben müssen? Weiber, welche weinen
für Geld, und die man so bezahlen kann,
daß sie die Nacht durch heulen, wenn es still wird.
Gebräuche her! wir haben nicht genug
Gebräuche. Alles geht und wird verredet.
So mußt du kommen, tot, und hier mit mir
Klagen nachholen. Hörst du, daß ich klage?
Ich möchte meine Stimme wie ein Tuch
hinwerfen über deines Todes Scherben
und zerrn an ihr, bis sie in Fetzen geht,
und alles, was ich sage, müßte so
zerlumpt in dieser Stimme gehn und frieren;
blieb es beim Klagen. Doch jetzt klag ich an:
den Einen nicht, der dich aus dir zurückzog,
(ich find ihn nicht heraus, er ist wie alle)
doch alle klag ich in ihm an: den Mann.
   Wenn irgendwo ein Kindgewesensein
tief in mir aufsteigt, das ich noch nicht kenne,
vielleicht das reinste Kindsein meiner Kindheit:
ich wills nicht wissen. Einen Engel will
ich daraus bilden ohne hinzusehn
und will ihn werfen in die erste Reihe
schreiender Engel, welche Gott erinnern.
   Denn dieses Leiden dauert schon zu lang,
und keiner kanns; es ist zu schwer für uns,
das wirre Leiden von der falschen Liebe,

die, bauend auf Verjährung wie Gewohnheit,
ein Recht sich nennt und wuchert aus dem Unrecht.
Wo ist ein Mann, der Recht hat auf Besitz?
Wer kann besitzen, was sich selbst nicht hält,
was sich von Zeit zu Zeit nur selig auffängt
und wieder hinwirft wie ein Kind den Ball.
Sowenig wie der Feldherr eine Nike
festhalten kann am Vorderbug des Schiffes,
wenn das geheime Leichtsein ihrer Gottheit
sie plötzlich weghebt in den hellen Meerwind:
so wenig kann einer von uns die Frau
anrufen, die uns nicht mehr sieht und die
auf einem schmalen Streifen ihres Daseins
wie durch ein Wunder fortgeht, ohne Unfall:
er hätte denn Beruf und Lust zur Schuld.
   Denn *das* ist Schuld, wenn irgendeines Schuld ist:
die Freiheit eines Lieben nicht vermehren
um alle Freiheit, die man in sich aufbringt.
Wir haben, wo wir lieben, ja nur dies:
einander lassen; denn daß wir uns halten,
das fällt uns leicht und ist nicht erst zu lernen.
   Bist du noch da? In welcher Ecke bist du? –
Du hast so viel gewußt von alledem
und hast so viel gekonnt, da du so hingingst
für alles offen, wie ein Tag, der anbricht.
Die Frauen leiden: lieben heißt allein sein,
und Künstler ahnen manchmal in der Arbeit,
daß sie verwandeln müssen, wo sie lieben.
Beides begannst du; beides ist in Dem,
was jetzt ein Ruhm entstellt, der es dir fortnimmt.
Ach du warst weit von jedem Ruhm. Du warst
unscheinbar; hattest leise deine Schönheit
hineingenommen, wie man eine Fahne
einzieht am grauen Morgen eines Werktags,
und wolltest nichts, als eine lange Arbeit, –
die nicht getan ist: dennoch nicht getan.
   Wenn du noch da bist, wenn in diesem Dunkel

noch eine Stelle ist, an der dein Geist
empfindlich mitschwingt auf den flachen Schallwelln,
die eine Stimme, einsam in der Nacht,
aufregt in eines hohen Zimmers Strömung:
So hör mich: Hilf mir. Sieh, wir gleiten so,
nicht wissend wann, zurück aus unserm Fortschritt
in irgendwas, was wir nicht meinen; drin
wir uns verfangen wie in einem Traum
und drin wir sterben, ohne zu erwachen.
Keiner ist weiter. Jedem, der sein Blut
hinaufhob in ein Werk, das lange wird,
kann es geschehen, daß ers nicht mehr hochhält
und daß es geht nach seiner Schwere, wertlos.
Denn irgendwo ist eine alte Feindschaft
zwischen dem Leben und der großen Arbeit.
Daß ich sie einseh und sie sage: hilf mir.
  Komm nicht zurück. Wenn du's erträgst, so sei
tot bei den Toten. Tote sind beschäftigt.
Doch hilf mir so, daß es dich nicht zerstreut,
wie mir das Fernste manchmal hilft: in mir.

Requiem
Für Wolf Graf von Kalckreuth

Geschrieben am 4. und 5. November 1908 in Paris

Sah ich dich wirklich nie? Mir ist das Herz
so schwer von dir wie von zu schwerem Anfang,
den man hinausschiebt. Daß ich dich begänne
zu sagen, Toter der du bist; du gerne,
du leidenschaftlich Toter. War das so
erleichternd wie du meintest, oder war
das Nichtmehrleben doch noch weit vom Totsein?
Du wähntest, besser zu besitzen dort,
wo keiner Wert legt auf Besitz. Dir schien,
dort drüben wärst du innen in der Landschaft,
die wie ein Bild hier immer vor dir zuging,
und kämst von innen her in die Geliebte
und gingest hin durch alles, stark und schwingend.
O daß du nun die Täuschung nicht zu lang
nachtrügest deinem knabenhaften Irrtum.
Daß du, gelöst in einer Strömung Wehmut
und hingerissen, halb, nur bei Bewußtsein,
in der Bewegung um die fernen Sterne
die Freude fändest, die du von hier fort
verlegt hast in das Totsein deiner Träume.
Wie nahe warst du, Lieber, hier an ihr.
Wie war sie hier zuhaus, die, die du meintest,
die ernste Freude deiner strengen Sehnsucht.
Wenn du, enttäuscht von Glücklichsein und Unglück,
dich in dich wühltest und mit einer Einsicht
mühsam heraufkamst, unter dem Gewicht
beinah zerbrechend deines dunkeln Fundes:
da trugst du sie, sie, die du nicht erkannt hast,
die Freude trugst du, deines kleinen Heilands
Last trugst du durch dein Blut und holtest über.
　Was hast du nicht gewartet, daß die Schwere
ganz unerträglich wird: da schlägt sie um

und ist so schwer, weil sie so echt ist. Siehst du,
dies war vielleicht dein nächster Augenblick;
er rückte sich vielleicht vor deiner Tür
den Kranz im Haar zurecht, da du sie zuwarfst.
O dieser Schlag, wie geht er durch das Weltall,
wenn irgendwo vom harten scharfen Zugwind
der Ungeduld ein Offenes ins Schloß fällt.
Wer kann beschwören, daß nicht in der Erde
ein Sprung sich hinzieht durch gesunde Samen;
wer hat erforscht, ob in gezähmten Tieren
nicht eine Lust zu töten geilig aufzuckt,
wenn dieser Ruck ein Blitzlicht in ihr Hirn wirft.
Wer kennt den Einfluß, der von unserm Handeln
hinüberspringt in eine nahe Spitze,
und wer begleitet ihn, wo alles leitet?
Daß du zerstört hast. Daß man dies von dir
wird sagen müssen bis in alle Zeiten.
Und wenn ein Held bevorsteht, der den Sinn,
den wir für das Gesicht der Dinge nehmen,
wie eine Maske abreißt und uns rasend
Gesichter aufdeckt, deren Augen längst
uns lautlos durch verstellte Löcher anschaun:
dies ist Gesicht und wird sich nicht verwandeln:
daß du zerstört hast. Blöcke lagen da,
und in der Luft um sie war schon der Rhythmus
von einem Bauwerk, kaum mehr zu verhalten;
du gingst herum und sahst nicht ihre Ordnung,
einer verdeckte dir den andern; jeder
schien dir zu wurzeln, wenn du im Vorbeigehn
an ihm versuchtest, ohne rechtes Zutraun,
daß du ihn hübest. Und du hobst sie alle
in der Verzweiflung, aber nur, um sie
zurückzuschleudern in den klaffen Steinbruch,
in den sie, ausgedehnt von deinem Herzen,
nicht mehr hineingehn. Hätte eine Frau
die leichte Hand gelegt auf dieses Zornes
noch zarten Anfang; wäre einer, der

beschäftigt war, im Innersten beschäftigt,
dir still begegnet, da du stumm hinausgingst,
die Tat zu tun –; ja hätte nur dein Weg
vorbeigeführt an einer wachen Werkstatt,
wo Männer hämmern, wo der Tag sich schlicht
verwirklicht; war in deinem vollen Blick
nur so viel Raum gewesen, daß das Abbild
von einem Käfer, der sich müht, hineinging,
du hättest jäh bei einem hellen Einsehn
die Schrift gelesen, deren Zeichen du
seit deiner Kindheit langsam in dich eingrubst,
von Zeit zu Zeit versuchend, ob ein Satz
dabei sich bilde: ach, er schien dir sinnlos.
Ich weiß; ich weiß: du lagst davor und griffst
die Rillen ab, wie man auf einem Grabstein
die Inschrift abfühlt. Was dir irgend licht
zu brennen schien, das hieltest du als Leuchte
vor diese Zeile; doch die Flamme losch
eh du begriffst, vielleicht von deinem Atem,
vielleicht vom Zittern deiner Hand; vielleicht
auch ganz von selbst, wie Flammen manchmal ausgehn.
Du lasest's nie. Wir aber wagen nicht,
zu lesen durch den Schmerz und aus der Ferne.

Nur den Gedichten sehn wir zu, die noch
über die Neigung deines Fühlens abwärts
die Worte tragen, die du wähltest. Nein,
nicht alle wähltest du; oft ward ein Anfang
dir auferlegt als Ganzes, den du nachsprachst
wie einen Auftrag. Und er schien dir traurig.
Ach hättest du ihn nie von dir gehört.
Dein Engel lautet jetzt noch und betont
denselben Wortlaut anders, und mir bricht
der Jubel aus bei seiner Art zu sagen,
der Jubel über dich: denn dies war dein:
Daß jedes Liebe wieder von dir abfiel,
daß du im Sehendwerden den Verzicht

erkannt hast und im Tode deinen Fortschritt.
Dieses war dein, du, Künstler; diese drei
offenen Formen. Sieh, hier ist der Ausguß
der ersten: Raum um dein Gefühl; und da
aus jener zweiten schlag ich dir das Anschaun
das nichts begehrt, des großen Künstlers Anschaun;
und in der dritten, die du selbst zu früh
zerbrochen hast, da kaum der erste Schuß
bebender Speise aus des Herzens Weißglut
hineinfuhr –, war ein Tod von guter Arbeit
vertieft gebildet, jener eigne Tod,
der uns so nötig hat, weil wir ihn leben,
und dem wir nirgends näher sind als hier.
Dies alles war dein Gut und deine Freundschaft;
du hast es oft geahnt; dann aber hat
das Hohle jener Formen dich geschreckt,
du griffst hinein und schöpftest Leere und
beklagtest dich. – O alter Fluch der Dichter,
die sich beklagen, wo sie sagen sollten,
die immer urteiln über ihr Gefühl
statt es zu bilden; die noch immer meinen,
was traurig ist in ihnen oder froh,
das wüßten sie und dürftens im Gedicht
bedauern oder rühmen. Wie die Kranken
gebrauchen sie die Sprache voller Wehleid,
um zu beschreiben, wo es ihnen wehtut,
statt hart sich in die Worte zu verwandeln,
wie sich der Steinmetz einer Kathedrale
verbissen umsetzt in des Steines Gleichmut.
Dies war die Rettung. Hättest du nur *ein* Mal
gesehn, wie Schicksal in die Verse eingeht
und nicht zurückkommt, wie es drinnen Bild wird
und nichts als Bild, nicht anders als ein Ahnherr,
der dir im Rahmen, wenn du manchmal aufsiehst,
zu gleichen scheint und wieder nicht zu gleichen –:
du hättest ausgeharrt.

Doch dies ist kleinlich,
zu denken, was nicht war. Auch ist ein Schein
von Vorwurf im Vergleich, der dich nicht trifft.
Das, was geschieht, hat einen solchen Vorsprung
vor unserm Meinen, daß wirs niemals einholn
und nie erfahren, wie es wirklich aussah.
Sei nicht beschämt, wenn dich die Toten streifen,
die andern Toten, welche bis ans Ende
aushielten. (Was will Ende sagen?) Tausche
den Blick mit ihnen, ruhig, wie es Brauch ist,
und fürchte nicht, daß unser Trauern dich
seltsam belädt, so daß du ihnen auffällst.
Die großen Worte aus den Zeiten, da
Geschehn noch sichtbar war, sind nicht für uns.
Wer spricht von Siegen? Überstehn ist alles.

Duineser Elegien
(1912/1922)

Die Erste Elegie

Wer, wenn ich schriee, hörte mich denn aus der Engel
Ordnungen? und gesetzt selbst, es nähme
einer mich plötzlich ans Herz: ich verginge von seinem
stärkeren Dasein. Denn das Schöne ist nichts
als des Schrecklichen Anfang, den wir noch grade ertragen,
und wir bewundern es so, weil es gelassen verschmäht,
uns zu zerstören. Ein jeder Engel ist schrecklich.
Und so verhalt ich mich denn und verschlucke den Lockruf
dunkelen Schluchzens. Ach, wen vermögen
wir denn zu brauchen? Engel nicht, Menschen nicht,
und die findigen Tiere merken es schon,
daß wir nicht sehr verläßlich zu Haus sind
in der gedeuteten Welt. Es bleibt uns vielleicht
irgend ein Baum an dem Abhang, daß wir ihn täglich

wiedersähen; es bleibt uns die Straße von gestern
und das verzogene Treusein einer Gewohnheit,
der es bei uns gefiel, und so blieb sie und ging nicht.
  O und die Nacht, die Nacht, wenn der Wind voller Weltraum
uns am Angesicht zehrt –, wem bliebe sie nicht, die ersehnte,
sanft enttäuschende, welche dem einzelnen Herzen
mühsam bevorsteht. Ist sie den Liebenden leichter?
Ach, sie verdecken sich nur mit einander ihr Los.
  Weißt du's *noch* nicht? Wirf aus den Armen die Leere
zu den Räumen hinzu, die wir atmen; vielleicht daß die Vögel
die erweiterte Luft fühlen mit innigerm Flug.

Ja, die Frühlinge brauchten dich wohl. Es muteten manche
Sterne dir zu, daß du sie spürtest. Es hob
sich eine Woge heran im Vergangenen, oder
da du vorüberkamst am geöffneten Fenster,
gab eine Geige sich hin. Das alles war Auftrag.
Aber bewältigtest du's? Warst du nicht immer
noch von Erwartung zerstreut, als kündigte alles
eine Geliebte dir an? (Wo willst du sie bergen,
da doch die großen fremden Gedanken bei dir
aus und ein gehn und öfters bleiben bei Nacht.)
Sehnt es dich aber, so singe die Liebenden; lange
noch nicht unsterblich genug ist ihr berühmtes Gefühl.
Jene, du neidest sie fast, Verlassenen, die du
so viel liebender fandst als die Gestillten. Beginn
immer von neuem die nie zu erreichende Preisung;
denk: es erhält sich der Held, selbst der Untergang war ihm
nur ein Vorwand, zu sein: seine letzte Geburt.
Aber die Liebenden nimmt die erschöpfte Natur
in sich zurück, als wären nicht zweimal die Kräfte,
dieses zu leisten. Hast du der Gaspara Stampa
denn genügend gedacht, daß irgend ein Mädchen,
dem der Geliebte entging, am gesteigerten Beispiel
dieser Liebenden fühlt: daß ich würde wie sie?
Sollen nicht endlich uns diese ältesten Schmerzen
fruchtbarer werden? Ist es nicht Zeit, daß wir liebend

uns vom Geliebten befrein und es bebend bestehn:
wie der Pfeil die Sehne besteht, um gesammelt im Absprung
mehr zu sein als er selbst. Denn Bleiben ist nirgends.

Stimmen, Stimmen. Höre, mein Herz, wie sonst nur
Heilige hörten: daß sie der riesige Ruf
aufhob vom Boden; sie aber knieten,
Unmögliche, weiter und achtetens nicht:
So waren sie hörend. Nicht, daß du *Gottes* ertrügest
die Stimme, bei weitem. Aber das Wehende höre,
die ununterbrochene Nachricht, die aus Stille sich bildet.
Es rauscht jetzt von jenen jungen Toten zu dir.
Wo immer du eintratst, redete nicht in Kirchen
zu Rom und Neapel ruhig ihr Schicksal dich an?
Oder es trug eine Inschrift sich erhaben dir auf,
wie neulich die Tafel in Santa Maria Formosa.
Was sie mir wollen? leise soll ich des Unrechts
Anschein abtun, der ihrer Geister
reine Bewegung manchmal ein wenig behindert.

Freilich ist es seltsam, die Erde nicht mehr zu bewohnen,
kaum erlernte Gebräuche nicht mehr zu üben,
Rosen, und andern eigens versprechenden Dingen
nicht die Bedeutung menschlicher Zukunft zu geben;
das, was man war in unendlich ängstlichen Händen,
nicht mehr zu sein, und selbst den eigenen Namen
wegzulassen wie ein zerbrochenes Spielzeug.
Seltsam, die Wünsche nicht weiterzuwünschen. Seltsam,
alles, was sich bezog, so lose im Raume
flattern zu sehen. Und das Totsein ist mühsam
und voller Nachholn, daß man allmählich ein wenig
Ewigkeit spürt. – Aber Lebendige machen
alle den Fehler, daß sie zu stark unterscheiden.
Engel (sagt man) wüßten oft nicht, ob sie unter
Lebenden gehn oder Toten. Die ewige Strömung
reißt durch beide Bereiche alle Alter
immer mit sich und übertönt sie in beiden.

Schließlich brauchen sie uns nicht mehr, die Früheentrückten,
man entwöhnt sich des Irdischen sanft, wie man den Brüsten
milde der Mutter entwächst. Aber wir, die so große
Geheimnisse brauchen, denen aus Trauer so oft
seliger Fortschritt entspringt –: *könnten* wir sein ohne sie?
Ist die Sage umsonst, daß einst in der Klage um Linos
wagende erste Musik dürre Erstarrung durchdrang;
daß erst im erschrockenen Raum, dem ein beinah göttlicher Jüngling
plötzlich für immer enttrat, das Leere in jene
Schwingung geriet, die uns jetzt hinreißt und tröstet und hilft.

Die Zweite Elegie

Jeder Engel ist schrecklich. Und dennoch, weh mir,
ansing ich euch, fast tödliche Vögel der Seele,
wissend um euch. Wohin sind die Tage Tobiae,
da der Strahlendsten einer stand an der einfachen Haustür,
zur Reise ein wenig verkleidet und schon nicht mehr furchtbar;
(Jüngling dem Jüngling, wie er neugierig hinaussah).
Träte der Erzengel jetzt, der gefährliche, hinter den Sternen
eines Schrittes nur nieder und herwärts: hochauf-
schlagend erschlüg uns das eigene Herz. Wer seid ihr?

Frühe Geglückte, ihr Verwöhnten der Schöpfung,
Höhenzüge, morgenrötliche Grate
aller Erschaffung, – Pollen der blühenden Gottheit,
Gelenke des Lichtes, Gänge, Treppen, Throne,
Räume aus Wesen, Schilde aus Wonne, Tumulte
stürmisch entzückten Gefühls und plötzlich, einzeln,
Spiegel: die die entströmte eigene Schönheit
wiederschöpfen zurück in das eigene Antlitz.

Denn wir, wo wir fühlen, verflüchtigen; ach wir
atmen uns aus und dahin; von Holzglut zu Holzglut
geben wir schwächern Geruch. Da sagt uns wohl einer:
ja, du gehst mir ins Blut, dieses Zimmer, der Frühling

füllt sich mit dir ... Was hilfts, er kann uns nicht halten,
wir schwinden in ihm und um ihn. Und jene, die schön sind,
o wer hält sie zurück? Unaufhörlich steht Anschein
auf in ihrem Gesicht und geht fort. Wie Tau von dem Frühgras
hebt sich das Unsre von uns, wie die Hitze von einem
heißen Gericht. O Lächeln, wohin? O Aufschaun:
neue, warme, entgehende Welle des Herzens –;
weh mir: wir *sinds* doch. Schmeckt denn der Weltraum,
in den wir uns lösen, nach uns? Fangen die Engel
wirklich nur Ihriges auf, ihnen Entströmtes,
oder ist manchmal, wie aus Versehen, ein wenig
unseres Wesens dabei? Sind wir in ihre
Züge soviel nur gemischt wie das Vage in die Gesichter
schwangerer Frauen? Sie merken es nicht in dem Wirbel
ihrer Rückkehr zu sich. (Wie sollten sie's merken.)

Liebende könnten, verstünden sie's, in der Nachtluft
wunderlich reden. Denn es scheint, daß uns alles
verheimlicht. Siehe, die Bäume *sind*; die Häuser,
die wir bewohnen, bestehn noch. Wir nur
ziehen allem vorbei wie ein luftiger Austausch.
Und alles ist einig, uns zu verschweigen, halb als
Schande vielleicht und halb als unsägliche Hoffnung.

Liebende, euch, ihr in einander Genügten,
frag ich nach uns. Ihr greift euch. Habt ihr Beweise?
Seht, mir geschiehts, daß meine Hände einander
inne werden oder daß mein gebrauchtes
Gesicht in ihnen sich schont. Das giebt mir ein wenig
Empfindung. Doch wer wagte darum schon zu *sein*?
Ihr aber, die ihr im Entzücken des anderen
zunehmt, bis er euch überwältigt
anfleht: nicht *mehr* –; die ihr unter den Händen
euch reichlicher werdet wie Traubenjahre;
die ihr manchmal vergeht, nur weil der andre
ganz überhand nimmt: euch frag ich nach uns. Ich weiß,
ihr berührt euch so selig, weil die Liebkosung verhält,

weil die Stelle nicht schwindet, die ihr, Zärtliche,
zudeckt; weil ihr darunter das reine
Dauern verspürt. So versprecht ihr euch Ewigkeit fast
von der Umarmung. Und doch, wenn ihr der ersten
Blicke Schrecken besteht und die Sehnsucht am Fenster,
und den ersten gemeinsamen Gang, *ein* Mal durch den Garten:
Liebende, *seid* ihrs dann noch? Wenn ihr einer dem andern
euch an den Mund hebt und ansetzt –: Getränk an Getränk:
o wie entgeht dann der Trinkende seltsam der Handlung.

Erstaunte euch nicht auf attischen Stelen die Vorsicht
menschlicher Geste? war nicht Liebe und Abschied
so leicht auf die Schultern gelegt, als wär es aus anderm
Stoffe gemacht als bei uns? Gedenkt euch der Hände,
wie sie drucklos beruhen, obwohl in den Torsen die Kraft steht.
Diese Beherrschten wußten damit: so weit sind wirs,
dieses ist unser, uns so zu berühren; stärker
stemmen die Götter uns an. Doch dies ist Sache der Götter.

Fänden auch wir ein reines, verhaltenes, schmales
Menschliches, einen unseren Streifen Fruchtlands
zwischen Strom und Gestein. Denn das eigene Herz übersteigt uns
noch immer wie jene. Und wir können ihm nicht mehr
nachschaun in Bilder, die es besänftigen, noch in
göttliche Körper, in denen es größer sich mäßigt.

Die Dritte Elegie

Eines ist, die Geliebte zu singen. Ein anderes, wehe,
jenen verborgenen schuldigen Fluß-Gott des Bluts.
Den sie von weitem erkennt, ihren Jüngling, was weiß er
selbst von dem Herren der Lust, der aus dem Einsamen oft,
ehe das Mädchen noch linderte, oft auch als wäre sie nicht,
ach, von welchem Unkenntlichen triefend, das Gotthaupt
aufhob, aufrufend die Nacht zu unendlichem Aufruhr.
O des Blutes Neptun, o sein furchtbarer Dreizack.

O der dunkele Wind seiner Brust aus gewundener Muschel.
Horch, wie die Nacht sich muldet und höhlt. Ihr Sterne,
stammt nicht von euch des Liebenden Lust zu dem Antlitz
seiner Geliebten? Hat er die innige Einsicht
in ihr reines Gesicht nicht aus dem reinen Gestirn?

Du nicht hast ihm, wehe, nicht seine Mutter
hat ihm die Bogen der Braun so zur Erwartung gespannt.
Nicht an dir, ihn fühlendes Mädchen, an dir nicht
bog seine Lippe sich zum fruchtbarern Ausdruck.
Meinst du wirklich, ihn hätte dein leichter Auftritt
also erschüttert, du, die wandelt wie Frühwind?
Zwar du erschrakst ihm das Herz; doch ältere Schrecken
stürzten in ihn bei dem berührenden Anstoß.
Ruf ihn ... du rufst ihn nicht ganz aus dunkelem Umgang.
Freilich, er *will*, er entspringt; erleichtert gewöhnt er
sich in dein heimliches Herz und nimmt und beginnt sich.
Aber begann er sich je?
Mutter, *du* machtest ihn klein, du warsts, die ihn anfing;
dir war er neu, du beugtest über die neuen
Augen die freundliche Welt und wehrtest der fremden.
Wo, ach, hin sind die Jahre, da du ihm einfach
mit der schlanken Gestalt wallendes Chaos vertratst?
Vieles verbargst du ihm so; das nächtlich verdächtige Zimmer
machtest du harmlos, aus deinem Herzen voll Zuflucht
mischtest du menschlichern Raum seinem Nacht-Raum hinzu.
Nicht in die Finsternis, nein, in dein näheres Dasein
hast du das Nachtlicht gestellt, und es schien wie aus Freundschaft.
Nirgends ein Knistern, das du nicht lächelnd erklärtest,
so als wüßtest du längst, *wann* sich die Diele benimmt ...
Und er horchte und linderte sich. So vieles vermochte
zärtlich dein Aufstehn; hinter den Schrank trat
hoch im Mantel sein Schicksal, und in die Falten des Vorhangs
paßte, die leicht sich verschob, seine unruhige Zukunft.

Und er selbst, wie er lag, der Erleichterte, unter
schläfernden Lidern deiner leichten Gestaltung
Süße lösend in den gekosteten Vorschlaf –:
schien ein Gehüteter ... Aber *innen*: wer wehrte,
hinderte innen in ihm die Fluten der Herkunft?
Ach, da *war* keine Vorsicht im Schlafenden; schlafend,
aber träumend, aber in Fiebern: wie er sich ein-ließ.
Er, der Neue, Scheuende, wie er verstrickt war,
mit des innern Geschehns weiterschlagenden Ranken
schon zu Mustern verschlungen, zu würgendem Wachstum, zu tierhaft
jagenden Formen. Wie er sich hingab –. Liebte.
Liebte sein Inneres, seines Inneren Wildnis,
diesen Urwald in ihm, auf dessen stummem Gestürztsein
lichtgrün sein Herz stand. Liebte. Verließ es, ging die
eigenen Wurzeln hinaus in gewaltigen Ursprung,
wo seine kleine Geburt schon überlebt war. Liebend
stieg er hinab in das ältere Blut, in die Schluchten,
wo das Furchtbare lag, noch satt von den Vätern. Und jedes
Schreckliche kannte ihn, blinzelte, war wie verständigt.
Ja, das Entsetzliche lächelte ... Selten
hast du so zärtlich gelächelt, Mutter. Wie sollte
er es nicht lieben, da es ihm lächelte. *Vor* dir
hat ers geliebt, denn, da du ihn trugst schon,
war es im Wasser gelöst, das den Keimenden leicht macht.

Siehe, wir lieben nicht, wie die Blumen, aus einem
einzigen Jahr; uns steigt, wo wir lieben,
unvordenklicher Saft in die Arme. O Mädchen,
dies: daß wir liebten *in* uns, nicht Eines, ein Künftiges, sondern
das zahllos Brauende; nicht ein einzelnes Kind,
sondern die Väter, die wie Trümmer Gebirgs
uns im Grunde beruhn; sondern das trockene Flußbett
einstiger Mütter –; sondern die ganze
lautlose Landschaft unter dem wolkigen oder
reinen Verhängnis –: *dies* kam dir, Mädchen, zuvor.

Und du selber, was weißt du –, du locktest
Vorzeit empor in dem Liebenden. Welche Gefühle
wühlten herauf aus entwandelten Wesen. Welche
Frauen haßten dich da. Wasfür finstere Männer
regtest du auf im Geäder des Jünglings? Tote
Kinder wollten zu dir ... O leise, leise,
tu ein liebes vor ihm, ein verläßliches Tagwerk, – führ ihn
nah an den Garten heran, gieb ihm der Nächte
Übergewicht ......
Verhalt ihn ......

Die Vierte Elegie

O Bäume Lebens, o wann winterlich?
Wir sind nicht einig. Sind nicht wie die Zug-
vögel verständigt. Überholt und spät,
so drängen wir uns plötzlich Winden auf
und fallen ein auf teilnahmslosen Teich.
Blühn und verdorrn ist uns zugleich bewußt.
Und irgendwo gehn Löwen noch und wissen,
solang sie herrlich sind, von keiner Ohnmacht.

Uns aber, wo wir Eines meinen, ganz,
ist schon des andern Aufwand fühlbar. Feindschaft
ist uns das Nächste. Treten Liebende
nicht immerfort an Ränder, eins im andern,
die sich versprachen Weite, Jagd und Heimat.
Da wird für eines Augenblickes Zeichnung
ein Grund von Gegenteil bereitet, mühsam,
daß wir sie sähen; denn man ist sehr deutlich
mit uns. Wir kennen den Kontur
des Fühlens nicht: nur, was ihn formt von außen.
Wer saß nicht bang vor seines Herzens Vorhang?
Der schlug sich auf: die Szenerie war Abschied.
Leicht zu verstehen. Der bekannte Garten,
und schwankte leise: dann erst kam der Tänzer.

Nicht *der*. Genug! Und wenn er auch so leicht tut,
er ist verkleidet und er wird ein Bürger
und geht durch seine Küche in die Wohnung.
Ich will nicht diese halbgefüllten Masken,
lieber die Puppe. Die ist voll. Ich will
den Balg aushalten und den Draht und ihr
Gesicht aus Aussehn. Hier. Ich bin davor.
Wenn auch die Lampen ausgehn, wenn mir auch
gesagt wird: Nichts mehr –, wenn auch von der Bühne
das Leere herkommt mit dem grauen Luftzug,
wenn auch von meinen stillen Vorfahrn keiner
mehr mit mir dasitzt, keine Frau, sogar
der Knabe nicht mehr mit dem braunen Schielaug:
Ich bleibe dennoch. Es giebt immer Zuschaun.

Hab ich nicht recht? Du, der um mich so bitter
das Leben schmeckte, meines kostend, Vater,
den ersten trüben Aufguß meines Müssens,
da ich heranwuchs, immer wieder kostend
und, mit dem Nachgeschmack so fremder Zukunft
beschäftigt, prüftest mein beschlagnes Aufschaun, –
der du, mein Vater, seit du tot bist, oft
in meiner Hoffnung, innen in mir, Angst hast,
und Gleichmut, wie ihn Tote haben, Reiche
von Gleichmut, aufgiebst für mein bißchen Schicksal,
hab ich nicht recht? Und ihr, hab ich nicht recht,
die ihr mich liebtet für den kleinen Anfang
Liebe zu euch, von dem ich immer abkam,
weil mir der Raum in eurem Angesicht,
da ich ihn liebte, überging in Weltraum,
in dem ihr nicht mehr wart ....: wenn mir zumut ist,
zu warten vor der Puppenbühne, nein,
so völlig hinzuschaun, daß, um mein Schauen
am Ende aufzuwiegen, dort als Spieler
ein Engel hinmuß, der die Bälge hochreißt.
Engel und Puppe: dann ist endlich Schauspiel.
Dann kommt zusammen, was wir immerfort

entzwein, indem wir da sind. Dann entsteht
aus unsern Jahreszeiten erst der Umkreis
des ganzen Wandelns. Über uns hinüber
spielt dann der Engel. Sieh, die Sterbenden,
sollten sie nicht vermuten, wie voll Vorwand
das alles ist, was wir hier leisten. Alles
ist nicht es selbst. O Stunden in der Kindheit,
da hinter den Figuren mehr als nur
Vergangnes war und vor uns nicht die Zukunft.
Wir wuchsen freilich und wir drängten manchmal,
bald groß zu werden, denen halb zulieb,
die andres nicht mehr hatten, als das Großsein.
Und waren doch, in unserem Alleingehn,
mit Dauerndem vergnügt und standen da
im Zwischenraume zwischen Welt und Spielzeug,
an einer Stelle, die seit Anbeginn
gegründet war für einen reinen Vorgang.

Wer zeigt ein Kind, so wie es steht? Wer stellt
es ins Gestirn und giebt das Maß des Abstands
ihm in die Hand? Wer macht den Kindertod
aus grauem Brot, das hart wird, – oder läßt
ihn drin im runden Mund, so wie den Gröps
von einem schönen Apfel? ...... Mörder sind
leicht einzusehen. Aber dies: den Tod,
den ganzen Tod, noch *vor* dem Leben so
sanft zu enthalten und nicht bös zu sein,
ist unbeschreiblich.

Die Fünfte Elegie

Frau Hertha Koenig zugeeignet

Wer aber *sind* sie, sag mir, die Fahrenden, diese ein wenig
Flüchtigern noch als wir selbst, die dringend von früh an
wringt ein *wem*, *wem* zu Liebe
niemals zufriedener Wille? Sondern er wringt sie,
biegt sie, schlingt sie und schwingt sie,
wirft sie und fängt sie zurück; wie aus geölter,
glatterer Luft kommen sie nieder
auf dem verzehrten, von ihrem ewigen
Aufsprung dünneren Teppich, diesem verlorenen
Teppich im Weltall.
Aufgelegt wie ein Pflaster, als hätte der Vorstadt-
Himmel der Erde dort wehe getan.
Und kaum dort,
aufrecht, da und gezeigt: des Dastehns
großer Anfangsbuchstab …, schon auch, die stärksten
Männer, rollt sie wieder, zum Scherz, der immer
kommende Griff, wie August der Starke bei Tisch
einen zinnenen Teller.

Ach und um diese
Mitte, die Rose des Zuschauns:
blüht und entblättert. Um diesen
Stampfer, den Stempel, den von dem eignen
blühenden Staub getroffnen, zur Scheinfrucht
wieder der Unlust befruchteten, ihrer
niemals bewußten, – glänzend mit dünnster
Oberfläche leicht scheinlächelnden Unlust.

Da: der welke, faltige Stemmer,
der alte, der nur noch trommelt,
eingegangen in seiner gewaltigen Haut, als hätte sie früher
zwei Männer enthalten, und einer
läge nun schon auf dem Kirchhof, und er überlebte den andern,
taub und manchmal ein wenig
wirr, in der verwitweten Haut.

Aber der junge, der Mann, als wär er der Sohn eines Nackens
und einer Nonne: prall und strammig erfüllt
mit Muskeln und Einfalt.

Oh ihr,
die ein Leid, das noch klein war,
einst als Spielzeug bekam, in einer seiner
langen Genesungen ....

Du, der mit dem Aufschlag,
wie nur Früchte ihn kennen, unreif,
täglich hundertmal abfällt vom Baum der gemeinsam
erbauten Bewegung (der, rascher als Wasser, in wenig
Minuten Lenz, Sommer und Herbst hat) –
abfällt und anprallt ans Grab:
manchmal, in halber Pause, will dir ein liebes
Antlitz entstehn hinüber zu deiner selten
zärtlichen Mutter; doch an deinen Körper verliert sich,
der es flächig verbraucht, das schüchtern
kaum versuchte Gesicht ... Und wieder
klatscht der Mann in die Hand zu dem Ansprung, und eh dir
jemals ein Schmerz deutlicher wird in der Nähe des immer
trabenden Herzens, kommt das Brennen der Fußsohln
ihm, seinem Ursprung, zuvor mit ein paar dir
rasch in die Augen gejagten leiblichen Tränen.
Und dennoch, blindlings,
das Lächeln .....

Engel! o nimms, pflücks, das kleinblütige Heilkraut.
Schaff eine Vase, verwahrs! Stells unter jene, uns *noch* nicht
offenen Freuden; in lieblicher Urne
rühms mit blumiger schwungiger Aufschrift: ›*Subrisio Saltat.*‹.
    Du dann, Liebliche,
du, von den reizendsten Freuden
stumm Übersprungne. Vielleicht sind
deine Fransen glücklich für dich –,
oder über den jungen

prallen Brüsten die grüne metallene Seide
fühlt sich unendlich verwöhnt und entbehrt nichts.
Du,
immerfort anders auf alle des Gleichgewichts schwankende Waagen
hingelegte Marktfrucht des Gleichmuts,
öffentlich unter den Schultern.

Wo, o *wo* ist der Ort – ich trag ihn im Herzen –,
wo sie noch lange nicht *konnten*, noch von einander
abfieln, wie sich bespringende, nicht recht
paarige Tiere; –
wo die Gewichte noch schwer sind;
wo noch von ihren vergeblich
wirbelnden Stäben die Teller
torkeln .....

Und plötzlich in diesem mühsamen Nirgends, plötzlich
die unsägliche Stelle, wo sich das reine Zuwenig
unbegreiflich verwandelt –, umspringt
in jenes leere Zuviel.
Wo die vierteilige Rechnung
zahlenlos aufgeht.

Plätze, o Platz in Paris, unendlicher Schauplatz,
wo die Modistin, *Madame Lamort*,
die ruhlosen Wege der Erde, endlose Bänder,
schlingt und windet und neue aus ihnen
Schleifen erfindet, Rüschen, Blumen, Kokarden, künstliche
Früchte –, alle
unwahr gefärbt, – für die billigen
Winterhüte des Schicksals.
....

Engel!: Es wäre ein Platz, den wir nicht wissen, und dorten,
auf unsäglichem Teppich, zeigten die Liebenden, die's hier
bis zum Können nie bringen, ihre kühnen
hohen Figuren des Herzschwungs,

ihre Türme aus Lust, ihre
längst, wo Boden nie war, nur an einander
lehnenden Leitern, bebend, – und *könntens*,
vor den Zuschauern rings, unzähligen lautlosen Toten:
Würfen die dann ihre letzten, immer ersparten,
immer verborgenen, die wir nicht kennen, ewig
gültigen Münzen des Glücks vor das endlich
wahrhaft lächelnde Paar auf gestilltem
Teppich?

Die Sechste Elegie

Feigenbaum, seit wie lange schon ists mir bedeutend,
wie du die Blüte beinah ganz überschlägst
und hinein in die zeitig entschlossene Frucht,
ungerühmt, drängst dein reines Geheimnis.
Wie der Fontäne Rohr treibt dein gebognes Gezweig
abwärts den Saft und hinan: und er springt aus dem Schlaf,
fast nicht erwachend, ins Glück seiner süßesten Leistung.
Sieh: wie der Gott in den Schwan.
…… Wir aber verweilen,
ach, uns rühmt es zu blühn, und ins verspätete Innre
unserer endlichen Frucht gehn wir verraten hinein.
Wenigen steigt so stark der Andrang des Handelns,
daß sie schon anstehn und glühn in der Fülle des Herzens,
wenn die Verführung zum Blühn wie gelinderte Nachtluft
ihnen die Jugend des Munds, ihnen die Lider berührt:
Helden vielleicht und den frühe Hinüberbestimmten,
denen der gärtnernde Tod anders die Adern verbiegt.
Diese stürzen dahin: dem eigenen Lächeln
sind sie voran, wie das Rossegespann in den milden
muldigen Bildern von Karnak dem siegenden König.

Wunderlich nah ist der Held doch den jugendlich Toten. Dauern
ficht ihn nicht an. Sein Aufgang ist Dasein; beständig
nimmt er sich fort und tritt ins veränderte Sternbild

seiner steten Gefahr. Dort fänden ihn wenige. Aber,
das uns finster verschweigt, das plötzlich begeisterte Schicksal
singt ihn hinein in den Sturm seiner aufrauschenden Welt.
Hör ich doch keinen wie *ihn*. Auf einmal durchgeht mich
mit der strömenden Luft sein verdunkelter Ton.

Dann, wie verbärg ich mich gern vor der Sehnsucht: O wär ich,
wär ich ein Knabe und dürft es noch werden und säße
in die künftigen Arme gestützt und läse von Simson,
wie seine Mutter erst nichts und dann alles gebar.

War er nicht Held schon in dir, o Mutter, begann nicht
dort schon, in dir, seine herrische Auswahl?
Tausende brauten im Schooß und wollten *er* sein,
aber sieh: er ergriff und ließ aus –, wählte und konnte.
Und wenn er Säulen zerstieß, so wars, da er ausbrach
aus der Welt deines Leibs in die engere Welt, wo er weiter
wählte und konnte. O Mütter der Helden, o Ursprung
reißender Ströme! Ihr Schluchten, in die sich
hoch von dem Herzrand, klagend,
schon die Mädchen gestürzt, künftig die Opfer dem Sohn.

Denn hinstürmte der Held durch Aufenthalte der Liebe,
jeder hob ihn hinaus, jeder ihn meinende Herzschlag,
abgewendet schon, stand er am Ende der Lächeln, – anders.

Die Siebente Elegie

Werbung nicht mehr, nicht Werbung, entwachsene Stimme,
sei deines Schreies Natur; zwar schrieest du rein wie der Vogel,
wenn ihn die Jahreszeit aufhebt, die steigende, beinah vergessend,
daß er ein kümmerndes Tier und nicht nur ein einzelnes Herz sei,
das sie ins Heitere wirft, in die innigen Himmel. Wie er, so
würbest du wohl, nicht minder –, daß, noch unsichtbar,
dich die Freundin erführ, die stille, in der eine Antwort
langsam erwacht und über dem Hören sich anwärmt, –
deinem erkühnten Gefühl die erglühte Gefühlin.

O und der Frühling begriffe –, da ist keine Stelle,
die nicht trüge den Ton der Verkündigung. Erst jenen kleinen
fragenden Auflaut, den, mit steigernder Stille,
weithin umschweigt ein reiner bejahender Tag.
Dann die Stufen hinan, Ruf-Stufen hinan, zum geträumten
Tempel der Zukunft –; dann den Triller, Fontäne,
die zu dem drängenden Strahl schon das Fallen zuvornimmt
im versprechlichen Spiel .... Und vor sich, den Sommer.

Nicht nur die Morgen alle des Sommers –, nicht nur
wie sie sich wandeln in Tag und strahlen vor Anfang.
Nicht nur die Tage, die zart sind um Blumen, und oben,
um die gestalteten Bäume, stark und gewaltig.
Nicht nur die Andacht dieser entfalteten Kräfte,
nicht nur die Wege, nicht nur die Wiesen im Abend,
nicht nur, nach spätem Gewitter, das atmende Klarsein,
nicht nur der nahende Schlaf und ein Ahnen, abends ...
sondern die Nächte! Sondern die hohen, des Sommers,
Nächte, sondern die Sterne, die Sterne der Erde.
O einst tot sein und sie wissen unendlich,
alle die Sterne: denn wie, wie, wie sie vergessen!

Siehe, da rief ich die Liebende. Aber nicht *sie* nur
käme ... Es kämen aus schwächlichen Gräbern
Mädchen und ständen ... Denn, wie beschränk ich,
wie, den gerufenen Ruf? Die Versunkenen suchen
immer noch Erde. – Ihr Kinder, ein hiesig
einmal ergriffenes Ding gälte für viele.
Glaubt nicht, Schicksal sei mehr, als das Dichte der Kindheit;
wie überholtet ihr oft den Geliebten, atmend,
atmend nach seligem Lauf, auf nichts zu, ins Freie.

Hiersein ist herrlich. Ihr wußtet es, Mädchen, *ihr* auch,
die ihr scheinbar entbehrtet, versankt –, ihr, in den ärgsten
Gassen der Städte, Schwärende, oder dem Abfall
Offene. Denn eine Stunde war jeder, vielleicht nicht
ganz eine Stunde, ein mit den Maßen der Zeit kaum

Meßliches zwischen zwei Weilen –, da sie ein Dasein
hatte. Alles. Die Adern voll Dasein.
Nur, wir vergessen so leicht, was der lachende Nachbar
uns nicht bestätigt oder beneidet. Sichtbar
wollen wirs heben, wo doch das sichtbarste Glück uns
erst zu erkennen sich giebt, wenn wir es innen verwandeln.

Nirgends, Geliebte, wird Welt sein, als innen. Unser
Leben geht hin mit Verwandlung. Und immer geringer
schwindet das Außen. Wo einmal ein dauerndes Haus war,
schlägt sich erdachtes Gebild vor, quer, zu Erdenklichem
völlig gehörig, als ständ es noch ganz im Gehirne.
Weite Speicher der Kraft schafft sich der Zeitgeist, gestaltlos
wie der spannende Drang, den er aus allem gewinnt.
Tempel kennt er nicht mehr. Diese, des Herzens, Verschwendung
sparen wir heimlicher ein. Ja, wo noch eins übersteht,
ein einst gebetetes Ding, ein gedientes, geknietes –,
hält es sich, so wie es ist, schon ins Unsichtbare hin.
Viele gewahrens nicht mehr, doch ohne den Vorteil,
daß sie's nun *innerlich* baun, mit Pfeilern und Statuen, größer!

Jede dumpfe Umkehr der Welt hat solche Enterbte,
denen das Frühere nicht und noch nicht das Nächste gehört.
Denn auch das Nächste ist weit für die Menschen. *Uns* soll
dies nicht verwirren; es stärke in uns die Bewahrung
der noch erkannten Gestalt. – Dies *stand* einmal unter Menschen,
mitten im Schicksal stands, im vernichtenden, mitten
im Nichtwissen-Wohin stand es, wie seiend, und bog
Sterne zu sich aus gesicherten Himmeln. Engel,
dir noch zeig ich es, *da*! in deinem Anschaun
steh es gerettet zuletzt, nun endlich aufrecht.
Säulen, Pylone, der Sphinx, das strebende Stemmen,
grau aus vergehender Stadt oder aus fremder, des Doms.

War es nicht Wunder? O staune, Engel, denn *wir* sinds,
wir, o du Großer, erzähls, daß wir solches vermochten, mein Atem
reicht für die Rühmung nicht aus. So haben wir dennoch
nicht die Räume versäumt, diese gewährenden, diese

unseren Räume. (Was müssen sie fürchterlich groß sein,
da sie Jahrtausende nicht unseres Fühlns überfülln.)
Aber ein Turm war groß, nicht wahr? O Engel, er war es, –
groß, auch noch neben dir? Chartres war groß –, und Musik
reichte noch weiter hinan und überstieg uns. Doch selbst nur
eine Liebende –, oh, allein am nächtlichen Fenster ....
reichte sie dir nicht ans Knie –?
                                        Glaub *nicht*, daß ich werbe.
Engel, und würb ich dich auch! Du kommst nicht. Denn mein
Anruf ist immer voll Hinweg; wider so starke
Strömung kannst du nicht schreiten. Wie ein gestreckter
Arm ist mein Rufen. Und seine zum Greifen
oben offene Hand bleibt vor dir
offen, wie Abwehr und Warnung,
Unfaßlicher, weitauf.

Die Achte Elegie

Rudolf Kassner zugeeignet

Mit allen Augen sieht die Kreatur
das Offene. Nur unsre Augen sind
wie umgekehrt und ganz um sie gestellt
als Fallen, rings um ihren freien Ausgang.
Was draußen *ist*, wir wissens aus des Tiers
Antlitz allein; denn schon das frühe Kind
wenden wir um und zwingens, daß es rückwärts
Gestaltung sehe, nicht das Offne, das
im Tiergesicht so tief ist. Frei von Tod.
Ihn sehen wir allein; das freie Tier
hat seinen Untergang stets hinter sich
und vor sich Gott, und wenn es geht, so gehts
in Ewigkeit, so wie die Brunnen gehen.
   Wir haben nie, nicht einen einzigen Tag,
den reinen Raum vor uns, in den die Blumen
unendlich aufgehn. Immer ist es Welt
und niemals Nirgends ohne Nicht: das Reine,
Unüberwachte, das man atmet und

unendlich *weiß* und nicht begehrt. Als Kind
verliert sich eins im Stilln an dies und wird
gerüttelt. Oder jener stirbt und *ists*.
Denn nah am Tod sieht man den Tod nicht mehr
und starrt *hinaus*, vielleicht mit großem Tierblick.
Liebende, wäre nicht der andre, der
die Sicht verstellt, sind nah daran und staunen …
Wie aus Versehn ist ihnen aufgetan
hinter dem andern … Aber über ihn
kommt keiner fort, und wieder wird ihm Welt.
Der Schöpfung immer zugewendet, sehn
wir nur auf ihr die Spiegelung des Frein,
von uns verdunkelt. Oder daß ein Tier,
ein stummes, aufschaut, ruhig durch uns durch.
Dieses heißt Schicksal: gegenüber sein
und nichts als das und immer gegenüber.

Wäre Bewußtheit unsrer Art in dem
sicheren Tier, das uns entgegenzieht
in anderer Richtung –, riß es uns herum
mit seinem Wandel. Doch sein Sein ist ihm
unendlich, ungefaßt und ohne Blick
auf seinen Zustand, rein, so wie sein Ausblick.
Und wo wir Zukunft sehn, dort sieht es Alles
und sich in Allem und geheilt für immer.

Und doch ist in dem wachsam warmen Tier
Gewicht und Sorge einer großen Schwermut.
Denn ihm auch haftet immer an, was uns
oft überwältigt, – die Erinnerung,
als sei schon einmal das, wonach man drängt,
näher gewesen, treuer und sein Anschluß
unendlich zärtlich. Hier ist alles Abstand,
und dort wars Atem. Nach der ersten Heimat
ist ihm die zweite zwitterig und windig.
  O Seligkeit der *kleinen* Kreatur,
die immer *bleibt* im Schooße, der sie austrug;

o Glück der Mücke, die noch *innen* hüpft,
selbst wenn sie Hochzeit hat: denn Schooß ist Alles.
Und sieh die halbe Sicherheit des Vogels,
der beinah beides weiß ans seinem Ursprung,
als war er eine Seele der Etrusker,
aus einem Toten, den ein Raum empfing,
doch mit der ruhenden Figur als Deckel,
Und wie bestürzt ist eins, das fliegen muß
und stammt aus einem Schooß. Wie vor sich selbst
erschreckt, durchzuckts die Luft, wie wenn ein Sprung
durch eine Tasse geht. So reißt die Spur
der Fledermaus durchs Porzellan des Abends.

Und wir: Zuschauer, immer, überall,
dem allen zugewandt und nie hinaus!
Uns überfüllts. Wir ordnens. Es zerfällt.
Wir ordnens wieder und zerfallen selbst.

Wer hat uns also umgedreht, daß wir,
was wir auch tun, in jener Haltung sind
von einem, welcher fortgeht? Wie er auf
dem letzten Hügel, der ihm ganz sein Tal
noch einmal zeigt, sich wendet, anhält, weilt –,
so leben wir und nehmen immer Abschied.

Die Neunte Elegie

Warum, wenn es angeht, also die Frist des Daseins
hinzubringen, als Lorbeer, ein wenig dunkler als alles
andere Grün, mit kleinen Wellen an jedem
Blattrand (wie eines Windes Lächeln) –: warum dann
Menschliches müssen – und, Schicksal vermeidend,
sich sehnen nach Schicksal? …
Oh, *nicht*, weil Glück *ist*,
dieser voreilige Vorteil eines nahen Verlusts.
Nicht aus Neugier, oder zur Übung des Herzens,
das auch im Lorbeer *wäre* …..

Aber weil Hiersein viel ist, und weil uns scheinbar
alles das Hiesige braucht, dieses Schwindende, das
seltsam uns angeht. Uns, die Schwindendsten. *Ein* Mal
jedes, nur *ein* Mal. *Ein* Mal und nichtmehr. Und wir auch
ein Mal. Nie wieder. Aber dieses
ein Mal gewesen zu sein, wenn auch nur *ein* Mal:
irdisch gewesen zu sein, scheint nicht widerrufbar.

Und so drängen wir uns und wollen es leisten,
wollens enthalten in unsern einfachen Händen,
im überfüllteren Blick und im sprachlosen Herzen.
Wollen es werden. – Wem es geben? Am liebsten
alles behalten für immer … Ach, in den andern Bezug,
wehe, was nimmt man hinüber? Nicht das Anschaun, das hier
langsam erlernte, und kein hier Ereignetes. Keins.
Also die Schmerzen. Also vor allem das Schwersein,
also der Liebe lange Erfahrung, – also
lauter Unsägliches. Aber später,
unter den Sternen, was solls: *die* sind *besser* unsäglich.
Bringt doch der Wanderer auch vom Hange des Bergrands
nicht eine Hand voll Erde ins Tal, die Allen unsägliche, sondern
ein erworbenes Wort, reines, den gelben und blaun
Enzian. Sind wir vielleicht *hier*, um zu sagen: Haus,
Brücke, Brunnen, Tor, Krug, Obstbaum, Fenster, –
höchstens: Säule, Turm …. aber zu *sagen*, verstehs,
oh zu sagen *so*, wie selber die Dinge niemals
innig meinten zu sein. Ist nicht die heimliche List
dieser verschwiegenen Erde, wenn sie die Liebenden drängt,
daß sich in ihrem Gefühl jedes und jedes entzückt?
Schwelle: was ists für zwei
Liebende, daß sie die eigne ältere Schwelle der Tür
ein wenig verbrauchen, auch sie, nach den vielen vorher
und vor den Künftigen …., leicht.

Hier ist des *Säglichen* Zeit, *hier* seine Heimat.
Sprich und bekenn. Mehr als je
fallen die Dinge dahin, die erlebbaren, denn,

was sie verdrängend ersetzt, ist ein Tun ohne Bild.
Tun unter Krusten, die willig zerspringen, sobald
innen das Handeln entwächst und sich anders begrenzt.
Zwischen den Hämmern besteht
unser Herz, wie die Zunge
zwischen den Zähnen, die doch,
dennoch, die preisende bleibt.

Preise dem Engel die Welt, nicht die unsägliche, *ihm*
kannst du nicht großtun mit herrlich Erfühltem; im Weltall,
wo er fühlender fühlt, bist du ein Neuling. Drum zeig
ihm das Einfache, das, von Geschlecht zu Geschlechtern gestaltet,
als ein Unsriges lebt, neben der Hand und im Blick.
Sag ihm die Dinge. Er wird staunender stehn; wie du standest
bei dem Seiler in Rom, oder beim Töpfer am Nil.
Zeig ihm, wie glücklich ein Ding sein kann, wie schuldlos und unser,
wie selbst das klagende Leid rein zur Gestalt sich entschließt,
dient als ein Ding, oder stirbt in ein Ding –, und jenseits
selig der Geige entgeht. – Und diese, von Hingang
lebenden Dinge verstehn, daß du sie rühmst; vergänglich,
traun sie ein Rettendes uns, den Vergänglichsten, zu.
Wollen, wir sollen sie ganz im unsichtbarn Herzen verwandeln
in – o unendlich – in uns! Wer wir am Ende auch seien.

Erde, ist es nicht dies, was du willst: *unsichtbar*
in uns erstehn? – Ist es dein Traum nicht,
einmal unsichtbar zu sein? – Erde! unsichtbar!
Was, wenn Verwandlung nicht, ist dein drängender Auftrag?
Erde, du liebe, ich will. Oh glaub, es bedürfte
nicht deiner Frühlinge mehr, mich dir zu gewinnen –, *einer*,
ach, ein einziger ist schon dem Blute zu viel.
Namenlos bin ich zu dir entschlossen, von weit her.
Immer warst du im Recht, und dein heiliger Einfall
ist der vertrauliche Tod.

Siehe, ich lebe. Woraus? Weder Kindheit noch Zukunft
werden weniger ..... Überzähliges Dasein
entspringt mir im Herzen.

Daß ich dereinst, an dem Ausgang der grimmigen Einsicht,
Jubel und Ruhm aufsinge zustimmenden Engeln.
Daß von den klar geschlagenen Hämmern des Herzens
keiner versage an weichen, zweifelnden oder
reißenden Saiten. Daß mich mein strömendes Antlitz
glänzender mache; daß das unscheinbare Weinen
blühe. O wie werdet ihr dann, Nächte, mir lieb sein,
gehärmte. Daß ich euch knieender nicht, untröstliche Schwestern,
hinnahm, nicht in euer gelöstes
Haar mich gelöster ergab. Wir, Vergeuder der Schmerzen.
Wie wir sie absehn voraus, in die traurige Dauer,
ob sie nicht enden vielleicht. Sie aber sind ja
unser winterwähriges Laub, unser dunkeles Sinngrün,
eine der Zeiten des heimlichen Jahres –, nicht nur
Zeit –, sind Stelle, Siedelung, Lager, Boden, Wohnort.

Freilich, wehe, wie fremd sind die Gassen der Leid-Stadt,
wo in der falschen, aus Übertönung gemachten
Stille, stark, aus der Gußform des Leeren der Ausguß
prahlt: der vergoldete Lärm, das platzende Denkmal.
O, wie spurlos zerträte ein Engel ihnen den Trostmarkt,
den die Kirche begrenzt, ihre fertig gekaufte:
reinlich und zu und enttäuscht wie ein Postamt am Sonntag.
Draußen aber kräuseln sich immer die Ränder von Jahrmarkt.
Schaukeln der Freiheit! Taucher und Gaukler des Eifers!
Und des behübschten Glücks figürliche Schießstatt,
wo es zappelt von Ziel und sich blechern benimmt,
wenn ein Geschickterer trifft. Von Beifall zu Zufall
taumelt er weiter; denn Buden jeglicher Neugier
werben, trommeln und plärrn. Für Erwachsene aber
ist noch besonders zu sehn, wie das Geld sich vermehrt, anatomisch,
nicht zur Belustigung nur: der Geschlechtsteil des Gelds,
alles, das Ganze, der Vorgang –, das unterrichtet und macht
fruchtbar ....
.... Oh aber gleich darüber hinaus,

hinter der letzten Planke, beklebt mit Plakaten des ›Todlos‹,
jenes bitteren Biers, das den Trinkenden süß scheint,
wenn sie immer dazu frische Zerstreuungen kaun …,
gleich im Rücken der Planke, gleich dahinter, ists *wirklich*.
Kinder spielen, und Liebende halten einander, – abseits,
ernst, im ärmlichen Gras, und Hunde haben Natur.
Weiter noch zieht es den Jüngling; vielleicht, daß er eine junge
Klage liebt ..... Hinter ihr her kommt er in Wiesen. Sie sagt:
– Weit. Wir wohnen dort draußen ....

Wo? Und der Jüngling
folgt. Ihn rührt ihre Haltung. Die Schulter, der Hals –, vielleicht
ist sie von herrlicher Herkunft. Aber er läßt sie, kehrt um,
wendet sich, winkt … Was solls? Sie ist eine Klage.

Nur die jungen Toten, im ersten Zustand
zeitlosen Gleichmuts, dem der Entwöhnung,
folgen ihr liebend. Mädchen
wartet sie ab und befreundet sie. Zeigt ihnen leise,
was sie an sich hat. Perlen des Leids und die feinen
Schleier der Duldung. – Mit Jünglingen geht sie
schweigend.

Aber dort, wo sie wohnen, im Tal, der Älteren eine, der Klagen,
nimmt sich des Jünglinges an, wenn er fragt: – Wir waren,
sagt sie, ein Großes Geschlecht, einmal, wir Klagen. Die Väter
trieben den Bergbau dort in dem großen Gebirg; bei Menschen
findest du manchmal ein Stück geschliffenes Ur-Leid
oder, aus altem Vulkan, schlackig versteinerten Zorn.
Ja, das stammte von dort. Einst waren wir reich. –

Und sie leitet ihn leicht durch die weite Landschaft der Klagen,
zeigt ihm die Säulen der Tempel oder die Trümmer
jener Burgen, von wo Klage-Fürsten das Land
einstens weise beherrscht. Zeigt ihm die hohen
Tränenbäume und Felder blühender Wehmut,
(Lebendige kennen sie nur als sanftes Blattwerk);
zeigt ihm die Tiere der Trauer, weidend, – und manchmal

schreckt ein Vogel und zieht, flach ihnen fliegend durchs Aufschaun,
weithin das schriftliche Bild seines vereinsamten Schreis. –
Abends führt sie ihn hin zu den Gräbern der Alten
aus dem Klage-Geschlecht, den Sibyllen und Warn-Herrn.
Naht aber Nacht, so wandeln sie leiser, und bald
mondets empor, das über Alles
wachende Grab-Mal. Brüderlich jenem am Nil,
der erhabene Sphinx –: der verschwiegenen Kammer
Antlitz.
Und sie staunen dem krönlichen Haupt, das für immer,
schweigend, der Menschen Gesicht
auf die Waage der Sterne gelegt.

Nicht erfaßt es sein Blick, im Frühtod
schwindelnd. Aber ihr Schaun,
hinter dem Pschent-Rand hervor, scheucht es die Eule. Und sie,
streifend im langsamen Abstrich die Wange entlang,
jene der reifesten Rundung,
zeichnet weich in das neue
Totengehör, über ein doppelt
aufgeschlagenes Blatt, den unbeschreiblichen Umriß.

Und höher, die Sterne. Neue. Die Sterne des Leidlands.
Langsam nennt sie die Klage: – Hier,
siehe: den *Reiter*, den *Stab*, und das vollere Sternbild
nennen sie: *Fruchtkranz*. Dann, weiter, dem Pol zu:
Wiege; Weg; Das Brennende Buch; Puppe; Fenster.
Aber im südlichen Himmel, rein wie im Innern
einer gesegneten Hand, das klar erglänzende ›*M*‹,
das die Mütter bedeutet …… –

Doch der Tote muß fort, und schweigend bringt ihn die ältere
Klage bis an die Talschlucht,
wo es schimmert im Mondschein:
die Quelle der Freude. In Ehrfurcht
nennt sie sie, sagt: – Bei den Menschen
ist sie ein tragender Strom. –

Stehn am Fuß des Gebirgs.
Und da umarmt sie ihn, weinend.

Einsam steigt er dahin, in die Berge des Ur-Leids.
Und nicht einmal sein Schritt klingt aus dem tonlosen Los.

*

Aber erweckten sie uns, die unendlich Toten, ein Gleichnis,
siehe, sie zeigten vielleicht auf die Kätzchen der leeren
Hasel, die hängenden, oder
meinten den Regen, der fällt auf dunkles Erdreich im Frühjahr. –

Und wir, die an *steigendes* Glück
denken, empfänden die Rührung,
die uns beinah bestürzt,
wenn ein Glückliches *fällt*.

Die Sonette an Orpheus

Erster Teil

I

Da stieg ein Baum. O reine Übersteigung!
O Orpheus singt! O hoher Baum im Ohr!
Und alles schwieg. Doch selbst in der Verschweigung
ging neuer Anfang, Wink und Wandlung vor.

Tiere aus Stille drangen aus dem klaren
gelösten Wald von Lager und Genist;
und da ergab sich, daß sie nicht aus List
und nicht aus Angst in sich so leise waren,

sondern aus Hören. Brüllen, Schrei, Geröhr
schien klein in ihren Herzen. Und wo eben
kaum eine Hütte war, dies zu empfangen,

ein Unterschlupf aus dunkelstem Verlangen
mit einem Zugang, dessen Pfosten beben, –
da schufst du ihnen Tempel im Gehör.

II

Und fast ein Mädchen wars und ging hervor
aus diesem einigen Glück von Sang und Leier
und glänzte klar durch ihre Frühlingsschleier
und machte sich ein Bett in meinem Ohr.

Und schlief in mir. Und alles war ihr Schlaf.
Die Bäume, die ich je bewundert, diese
fühlbare Ferne, die gefühlte Wiese
und jedes Staunen, das mich selbst betraf.

Sie schlief die Welt. Singender Gott, wie hast
du sie vollendet, daß sie nicht begehrte,
erst wach zu sein? Sieh, sie erstand und schlief.

Wo ist ihr Tod? O, wirst du dies Motiv
erfinden noch, eh sich dein Lied verzehrte? –
Wo sinkt sie hin aus mir? … Ein Mädchen fast …

III

Ein Gott vermags. Wie aber, sag mir, soll
ein Mann ihm folgen durch die schmale Leier?
Sein Sinn ist Zwiespalt. An der Kreuzung zweier
Herzwege steht kein Tempel für Apoll.

Gesang, wie du ihn lehrst, ist nicht Begehr,
nicht Werbung um ein endlich noch Erreichtes;
Gesang ist Dasein. Für den Gott ein Leichtes.
Wann aber *sind* wir? Und wann wendet *er*

an unser Sein die Erde und die Sterne?
Dies *ists* nicht, Jüngling, daß du liebst, wenn auch
die Stimme dann den Mund dir aufstößt, – lerne

vergessen, daß du aufsangst. Das verrinnt.
In Wahrheit singen, ist ein andrer Hauch.
Ein Hauch um nichts. Ein Wehn im Gott. Ein Wind.

IV

O ihr Zärtlichen, tretet zuweilen
in den Atem, der euch nicht meint,
laßt ihn an eueren Wangen sich teilen,
hinter euch zittert er, wieder vereint.

O ihr Seligen, o ihr Heilen,
die ihr der Anfang der Herzen scheint.
Bogen der Pfeile und Ziele von Pfeilen,
ewiger glänzt euer Lächeln verweint.

Fürchtet euch nicht zu leiden, die Schwere,
gebt sie zurück an der Erde Gewicht;
schwer sind die Berge, schwer sind die Meere.

Selbst die als Kinder ihr pflanztet, die Bäume.
wurden zu schwer längst; ihr trüget sie nicht.
Aber die Lüfte … aber die Räume ….

V

Errichtet keinen Denkstein. Laßt die Rose
nur jedes Jahr zu seinen Gunsten blühn.
Denn Orpheus ists. Seine Metamorphose
in dem und dem. Wir sollen uns nicht mühn

um andre Namen. Ein für alle Male
ists Orpheus, wenn es singt. Er kommt und geht.
Ists nicht schon viel, wenn er die Rosenschale
um ein paar Tage manchmal übersteht?

O wie er schwinden muß, daß ihrs begrifft!
Und wenn ihm selbst auch bangte, daß er schwände.
Indem sein Wort das Hiersein übertrifft,

ist er schon dort, wohin ihrs nicht begleitet.
Der Leier Gitter zwängt ihm nicht die Hände.
Und er gehorcht, indem er überschreitet.

VI

Ist er ein Hiesiger? Nein, aus beiden
Reichen erwuchs seine weite Natur.
Kundiger böge die Zweige der Weiden,
wer die Wurzeln der Weiden erfuhr.

Geht ihr zu Bette, so laßt auf dem Tische
Brot nicht und Milch nicht; die Toten ziehts –.
Aber er, der Beschwörende, mische
unter der Milde des Augenlids

ihre Erscheinung in alles Geschaute;
und der Zauber von Erdrauch und Raute
sei ihm so wahr wie der klarste Bezug.

Nichts kann das gültige Bild ihm verschlimmern;
sei es aus Gräbern, sei es aus Zimmern,
rühme er Fingerring, Spange und Krug.

VII

Rühmen, das ists! Ein zum Rühmen Bestellter,
ging er hervor wie das Erz aus des Steins
Schweigen. Sein Herz, o vergängliche Kelter
eines den Menschen unendlichen Weins.

Nie versagt ihm die Stimme am Staube,
wenn ihn das göttliche Beispiel ergreift.
Alles wird Weinberg, alles wird Traube,
in seinem fühlenden Süden gereift.

Nicht in den Grüften der Könige Moder
straft ihm die Rühmung lügen, oder
daß von den Göttern ein Schatten fällt.

Er ist einer der bleibenden Boten,
der noch weit in die Türen der Toten
Schalen mit rühmlichen Früchten hält.

VIII

Nur im Raum der Rühmung darf die Klage
gehn, die Nymphe des geweinten Quells,
wachend über unserm Niederschlage,
daß er klar sei an demselben Fels,

der die Tore trägt und die Altäre. –
Sieh, um ihre stillen Schultern früht
das Gefühl, daß sie die jüngste wäre
unter den Geschwistern im Gemüt.

Jubel *weiß*, und Sehnsucht ist geständig, –
nur die Klage lernt noch; mädchenhändig
zahlt sie nächtelang das alte Schlimme.

Aber plötzlich, schräg und ungeübt,
hält sie doch ein Sternbild unsrer Stimme
in den Himmel, den ihr Hauch nicht trübt.

IX

Nur wer die Leier schon hob
auch unter Schatten,
darf das unendliche Lob
ahnend erstatten.

Nur wer mit Toten vom Mohn
aß, von dem ihren,
wird nicht den leisesten Ton
wieder verlieren.

Mag auch die Spieglung im Teich
oft uns verschwimmen:
Wisse das Bild.

Erst in dem Doppelbereich
werden die Stimmen
ewig und mild.

X

Euch, die ihr nie mein Gefühl verließt,
grüß ich, antikische Sarkophage,
die das fröhliche Wasser römischer Tage
als ein wandelndes Lied durchfließt.

Oder jene so offenen, wie das Aug
eines frohen erwachenden Hirten,
– innen voll Stille und Bienensaug –
denen entzückte Falter entschwirrten;

alle, die man dem Zweifel entreißt,
grüß ich, die wiedergeöffneten Munde,
die schon wußten, was schweigen heißt.

Wissen wirs, Freunde, wissen wirs nicht?
Beides bildet die zögernde Stunde
in dem menschlichen Angesicht.

XI

Sieh den Himmel. Heißt kein Sternbild ›Reiter‹?
Denn dies ist uns seltsam eingeprägt:
dieser Stolz aus Erde. Und ein Zweiter,
der ihn treibt und hält und den er trägt.

Ist nicht so, gejagt und dann gebändigt,
diese sehnige Natur des Seins?
Weg und Wendung. Doch ein Druck verständigt.
Neue Weite. Und die zwei sind eins.

Aber *sind* sie's? Oder meinen beide
nicht den Weg, den sie zusammen tun?
Namenlos schon trennt sie Tisch und Weide.

Auch die sternische Verbindung trügt.
Doch uns freue eine Weile nun
der Figur zu glauben. Das genügt.

XII

Heil dem Geist, der uns verbinden mag;
denn wir leben wahrhaft in Figuren.
Und mit kleinen Schritten gehn die Uhren
neben unserm eigentlichen Tag.

Ohne unsern wahren Platz zu kennen,
handeln wir aus wirklichem Bezug.
Die Antennen fühlen die Antennen,
und die leere Ferne trug …

Reine Spannung. O Musik der Kräfte!
Ist nicht durch die läßlichen Geschäfte
jede Störung von dir abgelenkt?

Selbst wenn sich der Bauer sorgt und handelt,
wo die Saat in Sommer sich verwandelt,
reicht er niemals hin. Die Erde *schenkt*.

XIII

Voller Apfel, Birne und Banane,
Stachelbeere … Alles dieses spricht
Tod und Leben in den Mund … Ich ahne …
Lest es einem Kind vom Angesicht,

wenn es sie erschmeckt. Dies kommt von weit.
Wird euch langsam namenlos im Munde?
Wo sonst Worte waren, fließen Funde,
aus dem Fruchtfleisch überrascht befreit.

Wagt zu sagen, was ihr Apfel nennt.
Diese Süße, die sich erst verdichtet,
um, im Schmecken leise aufgerichtet,

klar zu werden, wach und transparent,
doppeldeutig, sonnig, erdig, hiesig –:
O Erfahrung, Fühlung, Freude –, riesig!

XIV

Wir gehen um mit Blume, Weinblatt, Frucht.
Sie sprechen nicht die Sprache nur des Jahres.
Aus Dunkel steigt ein buntes Offenbares
und hat vielleicht den Glanz der Eifersucht

der Toten an sich, die die Erde stärken.
Was wissen wir von ihrem Teil an dem?
Es ist seit lange ihre Art, den Lehm
mit ihrem freien Marke zu durchmärken.

Nun fragt sich nur: tun sie es gern? …
Drängt diese Frucht, ein Werk von schweren Sklaven,
geballt zu uns empor, zu ihren Herrn?

Sind *sie* die Herrn, die bei den Wurzeln schlafen,
und gönnen uns aus ihren Überflüssen
dies Zwischending aus stummer Kraft und Küssen?

XV

Wartet …, das schmeckt … Schon ists auf der Flucht.
…. Wenig Musik nur, ein Stampfen, ein Summen –:
Mädchen, ihr warmen, Mädchen, ihr stummen,
tanzt den Geschmack der erfahrenen Frucht!

Tanzt die Orange. Wer kann sie vergessen,
wie sie, ertrinkend in sich, sich wehrt
wider ihr Süßsein. Ihr habt sie besessen.
Sie hat sich köstlich zu euch bekehrt.

Tanzt die Orange. Die wärmere Landschaft,
werft sie aus euch, daß die reife erstrahle
in Lüften der Heimat! Erglühte, enthüllt

Düfte um Düfte. Schafft die Verwandtschaft
mit der reinen, sich weigernden Schale,
mit dem Saft, der die Glückliche füllt!

XVI

Du, mein Freund, bist einsam, weil ....
Wir machen mit Worten und Fingerzeigen
uns allmählich die Welt zu eigen,
vielleicht ihren schwächsten, gefährlichsten Teil.

Wer zeigt mit Fingern auf einen Geruch? –
Doch von den Kräften, die uns bedrohten,
fühlst du viele ... Du kennst die Toten,
und du erschrickst vor dem Zauberspruch.

Sieh, nun heißt es zusammen ertragen
Stückwerk und Teile, als sei es das Ganze.
Dir helfen, wird schwer sein. Vor allem: pflanze

mich nicht in dein Herz. Ich wüchse zu schnell.
Doch *meines* Herrn Hand will ich führen und sagen:
Hier. Das ist Esau in seinem Fell.

XVII

Zu unterst der Alte, verworrn,
all der Erbauten
Wurzel, verborgener Born,
den sie nie schauten.

Sturmhelm und Jägerhorn,
Spruch von Ergrauten,
Männer im Bruderzorn,
Frauen wie Lauten ...

Drängender Zweig an Zweig,
nirgends ein freier ....
Einer! O steig ... o steig ...

Aber sie brechen noch.
Dieser erst oben doch
biegt sich zur Leier.

XVIII

Hörst du das Neue, Herr,
dröhnen und beben?
Kommen Verkündiger,
die es erheben.

Zwar ist kein Hören heil
in dem Durchtobtsein,
doch der Maschinenteil
will jetzt gelobt sein.

Sieh, die Maschine:
wie sie sich wälzt und rächt
und uns entstellt und schwächt.

Hat sie aus uns auch Kraft,
sie, ohne Leidenschaft,
treibe und diene.

XIX

Wandelt sich rasch auch die Welt
wie Wolkengestalten,
alles Vollendete fällt
heim zum Uralten.

Über dem Wandel und Gang,
weiter und freier,
währt noch dein Vor-Gesang,
Gott mit der Leier.

Nicht sind die Leiden erkannt,
nicht ist die Liebe gelernt,
und was im Tod uns entfernt,

ist nicht entschleiert.
Einzig das Lied überm Land
heiligt und feiert.

XX

Dir aber, Herr, o was weih ich dir, sag,
der das Ohr den Geschöpfen gelehrt? –
Mein Erinnern an einen Frühlingstag,
seinen Abend, in Rußland –, ein Pferd …

Herüber vom Dorf kam der Schimmel allein,
an der vorderen Fessel den Pflock,
um die Nacht auf den Wiesen allein zu sein;
wie schlug seiner Mähne Gelock

an den Hals im Takte des Übermuts,
bei dem grob gehemmten Galopp.
Wie sprangen die Quellen des Rossebluts!

Der fühlte die Weiten, und ob!
Der sang und der hörte –, dein Sagenkreis
war *in* ihm geschlossen.
Sein Bild: ich weih's.

XXI

Frühling ist wiedergekommen. Die Erde
ist wie ein Kind, das Gedichte weiß;
viele, o viele …. Für die Beschwerde
langen Lernens bekommt sie den Preis.

Streng war ihr Lehrer. Wir mochten das Weiße
an dem Barte des alten Manns.
Nun, wie das Grüne, das Blaue heiße,
dürfen wir fragen: sie kanns, sie kanns!

Erde, die frei hat, du glückliche, spiele
nun mit den Kindern. Wir wollen dich fangen,
fröhliche Erde. Dem Frohsten gelingts.

O, was der Lehrer sie lehrte, das Viele,
und was gedruckt steht in Wurzeln und langen
schwierigen Stämmen: sie singts, sie singts!

XXII

Wir sind die Treibenden.
Aber den Schritt der Zeit,
nehmt ihn als Kleinigkeit
im immer Bleibenden.

Alles das Eilende
wird schon vorüber sein;
denn das Verweilende
erst weiht uns ein.

Knaben, o werft den Mut
nicht in die Schnelligkeit,
nicht in den Flugversuch.

Alles ist ausgeruht:
Dunkel und Helligkeit,
Blume und Buch.

XXIII

O erst *dann*, wenn der Flug
nicht mehr um seinetwillen
wird in die Himmelstillen
steigen, sich selber genug,

um in lichten Profilen,
als das Gerät, das gelang,
Liebling der Winde zu spielen,
sicher, schwenkend und schlank, –

erst, wenn ein reines Wohin
wachsender Apparate
Knabenstolz überwiegt,

wird, überstürzt von Gewinn,
jener den Fernen Genahte
sein, was er einsam erfliegt.

XXIV

Sollen wir unsere uralte Freundschaft, die großen
niemals werbenden Götter, weil sie der harte
Stahl, den wir streng erzogen, nicht kennt, verstoßen
oder sie plötzlich suchen auf einer Karte?

Diese gewaltigen Freunde, die uns die Toten
nehmen, rühren nirgends an unsere Räder.
Unsere Gastmähler haben wir weit –, unsere Bäder,
fortgerückt, und ihre uns lang schon zu langsamen Boten

überholen wir immer. Einsamer nun auf einander
ganz angewiesen, ohne einander zu kennen,
führen wir nicht mehr die Pfade als schöne Mäander,

sondern als Grade. Nur noch in Dampfkesseln brennen
die einstigen Feuer und heben die Hämmer, die immer
größern. Wir aber nehmen an Kraft ab, wie Schwimmer.

XXV

Dich aber will ich nun, *Dich*, die ich kannte
wie eine Blume, von der ich den Namen nicht weiß,
noch *ein* Mal erinnern und ihnen zeigen, Entwandte,
schöne Gespielin des unüberwindlichen Schrei's.

Tänzerin erst, die plötzlich, den Körper voll Zögern,
anhielt, als göß man ihr Jungsein in Erz;
trauernd und lauschend –. Da, von den hohen Vermögern
fiel ihr Musik in das veränderte Herz.

Nah war die Krankheit. Schon von den Schatten bemächtigt,
drängte verdunkelt das Blut, doch, wie flüchtig verdächtigt,
trieb es in seinen natürlichen Frühling hervor.

Wieder und wieder, von Dunkel und Sturz unterbrochen,
glänzte es irdisch. Bis es nach schrecklichem Pochen
trat in das trostlos offene Tor.

XXVI

Du aber, Göttlicher, du, bis zuletzt noch Ertöner,
da ihn der Schwarm der verschmähten Mänaden befiel,
hast ihr Geschrei übertönt mit Ordnung, du Schöner,
aus den Zerstörenden stieg dein erbauendes Spiel.

Keine war da, daß sie Haupt dir und Leier zerstör.
Wie sie auch rangen und rasten, und alle die scharfen
Steine, die sie nach deinem Herzen warfen,
wurden zu Sanftem an dir und begabt mit Gehör.

Schließlich zerschlugen sie dich, von der Rache gehetzt,
während dein Klang noch in Löwen und Felsen verweilte
und in den Bäumen und Vögeln. Dort singst du noch jetzt.

O du verlorener Gott! Du unendliche Spur!
Nur weil dich reißend zuletzt die Feindschaft verteilte,
sind wir die Hörenden jetzt und ein Mund der Natur.

Zweiter Teil

I

Atmen, du unsichtbares Gedicht!
Immerfort um das eigne
Sein rein eingetauschter Weltraum. Gegengewicht,
in dem ich mich rhythmisch ereigne.

Einzige Welle, deren
allmähliches Meer ich bin;
sparsamstes du von allen möglichen Meeren, –
Raumgewinn.

Wieviele von diesen Stellen der Räume waren schon
innen in mir. Manche Winde
sind wie mein Sohn.

Erkennst du mich, Luft, du, voll noch einst meiniger Orte?
Du, einmal glatte Rinde,
Rundung und Blatt meiner Worte.

II

So wie dem Meister manchmal das eilig
nähere Blatt den *wirklichen* Strich
abnimmt: so nehmen oft Spiegel das heilig
einzige Lächeln der Mädchen in sich,

wenn sie den Morgen erproben, allein, –
oder im Glanze der dienenden Lichter.
Und in das Atmen der echten Gesichter,
später, fällt nur ein Widerschein.

Was haben Augen einst ins umrußte
lange Verglühn der Kamine geschaut:
Blicke des Lebens, für immer verlorne.

Ach, der Erde, wer kennt die Verluste?
Nur, wer mit dennoch preisendem Laut
sänge das Herz, das ins Ganze geborne.

III

Spiegel: noch nie hat man wissend beschrieben,
was ihr in euerem Wesen seid.
Ihr, wie mit lauter Löchern von Sieben
erfüllten Zwischenräume der Zeit.

Ihr, noch des leeren Saales Verschwender –,
wenn es dämmert, wie Wälder weit …
Und der Lüster geht wie ein Sechzehn-Ender
durch eure Unbetretbarkeit.

Manchmal seid ihr voll Malerei.
Einige scheinen *in* euch gegangen –,
andere schicktet ihr scheu vorbei.

Aber die Schönste wird bleiben –, bis
drüben in ihre enthaltenen Wangen
eindrang der klare gelöste Narziß.

IV

O dieses ist das Tier, das es nicht giebt.
Sie wußtens nicht und habens jeden Falls
– sein Wandeln, seine Haltung, seinen Hals,
bis in des stillen Blickes Licht – geliebt.

Zwar *war* es nicht. Doch weil sie's liebten, ward
ein reines Tier. Sie ließen immer Raum.
Und in dem Raume, klar und ausgespart,
erhob es leicht sein Haupt und brauchte kaum

zu sein. Sie nährten es mit keinem Korn,
nur immer mit der Möglichkeit, es sei.
Und die gab solche Stärke an das Tier,

daß es aus sich ein Stirnhorn trieb. Ein Horn.
Zu einer Jungfrau kam es weiß herbei –
und war im Silber-Spiegel und in ihr.

V

Blumenmuskel, der der Anemone
Wiesenmorgen nach und nach erschließt,
bis in ihren Schooß das polyphone
Licht der lauten Himmel sich ergießt,

in den stillen Blütenstern gespannter
Muskel des unendlichen Empfangs,
manchmal *so* von Fülle übermannter,
daß der Ruhewink des Untergangs

kaum vermag die weitzurückgeschnellten
Blätterränder dir zurückzugeben:
du, Entschluß und Kraft von *wie*viel Welten!

Wir, Gewaltsamen, wir währen länger.
Aber *wann*, in welchem aller Leben,
sind wir endlich offen und Empfänger?

VI

Rose, du thronende, denen im Altertume
arst du ein Kelch mit einfachem Rand.
Uns aber bist du die volle zahllose Blume,
der unerschöpfliche Gegenstand.

In deinem Reichtum scheinst du wie Kleidung um Kleidung
um einen Leib aus nichts als Glanz;
aber dein einzelnes Blatt ist zugleich die Vermeidung
und die Verleugnung jedes Gewands.

Seit Jahrhunderten ruft uns dein Duft
seine süßesten Namen herüber;
plötzlich liegt er wie Ruhm in der Luft.

Dennoch, wir wissen ihn nicht zu nennen, wir raten …
Und Erinnerung geht zu ihm über,
die wir von rufbaren Stunden erbaten.

VII

Blumen, ihr schließlich den ordnenden Händen verwandte,
(Händen der Mädchen von einst und jetzt),
die auf dem Gartentisch oft von Kante zu Kante
lagen, ermattet und sanft verletzt,

wartend des Wassers, das sie noch einmal erhole
aus dem begonnenen Tod –, und nun
wieder erhobene zwischen die strömenden Pole
fühlender Finger, die wohlzutun

mehr noch vermögen, als ihr ahntet, ihr leichten,
wenn ihr euch wiederfandet im Krug,
langsam erkühlend und Warmes der Mädchen, wie Beichten,

von euch gebend, wie trübe ermüdende Sünden,
die das Gepflücktsein beging, als Bezug
wieder zu ihnen, die sich euch blühend verbünden.

VIII

Wenige ihr, der einstigen Kindheit Gespielen
in den zerstreuten Gärten der Stadt:
wie wir uns fanden und uns zögernd gefielen
und, wie das Lamm mit dem redenden Blatt,

sprachen als Schweigende. Wenn wir uns einmal freuten,
keinem gehörte es. Wessen wars?
Und wie zergings unter allen den gehenden Leuten
und im Bangen des langen Jahrs.

Wagen umrollten uns fremd, vorübergezogen,
Häuser umstanden uns stark, aber unwahr, – und keines
kannte uns je. *Was* war wirklich im All?

Nichts. Nur die Bälle. Ihre herrlichen Bogen.
Auch nicht die Kinder ... Aber manchmal trat eines,
ach ein vergehendes, unter den fallenden Ball.

(In memoriam Egon von Rilke)

IX

Rühmt euch, ihr Richtenden, nicht der entbehrlichen Folter
und daß das Eisen nicht länger an Hälsen sperrt.
Keins ist gesteigert, kein Herz –, weil ein gewollter
Krampf der Milde euch zarter verzerrt.

Was es durch Zeiten bekam, das schenkt das Schafott
wieder zurück, wie Kinder ihr Spielzeug vom vorig
alten Geburtstag. Ins reine, ins hohe, ins thorig
offene Herz träte er anders, der Gott

wirklicher Milde. Er käme gewaltig und griffe
strahlender um sich, wie Göttliche sind.
Mehr als ein Wind für die großen gesicherten Schiffe.

Weniger nicht, als die heimliche leise Gewährung,
die uns im Innern schweigend gewinnt
wie ein still spielendes Kind aus unendlicher Paarung.

X

Alles Erworbne bedroht die Maschine, solange
sie sich erdreistet, im Geist, statt im Gehorchen, zu sein.
Daß nicht der herrlichen Hand schöneres Zögern mehr prange,
zu dem entschlossenern Bau schneidet sie steifer den Stein.

Nirgends bleibt sie zurück, daß wir ihr *ein* Mal entrönnen
und sie in stiller Fabrik ölend sich selber gehört.
Sie ist das Leben, – sie meint es am besten zu können,
die mit dem gleichen Entschluß ordnet und schafft und zerstört.

Aber noch ist uns das Dasein verzaubert; an hundert
Stellen ist es noch Ursprung. Ein Spielen von reinen
Kräften, die keiner berührt, der nicht kniet und bewundert.

Worte gehen noch zart am Unsäglichen aus …
Und die Musik, immer neu, aus den bebendsten Steinen,
baut im unbrauchbaren Raum ihr vergöttlichtes Haus.

XI

Manche, des Todes, entstand ruhig geordnete Regel,
weiterbezwingender Mensch, seit du im Jagen beharrst;
mehr doch als Falle und Netz, weiß ich dich, Streifen von Segel,
den man hinuntergehängt in den höhligen Karst.

Leise ließ man dich ein, als wärst du ein Zeichen,
Frieden zu feiern. Doch dann: rang dich am Rande der Knecht,
– und, aus den Höhlen, die Nacht warf eine Handvoll von bleichen
taumelnden Tauben ins Licht … Aber auch *das* ist im Recht.

Fern von dem Schauenden sei jeglicher Hauch des Bedauerns,
nicht nur vom Jäger allein, der, was sich zeitig erweist,
wachsam und handelnd vollzieht.

Töten ist eine Gestalt unseres wandernden Trauerns ...
Rein ist im heiteren Geist,
was an uns selber geschieht.

XII

Wolle die Wandlung. O sei für die Flamme begeistert,
drin sich ein Ding dir entzieht, das mit Verwandlungen prunkt;
jener entwerfende Geist, welcher das Irdische meistert,
liebt in dem Schwung der Figur nichts wie den wendenden Punkt.

Was sich ins Bleiben verschließt, schon ists das Erstarrte;
wähnt es sich sicher im Schutz des unscheinbaren Grau's?
Warte, ein Härtestes warnt aus der Ferne das Harte.
Wehe –: abwesender Hammer holt aus!

Wer sich als Quelle ergießt, den erkennt die Erkennung;
und sie führt ihn entzückt durch das heiter Geschaffne,
das mit Anfang oft schließt und mit Ende beginnt.

Jeder glückliche Raum ist Kind oder Enkel von Trennung,
den sie staunend durchgehn. Und die verwandelte Daphne
will, seit sie lorbeern fühlt, daß du dich wandelst in Wind.

XIII

Sei allem Abschied voran, als wäre er hinter
dir, wie der Winter, der eben geht.
Denn unter Wintern ist einer so endlos Winter,
daß, überwinternd, dein Herz überhaupt übersteht.

Sei immer tot in Eurydike –, singender steige,
preisender steige zurück in den reinen Bezug.
Hier, unter Schwindenden, sei, im Reiche der Neige,
sei ein klingendes Glas, das sich im Klang schon zerschlug.

Sei – und wisse zugleich des Nicht-Seins Bedingung,
den unendlichen Grund deiner innigen Schwingung,
daß du sie völlig vollziehst dieses einzige Mal.

Zu dem gebrauchten sowohl, wie zum dumpfen und stummen
Vorrat der vollen Natur, den unsäglichen Summen,
zähle dich jubelnd hinzu und vernichte die Zahl.

XIV

Siehe die Blumen, diese dem Irdischen treuen,
denen wir Schicksal vom Rande des Schicksals leihn, –
aber wer weiß es! Wenn sie ihr Welken bereuen,
ist es an uns, ihre Reue zu sein.

Alles will schweben. Da gehn wir umher wie Beschwerer,
legen auf alles uns selbst, vom Gewichte entzückt;
o was sind wir den Dingen für zehrende Lehrer,
weil ihnen ewige Kindheit glückt.

Nähme sie einer ins innige Schlafen und schliefe
tief mit den Dingen –: o wie käme er leicht,
anders zum anderen Tag, aus der gemeinsamen Tiefe.

Oder er bliebe vielleicht; und sie blühten und priesen
ihn, den Bekehrten, der nun den Ihrigen gleicht,
allen den stillen Geschwistern im Winde der Wiesen.

XV

O Brunnen-Mund, du gebender, du Mund,
der unerschöpflich Eines, Reines, spricht, –
du, vor des Wassers fließendem Gesicht,
marmorne Maske. Und im Hintergrund

der Aquädukte Herkunft. Weither an
Gräbern vorbei, vom Hang des Apennins
tragen sie dir dein Sagen zu, das dann
am schwarzen Altern deines Kinns

vorüberfällt in das Gefäß davor.
Dies ist das schlafend hingelegte Ohr,
das Marmorohr, in das du immer sprichst.

Ein Ohr der Erde. Nur mit sich allein
redet sie also. Schiebt ein Krug sich ein,
so scheint es ihr, daß du sie unterbrichst.

XVI

Immer wieder von uns aufgerissen,
ist der Gott die Stelle, welche heilt.
Wir sind Scharfe, denn wir wollen wissen,
aber er ist heiter und verteilt.

Selbst die reine, die geweihte Spende
nimmt er anders nicht in seine Welt,
als indem er sich dem freien Ende
unbewegt entgegenstellt.

Nur der Tote trinkt
aus der hier von uns *gehörten* Quelle,
wenn der Gott ihm schweigend winkt, dem Toten.

Uns wird nur das Lärmen angeboten.
Und das Lamm erbittet seine Schelle
aus dem stilleren Instinkt.

XVII

Wo, in welchen immer selig bewässerten Gärten, an welchen
Bäumen, aus welchen zärtlich entblätterten Blüten-Kelchen
reifen die fremdartigen Früchte der Tröstung? Diese
köstlichen, deren du eine vielleicht in der zertretenen Wiese

deiner Armut findest. Von einem zum anderen Male
wunderst du dich über die Größe der Frucht,
über ihr Heilsein, über die Sanftheit der Schale,
und daß sie der Leichtsinn des Vogels dir nicht vorwegnahm und
nicht die Eifersucht

unten des Wurms. Giebt es denn Bäume, von Engeln beflogen,
und von verborgenen langsamen Gärtnern so seltsam gezogen,
daß sie uns tragen, ohne uns zu gehören?

Haben wir niemals vermocht, wir Schatten und Schemen,
durch unser voreilig reifes und wieder welkes Benehmen
jener gelassenen Sommer Gleichmut zu stören?

XVIII

Tänzerin: o du Verlegung
alles Vergehens in Gang: wie brachtest du's dar.
Und der Wirbel am Schluß, dieser Baum aus Bewegung,
nahm er nicht ganz in Besitz das erschwungene Jahr?

Blühte nicht, daß ihn dein Schwingen von vorhin umschwärme,
plötzlich sein Wipfel von Stille? Und über ihr,
war sie nicht Sonne, war sie nicht Sommer, die Wärme,
diese unzählige Wärme aus dir?

Aber er trug auch, er trug, dein Baum der Ekstase.
Sind sie nicht seine ruhigen Früchte: der Krug,
reifend gestreift, und die gereiftere Vase?

Und in den Bildern: ist nicht die Zeichnung geblieben,
die deiner Braue dunkler Zug
rasch an die Wandung der eigenen Wendung geschrieben?

XIX

Irgendwo wohnt das Gold in der verwöhnenden Bank
und mit Tausenden tut es vertraulich. Doch jener
Blinde, der Bettler, ist selbst dem kupfernen Zehner
wie ein verlorener Ort, wie das staubige Eck unterm Schrank.

In den Geschäften entlang ist das Geld wie zuhause
und verkleidet sich scheinbar in Seide, Nelken und Pelz.
Er, der Schweigende, steht in der Atempause
alles des wach oder schlafend atmenden Gelds.

O wie mag sie sich schließen bei Nacht, diese immer offene Hand.
Morgen holt sie das Schicksal wieder, und täglich
hält es sie hin: hell, elend, unendlich zerstörbar.

Daß doch einer, ein Schauender, endlich ihren langen Bestand
staunend begriffe und rühmte. Nur dem Aufsingenden säglich.
Nur dem Göttlichen hörbar.

XX

Zwischen den Sternen, wie weit; und doch, um wievieles noch
weiter,
was man am Hiesigen lernt.
Einer, zum Beispiel, ein Kind … und ein Nächster, ein Zweiter –,
o wie unfaßlich entfernt.

Schicksal, es mißt uns vielleicht mit des Seienden Spanne,
daß es uns fremd erscheint;
denk, wieviel Spannen allein vom Mädchen zum Manne,
wenn es ihn meidet und meint.

Alles ist weit –, und nirgends schließt sich der Kreis.
Sieh in der Schüssel, auf heiter bereitetem Tische,
seltsam der Fische Gesicht.

Fische sind stumm ..., meinte man einmal.
Wer weiß? Aber ist nicht am Ende ein Ort, wo man das, was der Fische
Sprache wäre, *ohne* sie spricht?

XXI

Singe die Gärten, mein Herz, die du nicht kennst; wie in Glas
eingegossene Gärten, klar, unerreichbar.
Wasser und Rosen von Ispahan oder Schiras,
singe sie selig, preise sie, keinem vergleichbar.

Zeige, mein Herz, daß du sie niemals entbehrst.
Daß sie dich meinen, ihre reifenden Feigen.
Daß du mit ihren, zwischen den blühenden Zweigen
wie zum Gesicht gesteigerten Lüften verkehrst.

Meide den Irrtum, daß es Entbehrungen gebe
für den geschehnen Entschluß, diesen: zu sein!
Seidener Faden, kamst du hinein ins Gewebe.

Welchem der Bilder du auch im Innern geeint bist
(sei es selbst ein Moment aus dem Leben der Pein),
fühl, daß der ganze, der rühmliche Teppich gemeint ist.

XXII

O trotz Schicksal: die herrlichen Überflüsse
unseres Daseins, in Parken übergeschäumt, –
oder als steinerne Männer neben die Schlüsse
hoher Portale, unter Balkone gebäumt!

O die eherne Glocke, die ihre Keule
täglich wider den stumpfen Alltag hebt.
Oder die *eine*, in Karnak, die Säule, die Säule,
die fast ewige Tempel überlebt.

Heute stürzen die Überschüsse, dieselben,
nur noch als Eile vorbei, aus dem waagrechten gelben
Tag in die blendend mit Licht übertriebene Nacht.

Aber das Rasen zergeht und läßt keine Spuren.
Kurven des Flugs durch die Luft und die, die sie fuhren,
keine vielleicht ist umsonst. Doch nur wie gedacht.

XXIII

Rufe mich zu jener deiner Stunden,
die dir unaufhörlich widersteht:
flehend nah wie das Gesicht von Hunden,
aber immer wieder weggedreht,

wenn du meinst, sie endlich zu erfassen.
So Entzognes ist am meisten dein.
Wir sind frei. Wir wurden dort entlassen,
wo wir meinten, erst begrüßt zu sein.

Bang verlangen wir nach einem Halte,
wir zu Jungen manchmal für das Alte
und zu alt für das, was niemals war.

Wir, gerecht nur, wo wir dennoch preisen,
weil wir, ach, der Ast sind und das Eisen
und das Süße reifender Gefahr.

XXIV

O diese Lust, immer neu, aus gelockertem Lehm!
Niemand beinah hat den frühesten Wagern geholfen.
Städte entstanden trotzdem an beseligten Golfen,
Wasser und Öl füllten die Krüge trotzdem.

Götter, wir planen sie erst in erkühnten Entwürfen,
die uns das mürrische Schicksal wieder zerstört.
Aber sie sind die Unsterblichen. Sehet, wir dürfen
jenen erhorchen, der uns am Ende erhört.

Wir, ein Geschlecht durch Jahrtausende: Mütter und Väter,
immer erfüllter von dem künftigen Kind,
daß es uns einst, übersteigend, erschüttere, später.

Wir, wir unendlich Gewagten, was haben wir Zeit!
Und nur der schweigsame Tod, der weiß, was wir sind
und was er immer gewinnt, wenn er uns leiht.

XXV

Schon, horch, hörst du der ersten Harken
Arbeit; wieder den menschlichen Takt
in der verhaltenen Stille der starken
Vorfrühlingserde. Unabgeschmackt

scheint dir das Kommende. Jenes so oft
dir schon Gekommene scheint dir zu kommen
wieder wie Neues. Immer erhofft,
nahmst du es niemals. Es hat dich genommen.

Selbst die Blätter durchwinterter Eichen
scheinen im Abend ein künftiges Braun.
Manchmal geben sich Lüfte ein Zeichen.

Schwarz sind die Sträucher. Doch Haufen von Dünger
lagern als satteres Schwarz in den Aun.
Jede Stunde, die hingeht, wird jünger.

XXVI

Wie ergreift uns der Vogelschrei …
Irgend ein einmal erschaffenes Schreien.
Aber die Kinder schon, spielend im Freien,
schreien an wirklichen Schreien vorbei.

Schreien den Zufall. In Zwischenräume
dieses, des Weltraums, (in welchen der heile
Vogelschrei eingeht, wie Menschen in Träume –)
treiben sie ihre, des Kreischens, Keile.

Wehe, wo sind wir? Immer noch freier,
wie die losgerissenen Drachen
jagen wir halbhoch, mit Rändern von Lachen,

windig zerfetzten. – Ordne die Schreier,
singender Gott! daß sie rauschend erwachen,
tragend als Strömung das Haupt und die Leier.

XXVII

Giebt es wirklich die Zeit, die zerstörende?
Wann, auf dem ruhenden Berg, zerbricht sie die Burg?
Dieses Herz, das unendlich den Göttern gehörende,
wann vergewaltigts der Demiurg?

Sind wir wirklich so ängstlich Zerbrechliche,
wie das Schicksal uns wahr machen will?
Ist die Kindheit, die tiefe, versprechliche,
in den Wurzeln – später – still?

Ach, das Gespenst des Vergänglichen,
durch den arglos Empfänglichen
geht es, als wär es ein Rauch.

Als die, die wir sind, als die Treibenden,
gelten wir doch bei bleibenden
Kräften als göttlicher Brauch.

XXVIII

O komm und geh. Du, fast noch Kind, ergänze
für einen Augenblick die Tanzfigur
zum reinen Sternbild einer jener Tänze,
darin wir die dumpf ordnende Natur

vergänglich übertreffen. Denn sie regte
sich völlig hörend nur, da Orpheus sang.
Du warst noch die von damals her Bewegte
und leicht befremdet, wenn ein Baum sich lang

besann, mit dir nach dem Gehör zu gehn.
Du wußtest noch die Stelle, wo die Leier
sich tönend hob –; die unerhörte Mitte.

Für sie versuchtest du die schönen Schritte
und hofftest, einmal zu der heilen Feier
des Freundes Gang und Antlitz hinzudrehn.

XXIX

Stiller Freund der vielen Fernen, fühle,
wie dein Atem noch den Raum vermehrt.
Im Gebälk der finstern Glockenstühle
laß dich läuten. Das, was an dir zehrt,

wird ein Starkes über dieser Nahrung.
Geh in der Verwandlung aus und ein.
Was ist deine leidendste Erfahrung?
Ist dir Trinken bitter, werde Wein.

Sei in dieser Nacht aus Übermaß
Zauberkraft am Kreuzweg deiner Sinne,
ihrer seltsamen Begegnung Sinn.

Und wenn dich das Irdische vergaß,
zu der stillen Erde sag: Ich rinne.
Zu dem raschen Wasser sprich: Ich bin.

2. Frühwerke, verstreute und nachgelassene Gedichte

Falter und Rose

Ein Falter, der begehrte
die Rose. Loser Knab!
Die Rose aber wehrte
sein stürmisch Werben ab.
Und wie er fort auch mühte sich,
um keinen Deut die Blüte wich, –
.... Ei, hüte dich!

's war eine Wasserrose,
die ihm so gut gefiel. –
Jetzt trotzte er im Moose,
gab scheinbar auf sein Spiel.
Doch sann der kleine Wüterich:
Bis nur der Tag verglühte sich,
... dann hüte dich!

Und als die Nacht vom Hügel
herabstieg, – voll Begier
spannt er die Pracht der Flügel
und flatterte zu ihr .....
Doch sein Triumph verfrühte sich! –
Es schloß ganz leis die Blüte sich:
Jetzt – hüte dich!

Ich geh dir nach, wie aus der dumpfen Zelle
ein Halbgeheilter schreitet: in der Helle
mit hellen Händen winkt ihm der Jasmin.
Ein Atemholen hebt ihn von der Schwelle, –
er tastet vorwärts: Welle schlägt um Welle
der großbewegte Frühling über ihn.

Ich geh dir nach in tiefem Dirvertrauen.
Ich weiß deine Gestalt durch diese Auen
vor meinen ausgestreckten Händen gehn.
Ich geh dir nach, wie aus des Fiebers Grauen
erschreckte Kinder gehn zu lichten Frauen,
die sie besänftigen und Furcht verstehn.

Ich geh dir nach. Wohin dein Herz mich führe
frag ich nicht nach. Ich folge dir und spüre
wie alle Blumen deines Kleides Saum ..

Ich geh dir nach auch durch die letzte Türe,
ich folge dir auch aus dem letzten Traum …

Das Land ist licht und dunkel ist die Laube,
und du sprichst leise und ein Wunder naht.
Und jedes deiner Worte stellt mein Glaube
als Betbild auf an meinen stillen Pfad.

Ich liebe dich. Du liegst im Gartenstuhle,
und deine Hände schlafen weiß im Schooß.
Mein Leben ruht wie eine Silberspule
in ihrer Macht. Lös meinen Faden los.

Deine Stube mit den kühlen
Rosen in den vielen Vasen,
drinnen wir in tiefen Stühlen
lehnten, leise Lieder lasen –
und mein Auge sehnte zag:

ist die einsame Kapelle,
welche Zuflucht mir bedeutet;
warten will ich an der Schwelle,
bis mir deine Stimme läutet
meinen Lebensfeiertag.

Wenn eng mit Zeit und Stundenschlagen
der Alltag ärmlich uns umspinnt,
geschieht mir oft: ich muß dich fragen:
Glaubst du, daß wir das selber sind?

Wir gehn gewiß in stillen Wiesen,
aus denen Zeit und Stunde wich,
und unsre Stirnen sind gleich Friesen
mit Knaben die auf Flöten bliesen,
so friedlich, still und feierlich.

Wir wissen nicht vom Sinn der Tage.
Und unsre kühlen Hände sind
zwei Zweigen ähnlich, die sich zage
entgegenwachsen durch den Wind.

Im Alltag tasten unsre Träume
uns mühsam nach und sind in Mühn,
wenn wir schon, schön wie junge Bäume,
dem Sommerlos entgegenblühn.

Ich bin so still, du Traute,
und immer schweigen wir.
Du bist eine schlanke Laute,
der Frühling spielt auf dir.

Drum bin ich so still, du Ziere,
weil oft mir Angst geschieht,
daß ich einen Laut verliere
aus deinem lieben Lied.

Mir ist, als ob ich alles Licht verlöre.
Der Abend naht und heimlich wird das Haus;
ich breite einsam beide Arme aus,
und keiner sagt mir, wo ich hingehöre.

Wozu hab ich am Tage alle Pracht
gesammelt in den Gärten und den Gassen,
kann ich dir zeigen nicht in meiner Nacht,
wie mich der neue Reichtum größer macht
und wie mir alle Kronen passen?

Das ist der Tag, in dem ich traurig throne,
das ist die Nacht, die mich ins Knieen warf;
da bet ich: daß ich einmal meine Krone
vom heißen Haupte heben darf.

Lang muß ich ihrem dumpfen Drucke dienen,
darf ich zum Dank nicht einmal ihren blaun
Türkisen, ihren Rauten und Rubinen
erschauernd in die Augen schaun?

Vielleicht erstarb schon lang der Strahl der Steine,
es stahl sie mir vielleicht mein Gast, der Gram,
vielleicht auch waren in der Krone keine,
die ich bekam? …

Wer seines Lebens viele Widersinne
versöhnt und dankbar in ein Sinnbild faßt,
der drängt
die Lärmenden aus dem Palast,
wird *anders* festlich und Du bist der Gast,
den er an sanften Abenden empfängt.

Du bist der Zweite seiner Einsamkeit,
die ruhige Mitte seinen Monologen;
und jeder Kreis, um Dich gezogen,
spannt ihm den Zirkel aus der Zeit.

Mein Leben ist nicht diese steile Stunde,
darin Du mich so eilen siehst.
Ich bin ein Baum vor meinem Hintergrunde,
ich bin nur einer meiner vielen Munde
und jener, welcher sich am frühsten schließt.

Ich bin die Ruhe zwischen zweien Tönen,
die sich nur schlecht an einander gewöhnen,
denn der Ton Tod will sich erhöhn …

Aber im dunklen Intervall versöhnen
sich beide zitternd …
und das Lied bleibt schön.

Du bist so groß, daß ich schon nichtmehr bin,
wenn ich mich nur in Deine Nähe stelle,
Du bist so dunkel; meine kleine Helle
an Deinem Saum hat keinen Sinn.
Dein Wille geht wie eine Welle
und jeder Tag ertrinkt darin.

Nur meine Sehnsucht ragt Dir bis ans Kinn
und steht vor Dir wie aller Engel größter,
ein fremder, bleicher und noch unerlöster,
und hält Dir seine Flügel hin.

Er will nichtmehr den uferlosen Flug,
an dem die Monde blaß vorüberschwammen,
und von den Welten weiß er längst genug.
Mit seinen Flügeln will er, wie mit Flammen
vor Deinem schattigen Gesichte stehn,
und will bei ihrem weißen Scheine sehn,
ob Deine grauen Brauen ihn verdammen.

Der Name ist uns wie ein Licht
hart an die Stirn gestellt;
da senkte sich mein Angesicht
vor diesem zeitigen Gericht
Und sah, – von dem es seither spricht, –
Dich, großes dunkelndes Gewicht
an mir und an der Welt.

Du bogst mich langsam aus der Zeit,
in die ich schwankend stieg,
ich neigte mich nach leisem Streit:
jetzt dauert Deine Dunkelheit
um Deinen sanften Sieg.

Jetzt hast Du mich und weißt nicht *wen*;
denn Deine breiten Sinne sehn
nur, daß ich dunkel ward.
Du hältst mich seltsam zart,
und horchst, wie meine Hände gehn
durch Deinen alten Bart.

Er ist der Fürst im Land des Lichts
und seine Stirne steht
so steil am großen Glanz des Nichts,
daß er versengten Angesichts
nach Finsternissen fleht.
Er ist der helle Gott der Zeit,
zu dem sie laut erwacht,
und weil er oft in Schmerzen schreit,
und oft in Schmerzen lacht,
glaubt sie an seine Seligkeit
und hangt an seiner Macht.
Die Zeit ist wie ein welker Rand
an einem Buchenblatt,
sie ist das glänzende Gewand,
das Gott verworfen hat,
als er, der immer Tiefe war,
ermüdete des Flugs
und sich verbarg vor jedem Jahr,
bis ihm sein Wurzelhaftes Haar
durch alle Dinge wuchs …

Stelldichein

Regen in Strömen. – »Gott, wohin sollen
wir nun? Was meinst du, – ins Gasthaus?« – »Nein.«
»Kirchen sind *zu* schon. – Da fällt mir ein:
Droschke, vorwärts, wohin Sie wollen!«

Elender Kasten. Ein halblahmer Schimmel,
der uns querüber zu werfen droht.
Vorne der Kutscher, vom Fluchen rot,
und in der Droschke: du, – ich und – der Himmel.

Aus einem Bauernsommer

I

Schwarz hangt der Brunnenschwengel
dem Abend ins Gesicht.

Großvater ruht immer noch nicht
mit dem Sensengedengel,
und Großvater hat die Gicht
und soll seine Glieder schonen.
Großmutter schalt die Bohnen
am Herde beim schlechten Licht,
und der blonde Enkel verspricht
betend im Avegebimmel
seinem Schutzengel
den Himmel ...

II

Stetig mit prallem Gepoch
fällt ans Fenster das schwanke Geranke.
Es verdämmern die Wände.
Horch, und heimliche Hände
klopfen im Schranke
auch heute noch.

Tief in der Spaltenspur
der großen, graugerußten
Stube rumoren die Mäuse, –
hoch im bunten Gehäuse
hörst du husten
die Bauernuhr …

III

Ich wohn einen Sommer lang
am Hang.
(Der Platz ist schwer zu erspähn.)
In einem Bauernhause,
in dem ich mich manchmal grause:
    der Bauer geht so oft mähn.

Ich fand ihn einmal
im Tal
und sah ihm grad ins Gesicht:
    Der Bauer war wie ein Riese,
    er stand auf fremder Wiese
    und mähte langsam das Licht …

Im Erlengrund

Weiß einen Hang von Perlen rund
des Demanttaus besät,
weiß einen kühlen Erlengrund,
darin ein Mühlrad geht.

Weiß einen Grund voll Schweigen, weiß,
daß dort mir oft geschieht,
als raunte in den Zweigen leis
… ein Eichendorff'sches Lied. –

Ines de Castro

(Sapphische Strophe)

Überreich war Ines durch Schönheit. Reicher
durch die Liebe Pedros, und deshalb traf dann
jäh der Zorn Alphonsos sie und der Dolch der
gierigen Mörder.

Doch die Tote rief aus der Gruft Don Pedro
auf zum Throne. Herrlich gewandet lehnte
Ines, auf bemodertem Schlaf die schwere
schimmernde Krone.

Und es neigten schaudernd die Granden tiefer
ihre Stirne nun vor der blassen Fürstin. –
Aber kein Gebot mehr erklang von ihren
bläulichen Lippen.

Erst als keiner mehr sich dem Throne nahte,
sank ihr Haupt ganz leise hin zum Geliebten
kraftlos. – Grad als raunte sie tief ins Ohr ihm
ihre Befehle.

Alle bebten. Doch das Gebot der Toten
ward erfüllt. Sie nahm bald den Gatten zu sich.
Traumlos schlafen beide zu Alcobaza
ewig vereint nun.

Hast du starke Schmerzen? Streichen
möcht ich leise dir durchs Haar,
und den dunklen Traum dir reichen,
der in einer meiner bleichen
Nächte aufgegangen war.

Seine bleiche Blüte kühle
dir der Stirne Fieberpein …
Irgendwo in Sommerschwüle
mahlt und mahlt die weiße Mühle …
Schlafe, Liebling, schlafe ein.

Herrgott, verzeih,
daß keiner knien mag
auf deiner Betbank.
Kniet einer dort, sieht er das Buschgerag
vor dem du hangst und dich, so schmerzenszag.
Doch rastet er, so schaut er in den Hag
und in das Blühn und in den großen Tag, –
und rastet lang.
Herrgott, versteh,
daß keiner knien mag
auf deiner Betbank.

Ich bin ein Garten, und der Frühling schneit.
Und meine Seele weiß von keinem Grunde
und ist ein Teich, hat Wellen, leis und weit.
Von ihrem marmorblanken Brunnenrunde
starrt immer noch in ihre stumme Stunde
der Vogel Einsamkeit.
Und da schaut er im stillen Bad:
Eine Wiese, ein Stückchen Pfad
und das blasse Bild einer Frau
und sich selber im selben Grau.
Und es macht ihn das Schauen nicht froh.
Er wippt nur ein wenig verwundert
und denkt: da hocke ich hundert
Jahre ganz sicher so.
Und was der Vogel sieht im Teiche tief,
ist alles blaß, als ob es just entschlief
in einem süßen, müßigen Ermatten.
Der Vogel schaut es in dem eignen Schatten.

Und einmal staunt der Vogel Einsamkeit:
Das Bild der Frau ⟨im⟩ wässernen Bereiche
ist nicht mehr grau. Es kommt die Blütenbleiche
in weißem Kleid.
Starr staunt der Vogel diesem Wunder zu
und neigt sich vor, damit sein Schatten dichter
und dunkler werde, doch das Kleid wird lichter
und eine Silberstimme klingt ihm: »Du«.
Er blinzt ins Licht: und aus den hellen Hecken
sieht er die Wunderweiße wirklich nahn.
Sie lächelt leise den verscheuten Schrecken
der glotzig großen Vogelaugen an,
und wie ein Blühn senkt ihre Hand sich nieder
und weht wie Frühling über sein Gefieder.
Da wird ihm bange vor so vielem Glanz,
die feige Furcht entfaltet ihm die Flügel:
er flieht; und klein vom allerletzten Hügel
lauscht er zurück noch in den Lenz des Lands.

Und leise lächelt die im weißen Kleid
und lehnt sich fächelnd zu den Wasserringen,
die alle schimmernd ihre Schönheit bringen
und alles Licht, das sie befreit.

So wird es sein, und zagt auch noch die Zeit
vor meines Vogels grauen Gramgebärden.
Ich glaube lauschend an das Sommerwerden,
ich bin ein Garten, und der Frühling schneit.

Ich steh noch immer tastend an dem Tor
und warte im Gewande der Epheben.
Weil ich noch nie gefunden in das Leben,
so prahlte ich, daß ich es längst verlor.

Noch niemals von der Küste kam mein Kahn,
die Winde hielten ihn am sanften Saume,
die Wellen wiegten ihn, und nur im Traume
hat meine Trauer eine Tat getan.

Ich war noch nie in einer Gegenwart, –
und werde erst erwachen für das Größte,
bis mir dein Spiel ein jedes Echo löste,
das hinter meines Herzens Harfen harrt.

Und meine Mutter war sehr jung
und sehnte viel und lachte selten,
und ihre leisen Lieder wellten
so traurig in die Dämmerung.

Im Herbste hab ich oft gesehn,
wie mild sich ihre Hände mühten
am Fensterbrett; und dennoch blühten
ihr nie die armen Azaleen.

Ich bin aus meiner Marmorstadt
in fremder Furcht entflohn, –
wer nirgends eine Heimat hat,
träumt überall davon.

Was ist mein Weg? Was ist mein Ziel?
Ich irre immer hin.
Bis einst das Fürchten von mir fiel
und ich ein leises Saitenspiel
in deinen Händen bin ..

Kindheit

Auf einmal ist Alles so
wie auf *einem* Blatt.
Auch das, was kein Recht mehr hat,
schläft nicht ein.
Ich bin allein,
und die Kindheit ist irgendwo
und ist eine Stadt
Und ich denke, wie das dort war:
die Mutter und Gott und ein Kind
und die Nacht und die Angst und der Wind
und ein Mann und ein Bild und das Spind,
drin welke Gewänder sind;
und ein Mädchen, blaß, krank und klar,
und es hielt mir die Hand ins Haar,
und es starb in demselben Jahr
wie ein Lied, das niemals beginnt.

Mit einem kleinen toten Vogel

Es jagten alle Atemzüge
dir deine bange Brust … wohin?
Dann: als ob nichts mehr in dir schlüge, –
so bleibst du eine kurze Lüge
wie ohne Sang und ohne Sinn.

Du fremdes Vögelchen, ich lege
dich in das Wäldchen ohne Wege,
daß, eh du das Gefühl verlörst
von deinem Blut, das dunkel summte
und ohne Grund in dir verstummte, –
du schon das große Herz der Dinge
von außen, als ob's innen ginge,
an deine Federn klopfen hörst.

Wo bin ich, wo? Vielleicht in einem Zimmer, / und prüfend greift der gelbe Lampenschimmer / mir ins Gesicht: / Bist du es immer, immer? ..
Ich bin es nicht.

Ich streife durch die Heide. / Und alle Stürme werden um mich los, / ich fühle mich in meinem Kinderkleide / und werde kleiner, und der Wind wird groß. – / Und wenn er erst so groß ist, / daß die Sterne zitternd / und still in ihren Himmeln hängen, / seh ich das Ziel von meinen Heidegängen / durch seine Dunkel, / und noch ist es ferne.

Wo bin ich, wo? Vielleicht in einem Namen? / Und er umdrängt mich, wie ein alter Rahmen, / der heimlich bangt, ob er sein Bild noch hält. /

Er hält das Bild, aber der, den es schildert / in ganz bestimmter kurzer Stunden Tracht, / ist anders worden, sein Gesicht verwildert, /

und seine Hände wachen in der Nacht. / Und wird die Nacht hoch wie aus Lorbeerwänden / und wächst sie ohne Ende auf, – erst dann / fühlt er den Thon in seinen heißen Händen, / und die Vollendung sieht man ihm nicht an.

Wo bin ich, wo? Vielleicht in einem Leibe. / Und meine Glieder wissen von dem Weibe, / darin sie keimten, und mich fragt der Strauch, / zurück zum Boden deutend, weißt du's auch? /

Ich aber weiß es *nicht*. Ich kann nur glauben, / daß ich längst war, eh ich begann. / Gold bin ich, und die hastenden Minuten rauben / mich aus den Truhn, darin ich Sonne sann. / Und bergen ihre Beute, bis sie wieder / aus ihren toten Händen rollt. / Und die Minuten fallen müde nieder, / lassen mich los, und ich bin Gold. /

Die Abende sind warm und zart,
und ihre sanfte Gegenwart
macht alle Dinge gut;
ein jedes neigt sein Haupt und lauscht,
und in den stillen Dingen rauscht
die Schweigsamkeit wie Blut.
In diesen leisen Stunden wird
machtlos und müd die Zeit:
die Dinge rühren sich, befreit,
und jedes wandert unbeirrt
zu seiner Ewigkeit.

Komm mit in die bewegte Aue;
jetzt fühlt wie du das ärmste Feld.
Es neigt sich eine stille blaue
auf eine lichte grüne Welt.

Sogar die Gassen werden ländlich
und weiten sich dem jungen Jahr;
ein Wunder – Schweigenden verständlich, –
doch jedem Wort zu wunderbar.

Und doch scheint alles fast wie immer:
Das Wirkliche ist dieser Schimmer,
und jene alte Angst – Symbol;
als wär er niemals fortgegangen,
so einfach, fromm und unbefangen
tut uns der Frühling wieder wohl.

Lied

Der Garten vor den Fenstern
ist nur ein Bild in Grün
für einen unbegrenztern,
darin wir beide blühn.

Was seine Sinne segnet,
auf denen Winter war:
das sonnt und sinnt und regnet
auch über unserm Jahr.

Der Garten hat Gebräuche,
ähnlich wie ich und du:
zwei steigende Gesträuche
blühen einander zu.

Vom Tode

Worpsweder Skizzen

I

Wohin ich geh … ich möchte einen fragen,
warum ich fortging aus dem Haus, darin
die alten Uhren mir die Stunden sagen
mit einer Stimme, der ich dankbar bin.

Es ist zu stille, wo ich heute geh.
Der Pfad erträgt mich stumm wie einen Regen;
der Wind geht eine andere Allee,
in welcher welk die Äste sich bewegen.

Durch schwarzes Moorland wachsen Wassergassen,
an denen bang der Boden schwingt und schwankt,
und wenn ein Arm aus einer Weide langt:
ich bin ein Ding und muß mich fassen lassen ..

II

… Er geht vor mir. Ich kann ihn immer sehn
und bin doch bange, ihn zu überholen.
Von seinen Schritten biegen sich die Bohlen,
und seine Schultern schließen die Alleen.

Er weiß den Weg, als wär das Land sein Eigen;
die Kreuzwegpfähle mit den langen Händen
scheinen sich von den Orten fortzuwenden
und heimlich hinter ihm auf ihn zu zeigen …

III

In der dunkeln Diele weiß man oft nicht:
  Wie viele sind da?
Hebt da einer sein Angesicht,
  den noch keiner sah.

Aber ein andrer senkt das Haupt,
  der sonst immer sprach, –
und wird weit, in der Welt, geglaubt.
  Keiner forscht nach.

IV

Die Mühle geht. Und ihre Arme schwingen
im hohen Winde, den sie nachts erbat.
Die Schatten ihrer schwarzen Achsen springen
in lichte Wiesen aus dem raschen Rad.

Es ist als rissen sie die Dinge mit
in eine Flucht, der keiner sich erwehrt,
vor einem, der in eine Hütte tritt
von allem Lande abgekehrt …

V

Ganz in den Abend geht der Wasserlauf.
Das Land liegt flach. Aber an seinem Saum
steht immer wieder irgendetwas auf,
wird einfach, still und reimt sich in den Raum:
ein Haus, ein Baum …

Und ganz am Rande einer, der noch schafft.
Einsam ein Mann in Mitten von Morästen;
an seinen Armen, wie an schwarzen Ästen,
hängt seine hin und her bewegte Kraft.

Man kann nicht sagen: gräbt er in die Gründe?
Denn seine Hände sind so fremd geführt,
als ob er wehrlos in dem Winde stünde,
der rings die Dinge nicht berührt ...

Der Sonntag war so seidengrau,
das Land so weich und weit,
wie Hintergrund für eine Frau
in schlankem grünen Kleid.

Nur Kinderstimmen waren wach
bei einem fernen Spiel,
in die der Regen manchmal schwach,
in Bäumen blätternd, fiel.

Bildnis

Ich bin ein Bild.
Verlangt nicht, daß ich rede.
Ich bin ein Bild, und mir ist eine jede
Gebärde schwer.
Mein Leben ist die Stille der Gestalt.
Ich bin Anfang und Ende der Gebärde,
Ich bin so alt,
daß ich nicht älter werde.
Menschen stehn manchmal in der Nacht bei mir
und halten mir den Leuchter vors Gesicht.
Und sehen Eines nur: *Ich bin es nicht.*

Steil in der Ecke steigt mein Wappentier.
Der Windhund steigt.
Und drüber schweigt
des schweren Helms geschlossenes Visier.

Gebet

Nacht, stille Nacht, in die verwoben sind
ganz weiße Dinge, rote, bunte Dinge,
verstreute Farben, die erhoben sind
zu *einem* Dunkel *einer* Stille, – bringe
doch mich auch in Beziehung zu dem vielen,
das du erwirbst und überredest. Spielen
denn meine Sinne noch zu sehr mit Licht?
Würde sich denn mein Angesicht
noch immer störend von den Gegenständen
abheben? Urteile nach meinen Händen:
Liegen sie nicht wie Werkzeug da und Ding?
Ist nicht der Ring an meiner linken Hand
so schlicht, und liegt das Licht
nicht ganz so, voll Vertrauen, über ihnen –
wie wenn sie Wege wären, die, beschienen,
nicht anders sich verzweigen als im Dunkel?
Wenn ich es sagen soll: das wird es sein,
was ich mein Leben täglich nennen werde:
die Nächte weit, nicht träge, voll Gebärde,
die Morgen Sonnenschein,
und alle Tage nahe an der Erde
und in Beziehung zu Gestalt und Stein.
Ein Handwerk, das die Hände grade füllt,
und einen Menschen, welcher mich verhüllt,
so daß ich unbeachtet und allein
und abseits bleiben kann und sein und mein.
Und schlichte Kost: Gemüse, Mus und Brot,
und schlichten Schlaf, traumleise, nah am Tod,
und Müdigkeit und um das Abendrot
an jedem Tage ein Gebet.
So wie ein Berg, auf dem die Seele steht,
die lange ging in Arbeit, Tal und Tag.
Und kein Gebet dem andern gleich;
ein jedes neu aus neuem Tag gelöst,
von neuen Dingen eingeflößt,

von irgend einer neuen Liebe reich,
des Tages Frucht, die ohne Wind, erfaßt
von ihrer eignen vollgewordnen Last,
sich fallen läßt und fällt und fällt,
bis Gott sich ihr entgegenhält,
wie eine Wiese, welche wellt ..
da fällt sie weich ....

⟨An Clara Westhoff⟩
⟨III⟩

Sturm

.... ich sehe den Bäumen Stürme an,
die aus laugewordenen Tagen
an meine ängstlichen Fenster schlagen,
und höre die Fernen Dinge sagen,
die ich nicht ohne Freund ertragen
nicht ohne Schwester lieben kann.

Da geht der Sturm – ein Umgestalter –
geht durch den Wald und durch die Zeit,
und alles ist wie ohne Alter:
die Landschaft, wie ein Vers im Psalter,
ist Ernst und Wucht und Ewigkeit.

Wie ist das klein, womit wir ringen, –
was mit uns ringt – wie ist *das* groß:
ließen wir, ähnlicher den Dingen,
uns so vom großen Sturm bezwingen,
wir würden weit und namenlos.

Was wir besiegen, ist das Kleine,
und der Erfolg selbst macht uns klein;
das Ewige und Ungemeine
will nicht von uns gebogen sein.
Es ist der Engel, der den Ringern

im alten Testament erschien:
wenn seiner Widersacher Sehnen
im Kampfe sich metallen dehnen,
sind sie wie Saiten seinen Fingern
und – Menschen werden Melodien.

Und der Besiegte von den Beiden
[der Sieg macht leicht verwöhnt und klein]
der wie der Sieger ist – und rein, –
verlangt, aus Demut unbescheiden,
von *immer Größerem zu leiden*
das große Überwältigtsein …
………………………………………………

—

Das war im Sturm. Die Ferne sprach.
Ich sann es nach und schrieb es nach. –
Und wäre ich heute gewandert im Moor,
so spräche ich Ihnen es leise vor
in einer dämmernden Stunde.
So aber schrieb ich es auf ein Blatt
wie es mancher auf alten Bildern hat
vor seinem gemalten Munde.

〈Aus einer Sturmnacht〉

〈*Nicht verwendete Entwürfe*〉

〈I〉

In solchen Nächten sitzen viele auf in den Betten.
hören ihr Herz.
In solchen Nächten wird Schmerz angetan.
Wahn angefacht.
Waisen werden in Angst gebracht
und Gott wird ausgedacht,
um sie zu retten.

⟨II⟩

In solchen Nächten altern die Frauen,
welche im Schatten des schlafenden Gatten
träumen und schauen: den letzten Geliebten …
wie er reitet über die Berge hin,
wie sein Mantel weht und sein Sinn.
Wie die Wege ihn heben
über den Rand
und ihn weitergeben
an anderes Land,
einem anderen Leben
langsam in die Hand.

⟨III⟩

In solchen Nächten steht in der Bibel nichts.
Als wäre allen, die drinnen gelesen,
immer nur *eines* gegeben gewesen:
das Bild ihres suchenden Angesichts.
Und was sonst am Tag in der Bibel steht,
geht unter den Menschen umher,
schwer gebeugt –
und zeugt
für Gott.

Und immer mehr wird Leben. Alles Kleine,
das früher Übergang und Lücke war,
wird auch Ereignis und das Gemeine
ist nie gemeint. Es wächst von Jahr zu Jahr
die Fähigkeit, das Tägliche zu steigern,
in mir sich aus, die mich zum Schaffen trieb.
So werden auch den langerfahrnen Geigern
die schwierigsten Akkorde seltsam lieb.
Der Tag ist schwer. Er ist das Ungewollte,
das deinen Willen sich zu eigen macht,
der Tag ist so viel schwerer als die Nacht,
daß man ihn nur den Großen geben sollte.
Der Tag ist klein, denn Kleines füllt ihn aus.
Die kleine Sorge um ein kleines Haus,
das wie ein Kleid mir von den Schultern fällt,
sooft es dunkelt. Nacht! gieb mir die Welt!
Gieb mir der Tage großen Inbegriff,
damit ich groß auch von den Tagen denke,
die ich vereinzelt oft verschenke,
weil sie mir wertlos werden wie ein Schiff
auf einer Straße, die kein Ende hat:
So waren alle Tage in der Stadt.
So unbrauchbar zum Weiterkommen; leer
als hätte irgendwer sie aus gestohlen.
Wie Kinder manchmal: sie sind krank, nicht schwer,
aber sie werden sich doch nie erholen.
....
....

Ich schaue in das schwarze Land.
Mein Herz ist nah am Nachtgewand,
und wie ein dunkler Brunnenrand.
Ich lange unwillkürlich hin:
da fließt mein Herz mir in die Hand
und rauscht darin.

Da sitz ich in dem schwarzen Haus
in meinem langen Nachtgewand
mit meinem Blut in meiner Hand
und schau hinaus.

Der Abend wartet auf den großen Mond.
Das Haus, wo ich den ganzen Tag gewohnt,
steht neben mir und wird so seltsam klein;
mir ist, als ging ich nur gebückt hinein.
Und alle Blumen, die ich rot gemeint,
sind schwarze Blumen, wie sie nirgends sind,
und jedes Weiß ist anders, wie verweint, –
und alle Wege tasten sich wie blind
von Baum zu Baum. Da fühl ich: mich verläßt
auf einmal alles, was bei Tage fest
und voll Vertraun an meinen Sinnen hing;
nichts glaubt mir mehr, jetzt klagt ein jedes Ding
bei Gott mich an, weil ich es anders sah
als es sich fühlte, da der Tag verging.

Das ist nicht wie wenn Kinder irrgehn im Wald;
nein, sag das nicht.
Ich bin alt.
Und mein Wald ist: von Stein die Gestalt,
und aus Lärm ist sein Angesicht.

Das ist wie wenn einer sterben will,
und die Kinder im Hofe schrein;
und er wartet lang in den Tag hinein,
aber die Kinder im Hofe schrein.
Und da weiß er: so wird mein Sterben sein:
nichteinmal *still.*

Sein Zorn steht auf ..
wie jene großen Tiere,
welche man lange aufstehn sieht.
Um ihren Willen sammelt sich das Ihre,
sie heben wie aus Tiefen Glied und Glied.
Und wenn euch lange auch noch nichts geschieht –
ich, der ich ihn nicht aus dem Aug verliere,
ich weiß:
sein Zorn steht auf wie jene Tiere,
welche man zitternd aufstehn sieht.

Rodin

⟨*Entwurf*⟩

Er hat nicht Kindheit, nicht Alter.
Einsam steht der Gestalter
unter Gestalteten.
Seine entfalteten Hände
tragen als Flügel die Dinge.

Er ist allein mit seinen schweren
kreisenden Händen,
die Steine gebären.

Und er ist mit den Steinen allein
wie ein noch nicht gestorbener Stein

⟨*Zweite Fassung*⟩

Er hat nicht Kindheit, nicht Alter.
Seine Kindheit war die Jugend der Steine
und sein Alter ist nicht das seine.
Einsam steht der Gestalter
unter Gestalteten;
in seinen entfalteten Händen
liegen die Länder.

Seine Dinge kreisen um ihn wie Sterne,
und stehn wie Sternbilder um ihn her.
Seine Nähe erbaute er,
und dann warf er sich eine Ferne.

Nun ging der Tag, und plötzlich ist er weit;
der Sinn fällt ab von seinen Einzelheiten.
Ich weiß, daß jetzt die Gassen sich verbreiten
und daß die Flüsse gehn in Einsamkeit.

Zwei Bilder teilen sich in mein Gefühl.
Und Andres ist als ob es nicht geschah.
Nur manchmal glänzt ein Ding und kommt ganz nah
und dunkelt wieder und wird fern und kühl.

Die Häuser ziehn sich enger um das Ihre.

Ich aber fühle aus dem Haus hinaus:
Und mir vergeht jetzt auch der Tag der Tiere,
der sanfte Tag der schwankenden Spaliere
und jeder Rose Tag geht in mir aus.

O was ich doch für viele Wasser sah,
Sehr leichte, die mit heiteren Winden gingen
und spiegelstille, voll von dunklen Dingen
und zugedeckte, welche unter Tang
lang und verloren in den Abgrund hingen;
und junge Wasser: jeder Tropfen sang.

Weit aus der Kindheit unerklärtem Jahr
gehn mir noch immer fremde Wasser mit;
und eines hielt mit mir den gleichen Schritt
und eines sträubte sich und eines glitt
und eines rieselte wie Dürers Haar.
[Dann war des kleinen Springbrunns zager Strahl
der wie ein schwacher Baum im Wind sich bog
und die Fontäne, welche stieg und flog]

Und der Fontänen steigende Gestalten
in ihren Mänteln ganz aus Fall

Nächtlicher Gang

Nichts ist vergleichbar. Denn was ist nicht ganz
mit sich allein und was je auszusagen;
wir nennen nichts, wir dürfen nur ertragen
und uns verständigen, daß da ein Glanz
und dort ein Blick vielleicht uns so gestreift
als wäre grade *das* darin gelebt
was unser Leben ist. Wer widerstrebt
dem wird nicht Welt. Und wer zuviel begreift
dem geht das Ewige vorbei. Zuweilen
in solchen großen Nächten sind wir wie
außer Gefahr, in gleichen leichten Teilen
den Sternen ausgeteilt. Wie drängen sie.

⟨Lied⟩

Du, der ichs nicht sage, daß ich bei Nacht
weinend liege,
deren Wesen mich müde macht
wie eine Wiege.
Du, die mir nicht sagt, wenn sie wacht
meinetwillen:
wie, wenn wir diese Pracht
ohne zu stillen
in uns ertrügen?
– – – – – – – –
Sieh dir die Liebenden an,
wenn erst das Bekennen begann,
wie bald sie lügen.
– – – – – – – –
Du machst mich allein. Dich einzig kann ich vertauschen.
Eine Weile bist dus, dann wieder ist es das Rauschen,
oder es ist ein Duft ohne Rest.

Ach, in den Armen hab ich sie alle verloren,
du nur, du wirst immer wieder geboren:
weil ich niemals dich anhielt, halt ich dich fest.

〈Aus den *Aufzeichnungen des Malte Laurids Brigge*〉

Einmal nahm ich zwischen meine Hände
dein Gesicht. Der Mond fiel darauf ein.
Unbegreiflichster der Gegenstände
unter überfließendem Gewein.

Wie ein williges, das still besteht,
beinah war es wie ein Ding zu halten.
Und doch war kein Wesen in der kalten
Nacht, das mir unendlicher entgeht.

O da strömen wir zu diesen Stellen,
drängen in die kleine Oberfläche
alle Wellen unsres Herzens,
Lust und Schwäche,
und wem halten wir sie schließlich hin?

Ach dem Fremden, der uns mißverstanden,
ach dem andern, den wir niemals fanden,
denen Knechten, die uns banden,
Frühlingswinden, die damit entschwanden,
und der Stille, der Verliererin.

Aus den Gedichten an die Nacht

Es winkt zu Fühlung fast aus allen Dingen,
aus jeder Wendung weht es her: Gedenk!
Ein Tag, an dem wir fremd vorübergingen,
entschließt im künftigen sich zum Geschenk.

Wer rechnet unseren Ertrag? Wer trennt
uns von den alten, den vergangnen Jahren?
Was haben wir seit Anbeginn erfahren,
als daß sich eins im anderen erkennt?

Als daß an uns Gleichtültiges erwarmt?
O Haus, o Wiesenhang, o Abendlicht,
auf einmal bringst du's beinah zum Gesicht
und stehst an uns, umarmend und umarmt.

Durch alle Wesen reicht der *eine* Raum:
Weltinnenraum. Die Vögel fliegen still
durch uns hindurch. O, der ich wachsen will,
ich seh hinaus, und *in* mir wächst der Baum.

Ich sorge mich, und in mir steht das Haus.
Ich hüte mich, und in mir ist die Hut.
Geliebter, der ich wurde: an mir ruht
der schönen Schöpfung Bild und weint sich aus.

An Hölderlin

Verweilung, auch am Vertrautesten nicht,
ist uns gegeben; aus den erfüllten
Bildern stürzt der Geist zu plötzlich zu füllenden; Seen
sind erst im Ewigen. Hier ist Fallen
das Tüchtigste. Aus dem gekonnten Gefühl
überfallen hinab ins geahndete, weiter.

Dir, du Herrlicher, war, dir war, du Beschwörer, ein ganzes
Leben das dringende Bild, wenn du es aussprachst,
die Zeile schloß sich wie Schicksal, ein Tod war
selbst in der lindesten, und du betratest ihn; aber
der vorgehende Gott führte dich drüben hervor.

O du wandelnder Geist, du wandelndster! Wie sie doch alle
wohnen im warmen Gedicht, häuslich, und lang
bleiben im schmalen Vergleich. Teilnehmende. Du nur
ziehst wie der Mond. Und unten hellt und verdunkelt
deine nächtliche sich, die heilig erschrockene Landschaft,
die du in Abschieden fühlst. Keiner
gab sie erhabener hin, gab sie ans Ganze
heiler zurück, unbedürftiger. So auch
spieltest du heilig durch nicht mehr gerechnete Jahre
mit dem unendlichen Glück, als wär es nicht innen, läge
keinem gehörend im sanften
Rasen der Erde umher, von göttlichen Kindern verlassen.
Ach, was die Höchsten begehren, du legtest es wunschlos
Baustein auf Baustein: es stand. Doch selber sein Umsturz
irrte dich nicht.

Was, da ein solcher, Ewiger, war, mißtraun wir
immer dem Irdischen noch? Statt am Vorläufigen ernst
die Gefühle zu lernen für welche
Neigung, künftig im Raum?

Ausgesetzt auf den Bergen des Herzens. Siehe, wie klein dort,
siehe: die letzte Ortschaft der Worte, und höher,
aber wie klein auch, noch ein letztes
Gehöft von Gefühl. Erkennst du's?
Ausgesetzt auf den Bergen des Herzens. Steingrund
unter den Händen. Hier blüht wohl
einiges auf; aus stummem Absturz
blüht ein unwissendes Kraut singend hervor.
Aber der Wissende? Ach, der zu wissen begann
und schweigt nun, ausgesetzt auf den Bergen des Herzens.
Da geht wohl, heilen Bewußtseins,
manches umher, manches gesicherte Bergtier,
wechselt und weilt. Und der große geborgene Vogel
kreist um der Gipfel reine Verweigerung. – Aber
ungeborgen, hier auf den Bergen des Herzens ...

Immer wieder, ob wir der Liebe Landschaft auch kennen
und den kleinen Kirchhof mit seinen klagenden Namen
und die furchtbar verschweigende Schlucht, in welcher die andern
enden: immer wieder gehn wir zu zweien hinaus
unter die alten Bäume, lagern uns immer wieder
zwischen die Blumen, gegenüber dem Himmel.

Liebesanfang

O Lächeln, erstes Lächeln, unser Lächeln.
Wie war das Eines: Duft der Linden atmen,
Parkstille hören –, plötzlich in einander
aufschaun und staunen bis heran ans Lächeln.

In diesem Lächeln war Erinnerung
an einen Hasen, der da eben drüben
im Rasen spielte; dieses war die Kindheit

des Lächelns. Ernster schon war ihm des Schwanes
Bewegung eingegeben, den wir später
den Weiher teilen sahen in zwei Hälften
lautlosen Abends. – Und der Wipfel Ränder
gegen den reinen, freien, ganz schon künftig
nächtigen Himmel hatten diesem Lächeln
Ränder gezogen gegen die entzückte
Zukunft im Antlitz.

Ach wehe, meine Mutter reißt mich ein.
Da hab ich Stein auf Stein zu mir gelegt,
und stand schon wie ein kleines Haus, um das sich groß der Tag bewegt,
sogar allein.
Nun kommt die Mutter, kommt und reißt mich ein.

Sie reißt mich ein, indem sie kommt und schaut.
Sie sieht es nicht, daß einer baut.
Sie geht mir mitten durch die Wand von Stein.
Ach wehe, meine Mutter reißt mich ein.

Die Vögel fliegen leichter um mich her.
Die fremden Hunde wissen: das ist *der.*
Nur einzig meine Mutter kennt es nicht,
mein langsam mehr gewordenes Gesicht.

Von ihr zu mir war nie ein warmer Wind.
Sie lebt nicht dorten, wo die Lüfte sind.
Sie liegt in einem hohen Herz-Verschlag
und Christus kommt und wäscht sie jeden Tag.

Der Tod

Da steht der Tod, ein bläulicher Absud
in einer Tasse ohne Untersatz.
Ein wunderlicher Platz für eine Tasse:
steht auf dem Rücken einer Hand. Ganz gut
erkennt man noch an dem glasierten Schwung
den Bruch des Henkels. Staubig. Und: ›*Hoff-nung*‹
an ihrem Bug in aufgebrauchter Schrift.

Das hat der Trinker, den der Trank betrifft,
bei einem fernen Frühstück ab-gelesen.

Was sind denn das für Wesen,
die man zuletzt wegschrecken muß mit Gift?

Blieben sie sonst? Sind sie denn hier vernarrt
in dieses Essen voller Hindernis?
Man muß ihnen die harte Gegenwart
ausnehmen, wie ein künstliches Gebiß.
Dann lallen sie. Gelall, Gelall ....
....

O Sternenfall,
von einer Brücke einmal eingesehn –:
Dich nicht vergessen. Stehn!

An die Musik

Musik: Atem der Statuen. Vielleicht:
Stille der Bilder. Du Sprache wo Sprachen
enden. Du Zeit,
die senkrecht steht auf der Richtung vergehender Herzen.

Gefühle zu wem? O du der Gefühle
Wandlung in was? –: in hörbare Landschaft.
Du Fremde: Musik. Du uns entwachsener
Herzraum. Innigstes unser,
das, uns übersteigend, hinausdrängt, –
heiliger Abschied:
da uns das Innre umsteht
als geübteste Ferne, als andre
Seite der Luft:
rein,
riesig,
nicht mehr bewohnbar.

Aus dem Nachlaß des Grafen C. W.

⟨Erste Reihe⟩

⟨I⟩

Weißes Pferd – wie? oder Sturzbach ..? welches
war das Bild, das übern Schlaf mir blieb?
Spiegel-Schein im Neige-Rest des Kelches –
und der Tag, der mich nach außen trieb!

Wiederkehr –, was find ich mir im Innern,
fall ich abends schwerhaft in mich ein?
Traum, trag auf jetzt: wird der Teller zinnern –,
wird die fremde Frucht eröffnet sein?

Werd ich wissen, was ich trinke –, oder
ists versunkner Hügel Leidenschaft?
Und wem klag ichs, wenn am Schluß der Moder
fadet durch den aus-geschmeckten Saft?

Gnügts mir, daß ich noch nach auswärts schaue,
braucht der Schlaf-Koch noch ein Suppenkraut? –
Oder wirft er schon in ungenaue
Speisen Würzen, denen er nicht traut?

⟨X⟩

Wunderliches Wort: die Zeit vertreiben!
Sie zu *halten*, wäre das Problem.
Denn, wen ängstigts nicht: wo ist ein Bleiben,
wo ein endlich *Sein* in alledem? –

Sieh, der Tag verlangsamt sich, entgegen
jenem Raum, der ihn nach Abend nimmt:
Aufstehn wurde Stehn, und Stehn wird Legen,
und das willig Liegende verschwimmt –

Berge ruhn, von Sternen überprächtigt; –
aber auch in ihnen flimmert Zeit.
Ach, in meinem wilden Herzen nächtigt
obdachlos die Unvergänglichkeit.

Neigung: wahrhaftes Wort! Daß wir *jede* empfänden,
nicht nur die neuste, die uns ein Herz noch verschweigt;
wo sich ein Hügel langsam, mit sanften Geländen
zu der empfänglichen Wiese neigt,
sei es nicht weniger *unser*, sei uns vermehrlich;
oder des Vogels reichlicher Flug
schenke uns Herzraum, mache uns Zukunft entbehrlich.
Alles ist Überfluß. Denn genug
war es schon damals, als uns die Kindheit bestürzte
mit unendlichem Dasein. Damals schon
war es zuviel. Wie könnten wir jemals Verkürzte
oder Betrogene sein: wir mit jeglichem Lohn
längst Überlohnten ...
....

Der Reisende

Auf einer Reise geschrieben, für den aus unerschöpflichem Vertrauen mitwirkenden Freund so vieler Jahre, Wege und Wandlungen

Wie sind sie klein in der Landschaft, die beiden,
die sich gegenseitig mit dem bekleiden,
das sie mit zärtlichen Händen weben;
und der Zug, der nicht Zeit hat, zu unterscheiden,
wirft einen Wind von Meineiden
über diese unendlichen Leben.
Ach das Vorbei, das Vorbei der zahllosen Züge,
und die Wiesen wie widerrufen;
Abschiede streifen die Straßen und Stufen,
wo noch eben in heiler Genüge
Menschen sich halten. Wer sie doch größer
machte, mindestens wie die Gebäude,
diese einander Freude-Einflößer,
diese offenen Opfer der Freude.

Kenn ich sie nicht, diese innig Beschwingten,
die von den plötzlich unbedingten
Herzen in endlose Räume gerissen,
schweben –,
oder die eben
von der gemeinsamen Wasserscheide
niedergleiten ins Weiche der Täler?
War ich nicht immer ihr leiser Erzähler?
Bin ich nicht einer? Bin ich nicht beide?
Bin ich nicht täglich ihr Aufstehn zum Ganzen,
ihr unsäglich reines Beginnen
und das kleine Besinnen mitten im Tanzen,
das sie vergessen?

Laß uns an ihnen langsam ermessen,
was ein Grab ist, ein Grab in der Erde
und die Beschwerde dessen,
was unterm Fuß war, nun überm Herzen für immer.
Schlimmer kann es nicht kommen. Aber auch an den bangen
Gräbern fahren die Züge vorüber,
und Über des Lebens
stehn unbefangen
an zitternden Fenstern.
Nach welchen Klimaten
ziehn wir im Reisen? Wer giebt uns den Wink?
Woher wissen wir, daß die Stete verging,
und lassen uns plötzlich weiterweisen
von Ding zu Ding?
Wer wirft unser Herz vor uns her, und wir jagen
dieses köstliche Herz, das wir nur in der Kindheit ertragen,
das *uns* seither trug.
(Aber wer war ihm Flug genug?)

Wie sehn sie die Landschaft, die rascheren hohen
Herzen, die uns im Schwung übertrafen,
diese Landschaft aus trüben und frohen
Blicken und Schlafen.

Wie mag sie den freien
Herzen erscheinen, die sich entzweien
von unserem Zögern …
Wie sehn sie die Häuser,
wie jene Gräber und wie die zu kleinen
Gestalten der Liebenden, abseits, –
wie aber die Bücher, die von dem Winde der
Sehnsucht
aufgeschlagenen Bücher der Einsamen?

Wir sind nur Mund. Wer singt das ferne Herz,
das heil inmitten aller Dinge weilt?
Sein großer Schlag ist in uns eingeteilt
in kleine Schläge. Und sein großer Schmerz
ist, wie sein großer Jubel, uns zu groß.
So reißen wir uns immer wieder los
und sind nur Mund. Aber auf einmal bricht
der große Herzschlag heimlich in uns ein,
so daß wir schrein –,
und sind dann Wesen, Wandlung und Gesicht.

Wilder Rosenbusch

Wie steht er da vor den Verdunkelungen
des Regenabends, jung und rein;
in seinen Ranken schenkend ausgeschwungen
und doch versunken in sein Rose-sein;

die flachen Blüten, da und dort schon offen,
jegliche ungewollt und ungepflegt:
so, von sich selbst unendlich übertroffen
und unbeschreiblich aus sich selbst erregt,

ruft er dem Wandrer, der in abendlicher
Nachdenklichkeit den Weg vorüberkommt:
Oh sieh mich stehn, sieh her, was bin ich sicher
und unbeschützt und habe was mir frommt.

Durch den sich Vögel werfen, ist nicht der
vertraute Raum, der die Gestalt dir steigert.
(Im Freien, dorten, bist du dir verweigert
und schwindest weiter ohne Wiederkehr.)

Raum greift aus uns und übersetzt die Dinge:
daß dir das Dasein eines Baums gelinge,
wirf Innenraum um ihn, aus jenem Raum,
der in dir west. Umgieb ihn mit Verhaltung.
Er grenzt sich nicht. Erst in der Eingestaltung
in dein Verzichten wird er wirklich Baum.

Rose, oh reiner Widerspruch, Lust,
Niemandes Schlaf zu sein unter soviel
Lidern.

La Dame à la Licorne

(Teppiche im Hôtel de Cluny)

für Stina Frisell

Frau und Erlauchte: sicher kränken wir
oft Frauen-Schicksal das wir nicht begreifen.
Wir sind für euch die Immer-noch-nicht-Reifen
für euer Leben, das, wenn wir es streifen
ein Einhorn wird, ein scheues, weißes Tier,

das flüchtet … und sein Bangen ist so groß,
daß ihr es selber / wie es schlank entschwindet /
nach vielem Traurigsein erst wiederfindet,
noch immer schreckhaft, warm und atemlos.

Dann bleibt ihr bei ihm, fern von uns, – und mild
gehn durch des Tagwerks Tasten eure Hände;
demütig dienen euch die Gegenstände,
ihr aber wollt nur *diesen* Wunsch gestillt:
daß einst das Einhorn sein beruhigtes Bild
in eurer Seele schwerem Spiegel fände. –

⟨Für Frau Lili Schalk⟩

....
Gesicht, mein Gesicht:
wessen bist du; für was für Dinge
bist du Gesicht?
Wie kannst du Gesicht sein für so ein Innen,
darin sich immerfort das Beginnen
mit dem Zerfließen zu etwas ballt?
Hat der Wald ein Gesicht?
Steht der Berge Basalt
gesichtlos nicht da?
Hebt sich das Meer
nicht ohne Gesicht
aus dem Meergrund her;
spiegelt sich nicht der Himmel drin
ohne Stirn ohne Mund ohne Kinn?

Kommen einem die Tiere nicht
manchmal als bäten sie: nimm mein Gesicht.
Ihr Gesicht ist ihnen zu schwer
und sie halten mit ihm ihr klein-
wenig Seele zu weit hinein
in das Leben. Und wir,
Tiere der Seele, verstört
von allem in uns, noch nicht
fertig zu nichts; wir weidenden
Seelen:
flehen wir zu dem Bescheidenden
nächtens nicht um das Nicht-Gesicht,
das zu unserem Dunkel gehört –
....

⟨An Benvenuta⟩

Ach, wie Wind durchging ich die Gesträuche,
jedem Haus entdrang ich wie ein Rauch,
wo sich andre freuten in Gebräuche
blieb ich strenge wie ein fremder Brauch.
Meine Hände gingen schreckhaft ein
in der andern schicksalvolle Schließung;
alle, alle *mehrte* die Ergießung:
und ich konnte nur vergossen sein.

Siehst du, selbst um das Gestirn zu schauen,
brauchts ein kleines irdisches Beruhn,
denn Vertrauen kommt nur aus Vertrauen,
alles Wohltun ist ein *Wieder*tun;
ach, die Nacht verlangte nichts von mir,
doch wenn ich mich zu den Sternen kehrte,
der Versehrte an das Unversehrte:
Worauf stand ich? War ich hier?

Flutet mir in diese trübe Reise
Deines Herzens warme Bahn entgegen?
Nur noch Stunden, und ich werde leise
meine Hände in die Deinen legen.
Ach, wie lange ruhten sie nicht aus.
Kannst Du Dir denn denken, daß ich Jahre
so – ein Fremder unter Fremden – fahre,
und nun endlich nimmst Du mich nach Haus!

⟨Für Frau Theodora von der Mühll⟩

Wie doch im Wort die Flamme herrlich bleibt.
Die Zeit geht hin und kann sie nicht verwehen.
Nur daß ihr Gang auch uns, wenn wir geschehen,
ins Innre dieser Wort-Gestalten treibt.

⟨Für Leonie Zacharias⟩

Oh sage, Dichter, was du tust?
– Ich rühme.
Aber das Tödliche und Ungetüme,
wie hältst du's aus, wie nimmst du's hin?
– Ich rühme.
Aber das Namenlose, Anonyme,
wie rufst du's, Dichter, dennoch an?
– Ich rühme.
Woher dein Recht, in jeglichem Kostüme,
in jeder Maske wahr zu sein?
– Ich rühme.
Und daß das Stille und das Ungestüme
wie Stern und Sturm dich kennen?
: – weil ich rühme.

⟨Für Prinzessin Marie Therese von Thurn und Taxis⟩

Wir sagen Reinheit und wir sagen Rose
und klingen an an alles, was geschieht;
dahinter aber ist das Namenlose
uns eigentlich Gebilde und Gebiet.

Mond ist uns Mann und Erde ist uns weiblich,
die Wiese scheint voll Demut, stolz der Wald;
doch über alles wandelt unbeschreiblich
die immer unentschiedene Gestalt.

Die Welt bleibt Kind; nur wir erwachsen leider.
Blume und Stern sind still, uns zuzusehn.
Und manchmal scheinen wir die Prüfung beider
und dürfen fühlen, wie sie uns bestehn.

Für Frau Gertrud von Mumm

Wer begreift, warum ihn, auserlesen,
ein Geschick, das einst verging, bewegt?
Längst war es verstummt; doch seinem Wesen
scheint es plötzlich dringend eingelegt:

dies Vergangne, das ihn kaum betrifft.
Unvermutet wird er sein Vermuter –,
und Verschollnes stürzt sich ausgeruhter
in ein Dasein oder in den Stift.

Elegie

an Marina Zwetajewa-Efron

O die Verluste ins All, Marina, die stürzenden Sterne!
Wir vermehren es nicht, wohin wir uns werfen, zu welchem
Sterne hinzu! Im Ganzen ist immer schon alles gezählt.
So auch, wer fällt, vermindert die heilige Zahl nicht.
Jeder verzichtende Sturz stürzt in den Ursprung und heilt.
Wäre denn alles ein Spiel, Wechsel des Gleichen, Verschiebung,
nirgends ein Name und kaum irgendwo heimisch Gewinn?
Wellen, Marina, wir Meer! Tiefen, Marina, wir Himmel
Erde, Marina, wir Erde, wir tausendmal Frühling, wie Lerchen,
die ein ausbrechendes Lied in die Unsichtbarkeit wirft.
Wir beginnens als Jubel, schon übertrifft es uns völlig;
plötzlich, unser Gewicht dreht zur Klage abwärts den Sang.
Aber auch so: Klage? Wäre sie nicht: jüngerer Jubel nach unten.
Auch die unteren Götter wollen gelobt sein, Marina.
So unschuldig sind Götter, sie warten auf Lob wie die Schüler.
Loben, du Liebe, laß uns verschwenden mit Lob.
Nichts gehört uns. Wir legen ein wenig die Hand um die Hälse
ungebrochener Blumen. Ich sah es am Nil in Kôm-Ombo.
So, Marina, die Spende, selber verzichtend, opfern die Könige.
Wie die Engel gehen und die Türen bezeichnen jener zu Rettenden,

also rühren wir dieses und dies, scheinbar Zärtliche, an.
Ach wie weit schon Entrückte, ach, wie Zerstreute, Marina,
auch noch beim innigsten Vorwand. Zeichengeber, sonst nichts.
Dieses leise Geschäft, wo es der Unsrigen einer
nicht mehr erträgt und sich zum Zugriff entschließt,
rächt sich und tötet. Denn daß es tödliche Macht hat,
merkten wir alle an seiner Verhaltung und Zartheit
und an der seltsamen Kraft, die uns aus Lebenden zu
Überlebenden macht. Nicht-Sein. Weißt du's, wie oft
trug uns ein blinder Befehl durch den eisigen Vorraum
neuer Geburt ... Trug: *uns*? Einen Körper aus Augen
unter zahllosen Lidern sich weigernd. Trug das in uns
niedergeworfene Herz eines ganzen Geschlechts.
An ein Zugvogelziel
trug er die Gruppe, das Bild unserer schwebenden Wandlung.
Liebende dürften, Marina, dürfen soviel nicht
von dem Untergang wissen. Müssen wie neu sein.
Erst ihr Grab ist alt, erst ihr Grab besinnt sich, verdunkelt
unter dem schluchzenden Baum, besinnt sich auf Jeher.
Erst ihr Grab bricht ein; sie selber sind biegsam wie Ruten;
was übermäßig sie biegt, ründet sie reichlich zum Kranz.
Wie sie verwehen im Maiwind! Von der Mitte des Immer,
drin du atmest und ahnst, schließt sie der Augenblick aus.
(O wie begreif ich dich, weibliche Blüte am gleichen
unvergänglichen Strauch. Wie streu ich mich stark in die Nachtluft,
die dich nächstens bestreift.) Frühe erlernten die Götter
Hälften zu heucheln. Wir in das Kreisen bezogen
füllten zum Ganzen uns an wie die Scheibe des Monds.
Auch in abnehmender Frist, auch in den Wochen der Wendung
niemand verhülfe uns je wieder zum Vollsein, als der
einsame eigene Gang über der schlaflosen Landschaft.

[Aus dem Briefwechsel in Gedichten mit Erika Mitterer (1924/1926):]

Dritte Antwort

An E. M.

Warum vergessen? Sag, wie Du mich sahst
und mich erschlossest aus erkannten Zeichen.
Bedenk es immer: ohne mir zu gleichen,
war mir das Bild doch innig angemaaßt.

Vielleicht auch hilft es mir, daß ich gewahr,
wie Du Dich rührst. Denn Deine Verse sind
Herzlandschaft, ganz gestickt aus Deinem Haar.
Nun aber wünsch ich in Dein Haar den Wind.

Lauf wider ihn, daß er Dich mir umreißt
mit allem was Du warst und bist und meinst:
daß Du mir, *Heide*, als Gestalt erscheinst,
Du junger Körper wider meinen Geist.

Elfte Antwort

An Erika

I

Oh Herz, oh Stern: vor oder quer geschoben
im Schach der Nacht, bald kühn, bald zögernd nur, –
in kleinen Siegen manchmal hingehoben
über des Turms verlorene Figur:

oh daß Du noch in diesen Spielen weilst,
auf Feldern von Unsäglichkeit und Sagnis
und, das wir spielen, der Gestalten Wagnis,
Du, immer Mitgewagte, mit mir teilst:

Auf meiner Sternenkarte such ich wieder
Dich und den graden weltischen Bezug,
der aus der starken Stellung Deiner Lieder
selbst in mein Schweigen Räume niederschlug.

Selig das Herz, das einen Stern bedeutet,
wenn es sich aus sich selber rein erregt:
oh heile Jagd: der Tierkreis wird erbeutet
von einem Stern, der Jagd im Namen trägt.

(... ja, ich bin krank, Du fragst genau zur Stunde,
da ich unendlich wußte, daß ichs bin;
allmählich sank ich ein in eine Wunde,
die offen bleibt, weil ich nicht weiß wohin
und in ihr steh. Ich steh im eignen Blut,
im Folterbad des eignen Blutes, drin,
auf einmal wach und feindlich ausgeruht,
so vieles wirrt und wühlt was ich nicht bin ...
Nicht bin: doch mit-bin, mit-war –, oft vielleicht
bereichert durch den Kampf der Gegensätze,
nun aber drängt das Fremde an die Plätze,
die ich mit seinem Beistand blind erreicht;
und will belohnt sein. Aus der Ferne des
Geschlechtes kommen alte Forderungen:
wie vieles hab ich *wider* sie errungen,
mit ihrer Kraft .... Das Ich versagt am Es.

*

Noch sind die Ärzte (die ich nie befragte
durch Jahre hin, der eigenen Natur
so rein vertrauend, daß sie sich behagte
in meinem Plan und ich, auf ihrer Spur ...)
noch sind die Ärzte, fragend hin und her,
unsicher, ob ich ein Erkanntes leide,
von dem sie wissen .... Und ich selber meide
den Übergang in ihre Hand aus der
des Lebens ......)

II

Dies nur als Antwort. Übertöns
mit Deiner Jugend. (Daß kein Sturz sie täusche!)
Wo ist die Würde unseres Gestöhns?
: Vollzähligkeit der irdischen Geräusche.

Wir sind ja auch in das, was schreckt und stört,
von Anfang an so grenzenlos verpflichtet.
Das Tötliche hat immer mitgedichtet:
nur darum war der Sang so unerhört.

(27. Oktober)

III

Wie aber mutet *jetzt* Dich Zeit an, Du
mir frei Vertraute, durch der Fernen Gnade?
(Wo etwas bricht, mit einem leisen »Schade«,
kehrst Du Dich, hoff ich, einem Heilen zu.)

Wer ist um Dich? Wer hilft Dir dieses sein,
wofür man einen hält? Wer scheinst Du Dir,
nachts, wenn Du aufwachst, mit der Welt allein?
... Dann schlägt es Eins ....., dann schlägt es Vier ...
und ist noch dunkel wie in uns, wo nie
die Uhren schlagen. Welches Buch liegt dann
auf Deinem Tisch im Dunkel? Fingst Du's an,
weil etwas *nicht* kam ...., oder trieben die,
die wirklich kamen, Dich in seinen Schutz?
....
Ich frage nichts. Fragen ist Eigennutz.
Was *ich* vermute, steht Dir alles frei:
Es sei Dein vorrat. Leise an Dir weht
der Flügel meiner Zärtlichkeit vorbei
und dieser Einfluß: mildester Magnet.

(28. Oktober)

IV

Wenn draußen jetzt der größre Sturm sich stellt,
als ob er, stark, das Jahr zu Ende drehe,
wir legens aus und hören: Wehe, Wehe!
Und ist doch namenlose Wucht der Welt.

Steh auf und wachse wider dieses Wehn
und reiße Dir die Namen aus den Sinnen.
Was draußen *heißt*, ist lauter Heilung innen,
und was geschieht, ist innen schon geschehn.

Komm an den Brunnen, der ich bin; ich gebe
die Wasser weiter, selbst nicht gespeist …,
und während ich von Spiegelungen lebe, –
was weiß ich denn wie dieses Wasser heißt!

Du selber, sieh: die Schale fehlt Dir, nur
zwei Hände schließen sich erschreckt zum Becher.
Ach, die Erfüllung stürzt aus dem Versprecher
und ist schon fort: vergossene Natur.

(30. Oktober)

Der kranke Knabe

Durch eine leise Wendung in den Kissen
kam sein Gesicht der Stube zu und sah
die Gegenstände an: sie waren da.
Es schien ihm: dies ist alles was wir wissen.

Doch auch auf dies, sobald man lag und Tage
hinschaute ohne Sinn, war kein Verlaß:
eins ballte sich und eins gab nach. Das Vage
stieg aus den Spiegeln. Aber wo war das

bei dem man ruhig bleiben durfte immer?
Wenn manchmal selbst der eignen Hand Geruch
unfaßlich war oder im Nebenzimmer
die lieben Stimmen wertlos wie Besuch.

Paris, Frühsommer 1908

»... Mais quelle sera la vie d'une jeune fille boiteuse? ...«

(Aus einem Briefe)

Wer wird sie sein, wenn einmal das Gebrechen,
das sie jetzt trägt wie eine kurze Laune
zu der ein Kind erfindend sich verstellt,
ihr gleicht und immer nachgeht im Geraune?
Und sie, als Mädchen, wird vor aller Welt
auf ihren Stock gestützt, versprechen

sich still zu halten. Wird ihr Mund
von des Verzichtes Bitterkeit sich biegen?
Wird sie die Nächte neidisch liegen,
um tags von Wünschen sich gesund
täuschen zu lassen? (Oder wird sie siegen?)

Denn dieser kleine wehe Unterschied
mit dem sie aufwächst, der bei jedem Schritte
sie heimlich abseits von den andern zieht
und täglich will, daß sie ihn neu erlitte,

kann nicht zernichten; kann sie nur entfernen.
Sie ist so leicht; zieht er sie weit genug,
so wird sie den unendlichen Bezug
viel früher als die Freundinnen erlernen
und selig jeden Morgen von den Sternen
sich wiederkommen, innen voller Flug.

Paris, Sommer 1908 (vor dem 2. August)

Fühlst du noch, wie wir allein in Straßen,
aneinander wie die Engel gehn,
nächtens gingen: laß uns solchermaßen
was uns innen hinbewegt verstehn.

Daß es uns zu einem Gehen werde,
das uns, Leichte, weiterreißt,
und dies Seligsein zu einer Erde,
kaum berührt von unserm Gang im Geist.

Paris, Frühsommer 1909

Ach in der Kindheit, Gott: wie warst du leicht:
du, den ich jetzt von nirgend wiederbringe.
Man lächelte nach seinem Lieblingsdinge;
es rollte zu: da warst du schon erreicht.
Und nun mein Herr, wo reis' ich hin zu dir?

Wo fahr ich ein? Auf wasfür Berge steig ich?
Fragt einer dich: nach welcher Stelle zeig ich.
Wo seht dein Hain? Wo geht dein Tier?
Wo ist das Wasser neu, daß ich mir wasche
Gesicht, Geschlecht: ich war noch niemals rein.
Wo wandelst du Geweihtes um in Asche
mit deinem feuerigen Augenschein.
Reizt der Geruch von allen unsern Lastern
nicht deines Zornes Brunst. Was wartest du?
Was machst du nicht die Dringendsten zu Fastern
und schleuderst ihnen erst den Engel zu
wenn sie sich winden unter ihrem Blut?
Herr, sei nicht gut: sei herrlich; widerleg
das Hörensagen, das sie an dir rühmen:
zerbrich das Haus, zerstör den Steg
und wälz ein Nest von Ungetümen
dem Flüchtling an den Nebenweg.

Denn so sind wir verkauft an kleine Nöte,
daß alle meinen Jahr um Jahr
wenn einer ihnen beide Hände böte
so wäre ein Gott.   Du Notnacht voller Röte,
du Feuerschein, du Krieg, du Hunger: töte:
denn du bist unsere Gefahr.

Erst wenn wir wieder unsern Untergang
in dich verlegen, nicht nur die Bewahrung,
wird alles dein sein: Einsamkeit und Paarung,
die Niederlage und der Überschwang.
Damit entstehe, was du endlich stillst,
mußt du uns überfallen und zerfetzen;
denn nichts vermag so völlig zu verletzen
wie du uns brauchst, wenn du uns retten willst.

Paris, Sommer 1909

Oh du bist schön. Wenn auch nicht mir.
Aber du kannst dich nirgends verhalten.
Ich weiß, daß mir deine Augen nicht galten,
aber ich habe mich wie ein Tier
in deine Blicke gelegt. O du bist schön.

Um die Höhn
deines Leibes kreist
dunkel dein Duft.
Und dein spiegelnder Geist
speist
grundlose Brunnen in dir.
O du bist schön.

Mir ist die Lust
zu Rose und Pfirsich vergangen.
Die Spangen
an deinen Armen sind wärmer.
Ich will keine Vögel mehr fangen.
Ich will ärmer und ärmer
werden für dich: so schön bist du.

Meine Sinne sind mir zu Einem Sinn
verschmolzen an dir.
Ich spüre nur, daß ich zu dir hin
bin –: nimm. Verlier.

Paris, Sommer 1909

Langsam ihre treibende Gestalt
weitertragend durch den öffentlichen
Sommergarten, geht sie, durchgestrichen
von den Blicken, wie von Halt zu Halt.
Ihre Haare noch von Vorwurf glatt
zerren ihr Gesicht zurück

Paris, Sommer 1909

Scharfer Burgbruch, alter Unterkiefer
aus gehenkt aus dem Gebiß der Zeit
....
Wann ist die Zeit, die diese Dinge mindert?
Ich wartete: doch nie zerbrach ein Stein.

Les Baux, um den 1. Oktober 1909

Sieh, Liebende: sie kommen einzeln fast
herüber durch das blumige Gras und langsam;
so fern ist Trennung ihnen, daß sie sich
den Aufwand tun, sich nicht umfaßt zu halten.

Rom, Ende März 1910

Ach zwischen mir und diesem Vogellaut:
was war verabredet?
Ich weiß nicht mehr, –
ach zwischen mir und diesem Vogellaut.

Nein nein, der Hang nicht nur aus Regennäh,
nicht nur aus Gartenüberfluß, nicht nur
weil andere Vögel gerne Vögel hören.

Jetzt sollte irgend ein Gefühl in mir
anheben … welches, welches? Übereinkunft.
Zu alte Übereinkunft. Ach aus solchem
Vergessenhaben wird die Zeit ………

Rom, Ende März 1910

So wie eine Türe, die nicht zubleibt,
geht im Schlaf mir immer wieder stöhnend
die Umarmung auf. Oh wehe Nächte.

Draußen wird der Garten weich im Mondschein
und die Blüten trüben mir das Fenster
und die Nachtigall ist nicht vergebens.

Paris, Frühjahr 1911
⟨Frauenklage⟩

⟨An die Erwartete⟩

.....
komm wann du sollst. Dies alles wird durch mich
hindurchgegangen sein zu deinem Atem.
Ich habs, um deinetwillen, namenlos
lang angesehen mit dem Blick der Armut
und so geliebt als tränkst du es schon ein.

Und doch: bedenk ichs, daß ich dieses, mich,
Gestirne, Blumen und den schönen Wurf
der Vögel aus nachwinkendem Gesträuch,
der Wolken Hochmut und was nachts der Wind
mir antun konnte, mich aus einem Wesen
hinüberwandelnd in ein nächstes, – daß
ich eines nach dem andern, denn ich bins,
bin was der Tränke Rauschen mir im Ohr
zurückließ, bin der Wohlgeschmack, den einst
die schöne Frucht an meinen Lippen ausgab, –
daß ich dies alles, wenn du einmal da bist,
bis rückwärts zu des Kindes niederm Anblick
in Blumenkelche, da die Wiesen hochstehn,
ja bis zu einem Lächeln meiner Mutter
das ich vielleicht, gedrängt von deinem Dasein,
annehme wie Entwendetes –, daß ich
dann unerschöpflich Tag und Nacht soviel
entbehrend angeeignete Natur
hingeben sollte –, wissend nicht, ob das
was in dir aufglüht Meines ist: vielleicht
wirst du nur schöner, ganz aus eigner Schönheit
vom Überfluß der Ruh in deinen Gliedern,
vom Süßesten in deinem Blut, was weiß ich,
weil du dich selbst in deiner Hand erkennst,
weil dir das Haar an deinen Schultern schmeichelt,
weil irgendetwas in der dunkeln Luft
sich dir verständigt, weil du mich vergißt,
weil du nicht hinhörst, weil du eine Frau bist:

wenn ichs bedenke, wie ich Zärtlichkeit
getaucht ins Blut, ins nie von mir erschreckte
lautlose Herzblut so geliebter Dinge
....
....

Toledo, November 1912

Lange mußt du leiden, kennend nicht was,
bis plötzlich aus gehässig erbissener Frucht
deines Leidens Geschmack eintritt in dir.
Und da liebst du schon fast das Gekostete. Keiner
redet dirs wieder aus

Paris, März 1913

Hingestellte, wo die starke Fahrt

Herbst 1913

Verständigt mit abnehmender Natur,
fällt mir die Kraft in dem, was ich erfuhr.
Den Engel stellt Gott vor wie eine Uhr,
er mag im Herbst künftigen Herbst empfinden.
Wir aber schlürfen mit den Winden
und ziehen Spur und wischen Spur.

Das Meer blüht nie. Jetzt wieder wächst das Meer
und kommt sich von den Rändern stark entgegen,
und Christus, auf dem Überfluß von Wegen,
geht einzig gläubig drüber hin und her.

Der Himmel singt in seiner Sicherheit,
hoch über Zeit die reichen Sterne singen,
wir treiben mit den abgehärmten Dingen
zwieschweigende Geselligkeit.

In trüben Spiegeln suchen wir Beweis
für unser Aufstehn, während unbewiesen
der Schlaf zurückbleibt. Vielleicht Schlaf von Riesen
von unsrem ganzen Blute heiß.

Doch eingeschränkt in morgengraue Zimmer
gewöhnen wir uns an des Tages Gang
und nehmen Nahrung an und wohnen immer
die gleiche Einsamkeit entlang.
Und haben Hoffnung und Verwunderung
und dies zur Sorge, jenes zum Gewissen –
nur der uns einstens dringend hingerissen
der Schwung, der Schwung:
Ihr Engel, jener, der euch täglich reißt
....

O daß ich doch, wenn du das Aug erhobst,
so findig sei, sofort, vor aller Rede,
in deinem ersten großen Aufschaun jede
Lust zu verstehn, wie man der Schale Obst
am Frühstückstisch den ganzen Sommertag
auf einmal ansieht, sicher, bis in seine
selige Nacht. Nicht nur wie ein Betrag
sei mir die Freude vorgezählt. Sie weine
an mir sich aus. Denn was ist Seligkeit,
stürzt sie nicht völlig aus dem kleinsten Winke.
Weltrichtend wiederholt sich seine Linke,
doch Gottes Rechte ruht nur auf dem Kleid.

Paris, November 1913

Heute will ich dir zu Liebe Rosen
fühlen, Rosen fühlen dir zu Liebe,
dir zu Liebe heute lange lange
nicht gefühlte Rosen fühlen, Rosen.

Alle Schalen sind gefüllt; sie liegen
in sich selber jede hundert Male,
wie von Talen ausgefüllte Tale
liegen sie in sich und überwiegen.

So unsäglich wie die Nacht
überwiegen sie den Hingegebnen,
wie die Sterne über Ebnen
überstürzen sie mit Pracht.
Rosennacht Rosennacht.
Nacht aus Rosen, Nacht aus vielen vielen
hellen Rosen, helle Nacht aus Rosen,
Schlaf der tausend Rosenaugenlider,
heller Rosenschlaf, ich bin dein Schläfer:
Heller Schläfer deiner Düfte, tiefer
Schläfer deiner kühlen Innigkeiten.
Wie ich mich dir schwindend überliefer
hast du jetzt mein Wesen zu bestreiten.
Sei mein Schicksal aufgelöst
in das unbegreiflichste Beruhen,
und der Trieb, sich aufzutuen,
wirke, der sich nirgends stößt.
Rosenraum, geboren in den Rosen,
in den Rosen heimlich auferzogen,
uns aus offnen Rosen zugegeben
groß wie Herzraum, daß wir auch noch draußen
fühlen dürfen in dem Raum der Rosen.

Paris, Juli 1914

⟨Sieben Gedichte⟩

⟨Spätherbst 1915⟩

⟨II⟩

Du hast mir, Sommer, der du plötzlich bist,
zum jähen Baum den Samen aufgezogen.
(Innen Geräumige, fühl in dir den Bogen
der Nacht, in der er mündig ist.)
Nun hob er sich und wächst zum Firmament,
ein Spiegelbild das neben Bäumen steht.
O stürz ihn, daß er, umgedreht
in deinen Schooß, den Gegen-Himmel kennt,
in den er wirklich bäumt und wirklich ragt.
Gewagte Landschaft, wie sie Seherinnen
in Kugeln schauen. Jenes Innen
in das das Draußensein der Sterne jagt.
[Dort tagt der Tod, der draußen nächtig scheint.
Und dort sind alle, welche waren,
mit allen Künftigen vereint
und Scharen scharen sich um Scharen
wie es der Engel meint.]

⟨Unvollendete Elegie⟩

⟨Letzte Stufe des Entwurfs⟩

Laß dir, daß Kindheit war, diese namenlose
Treue der Himmlischen, nicht widerrufen vom Schicksal;
selbst den Gefangenen noch, der finster im Kerker verdirbt,
hat sie heimlich versorgt bis ans Ende. Denn zeitlos
hält sie das Herz. Selbst den Kranken,
wenn er starrt und versteht, und schon giebt ihm das Zimmer nicht
mehr
Antwort, weil es ein heilbares ist –, heilbar

liegen seine Dinge umher, die fiebernden, mit-krank,
aber noch heilbar, um den Verlorenen –: *ihm* selbst
fruchtet die Kindheit. Reinlich
in der verfallnen Natur hält sie ihr herzliches Beet.
Nicht, daß sie harmlos sei; der behübschende Irrtum,
der sie verschürzt und berüscht, hat nur vergänglich getäuscht.
Nicht ist sie sichrer als wir, und niemals geschonter;
keiner der Göttlichen wiegt ihr Gewicht auf. Schutzlos
ist sie wie wir, wie Tiere im Winter, schutzlos.
Schutzloser: denn sie erkennt die Verstecke nicht. Schutzlos
so als wäre sie selber das Drohende. Schutzlos
wie ein Brand, wie ein Ries', wie ein Gift, wie was umgeht
nachts im verdächtigen Haus, bei verriegelter Tür.

Denn wer begriffe nicht, daß die Hände der Hütung
lügen, die schützenden –, selber gefährdet: wer *darf* denn?
»... Ich!« – Welches Ich? – »Ich,Mutter, ich darf. Ich war Vor-Welt.
Mir hats die Erde vertraut, wie sie's treibt mit dem Keim,
daß er heil sei. Abende, o, des Vertrauens, wir regneten beide,
leise und mailich, die Erde und ich in den Schooß uns.
Männlicher! ach, wer beweist dir die trächtige Eintracht,
die wir uns fühlten. *Dir* wird die Stille im Weltall
niemals verkündet, wie sie sich schließt um ein Wachstum ....«

Großmut der Mütter, Stimme der Stillenden, – dennoch!
Was du da nennst, das *ist* die Gefahr, die ganze
reine Gefährdung der Welt –, und so schlägt sie in Schutz um,
wie du sie rührend erfühlst. Das innige Kindsein
steht wie die Mitte in ihr, sie *aus*-fürchtend, furchtlos.

Aber die Angst! Sie erlernt sich auf einmal im Abschluß,
den das Menschliche schafft, das undichte. Zugluft
zuckt sie herein durch die Fugen. Da ist sie. Vom Rücken
huscht sie es an überm Spielen, das Kind, und zischelt
Zwietracht ins Blut –, die raschen Verdachte, es würde
immer ein Teil nur später ergreiflich sein, immer
irgend ein Stück, fünf Stücke, nicht einmal

alle verbindbar, des Daseins –, und alle zerbrechlich.
Und schon spaltet sie an, im Rückgrat, des Willens
Gerte, daß sie gegabelt, ein zweifelnder Ast am
Judas-Baume der Auswahl wachsend verholze.
Wie nur besticht sie die Puppe, die gute, das eben
zärtliche Spielzeug, daß es, umarmt noch, schon fremdlings
schrecke –. Mit *sich* nicht, nicht mit dem armen, verzeihlichen
Fremdsein,
nein: mit der Neigung des Kinds, mit dem, was es annahm.
Annahm in langen Tagen des Zutrauns, in den unzählbaren
Stunden geständigen Spiels, da das Kind an dem neidlos
drüben geschaffenen Du sich erprobte und abhob –
und sich erfuhr, seine Kräfte an zweie verteilend,
seinen ihm selber so neuen nachwachsenden Vorrat.

Fernen des Spieles! Da gab sich die fruchtende weiter
selig erfindender fort, als im spätesten Nachwuchs,
weit über Enkel hinaus –, die getroste Natur!
Freundin des Todes, denn in der leichten Verwandlung
wuchs sie ihn hundertmal durch … O Puppe,
fernste Figur –, wie die Sterne am Abstand
sich zu Welten erziehn, machst du das Kind zum Gestirn.
Ist es dem Welt-Raum zu klein: Raum der Gefühle
spannt ihr erstaunt zwischen euch, den gesteigerten Raum.

Aber auf einmal geschiehts … Was? Wann? – Namenlos, Abbruch –
Was? – der Verrat … gefüllt mit der Hälfte des Daseins
will sie nicht mehr, verleugnet, erkennt nicht.
Starrt mit geweigertem Aug, liegt, weiß nicht; nicht einmal
Ding mehr – – sieh, wie die Dinge
sich schämen für sie,
.....

Schloß Berg am Irchel, Dezember 1920

Die Hand

Siehe die kleine Meise,
hereinverirrte ins Zimmer:
zwanzig Herzschläge lang
lag sie ⟨in⟩ einer Hand.
Menschenhand. Einer zu schützen entschlossenen.
Unbesitzend beschützenden,
Aber
jetzt auf dem Fensterbrett
frei
bleibt sie noch immer im Schrecken
sich selber
und dem Umgebenden fremd,
dem Weltall, erkennts nicht.
Ach so beirrend ist Hand
selbst noch im Retten.
In der beiständigsten Hand
ist noch Todes genug
und war Geld

Wahrscheinlich: Ende 1921, Muzot

Acht Sonette aus dem Umkreis der »Sonette an Orpheus«

〈V〉

Aber, ihr Freunde, zum Fest, laßt uns gedenken der Feste,
wenn uns ein eigenes nicht, mitten im Umzug, gelingt.
Seht, sie meinen auch uns, alle der Villa d'Este
spielende Brunnen, wenn auch nicht mehr ein jeglicher springt.

Wir sind die Erben, trotzdem, dieser gesungenen Gärten;
Freunde, o faßt sie im Ernst, diese besitzende Pflicht.
Was uns als Letzten vielleicht glückliche Götter gewährten,
hat keinen ehrlichen Platz im zerstreuten Verzicht.

Keiner der Götter vergeh. Wir brauchen sie alle und jeden,
jedes gelte uns noch, jedes gestaltete Bild,
Laßt euch, was ruhig geruht, nicht in den Herzen zerreden.

Sind wir auch anders, als die, denen noch Feste gelangen,
dieser leistende Strahl, der uns als Stärke entquillt,
ist über große, zu uns, Aquädukte gegangen.

Muzot, 16./17. Februar 1922

Mein scheuer Mondschatten spräche gern
mit meinem Sonnenschatten von fern
in der Sprache der Toren;
mitten drin ich, ein beschienener Sphinx,
Stille stiftend, nach rechts und links
hab ich die beiden geboren.

Muzot, Mitte Februar 1922

Ach, im Wind gelöst,
wieviel vergebliche Wiederkehr.
Manches, was uns verstößt,
tut hinterher,
wenn wir vorüber sind,
ratlos die Arme auf.
Denn es giebt keinen Lauf
zurück. Alles hebt uns hinaus,
und das spät offene Haus
bleibt leer.

Ragaz, Mitte Juli 1924

Alles ist Spiel, aber Spiele / …

Ragaz, Mitte Juli 1924

(Da ich dir schrieb, sprang Saft
auf in der männlichen Blume,
die meinem Menschentume
reich ist und rätselhaft.

Fühlst du, da du mich liest,
ferne Zärtliche, welche
Süße im weiblichen Kelche
willig zusammenfließt?)

Ragaz, 22. Juli 1924

Nach so langer Erfahrung sei »Haus«,
»Baum« oder »Brücke« anders gewagt.
Immer dem Schicksal eingesagt,
sag es sich endlich aus.

Daß wir das tägliche Wesen entwirrn,
das jeder anders erfuhr,
machen wir uns ein Nachtgestirn
aus der gewußten Figur.

Muzot, Mitte August 1924

Heb mich aus meines Abfalls Finsternissen
in dein Gesicht, das mich so süß erkennt.
Wie war ich, damals, zu dir hingerissen,
in meines Herzens Element.

Nun fiel ich ab und muß mich trübe trösten
mit wirrem, wucherndem Gelüst;
du hast den Innigen, dir Eingeflößten,
Geliebte, nicht zuend geküßt.

Die Sehnsucht, die du namenlos erlitten,
bricht nun in meinen Adern aus und schreit.
Wie trugst du nur in deinen Liebesmitten
die Leere, die den Einsamen entzweit!

Muzot, kurz nach dem 18. September 1924

Mausoleum

Königsherz. Kern eines hohen
Herrscherbaums. Balsamfrucht.
Goldene Herznuß. Urnen-Mohn
mitten im Mittelbau,
(wo der Widerhall abspringt,
wie ein Splitter der Stille,
wenn du dich rührst,
weil es dir scheint,
daß deine vorige
Haltung zu laut war ...)
Völkern entzogenes,
sterngesinnt,
im unsichtbaren Kreisen
kreisendes Königsherz.

Wo ist, wohin,
jenes der leichten
Lieblingin?
: Lächeln, von außen,
auf die zögernde Rundung
heiterer Früchte gelegt;
oder der Motte, vielleicht,
Kostbarkeit, Florflügel, Fühler ...

Wo aber, wo, das sie sang,
das sie in Eins sang,
das Dichterherz?
: Wind,
unsichtbar,
Windinnres.

Muzot, Oktober 1924

Urne, Fruchtknoten des Mohns –,
oh und die leichten, die roten
Blätter, die ihr unwissender Wind entriß …
Wie schon die Söhne des Sohns!
Alle sooft überboten,
jeder einzelne ungewiß.

Und da stürzt sich die Zeit weiter mit ihnen ins Tiefe;
was von den Stürzenden bleibt?
Ein verblichenes Bild und vergilbende Briefe
und in dem, der noch lebt, das, was keiner beschreibt.

Jenes Unsägliche, das wir unendlich beweinen …
Nicht wie Gazelle und Reh,
die in dem künftigen Tier heiter wiedererscheinen,
so verläßlich wie eh.

Unser Besitz ist Verlust. Je kühner, je reiner
wir verlieren, je mehr

Muzot, Ende Oktober 1924

Gehn auf Treppen nicht und nicht der Brücken
Überholen (: ältester Gewinnst)
darf vergessen sein und mag beglücken
wenn du dich ins Innerste besinnst.

Zwar du wandeltest zurück zur Fähre
der gefügten Brücken Gang und Schwung;
zögernder zerfallen die Altäre
im Verschweigen deiner Opferung.

Flammen schlagen einwärts, Wege rollen
sich in dein Nach-Innen-gehen ein,
Blumen stürzen in die Wurzelknollen,
und der trinken will, vergießt den Wein,

weil sein Mund aus Erde stammt. Oh Bogen,
den die Sehne, unsichtbar gezogen
in die andere Parabel riß:
Spiegelbilder deiner Pfeile flogen
in die glatte Spiegelfinsternis.

Vögel sind jetzt Architekten, ihrer
Flüge Risse zeichnen einen Platz;
statt der Geber giebt es nur Verlierer
an den namenlosen Schatz.

Kinderspielzeug in der Bodenkammer
klopft noch manchmal, innen überschwemmt,
mit dem Puls des Kinds, oh Totenhammer!
Doch wie ungern läßt die Wäscheklammer
in den Wiederbrauch des Windes Hemd.

Aber versuchtest du dies: Hand in der Hand mir zu sein
wie im Weinglas der Wein Wein ist.
Versuchtest du dies.

Muzot, Ende November 1925

Früher, wie oft, blieben wir, Stern in Stern,
wenn aus dem Sternbild der freiste,
jener Sprech-Stern hervortrat und rief.
Stern in Stern staunten wir,
Er, der Sprecher des Stern-Bilds,
ich, meines Lebens Mund,
Nebenstern meines Augs.
Und die Nacht, wie gewährte sie uns
die durchwachte Verständigung.

Val-Mont, Anfang Februar 1926

Die Vogelrufe fangen an zu rühmen.
Und sind im Recht. Wir hören lange hin.
(Wir hinter Masken, ach, und in Kostümen!)
Was rufen sie? ein wenig Eigensinn,

ein wenig Wehmut und sehr viel Versprechen,
das an der halbverschlossnen Zukunft feilt.
Und zwischendurch in unserm Horchen heilt
das schöne Schweigen, das sie brechen.

Val-Mont, Mitte März 1926

Komm du, du letzter, den ich anerkenne,
heilloser Schmerz im leiblichen Geweb:
wie ich im Geiste brannte, sieh, ich brenne
in dir; das Holz hat lange widerstrebt,
der Flamme, die du loderst, zuzustimmen,
nun aber nähr' ich dich und brenn in dir.
Mein hiesig Mildsein wird in deinem Grimmen
ein Grimm der Hölle nicht von hier.
Ganz rein, ganz planlos frei von Zukunft stieg
ich auf des Leidens wirren Scheiterhaufen,
so sicher nirgend Künftiges zu kaufen
um dieses Herz, darin der Vorrat schwieg.
Bin ich es noch, der da unkenntlich brennt?
Erinnerungen reiß ich nicht herein.
O Leben, Leben: Draußensein.
Und ich in Lohe. Niemand der mich kennt.

[Verzicht. Das ist nicht so wie Krankheit war
einst in der Kindheit. Aufschub. Vorwand um
größer zu werden. Alles rief und raunte.
Misch nicht in dieses was dich früh erstaunte]

⟨*Val-Mont, wohl gegen Mitte Dezember 1926:
letzte Eintragung im letzten Taschenbuch*⟩

⟨Gewitter-Segen⟩

⟨*Geschrieben für Regina Ullmann*⟩

Gewitter Gewitter

was willst du hier, wo der Nöte so viele sind und der Verhängnisse und der unbegreiflichen Wesen?

was über diesem Haus, in dem wir doch vor dem eigenen Leben nicht sicher sind, in dem wir wohnen wie Flüchtlinge mit der Flucht zusammen, die mit hereingekommen ist?

was über uns, die wir müde sind und unsern Mut draußen gelassen haben in den geängsteten Feldern?

… was willst du von den Bäumen, die älter sind, als der Älteste unter uns? Hast du einen Auftrag an den Staub dessen, der sie gepflanzt hat? Und den Alten hier was unterbrichst du ihn in seinem unaufhörlichen Andenken? – Und wir, Rührigen, wir sitzen stumpf da und halten unsere Kraft wie Blei in den Schultern und haben nichts zu tun, solange du handelst. Und die Kinder sind aufgewacht und wundern sich, und es ist ein Zorn in der Luft, den ihnen die Mutter nicht ganz ausreden kann. Sie drückt die kleinen Gesichter in ihren Schooß eins nach dem andern, aber jedes Gesicht *weiß* und ist nicht wieder gut zu machen.

Gewitter Gewitter, was willst du hier, wo schon alles ist, du Überfluß? Das Leben ist hier, und in den Zwischenräumen ist der Tod; Schmerzen sind da von allen Größen und ein bißchen Freudesamen irgendwo in einer Lade. Es ist alles vollzählig, kann ich dich versichern, auch das Zerbrochene, auch die Asche im Herd, auch die Kartoffelschalen. Und das Krachen im Holz und die Finsternis unter der Treppe und alles, was nur hereingeht.

Laß doch die Mächte zu den Mächten kommen, ewiger Gott, nicht über uns.

Gewitter, Gewitter, geh zur Jungfrau Maria (kennst du sie nicht?), mach dich so stark wie du magst, sie wird dich lieb haben, denn sie ist stärker als du. Sie wird mit dir spielen und nicht merken, daß du furchtbar bist: denn sie ist stärker als du. Sie wird dich in die

Hand nehmen wie eine große Hummel und wird sich stechen lassen von dir, und es wird kein Schmerz werden in ihrer Hand, sondern Wohltun in deinem Stachel .....

3. Gedichte in französischer Sprache

La Fontaine

Je ne veux qu'une seule leçon, c'est la tienne
fontaine, qui en toi-même retombes, –
celle des eaux risquées auxquelles incombe
ce céleste retour vers la vie terrienne.

Autant que ton multiple murmure
rien ne saurait me servir d'exemple;
toi, ô colonne légère du temple
qui se détruit par sa propre nature.

Dans ta chute, combien se module
chaque jet d'eau qui termine sa danse.
Que je me sens l'élève, l'émule
de ton innombrable nuance!

Mais ce qui plus que ton chant vers toi me décide
c'est cet instant d'un silence en délire
lorsqu'à la nuit, à travers ton élan liquide
passe ton propre retour qu'un souffle retire.

⟨«Mais il est plus pur de mourir»⟩

«Mais il est plus pur de mourir»
Comtesse de Noailles

I

Tout cela pourrait changer: jamais plus
ce regard que les choses intimes
aiment ..... Ce qui arrive, le pourrais-tu
faire? Ce qui tombe par soi-même,
le pourrais-tu jeter? Mon héréditaire
main? Dis! Tu connais la colère,
tu trembles souvent pour être après
d'un calme étrange qui m'arrête? Tu sais
carresser .... Mais dans la caresse,
ce trop de couceur qui dans l'autre s'enfonce
n'est-ce point du meurtre déjà qui sans cesse
renonce? Il n'y a qu'une vitre qui nous sépare,
à peine, de la rapide méprise soudaine
du pharmacien qui verse l'abîme,
de l'énorme dépense avare
du crime. Elle est par trop
notre parente, la mort. Le flot
de la vie qui s'accélère,
c'est déjà elle: la mort-mère.

Vois l'index de l'enfant et son pouce,
cette tenaille si douce
que même le pain s'en étonne.
Cette main, toute bonne,
a peut-être tué l'oiseau
et frissonne
de son ultime sursaut.
Sa brusque négation de fouine
qui l'empêcherait, qui l'empêche?

Il y a une brèche
dans notre cœur en ruine.

2

N'osez pas les nommer! De Demi-Dieux à peine
à notre bouche obscure sont permis ....
Et l'âme même d'insistance pleine
ne connaît que cet Ange indécis
qui peu à peu s'érige sur le bord
de nos souffrances: clair, fatal et fort,
ne défaillant jamais et sans vertige,
mais malgré tout, lui-même, être-lige
d'un inconnu et souverain accord.

Lui, Majuscule, Lettre verticale
du mot que, lentement, nous défaisons;
borne d'airain de notre vie natale,
mesure anonyme de ces monts
qui forment une chaîne dans le cœur
en sa partie abrupte et sauvage ....
Statue du port, phare de l'abordage,
et, pourtant, des naufrages contempteur!

Vivre par lui, c'est notre but ultime,
entre l'enfance lente et le crine,
vivre par lui dans un élan si vrai,
que sa rigueur de roche qui se tait
finit par changer de silence ..... pour
taire un consentement ....

3

Renoncez, pieux clients! Les cierges allumés
n'ont plus le pouvoir de remuer les ombres
dans ces visages peints et rajustés qu'encombre
l'indifférent vernis de vétusté.
Renoncez doucement à demander l'avis
de ces partants que la prière offusque;
il leur a bien fallu des cœurs plus brusques
pour être de leurs cris ravis.

Renoncez à ce marchandage doux.

Mais en vous-mêmes, tout au fond de vous,
quel cimetière! Que de Dieux absous,
congédiés, oubliés, hors d'usage,
que de prophètes, que de mages
abandonnés par votre désir fou!

Vous avez dépeuplé les cieux immenses.
Et les dryades privées de leur chance,
sont rentrées dans les arbres et n'avancent
que dans la sève, versant pleurs et pleurs ...
Les sources se renient, et les fleurs
brisèes par de distraites violences,
déformées par de vagues inventeurs
qui les excitent à outrance,
fleurissent sans se dire ..... Tout a peur
de vous: pauvres tueurs des abondances!

4

Sur la crête du cœur hésitant:
quel sourire qui de la bouche
s'empare de celui qui hésite!
Quelle lenteur inédite
dans ce sourire. Quel chant
supprimé, dans ce sourire. Autant
de sérieux, autant de limite
que d'affranchissement.
Autant de fuite que de retour.
Quel sourire! On le dirait provocant.
N'était-il pas, dans sa double audace,
trop complet, trop absent
pour avoir quiconque en face.

Je vois deux yeux comme deux enfants
errant dans une forêt.
Ils disent: qui nous mange c'est le vent, le vent, –
et moi je réponds: je le sais.

Je connais une fille qui pleure, son amant
il-y-a deux ans s'en allait,
mais elle dit tout doucement: c'est le vent, le vent, –
et moi je réponds: je le sais.

Souvent dans ma chambre en m'éveillant
il me semble qu'une langue me parlait.
Toi! mais la nuit murmure: le vent –
Et je pleure dans mon lit: je le sais.

II. Erzählungen und Dramen

Greise

Herr Peter Nikolas hatte mit seinen fünfundsiebzig Jahren eine ganze Menge vergessen: die traurigen und guten Erinnerungen, die Wochen, die Monate und die Jahre. Nur von den Tagen hatte er noch eine leise Ahnung. Und wenn er mit seinen schwachen und immer schwächeren Augen auch jeden Sonnenuntergang wie verblaßten Purpur und jeden Morgen wie *vieux rose* schimmern sehen mußte, den Wechsel empfand er doch. Im allgemeinen störte er ihn, und der Alte hielt diese Anstrengung für überflüssig und töricht. Der Wert von Frühling und Sommer war ihm auch entschwunden. Schließlich fror er immer, wenige Augenblicke ausgenommen. Dann war es ihm aber vollständig gleichgültig, ob er deren Glut dem Kaminfeuer oder der Sonne dankte. Nur daß letztere bedeutend billiger kam, wußte er. Deshalb humpelte er an jedem Tag, da er die Sonne fand, in den Stadtpark und setzte sich auf die lange Bank unter der Linde zwischen den alten Pepi und den alten Christoph aus dem Armenhaus.

Seine täglichen Banknachbaren waren wohl noch älter wie er. Sobald Herr Peter Nikolas sich niedergelassen hatte, krächzte er und nickte dann. Und rechts und links von ihm nickte es mechanisch wie aus Ansteckung. – Dann stemmte Herr Peter Nikolas den Stock in den Sand und legte die Hände auf dessen krumme Krücke.

In einer Weile legte er noch sein rundes, glattes Kinn hinzu und blinzte zum Pepi nach links. Er beobachtete, so gut er konnte, den roten Kopf, der, wie welk, von dem feisten Nacken hing und abzufärben schien; denn der breite weiße Schnauzbart war an seinen Wurzeln ganz schmutziggelb. Der Pepi saß vornübergeneigt, hatte die Ellenbogen auf die Kniee gestemmt und spuckte von Zeit zu Zeit durch die gefalteten Hände hindurch auf den Sand, wo sich schon ein kleiner Sumpf staute. Er hatte zeitlebens sehr viel getrunken und schien dazu verurteilt, wenigstens die Zinsen der verbrauchten Flüssigkeit ratenweise an die Erde abzuzahlen.

Als Herr Peter nichts Neues an Pepi bemerkte, schob er sein

Kinn auf dem Handrücken mit halber Wendung nach rechts. Christoph hatte gerade geschnupft und knipste mit sorgsamen gotischen Fingern die letzten Anzeichen dieser Beschäftigung von dem fadenscheinigen Rock. Er sah unglaublich gebrechlich aus, und zur Zeit, da Herr Peter noch gewohnt war, sich ab und zu mal zu wundern, hatte er oft gedacht, wie es der dürre Christoph überhaupt zustande gebracht hat, so auszuhalten ohne sich irgendwas abzubrechen ein ganzes Leben lang. Am liebsten stellte er sich den Christoph vor, als dürres Bäumchen, mit dem Halse und den Fußgelenken an eine tüchtige gesunde Stützstange gebunden. Christoph fand sich nun nett genug, rülpste ein wenig, welches entweder ein Zeichen von Zufriedensein oder von schlechter Verdauung war. Dabei zermahlte er ohne Unterlaß etwas zwischen den zahnlosen Kiefern, und seine schmalen Lippen schienen sich aneinander scharf gerieben zu haben. Es war, als mochte sein träger Magen auch die Minuten nichtmehr verdauen, und Christoph mußte nun jede einzelne kauen, so gut das eben ging.

Herr Peter Nikolas drehte sein Kinn zurück nach gradaus und schaute mit den triefenden Augen ins Grün. Dann störten ihn die Kinder in den Sommerkleidern, die wie lichte Reflexe in einem fort vor den grünen Büschen auf und nieder sprangen. Er senkte ein wenig die Lider. Er schlief nicht. Er hörte das leise Mahlen des mageren Christoph, dem die Bartstoppeln knisterten, und das laute Spucken des Pepi, der dann und wann in seiner schleimigen Sprache fluchte, wenn ein Hund oder ein Kind ihm zu nahe kam. Er vernahm ein Kiesrechen auf fernen Wegen und die Schritte Vorübergehender und die zwölf vollen Schläge der nahen Uhr. Er zählte sie nie mehr, aber er wußte, daß Mittag war, wenn es so oft schlug, daß mans nicht mehr zählen konnte. Zugleich mit dem letzten Schlag schmeichelte ein Stimmchen an seinem Ohr: »Großvater – Mittag.«

Und Herr Peter Nikolas stemmte sich an seinem Krückstock in die Höh und legte dann eine Hand leise auf den Blondkopf des zehnjährigen Mädchens. Die Kleine holte sich die Hand jedesmal aus den Haaren wie ein welkes Blatt und küßte sie. Dann nickte der Großvater einmal nach links, einmal nach rechts. Und rechts und links von ihm nickte es mechanisch nach. Und der Pepi und Christoph aus dem Armenhaus schauten jedesmal zu, wie Herr Peter Nikolas mit dem kleinen blonden Mädchen hinter den nächsten Büschen verschwand.

Bisweilen kam es dann vor, daß auf dem Platze des Herrn Peter Nikolas ein paar arme, hilflose Blumen liegen geblieben waren, die das Kind vergessen hatte. Dann streckte der dünne Christoph seine gotischen Finger zaghaft langend nach ihnen aus, und später trug er sie auf dem Heimwege wie etwas ganz Seltenes und Wertvolles in der Hand. – Der rote Pepi spuckte dann verächtlich, und der andere schämte sich vor ihm.

Im Armenhaus aber ging der Pepi voran und stellte wie ganz zufällig ein Glas mit Wasser auf das Fenster ihrer Stube. Dann saß er still in der dunkelsten Ecke und wartete, bis der Christoph die paar armseligen Blumen in das Glas auf dem Fenster gesteckt hatte.

König Bohusch

Als der große Mime Norinski um drei Uhr nachmittags in das National-Café, welches vor dem Prager tschechischen Theater liegt, eintrat, erschrak er ein wenig, lächelte aber gleich darauf sein verächtlichstes Lächeln: in dem Spiegel, schräg gegenüber der Tür, hatte sich irgend eine entfernte Ecke des Saales gefangen, und er hatte drinnen eine schiefe Marmorsäule und unter dieser Säule einen kleinen, buckligen Mann erkannt, dessen seltsame Augen dem Eintretenden wie lauernd aus einem unförmigen Kopfe entgegenstarrten. Das Fremde dieses Blickes, in dessen Tiefen irgend ein unerhörtes Geschehen sich dunkel zu spiegeln schien, hatte ihn einen Augenblick in Schrecken versetzt. Nicht etwan, weil er besonders furchtsamer Natur gewesen wäre, sondern infolge des profunden und versonnenen Wesens, welches so großen Künstlern meistens eignet und durch dessen Wall sich jedes Ereignis gleichsam durchbohren muß. Dem Original gegenüber empfand Norinski nichts Ähnliches. Er übersah den Verwachsenen sogar eine ganze Weile, während er mit unnötiger Wichtigkeit den andern am Stammtisch die Hand reichte. Die Händedrücke nahmen eine ziemliche Zeit in

Anspruch, denn jeder hatte gleichsam drei Akte. Erster Akt: Zögernd folgt die Hand des Schauspielers dem Flehen der entgegengestreckten Hände. Zweiter Akt: Seine Hand spricht nachdrücklich zu der, welche sie umfaßt: Merkst du auch die Bedeutung dieses Moments? Dritter Akt und Katastrophe, wobei Norinski jede Hand verächtlich losließ, fortwarf: Oh du Erbärmlicher, das kannst du ja gar nicht merken ... Diese Erbärmlichen waren diesmal: Karás, der lange blasse Kritiker des ›Tschas‹, ausgezeichnet durch einen überaus langen Hals und – wie ein boshafter jüdischer Kollege mal behauptet hatte – einen überaus höflichen ›Adamsapfel‹, welcher jeden Tropfen durch die Einsamkeit der Kehle bis an den Kragenrand, wo er sich nicht mehr verirren konnte, begleitete und von dort diensteifrig auf seinen Posten zurückschnellte, Schileder, der schöne Maler, der so traurige Dinge malte, der Novellist Pátek, der Lyriker Machal, der Student Rezek, der etwas abseits saß, aus einem großen Stammglas heißen Tschaj mit viel Kognak trank und schwieg. Endlich schien Norinski auch den Buckligen zu bemerken. Er lachte: »König Bohusch!« und streckte mit ironischem »Majestät« die Hand über den Marmortisch. Der Kleine fuhr auf und schickte ihm, um die Mimenhand nicht warten zu lassen, überhastig seine gelben unreifen Finger entgegen, so daß sich die beiden Hände wie Vögel in der Luft haschten. Dem Bohusch kam das ziemlich drollig vor, und er ließ ein zitterndes, zerbrochenes Lachen hören, das er ängstlich unterbrach, als er bemerkte, wie die Blatternarben auf Norinskis Stirne sich unter ärgerlichen Falten versteckten. Der Mime murmelte etwas, gab die Jagd auf und sagte in schlechter Laune zu Karás:

»Ihr schreibt auch einen Kohl, mein Lieber. Aber das sag ich dir, ich spiele meinen Hamlet das nächstemal just so, wie gestern. Ich spiele eben *meinen*. Verstehst du, Liebster?«

Karás schluckte irgendwas hinunter und sagte etwas von der Auffassung, die andere bekundet hätten, Bedeutende; er möchte nur Kainz nennen oder – der Student Rezek trank heftig sein Glas aus, und Norinski sagte erregt:

»Liebster, was geht mich ein deutscher Hamlet an. Du wirst doch nicht etwan behaupten wollen, wir dürften nicht auch unsere Meinung haben? Ist der Shakespeare ein Deutscher? Nun, was gehn uns also die Deutschen dabei an? Ich nehme meine Auffassung sozusagen direkt aus dem Englischen.«

»Das einzig richtige«, sanktionierte Pátek und strich den spitzen Modebart mit gepflegten Fingern.

»Dein Kostüm übrigens, ich meine vom malerischen Standpunkt –« besänftigte der schöne Maler, und rasch wandte sich ihm Norinski zu. »Ja«, gähnte er so ganz obenhin, und dann mit herablassender Gönnerstimme: »Was macht denn Ihr Schauspiel, Machal?«

Der Lyriker schaute eine Weile schweigend in sein Absinthglas und erwiderte leise und kummervoll: »Es ist Frühling.«

Alle erwarteten noch etwas, aber der Dichter schien schon wieder unterwegs nach dem blassen Garten seiner Träume. Er sah sein Absinthglas wachsen und wachsen, bis er selbst sich mittendrin fühlte in dem opalnen Licht, ganz leicht, ganz gelöst in dieser seltsamen Atmosphäre. Nur Schileder hatte das gewaltige Wort ernst hingenommen. Es lag über ihm, so dicht, daß er auch nicht mit den Wimpern hätte zucken mögen. In seinem Tiefsten dachte er: Gott, das trifft jeder. Hat er denn etwas Besonderes gesagt? Das kann ich auch: es ist … Er kam nicht zu Ende damit. Alle lachten, und Schileder atmete auf, als er an den Mienen der anderen sah, daß der Ausspruch doch nicht so gewichtig gewesen sein mochte. Karás wandte sich an den Lyriker: »Das heißt, es blüht dein Stück. Hm?«

Da sagte Machal seiner Muse mit einer Verbeugung: »Entschuldigen Sie –«, und kam ungern zurück aus der opalnen Welt; aber das Mißverständnis war auch zu arg: »Nein,« betonte er, »das heißt, ich bin zu traurig jetzt. Das heißt, es ist jetzt die Zeit, wo die Natur alles Werden mißversteht, das heißt, daß ich müde bin – müde dieses wunden Keimens.«

»Aber verzeih,« der Novellist tippte ihn mit dem modegelben Handschuh auf die Schulter, »das mag ja sein, aber das ist doch nicht Frühling.«

Und der Maler dachte: nein, das ist nicht Frühling.

»Im wunderschönen Monat Mai«, deklamierte der Mime.

»Einst,« hauchte der Dichter und machte eine Bewegung mit der Hand, mit welcher er dieses Einst noch weiter zurückdrängte, »einst war das vielleicht so, wie es in alten Gedichten steht – der

Frühling: ›Licht und Liebe und Leben‹. Wer das noch glaubt, belügt sich.« Er seufzte tief.

Wie schade, dachte der Maler, also kein Frühling mehr.

Machal aber erhob sein Gesicht, das durch große Sommerflecken entstellt war, hoch in das klare Nachmittagslicht und konnte durch das Fenster gerade die Rampe des Nationaltheaters sehen, längs welcher ein Schutzmann auf und nieder ging. Das wollte er nun gerade niemandem zeigen, allein er sagte gleichwohl:

»Schaut nur hinaus. Dieser Kampf mit den blöden brachen Schollen, den jeder der feinen schwachen Keime kämpfen muß, um zu seinem Sommer zu kommen. Hier«, und er schraubte sich noch ein wenig höher – »steht die hilflose Blüte und will blühen; das ist das einzige, was sie kann, sie kann nur blühen, und sie will wirklich niemanden stören damit, und doch sind alle gegen sie: die schwarzen Krumen, die sie nur nach langem Bitten durchlassen, die Tage, die wahllos Wärme und Regen und Wind auf sie herabstreuen, und die Nächte, die sich langsam an sie heranschleichen, um sie zu würgen mit ihren eisigen Fingern. Dieser feige traurige Kampf, das ist der Frühling.« Machal fröstelte; seine Augen starben. ›König Bohusch‹ sah ihn ganz starr an. Das war etwas sehr Ungerechtes, was der Dichter sagte, schien ihm, und er hatte vieles dagegen im Sinn. Es drängte ihn aufzustehen und hochragend und heiter den Frühling zu verteidigen, der dennoch voll Sieg und Sonne war. Ihm stiegen so viele schöne Gedanken in den Kopf, daß ihm die Wangen ganz warm wurden und er eine Sekunde das Atmen vergaß. Aber ach, was hätte es genützt, aufzustehen; sie hätten es kaum bemerkt, denn Bohusch sah, auf der hohen Samtbank sitzend, fast größer aus, als wenn er stand. Auch seine Stimme hätte kaum bis zu Norinski hinüber fliegen können; bei solchen Entfernungen wurde sie schon ungewiß und flatterte wie ein angeschossener Vogel. Das wußte Bohusch. Und so schwieg er, preßte die Lippen, die wie aus Holz geschnitzt waren, eng aneinander und begann, wie oft als Kind, still für sich mit den vielen goldenen Gedanken zu spielen, ganze Berge und Burgen zu bauen, aus deren schlanken Säulenfenstern seine Träume ihn grüßten. Und er war so reich, daß er jedesmal neue Paläste errichten konnte, von denen keiner einem alten ähnlich sah, und das will etwas bedeuten, da der Kleine über dreißig Jahre diese

Beschäftigung trieb, seit seinem fünften Lebensjahre etwan – und sich doch nicht wiederholen mußte. Die anderen sprachen jetzt, während Machal sich gewiß wieder im Absinthglas sitzen fühlte, von lauten Dingen und Alltäglichkeiten in wirrem Durcheinander, und über allem schwebte die Baßstimme des Schauspielers mit ausgebreiteten Flügeln. Bohusch aber dichtete in seiner Ecke an seiner Apologie des Frühlings. Er kannte ihn ja eigentlich nur so, wie er im finstern und feuchten Hirschgraben oder auf dem Kirchhof Malvasinka aussah; einmal als Kind hatte er ihn in der wilden Schárka gesehen, und heute hörte er noch in seiner Brust ein feines, altes Echo jenes Sonnentages. Wie selig mußte der erst draußen zu schauen sein, wo er seine Heimat hat, weit von der Stadt und ihrer Unrast, und es ärgerte und kränkte ihn, daß die Menschen um ihn, die doch weit herumgekommen sind, zugaben, daß man den Frühling verleugne. Das mußte er ihnen doch sagen. Aber ein zager Versuch seiner Lippen ging in dem allgemeinen Hin und Wider schnell und spurlos unter, und der arme Bohusch hätte auch nichts mehr zu sagen gewußt. Als fürchteten sie, verraten zu werden, flüchteten seine Gedanken in ängstlichem Ungestüm aus der schönen Versammlung, und statt ihrer füllte eine einzige Vorstellung sein Gehirn, und die sprach er willenlos und unbemerkt aus: Ja, mein Vater. Es bedurfte eines Augenblicks, ehe der Bucklige sich klarmachte, warum er gerade an ihn dachte. Er sah ihn: in seinem riesigen dunkelblauen Tressenpelz, dessen Kragen mit dem mächtigen Vollbart zu verschmelzen schien, ging er mit breiten, selbstbewußten Schritten in dem lichtgetünchten hohen Flur des alten Fürstenpalastes in der Spornergasse her und hin. Der goldene Knopf seines Stabes rührte fast an die goldenen Fransen, die von der Krempe des dreispitzigen Hutes hingen, unter welchem seine Augen ernst und wachsam waren. Dann stand der kleine kränkliche Bohusch oft hinter der Türe der Portierswohnung und schaute scheu durch eine Spalte dem gewaltigen Schreiten des Vaters nach, dessen Gestalt höher war als die aller anderen Menschen, um so vieles ragender auch als die des alten Fürsten, vor dem der Vater den Tressenhut ganz tief abnahm, ohne sich indessen sonderlich zu verneigen. An einen Kuß oder ein Lächeln dieses Mannes konnte sich Bohusch, soweit er zurücksann, nicht erinnern, wohl aber gehörte seine Gestalt und seine Stimme zu den deutlichsten Eindrücken seiner armen Kindheit. Und darum fiel ihm der Vater auch immer dann ein, wenn er den längst Toten um diese beiden Eigenschaften beneidete und sich sagte: Beides ist doch eigentlich jetzt so gut wie unbenutzt; er braucht weder Stimme noch Gestalt mehr, warum hat er das alles dann mitgenommen? Und wenn der Bucklige das dachte, kam es immer so: auf einmal fühlte er etwas, das ihn mitnahm, fortriß. Seine Gedanken waren nicht mehr in ihm, sie liefen vor ihm her, und er mußte sie verfolgen, um sie wieder zu fangen. Man konnte sie doch nicht so ohne weiters laufen lassen. Atemlos holte er sie immer an derselben Stelle ein. Das war eine helle Herbstnacht mit hastigen Wolken. Das flüchtige Licht war gerade geduldig genug, um Bohusch eine Marmortafel erkennen zu lassen, auf welcher, halb von wildem Gezweig verdeckt, stand: Vitězlav Bohusch, fürstlicher Portier. Und so oft der Kleine das las, begann er immer mit gierigen Nägeln in Gras und Schollen zu graben, bis er immer matter und der Atem der feuchten Erde immer schwerer und dunstiger wurde und seine blutigen Nägel endlich kreischten auf dem glatten Holz eines großen gelben Sarges. Und dann sah er sich auf dem Kasten in der schwarzen Grube knieen und eine Sekunde oder zwei ratlos sein. Bis immer dieselbe Lösung ihm kam: Man muß dieses Brett mit dem Kopf durchdrücken können, wie eine Fensterscheibe. Hatten sie ihn nicht immer gehöhnt um seines schweren Schädels willen? Also zu etwas muß er doch gut sein, nicht? Krach! Das Brett weicht – natürlich – wie eine Fensterscheibe, und der Bohusch holt sich mit heißer Hand aus dem dumpfen Dunkel die Brust des Vaters und schnallt sich dieselbe wie einen Harnisch um die schüchternen Schultern, und er langt wieder hinein und sucht und sucht mit krampfigen Fingern und schickt auch die andere Hand zu Hilfe und kann es gar nicht begreifen, daß er mit beiden wunden Händen die Stimme des Vaters nicht finden kann.

* * *

An den Abenden des frühen Frühlings ist die Luft von feuchter Kühle, die sich leise über alle Farben legt und sie lichter und einander ähnlicher macht. Die hellen Häuser am Quai haben fast alle den blassen Ton des Himmels angenommen, und nur ihre Fenster zukken dann und wann in heißem Leuchten und verlöschen versöhnt in dem Dämmer, sobald erst die Sonne sie nicht mehr aufstört. Dann steht nur noch der Turm von St. Veit in seinem ewigen greisen Grau aufrecht da. »Er ist wirklich ein Wahrzeichen«, sagte Bohusch zu dem schweigsamen Studenten. »Er überdauert jedes Dämmern und ist immer ganz gleich. Ich meine in der Farbe. Nicht?«

Rezek hatte nichts gehört. Er sah hinüber nach dem Kleinseitner Brückenturm, wo man eben die Lichter anzündete.

Bohusch fuhr fort: »Ich kenne mein Mütterchen Prag bis ins Herz – bis ins Herz,« wiederholte er, als wenn jemand seine Behauptung bezweifelt hätte, »denn das ist doch wohl sein Herz, die Kleinseite mit dem Hradschin. Im Herzen ist immer das Heimlichste, und, sehen Sie, es ist soviel Heimliches in diesen alten Häusern. Ich muß es Ihnen sagen, Rezek, denn Sie sind vom Lande und wissen es vielleicht noch nicht. Aber es giebt da alte Kapellen, Jesus, und was da für seltsame Dinge sind. Bilder und Ampeln, und ganze Kästen, Rezek, ich lüg nicht, ganze Kästen voller Gold. Und aus diesen alten Kapellen führen Gänge weit, weit unter der ganzen Stadt durch, vielleicht bis nach Wien.«

Rezek sah den Verwachsenen von der Seite an.

»Bei meiner Seele«, beschwor der und legte die Hand auf die schiefe, gedrungene Brust. »Ich hätts ja auch nicht geglaubt. Nie, mein Leben nicht. Aber ich habs einmal gesehen, nicht in einer Kapelle, aber –«

»Wo?« forschte der Student plötzlich mit so entschiedenem Interesse, daß der Kleine zusammenschrak.

»Sehen Sie,« sagte er, »Sie möchtens nicht glauben. Aber in unserem Keller da ist ganz am Ende eine Vertiefung, so etwa zwei Stufen abwärts, und dann ein Loch in der Mauer, gerade so groß, daß einer durchkrauchen kann – so – natürlich auf allen vieren.« Bohusch lachte sein zerbrochenes Lachen.

»Na und –« drängte Rezek, fügte aber ruhiger hinzu, während er zwischen seinen lebendigen Fingern eine Zigarette formte, »was dann?«

»Ich wär niemals hineingekrochen. Bewahre. Aber mir fiel mal die Kerze, mit der ich hinuntergestiegen war, brennend zwischen alte Holzscheite. Mein Schrecken! Na, Sie können sich vorstellen, Rezek, eine brennende Kerze in altem, trockenem Holz. Ich finde sie endlich wieder; sie war verlöscht natürlich, aber in lauter Angst grabe ich weiter. Es hätte doch ein Funke irgendwo darunter sein können. Da gleite ich auf einmal mit dem Holz tief er und sitze vor dem Loch. Schau hinein. Nicht möglich. Noch ein Keller, denk ich. Ich leuchte. Aber es ist nur ein Gang, und der führt weiß Gott wie weit, weiß Gott.«

Sie schritten jetzt ganz langsam den Quai abwärts, der steinernen Brücke zu. Rezek tat einen langen Zug aus seiner kleinen, ganz durchfeuchteten Zigarette und sagte, ohne zu Bohusch herabzusehen: »Das ist selbstverständlich längst vermauert, das Loch?«

»Vermauert?« kicherte Bohusch, »vermauert«, und konnte sich kaum fassen vor Heiterkeit. »Wer so was vermauern soll?«

»Nun, Sie habens doch jedenfalls angezeigt?« Der Student sah ärgerlich aus. Seine dunklen Augen lauerten in dem blassen Gesicht, als wollten sie sich auf die Antwort des Kleinen stürzen.

Der war eben erst wieder vernünftig: »Sie wissen ja, meine Mutter, – der hab ichs erzählt. Und sie hat gesagt: ›Ein Loch? Was geht uns das an, Bohusch. Leg das Holz wieder davor, wie es war.‹ Und da hab ich also das Holz davor gelegt, so wie es war. Sie hat ja recht, was geht uns das Loch an.« Der Student nickte zerstreut und sagte dann rasch: »Es ist doch noch kalt im April.« Er schob die eckigen Schultern höher und nahm den schäbigen gelben Sommerüberzieher, den er den ganzen Winter getragen hatte, vorn fest zusammen; »wollen wir da hinüber ins Café? Ein Tschaj wird wohltun. Kommen Sie.« Er schob seine Hand unter den Arm des Buckligen und wollte ihn mitziehen. Bohusch sträubte sich: »Aber, was glauben Sie, Rezek; wir waren lang genug im Café.« »Ja so, mit *denen.*« Der Student legte den Ton der Verachtung auf das letzte Wort. »Ich will mit *Ihnen* plaudern, Bohusch; nicht mit diesen großen Herren, mit diesen Künstlern.« »Was reden Sie denn,« staunte Bohusch, »das Volk muß stolz sein auf sie.« Rezek blieb stehen und war ganz blaß: »Wenn diese Menschen lieber stolz sein wollten auf das Volk. Aber glauben Sie mir, sie wissen nichts von einander – das Volk nicht von ihnen und sie nicht vom Volk. Ich bitte Sie, was sind sie denn, sind das Tschechen, ja? Schauen Sie nur irgend einen an. Der Karás schreibt in deutsche Zeitungen über unsere Kunst. Und unsere Kunst, was ist das? Lieder vielleicht, wie sie das ganz junge, gesunde, kaum erwachte Volk singen könnte? Erzählungen von seiner Kraft und von seinem Mut und von seiner Freiheit? Bilder von seiner Heimat? Ja? Keine Spur. Davon wissen ja diese Herren gar nichts. Sie sind ja nicht von heute, wie das Volk, das noch ganz kindisch ist, voller Wünsche und ohne eine einzige Erfüllung. Sie sind ja über Nacht fertig geworden. Überreif. Das ist ja soviel bequemer, als der lange, eigene Weg durch Bedrückung hindurch, wie das Volk ihn gehen muß, das arme! Fast mühelos ist das. Man importiert alles aus Paris: die Kleider und die Gesinnung, die Gedanken und die Inspiration. Man war gestern Kind und ist heute ein junger Greis, ein Übersättigter. Man weiß auf einmal alles. Und man macht danach seine Kunst. Man malt Greuelszenen und Orgien. Man sucht im Weib die Dirne und verherrlicht sie in Romanen; dann verurteilt man in frivolen Liedern diese Dirne und feiert die Mannesliebe in schweren Strophen, und endlich ist man am Ziel: man verherrlicht nicht mehr und verurteilt auch nicht mehr. Man ist dessen müde. Man ist ja so über alles hinaus. Man ist Mystiker. Man ist überhaupt gar nicht mehr hier, in Böhmen, zu Haus; i wo, man hat seine Heimat irgendwo – was weiß ich – an dem Urquell des Lebens. Das ist doch lustig. Nicht? Während das Volk sich rührt und zum erstenmal fühlt, wie jung und gesund es ist und die neue zage Kraft des Anfangs in seinen Adern quillt, schänden die Künstler seine Sprache dadurch, daß sie ihren Frühling für die kranke Kunst eines Endes mißbrauchen.« Der Student hatte sich heiß und heiser gesprochen. Sie standen immer noch an derselben Stelle. Vorübergehende begannen aufmerksam zu werden, und auch ein Schutzmann sandte von Zeit zu Zeit einen mißtrauischen Blick herüber. Bohusch schaute schweigend zu dem Studenten auf, und er schien ihm jetzt ebenso hoch und stolz in die Nacht zu ragen, wie drüben der alte Turm des Doms. –

Jetzt sagte Rezek mit veränderter Stimme, geärgert durch die Neugier der Menschen: »So kommen Sie doch ins Café.«

Und Bohusch, ganz unter dem Bann dieses Befehles, ging mit. Er konnte sich gar nicht vorstellen, daß er hätte nein sagen können. Als sie aber an der Tür des kleinen Cafés stillestanden, sagte er zaghaft: »Ich kann doch wirklich nicht, Herr Rezek, verzeihen Sie, aber nun kann ich doch wirklich nicht. Meine Mutter, Sie wissen ja. Sie erwartet mich am Abend. Und sie hätte Angst, wenn ich nicht komme. Sie ist so. Entschuldigen Sie ...«

Der Student unterbrach ihn kurz: »Dann begleit ich Sie.« Er schien jetzt gar nicht mehr zu frieren. Und sie gingen nach der Kleinseite. Schweigend. Als sie an dem Schutzmann vorüberkamen, fühlte der Verwachsene, wie Rezek einen dunklen, mißtrauischen Blick von dort auffing. Er schaute auf; aber der Student hatte den Kopf schon abgewendet und spuckte gleichgültig nach der anderen Seite, wobei er bemüht schien, den Eckstein zu treffen. Bohusch dachte nach; er fühlte eine Verwandtschaft zwischen den schönen Gedanken, die ihm heute nachmittag im ›National‹ gekommen waren, und dem, was Rezek gesagt hatte und was er nun noch sagen würde. Es war zum erstenmal, daß ihn diese Empfindung überfiel, obwohl er oft mit dem Studenten zusammentraf; er hatte ihn stets für dumm gehalten. Warum? Vielleicht weil er sonst so viel schwieg? Deswegen hielt man ja wahrscheinlich ihn, Bohusch, für beschränkt. Andererseits aber, wie schön war das an sich magere und häßliche Gesicht des Studenten während seiner begeisterten Worte geworden. Alles, was eckig und hölzern aussah in seinem Gesicht und in seinen Gesten, erhielt eine Betonung ins Erhabene: es wurde streng, herrisch, rücksichtslos. Dieser ganze, hoch aufgeschossene junge Mensch, der zu schnell gewachsen, zu schlecht genährt und zu erbärmlich gekleidet war, hatte für Bohusch ganz unversehens etwas Elementares, Ewiges bekommen, und wie er so neben ihm hinging, wurde er die Empfindung nicht los, daß er sich diesen Tag besonders merken müsse: Samstag, den 17. April. Die Vorstellung wuchs in ihm ganz bestimmt und deutlich, aber gleichsam im Hintergrund seiner Seele, während vorn sein eigenes Ich stand, sich verneigte und zu Bohusch sprach: Das muß ich mir entschieden verbeten haben, ganz entschieden! Du hast gar nicht das Recht, mein Lieber, alle Schätze, welche ich dir, dem Bohusch, gebe, zu verschweigen. Heraus damit. Sprich. Die Leute sollen wissen, daß ich reich bin. Ich weiß, was du sagen willst. Du bist häßlich. Aber rede nur erst. Reden macht schön. Da hast du es gerade sehen können. Versprich mirs. – Und der arme Bohusch gab seinem Ich das Ehrenwort: Gewiß, von jetzt an werde ich reden. Und Bohusch wollte gerade beginnen, als der Student neben ihm stehen blieb und über die Moldau hinwies, auf deren hohen dunklen Wogen verlorene Lichter trieben: »Schauen Sie dort den Vyschehrad, die alte Stammburg der Libuscha, und da den Hradschin, und hinter uns die Teynkirche, lauter Heiligtümer. Wenn die Herren zur Vergangenheit flüchten, wie sie immer wieder behaupten, warum nicht zu *dieser* Vergangenheit. Warum erzählen sie uns vom Orient und von den Kreuzzügen und vom schwarzen Mittelalter? Das ist eine künstlerische Frage, sagen sie. Nein, sage ich: Das ist eine Herzensfrage. Das ist nicht Zufall, daß ihnen jene entfernten Dinge ›liegen‹ und das Nahe, Vertraute ihnen nichts zu sagen hat. Sie sind einfach Fremde. Und das Volk pflegt ängstlich seine alte, unbeholfene Tradition, die trotz aller Sorgfalt blasser und blasser wird von Enkel zu Enkel, so daß es kaum mehr weiß von den lebendigen Reichtümern seiner Heimat. Freilich! Es wäre doch auch zu erniedrigend für diese großen Herren, das Volk vor seine heiligen Erbstücke zu begleiten und ihm in neuen, klaren Worten zu sagen von ihrem alten Wert und ihrer geweihten Würde.«

Bohusch sah starren Auges die Steine des Gangsteiges an und sagte, wie sich zwingend, leise, immer wieder von Hüsteln unterbrochen:

»Sie haben recht, Rezek, Sie haben ganz gewiß recht. Ich kann das alles ja nicht so gut verstehen; denn es ist gewiß nicht so ganz einfach, was Sie da sagen. Aber recht haben Sie. Ich hab mir das ja manchmal gedacht. Warum malt man das und nicht das. Warum schreibt man so und nicht so … aber doch, wenn Sie mir gestatten wollen zu bemerken, daß die Dichter nichts vom Hradschin und vom Teyn erzählen, das macht nichts, das macht nichts. Ich meine, – sehen Sie, ich kenne mein Mütterchen Prag bis ins Herz, ja, und mir hat nie ein Dichter davon was gesagt. Man muß nur groß werden mitten unter diesen Kirchen und Palästen. Die brauchen, weiß Gott, keinen, der für sie spricht, die sprechen selbst, mein' ich. Wenn man nur hören mag. Oh, was die für Geschichten wissen. Lieber, ich will Ihnen einmal einige erzählen, ja? Oder noch besser: Sie sollen meine Mutter davon reden hören.«

Rezek machte eine Bewegung der Ungeduld. Bohusch bemerkte es sogleich und stockte einen Augenblick, dann: »Verzeihen Sie. Ich hab eigentlich nur noch sagen wollen … ja, also das mit dem Hradschin ist nicht schade, aber das andere. Das, was nicht Vergangenheit ist. Die Gassen da und diese Menschen und dann besonders die Felder hinter der Stadt und die Menschen dort. Das haben Sie doch sicher auch schon gesehen: Ein Feld, wissen Sie, so ein Feld ohne Ende, traurig und grau. Und der Abend dahinter. Und nichts, nur ein paar Bäume und ein paar Menschen; und die Bäume gebückt und die Menschen auch. Oder so ein Steinbruch, wie sie da draußen hinter Smichov sind. Von dem grauen, kahlen Berg rollen die kleinen Kiesel herunter in die Schuttmulde. Wie das klingt. Ja, das ist auch ein Lied; und unten sitzen Männer und behauen den ganzen Tag die grauen Steine und machen kleine, brave, glatte Würfelchen aus ihnen und sehen die Sonne trüb durch die Horngläser, die sie vor den Augen haben. Und die jüngeren von ihnen vergessen manchesmal und heben leise zu singen an, kein ausgelassenes Lied, bewahre, irgend eins, das zum Takt paßt, ›*Kde domov muj*‹ oder so was. Und dann horchen alle. Es dauert aber nicht lang. Dem Jungen fällt bald ein, daß der Kieselstaub zu scharf ist, schlecht für die Lunge, na, und da ist er halt wieder still … Aber – Sie müssen verzeihen –« der Kleine sah hilflos umher, faßte sich aber wieder, als er sah, daß das Auge des Studenten ernst und aufmerksam auf ihm ruhte. Er empfand dies als Sieg, und mit mehr Sicherheit als bisher fuhr er in seiner Rede fort: »Ich hab nur noch sagen wollen: Warum malen sie das nicht, warum? Warum dichten sie nicht so was. Das ist doch tschechisch – es ist ja so traurig.«

Rezek nickte nur und sagte: »Glauben Sie, daß das Volk sehr traurig ist?«

Bohusch sann nach: »Freilich,« meinte er dann zögernd, »eigentlich kenn ich ja so wenig; ich komm ja nie weit hinaus. Aber ich glaub es doch.«

»Warum?«

»Warum, fragen Sie? Gott, weiß ichs? Die Eltern sind traurig, und die Kinder sind es auch und bleiben es. Sie sehen, kaum daß sie laufen können, den traurigen Nepomuk vor der Tür, der den Gekreuzigten im Arm hält, und die alte Weide am Dorfteich und die Sonnenblumen im kleinen Garten, die so früh müde werden in der stillen Sonne. Macht das froh? Und dann lernen sie so zeitig den

Haß. Die Deutschen sind überall, und man muß die Deutschen hassen. Ich bitte Sie, wozu das? Der Haß macht so traurig. Sollen die Deutschen tun, was sie wollen. Sie verstehen unser Land doch nicht, und deshalb können sie uns es niemals fortnehmen. An den Grenzen, da giebt es ja wohl große Wälder und Gebirge, wo die Deutschen ganz fest sitzen, nicht wahr? Aber die umrahmen doch eigentlich nur das Land. Was dazwischen liegt, die vielen Felder und Wiesen und Flüsse, das ist unsere Heimat, das gehört uns, wie wir dazu gehören mit allem in uns.«

»Als Sklaven« – warf Rezek verächtlich ein.

»Sagen Sie das nicht. Bitte. Nicht als Sklaven. Als Kinder. Vielleicht als nicht ganz anerkannte, nicht ganz erbberechtigte Kinder – augenblicklich. Aber doch als echte, natürliche Kinder. Sie müssens doch fühlen. Sie sagen selbst: das Volk ist ganz jung und gesund, dann wird es ja wohl auch stark sein und sich nicht ergeben. Möglich, daß einer oder der andere Ketten trägt – heute. Das geht vorüber. Ich weiß, da hat einer ›Sklavenlieder‹ geschrieben, einer von den Älteren. Der hat nicht recht. Kein Redlicher in unserem Volk macht Lärm mit den Ketten. Sicher nicht. Er hebt sie sogar beim Gehen vorsichtig in die Höhe, damit die liebe Erde nichts merkt von seinem Elend ... So sind die Aufrichtigen von uns.«

Jetzt waren sie gerade am Anfang der Brückengasse angelangt, drängten sich durch die dichteren Mengen der Fußgänger und bogen eilig in die erste, enge Seitengasse ein. Beim Schein der nächsten Laterne betrachtete der Student seinen Begleiter mit unverhehltem Erstaunen; er schüttelte den Kopf, schien irgend etwas auf den Lippen zu zerdrücken und sagte: »Sie sind ein Redner, Bohusch.«

»Oh«, machte der Kleine und sah ganz beschenkt aus.

»Nein, im Ernst. Nur müssen Sie sich sagen lassen. Das mit den Deutschen ... Wenn Sie vernünftig sind, vielleicht braucht Sie das Volk noch einmal.«

»Waaas?« machte Bohusch und wollte lachen aus Schrecken und Verlegenheit. Aber Rezek hatte die Lippen fest zusammengepreßt, sah sehr ernst aus und schwieg. Da wurde dem Buckligen sehr bange. Er drängte sich näher an den Studenten heran und flüsterte:

»Das denk ich mir ja nur alles so. Wirklich. Ich weiß ja nicht. Vielleicht ist es ja auch anders. Ich kanns ja auch nicht so sagen. Sie müssen nicht schlecht denken von mir, Herr Rezek.« Und auf einmal wurde er ganz verzagt. »Sehen Sie, ich bin ja so ein armer Kerl. Wenn Sie wüßten, wie arm ich bin; am Vormittag, da schreib ich ab in der Redaktion, und am Abend, da bin ich bei der Mutter, sie ist so alt und sieht fast nichts mehr. So ist es jeden Tag. Und am Sonntag, wenn ich meine Frantischka sehe, wissen Sie, wo wir dann bleiben? Auf der Malvasinka. Dort, wo die grünen Kreuze stehen, eins wie das andere. Lauter Kinder liegen dort, und auf den schmalen Blechtafeln steht immer nur irgend ein Vorname, ›der kleine Karel‹ oder ›die kleine Marie‹, und ein Gebet dabei. So ist das dort. Und dort bleiben wir am Sonntag. ›Hier sind wir allein, *milatschku*‹, sagt meine Frantischka, ›Ja, sag ich, Frantischka, hier sind wir allein.‹ Und dabei weiß ich, daß wir bei lauter Toten sind. Macht das was? Es ist ja immer noch was dazwischen, manchmal Frühling, manchmal Schnee. – Ach, ich bin ja so ein armer Kerl.«

»Nun, nun«, beschwichtigte Rezek, und sie standen schon vor dem Hause, in welchem der Bohusch unter dem Dach zwei Stuben mit seiner alten Mutter teilte. Der Student schien es eilig zu haben. »Sie sind mir also nicht bös, Herr Rezek«, bat der Bucklige. »Dazu ist doch kein Grund,« meinte jener hastig, »und gute Nacht. Ich seh Sie ja wohl, morgen im Café!«

»Ja, morgen, vielleicht – obzwar es ist Sonntag, da muß ich mit meiner Frantischka – ja – gute Nacht.«

Rezek, der schon ein paar Schritte gemacht hatte, kehrte plötzlich zurück. Er legte die unruhige Hand auf die Schulter des Kleinen und fügte ohne besondere Betonung sehr hastig an:

»Wirklich, Sie haben mich neugierig gemacht, Bohusch, das haben Sie. Möchten Sie mich nicht mal in den Keller führen?« …

»Keller?«

»Ach, Sie wissen doch, zu jenem Loch.«

»O ja, wenn Sie wollen, gewiß.«

»Gut, also bald, wann? …«

»Wann Sie wollen.«

»Morgen früh?«

»Morgen früh.«

Und sie bestimmten die Stunde. –

* * *

Es hatte niemand bemerkt, daß Bohusch am Sonntag früh einen Gast in den Keller des alten finsteren Hauses in der Hieronymus-Gasse geleitete. Die beiden waren ja auch so behutsam hinabgestiegen, als gelte es, einen Schlafenden nicht zu wecken, hatten unten das Holz fortgeräumt, und dann war der Fremde, der sehr schweigsam war, mit der Laterne in den geheimen Gang gekrochen. Der Bucklige stand und starrte ihm nach. Noch eine Weile blieb das Loch hell, dann erloschen dort an den Kanten die Lichtstreifen, und dann flatterten ein paar Reflexe in dem schwarzen Rahmen her und hin, schlugen sich an den Mauern die Flügel wund und fielen tot in das grenzenlose Dunkel. Bohusch lauschte. Schritte hallten fern und immer ferner. Da wurde ihm mit einemmale angst. Er dachte: Wozu tut er das? Endlich hörte er keine Schritte mehr, und jetzt begann er zu rufen. Seine Worte hatten einen seltsamen Klang; sie trugen das Schlagen seines Herzens mit, welches er in der Kehle spürte und welches immer wilder und ungestümer wurde: »Geben Sie acht, Rezek! – Rezek, gehn Sie nicht weiter. Was machen. Sie denn? Aber, aber! Sie dürfen nicht weiter gehn. Hier, hier. Hören Sie? Jesus Maria, wo sind Sie denn? Keine Dummheiten; man kann nicht wissen ...« Plötzlich fiel das volle Licht der Laterne auf ihn; das kam so überraschend, daß der Kleine noch eine Weile alle Zeichen des Schreckens und der Furcht behielt und in seiner atemlosen Verwirrung drollig genug aussah. Rezek war mit einem Sprung neben ihm, schien ihn aber gar nicht zu bemerken. Eine gewisse Befriedigung leuchtete in seinen dunklen Augen auf, erlosch schnell, und es kam jene strenge Verschlossenheit über sein Gesicht, welche jede Linie versteinerte. »Nun?« brachte Bohusch endlich heraus, und nahm dem anderen die Laterne aus der Hand, um das Licht recht nahe und recht sicher zu haben. Der Student kam ihm auf einmal recht einfältig, fast ein wenig komisch vor, und als er gar bemerkte, daß er in seiner Furcht die ganze Zeit nach der entgegengesetzten Seite, wo gar kein Loch war, gerufen hatte, schmolz seine Beklemmung, sie floß gleichsam von seiner Gestalt herunter in einem unbändigen, blechernen Gelächter. Er war jetzt in der Stimmung, alles heiter zu finden, und ihm erschien es ein köstlicher Spaß, daß der hagere Student das Holz wieder vor die geheime Türe schichtete und sich dabei so wichtig und weihevoll benahm. Im Hinaufsteigen bat er Rezek, er möchte jetzt doch zu ihm hinauf kommen. Seine Mutter sei gewiß auch noch zu Hause, und er würde es nicht bereuen, schöne Geschichten zu vernehmen und vielleicht auch ein Gläschen Gilka (ja, solche Köstlichkeiten besäße er, der arme Bohusch) zu trinken. Der Student entschuldigte sich kurz. Er hätte dringende Verpflichtungen und würde ein anderes Mal kommen. Übrigens sei das recht interessant gewesen da unten – und er danke auch vielmals. Bohusch war sehr enttäuscht; er hätte jetzt so gerne erzählen mögen. Aber Rezek ließ sich nicht erbitten. Er grüßte flüchtig, ging und vernahm noch, wie der Bucklige, der übereifrig die Treppen hinaufwatete, im ersten Stock irgendwem einen sehr lauten »Gutenmorgen« zurief. Der Student schritt hastig die Brückengasse aufwärts. Er fiel auf, wie eben ein arg Beschäftigter unter Müßigen auffällt, und seine schwarze, schlanke Gestalt schien sich an diesen lichten und langsamen Sonntäglern, die der Niklas-Kirche zuströmten, fortzuhelfen.

Unter der feierlichen Menge tauchte nicht viel später die arme Gestalt des ›König Bohusch‹ auf. In dieser Gegend kannten ihn die meisten, wußten den Spottnamen, den er, weiß Gott weshalb, seit seiner Schulzeit trug, und übermütige Jungen riefen ihm wohl auch kichernd ein »König Bohusch« in den Rücken, der unter dem schwarzen Sonntagsrock noch viel runder und häßlicher war. Der Verwachsene ließ sich dadurch nicht stören, trieb eine Weile mit der Menge, kehrte aber dann um und ging, immer lächelnd, der Altstadt zu. Er wollte jemandem begegnen; er fühlte sich aufgelegt, irgendwem zu erklären, daß das Leben, mochte es seine Kanten haben, im allgemeinen doch etwas ganz Treffliches ist, daß die Tschechen ein patriotisches und prächtiges Volk seien und Prag eine Stadt – (»bitte, sehen Sie nur mal dieses Rudolfinum an« – hätte er jetzt gesagt) – eine Stadt, die ihresgleichen nicht nebenan hatte. Die Möglichkeit, jemanden zu finden, war am größten in der Ferdinandstraße und ›am Graben‹, auf deren breiten Gangsteigen das ganze moderne Prag den Sonntagmittag verbringt, und er lenkte dorthin ein, in der Hoffnung, den oder jenen zu sehen – mochte es selbst Machal oder Pátek sein. Kaum dachte er so, erkannte er Pátek. Der mondäne Novellist schritt knapp vor ihm her. Er trug einen ganz neuen lichtgrauen Anzug, durch welchen er gewissermaßen den etwas zaghaften Frühling protegierte, und die scharfe Bügelfalte blieb bei seinem Schreiten ungebrochen und reichte tadellos bis zu den leuchtenden Lackschuhen hinab, die er mit Grazie zur Geltung zu bringen wußte. Als Bohusch, der ihn überholte, ihn anredete, legte er die Hand mit dem Handschuh (*Café au lait*, 6¾) nachlässig an die Krempe des niedrigen Zylinders und machte nicht viel Miene, sich in ein Gespräch einzulassen. Aber Bohusch war so froh, wen gefunden zu haben, daß er seine Schüchternheit vergaß, keine Aufforderung abwartete und einfach mitging. Pátek warf auch dann und wann irgend ein Wort herunter, das heißt er ließ es fallen, und achtete wenig dessen, ob der Kleine diese kostbaren Fragmente auffing, oder nicht. Dieser dagegen sprach unaufhörlich und ruhte sich dann und wann in seinem lauten Lachen aus. Alles bot ihm Stoff. Seine Witze, die nicht immer ganz glücklich waren, erregten rechts und links Aufmerksamkeit oder Unwillen, und der vornehme junge Mann, der nach allen Seiten hin Grüße erteilte, fühlte sich recht unangenehm in Gesellschaft dieses ›verunglückten Proletars‹, wie er Bohusch zu nennen pflegte. An der nächsten Ecke tat er so, als bemerkte er einen guten Bekannten auf der anderen Seite der Straße; er blinzelte eine Weile hinüber, murmelte etwas Unverständliches und hüpfte, ehe Bohusch begriff, worum es sich handle, davon. Der Bucklige ging weiter, stand nach zehn Schritten aufs neue still, suchte die Gestalt des Flüchtlings in dem Strome drüben, und erkannte, daß Pátek allein ging. Da verlosch das Lachen auf seinem breiten Gesicht; er warf jemandem, der ihn im Vorbeigehen gar nicht heftig gestreift hatte, ein Schimpfwort zu, wandte sich um und bohrte sich mit rücksichtslosen Schultern in eine Seitengasse durch, wo keine Sonne und kein Mensch war. Tränen hatte er in den Augen. – Eine Weile dachte er daran, Schileder in seinem Atelier aufzusuchen. Dort war er immer geduldet. Wenn der Maler auch gerade beschäftigt war, er durfte sich mit irgend einer Mappe in eine weiche Ecke des großen Raumes verkriechen und konnte stundenlang Bilder betrachten und seine Blicke die hohen Wandsimse entlang schicken, auf welchen die unvereinbarsten Dinge, die abenteuerlichsten Geräte standen und sich vertrugen hinter den dichten Schleiern eines jahrealten Staubes. Er hatte oft Stunde um Stunde unbeachtet dort gesessen, und wenn er irgendwo ein Stück Samt oder eine bunte, faltenleuchtende Seide entdecken konnte, hatte er das Laken nicht mehr aus dem Auge gelassen, und der Maler hatte es ihm gerne geschenkt. Dann war er immer hastig seine vier Treppen hinaufgestürmt, wild vor Ungeduld, mit dem Stück Zeug angetan, vor den Spiegel zu treten. Ja, der arme Bohusch empfand seinen schwarzen Rock, der ja übrigens auch zu alt war, als ein recht schlechtes, unwertes Sonntagskleid, und träumte schon als Kind davon, in außergewöhnlichen und prächtigen Kleidern unter die Menschen gehen zu können. Er hatte ja auch, nur damit er das rote Chorhemde bekäme, in der Schulzeit bei dem Hochamt ministriert und, nur um der glänzenden Uniform willen, wäre er später am liebsten Soldat geworden. Das war alles lang vorbei, und er konnte nun nicht mehr hoffen, jemals etwas anderes, selbst bei der größten Festlichkeit, anzuziehen, als diesen schwarzen, schäbigen Rock, es sei denn, daß die Frantischka sich doch noch entschlösse, ihn zu heiraten; zu dieser Feier würde er sich ohne Zögern einen neuen machen lassen, und der müßte dann einen breiten Samtkragen haben. Auf diesen Tag wartete auch noch des Vaters gestickte Weste, welche Bohusch sich dann zurecht schneidern lassen wollte, – erst bis es an der Zeit war. Nur nicht umsonst das Geld ausgeben. Und ob es jemals an der Zeit sein würde? ... Den letzten Sonntag hatte Bohusch vergeblich auf die Geliebte gewartet. Wie, wenn sie heute wieder ausbliebe?

Auf den ärmeren Friedhöfen, wo keine mächtigen Marmordenkmäler von Gärtnerhand mit berechnender Kunst verziert werden, ist es so: der Frühling, in seiner Unschuld, tritt ein, und das Klirren der rostigen Gittertür ist der letzte Lärm, den er vernimmt. Er ahnt nicht, wo er ist. Aber es gefällt ihm wohl in diesen stillen Mauern, hinter denen weit das Leben wogt, und bei diesen kleinen Engelchen aus glänzendem Thon, die die Hände gefaltet haben und zu ihm beten. Zu wem denn sonst? Auch giebt es für die jungen, ängstlichen Winden keine bessere Stütze als so ein Kreuz, darauf sie, wenn sie mal so hoch sind, wie zum Lohn nach rechts oder links sich ausstrecken dürfen, soweit es ihnen gefällt. Und weil es ihm doch so gut geht, wird der Frühling an einem solchen Orte früher groß als anderswo. Die kleine dunkle Gestalt des Bohusch wenigstens ging geradezu verloren in dem Getümmel von Primeln und

Anemonen, und über ihm lauerte der Wind in einem Baum, der Blüten hatte, ehe ihm Blätter kamen, und schickte ihm dann und wann eine Blüte in den Schooß und schaukelte so schalkhaft mit den zieren Zweigen, als wollte er den Einsamen in der nächsten Sekunde doch über und über verschütten. Der Bucklige aber war nicht gelaunt, ihn zu verstehen. Er stäubte die Blüten mürrisch von seinen schwarzen Ärmeln und schaute an dem sonnigen Sonntag vorbei in einen anderen – ganz anderen Tag. Das war auch auf einem Kirchhof. Vor drei Jahren ungefähr. Ein paar schwarzgekleidete Leute standen um das offene Grab. Die Männer in einer gewissen kavaliermäßigen Vornehmheit mit großen Bärten oder ganz glatt rasierten Gesichtern, jene Falten um die Lippen, welche nach allgemeiner Übereinkunft Zeichen der Trauer und Ergriffenheit sind, die Frauen, viel unbedeutender, mit Taschentüchern in den Händen, und, im Mittelpunkt dieser ernsten Gruppe, eine kleine, hilflose, weißhaarige Frau. Sie war ganz überwältigt von ihrem Schmerz, er hatte sie ganz in Besitz genommen. Jedes Zucken ihrer armen Gestalt, jedes Flehen ihrer erstickten Stimme gehörte ihm. Deshalb hatte sie auf alles um sich her vergessen, auch auf ihren Sohn, den armen Bohusch. Der war arg erstaunt. So hatte er die Mutter nie gesehen. Ihm selbst war gar nicht außergewöhnlich zu Mute. Er dachte einfach darüber nach, wie denn der Vater in dem Sarge habe Raum finden können. Die Truhe hatte nicht übermäßig groß ausgesehen, und wahrscheinlich mußte er *so* liegen. Dabei stellte er sich den Vater vor, wie er die Kniee ein wenig emporgezogen hatte, und überlegte, daß, wenn dem Toten irgendwann der allerdings ganz unerhörte Einfall käme, die Beine zu strecken, die gelbe Kiste ganz gewiß nachgeben würde, unten oder oben. Von solchem Sinnen erfüllt, wartete er ruhig ab, bis die Gesellschaft den Rückweg antreten würde. Als aber auch jetzt seine unaufhörlich schluchzende alte Mutter ihn gar nicht kennen wollte vor Schmerz, wurde ihm sehr bang. Er konnte ja nicht begreifen, daß die arme kleine Frau alle vierzig Jahre ihrer Ehe, die ersten zwei vielleicht ausgenommen, aus Furcht vor ihrem Mann, der keine Szene ertrug, niemals zu weinen gewagt hatte und nun unbewußt, im erlösenden Genuß einer gewissen Befreiung, alles Versäumte, ein Jahr nach dem andern herunterweinte. Und vierzig Jahre weinen sich nicht so im Handumdrehen.

Ratlos sah Bohusch von einem zum andern. Sie gingen alle an ihm vorbei, die Freunde und Genossen des Verstorbenen, und die Taktvollsten unter ihnen drückten ihm schweigend die Hand, wobei der dazugehörigen Frau jedesmal die Augen übergingen, und der fürstliche Kammerdiener sagte in ausländisch-korrektem Hochdeutsch: »Er war noch gar nicht alt, Ihr Vater.« Damit wollte er betonen, daß der verstorbene Portier um zwei Jahre älter war, als er selbst, der englische Kammerdiener Seiner Durchlaucht. Bohusch wurde unter jedem Händedruck immer ängstlicher, es kam ihm jetzt erst in den Sinn, daß sich da ja doch etwas Außergewöhnliches begeben haben müsse, und bange von der steifen Feierlichkeit dieser Menschen, blieb er mehrere Schritte hinter dem Zuge zurück. Da fühlte er plötzlich, wie zwei Arme sich zu ihm senkten, und als er aufsah, hatte ihn ein junges blondes Frauenzimmer gerade auf die Stirne geküßt. Sie hatte kühle Lippen, das fühlte er, und was ihm noch lieber war: sie weinte nicht. Sie hatte nur sehr, sehr traurige Augen. Aber als der Bucklige ihren Blick fand, mußte er an einen dunklen Wald denken. An nichts Schreckliches, nur an einen dunklen Wald, und drin läßt sichs ja wohl wohnen. So waren ihm die traurigen Augen gleich lieb, die traurigen Augen seiner Frantischka. – Übrigens: es kannte niemand das Frauenzimmer damals, keiner in der ganzen Trauergesellschaft wußte ihren Namen; sie war eben mitgekommen. Am Tor des Kirchhofs standen zwei alte Bettelweiber, Rosenkränze zwischen den welken Fingern. Sie waren beim siebzehnten ›Gegrüßet seist du …‹; als Bohusch mit seiner neuen Freundin, Hand in Hand, vorüberkam, unterbrachen sie ihr Gebet, und die eine sagte grinsend: »Die da mit dem Buckligen, das war die Liebste von dem Seligen.« Und ihr zischendes Kichern wurde nach und nach das achtzehnte ›Gegrüßet seist du‹. Bohusch aber hatte das nicht gehört. – Er sah das blonde Mädchen wieder, und als sie ihm einmal mit der Hand über die Stirne strich und sagte: »Du bist ein so guter, guter Kerl«, da küßte er ihr diese Hand, und das Herz schlug ihm hastig dabei. Er hatte gefühlt, wie es ihm eiskalt über den Rücken lief und wie ihm im Kopfe alles polternd zusammenfiel, hatte seine Hände ineinandergepreßt, daß er hätte schreien mögen vor Schmerz, und hatte, statt zu schreien, geflüstert: »Du bist meine Liebste, nicht wahr?« Und da hatte sie gelacht, laut gelacht und genickt, und ihre Augen waren voll der lieben Traurigkeit. Das war aber doch schon lang, und der Bohusch, der jetzt unter dem Blütenbaum auf der Malvasinka saß, hätte die Frantischka so gerne wieder darum gefragt. Statt dessen sah er starr dem Abend in das rote Gesicht und wußte: nun kommt sie nicht mehr. Es war auch nicht die kleinste Hoffnung in ihm, aber gleichwohl blieb er zwischen den Hügeln und Kreuzen sitzen, gebannt durch den dunklen Wunsch, hier wohnen zu dürfen ganz mit dem gleichen Recht, wie die vielen Nachbarn. Was müßte er denn dazu tun? Gott, seine Augen müßten diese Türme dort, diese Dächer, diesen leise zerfließenden Hang einfach loslassen, Abschied nehmen müßten sie von dem Himmel, von dem ersten Abendstern, und etwas, was tief in ihm ist, müßte noch einmal Atem holen und ›Frantischka‹ sagen und dann nicht mehr. Das wäre alles, und ist das so schwer? – Es mußte doch schwer sein, denn Bohusch erhob sich und ging den rinnigen Fahrweg abwärts durch die breite Hauptstraße hin. Ein grauer, flimmernder Nebel sickerte dort nieder und hielt die Gasflammen gleichsam in der Luft gefangen, so daß sie nichts von ihrem Licht herunterstreuen konnten auf die dichten Scharen müder Ausflügler, die gespenstisch sich erst zwei Schritte vor dem Einsamen aus der Unermeßlichkeit formten, und hart hinter ihm in das Nichts zurücksanken. Und wenn der Bohusch seinem innersten Instinkt nach immerzu gegangen wäre, ohne aufzusehen, er wäre gewiß in die Moldau gekommen, die vom Eisgang her noch heftig war, so, wie ein matter Gaul den Weg in den stillen Stall findet – ohne aufzusehen. Aber Bohusch *sah auf*. Die Nebel um ihn begannen zu ihm zu reden in mächtigen, wachsenden Klängen, und alle Türme, von denen er früher hatte Abschied nehmen wollen, erhoben ihre feierlichen Ave-Stimmen. Es war, als würde oben über den Dächern, hinter den undurchdringlichen feuchten Falten, irgend ein großes Fest begangen, und die Seele des Verwachsenen war plötzlich oben, und ehe er es hindern konnte, ging sie auf in dem mystischen Jubel der Lüfte. Und da stand der arme Bohusch und sah ihr nach. – Er mußte daran denken, daß über acht Tage Ostersonntag war, und das erfüllte ihn mit so viel Freude, daß er lächelnd bei seiner alten Mutter eintrat und den ganzen Abend so drollige Dinge zu berichten wußte, daß der alten Frau vor lauter Lachen schwach und schwindlich wurde. Was tat es, daß Bohusch später träumte, Frantischka und er sollten heiraten. Er sah das alles genau bis zu den allerkleinsten Einzelheiten, bis zu den Granatohrringen, welche wie Blutstropfen an den Ohrläppchen seiner Braut hingen. Und alles ging ordentlich. Die Trauung war in der großen Kuppelkirche von St. Niklas, und auch den Pfarrer erkannte Bohusch gleich wieder. Bis dahin war es vernünftig und so wie am lichten Tage. Aber mit einemmale wurde es ganz seltsam. Ein junges, oh, ein so junges Mädchen umfaßte die Braut, die vor dem Altare neben ihm kniete, und schrie: »Ich laß dir ihn nicht, ich lieb ihn so!« Das schrie sie ganz laut, ganz wild – obwohl es, ich bitte, in der großen und ernsten Kirche von St. Niklas war. Es war nur natürlich, daß der Bräutigam – (er trug übrigens richtig einen neuen Rock mit dunkelrotem Samtkragen) – sich dieses ganz junge Mädchen, welches ihn so liebte, genauer ansehen wollte. Er erkannte die Carla, das war Frantischkas jüngere Schwester, welche er nur flüchtig kannte, und war sehr erzürnt über diese Störung. Als er aber doch besser zusah, gewahrte er, daß dies blonde Kind ein Nonnenkleid trug und – erschrak vor Freude so jäh, daß er auffuhr und erwachte. Es dauerte eine Weile, ehe er, im Bette sitzend, sich zurecht fand. Dann rechnete er, wie weit es war bis zum grünen Donnerstag; und als sich nur drei Tage dazwischen fanden, lächelte Bohusch und schlief mit diesem Lächeln, traumlos, in den Morgen hinein.

* * *

Der Platz vor der königlichen Burg in Prag sieht trotz der ärmlichen Allee, welche ihn überquert, sehr vornehm aus. Das macht: er ist ganz von Palästen umrahmt. Am mächtigsten wirkt die breite Stirne der alten Königsburg mit dem großen, weißen Vorplatz, hinter dessen barocken Gittern der unermüdliche Wachposten auf und ab pendelt. Das Stammhaus des Fürsten von Schwarzenberg und ein anderes, etwas langweiliges Gebäude schauen wie in steter Verbeugung begriffen herüber, und zur Rechten des Schlosses wacht in etwas protziger Pose der neugestrichene Palast des Erzbischofs über die kleinen Wohnhäuser der Prälaten und Domherrn, die sich nahe an ihren mächtigen Patron heranschmeicheln. An einer Ecke nur, zu seiten der Burg, wo die Schloßstiege und die steile Spornergasse münden, ist eine Lücke geblieben, und tief drinnen liegt in herrlichen Panoramen, zwischen den Laurenziberg und das Belvedere gedrängt – Prag – dieses reiche, riesige Epos der Baukunst. Voll Licht und Leben spannt es sich aus vor den Augen des Hradschin, und zu seinen alten fügen sich immer würdig neue, glänzende Strophen. Am anderen Ende der Häuserreihe, die einerseits durch diesen lichten Lugaus begrenzt erscheint, liegt ein armes, einstöckiges altes Gebäude, das tagaus tagein dasteht mit den Händen vor den Augen und nichts schauen will von der nahen Pracht. Die Kinder der ganzen Umgebung gehen mit scheuem Schauern an seinem ernsten Schweigen vorbei, und lassen sie sich mal von diesem Hause erzählen, so schlafen sie wohl die ganze Nacht nicht, oder sie haben heiße Träume, in denen blasse Nonnen seltsame Dinge tun. Freilich, das mußte der jungen Phantasie aber auch Flügel geben, zu hören, daß die Barnabiterinnen, welche für immer in diesen grausamen Mauern ihr stummes Sterben leben, auch untereinander nie ein Wort tauschen, und sich nicht einmal so viel Sonne schenken dürfen, als Eine in dem Auge der Anderen finden kann; daß sie ihre, von bangen Gebeten zerrissene Nacht in den Brettersärgen überstehen mußten, in denen man sie endlich – wohl nicht in zu langer Zeit – in das Stück Erde legte, das im Innersten der dunklen Wände sein sollte und zu dem gewiß niemals der Frühling fand. Der Bruderorden dieser Barnabas-Büßer ist längst aus gestorben. Die halbzerfallenen Schädel der beiden letzten Genossen liegen auf einem Steinaltar in den vergessenen Gruftkatakomben von Santa Maria della Victoria und genießen die gebetlose Ruhe des Vermoderns. Aber die Schwestern sind viel zäher im Leiden. Als vor etwa fünfzehn Jahren zum letztenmal die rostige Rast der Türangeln gestört wurde, da wollten weißhaarige Leute aus der Nähe, Betschwestern mit nicht ganz zuverlässigem Gedächtnis – wollten wissen, daß zu den sieben noch lebenden Schwestern eine achte hinzugekommen sei – aber das waren doch nur ziemlich haltlose Vermutungen. Wohl aber hatten auch jüngere und scharfsichtigere Menschen in den Wagen geschaut, welcher das neue Opfer brachte, und diese beschworen, daß dies ein ganz junges Mädchen von unbeschreiblicher Schönheit und Vornehmheit gewesen sei, und sagten, es sei sündhaft, diese Fülle seltener Anmut in dem schrecklichsten aller Klöster verwelken zu lassen. Und sie sagten noch manches; das Manche aber war Geschwätz, das sich auf die Gründe bezog, welche diesen frühen Lebensabschied hervorgerufen haben mochten; da baute man große romantische Geschichten auf, die verschiedensten Dolche blitzten in den unterschiedlichsten bengalischen Feuern, und die dämonischesten Prinzen aller Ammenmärchen sogen Lebensmöglichkeit aus diesen Vermutungen. Man wußte natürlich gewiß, daß irgend ein lautes und fürchterliches Ereignis hinter diesem Entsagen stünde, und vergaß wie immer, daß es vielleicht ein ganz leises Erleiden, eine jener tiefen, lautlosen Enttäuschungen gewesen sein konnte, welche den zartesten Seelen die dunkelgewußte Gewißheit geben, daß Gipfel und Abgründe des Erlebens vorüber sind, und daß nun die weite, weite Ebene mit den kleinen Gräben und lächerlichen Hügeln beginnen würde, durch die zu wandern so müde macht. Das schöne müde Kind kam aus dem hohen finstern Fürstenhaus in der Spornergasse, in dem auch Bohusch seine scheuen Knabenspiele spielte, und der Tag, an welchem der geschlossene Wagen die Prinzessin Aglaja ihrer neuen einsamen Heimat zuführte, war auch für ihn, den damals Halbreifen, ein Abschnitt. Eigentlich konnte er sich gar nicht vorstellen, wie die Prinzessin zu jener Zeit aussah; er trug in seinem Innern ihr Bild aus den Tagen, da ihr goldenes Lachen wie eine verirrte Schwalbe durch die ernsten Hallen flatterte und sich endlich, der steifen und entsetzten Engländerin zum Trotz, in den freien Weiten des rauschenden Parkes verlor. Dort begegneten die beiden Kinder einander ziemlich oft und schwatzten und scherzten und haschten einander, wie es eben Kinder tun, die einen Zwang losgeworden sind: Aglaja ihre Gouvernante und Bohusch seine stille, treue Traurigkeit. Es folgten dann Jahre, in welchen der Portierssohn die inzwischen Dame gewordene Gespielin nicht sah, und so kam es, daß er in seinem Erinnern den Tag ihres Entsagens hart an jene Stunden jubelnden Kindseins schob und den Effekt empfand, als würde einmal der glänzendste Tag in die allertiefste Nacht, der reichste Sommer in den trostlosesten Wintertag verändert – ohne Übergang. Er stand vor einem Geschehen, dessen Rücksichtslosigkeit ihn schreckte und dessen Bedeutung geeignet war, ihm für immer die Meinung zu nehmen, daß

Reiche und Bevorzugte gleichsam die Verbündeten des Schicksals sind, das nur dem armen Teufel feindlich und gehässig begegnet. Ein ganzes Bündel Vorurteile fiel ihm damals mit einemmale aus den Händen, etwas von einer Weltanschauung, von einer Religion wurde ihm geschenkt, Keime, welche in ihm hätten reifen können und vielleicht auch aus ihm heraus, wenn er mutiger gewesen wäre. Aber was Taten hätten werden können, die aus einem starken Körper frei und festlich herauswachsen, wurden bunte, seltsame Träume in dem armen Buckligen, scheue Schwärmereien, welche eine immer kleinere Welt betrafen und endlich nur eine schmale Gloriole waren um das Bild der Prinzessin. Seine hilflose Dankbarkeit schmückte dieses Bild so lange, bis aus dem lachenden, lieben Kinde eine bleiche, heimliche Geliebte und aus der Geliebten eine verehrte Heilige wurde, welche der Jungfrau Maria sehr ähnlich sah und ganz darin aufging, die seltenen Wünsche des Bohusch anzuhören und alle mächtigen Eigenschaften, welche seine unermüdliche Phantasie ihr zuschrieb, geduldig anzunehmen. Und wie viel hatte der Bohusch dadurch vor allen übrigen Gläubigen voraus, daß seine Heilige, wenngleich aller Welt unerreichbar, dennoch lebte und von ihm wüßte als von einem Mitwisser ihrer Kindheit, welche sie als einziges Juwel in die ewigen Mauern doch mitgenommen haben mußte. Dieses Verhältnis erfuhr nicht die geringste Störung, als der Bucklige die Frantischka seine Geliebte nannte, denn damals war das Gottwerden Aglajas schon so weit vorgeschritten, daß ihre verklärte Gestalt hoch über allen kleinen Trieben und schwülen Träumen stand. Ihr widmete sich Bohusch nur einmal im Jahre, und zwar am grünen Donnerstage, an welchem die Kirche des Klosters der Barnabiterinnen jedem Besuche offen stellt. Diese kleine, dunkle und ziemlich schmucklose Kirche ist hinter dem Hauptaltar durch eine Wand ganz abgeschlossen, jenseits welcher die Ordensschwestern an dem öffentlichen Meßamte teilnehmen. An dem Tage vor dem christlichen Leidensfreitag – und nur an diesem Tage – sickern die Stimmen der Nonnen ganz leise durch die Altarmauer und senken sich wie ein fernes Wehklagen auf die wenigen Beter. Dann geht ein Lauschen, ein banges Atemeinhalten, ein Erschauern durch die kleine Gemeinde, der Priester am Altar unterbricht seine Gebete, die Ministrantenbuben schauen ängstlich in die schwarzen

Ecken des Raumes, und die dunklen Bilder an den Wänden erwachen. Da zerreißt die scharfe Ministrantenglocke den Bann. Die Bilder an den Wänden sind wieder tot, der Priester neigt sich über den Kelch, und die Frommen rücken in den Bänken, schneuzen heftig und flüstern: »Es war so schwach, sind es denn noch acht?«, und dann zuckt man die Achseln und seufzt und schneuzt sich.

So war es auch an diesem grünen Donnerstag. Der Bohusch kniete ganz vorn und harrte, bis seine Heilige rufen würde. Er hatte den Ton ihrer Stimme nicht vergessen und glaubte immer ganz bestimmt, ihren Gesang in dem fernen Chorlied zu erkennen. Er fing ihn auf und löste ihn aus dem Ganzen los, wie einen Seidenfaden aus verblaßten Geweben. Er nahm ihn gleichsam vorweg und ließ nur den Rest zu den anderen Lauschern gelangen. Aber heute wußte er beim ersten Ton: sie fehlte. Und wie seine Furcht es leugnen mochte, er wußte: sie fehlte. Und er lehnte sich weit vor, und seine Angst spähte und erwürgte jedes kleinste Geräusch – aber immer sicherer war ihm: sie fehlte, und endlich in grenzenloser Bangigkeit streckte er die Hände aus, weit, weit – und lauschte mit allen Fingerspitzen … sie fehlte. Und da schrie es auf in ihm, zugleich mit der Ministrantenglocke, nur einmal schrie es auf, und dann brach er zusammen in der harten Bank wie einer, den sein Gott verläßt.

* * *

Der Maler Schileder war der erste, welcher eine große Veränderung an Bohusch bemerkte. Er dachte flüchtig über deren mögliche Ursachen nach, blieb aber ganz im Unklaren. Auch seine Frau Mathilde wußte keinen Rat. So vergaßen sie das Erstaunliche, bis eines Vormittags, kurz nach dem Ostersonntag, Pátek im Atelier eintrat und sagte: »Unverschämtheit.« Schileder legte Pinsel und Palette aus der Hand, betrachtete den Erregten, der, ohne den Hut abzunehmen, auf und nieder lief: »Guten Morgen, was ist dir denn?« Der Novellist aber sagte nur noch einigemal »Unverschämtheit«, blieb dann stehen und wollte mit großer Behutsamkeit den tadellosen Zylinder auf einen Stoß staubiger Mappen niedersetzen. Vorerst tippte er mit dem behandschuhten Zeigefinger an und zog ihn ein, als hätte er einen glühenden Ofen berührt. Er balancierte mit rührender Hilflosigkeit den Hut zwischen beiden Handflächen her und hin und sah den Maler mit einem Blicke des Vorwurfs an: »Bei dir ist ja alles voll Staub,« zögerte er, »man kann ja gar nichts ablegen.« Endlich sah er sich geborgen, setzte sich und erzählte nun in ziemlicher Unordnung, er käme aus dem ›National‹, dort sei man beisammen gewesen, und allerlei hätte man besprochen. »Hast du keine Zigarette?« unterbrach er sich und fuhr erst, nachdem Schileder ihn befriedigt hatte, fort. Man hätte also allerlei besprochen. Und der – nun der »verunglückte Proletar« hätte sich in so auffälliger und vordringlicher Art an den Erörterungen beteiligt, daß er, Pátek, sich endlich doch verpflichtet fühlte, diesem vorlauten Menschen ein für allemal eine Lehre zu geben. »Hast du keinen Kognak?« fragte er in diesem spannenden Augenblick. Er stürzte den Kognak hinunter und sagte mit einer Grimasse, während er sich mit den Armen emporstemmte und ans Fenster trat: »Und weißt du, was der Mensch wagt? Er widerspricht. Hast du das schon gehört, er widerspricht. Nicht allein das, er beleidigt mich. Er hat die Stirne, mich zu beleidigen.« »Was hat er denn gesagt?« forschte der Maler. »Das weiß ich nicht.« Schileder sah ihn erstaunt an, so daß er schnell, nicht ohne Verlegenheit, hinzufügte: »Ja, glaubst du, ich hab Zeit, mir solchen Unsinn zu merken; daß ich mich seiner schämte, oder so was. Tatsache ist – stell dir vor: er beleidigt mich. Wie sollte man sich dieses Menschen nicht schämen!« Der vornehme Novellist schien noch einen Augenblick heftig entrüstet, fand aber schon Interesse an Schileders Arbeit, betrachtete das und dies und hob vorsichtig zwischen Daumen und Zeigefinger verschiedene Blendrahmen, die zur Wand gekehrt dastanden, in die Höhe. Schileder duldete das gutmütig und war auch nicht erstaunt, als der junge Mann sich bald in der allerheitersten Laune verabschiedete. Pátek tat es immer so. In einer kurzen, mehr oder minder effektvollen Szene setzte er sich mit einem ärgerlichen Ungefähr auseinander, wurde damit ganz und gar fertig, »überwand es«, wie er sich auszudrücken pflegte. Das hinderte den großen Überwinder nicht, die Bohusch-Geschichte an demselben Vormittag noch fünfmal, und zwar in immer vorteilhafterer Beleuchtung, zu erzählen, so, daß die fünfte Version, welche in dem Boudoir einer modernen Operettensängerin blieb, die graziöse Darstellung einer dualistischen Weltphilosophie enthielt, deren gutes Prinzip sich sieghaft in der mondänen Gestalt des Erzählers verkörperte. – Und was schließlich, zum Teil durch eigene Erfahrung, zum Teil durch die Verbreitungen Páteks, alle wußten, hatte einen wahren Kern: Bohusch war ein anderer geworden. Seine Geliebte und seine Heilige hatten ihn verlassen. Da wurde er gewahr, daß er diesen beiden Gestalten so viel aus sich gegeben hatte, daß nun nur ein ganz kleiner Rest sein eigen blieb. Er kämpfte noch ein paar Stunden, ob er dieses letzte Gut unangetastet in die Moldau werfen sollte, oder ob sein Kapital doch noch groß genug war, um es in der großen Bank des Lebens nützlich anzulegen. Während dieser Erwägung fiel ihm plötzlich ein Wort ein, welches den Ausschlag gab. Rezek hatte an jenem denkwürdigen Abend zu ihm gesagt: »Vielleicht braucht Sie das Volk noch einmal.« Rezek hatte freilich auch gesagt: »Wenn Sie vernünftig sind.« Und daß er jetzt vernünftiger war als je zuvor, dafür wollte Bohusch einen Eid ablegen. Auch mutiger war er. Er dachte vieles und sprach was er dachte, wo es nur anging, in etwas altmodischen, langgedrechselten Sätzen aus und war bei solchen Gelegenheiten sein eigener aufmerksamster Zuhörer. Nur ganz selten, wie aus Vergeßlichkeit, wurde er scheu und schweigsam; er fürchtete sich selbst vor diesen Augenblicken, in welchen der alte Bohusch mit seinen leisen goldenen Gedanken wie ein Gespenst vor ihm stand und ihn bat, in die stille Traurigkeit der früheren Tage zurückzukehren. Aber der Bohusch blieb standhaft. Er war den ganzen Tag im Café und auf der Straße, sang, pfiff und lachte, daß die Leute sich nach ihm umsahen, stand vor den Schaufenstern, ohne etwas anderes zu betrachten, als das unruhige Spiegelbild seiner eigenen Häßlichkeit, und war wie einer, der etwas erwartete, was nicht alle Tage geschieht. Fast instinktiv suchte er vor allem Rezek zu begegnen. Ihm war, er müßte von *seinem* Munde das vernehmen, was *das* Ereignis für ihn werden sollte. Allein nirgends konnte er des Studenten habhaft werden. Aus seiner Wohnung war dieser fortgezogen, ohne irgend eine Adresse anzugeben, und im ›National‹ wollte ihn keiner gesehen haben. »Er ist ein eigentümlicher Mensch«, meinte Norinski einmal. Schileder nickte, aber der neue Bohusch höhnte: »Er ist dumm«, und lachte sein altes, armseliges Lachen, in das keiner einstimmte.

Am Abend dieses Tages geschah das Seltsame. Bohusch, welcher auch seine alte Mutter mehr und mehr vernachlässigte, kam später als sonst nach Hause. Er ging, ein brennendes Zündholz in die Höhe haltend, ein paar Stufen aufwärts. Sein Blick durchforschte das dicke Dunkel des engen, winkeligen Flurs. Da war ihm, als ob die Kellertüre nicht ganz verschlossen wäre; er tastete hinzu, versuchte, öffnete sie behutsam und glitt mit seltener Entschlossenheit die bekannten Kellerstufen abwärts. Seine Gestalt löste sich ganz auf in der feuchten Finsternis, aus der ferne, fremde Laute ihm entgegenschlugen. Erst als er, immer lautlos längs der kalten Wand hintastend, das Holz zur Seite geschoben fand und bemerkte, daß aus dem geheimen Gang ein scheuer Lichtschimmer ihm entgegenkam, empfand er Furcht. Aber ein anderes, mächtigeres Gefühl zwang ihn näher heran. Erst lauschte er den Stimmen nebenan, und als er nichts verstehen konnte, schob er sich mit einer unwillkürlichen Bewegung, deren Geschicklichkeit ihn überraschte, in die Öffnung nur so weit, daß er den Rahmen füllte, ohne in den Raum jenseits hineinzuragen. Was er zunächst erkannte, war nicht weit vor ihm auf dem Boden eine große Laterne, welche ein sattes Licht ausgoß, das auf den Fliesen schwamm wie eine dünne, verschüttete Flüssigkeit. Rings an den Grenzen dieser Lichtlache junge Männerfüße und mitten im Kreis die Füße eines jungen Mädchens. An diese klammerte sich sein Bück an, kroch langsam an einem Kleide von unbestimmter Farbe aufwärts und fand in der Dämmerung zwei lichte lebendige Mädchenhände, die in heftigen Gesten den Worten zu Hilfe kamen, die Bohusch immer noch nicht verstehen konnte. Aber die Hände verstand er. Er begriff plötzlich, daß diese wilden Hände an irgend etwas rüttelten, daß sie irgend ein Unrecht stürzen wollten mit ihrem jungen, heiligen Ungestüm. Und er begann diese Hände zu lieben. Sachte hob er den Kopf und suchte das Gesicht zu diesen geliebten Händen. Sein Auge kämpfte einen hastigen, hartnäckigen Kampf mit den neidischen Schatten, welche die kaum entdeckten Züge immer wieder verwischten, bis es endlich siegte. Er erkannte die Carla. Und nun verharrte er, und sein staunender und bewundernder Blick ließ, dem Dunkel zum Trotz, nicht mehr von dem schönen, begeisterten Antlitz des jungen Mädchens; er saugte die Worte von ihren Lippen, so lange, bis sie für ihn einen eigenen

Klang bekamen, und das war der aus dem Traume: »Ich lieb ihn so … ich lieb ihn so …« Das alles geschah in einem Augenblick. Und die nächsten Minuten brachten das: das junge Mädchen sprach immer leiser und leiser, wie jemand, der immer weiter zurückweicht; die Worte, die noch eben so bunt und stolz von ihren Lippen strömten, schlichen nackt und ziellos in das Dunkel, schämten sieh, und ihre Augen blieben leer an irgend etwas unten haften und löschten langsam aus. Eine Bewegung entstand. Die Blicke der Hörer folgten dem ihren, und eine Sekunde lang hielt das große, starre Auge des Bohusch alle gefangen. Nur eine Sekunde, dann kam ein Entsetzen über sie, sie empörten sich wie rebellische Sklaven, die Menge flüchtete mit verstörtem Flüstern und wilden Flüchen in die Tiefe des Ganges, und das Licht sprang dem Bohusch ins Gesicht wie eine gelbe Katze. Da erwachte er und bebte. »Rezek!« schrie er.

Der neigte sich über ihn.

»Bohusch, Hund! Spionierst du?« kreischte er.

Bohusch verdrehte die Augen. Er fürchtete sich vor dem Studenten.

»Spionierst du?« brüllte der.

»Rezek!« brüllte der Krüppel noch lauter aus der Tiefe seiner Angst heraus. Ihm fiel nichts anderes ein, als dieser Name. Dabei schmerzte ihn seine Lage in dem engen Loch, und er fühlte, wie ihm das Weinen der Verzweiflung kam. Da half ihm der Student in die Höhe, und sofort bereute er seinen Kleinmut, dachte an seine Pläne und sagte mit arg mißglückter Überlegenheit: »Ich weiß alles.« (Er meinte damit die beiden zornigen Mädchenhände.) »Du hast also gehorcht?« drohte der Student aufs neue. Da wagte Bohusch nicht ohne Bangigkeit: »Rezek, aber Rezek, seien Sie doch nicht so – bitte, seien Sie doch nicht so. Bin ich denn nicht auch einer, was? Ich versteh das doch, nicht? Ich bin ja doch auch mit euch – von Herzen mit euch.« Der Student betrachtete ihn mit rücksichtsloser Spannung, und der Bucklige wurde ganz hilflos unter diesem durchdringenden, erratenden Blick. Er sagte noch einigemal dasselbe, ehe ihm die Rettung einfiel: »Ohne mich hätten Sie das ja überhaupt nicht gefunden.« Er meinte den Keller. »Ich hab ja gewußt, daß Sie's brauchen können – und wozu«, betonte er mit verlogener Schlauheit. Und der Student ließ sich täuschen. Er sagte mit kurzem Entschluß:

»Hand!« und »Schweigen«. Mit einem gewissen Selbstbewußtsein legte der Verwachsene seine kurzen Finger in die Hand des Fanatikers; ohne Zustimmung, ohne Betonung war sein Händedruck. Er wußte sich Sieger und hub an, Bedingungen zu stellen. Weit holte er aus, er würde hier unten, unter ihnen, auch reden für Volk und Freiheit. Oh, er hatte gar bedeutende Pläne. Nur müsse Rezek ihm zusichern, daß er hier reden dürfe. »Ja«, sagte der Student und betonte nochmals: »Schweigen!« – Bohusch nickte gleichgültig drüber weg und forderte: »Also gewiß – ich werde hier reden?« Der andere gab ihm die Vertröstung und schob ihn zur Tür. Er fürchtete diesen Krüppel wohl nicht sehr und erhoffte noch weniger etwas von ihm; er war ihm einfach lästig. Von der Treppe rief er ihn nochmals zurück. Er sagte zum drittenmal »Schweigen« und hielt dem Grinsenden etwas hin. Erst wollte Bohusch greifen danach, – dann erkannte er: die harte, grausame Hand des Studenten und, aus der drohenden Faust ragend, ein dünnes, langes, spitzes Messer, an dessen Klinge das Licht der Laterne hinfloß wie welkes Blut. Und so sehr Bohusch sich anstrengte, – er konnte nicht mehr sein Lächeln finden. Er erzwang eine verzweifelte Grimasse und stieg frierend die Treppen aufwärts zu seiner Wohnung. Und der Morgen war nah. –

Seither schlief der Bohusch keine Nacht mehr. Er wartete Tag und Nacht, bis Rezek ihn rufen würde, und sann, was er dann alles zu sagen hätte. Viel, viel! Das Feinste mischte sich in seinen Phantasien mit dem Gröbsten, und wenn es ihm *jetzt* schien, er müsse davon reden, wie man armen Waisen ins Leben helfen könnte, war er in der nächsten Sekunde überzeugt, daß er denen da unten raten, daß er ihnen befehlen würde, Kirchen und Paläste zu stürmen. Ja, vor allem die Kirchen! Aber immer, was auch seine Rede war, sah er sich als Mittelpunkt dieser Gruppe, als der Herr, dem die schöne Carla und viele starke junge Männer ehrfurchtsvoll und blind gehorchten. Er fühlte sich als der längst Miß kannte, der nun endlich zu Wort und Würde kam, und ging durch die Uferlosigkeit seiner Zeit, in welcher Nacht und Tag in ein gleichmäßiges graues Hindämmern zusammengeschmolzen waren, erfüllt von dem Wunsch, alle zu dieser Betrachtung seiner Persönlichkeit hinzulenken. Seine treulose Heilige hatte sich, feige, durch ewige Mauern vor seiner Liebe geschützt und vor seiner Rache; aber der Frantischka, die seinen Ruhm wohl auch bald von dem Munde Carlas vernehmen würde, wollte er die Möglichkeit geben, seine Vergebung zu erlangen. Er überlegte, ob er sie aufsuchen sollte, und schrieb endlich stückweis im Verlaufe von zwei Nächten und drei Tagen einen Brief an die unwürdige Geliebte. Seine schmeichelnde und geleckte Kanzleischrift war in diesen Blättern gleichsam wild geworden. Die meisten Buchstaben sahen aus wie übermütige Karikaturen des Schreibers, welche zum Überfluß noch durch Kleider und Kappen seltsamster Art ihr Narrentum bezeugen und sich gegenseitig, jedes hinter dem Rücken des nächsten, verhöhnen und auslachen. Im ersten Teile dieses weitläufigen Schreibens versicherte er sie, ganz im Geiste der mittelalterlichen Souveräne, seiner guten und gnädigen Gesinnung, im zweiten erzählte er in seltsam endlosen und vielverschnörkelten Satzbildern von der Bedeutung seiner geheimen Mission, und im dritten verhieß er: »Da hingegen das große Geheimnis und die unbeschreibliche Wichtigkeit meiner Aufgaben mir zu meinem tiefsten Bedauern ganz unmöglich und unerreichbar macht, Dich an der Versammlung, welche die Freiheit meines Volkes und meinen eigenen Ruhm begründen helfen soll, teilnehmen zu lassen, lade ich Dich ein, am – (da war ein nahes Datum genannt) um sechs oder sieben Uhr abends bei mir zu sein. Vor Dir und der Mutter will ich dann reden, soviel ich reden darf, ohne Verräter zu sein, nicht an Personen, denn die fürchte ich nicht, aber an der herrlichen, hohen und gerechten Sache ...« und unterzeichnet war diese langwierige Einladung – das kam so von ungefähr aus der überangestrengten Feder: »König Bohusch. Gegeben zu Prag.« – Als der Bucklige das noch einmal durchlas, mußte er lächeln, und er war fast im Begriff, die Bogen wieder zu vernichten. Dann dachte er: nein, wenigstens ein guter Spaß ist es, das ist es gewiß, versiegelte das Schreiben und trug es selbst auf die Post. Als er es in den Kasten fallen hörte, atmete er tief auf. –

* * *

Die Frantischka hatte nichts geantwortet; aber eigentlich hatte Bohusch das auch gar nicht erwartet. Er war überzeugt davon, daß sie kommen würde und, fast gedemütigt, den neuen Bohusch finden sollte, dessen Freundschaft ihr nun gewiß wie ein großes und unverdientes Geschenk erschien. Langsam und zögernd wollte er ihr vergeben, und dann würden sie am Sonntag wohl nicht mehr auf die Malvasinka gehen, sondern irgendwohin, wo sie sich zeigen können, unter viele Menschen in den Baumgarten oder in den Stern. – Das alles dachte Bohusch nur ganz flüchtig in den wenigen Pausen, in welchen ihn das Große nicht beschäftigte, das nunmehr seine Pflicht, sein Leben geworden war. Es war eine aufreibende Pflicht, diese vielen, wichtigen Dinge, die er so nach und nach in den armen Jahren gedacht hatte, nun alle auf einmal zu denken, alle auf einmal zu überschauen und dann der Reihe nach auszusprechen. Es war ein solches Gedränge von Meinungen, Erinnerungen und Plänen in ihm, daß immer ein ganzer Schwarm von seinen Lippen wollte, wild und rücksichtslos wie Leute aus einem brennenden Theater. Dann machte der Bohusch ein strenges Gesicht und befahl überlegen: »Ruhig, eins nach dem anderen. Es kommt ein jeder daran.« Und gerade bei solchen Gelegenheiten geschahs, daß die ganze Menge plötzlich verschwand, einfach zerfloß, und der Bohusch ganz Öde im Kopfe und außer stande war, etwas zu denken oder gar zu sagen. Erst wenn er ein paar Gläser heißen Tschaj getrunken hatte, war das bunte Gesindel wieder da, und der Bucklige freute sich und lachte, bis ihm die Augen voll Tränen standen. Die Unrast seines Wesens war dabei immer größer geworden. Er las viel Zeitungen und alte Bücher, schrieb ganze Hefte voll mit seinen lächerlichen Lettern und schlief mitten zwischen diesen Beschäftigungen, gleichviel ob tags oder nachts, in einem Café oder in einer Kirche, selten zu Hause, ein paar Augenblicke scheuen Schlafes, aus welchem er bald wie erschreckt emporfuhr.

So kam der Morgen jenes Tages heran, an dem Bohusch der Mutter und der Frantischka, welche beide an seinem eigentlichen Triumph nicht teilnehmen durften, die abendliche Rede versprochen hatte. Die Nacht war ihm in verschiedenen Gasthäusern und Spelunken vergangen, und jetzt schlich er matt, übernächtig an den Häusern hin und starrte blöde und teilnahmslos in den dichten rosigen Frühnebel des Frühlingstags. Wenige Menschen begegneten ihm. Beim ›Pulverturm‹ kamen ihm zwei Dienstmädchen entgegen, mit großen Einkaufskörben, lachend und plaudernd, und ihre Augen waren so frisch und erwacht, ihre Kleider und Schürzen noch steif vor lauter Neusein. Ein wenig weiter überholten ihn zwei Infanteriesoldaten. Sie schritten stramm aus, ihr Schritt klappte in heiteren Takten auf dem Pflaster, und die Knöpfe ihrer Waffenröcke stahlen der Sonne frühe Strahlen und warfen sie dem Bohusch keck in die schläfrigen Augen. Dann pfiff irgend ein übermütiger Bäckerbursche dem Buckligen ins Gesicht und lachte laut hinter ihm her, und ein Schutzmann sang sich irgend etwas, während die Federn seines Hutes ein wenig wehten. Roll-Läden rauschten auf, und die Spiegelscheiben gaben sich ganz der Sonne und brannten in weißen Flammen. Durch dieses frische, fröhliche Aufleben kroch der Verwachsene, bleich, verkommen, mit ganz verdrücktem Hemde und schmutzigen Kleidern, und er war wie eine giftige, gräßliche Kröte, die man mitten in süß duftenden Beeten entdeckt. Er merkte auch nichts von allem Glanz, als daß er ihn störte, ja er wußte vielleicht kaum, daß es Frühling und Morgen war. Je reifer indessen dieser Morgen wurde, desto mehr fiel eine gewisse Unruhe auf, die alle Menschen zeigten. Leute, die sich täglich zu dieser Stunde grüßten, ohne miteinander zu sprechen, blieben stehen, machten besorgte oder erstaunte Gesichter, zuckten die Achseln und drückten sich endlich mit einer bestimmten konventionellen Dankbarkeit die Hände, um zehn Schritte weiter wieder angehalten zu werden. Man hatte offenbar das Bedürfnis, sich etwas mitzuteilen, was alle anging und interessierte. An der Ecke der Ferdinandstraße las ein Dienstmann in einem Kreise von Männern und Dienstmädchen eine Stelle des ›*Tschesky curir*‹, und ein Stück weiter trat ein älterer Herr aus einem Kaffeehause und sagte zu seinem Begleiter in deutscher Sprache: »Ganz gefährliche Leute sind das. Man sollte …« Was man sollte, war nicht mehr zu verstehen. Der Herr ging ziemlich selbstbewußt auf sehr glänzenden Schuhen weiter, und der Jüngere neben ihm nickte bei jedem Wort, bestätigte es ergebenst; er schien ganz der gleichen Meinung zu sein. Als Bohusch in die Nähe des ›National‹ kam, erkannte er hinter einem Fenster Norinski, der den anderen, die man nicht sehen konnte, etwas in seiner heldenhaften Art zu erklären schien. Eine Weile zögerte der Bucklige. Dann trat er nicht ein, sondern ging den Quai hinunter nach seiner Wohnung. Er war müde.

Norinski war indessen zu Ende gekommen. Er trank mit einer verschwenderischen Pose seinen Kaffee aus – es hätte ein Giftbecher sein dürfen – und sagte groß: »Niemand von euch wird sagen, daß ich kein guter Tscheche bin. Und ich werde keine Gelegenheit unbenützt lassen, auch die elenden Deutschen vom Gegenteil zu überzeugen. Soll mir nur einmal einer kommen. Ich will dem Herrn den Kopf schon zurechtsetzen. Aber diese Geschichten dürft ihr nicht so aufbauschen. Das ist nichts. Das sind Kindereien, ihr könnt mir das glauben.« Damit erhob er sich, blieb sein Frühstück schuldig, verschenkte die großmütigen, dreiaktigen Händedrücke und begab sich hocherhobenen Hauptes hinüber in seine Garderobe. Die Zurückgebliebenen rückten intim zusammen, und Karás begann die verschiedenen ganz kurzen Zeitungsnotizen vorzulesen, welche sich auf den Vorfall bezogen. Alle sagten ungefähr das gleiche: die Polizei war durch die Anzeige eines Frauenzimmers einem Bunde junger Leute, Studenten und Handwerksgesellen, auf die Spur gekommen, welche in den Kellerräumlichkeiten eines Hauses der Hieronymusgasse geheime Zusammenkünfte abhielten, bei denen hochverräterische Reden die Tagesordnung bildeten. Interessant sei es, zu betonen, daß auch Mädchen an diesen Versammlungen teilgenommen haben sollen. Und deutsche Blätter freuten sich noch über die Zerstörung dieser schändlichen Verbrecherbrut und bedauerten nur, daß durch das trotzige Schweigen der in Gewahrsam gebrachten Genossen das geistige Oberhaupt dieser Verschwörung bis jetzt noch nicht in den Händen der öffentlichen Sicherheit sei, was aber, dank der trefflichen Übung und Scharfsichtigkeit der Schutzmannschaft, gewiß nicht allzulang ausbleiben würde. Und endlich, fügten die deutschesten Zeitungen noch hinzu, erhofften sie, daß man an diesen jungen Verbrechern und Hochverrätern endlich das lang erwartete Exempel statuieren und mit rücksichtsloser Schärfe vorgehen würde. Das alles las man im ›National‹. Schileder war ehrlich entrüstet: er sprach etwas von dem Mut der jungen Leute und davon, daß sie nicht nur Worte machten, schöne Worte, sondern auch handeln wollten. Er konnte es nicht gut ausdrücken und schwieg verschüchtert, als er keine allzu lebhafte Beistimmung fand. Einen Augenblick nickten sie ja alle, die Freunde, und legten irgend ein kleines Wörtchen, wie ein verschämtes Almosen, in die Hand der Gerechtigkeit. Aber schließlich, sie sahen sich alle um – man war so verlockend allein, und da konnte man ja so ein paar Geständnisse tun. Pátek verurteilte kurzweg diese Höhlenromantik, welche doch nicht mal mehr in den Romanen Berechtigung hätte, und der Lyriker Machál, der nur eine ganz unbestimmte Ahnung von dem Vorgefallenen hatte, gähnte und warf zwischen je zwei Gähnversuchen ein, daß die ganze Sache ihm brutal erscheine, furchtbar brutal. Karás, der mit jedem Tage sich kosmopolitischer fühlte, hielt eine längere Rede, während welcher sein ›Adamsapfel‹ wie ein zweifelgequälter Laubfrosch auf und nieder stieg. Sein Ende war, daß man nach außen hin, von wegen der Lage der Dinge, die Ansicht, daß diese jungen Leute nicht allein Märtyrer ihrer Idee, sondern die gefallenen Helden einer nationalen Sache seien, mit allen Mitteln aufrecht erhalten müßte, daß er selbst aber – hier nicht umhin könne, derartige Unreifheiten, er sagte geradezu – Unreifheiten – halbwüchsiger Burschen zu verdammen. Man sei doch zu gebildet dazu, man wüßte doch schließlich, daß man seine Rechte durch große nationale Betätigungen im Leben und auf dem politischen Theater (ein Wort, welches Karás auch in seinen Feuilletons beständig gebrauchte) eher bewahren könne, als durch solche Ungehörigkeiten. Er hatte wohl noch ein paar geläufige Phrasen im Vorrat, aber er hörte plötzlich auf. Er wußte selbst nicht, warum. Die anderen schauten auf, und da stand Rezek vor ihnen. Der Student, in dessen blassem Gesicht die dunklen Augen brannten, übersah die Hände, die man ihm entgegenstreckte. Er hatte vielleicht die letzten Worte des Kritikers vernommen, aber er erwiderte nichts, setzte sich ruhig an seinen gewöhnlichen Platz und trank seinen Tschaj. Seine harten Hände zitterten leise. Man wagte nicht zu sprechen. Endlich hub Pátek an, von einem neuen Buch zu reden, und die Künstler verloren sich ganz in diesen Erörterungen. Es handelte sich um Novellen im Stile Maupassant, welche ein junger Kollege erscheinen lassen wollte. Da waren noch einige Schwierigkeiten in der Geldfrage und in anderen Verlagssachen, und man beriet, ob man dem Autor zu Hilfe kommen sollte. Der mächtige Karás war nicht sehr geneigt dazu. Da rief Pátek entrüstet: »Aber ich bitte Sie, das ist eine nationale Sache!«

Rezek erhob sich mit einem eisigen Lächeln: »Seid ihr Tschechen?« fragte er.

Alle schwiegen und sahen sich verlegen an. Schileder war aufgestanden.

»Seid ihr Tschechen?« wiederholte der Student.

Karás beschwichtigte: »Was fällt Ihnen ein, Rezek? Provozieren Sie nicht.«

»Aber reif seid ihr? Was?« fuhr der fort. »Reif und fertig.«

»Er ist betrunken«, flüsterte Machal verächtlich.

Rezek ballte die Fäuste. Aber er hielt sich zurück: »Ich weiß ja, daß ihr gewohnt seid, gerechten Zorn für gemeine Trunkenheit zu halten. Ich weiß. Aber sagen will ich euch nur, das Volk ist *nicht* reif, und wenn ihr euch so fertig fühlt, so seid ihr seine Feinde, seid Verräter.«

»Ich bin Offizier«, sagte Pátek mit banger Stimme und trat vor.

Rezek hielt ihm die Faust vors Gesicht und ging, ohne ein Wort, an ihm vorüber aus dem Saal. –

Bohusch konnte die Frantischka nicht vor sechs oder sieben Uhr, wie er es in seinem Briefe bestimmt hatte, erwarten; gleichwohl fragte er seit drei Uhr, warum die Geliebte immer noch nicht käme, war gegen vier im Begriffe, sie abzuholen, und unterließ es ungern und zögernd aus Stolz oder sonst aus einem Grunde. Unruhig lief er, die Hände auf dem Rücken, in den kleinen Stuben umher, in welchen dichtgedrängter Urväterhausrat, wie man ihn allzu reichlich aus der Portierswohnung mitgenommen hatte, dieses Her und Hin ziemlich erschwerte, und blieb nur dann und wann bei dem Fenster stehen, an welchem eine kleine alte Frau saß und nähte.

»Mutter,« stieß er endlich gequält heraus, »du mußt sie holen gehen!«

Die Alte nickte, hob die große runde Brille von den Augen und nickte. Sie dachte keinen Augenblick nach: natürlich, sie mußte die Frantischka holen gehen. Und sie vertauschte die Haube mit dem Hut und zog ein gelbes, gutes Shawl um die schiefen Schultern. »Du kannst ja sagen, du gingst gerade vorüber, du … ach Gott – na, du gingst eben gerade vorüber. Nicht? Warum könntest du nicht zufällig dort vorübergehen? Es gehen sicher viele Menschen dort vorüber.« Bohusch lachte abgebrochen. »Na, so sag doch,« fuhr er in ungeduldigem Zorne auf, »ist das möglich?« Frau Bohusch nickte ganz verschüchtert: »Weißt du, ich will erst in die Kirche gehen, nebenan. Ich kann dann sagen, ich war in der Kirche …« Sie zögerte noch. Der Bohusch dachte längst an andere Dinge. Er sah die alte Frau kaum mehr und erstaunte fast, als er bei seinem Auf- und Niederwandern vor ihr stand. Das gelbe Tuch war unerträglich grell in der Nachmittagssonne. Sie schauten sich eine Weile schweigend an, diese beiden kleinen, verkümmerten Menschen. Dann trippelte die Alte zur Tür und nickte und nickte. Plötzlich war der Bohusch bei ihr. »Maminko«, sagte er, und seine Stimme war wie die eines kranken Kindes. Und die alte, verängstigte Frau verstand. Sie wuchs, sie wurde reich, sie wurde Mutter. Durch dieses eine leise Wort wurde sie so. Alle Bangigkeit in ihr war Güte mit einemmal, und, die noch eben so unbeschützt und hilflos aussah, war mächtig, wie sie nun sachte die Arme ausbreitete, und dem Bohusch war es wie eine Heimkehr. Er schmiegte den großen schweren, wirren Kopf an ihre Brust, er schloß die heißen Augen, er ging unter in dieser unendlichen, tiefen Liebe. Er schwieg. Und da begann etwas in ihm zu weinen. Er hörte ganz genau, wie es anhub. Es mußte ganz tief in ihm sein, so leise war es. Es tat auch nicht weh. Und da öffnete er neugierig die Augen; er mußte sehen, wo das weinte. Und sieh: es weinte gar nicht in ihm; die Mutter war das. Da konnte der Bohusch die Lider nicht mehr schließen: Tränen warteten dahinter; viele Tränen. – Es war auf einmal so festlich in der Stube. Die Dinge um die beiden armen Menschen herum bekamen ein Glänzen, wie sie es nie besessen hatten, auch in ihren fürstlichen Tagen nicht. Jedes Kännchen, jedes Gläschen in der steifen Etagère hatte mit einemmal sein Licht und prahlte damit und wollte Sterne spielen. Da kann man sich denken, daß es sehr hell wurde in der Stube.

Dann schlug die Uhr, vorsichtig, als bedauerte sie, es tun zu müssen. Aber sie schlug doch fünfmal, und die Mutter ging.

»Wohin denn?« bangte der Bucklige.

»Ich muß die Frantischka holen.« Da fiel dem Bohusch alles wieder ein. Er zögerte und sagte dann fast traurig: »Ja so, du mußt die Frantischka holen.«

Das war der Abschied.

Als der Bohusch allein war, begann er wieder das nervöse und rastlose Schreiten. Da und dort, wie im Vorübergehen, stellte er etwas zurecht, fegte den Staub von der Tischplatte und verlor sich unversehens darin, seine Schriften und Bücher zu ordnen. Dabei war ihm ganz warm geworden. Und als er sein heißes Gesicht irgendwo in einem Spiegel fand, erstaunte er. Er trug, um die Schultern geschmiegt, das grelle gelbe Seidentuch der Mutter. Das war doch drollig. Er wollte lachen, vergaß aber darauf, und mit unwillkürlichen Bewegungen des Behagens vergrub er seinen Rücken noch mehr in die sanften Falten. Er fühlte sich müde und ließ sich in der guten Stube, schwer und breit, in die geblumten Kissen des steifen Kanapees fallen, welches mit dem ovalen Tisch gerade die Mitte des Raumes erfüllte. Er sann und sann. Das arme festliche Kanapee klagte unter ihm. Da sprang er auf, strich mit einer gewissen Zärtlichkeit die gehäkelten Schutzdeckchen glatt und blieb in einem der Stühle, welche zu seiten standen. Sein Gesicht, welches manchmal knabenhaft sein konnte, alterte jetzt von Minute zu Minute unter dem Einflusse seines angestrengten Nachdenkens, es wurde geradezu zerfressen von den Falten, welche darüber hinkrochen und sich einbohrten wie Raupen in eine kranke Frucht. Wußte er denn auch alles, was er sagen würde? Eine unbestimmte Angst hing über ihm. Er fühlte sich so verlassen, schwindlig, wie einer, den man auf einem hohen Turm vergessen hat. Er tastete nach einem Halt. Und in der nächsten Weile bildete er sich ein, er störe auch die Ordnung, die festliche Ordnung des Zimmers, dadurch, daß er auf *diesem* Platze wartete. Er erschrak über seine Vermessenheit. Er schlich immer weiter zurück und kauerte endlich auf einem hochbeinigen Stühlchen in der Ecke der Stube, nahe bei der Türe. Da kam Ruhe über ihn. Er dachte: So, nun ist es vorüber; ich habe ja alles schon gesagt, und er wußte doch, daß er nur geweint hatte, und das ist etwas anderes wie eine Rede, so ein Weinen. Dennoch beharrte er trotzig: Ich habe alles gesagt, die Mutter weiß alles – »und du auch« – ergänzte er laut und suchte die Augen der gelben Katze, welche ihm langsam und listig aus der anderen Ecke entgegenkam. Keine Kralle kreischte auf der braunen, glänzenden Diele. Lautlos kam das Tier näher, es wurde groß, es wurde größer, und als es so war, daß der Bohusch darüber hinfort gar nicht mehr in die stille, feierliche Stube schauen konnte, da schlief er. Und er hatte wohl

Träume. Denn er sagte mit einer Stimme, die ferneher klang: »Das ist es, Rezek, bitte – das ist das Geheimnis: der Maler muß das Volk malen und ihm sagen: du bist schön.« Da fiel ihm der Kopf vornüber, und er zwang ihn nur mühsam wieder empor. »Der Dichter muß das Volk dichten und ihm sagen: du bist schön.« Er seufzte im Traume: »Schön sein ist es.« Dann begann ein Lächeln in seinen Mundwinkeln, ein gutes, frommes Lächeln, das wuchs über das Gesicht des Schlafenden und machte es wieder jung. Er hauchte noch: »Ich werde es nie verraten«, und dann wurde sein Traum so tief, daß kein Wort daraus mehr bis auf seine Lippen kam.

Die Türe ging. Der Bucklige schlug aber die Augen erst auf, als Rezek ihn rauh am Halse packte und nahe kreischte: »Hast du geschwiegen?« Der Bohusch fühlte dieses Wort auf seiner Wange ganz heiß. Seine Hände wehrten krampfhaft ab, aber in seinen Augen war noch immer kein Verstehen. Sie lächelten noch. Sie lächelten den schrecklichen Rächer an, bis sie starben. Und dann glitt das gelbe Tuch über den armen Körper und deckte den Bohusch und sein Geheimnis zu. –

Das Märchen von den Händen Gottes

Neulich, am Morgen, begegnete mir die Frau Nachbarin. Wir begrüßten uns.

»Was für ein Herbst!« sagte sie nach einer Pause und blickte nach dem Himmel auf. Ich tat desgleichen. Der Morgen war allerdings sehr klar und köstlich für Oktober. Plötzlich fiel mir etwas ein: »Was für ein Herbst!« rief ich und schwenkte ein wenig mit den Händen. Und die Frau Nachbarin nickte beifällig. Ich sah ihr so einen Augenblick zu. Ihr gutes gesundes Gesicht ging so lieb auf und nieder. Es war recht hell, nur um die Lippen und an den Schläfen waren kleine schattige Falten. Woher sie das haben mag? Und da fragte ich ganz unversehens: »Und Ihre kleinen Mädchen?« Die Falten in ihrem Gesicht verschwanden eine Sekunde, zogen sich aber gleich, noch dunkler, zusammen. »Gesund sind sie, gottseidank, aber –« die Frau Nachbarin setzte sich in Bewegung, und ich schritt jetzt an ihrer Linken, wie es sich gehört. »Wissen Sie, sie sind jetzt beide in dem Alter, die Kinder, wo sie den ganzen Tag *fragen*. Was, den ganzen Tag, bis in die gerechte Nacht hinein.« »Ja,« murmelte ich, – »es giebt eine Zeit …« Sie aber ließ sich nicht stören: »Und nicht etwa: Wohin geht diese Pferdebahn? Wie viel Sterne giebt es? Und ist zehntausend mehr als viel? Noch ganz andere Sachen! Zum Beispiel: Spricht der liebe Gott auch chinesisch? und: Wie sieht der liebe Gott aus? Immer alles vom lieben Gott! Darüber weiß man doch nicht Bescheid –.« »Nein, allerdings,« stimmte ich bei, »man hat da gewisse Vermutungen …« »Oder von den Händen vom lieben Gott, was soll man da –.«

Ich schaute der Nachbarin in die Augen: »Erlauben Sie,« sagte ich recht höflich, »Sie sagten zuletzt die Hände vom lieben Gott – nichtwahr?« Die Nachbarin nickte. Ich glaube, sie war ein wenig erstaunt. »Ja« – beeilte ich mich anzufügen, – »von den Händen ist mir allerdings einiges bekannt. Zufällig –« bemerkte ich rasch, als ich ihre Augen rund werden sah, – »ganz zufällig – ich habe – – – nun« schloß ich mit ziemlicher Entschiedenheit, »ich will Ihnen erzählen, was ich weiß. Wenn Sie einen Augenblick Zeit haben, ich begleite Sie bis zu Ihrem Hause, das wird gerade reichen.«

»Gerne,« sagte sie, als ich sie endlich zu Worte kommen ließ, immer noch erstaunt, »aber wollen Sie nicht vielleicht den Kindern selbst? …«

»Ich den Kindern selbst erzählen? Nein, liebe Frau, das geht nicht, das geht auf keinen Fall. Sehen Sie, ich werde gleich verlegen, wenn ich mit den Kindern sprechen muß. Das ist an sich nicht schlimm. Aber die Kinder könnten meine Verwirrung dahin deuten, daß ich mich lügen fühle … Und da mir sehr viel an der Wahrhaftigkeit meiner Geschichte liegt – Sie können es den Kindern ja wiedererzählen; Sie treffen es ja gewiß auch viel besser. Sie werden es verknüpfen und ausschmücken, ich werde nur die einfachen Tatsachen in der kürzesten Form berichten. Ja?« »Gut, gut«, machte die Nachbarin zerstreut.

Ich dachte nach: »Im Anfang …« aber ich unterbrach mich sofort. »Ich kann bei Ihnen, Frau Nachbarin, ja manches als bekannt voraussetzen, was ich den Kindern erst erzählen müßte. Zum Beispiel die Schöpfung …« Es entstand eine ziemliche Pause. Dann:

»Ja – – und am siebenten Tage …«, die Stimme der guten Frau war hoch und spitzig. »Halt!« machte ich, »wir wollen doch auch der früheren Tage gedenken; denn gerade um diese handelt es sich. Also der liebe Gott begann, wie bekannt, seine Arbeit, indem er die Erde machte, diese vom Wasser unterschied und Licht befahl. Dann formte er in bewundernswerter Geschwindigkeit die Dinge, ich meine die großen wirklichen Dinge, als da sind: Felsen, Gebirge, einen Baum und nach diesem Muster viele Bäume.« Ich hörte hier schon eine Weile lang Schritte hinter uns, die uns nicht überholten und auch nicht zurückblieben. Das störte mich, und ich verwickelte mich in der Schöpfungsgeschichte, als ich folgendermaßen fortfuhr: »Man kann sich diese schnelle und erfolgreiche Tätigkeit nur begreiflich machen, wenn man annimmt, daß eben nach langem, tiefem Nachdenken alles in seinem Kopfe ganz fertig war, ehe er …« Da endlich waren die Schritte neben uns, und eine nicht gerade angenehme Stimme klebte an uns: »O, Sie sprechen wohl von Herrn Schmidt, verzeihen Sie …« Ich sah ärgerlich nach der Hinzugekommenen, die Frau Nachbarin aber geriet in große Verlegenheit: »Hm,« hustete sie, »nein – das heißt – ja, – wir sprachen gerade, gewissermaßen –«. »Was für ein Herbst«, sagte auf einmal die andere Frau, als ob nichts geschehen wäre, und ihr rotes, kleines Gesicht glänzte. »Ja« – hörte ich meine Nachbarin antworten: »Sie haben recht, Frau Hüpfer, ein selten schöner Herbst!« Dann trennten sich die Frauen. Frau Hüpfer kicherte noch: »Und grüßen Sie mir die Kinderchen.« Meine gute Nachbarin achtete nicht mehr darauf; sie war doch neugierig, meine Geschichte zu erfahren. Ich aber behauptete mit unbegreiflicher Härte: »Ja *jetzt* weiß ich nicht mehr, wo wir stehen geblieben sind.« »Sie sagten eben etwas von seinem Kopfe, das heißt –«, die Frau Nachbarin wurde ganz rot.

Sie tat mir aufrichtig leid, und so erzählte ich schnell: »Ja sehen Sie also, so lange nur die *Dinge* gemacht waren, hatte der liebe Gott nicht notwendig, beständig auf die Erde herunterzuschauen. Es konnte sich ja nichts dort begeben. Der Wind ging allerdings schon über die Berge, welche den Wolken, die er schon seit lange kannte, so ähnlich waren, aber den Wipfeln der Bäume wich er noch mit einem gewissen Mißtrauen aus. Und das war dem lieben Gott sehr recht. Die Dinge hat er sozusagen im Schlafe gemacht, allein schon bei den Tieren fing die Arbeit an, ihm interessant zu werden; er neigte sich darüber und zog nur selten die breiten Brauen hoch, um einen Blick auf die Erde zu werfen. Er vergaß sie vollends, als er den Menschen formte. Ich weiß nicht bei welchem komplizierten Teil des Körpers er gerade angelangt war, als es um ihn rauschte von Flügeln. Ein Engel eilte vorüber und sang: ›Der Du alles siehst …‹

Der liebe Gott erschrak. Er hatte den Engel in Sünde gebracht, denn eben hatte dieser eine Lüge gesungen. Rasch schaute Gottvater hinunter. Und freilich, da hatte sich schon irgend etwas ereignet, was kaum gutzumachen war. Ein kleiner Vogel irrte, als ob er Angst hätte, über die Erde hin und her, und der liebe Gott war nicht imstande, ihm heimzuhelfen, denn er hatte nicht gesehen, aus *welchem* Walde das arme Tier gekommen war. Er wurde ganz ärgerlich und sagte: ›Die Vögel haben sitzen zu bleiben, wo ich sie hingesetzt habe.‹ Aber er erinnerte sich, daß er ihnen auf Fürbitte der Engel Flügel verliehen hatte, damit es auch auf Erden so etwas wie Engel gebe, und dieser Umstand machte ihn nur noch verdrießlicher. Nun ist gegen solche Zustände des Gemütes nichts so heilsam wie Arbeit. Und mit dem Bau des Menschen beschäftigt, wurde Gott auch rasch wieder froh. Er hatte die Augen der Engel wie Spiegel vor sich, maß darin seine eigenen Züge und bildete langsam und vorsichtig an einer Kugel auf seinem Schooße das erste Gesicht. Die Stirne war ihm gelungen. Viel schwerer wurde es ihm, die beiden Nasenlöcher symmetrisch zu machen. Er bückte sich immer mehr darüber, bis es wieder wehte über ihm; er schaute auf. Derselbe Engel umkreiste ihn; man hörte diesmal keine Hymne, denn in seiner Lüge war dem Knaben die Stimme erloschen, aber an seinem Mund erkannte Gott, daß er immer noch sang: ›Der Du alles siehst.‹ Zugleich trat der heilige Nikolaus, der bei Gott in besonderer Achtung steht, an ihn heran und sagte durch seinen großen Bart hindurch: ›Deine Löwen sitzen ruhig, sie sind recht hochmütige Geschöpfe, das muß ich sagen! Aber ein kleiner Hund läuft ganz am Rande der Erde herum, ein Terrier, siehst Du, er wird gleich hinunterfallen.‹ Und wirklich merkte der liebe Gott etwas Heiteres, Weißes, wie ein kleines Licht hin und her tanzen in der Gegend von Skandinavien, wo es schon so furchtbar rund ist. Und er wurde recht bös und warf dem heiligen Nikolaus vor, wenn ihm seine Löwen nicht recht seien, so solle er versuchen, auch welche zu machen. Worauf der heilige Nikolaus aus dem Himmel ging und die Türe zuschlug, daß ein Stern herunterfiel, gerade dem Terrier auf den Kopf. Jetzt war das Unglück vollständig, und der liebe Gott mußte sich eingestehen, daß er ganz allein an allem schuld sei, und beschloß, nicht mehr den Blick von der Erde zu rühren. Und so geschah's. Er überließ seinen Händen, welche ja auch weise sind, die Arbeit, und obwohl er recht neugierig war zu erfahren, wie der Mensch wohl aussehen mochte, starrte er unablässig auf die Erde hinab, auf welcher sich jetzt, wie zum Trotz, nicht ein Blättchen regen wollte. Um doch wenigstens eine kleine Freude zu haben nach aller Plage, hatte er seinen Händen befohlen, ihm den Menschen erst zu zeigen, ehe sie ihn dem Leben ausliefern würden. Wiederholt fragte er, wie Kinder, wenn sie Verstecken spielen: ›Schon?‹ Aber er hörte als Antwort das Kneten seiner Hände und wartete. Es erschien ihm sehr lange. Da auf einmal sah er etwas durch den Raum fallen, dunkel und in der Richtung, als ob es aus seiner Nähe käme. Von einer bösen Ahnung erfüllt, rief er seine Hände. Sie erschienen ganz von Lehm befleckt, heiß und zitternd. ›Wo ist der Mensch?‹ schrie er sie an, Da fuhr die Rechte auf die Linke los: ›Du hast ihn losgelassen!‹ ›Bitte,‹ sagte die Linke gereizt, ›du wolltest ja alles allein machen, *mich* ließest du ja überhaupt gar nicht mitreden.‹ ›Du hättest ihn eben halten müssen!‹ Und die Rechte holte aus. Dann aber besann sie sich, und beide Hände sagten einander überholend: ›Er war so ungeduldig, der Mensch. Er wollte immer schon leben. Wir können beide nichts dafür, gewiß, wir sind beide unschuldig.‹

Der liebe Gott aber war ernstlich böse. Er drängte beide Hände fort; denn sie verstellten ihm die Aussicht über die Erde: ›Ich kenne euch nicht mehr, macht was ihr wollt.‹ Das versuchten die Hände auch seither, aber sie können nur *beginnen*, was sie auch tun. Ohne Gott giebt es keine Vollendung. Und da sind sie es endlich müde geworden. Jetzt knien sie den ganzen Tag und tun Buße, so erzählt man wenigstens. Uns aber erscheint es, als ob Gott ruhte, weil er auf seine Hände böse ist. Es ist immer noch siebenter Tag.«

Ich schwieg einen Augenblick. Das benützte die Frau Nachbarin sehr vernünftig: »Und Sie glauben, daß nie wieder eine Versöhnung zu stande kommt?« »O doch,« sagte ich, »ich hoffe es wenigstens.«

»Und wann sollte das sein?«

»Nun, bis Gott wissen wird, wie der Mensch, den die Hände gegen seinen Willen losgelassen haben, aussieht.«

Die Frau Nachbarin dachte nach, dann lachte sie: »Aber dazu hätte er doch bloß heruntersehen müssen …« »Verzeihen Sie,« sagte ich artig, »Ihre Bemerkung zeugt von Scharfsinn, aber meine Geschichte ist noch nicht zu Ende. Also, als die Hände beiseite getreten waren und Gott die Erde wieder überschaute, da war eben wieder eine Minute, oder sagen wir ein Jahrtausend, was ja bekanntlich dasselbe ist, vergangen. Statt *eines* Menschen gab es schon eine Million. Aber sie waren alle schon in Kleidern. Und da die Mode damals gerade sehr häßlich war und auch die Gesichter arg entstellte, so bekam Gott einen ganz falschen und (ich will es nicht verhehlen) sehr schlechten Begriff von den Menschen.« »Hm«, machte die Nachbarin und wollte etwas bemerken. Ich beachtete es nicht, sondern schloß mit starker Betonung: »Und darum ist es dringend notwendig, daß Gott erfährt, wie der Mensch wirklich ist. Freuen wir uns, daß es solche giebt, die es ihm sagen …« Die Frau Nachbarin freute sich noch nicht: »Und wer sollte das sein, bitte?« »Einfach die Kinder und dann und wann auch diejenigen Leute, welche malen, Gedichte schreiben, bauen …« »Was denn bauen, Kirchen?« »Ja, und auch sonst, überhaupt …«

Die Frau Nachbarin schüttelte langsam den Kopf. Manches erschien ihr doch recht verwunderlich. Wir waren schon über ihr Haus hinausgegangen und kehrten jetzt langsam um. Plötzlich wurde sie sehr lustig und lachte: »Aber, was für ein Unsinn, Gott ist doch auch allwissend. Er hätte ja genau wissen müssen, woher zum Beispiel der kleine Vogel gekommen ist.« Sie sah mich triumphierend an. Ich war ein bißchen verwirrt, ich muß gestehen. Aber als ich mich gefaßt hatte, gelang es mir ein überaus ernstes Gesicht zu machen: »Liebe Frau,« belehrte ich sie, »das ist eigentlich eine Geschichte für sich. Damit Sie aber nicht glauben, das sei nur eine Ausrede von mir (sie verwahrte sich nun natürlich heftig dagegen), will ich Ihnen in Kürze sagen: Gott hat *alle* Eigenschaften, natürlich. Aber ehe er in die Lage kam, sie auf die Welt – gleichsam – anzuwenden, erschienen sie ihm alle wie eine einzige große Kraft. Ich weiß nicht, ob ich mich deutlich ausdrücke. Aber angesichts der

Dinge spezialisierten sich seine Fähigkeiten und wurden bis zu einem gewissen Grade: Pflichten. Er hatte Mühe, sich alle zu merken. Es giebt eben Konflikte. (Nebenbei: das alles sage ich nur Ihnen, und Sie müssen es den Kindern keineswegs wiedererzählen.)« »Wo denken Sie hin«, beteuerte meine Zuhörerin.

»Sehen Sie, wäre ein Engel vorübergeflogen, singend: ›Der Du alles *weißt*‹, so wäre alles gut geworden …«

»Und diese Geschichte wäre überflüssig?«

»Gewiß«, bestätigte ich. Und ich wollte mich verabschieden. »Aber wissen Sie das alles auch ganz bestimmt?« »Ich weiß es ganz bestimmt«, erwiderte ich fast feierlich. »Da werde ich den Kindern heute zu erzählen haben!« »Ich würde es gerne anhören dürfen. Leben Sie wohl.« »Leben Sie wohl«, antwortete sie.

Dann kehrte sie nochmals zurück: »Aber weshalb ist gerade dieser Engel …« »Frau Nachbarin,« sagte ich, indem ich sie unterbrach, »ich merke jetzt, daß Ihre beiden lieben Mädchen gar nicht deshalb soviel fragen, weil sie Kinder sind –« »Sondern?« fragte meine Nachbarin neugierig. »Nun, die Ärzte sagen, es giebt gewisse Vererbungen …« Meine Frau Nachbarin drohte mir mit dem Finger. Aber wir schieden dennoch als gute Freunde.

Als ich meiner lieben Nachbarin später (übrigens nach ziemlich langer Pause) wieder einmal begegnete, war sie nicht allein, und ich konnte nicht erfahren, ob sie ihren Mädchen meine Geschichte berichtet hätte und mit welchem Erfolg. Über diesen Zweifel klärte mich ein Brief auf, welchen ich kurz darauf empfing. Da ich von dem Absender desselben nicht die Erlaubnis erhalten habe, ihn zu veröffentlichen, so muß ich mich darauf beschränken, zu erzählen, wie er endete, woraus man ohne weiteres erkennen wird, von wem er stammte. Er schloß mit den Worten: »Ich und noch fünf andere Kinder, nämlich, weil ich mit dabei bin.«

Ich antwortete, gleich nach Empfang, folgendes: »Liebe Kinder, daß euch das Märchen von den Händen vom lieben Gott gefallen hat, glaube ich gern; mir gefällt es auch. Aber ich kann trotzdem nicht zu euch kommen. Seid nicht böse deshalb. Wer weiß, ob ich euch gefiele. Ich habe keine schöne Nase, und wenn sie, was bisweilen vorkommt, auch noch ein rotes Pickelchen an der Spitze hat, so würdet ihr die ganze Zeit dieses Pünktchen anschauen und anstaunen und gar nicht hören, was ich ein Stückchen tiefer unten sage. Auch würdet ihr wahrscheinlich von diesem Pickelchen träumen. Das alles wäre mir gar nicht recht. Ich schlage darum einen anderen Ausweg vor. Wir haben (auch außer der Mutter) eine große Anzahl gemeinsamer Freunde und Bekannte, die *nicht* Kinder sind. Ihr werdet schon erfahren, welche. Diesen werde ich von Zeit zu Zeit eine Geschichte erzählen, und ihr werdet sie von diesen Vermittlern immer noch schöner empfangen, als ich sie zu gestalten vermöchte. Denn es sind gar große Dichter unter diesen unseren Freunden. Ich werde euch nicht verraten, wovon meine Geschichten handeln werden. Aber, weil euch nichts so sehr beschäftigt und am Herzen liegt, wie der liebe Gott, so werde ich an jeder passenden Gelegenheit einfügen, was ich von ihm weiß. Sollte etwas davon nicht richtig sein, so schreibt mir wieder einen schönen Brief, oder laßt es mir durch die Mutter sagen. Denn es ist möglich, daß ich mich an mancher Stelle irre, weil es schon so lange ist, seit ich die schönsten Geschichten erfahren habe, und weil ich seither mir viele habe merken müssen, die nicht so schön sind. Das kommt im Leben so mit. Trotzdem ist das Leben etwas ganz Prächtiges: auch *davon* wird des öfteren in meinen Geschichten die Rede sein. Damit grüßt euch – Ich, aber auch nur deshalb Einer, weil ich mit dabei bin.«

Wie der Fingerhut dazu kam, der liebe Gott zu sein

Als ich vom Fenster forttrat, waren die Abendwolken immer noch da. Sie schienen zu warten. Soll ich ihnen auch eine Geschichte erzählen? Ich schlug es ihnen vor. Aber sie hörten mich gar nicht. Um mich verständlich zu machen und die Entfernung zwischen uns zu beschränken, rief ich: »Ich bin auch eine Abendwolke.« Sie blieben stehen, offenbar betrachteten sie mich. Dann streckten sie mir ihre feinen, durchscheinenden rötlichen Flügel entgegen. Das ist die Art, wie Abendwolken sich begrüßen. Sie hatten mich erkannt.

»Wir sind über der Erde,« – erklärten sie – »genauer über Europa, und du?« Ich zögerte: »Es ist da ein Land –« »Wie sieht es aus?« erkundigten sie sich. »Nun,« entgegnete ich – »Dämmerung mit Dingen –« »Das ist Europa auch«, lachte eine junge Wolke. »Möglich,« sagte ich, »aber ich habe immer gehört: die Dinge in Europa sind tot.« »Ja, allerdings«, bemerkte eine andere verächtlich. »Was wäre das für ein Unsinn: lebende Dinge?« »Nun,« beharrte ich, »meine leben. Das ist also der Unterschied. Sie können verschiedenes werden, und ein Ding, welches als Bleistift oder als Ofen zur Welt kommt, muß deshalb noch nicht an seinem Fortkommen verzweifeln. Ein Bleistift kann mal ein Stock, wenn es gut geht, ein Mastbaum, ein Ofen aber mindestens ein Stadttor werden.«

»Du scheinst mir eine recht einfältige Abendwolke zu sein«, sagte die junge Wolke, welche sich schon früher so wenig zurückhaltend ausgedrückt hatte. Ein alter Wolkerich fürchtete, sie könnte mich beleidigt haben. »Es giebt ganz verschiedene Länder,« begütigte er, »ich war einmal über ein kleines deutsches Fürstentum geraten, und ich glaube bis heute nicht, daß das zu Europa gehörte.« Ich dankte ihm und sagte: »Wir werden uns schwer einigen können, sehe ich. Erlauben Sie, ich werde Ihnen einfach das erzählen, was ich in der letzten Zeit unter mir erblickte, das wird wohl das beste sein.« »Bitte«, gestattete der weise Wolkerich im Auftrage aller.

Ich begann: »Menschen sind in einer Stube. Ich bin ziemlich hoch, müßt ihr wissen, und so kommt es: sie sehen für mich wie Kinder aus; deshalb will ich auch einfach sagen: Kinder. Also: Kinder sind in einer Stube. Zwei, fünf, sechs, sieben Kinder. Es würde zu lange dauern, sie um ihre Namen zu fragen. Übrigens scheinen die Kinder eifrig etwas zu besprechen; bei dieser Gelegenheit wird sich ja der eine oder der andere Name verraten. Sie stehen wohl schon eine ganze Weile so beisammen, denn der älteste (ich vernehme, daß er Hans gerufen wird) bemerkt gleichsam abschließend: ›Nein, so kann es entschieden nicht bleiben. Ich habe gehört, früher haben die Eltern den Kindern am Abend immer, oder wenigstens an braven Abenden – Geschichten erzählt bis zum Einschlafen. Kommt so etwas heute vor?‹ Eine kleine Pause, dann antwortet Hans selbst: ›Es kommt nicht vor, nirgends. Ich für meinen Teil, auch weil ich schon groß bin gewissermaßen, schenke ihnen ja gern diese paar elenden Drachen, mit denen sie sich quälen würden, aber immerhin, es gehört sich, daß sie uns sagen, es giebt Nixen, Zwerge,

Prinzen und Ungeheuer.‹ ›Ich habe eine Tante,‹ bemerkte eine Kleine, ›die erzählt mir manchmal –‹ ›Ach was,‹ schneidet Hans kurz ab, ›Tanten gelten nicht, *die* lügen.‹ Die ganze Gesellschaft war sehr eingeschüchtert angesichts dieser kühnen, aber unwiderlegten Behauptung. Hans fährt fort: ›Auch handelt es sich hier vor allem um die Eltern, weil diese gewissermaßen die Verpflichtung haben, uns in dieser Weise zu unterrichten; bei den anderen ist es mehr Güte. Verlangen kann man es nicht von ihnen. Aber gebt nur mal acht: was tun unsere Eltern? Sie gehen mit bösen gekränkten Gesichtern umher, nichts ist ihnen recht, sie schreien und schelten, aber dabei sind sie doch so gleichgültig, und wenn die Welt unterginge, sie würden es kaum bemerken. Sie haben etwas, was sie ›Ideale‹ nennen. Vielleicht ist das auch so eine Art kleine Kinder, die nicht allein bleiben dürfen und sehr viel Mühe machen; aber dann hätten sie eben *uns* nicht haben dürfen. Nun, ich denke so, Kinder: daß die Eltern uns vernachlässigen, ist traurig, gewiß. Aber wir würden das dennoch ertragen, wenn es nicht ein Beweis wäre dafür, daß die Großen überhaupt dumm werden, zurückgehen, wenn man so sagen darf. Wir können ihren Verfall nicht aufhalten; denn wir können den ganzen Tag keinen Einfluß auf sie ausüben, und kommen wir spät aus der Schule nach Haus, wird kein Mensch verlangen, daß wir uns hinsetzen und versuchen, sie für etwas Vernünftiges zu interessieren. Es tut einem auch recht weh, wenn man so unter der Lampe sitzt und sitzt, und die Mutter begreift nicht einmal den pythagoräischen Lehrsatz. Nun, es ist einmal nicht anders. So werden die Großen immer dümmer werden … es schadet nichts: was kann uns dabei verloren gehen? die Bildung? Sie ziehen den Hut vor einander, und wenn eine Glatze dabei zum Vorschein kommt, so lachen sie. Überhaupt: sie lachen beständig. Wenn wir nicht dann und wann so vernünftig wären, zu weinen, es gäbe durchaus kein Gleichgewicht auch in diesen Angelegenheiten. Dabei sind sie von einem Hochmut: sie behaupten sogar, der Kaiser sei ein Erwachsener. Ich habe in den Zeitungen gelesen, der König von Spanien sei ein Kind, so ist es mit allen Königen und Kaisern, – laßt euch nur nichts einreden! Aber neben allem Überflüssigen haben die Großen doch etwas, was uns durchaus nicht gleichgültig sein kann: den lieben Gott. Ich habe ihn zwar noch bei keinem von ihnen gesehen, – aber gerade das ist verdächtig. Es ist mir eingefallen, sie könnten ihn in ihrer Zerstreutheit, Geschäftigkeit und Hast irgendwo verloren haben. Nun ist er aber etwas durchaus Notwendiges. Verschiedenes kann ohne ihn nicht geschehen, die Sonne kann nicht aufgehen, keine Kinder können kommen, aber auch das Brot wird aufhören. Wenn es auch beim Bäcker herauskommt, der liebe Gott sitzt und dreht die großen Mühlen. Es lassen sich leicht viele Gründe finden, weshalb der liebe Gott etwas Unentbehrliches ist. Aber soviel steht fest, die Großen kümmern sich nicht um ihn, also müssen wir Kinder es tun. Hört, was ich mir ausgedacht habe. Wir sind genau sieben Kinder. Jedes muß den lieben Gott einen Tag tragen, dann ist er die ganze Woche bei uns, und man weiß immer, wo er sich gerade befindet.‹

Hier entstand eine große Verlegenheit. Wie sollte das geschehen? Konnte man denn den lieben Gott in die Hand nehmen oder in die Tasche stecken? Dazu erzählte ein Kleiner: ›Ich war allein im Zimmer. Eine kleine Lampe brannte nahe bei mir, und ich saß im Bett und sagte mein Abendgebet – sehr laut. Es rührte sich etwas in meinen gefalteten Händen. Es war weich und warm und wie ein kleines Vögelchen. Ich konnte die Hände nicht auftun, denn das Gebet war noch nicht aus. Aber ich war sehr neugierig und betete furchtbar schnell. Dann beim Amen machte ich so (der Kleine streckte die Hände aus und spreizte die Finger), aber es war nichts da.‹

Das konnten sich alle vorstellen. Auch Hans wußte keinen Rat. Alle schauten ihn an. Und auf einmal sagte er: ›Das ist ja dumm. Ein jedes Ding kann der liebe Gott sein. Man muß es ihm nur sagen.‹ Er wandte sich an den ihm zunächststehenden, rothaarigen Knaben. ›Ein Tier kann das nicht. Es läuft davon. Aber ein Ding, siehst du, es steht, du kommst in die Stube, bei Tag, bei Nacht: es ist immer da, es kann wohl der liebe Gott sein.‹ Allmählich überzeugten sich die anderen davon. ›Aber wir brauchen einen kleinen Gegenstand, den man überall mittragen kann, sonst hat es ja keinen Sinn. Leert einmal alle eure, Taschen aus.‹ Da zeigten sich nun sehr seltsame Dinge: Papierschnitzel, Federmesser, Radiergummi, Federn, Bindfaden, kleine Steine, Schrauben, Pfeifen, Holzspänchen und vieles andere, was sich aus der Ferne gar nicht erkennen läßt, oder wofür der Name mir fehlt. Und alle diese Dinge lagen in den seichten Händen der Kinder, wie erschrocken über die plötzliche Möglichkeit, der liebe Gott zu werden, und welches von ihnen ein bißchen glänzen konnte, glänzte, um dem Hans zu gefallen. Lange schwankte die Wahl. Endlich fand sich bei der kleinen Resi ein Fingerhut, den sie ihrer Mutter einmal weggenommen hatte. Er war licht, wie aus Silber, und um seiner Schönheit willen wurde er der liebe Gott. Hans selbst steckte ihn ein, denn er begann die Reihe, und alle Kinder gingen den ganzen Tag hinter ihm her und waren stolz auf ihn. Nur schwer einigte man sich, wer ihn morgen haben sollte, und Hans stellte in seiner Umsicht dann das Programm gleich für die ganze Woche fest, damit kein Streit ausbräche.

Diese Einrichtung erwies sich im ganzen als überaus zweckmäßig. Wer den lieben Gott gerade hatte, konnte man auf den ersten Blick erkennen. Denn der Betreffende ging etwas steifer und feierlicher und machte ein Gesicht wie am Sonntag. Die ersten drei Tage sprachen die Kinder von nichts anderem. Jeden Augenblick verlangte eines den lieben Gott zu sehen, und wenn sich der Fingerhut unter dem Einfluß seiner großen Würde auch garnicht verändert hatte, das Fingerhutliche an ihm erschien jetzt nur als ein bescheidenes Kleid um seine wirkliche Gestalt. Alles ging nach der Ordnung vor sich. Am Mittwoch hatte ihn Paul, am Donnerstag die kleine Anna. Der Samstag kam. Die Kinder spielten Fangen und tollten atemlos durcheinander, als Hans plötzlich rief: ›Wer hat denn den lieben Gott?‹ Alle standen. Jedes sah das andere an. Keines erinnerte sich, ihn seit zwei Tagen gesehen zu haben. Hans zählte ab, wer an der Reihe sei; es kam heraus: die kleine Marie. Und nun verlangte man ohne weiteres von der kleinen Marie den lieben Gott. Was war da zu tun? Die Kleine kratzte in ihren Taschen herum. Jetzt fiel ihr erst ein, daß sie ihn am Morgen erhalten hatte; aber jetzt war er fort, wahrscheinlich hatte sie ihn hier beim Spielen verloren.

Und als alle Kinder nach Hause gingen, blieb die Kleine auf der Wiese zurück und suchte. Das Gras war ziemlich hoch. Zweimal kamen Leute vorüber und fragten, ob sie etwas verloren hätte. Jedesmal antwortete das Kind: ›Einen Fingerhut‹ – und suchte. Die Leute taten eine Weile mit, wurden aber bald des Bückens müde, und einer riet im Fortgehen: ›Geh lieber nach Haus, man kann ja einen neuen kaufen.‹ Dennoch suchte Mariechen weiter. Die Wiese wurde immer fremder in der Dämmerung, und das Gras begann naß zu werden. Da kam wieder ein Mann. Er beugte sich über das Kind: ›Was suchst du?‹ Jetzt antwortete Mariechen, nicht weit vom Weinen, aber tapfer und trotzig: ›Den lieben Gott.‹ Der Fremde lächelte, nahm sie einfach bei der Hand, und sie ließ sich führen, als ob jetzt alles gut wäre. Unterwegs sagte der fremde Mann: ›Und sieh mal, was ich heute für einen schönen Fingerhut gefunden habe.‹ –«

Die Abendwolken waren schon längst ungeduldig. Jetzt wandte sich der weise Wolkerich, welcher indessen dick geworden war, zu mir: »Verzeihen Sie, dürfte ich nicht den Namen des Landes – über welchem Sie –« Aber die anderen Wolken liefen lachend in den Himmel hinein und zogen den Alten mit.

Die Näherin

.... Es war im April des Jahres 188.... Ich war gezwungen meine Wohnung zu wechseln. Mein Hausherr hatte sein Haus verkauft und der neue Besitzet war entschlossen, das Stockwerk, in welchem mein bescheidenes Zimmer sich befand, ungeteilt zu vermieten. Ich suchte lange nach einem anderen erfolglos. Endlich nahm ich des Suchens müde fast ungeschaut ein Kämmerchen im dritten Stocke eines Gebäudes, dessen Längsseite keinen unbedeutenden Teil der engen Seitengasse einnahm.

Mein Zimmer erschien mir gleich in den ersten Tagen recht heimlich. Durch die beiden kleinen Fenster, deren vielfach geteilte Scheiben das Alter des Hauses erraten ließen, schaute ich weit über graue und rote Dächer, über rußige Schornsteine hinweg die blauen Berge und konnte die aufgehende Sonne betrachten, die als glühende Kugel auf dem verschwommenen Hügelrande lehnte. Meine eigenen Möbel, die ich hatte herbeischaffen lassen, machten den beengten Raum wohnlicher, als ich anfangs hoffte, und die Bedienung, die die Hausbesorgerin übernommen hatte, ließ nichts zu wünschen übrig. Die Treppe war nicht allzusteil und konnte unmerklich erstiegen werden, ja, wenn ich in Gedanken hinanschritt, fühlte ich mich gar verleitet, bis auf den Dachboden zu klimmen. Kurzum ich war zufrieden, zumal in dem dunklen Hofe weder Kinder spielten noch – Leierkästen.

Jahre sind ins Land gegangen seither. – Die Zeit, von der ich erzähle, liegt für mich im Dämmern der Vergangenheit, und die grellen Farben der Ereignisse sind verblaßt und verschwommen. Mir ist, als spräche ich von einer Begebenheit, die nicht mir selbst, sondern einem Anderen, vielleicht einem guten Freunde zugestoßen ist. Ich muß daher nicht befürchten, daß mich die Selbstliebe zu einer Lüge verleitet: ich schreibe offen, klar und wahrheitsgemäß.

Ich war nicht viel zuhause damals. Früh um halb acht ging ich ins Amt, speiste mittags in einem billigen Gasthause und verbrachte so oft es anging den Nachmittag im Hause meiner Braut. Ja, ich war verlobt damals. Hedwig – ich will sie so nennen – war jung, liebenswürdig, gebildet und – was in den Augen meiner Genossen am schwersten ins Gewicht fiel – reich. Sie entstammte einer älteren Kaufmannsfamilie, die es durch Sparsamkeit und Fleiß endlich dahin gebracht hatte, ein Haus zu führen, das auch die jungen Kavaliere gerne besuchten, weil bei aller Vornehmheit ein ungezwungener Frohsinn dort herrschte, der die Langeweile nicht aus den Teetassen steigen ließ. Die jüngste Tochter des Hauses, Hedwig, war übrigens jedermanns Liebling, weil sie mit ihrer Bildung eine gewisse liebenswürdige Leichtfertigkeit vereinte, die die gleichgiltigste Unterhaltung interessant und reizvoll machte. Sie besaß mehr Herz und Gemüt, als die beiden älteren Schwestern, war aufrichtig, heiter, und – es ist gewiß, daß ich sie liebte. –

Ich kann offen reden. Sie heiratete später, ein Jahr nachdem das Verlöbnis gelöst war, einen jungen, adligen Offizier, starb aber, nachdem sie ihm das erste Kind, ein blondlockiges Töchterchen, geschenkt hatte. –

In ihrem Elternhause, wo sich täglich eine größere Gesellschaft befand, blieb ich gewöhnlich bis gegen die sechste Abendstunde, machte dann meinen Spaziergang, besuchte das Theater und kehrte um zehn Uhr nachts nachhause zurück, um den nächsten Tag dieselbe Lebensweise fortzuführen.

Früh, wenn ich meine drei Treppen langsam niederstieg, traf ich auf dem Vorraume des ersten Stockes stets den Hausbesorger, der die weißen Steinfließe reinigte. Er grüßte und begann ein Gespräch.

Tag für Tag dasselbe. Vom Wetter erst, dann, wie ich zufrieden sei mit meiner Wohnung und dergleichen. Da der Alte nie enden wollte, fragte ich ihn immer nach seinen Kindern, worauf er seufzte und zwischen zusammengepreßten Zähnen hervorstieß: »'s ist ein Kreuz! Die machen Sorge, Herr!« Damit wars zu Ende. – Einmal, an einem Dienstag, erkundigte ich mich, nur um etwas zu sagen, wer denn neben mir wohne. – Die Frage ward beantwortet, just wie sie gestellt war: nur so – oben hin. »Eine Nähterin, ein armes Ding, ein häßliches ...« murrte er, ohne vom Boden aufzusehen. Das war Alles.

Ich hatte diese Auskunft längst vergessen, als ich sie – die Näherin, wie ich damals richtig vermutete – im dämmerigen Flur des Hauses traf. An einem Sonntagvormittag war es. Ich hatte länger geschlafen und ging eben aus, während sie, ein kleines Buch in der Hand, wahrscheinlich aus der Kirche zurückekehrte. Eine armselige Gestalt: zwischen den spitzen Schultern, die ein verschossener, grüner, fast bis zur Erde reichender Mantel deckte, wiegte sich der Kopf, in dem zuerst die lange, dünne Nase und die hohlen Wangen auffielen. Die schmalen, leicht geöffneten Lippen zeigten unsaubere Zähne, das Kinn war eckig und sprang weit vor. Bedeutend in diesem Gesichte schienen nur die Augen. Nicht daß sie schön gewesen wären, aber sie waren groß und sehr schwarz – wennauch glanzlos. So schwarz, daß das tiefdunkle Haar fast grau erschien. – Ich weiß nur, daß der Eindruck, den dies Wesen auf mich machte, keineswegs ein angenehmer war. Ich glaube sie sah mich nicht an. Indessen blieb mir keine Zeit über diese gleichgiltige Begegnung weiter nachzudenken, da ich knapp vor dem Tore einem Freunde in die Hände fiel, in dessen Gesellschaft ich den ganzen Vormittag verbrachte. Dann vergaß ich überhaupt, daß ich eine Nachbarin hatte, zumal es, trotzdem wir hart Tür an Türe waren, nebenan Tag und Nacht ganz stille blieb. – So wäre es wohl fortgegangen, wenn nicht eines Nachts durch Zufall – oder wie soll ich es nennen – das Unerwartete, Niegeahnte geschehen wäre.

Im Hause meiner Braut fand in den letzten Tagen des April eine Gesellschaft statt, die, lange besprochen und vorbereitet, ganz trefflich verlief und bis spät in die Nacht dauerte. Gerade an jenem Abende hatte ich Hedwig entzückend gefunden. Ich plauderte lange mit ihr im kleinen, grünen Salon, und hörte voll Freude, wie sie halb ironisch, aber voll kindlicher, inniger Naivität das Bild unseres zukünftigen Hausstandes entwarf, wie sie all die kleinen Freuden und Leiden mit den grellsten Farben malte, und sich auf unser Glück freute, wie ein Kind auf den Christbaum. Ein angenehmes Gefühl der Zufriedenheit durchstrahlte wie eine wohltuende Wärme meine Brust, und auch Hedwig gestand damals, mich noch nie so heiter gesehen zu haben. – Dieselbe Stimmung beherrschte übrigens die ganze Gesellschaft: Toast folgte auf Toast. So kam es denn, daß man sich um drei Uhr morgens immer noch recht ungern trennte. – Drunten fuhr Wagen um Wagen vor. Die wenigen Fußgänger zerstreuten sich bald nach allen Seiten. Ich hatte mehr denn eine halbe Stunde zu gehen und so beschleunigte ich ziemlich meine Schritte, umsomehr, als die Aprilnacht kalt und nebeldüster war. Ich war mit meinen Gedanken beschäftigt und es schien mir gar nicht so lange gedauert zu haben, als ich schon vor der Haustür stand. Langsam sperrte ich auf und schloß das Tor vorsichtig hinter mir. Brannte dann ein Zündholz an, welches mir durch die Vorhalle bis zur Treppe leuchten sollte. Es war übrigens das letzte, das ich besaß. Es löschte bald. Die Treppe tappte ich, immer noch der schönen Stunden des vergangenen Abends denkend, hinan. Nun war ich oben. Ich steckte den Schlüssel in die Tür, drehte einmal um, öffnete langsam ....

Da stand *sie* vor mir. Sie. – Eine matte, fast herabgebrannte Kerze erhellte dürftig das Zimmer, aus dem mir ein unangenehmer Dunst von Schweiß und Fett entgegenschlug. Sie stand in einem schmutzigen, weitoffenen Hemde und einem dunklen Unterrock am Ende des Bettes, schien gar nicht erstaunt und blickte mich nur unverwandt mit starren Augen an. –

Ich war offenbar in ihr Zimmer geraten. Aber ich war so befangen, so festgebannt, daß ich nicht ein Wort der Entschuldigung sagte, aber auch nicht ging. Ich weiß, daß mich ekelte; aber ich blieb. Ich sah wie sie an den Tisch trat, den Teller mit den verstreuten Überresten eines zweifelhaften Mahles beiseite schob, vom Sessel die Kleider wegnahm, die sie ausgezogen, – und mich setzen hieß. Mit leiser Stimme, indem sie sagte: »Kommen Sie.«

Auch der Klang dieser Stimme war mir zuwider. Aber wie einer unbekannten Macht folgend, gehorchte ich. Sie sprach. Ich weiß nicht worüber. – Dabei saß sie am Rande ihres Bettes. Ganz im Dunkel. Ich sah nur das bleiche Oval dieses Gesichts und hie und da, wenn die verlöschende Kerze auflohte, die großen Augen. – Dann erhob ich mich. Ich wollte gehen. Die Klinke an der Tür leistete Widerstand, Sie kam mir zuhilfe. Da – in meiner Nähe glitt sie aus, – und ich mußte sie auffangen. Sie schmiegte sich an meine Brust, und ich fühlte ganz nahe ihren glühenden Atem. Er war mir unangenehm. Ich wollte mich los machen. Allein ihre Augen ruhten so starr in den meinen, als webten diese Blicke ein unsichtbares Band um mich. Sie zog mich immer mehr an sich, immer mehr. Sie drückte heiße, lange Küsse auf meine Lippen ……. Da verlöschte die Kerze. –

Am anderen Morgen erwachte ich mit schwerem Kopf, Kreuzschmerzen und bitterer Zunge. Neben mir in den Kissen des Bettes schlief sie. Das blasse eingefallene Gesicht, der magere Hals, dieser flache entblößte Busen flößte mir Schrecken ein. Ich richtete mich langsam auf. Die dumpfige Luft lastete auf mir. Ich blickte mich um: der schmutzige Tisch, der abgenutzte, dünnbeinige Sessel, die eingegangene Blume auf dem Fensterbrett – Alles machte den Eindruck des Elenden, Verkümmerten. Da regte sie sich. Sie legte wie träumend eine Hand auf meine Schulter. Ich betrachtete diese Hand; die langen dickknöcheligen Finger mit den schmutzigen, kurzen, breiten Nägeln, die Haut an den Spitzen braun und zerstochen … Mich ergriff ein Abscheu vor diesem Wesen. Ich sprang empor, riß die Tür auf, und rannte in mein Zimmer. Dort ward mir leichter. Noch weiß ich, daß ich bei meiner Tür den Riegel vorschob – so weit es ging. –

*

Tag um Tag verging in ganz derselben Weise, wie früher. Einmal, vielleicht eine Woche später, als ich mich schon zu Ruhe begeben hatte, stieß ich zufällig mit dem Ellenbogen gegen die Wand. Ich vernahm, daß dieses unabsichtliche Klopfen sofort beantwortet wurde. Ich blieb still. – Dann schlummerte ich ein. Im Halbschlaf plötzlich schien mir, daß meine Tür geöffnet würde. Im nächsten

Augenblick fühlte ich einen Körper, der sich an mich schmiegte. Sie war bei mir. In meinen Armen verbrachte sie die Nacht. Ich wollte sie fortschicken, oft. Aber sie blickte mich mit ihren großen Augen an, und das Wort erstarb auf der Lippe. O es war entsetzlich, die warmen Glieder dieses Wesens neben mir zu fühlen, dieses häßlichen, frühgealterten Mädchens; und doch fand ich nicht die Kraft .....

Manchmal begegnete ich ihr im Treppenhause. Sie ging an mir vorbei, wie zum ersten Male: – wir kannten uns nicht. Sehr oft kam sie zu mir. Leise, ohne ein Wort zu sprechen, trat sie ein und hielt mich gebannt durch ihren Blick. Ich war willenlos.

Endlich beschloß ich der Sache ein Ende zu machen. Mir kam es wie ein Verbrechen vor gegen meine Braut, das Bett mit diesem Weibe zu teilen, das sich mit solcher Aufdringlichkeit an mich schmiegte, und das doch nichteinmal – das Recht der Liebe besaß! –

Ich kam viel zeitiger nachhause und verriegelte sofort meine Türe. Als die neunte Abendstunde heranrückte, kam sie. Da sie die Tür versperrt fand, ging sie wieder weg; sie mochte wähnen ich sei nicht zuhause. Aber ich war unvorsichtig. Ich schob den schweren Schreibtischsessel etwas jäh zurück. Das mußte sie vernommen haben. Im nächsten Augenblicke pochte es. Ich blieb still. Noch einmal. Dann ungeduldig ohne Unterlaß. Jetzt hörte ich sie schluchzen – lange, lange ... Die halbe Nacht mußte sie an meiner Türe verbracht haben. Aber ich war stark geblieben; ich fühlte, daß dieses Ausharren den Zauber gebrochen hatte. –

Den nächsten Tag traf ich sie auf der Treppe. Sie ging sehr langsam. Als ich ganz in ihrer Nähe war, schlug sie die Augen auf. Ich erschrak: In diesen Augen lag ein unheimliches Flimmern und Drohen ... Ich lachte über mich selbst. – Ich war doch ein rechter Tor! Dieses Mädchen! Und ich schaute ihr nach, wie sie so schwerfällig die Füße auf die Steinstufen setzte und hinabhinkte ....

Am Nachmittage brauchte der Chef meiner, so daß der gewohnte Besuch bei Hedwig unterbleiben mußte. Abends, als ich in meine Stube kam, fand ich einen Brief des Vaters meiner Braut vor, der mich in das größte Erstaunen versetzte. Er lautete:

».......... Unter den obwaltenden Verhältnissen werden Sie es begreifen, daß ich mich zu meinem eigenen, größten Bedauern gezwungen sehe, die Verlobung mit meiner Tochter aufzuheben. Ich dachte Hedwig einem Manne anzuvertraun, den keine anderweitigen Verpflichtungen binden. Derartige Erfahrungen seinem Kinde möglichst zu ersparen, ist Vaterpflicht. Sie werden, geehrter Herr von B ....., mein Vorgehen verstehen, wie auch ich überzeugt bin, daß Sie mich selbst gewiß noch rechtzeitig von der Lage der Dinge unterrichtet hätten. – Im Übrigen stets der Ihre ......«

Wie mir zumute war, ist schwer zu beschreiben. Ich liebte Hedwig. Ich hatte mich in die Zukunft, die sie selbst so reizend entworfen hatte, schon eingelebt. Ich konnte mir mein Schicksal ohne sie nicht denken. Ich weiß, daß mich zuerst ein heftiger Schmerz übermannte, der mir Tränen in die Augen trieb, ehe ich Zeit fand nachzudenken, welchem Einflusse ich diese sonderbare Zurückweisung zu verdanken hatte. Denn sonderbar war sie auf jeden Fall. – Ich kannte Hedwigs Vater, der die Gewissenhaftigkeit und Gerechtigkeit selbst war, und wußte, daß nur ein bedeutendes Ereignis ihn zu diesem Vorgehen bewogen haben konnte. Denn er achtete mich und war zu besonnen mir Unrecht zu tun. Ich schlief die ganze Nacht nicht. Tausend Gedanken durchkreuzten meinen Kopf. Endlich gen Morgen entschlummerte ich vor Müdigkeit. Beim Erwachen bemerkte ich, daß ich vergessen hatte, die Tür zu verriegeln. Indessen sie war nicht bei mir gewesen. Ich atmete erleichtert auf.

Ich kleidete mich eilig an, entschuldigte für ein paar Stunden mein Fernbleiben vom Amte und eilte zur Wohnung meiner Braut. Ich fand das Tor verschlossen, und als auf mein wiederholtes Lauten niemand erschien, dachte ich sie seien ausgefahren. Der Hausbesorger könnte ja leicht im Hofe beschäftigt sein, wo er die Glocke nicht hörte. – Ich beschloß am Nachmittage zur gewöhnlichen Stunde zu kommen.

So tat ich auch. – Der Hausbesorger öffnete, machte erstaunte Augen und sagte, ich müßte ja doch wissen, daß die Herrschaften abgereist seien. Ich erschrak, tat aber, als sei ich von Allem unterrichtet, und verlangte nur Franz, den alten Diener, zu sprechen. Der erzählte mir denn auch haarklein, daß Alle, Alle abgereist sei'n, nachdem gestern nachmittag eine merkwürdige Szene sich abgespielt hätte.

»Ich stand«, so sprach er, »hier im Vorraum, putzte die Tafelbestecke, als ein Frauenzimmer heruntergekommen und elend eintrat und mich ersuchte, sie zu Fräulein Hedwig zu führen. Natürlich gab ich nicht nach, – man muß die Leute doch erst kennen ....« Ich nickte eifrig. – Mir kam ein Gedanke .... »Na und kurz und gut,« fuhr der schwatzhafte Alte fort, »sie machte auf meine Weigerung hin solange ein Geschrei und Gezeter, bis der gnädige Herr heraustrat. Den bat sie nun und beschwor, sie bringe wichtige Nachrichten. Er nahm sie in sein Cabinet. Eine Stunde blieb sie drin. Eine Stunde, gnädiger Herr! Dann kam sie heraus, küßte dem gnädigen Herrn die Hand ......«

»Wie sah sie aus?« unterbrach ich ihn.

»Blaß, mager, häßlich.«

»Groß?«

»Recht groß.«

»Augen?«

»Schwarz, auch die Haare.« Der Alte schwatzte noch weiter. Ich wußte genug. – Alle Worte des entsetzlichen Briefes wurden mir klar: Verpflichtungen! .... Bitterer Groll regte sich in mir. Ich ließ den Diener stehen und stürzte hinab. Ich lief durch die Straßen bis zu meinem Hause. Vor dem Tor standen ein paar Leute beisammen. Männer und Weiber. Sie sprachen heftig und leise. Ich stieß sie rauh beiseite. Dann drei Treppen hinan ohne Atemholen. Ich mußte zu ihr, ihr sagen ... Ich wußte nicht was ich sagen würde, aber ich fühlte, daß mir die rechte Zeit die rechten Worte leihen werde ....

Auch auf der Treppe begegnete ich Männern. Ich achtete ihrer nicht. Oben. – Ich riß die Tür auf. Heftiger Carbolgeruch drang mir entgegen. Ein hartes Wort erstarb mir auf den Lippen. Da lag sie auf den grauen Linnen des Bettes in bloßem Hemde. Den Kopf weit zurück, die Augen geschlossen. Die Hände hingen schlaff. Ich trat näher. Sie zu berühren wagte ich nicht. – Mit den klaffenden Lippen und den unterlaufenen Augenlidern machte sie ganz den Eindruck einer Ertrunkenen. Mich schauerte. Ich war allein im Zimmer. Die scheidende, kalte Sonne beschien den schmutzigen Tisch – den Bettrand ... Ich beugte mich zu dem Weibe. Ja, sie war tot. Die Farbe des Gesichtes war bläulich. Ein übler Geruch ging von ihr aus. Und ein Ekel erfaßte mich, ein Abscheu ...

Im Vorgärtchen

Skizze

Was einem doch bisweilen für Gedanken kommen ..... Gestern zum Beispiel. Sitze ich da wieder neben Frau Lucy im Vorgärtchen ihres Landhauses. Die junge blonde Frau mit den großen tiefen Augen schweigt, sieht zum atlasblanken Abendhimmel auf und weht sich Kühlung mit einem Brüsseler Spitzentuch. Und der Duft, der so prickelnd durch meine Nerven rinnt, kommt der von dem fächelnden Tuche her oder dort von dem Fliederstrauch?

»Dieser prächtige Flieder ....« sagte ich – nur um etwas zu sagen. Denn das Schweigen ist ein heimlicher Waldsteg, auf dem verstohlene Gedanken hin und wider huschen. Also nur nicht schweigen!

Sie hatte jetzt die Augen geschlossen und den Kopf zurückgelehnt, so, daß das volle Abendlicht auf den feingeäderten Lidern lag. Die Nasenflügel bebten leise wie die Schwingen eines kleinen Falters, der an einer jungen Rose nippt. Ihre Hand lag zufällig auf der Armlehne meines Stuhles hart neben der meinen. Ich glaubte ihr leichtes Zittern in meinen Fingerspitzen zu spüren. – Nicht nur in den Fingerspitzen. Durch den ganzen Körper floß mirs bis zum Hirn und nahm mir alle, alle Gedanken – nur den einen nicht ...... Und dieser formte und ballte sich wie eine Gewitterwolke im Gebirge: »Sie ist die Frau eines andern ...«

Teufel auch! Das wußte ich doch längst. Und dieser andere war sogar mein Freund. – Aber heute kam mir dieser sonderbare Gedanke immer wieder und ich hatte ein Gefühl dabei wie ein Bettelkind, das zu den Herrlichkeiten im Zuckerbäckersschaufenster sehnsuchtsvoll hinüberstaunt ....

»Worüber denken Sie nach, gnädige Frau?« – riß ich mich aus meinem Sinnen.

Sie lächelte: »Wie Sie ihm ähnlich sehen!«

»Wem?«

Sie wandte den Blick und setzte sich zurecht: »Meinem verstorbenen Bruder!«

»So. Ist er jung verstorben?«

Sie seufzte: »Sehr jung. Er hat sich erschossen. Der Arme! Er war ein prächtiger, braver Mensch. Warten Sie, nächstens zeig ich Ihnen sein Bild.«

»Hatten Sie mehrere Geschwister?« lenkte ich ab.

Sie schien kaum gehört zu haben. Ihr helles Auge lag mit verwirrender Ruhe auf mir. Groß wie ein ganzer Himmel.

»Der Zug um die Augen, dieser Mund ...« – wie im Traume sagte sie das.

Ich bemühte mich ihr ruhig ins Gesicht zu sehen. Es war mir sehr schwer. Sie betrachtete mich lange. Dann rückte sie den Stuhl näher, und ihre Stimme hatte einen innigen, vertraulichen Ton, als sie von ihrem Bruder erzählte. Sie sprach leise, und ihr Haupt war mir so nahe, daß ich den Duft ihres blonden Haares spürte. Die lebhafte Erinnerung an Glück und Weh entflammte ihr Auge und belebte ihr Antlitz. Im Feuer der Erregung erschienen mir ihre Züge so bekannt, als wäre ich der teure Tote, dessen sie gedachte.

Diese Augen .... dieser Mund .... dachte ich – das ist *mein* Gesicht, nur veredelt, verfeinert .....

Und als sie endlich, ein Schluchzen in der Kehle, verstummte und das zarte Köpfchen in die Brüsseler Spitzen vergrub, da hätte ich rufen mögen: Ich bins! ich bins! Lebend genoß ich das Glück, von solch einem Weibe beweint zu werden ...... und ich weiß nicht, wie's kam, ich strich ihr mit der Hand ganz leise über den abendroten Scheitel. Sie ließ es geschehen.

Dann hob sie die Augen, die voller Licht waren: »Wenn er doch lebte!« sagte sie nachdenklich. »Wir wären beisammen geblieben und ich hätte nie geheiratet ...«

Ich horchte auf.

Und jetzt brach ihre Natur durch: Sie weinte heftig und stürmisch.

Ich sah wie die Sonne starb, und dachte: »Sie ist eines anderen Frau ...«

Aber ihr Weinen übertönte diesen Gedanken.

Und ehe noch der Sonnenrand ganz hinter den violetten Hügeln versunken war, lag ihr Köpfchen an meiner Brust, und ihr wirres, goldenes Haar kitzelte mein Kinn. Und dann küßte ich der blonden Frau Lucy die tauhellen Tränen fort, und zugleich mit den ersten, blassen Sternen dort oben blühte ein Lächeln auf ihren roten Lippen ....

.... Als ich eine Stunde später ihrem Gatten an der Gartentür begegnete, bemerkte ich just da er mir die Hand entgegenstreckte ein Stäubchen an meiner Kravatte. Dieses Stäubchen! Ich verlor es nicht aus dem Auge und bemühte mich, es mit der einen Hand fortzuknipsen, während ich die andere hastig in seine legte. –

Sonntag

Das war ... das war ... an der Ostsee. Ich kam von einem frühen Morgengang. Der Wald um mich her war still, ganz still. Auch mein Schritt verklang auf dem weichen, habitbraunen Waldboden. Nur die Luft war voller Vogelsang. – Schulterhohe Farren prahlten mit perligem Tauschmelz. Die steifen Stämme glühten, und ihre hohen Kronen schwankten lautlos her und hin, als wollten sie den weiten Himmel blankscheuern. – Und der war doch so klar.

Jetzt tauchte das Dorf auf. Viel weißer waren die kleinen Häuser als sonst, und ihre moosbewimperten Augen, die Fenster, blinzten viel heller. – Und der Kirchturm mit dem roten Zwiebeldach, – drollig: der sah aus wie ein stämmiger, kerngesunder Pausback. – Drüben die Straße schimmerkiesig, und die Meilensteine, an ihrem Ranfte im Grünen, wie Kinder im Hemdchen, die knieen und beten! – Nicht?

Beten, ja! Dank beten.

Ich ging durch die Gassen. Hart vor mir war der Morgen hier gegangen. Ich sah seine goldene Sohlenspur. Rechts bald, bald links hinter hellgrünen Latten standen sonnenhaarige Mädchen. Sie sangen und schnitten Rosen, sich damit zu schmücken. – Wir lachten und nickten uns zu. Und aus den Fenstern lugten freundliche, uralte Mütterchen zum Himmel hinauf mit lichtmatten, aber lachenden Augen. Kinder standen im Hemde am Türpfosten. Sie klatschten in die Hände, und ihre beiden pfirsichroten Backen wären voll Sonntagskuchen ...

Dann stand ich am Meer. Das Meer war wie violenblauer, schwerer Atlas. Ein winziges, ockergelbes Segel sonnte weit draußen, und am Horizont zog wie ein silberweißer Schwan der große Rügendampfer ...

Ich staunte hinaus in die flimmernde Pracht. Wie ein Kind, das ein schönes Spielzeug erhalten hat, hätte ich Alle rufen mögen, die mir lieb sind: »Kommt und seht, ist das nicht – herrlich?!«

Dabei war meine Brust voll Jubel und Lachen.

Ein brauner, alter Fischer kam just des Wegs. Ich eilte hinzu und drückte seine schwielenharte Hand, daß es mich schmerzte ....

Ja, das war an der Ostsee. – Hab damals übrigens fleißig Tagebuch geführt. An diesem Tage schrieb ich in mein Heft:

»Ein Sonntag ...!« Kein Wort mehr. –

Generationen

In unseren Stuben riecht es am Donnerstag nach Tomaten, am Sonntag nach Gänsebraten, und jeden Montag ist Wäsche. So sind die Tage: der rote, der fette, der seifige. Außerdem giebt es noch die Tage hinter der Glastür; oder eigentlich einen einzigen Tag aus Kühle, Seide und Sandelholz. Das Licht darin ist gesiebt, fein, silbern, still; Ruß, Sturm, Lärm und Fliegen kommen nicht mit herein wie in alle anderen Stuben. Und doch ist nur die Glastür dazwischen; aber sie ist wie zwanzig eherne Tore, oder wie eine Brücke, die nicht enden will, oder wie ein Fluß mit einer unsicheren Fähre von Ufer zu Ufer.

Selten kommt jemand hinüber und erkennt nach und nach, tief in der Dämmerung: über dem Sofa, groß, in Goldrahmen, der Großvater, die Großmutter. Es sind enge, ovale Brustbilder, aber beide haben ihre Hände hinein gehoben, so mühsam das gewesen sein mag. Es wären keine Porträts geworden ohne diese Hände, hinter denen sie leise und bescheiden hingelebt haben, alle Tage lang. Diese Hände hatten das Leben gehabt und die Arbeit, die Sehnsucht und die Sorge, waren mutig und jung gewesen und sind müde und alt geworden, während sie selbst nur fromme, ehrfürchtige Zuschauer dieser Geschicke waren. Ihre Mienen blieben müßig irgendwo weit vom Leben und hatten nichts zu tun, als einander langsam ähnlich zu werden. Und in den Goldrahmen über dem Sofa sehen sie wie Geschwister aus. Aber dann stehen mit einem Male ihre Hände vor den schwarzen Sonntagskleidern und verraten sie.

Die eine, hart, krampfig, rücksichtslos, sagt: So ist das Leben. Die andere, blaß, bang, voll Zärtlichkeit, sagt: Sieben Kinder – oh! Und einmal ist der blonde Enkel dabei, hört die Hände und denkt: diese Hand ist wie der Vater, und meint die harte, narbige damit. Und vor der bleichen Hand fühlt er: wie die Mutter ist sie. Die Ähnlichkeit ist groß; und der Knabe weiß, daß die Eltern sich nicht gern so sehen mögen; deshalb kommen sie selten in den Salon. Sie passen in die Stuben, die voll sind von lautem Licht, und in den Wechsel der Tage, die bald rot von Tomaten, bald dumpf von Soda sind. Denn Das ist das Leben. Und es bleibt Alles in ihren Zügen hängen wie einst an den Händen der Großeltern. Ein paar Hände sind sie und nichts dahinter.

Hinter der Glastür sind seltsame Gedanken. Die hohen, halbblinden Spiegel wiederholen immerfort, als müßten sie's auswendig lernen: der Großvater, die Großmutter. Und die Albums auf der gehäkelten Tischdecke sind voll davon: Großvater, Großmutter, Großvater, Großmutter. Natürlich stehen die steilen Stühle ehrfurchtsvoll herum: als ob sie einander eben erst vorgestellt wären und gerade die ersten Phrasen tauschten: »Sehr angenehm«, oder: »Sie gedenken, lange hier zu bleiben?« oder so etwas Höfliches. Und dann verstummen sie ganz, sagen gleichsam: »Bitte«, wenn die Spieluhr beginnt: »Tingilligin ...« Und sie singt mit ihrer welken, winzigen Stimme ein Menuett. Das Lied bleibt eine Weile über den Dingen und, sickert dann in die vielen dunklen Spiegel hinein und ruht in ihnen wie Silber in Seen.

In einer Ecke steht der Enkel und ist wie von van Dyck. Er möchte so heißen, daß man seinen Namen zur Spieluhr singen könnte, denn er hat plötzlich das Gefühl: Kampf und Krankheit sind es nicht, auch nicht die Sorgen und das tägliche Brot und der Wäschetag und alles andere, was mit uns draußen in den engen Stuben wohnt. Das wirkliche Leben ist wie dieses »Tingilligin« ... Es kann nehmen und schenken, kann dich Bettler rufen oder König und tief oder traurig machen je nachdem, – aber es kann nicht das Gesicht bang oder zornig verzerren und es kann auch – verzeih, Großpapa – es kann auch die Hände nicht hart und häßlich machen wie deine.

Das war nur so ein breites, dunkles Gefühl in dem blonden Knaben. Wie ein Hintergrund, vor dem andere kleine Kindergedanken standen wie Bleisoldaten. Aber er empfand es doch, und vielleicht lebt ers einmal.

Im Leben

Der Herr Revisor ist über den Schreibtisch gebogen wie ein Gasarm mit einer matten Glaskugel am Ende.

Er ist fleißig, und es ist keine Kleinigkeit, fleißig sein, wenn man so ein Gegenüber hat.

Die Schreibtische haben Aufsätze zum Glück, und man kann dahinter untertauchen wie hinter einer Brustwehr. Der Revisor hat seinen kahlen Kugelkopf ganz tief über seine Zahlen geschraubt, so daß die Worte des Offizials darüberhin in die königlich-ärarische Wandkarte »Das Eisenbahnnetz von Europa« einschlagen.

Man sieht: der junge Mensch, der zum letzten Mal in der Kanzlei ist, hat alle Achtung vor dem geheiligten Eigentum des Staates verloren. Er erlaubt sich Alles. Er sagt zum Beispiel jetzt:

»– wirklich, Herr Kniemann, lieber Straßenkehrer sein – oder – was weiß ich, als hier so langsam flach und staubig werden. Sehen Sie, bitte, diese Wände – rechts, links; wie in ein altes Buch gelegt ist man: das vergessene Lesezeichen des Herrn Vorgängers, der über dieser Stelle eingeschlafen ist.«

»17,850«, sagt der Revisor Kniemann und weicht der Riesenseite des Grundbuches aus, die beim Umblättern wie ein Segel an ihm vorüberfährt.

»Sie wollen sagen, man bleibt nicht immer Offizial –«, erklärt der andere diese Geste, »man wird Revisor, Bureauvorstand, vielleicht sogar Inspektor, das heißt man wird aus einem Schmöker in einen Goldschnittband gelegt, etwa aus ›Der Mörder in der Kohlenkiste‹ in ›Das Buch der Lieder‹. Aber ich sage Ihnen: man bleibt Lesezeichen, höchstens, daß man nach obenhin in Beförderungszeiten die Aufschrift trägt: ›Vergiß mein nicht.‹ Danke, Ich bin mir zu … zu plastisch für diesen Zweck. Ich muß hinaus –«

»Ja«, ächzt der Revisor teilnahmslos und fängt die Reihe nochmals von unten zu addieren an. Er hat sich verrechnet.

»Dort gibt es Morgen, Mittag und Abend«, schwärmt der Jüngere. »Haben Sie das hier vielleicht? Von acht bis drei haben Sie hier, was ist das, bitte? Und was bleibt übrig vom ganzen Tag? So ein Rest von ein paar Metern, Ausverkauf und herabgesetzte Preise. Es reicht zu nichts, nicht einmal eine Weste könnte man sich machen lassen daraus. – Aber dort: Dort gibt es Licht und Luft, Farbe und Freiheit, ja …«

»Wo?« macht der Revisor mißtrauisch und zählt weiter.

»Im Leben«, prahlt der andere.

»Junger Mensch«, ärgert sich Herr Kniemann und zählt weiter.

Der Offizial aber kann nicht aufhören zu träumen. Heute ist er Dichter, Eintagsdichter freilich nur: sentimental und ein wenig altmodisch, ohne die Scham und die Einfachheit der echten Poeten; aber er begeistert sich an sich selbst. Wie eine Kerze, an der jemand einen Liebesbrief verbrennt, ist er und träumt:

»Diese Gärten im Frühling – es hat etwas Rührendes. Ich meine die kleinen Hofgärten, in welche die Küchenfenster sehen, immer eines über dem anderen. Überall singt es, in den Bäumen und in den Fenstern, und singt auf den Märkten und alle Gassen entlang.

Haben Sie hier einmal etwas singen hören, Herr Revisor? Nein, sag ich, das haben Sie nicht. – Und die Plätze erst: da stehen steife, feierliche Standbilder und lauter Menschen herum, die sich erheben im Gedenken großer Männer. *Sie* haben nie vor diesen Unsterblichen gestanden, Sie haben keine Zeit, sich erheben zu lassen.«

Dabei blickt der Offizial auf. Über die gesenkte Stirn des Alten schleicht eine dicke Fliege. Der Schädel läßt sich das ruhig gefallen, und der gegenüber denkt: wie tot ist er doch, und wird ganz nervös darüber. Endlich erträgt er es nicht mehr:

»So jagen Sie doch um Gottes willen wenigstens die Fliege von Ihrer Stirn! Tun Sie mir den Gefallen!«

Herr Kniemann macht eine mechanische Bewegung mit der welken gelben Hand und rechnet: »12,473.«

Da erholt sich der andere wieder.

Er verschwendet ein strahlendes Lächeln:

»Und es gibt Gassen dort, Gassen …« Pause. »Man muß nur zu

gehen wissen. Jeden Augenblick streift ein Mädchen vorbei, blond und licht, und lächelt, als ob man ›Du‹ sagen sollte zu ihr. Und hinter den Fenstern – da lauern sie ja nur so, stampfen mit den kleinen Füßen vor Ungeduld und warten – auf das Glück. Und man streckt sich und denkt: ›Ich bin das Glück‹ und – da ist mans. Kunststück! Ich sage Ihnen, lieber Herr Kniemann, wollen muß man, das ist Alles. Befehlen Sie sich morgen früh, wenn Sie aufstehen: ich bin der Kaiser von Europa. Sie werden sehen: Sie sinds.«

»Waaa?« krächzt der Revisor und wagt sich ein wenig über die Brustwehr. Der andere lacht gutmütig in das verängstete, faltige Vogelgesicht hinein und brüstet sich einfach:

»Ja, so ist es dort.«

Der alte Beamte ertrinkt wieder in seinen Folianten, aber beunruhigt erkundigt er sich nach einer Weile doch: »Wo?«

»Wo,« meint der Offizial, »na, im Leben –«

Herr Kniemann denkt: *Du* wirst *mir* sagen; denn er hat Erfahrung. Er hat die Blattern gehabt und den Scharlach, und konfirmiert worden ist er auch: – also. Er lächelt überlegen, und das ist wie ein kleines Flämmchen am Gasarm, irgendwo mitten in seinem Kopf. Und nun da etwas durchschimmern will, merkt man erst, wie verstaubt diese matte Glaskugel ist.

Der junge Herr drüben läßt sich nicht irre machen. Heute gibt er sich heraus: Gesammelte Werke. – Er fährt also fort:

»Denken Sie an einen Sommertag. Scheint der nicht unermeßlich? Und das ist noch gar nichts, denn der Sommer hat viele Tage. Und keiner ist ganz wie der andere, jeder ist ein Wunder für sich. Draußen sind überhaupt lauter Wunder, und alle sind für uns. Wenn wir nicht hinschauen, wer kann dafür? Wir sitzen hier und tun Gescheiteres. Wir schreiben Zahlen. ›Kohlentransport im Monat Dezember‹ schreiben wir, und draußen ist das Leben. ›Kastenwagen Nr. 7815‹ schreiben wir, und draußen ist das Glück.

Ich werde Landwirt, Bauer meinetwegen. Man muß nämlich etwas tun, wovon der liebe Gott weiß. Glauben Sie, der kann hereinsehen in diesen dumpfen Hinterhof? Damit er sich die Laune verdirbt für zehn Feiertage!

Und dann dürfen Sie nicht vergessen: Alles ist Bewegung draußen, Auf und Ab, Hin und Her – wie ein Tanz. Keinem schlafen die

Füße ein, keinem wird die Brust knapp über dem Herzen. Man sollte von uns nicht sagen: sitzende Lebensweise; denn das ist ein Selbstmord und heißt höchstens: sitzende Todesart. Und ich habe noch lange keine Lust zu sterben. Ich habe die Absicht, vorher noch ein paar Zigaretten zu rauchen in guter Gesellschaft. Denn dort ist (nicht wie hier) Alles erlaubt, auch das Rauchen.«

Der Kopf des Revisors ist während dieser Rede langsam aufgetaucht und liegt jetzt mit vorgeschobenem Unterkiefer auf einer Mappe, »Akten Litera B«, wie ein geschmackloser Briefbeschwerer. Er nickt aufmerksam: »Im Leben?«

»Im Leben«, bestätigt der junge Mensch ernst und hat heiße Wangen.

»Es ist ja wahr: man tappt so eine Weile herum an der Tür, man findet nicht gleich ins Leben hinein. Und dann ist es ja auch die Gefahr, dieses Leben. Es ist eben Gipfel und Abgrund, Insel und Welle – Alles. Alles! Fühlen Sie, was das heißt? Das will sagen: Christabend, Bescherung – Oh man hat ja gar nicht genug Hände, um alle Gaben zu halten, nicht genug Augen, sie zu bewundern – überhaupt man ist arm vor Reichtum.«

»Im Leben.« Diesmal ohne Fragezeichen. Und die arme Stimme des Alten ahmt unbewußt dem Jubel des anderen nach. Der Revisor staunt selbst, wie das klingt, und versucht noch einmal vorsichtig, wie einer, der eine Sprache lernt: »Im Leben.«

Und der drüben sagt fast zugleich: »Im Leben.«

Durch den Zweiklang wird das Wort stark wie ein Eid oder wie ein Gebet.

Der junge Mensch fühlt das Feierliche, ist auf einmal wie mitten im Wald und ganz still. Er denkt an seine Mutter und schaut sie so, wie sie am Sonntag ist: in der lila Haube, ein wenig verweint von der Predigt, aber doch lächelnd …

Jetzt hat er, trotz seines blonden Schnurrbarts, ein Kindergesicht und sieht so treuherzig aus, daß der Revisor weiß: Nein, der lügt nicht.

Er wartet noch auf irgend etwas. Aber als der Offizial schweigt, setzt er sich behutsam, schließt das Buch und schaut lange auf das große schmutzigweiße Löschblatt, welches als Unterlage dient.

Drei große alte Kleckse halten seine Blicke fest.

Endlich reißt er sich los und wendet den Kopf aus irgend einem Grunde dem Fenster zu, vor dem nichts ist, als eine graue Wand und hoch oben ein Streifen Sonne. Herr Kniemann überlegt: »So, so, das ist also gar nicht das Leben.«

Und da steigen an der grauen Lichthofmauer gegenüber drei orange gelbe Monde auf.

Das sind seltsame Gestirne, die als schwarze Kleckse auf der verstaubten Mappe untergehen und orangerot immer wieder dort heraufsteigen.

Der Revisor ängstigt sich plötzlich: »Drei rote Monde, was ist das für eine Welt?« – Eine traurige Welt, Herr Revisor.

Und er steht nach einer Weile auf und ruft den Kanzleidiener so laut, daß der Offizial erschrickt. Er nimmt seine ganze Stimme zusammen:

»Knizek!«

Das muß etwas sehr Dringendes sein.

»Knizek!«

....

»Sie müssen mir ein neues Löschblatt unterlegen!«

Das Lachen des Pán Mráz

Zur Geschichte des Pán Václav Mráz ist folgendes nachzutragen:

Was Herr Mráz bis zu seinem vierzigsten Jahre trieb, konnte nicht ermittelt werden. Es ist auch gleichgültig. Jedesfalls lebte er nicht vom Verschwenden, denn in dem genannten Alter erwirbt er Schloß und Gutshof Vešin mit vollem Inventar von einem Grafen von Bubna-Bubna, der unglaublich verschuldet war.

Die ältlichen Jungfrauen, die damals noch in weißen Kinderkleidern vor dem Schloßtor auf den neuen Gutsherrn warteten, erzählen nicht, daß das vor zwanzig Jahren war; als ob es gestern gewesen wäre, wissen sie, daß Pán Mráz gerade ausspuckte, als man ihm den großen Strauß Rosen aus dem Pfarrgarten in den Wagen reichte. Das geschah übrigens aus Zufall und ohne jede arge Absicht.

Am nächsten Tage ging der neue Herr durch sämtliche Räume

des uralten Schlosses. Er hielt sich nirgends auf. Nur einmal blieb er eine Weile vor einem steifen, feierlichen Empire-Stuhl stehen und lachte ihm laut ins Gesicht. Diese kleinen krummbeinigen Tischchen, diese prahlerischen Kamine mit den eingeschlafenen Stutzuhren und die vielen dunklen Bilder – das, alles schien Herrn Mráz sehr zu amüsieren, während er vor dem atemlosen Verwalter her daran vorüberrannte.

Aber in dem blassen, silbergrauen Salon verging ihm die Laune. Die hungrigen Spiegel, die solange auf einen Gast lauerten, begannen sich den roten Kopf des Herrn Mráz wie einen reifen Riesenapfel zuzuwerfen, und sie setzten dieses Spiel übermütig fort, bis Pán Václav im Zorn die Türe hinter sich zuschlug und befahl, daß dieser Trakt mit seinen lächerlichen Möbeln und überflüssigen Zimmern gesperrt bliebe für alle Zeit.

Und das geschah.

Herr Mráz bezog die frühere Verwalterswohnung, wo die schweren Stühle und die glatten geräumigen Tische standen. Dort stellte man auch das eichene Ehebett auf. Eine Weile breitete sich Pán Mráz allein in den weiten Leinen aus; eines Abends aber rückte er ein wenig nach rechts und machte Platz für die ehrsame Aloisia Mráz, geborene Hanus.

Das kam so: Haushälterinnen betrügen, das weiß alle Welt; darum ist es gut, eine tüchtige, wachsame Hausfrau zu haben. Und Aloisia Hanus besaß das Nötige dazu, wie es schien. Zweitens gehört zu jedem Schloß ein Erbe. Im Inventar war ein solcher nicht vorgesehen. Man mußte ihn also nachschaffen. Und da dachte Pán Václav, er würde am besten bei Aloisia zu holen sein; denn sie war blond, bauernbreit und gesund. Und gerade das wünschte Herr Mráz.

Aber, aber, wie schlecht hat die gute Aloisia ihre Pflicht begriffen. Erst gebar sie etwas so Kleines, daß es dem Pán Mráz fortwährend durch die Augen fiel, wie durch ein Sieb, und da man sich eben wunderte, daß dieses lächerliche Ding wirklich lebte, starb sie selbst, ohne weiteres. Und da war nun die Haushälterin wieder obenauf, wie das so geht.

Pán Mráz hat diese doppelte Enttäuschung nicht vergessen. Er läßt sich langsam breit werden in den geräumigen Stühlen und erhebt sich nur, wenn Besuch kommt. Das ist nicht oft. Er läßt dann Wein kommen und redet in seiner matten melancholischen Weise über Politik, wie über etwas sehr Trauriges. Er vollendet keinen Satz und wird wild, so oft der Nachbar ihn falsch ergänzt. Gelegentlich springt er auf und schreit: »Václav!«

Nach einer Weile tritt ein schlanker, junger Mensch ein.

»Komm her, mach deine Verbeugung vor dem Herrn«, brüllt Herr Mráz. Und dann zu dem Gast: »Verzeihen Sie, das ist nämlich mein Sohn. Ja, ich sollte es eigentlich gar nicht sagen. Würden Sie mir glauben, daß er achtzehn Jahre ist? Ich bitte, achtzehn Jahre. Genieren Sie sich nicht. Sie werden sagen, er ist fünfzehn höchstens. Natürlich. Sehen Sie diese Arme, bitte. Václav, du bist achtzehn Jahre. Schämst du dich nicht?«

Und dann schickt er den Sohn wieder fort. »Er macht mir Sorgen,« brummt er, »er ist zu gar nichts. Und wenn ich heute die Augen zudrücke –«

Darauf sagte neulich ein Gast: »Was wollen Sie denn, lieber Herr Mráz, wenn die Zukunft Sie wirklich beunruhigt, mein Gott – Sie sind noch jung – versuchen Sie's noch einmal, heiraten Sie –«

»Was?« schreit Herr Mráz, und der Fremde verabschiedet sich so schnell als möglich.

Allein nicht ganz vierzehn Tage später zwängt sich Pán Václav in seinen schwarzen Rock und fährt nach Skrben.

Skrbenskys sind vom ältesten Adel und verhungern lautlos auf ihrem letzten Stammsitz. Von dort holt Herr Mráz die Jüngste, Komtesse Sita. Die anderen beneiden sie, denn Mráz ist sehr reich. Die Hochzeit ist bald und ohne alles Gepränge.

Zu Hause erst merkt Herr Mráz, wie zart und blaß Sita ist. Er fürchtet im Anfang »diese Gräfin da« zu zerbrechen. Dann aber denkt er: Wenn es eine Gerechtigkeit giebt, muß sie mir einen wahren Riesen schenken. Und er wartet.

Aber es giebt keine Gerechtigkeit, offenbar.

Frau Sita bleibt wie ein Kind. Nur ihre Augen bekommen das große Staunen. Sonst geschieht nichts. Sie wandert ewig umher im Park, im Hof oder im Haus. Jeden Augenblick muß man sie suchen. Einmal kommt sie gar nicht zum Essen. »Es ist so gut, als hätte ich überhaupt keine Frau –« flucht Herr Mráz. In dieser Zeit wird sein

Haar rasch weiß, und er geht nur schwer. Gleichwohl macht er sich eines Nachmittags selbst auf, Frau Sita zu finden. Ein Diener weist ihn in den sonst stets verschlossenen Trakt des Schlosses. Auf seinen leisen Filzschuhen schleicht Herr Václav durch die duftende Dämmerung dieser müßigen Zimmer; immer an den prahlerischen Kaminen und an den feierlichen Stühlen vorbei – mürrisch; denn er ist nicht in der Laune zu lachen.

Endlich steht er an der Schwelle des silbergrauen Salons, in welchem die vielen Spiegel sind, und staunt. Trotz des beginnenden Dunkels erkennt er in ihnen: Frau Sita und seinen Sohn, den blassen Václav. Sie sitzen sehr weit voneinander, reglos in den hellen, seidenen Sesseln und sehen sich an. Sie sprechen nichts. Man möchte meinen, sie haben auch nichts gesagt. Sie warten. Merkwürdig. »Und –?« denkt Herr Mráz, jedesmal mit einem Fragezeichen dahinter: »Und –?« Bis ihm die Geduld ausgeht. »Belieben,« brüllt er und schwillt zur Tür herein – »belieben sich nicht stören zu lassen, die Herrschaften.« Da fährt sein Sohn zitternd auf und sieht nach der Türe. Aber Pán Mráz befiehlt ihm zu bleiben.

Seither hat er etwas für die langen Nachmittage. Immer, wenn er sich recht unzufrieden fühlt, schleicht er auf seinen lautlosen Schuhen durch alle die schlafenden Zimmer in den kleinen Glassalon. Es kommt vor, daß die beiden noch nicht dort sind. Dann läßt er sie holen.

»Meine Frau und den jungen Herrn!« schreit er den Diener an.

Und dann müssen sie sich einander gegenüber in dieselben Sessel setzen wie damals. »Laßt euch nicht stören, meinetwegen –« donnert Herr Václav und bettet sich behäbig in einen großen Grafensessel. Manchmal ist es, als ob er schliefe, wenigstens atmet er so. Aber er hat trotzdem die Augen ein wenig offen und betrachtet. Er hat sich allmählich an die Dämmerung gewöhnt. Er sieht jetzt viel besser als das erste Mal.

Er bemerkt: wie die Blicke der beiden voreinander fliehen und sich, müde und hilflos, immer wieder in allen Spiegeln finden. Es entgeht ihm nicht, daß sie Angst haben, eines in die Augen des anderen zu fallen, wie in unermeßliche Abgründe. Und daß sie sich doch immer wieder an den Rand wagen. Daß sie spielen mit der Gefahr. Auf einmal faßt sie der Schwindel; und dann machen sie plötzlich beide zugleich die Augen zu, ganz wie zwei, die zusammen von einem Turm springen –

Dann lacht Herr Mráz und lacht. Nach langer Zeit kann er wieder lachen. Das ist ein gutes Zeichen: er wird gewiß sehr alt werden.

Wladimir, der Wolkenmaler

Sie sind wieder mal ganz herunter, Überflüssige, Abtrünnige, Betrogene in jedem Sinne. Jeder fängt bei sieh selber an und verachtet so weiter nach oben und nach unten.

Aus diesem Gefühle heraus sagt der Baron: »Man kann nicht mehr in dieses Caféhaus gehen. Keine Zeitungen, keine Bedienung, nichts.«

Die beiden anderen sind ganz seiner Meinung.

So sitzt man weiter um den kleinen Marmortisch herum, der nicht weiß, was diese drei Menschen von ihm wollen. Ruhe wollen sie, einfach Ruhe. Der Dichter drückt das ebenso deutlich wie onomatopoetisch aus. »Quatsch« sagt er nach einer halben Stunde.

Und wieder sind die anderen derselben Ansicht.

Man wartet weiter, weiß Gott auf was.

Dem Maler beginnt ein Bein zu pendeln. Er betrachtet es eine Weile tiefsinnig. Dann begreift er die Bewegung und beginnt, langsam und mit Gefühl:

»Stumpfsinn, Stumpfsinn,
du mein Vergnügen –«

Da ist es aber höchste Zeit aufzubrechen. Einer hinter dem anderen gehen sie und Kragen hoch. Das Wetter ist nämlich auch so. Heulen möchte man.

Was tun? Bleibt nur Eines: zwischen fünf und sechs zu Wladimir Lubowski gehen, auf eine Dämmerung. Natürlich. Vorwärts also: Parkstraße 17. Ateliergebäude.

*

Zu Wladimir Lubowski kommt man nur durch seine Werke. Er raucht nämlich seine Bilder alle. Das ganze Atelier ist voll des phantastischen Qualmes. Du kannst von Glück reden, wenn du durch diese Urnebel auf dem kürzesten Wege zu dem alten abgenutzten Ruhebett gefunden hast, auf welchem Wladimir wohnt – tagaus, tagein.

Auch heute natürlich. Er steht nicht auf und wartet die drei »Betrogenen« ruhig ab. Die setzen sich rings um ihn, ein jeder nach Art und Anlage. Sie haben irgendwo grüne Chartreuse gefunden und Zigaretten. Selbstverständlich machen sie ohneweiters Gebrauch davon, mit der Miene von Menschen, die sich fortwährend aufopfern. Die Zigaretten sind sogar fein: Gott ja – was tut man nicht alles diesem elenden Leben zu Liebe.

Der Dichter lehnt sich zurück: »Oder ist es etwa nicht ein Machwerk, das Leben, etwas für Dilettanten – wie?«

Wladimir Lubowski antwortet nicht.

Die anderen warten gerne. Es ist so seltsam gut in diesem duftenden Dunkel. Man muß nichts tun als stillhalten, dann nimmt es einen hin und beginnt einen zu wiegen –

»Wie Sie das machen, Lubowski, es riecht gar nicht nach Terpentin bei Ihnen –« meint der Maler obenhin und der Baron ergänzt:

»Im Gegenteil. Haben Sie hier irgendwo Blumen?«

Stille. Wladimir bleibt weit hinter seinen Wolken.

Aber die drei sind geduldig. Sie haben Zeit und Chartreuse.

Sie kennen das: abwarten, es wird schon kommen.

Und dann kommt es:

Rauch, Rauch, Rauch und dann liebe, langsame Worte, welche durch die Welt gehen und die Dinge bewundern von weit. Die Wolken heben sie hoch. Lauter heimliche Himmelfahrten.

Zum Beispiel:

Rauch. »Das macht: Die Menschen schauen immer von Gott fort. Sie suchen ihn im Licht, das immer kälter und schärfer wird, oben.« Rauch. »Und Gott wartet anderswo – wartet – ganz am Grund von Allem. Tief. Wo die Wurzeln sind. Wo es warm ist und dunkel –« Rauch.

Und der Dichter beginnt auf und ab zu gehen, plötzlich.

Die Drei denken an den Gott, der irgendwo hinter den Dingen wohnt – wunderwo. –

Und später:

»Angst – haben –?« Rauch. »Wozu?« Rauch.

»Man ist ja immer über ihm. Wie eine Frucht, unter welche jemand, eine schöne Schale hält. Golden – leuchtend im Laube. Und wenn die Frucht reif ist, läßt sie sich los –«

Da hat der Maler den Rauch zerrissen, so mit einer ungestümen Bewegung: »Herrrr Gott –« sagt er und findet auf dem Ruhebett einen kleinen blassen Menschen, der große merkwürdige Augen hat. Augen, mit ewiger Trauer hinter allem Glanz, – so frauenhaft froh. Und ganz kalte Hände.

Und der Maler bleibt unbeholfen davor. Er weiß nicht mehr recht, was er wollte.

Es ist gut, daß der Baron hinzutritt: »Das müssen Sie malen, Lubowski–« *Was* weiß der Baron nicht genau. Immerhin wiederholt er: »Wirklich, Lubowski.« Und das klingt fast ein wenig gönnerhaft, ohne daß er es will.

Wladimir hat indessen einen weiten Weg gemacht: vom Schrekken durch ein dunkles Staunen durch. Endlich kommt er beim Lächeln an und träumt leise: »Oh ja, morgen.« Rauch.

*

Da haben die Drei keinen Raum mehr im Atelier. Einer stößt sich am anderen. Sie gehen alle: »Auf Wiedersehen, Lubowski.«

An der nächsten Ecke schon schütteln sie sich die Hände mit unnötiger Heftigkeit. Sie haben Eile einander loszuwerden.

Sie trennen sich weit.

Ein kleines behagliches Café. Kein Mensch drin und summende Lampen. Da hat der Dichter begonnen Verse zu schreiben auf den Umschlag eines empfangenen Briefes. Und immer schneller wird die Schrift und immer kleiner; denn er fühlt: es kommen viele, viele.

Dann fünf Treppen hoch, im Atelier des Malers ist ein Vorbereiten für morgen. Mit einem Lied hat er den Staub von der Staffelei gepfiffen, den alten Staub. Steht eine neue Leinwand drauf, wie eine Stirne licht. Umkränzen möcht man sie.

Nur der Baron ist noch unterwegs. »Halbelf, Olympiatheater, Seitentür!« hat er einem Kutscher anvertraut und ist ruhig weiter gegangen. Es ist ja noch eine Menge Zeit vorher zum Ausruhen und zum Toilettemachen. Keiner denkt an Wladimir Lubowski.

*

Wladimir hat seine Tür verschlossen und gewartet, bis es ganz dunkel geworden ist. Dann sitzt er, klein, am Rand des Ruhebettes und weint in die weißen eisigen Hände hinein. Es kommt ihm leicht und leise, ohne Anstrengung und ohne Pathos. Es ist das Einzige, das er noch nicht verraten hat, das ihm allein gehört. Sein Einsames.

Frau Blaha's Magd

In jedem Sommer fuhr Frau Blaha, welche an den kleinen Beamten der Turnauer Bahn, Wenzel Blaha, verheiratet war, für einige Wochen in ihren Heimatort. Dieser Ort ist im flachen und sumpfigen Böhmen in der Gegend von Nimburg gelegen und recht arm und unbedeutend. Als Frau Blaha, die sich doch schon gewissermaßen Städterin fühlte, all die kleinen elenden Häuser wiedersah, glaubte sie sich imstande, eine Wohltat zu versuchen. Sie trat bei einer bekannten Bäuerin ein, von der sie wußte, daß sie eine Tochter besäße, und schlug ihr vor, diese Tochter zu sich in die Stadt in Dienst zu nehmen. Sie würde ihr einen kleinen, bescheidenen Lohn zahlen, und überdies hätte das Mädchen den Vorteil, in der Stadt zu sein und da manches zu lernen. (Was sie da lernen sollte, war Frau Blaha selbst nicht klar.) Die Bäuerin besprach die Angelegenheit mit ihrem Mann, der beständig die Augen zusammenkniff und zunächst nur ausspuckte. Nach einer halben Stunde aber kam er wieder in die Stube und fragte: »Na, und weiß die Frau, daß die Anna so so ist?« Dabei schwankte seine braune, faltige Hand wie ein welkes Kastanienblatt vor seiner Stirn hin und her. »Dummkopf« – machte die Bäuerin, – »wir werden doch nicht! …«

So kam die Anna zu Blahas. Sie war da meistens den ganzen Tag allein. Der Herr, Wenzel Blaha, war in der Kanzlei, die Frau ging in die Häuser nähen, und Kinder gab es keine. Anna saß in der kleinen finstern Küche, welche ein Fenster in den Lichthof hatte, und wartete, bis der Leierkastenmann kam. Das war jeden Tag vor der Dämmerung. Dann lehnte sie in dem kleinen Fenster, weit vorgebeugt, so daß ihr blasses Haar im Winde hing, und tanzte innerlich, bis daß sie schwindlich wurde, und die hohen schmutzigen Mauern unsicher und schwankend sich gegeneinander bewegten. Wenn ihr dann ängstlich wurde, begann sie durch das ganze Haus zu gehen über die finsteren und schmutzigen Treppen bis hinunter in die qualmige Gassenschenke, wo dann und wann irgendeiner sang in der ersten Trunkenheit. Unterwegs geriet sie immer unter die Kinder, die sich, ohne daß eines zuhause vermißt wurde, tagelang im Hofe herumtrieben, und die Kinder wollten seltsamerweise immer, sie solle ihnen Geschichten erzählen. Sie kamen ihr manchmal sogar bis in die Küche nach. Aber dann setzte die Anna sich an den Herd, deckte das leere blasse Gesicht mit den Händen zu und sagte: »Nachdenken.« Und die Kinder geduldeten sich eine Weile. Als aber Annuschka immer noch nachdachte, so daß es ganz still und bange wurde in der finsteren Küche, liefen die Kinder davon und sahen nichtmehr, daß das Mädchen sanft und klagend zu weinen begann und vor lauter Heimweh ganz klein und hilflos war. Wonach sie sich sehnte, ist ungewiß. Nach den Schlägen vielleicht auch ein wenig. Meistens aber nach so etwas Unbestimmtem, das irgendwann einmal war, oder vielleicht hat sie es auch nur geträumt. Bei dem vielen Nachdenken, das die Kinder von ihr verlangten, fiel es ihr langsam ein. Erst rot, rot, und dann viele Leute. Und dann eine Glocke, eine laute Glocke, und dann: ein König – und ein Bauer und ein Turm. Und sie sprechen. »Lieber König«, sagt der Bauer .... »Ja«, sagt der König darauf mit sehr stolzer Stimme: »Ich weiß.« Und, in der Tat, wie sollte ein König nicht alles wissen, was ein Bauer ihm zu sagen hat. –

Kurz darauf nahm die Frau das Mädchen einmal zum Einkaufen mit. Da es um Weihnachten war und Abend, waren die Schaufenster sehr hell und mit vielem Überfluß angefüllt. In einem Spielwarenladen sah Anna plötzlich ihre Erinnerung. Den König, den Bauer, den Turm ... Oh und das Herz schlug ihr lauter, als ihre Schritte waren. Aber sie sah rasch fort, und ohne stehen zu bleiben ging sie neben Frau Blaha her. Sie hatte das Gefühl, als ob sie nichts verraten dürfte. Und das Puppentheater blieb also, gleichsam unbeachtet, hinter ihnen zurück; Frau Blaha, die keine Kinder hatte, hatte es gar nicht bemerkt. – Kurz darauf hatte Anna ihren Ausgehsonntag. Sie kam nicht am Abend zurück. Ein Mann, den sie schon unten in der Schenke gesehen hatte, schloß sich ihr an, und sie konnte sich nicht genau erinnern, wohin er sie geführt hatte. Ihr war, als wäre sie ein Jahr fortgewesen. Als sie müde, Montag früh, in die Küche kam, war alles noch kälter und grauer als sonst. Sie zerschlug an diesem Tag eine Suppenterrine und wurde deshalb arg gescholten. Daß sie die Nacht ausgeblieben war, hatte die Frau gar nicht bemerkt. Später, bis gegen Neujahr, blieb sie noch drei Nächte aus. Dann hörte sie mit einem Male auf, im Hause herumzugehen, verschloß ängstlich die Wohnung und kam, auch wenn der Leiermann spielte, nicht immer ans Fenster.

So verging der Winter, und ein blasses, zaghaftes Frühjahr begann. Das ist eine eigene Jahreszeit in den Hinterhöfen. Die Häuser sind schwarz und feucht, und die Luft ist licht, wie oft gewaschenes Linnen. Die schlechtgeputzten Fenster zucken von Glanz, und verschiedene leichte Abfälle tanzen im Wind an den Stockwerken vorüber. Die Geräusche des ganzen Hauses sind vernehmlicher, und die Schüsseln klirren anders, heller, höher, und die Messer und Löffel haben ein anderes Rasseln.

Zu dieser Zeit bekam Annuschka ein Kind. Es kam ihr vollkommen unerwartet. Nachdem sie sich wochenlang dick und schwer gefühlt hatte, drängte es sich eines Morgens aus ihr heraus und war in der Welt, weiß Gott woher. Es war Sonntag, und man schlief noch im Hause. Sie betrachtete es eine Weile, ohne daß ihr Gesicht sich irgendwie veränderte. Das Kind bewegte sich kaum, aber plötzlich begann eine ganz spitze Stimme in der kleinen Brust, und zugleich rief Frau Blaha, und ein Bett krachte in der Stube drin. Da packte Annuschka ihre blaue Schürze, welche nah am Bette hing, zog die Gürtelbänder derselben über dem kleinen Halse zusammen und legte das ganze blaue Bündel zu unterst in ihren Koffer. Dann ging sie in die Stuben, zog die Vorhänge auf und begann den Kaffee zu kochen. An einem der nächsten Tage zählte Annuschka ihren bisher erhaltenen Lohn. Es waren fünfzehn Gulden. Dann versperrte sie die Tür, machte den Koffer auf und legte die blaue Schürze, die schwer und reglos war, auf den Küchentisch. Sie band sie langsam auf, besah das Kind und maß mit einem Zentimeterstreifen seine Länge, vom Kopf bis zu den Füßen. Dann brachte sie alles in die frühere Ordnung und ging aus dem Haus. Aber, schade, der König, der Bauer und der Turm waren um vieles kleiner. Sie brachte sie dennoch mit und noch andere Puppen dazu. Nämlich: eine Prinzessin mit roten runden Punkten auf den Wangen, einen alten Mann, einen anderen alten Mann, der ein Kreuz auf der Brust hatte und schon wegen seines großen Bartes wie der heilige Nikolaus aussah, und noch zwei oder drei, die nicht so schön und bedeutend waren. Dazu ein Theater, dessen Vorhang auf und nieder ging, wobei der Garten dahinter abwechselnd auftauchte und wieder verschwand.

Jetzt hatte Annuschka etwas für das Alleinsein. Wo war das Heimweh hin? Sie baute das große schöne Theater auf (es hatte zwölf Gulden gekostet) und stellte sich, wie es sich gehört, dahinter auf. Aber manchmal, wenn der Vorhang gerade aufgerollt war, lief sie rasch nach vorn, und nun schaute sie in Gärten hinein, und die ganze graue Küche war verschwunden hinter den hohen, prächtigen Bäumen. Dann trat sie wieder zurück und holte zwei oder drei Figuren hervor und ließ sie reden nach ihrer Meinung. Es wurde nie ein eigentliches Stück daraus; aber es gab Rede und Gegenrede, auch geschah es, daß sich zwei Puppen plötzlich, wie erschrocken, vor einander verneigten. Oder auch es verneigten sich beide vor dem alten Mann, der das nicht konnte, weil er ganz von Holz war. Deshalb fiel er jedesmal aus Dankbarkeit um.

Unter den Kindern ging das Gerücht von diesen Spielen Annuschkas. Und seither fanden sich, erst mißtrauisch, dann immer argloser, die Kinder der Nachbarschaft in der Küche bei Blahas ein und standen, wenn es dämmerte in den Ecken und ließen die schönen Puppen, die immer dasselbe sprachen, nicht aus den Augen. Einmal hatte Annuschka ganz heiße Wangen und sagte: »Ich habe noch eine ganz große Puppe.« Die Kinder zitterten vor Ungeduld. Aber Annuschka schien es wieder vergessen zu haben. Sie stellte alle Personen in ihren Garten hinein, und diejenigen, die nicht aufrecht bleiben mochten, lehnte sie an die seitlichen Kulissen. Dabei kam auch eine Art Harlekin mit großem, rundem Gesicht zum Vorschein, dessen sich die Kinder gar nicht erinnern konnten. Aber durch alle Pracht immer noch mehr gereizt, baten die Kinder um die »ganz große«. Nur einmal, die »ganz große«. Nur einen Augenblick: die »ganz große«.

Annuschka ging nach hinten zu ihrem Koffer. Es dunkelte schon. Die Kinder und die Puppen standen einander gegenüber, ganz still und ähnlich. Aber aus den weitaufgerissenen Augen des Harlekin, welche waren, als ob sie etwas Entsetzliches erwarteten, kam ganz unvermutet eine solche Angst über die Kinder, daß sie mit einem Male aufschreiend davonliefen, ohne Ausnahme.

Mit dem großen Blauen in den Händen kam Annuschka zurück. Aufeinmal zitterten ihre Hände. Die Küche war hinter den Kindern so still geworden und so leer. Annuschka hatte keine Angst. Sie lachte leise und stieß das Theater mit den Füßen um und trat die einzelnen dünnen Brettchen, welche doch den Garten bedeuteten, entzwei. Und dann, als die Küche schon ganz dunkel war, ging sie herum und spaltete allen Puppen die Köpfe, auch der großen blauen.

⟨Albrecht Ostermann⟩

⟨Fragment⟩

Am 17. September, abends um neun Uhr, stand Herr Albrecht Ostermann etwas steif vom Tische auf (man hatte eben Abendbrot gegessen), und erklärte seiner Frau: »Ich möchte gern noch etwas spazieren gehn ..«

Frau Klementine wartete eben darauf, daß ihr Gemahl beginnen würde, ihr aus der Abendzeitung vorzulesen, was täglich um diese Stunde geschah. Aber Herr Ostermann wiederholte: »Ja, wirklich ein wenig möchte ich noch ausgehn ...«

Das war in den sechzehn oder siebzehn Jahren ihrer Ehe noch nie geschehen. Trotzdem sagte Frau Klementine nur: »Aber Albrecht ...« denn sie widersprach niemals seinen Absichten.

Und als er den Überzieher wieder anzog, fuhr sie fort: »Du bist ja kaum aus dem Caféhaus nachhause gekommen ...«

»Ja, trotzdem, liebe Klementine, im Caféhaus hab ich eben gesessen. Und, siehst du, ich möchte noch ein wenig Bewegung machen, sonst kann ich wieder nicht einschlafen.« Dagegen war nichts einzuwenden, als höchstens: »Das hast du aber noch niemals getan, Albrecht …«

»Ganz recht, liebe Klementine, ich habe es noch niemals getan. Aber ist damit gesagt, daß ich es *nie* tun soll? Es ist mir so die Idee gekommen, die Lust, ganz spontan. Warum soll ich ihr nicht nachgeben? Weshalb nicht einmal eine kleine Ausnahme? Ich gehe ein wenig in die Allee. Dort ist es jetzt leer und wohl auch schon etwas kühler. Adieu, liebe Klementine.« Er hielt ihr seine linke Wange hin, die sie fast gewohnheitsgemäß mit ihren feuchten, vollen Lippen berührte.

In der Tür wandte er sich noch einmal zurück. »Und warte nicht auf mich mit dem Schlafengehen, damit du nicht aus der Ordnung kommst. Ich bin ein Störefried, ein Ausreißer, und du sollst nicht durch meine Unart incommodiert sein –« scherzte er und lächelte, was seinem schmalen, frühgealterten Gesicht schwerfiel. Dann trat er nochmals an den Tisch heran, empfing, ganz wie früher, den befeuchteten Kuß auf die linke Wange und verneigte sich unbeholfen, vor seiner behäbigen Frau. Daß er diese Abschiedszeremonie wiederholte, will nichts besagen. Er hatte sich in seiner Ehe eine Umständlichkeit angewöhnt, die er für ehelichen Anstand hielt und mit peinlicher Pünktlichkeit ausübte. Vor einem Gang von einer halben Stunde verabschiedete er sich oft fünf bis sechs Mal; denn erst jenem Lebewohl, hinter dem er wirklich verschwand, schrieb er volle Gültigkeit zu.

Auf der Treppe fühlte er plötzlich, daß er noch eine größere Summe Geldes – etwa 900 Mark – bei sich trage, die heute fällig geworden waren. Und schon wollte er dieses Geld zurückbringen, als ihm einfiel, daß er, erst wieder im Zimmer und bei seiner Frau, überhaupt nichtmehr ausgehen würde, aus Unentschlossenheit, aus Bequemlichkeit oder aus sonst welchen naheliegenden Gründen. Und ausgegangen sollte doch nun mal werden. Es war schließlich nicht weiter gefährlich eine halbe Stunde mit diesem Gelde in der Allee spazieren zu gehen. So trat Herr Ostermann aus dem Hause.

Vom Fenster aus sah seine Frau ihm nach, wie er leicht, mit dem Stock spielend, die dämmernde Häuserreihe entlang ging und in eine Seitengasse einbog, die zur ›Allee‹ führte. Sie war ein wenig beunruhigt. Albrecht, der doch nie etwas ohne sie unternahm, hatte sich so unerwartet zu diesem Gang entschlossen, der nicht genügend motiviert schien. Trotzdem hatte die Dame kein Mißtrauen. Sie wußte, daß ihr Mann der beste und ehrlichste Mensch ihr gegenüber war und seit Jahren nur eine Leidenschaft hatte: ihre Ehe blank zu erhalten wie einen Metallspiegel, darin zwar keine Konturen der Dinge sich abzeichneten, aber in dessen fleckenloser Fläche immer blendend das Abbild der Sonne blieb. Nur im Anfang dieser Verbindung hatte es Unklarheiten gegeben, als man sich mit der Hoffnung trug, Kinder zu bekommen, und es in der Wohnung beständig das eine überzählige Zimmer gab: still und von einer Leerheit, nichtzusagen. Nach einigen Wartejahren hatte Frau Klementine sich dort ein geräumiges Badezimmer eingerichtet, in welchem das Ehepaar seither abwechselnd die Wohltaten des Bades genoß, ohne sich der früheren Bestimmung des Raumes zu erinnern.

Man hatte sich damals einem erfahrenen Arzte anvertraut, und Frau Klementine hatte ihm gedemütigt von ihrer Kinderlosigkeit erzählt und auf seinen Rat zuerst einige Bäder besucht, die keinen Erfolg herbeiführten. Aber unversehens wandte der Arzt seine Aufmerksamkeit Herrn Ostermann zu, und erklärte der erstaunten Frau endlich, daß *er* es sei, welcher keine Kinder bekommen könne. Er machte Herrn Ostermann die gleiche Mitteilung, und ahnte kaum, wie sehr er diesen damit erschreckte. Aber für Herrn Albrechts schamvolle Betrübnis erwuchs ein Trost. Jetzt erhob sich Frau Klementine zu üppiger Reife und, indem sie nun mit gutem Gewissen alle Säfte ihres ungesegneten Leibes für sich selbst verbrauchte, entwickelte sich bei ihr Fülle und Form und ein Überfluß, welchen ihr Gemahl in fast sentimentaler Rührung, wie etwas völlig Unverdientes, genoß.

Da sie sich in dieser Lage nichts versagen mußte und in der ungewöhnlichen Badestube ihrem, in seinem Stolze ungekränkten Körper alle möglichen Wohltaten zuwandte, ließ sie ihren Mann seinen Mangel niemals fühlen; sie wußte, im Gegenteil, indem sie ihren Reizen zu sprechen erlaubte, seine eingeschüchterten Sinne stets wach zu erhalten, so daß die gefährdete Ehe ihre Farbe nicht nur nicht verlor, sondern sogar von Verliebtheit zu Verliebtheit reicher und ruhiger zu werden schien. Für Herrn Ostermann hatte diese Klugheit seiner Frau eine moralische Bedeutung. Er verurteilte sein Jugendleben mit seinen, wie er meinte, unerhörten Ausschweifungen, und hielt manchmal, wie um sich zu ermutigen, die weiße, fleckenlose Form seiner Ehe vor diesen vorehelichen, trüben Hintergrund, in welchem die vier oder fünf Verirrungen seiner ersten Mannheit sich, verworren wie Traumbilder, verschlangen. Und er fühlte sich bereits so geläutert, daß er, sooft Hans und Arthur, zwei jugendliche Neffen seiner Frau, zu Besuch waren, mit selbstzufriedenem Gesicht wiederholte: »Liebe Kinder, ihr seid in einem sehr gefährlichen Alter. Versuchungen treten allenthalben an eure ahnungslose Reife heran, ich meine die sogenannte Liebe. Denn das, was wirklich so heißt, kann man erst in der Ehe kennen lernen. Die Gefühle aber und die Beziehungen, welche fälschlich diesen hohen Namen tragen, möchte man, mit dem Dichter, treffend jenen Wiesen vergleichen, die voll prächtiger Blumen stehen, aber nicht auf fester und gesunder Erde, sondern auf schwarzem, schwankendem Wasser liegen, auf bodenlosem Sumpf, der jeden lautlos verschluckt, wenn er gierig nach einer Blume greift.« Herr Albrecht Ostermann glaubte diesen schönen Schluß einmal, vor langer Zeit, in einem unbekannten Buche gelesen zu haben; darum sprach er ihn niemals aus, ohne zu bemerken: »… mit dem Dichter …«. Denn er war weit entfernt die Worte irgend eines auserwählten Geistes, als ob es eigene wären, zu gebrauchen.

Sobald Herr Ostermann an der Ecke verschwunden war, stellte Frau Klementine im Vorzimmer ein Licht und Zündhölzel zurecht und bereitete für ihren Gemahl die Hausschuhe und verschiedene Kleinigkeiten vor, die seiner täglichen Gewöhnung entsprachen. Dann zog sie sich, nachdem alle Lampen in den anderen Zimmern sorgfältig gelöscht worden waren, in das gemeinsame Schlafzimmer zurück; denn sie war eine Freundin von frühem Schlafengehen, da sie darin einen Grund ihres körperlichen Behagens sah. Eine Stunde lang wartete sie im Bette und horchte auf entfernte Geräusche. Dann schlief sie ein, von der Wärme der Nacht bewältigt. Sie wußte, Albrecht würde sie auf irgend eine angenehme Weise aufwecken, wenn er, längstens in einer halben Stunde, zurückkommt.

Herr Albrecht Ostermann kehrte aber nicht zurück, weder in einer halben Stunde, noch in dieser Nacht, noch sonst irgendwann.

Die Gerichte forschten umsonst nach dem Verschollenen und sein Verschwinden blieb unaufgeklärt.

Indessen trug sich Alles sehr einfach, nur etwas unerwartet zu:

*

Am 17. September, abends ein Viertel nach neun Uhr, wurde ein Herr mittleren Alters, der allein in der ›Allee‹ sich erging, von einem Frauenzimmer angesprochen. Erst spazierte er unbekümmert weiter, das Frauenzimmer immer neben ihm. Plötzlich blieb er stehn und machte auf irgend eine Nachricht hin: »Wieso?« Seine Begleiterin war schlank, bedeutend kleiner als er, und er mußte den Kopf etwas neigen, um ihr Gesicht, das in krausen blonden Haaren stak, genau zu sehen. Denn darum handelte es sich vor allem. Und gerade unter der Laterne nickte das Frauenzimmer, in seine Augen: »Ja, ja, – – – ich bin die Kathi!«

»Welche Kathi?«

»Die, was bei Ihrer Frau Tante im Dienst war, damals als Sie hin auf Urlaub kamen, – zur Tante …«

»Urlaub? –« Der Herr lebte längst vollkommen unabhängig, und so hatte dieses Wort etwas Befremdliches für ihn. »Wann sollte denn das gewesen sein?«

»Oh – das werden jetzt so an die zweiundzwanzig Jahre sein. Der Herr war ja damals ganz jung, in Liebenau, bei der Frau Tante Albot.«

Der Herr blieb stehen. »In Liebenau ….« Und es fällt ihm verschiedenes ein; die Tante Albot, eine taube, mürrische alte Frau mit einer schiefen Spitzenhaube, von der er später eine rosarote Hängeampel, einen Lehnstuhl, auf dem man wegen seiner Gebrechlichkeit nicht sitzen durfte, und den Rafael Morghenschen Stich des ›Abendmahls‹ geerbt hatte. Und bei Abendmahl fällt ihm Nachtmahl ein und bei Nachtmahl eine Küche, die gerade neben seiner Stube lag, sehr fern von den Zimmern der Tante, – und er sagt auf einmal, seufzend:

»Jaja, Kathi!«

»No also endlich!« – lacht es neben ihm. »Jetzt wissen Sie's doch noch?«

Nach einer Pause sagt der Herr: »Ja, sehen Sie, das war so ... in der Jugend .... Es geht Ihnen doch gut, Fräulein Kathi?«

»Ach ja, Fräulein!« macht sie spöttisch. »Deshalb komm ich ja grad, weils mir *nicht* gut geht ...«

»Nicht gut?«

»Nein. Beinah achtzehn Jahr hab ich mich allein mit dem Kind durchgeschlagen, aber jetzt wo's groß ist, brauchts halt garsoviel ...«

»Ein Kind? Also verheiratet?«

Die Kathi antwortet nur beiläufig: »Ja, ich fahr heute wieder zurück, wir sind in Birkfelde. Zwei Stunden von hier mit der Bahn.«

»Und hier in der Stadt haben Sie – Geschäfte gehabt?«

»Geschäfte!« lacht die Blonde ihn an. »Das ist wirklich gut. Geschäfte! Ein Geschäft mit dem Herrn hätt ich eben nur ...«

Der Herr mittleren Alters läßt sich durchaus nicht überrumpeln. Er lächelt: »Liebe Kathi, wenn Sie wirklich zu mir gekommen sind, will ich Ihnen ganz gern mit einer Kleinigkeit nach meinen Kräften aushelfen ...«

»Ja es ist eben so ein Elend ...«

»Jaja. Und es geht Ihnen schon lange so ... so schlecht ... sagten Sie? –«

»Eigentlich seit Ihre Tante, Frau Albot, mich fortgejagt hat ...« –

»Fortgejagt, ... wann war denn das, Fräulein Kathi, ...«

»Gleich nachdem Sie damals wieder aus Liebenau abfuhren, sechs Wochen drauf .... wegen dem Kind .... Sie können sich schon denken von wem.«

Der Herr denkt ernsthaft nach. »Nein, sehen Sie, – ich weiß mich nicht zu erinnern, wer damals könnte in diesem Liebenau ... Es kam kein Mann ins Haus .... Die gute Tante .. erlaubte doch nicht einmal, daß der Kohlenmann oder der Milchausträger ...«

»Wenn der Herr aber nur nachdenken möchte«

Der Herr versucht es wirklich.

»Na, wirds der Herr wohl selber g'wesen sein.«

Eine Weile sieht der so Angesprochene verständnislos vor sich hin. Dann aber lacht er ganz ungezwungen und arglos: »Ja, ja, Kathi, vielleicht.«

»Aber ganz ernsthaft, weiß der Herr vielleicht nicht ....«

»Was denn ...«

»Daß er bei mir in der Küche war? ..«

»Jaja, ... ich sagte schon, in der Jugend, da kommt es ja wohl vor.«

»Daß man einem armen – Mädel ein Kind macht. Hn?«

Der Herr hört auf zu lachen und sagt ruhig: »Nein, nein, Kathi ...«

»Also war der Herr vielleicht nicht? ..« fährt die Blonde zornig auf.

»Doch, doch, leider Gottes, ja. Aber trotzdem. Es kann gar keine Folgen gehabt haben, nicht im geringsten. Das ist sozusagen ausgeschlossen. Ich will Ihnen sagen, Fräulein, der Doktor hat mir erklärt, daß es ganz unmöglich ist, daß ich jemals ein Kind ...«

»Wann hat Ihnen der Doktor ..«

....

....

....

Ohne Gegenwart

Drama in zwei Akten

Personen:

FRAU GERTH
ihre Tochter SOPHIE, *kurz verheiratet*
mit dem Ingenieur ERNST ERBEN

Ort der Handlung:
Ein Landhaus in der Nähe einer mittelgroßen Stadt. Eine lichte freundliche Wohnstube, deren Fenster und Erkertüre (die Fenster sind hoch und hell) in den Garten sehen, in welchem Frühling ist. Die Möbel sind alle ziemlich neu, stehen etwas ungeschickt und schematisch da und verraten stark den Willen und die Meinung des – Tapeziers, wie das ja in den Wohnungen junger Eheleute zu sein pflegt. Alles wartet noch auf Gebrauch. Die Einrichtung ist so: Im Erker, dessen eine Wand durch die Gartentüre gefüllt wird, stehen

Blumen. Der Erker ist durch eine Portiere, welche konventionell gerafft ist, abgetrennt. Vorhänge derselben Art sind an den hohen Fenstern und an den beiden Türen (rechts und links) angebracht, und von korrespondierendem Muster sind die Bezüge der Fauteuils am Kamin und derjenigen, welche den runden Salontisch vorn umgeben. Die Couchette, welche auffallend breit ist, ragt weit in das Zimmer und ist mit einem Teppich überdeckt. Bilder, meist Prämien, nicht zu zahlreich verteilt.

Erster Akt

ERSTE SZENE

Frau Gerth, Sophie

MUTTER: Immer wieder möcht ich durch das ganze Haus gehn. Liebes Kind, du hasts wirklich gut. Wenn ich denk, unsere Böden in den alten Häusern, da in der Spornergasse. Du weißt ja: wenn man herunterkommt, wie aus dem Kamin kommt man. Bei dir? Strudelteig könnt man auf den Dielen rollen, nicht ein Stäubchen … *sie unterbricht sich plötzlich.* Aber das hab ich dich fragen wollen, Sophie. Gefällt dir das da? *Sie weist nach der Couchette.* Ich kann nicht daran vorübergehn. Es steht mir überall im Weg. Was ich mich herumgestritten hab mit dem Tapezier. Er hat halt immer behauptet, sowas muß schief stehen. Nicht sehn kann ichs.

SOPHIE: Gott, so schlimm ist das ja nicht. Gar so weit muß es ja auch nicht vorstehn, und wenn dann erst alles in Ordnung ist, kann mans ja noch überlegen, vorläufig laß ichs so ..

MUTTER: Denk dir nur, Kind, auch den Schreibtisch hat er so stellen wollen; so quer in die Stube herein. »Mann,« sag ich ihm, »sind Sie denn …« Na, offenbar war er so ein bißchen *macht eine Handbewegung vor der Stirne.* Einen Schreibtisch stellt man doch an die Wand.

SOPHIE: Er dachte wohl wegen des Lichts.

MUTTER: Ja richtig; die dumme Ausrede hat er gehabt. ’s ist kein Licht so. Wozu denn auch? Man sitzt ja sowieso ’s ganze Jahr keine zweimal beim Schreibtisch.

SOPHIE *mit drolligem Entsetzen:* Aber, Mama …

MUTTER: Ja tun Sie nur nicht so – bald hätt ich Fräulein gesagt – so 'ne Beleidigung. Aber man sieht dirs wirklich schon an, daß man zu dir ›gnädige Frau‹ sagen muß. Du bist ja ganz stolz und ordentlich groß geworden.

SOPHIE *schmiegt sich an die Mutter:* Ich bin so glücklich.

MUTTER: Versteht sich. Und drum sag ich ja auch: du wirst auch nicht oft bei dem Zeug da sitzen, seit du mit dem Herrn Ernst jede Weile – *so – macht die Mundbewegung des Küssens* reden kannst. Was? Früher da sind wohl die heimlichen Brieferl nur so hin und her. Da war der Schreibtisch wichtiger wie's Bett. Hm?

SOPHIE *schweigt verlegen.*

MUTTER: Noh jetzt ist ja der Kampf zu Ende. Jetzt habt ihrs ja durchgesetzt! Jetzt kann mans ja sagen. Ich habs ja lange gewußt und hab ja den Papa nicht mehr losgelassen.

SOPHIE *zögernd:* Ich hab dich schon oft fragen wollen, warum hat eigentlich der Papa den Ernst solange nicht mögen?

MUTTER: Gott, das ist seine Art so. Du kennst ihn ja. Übrigens den Ernst hat er immer mögen.

SOPHIE: Aber? …

MUTTER: Die Verwandtschaft in Wien war ihm halt nicht ganz recht.

SOPHIE *sieht fragend auf.*

MUTTER *beschwichtigend:* Es werden ehrliche und achtbare Leute sein – gewiß – wenn auch vielleicht nicht sehr gebildet. Das stört den Papa. Du weißt ja. *Rasch abbrechend.* Aber es ist doch umso schöner von Ernst, daß er sich so hinaufgearbeitet hat. Nicht? Immer war er Vorzugschüler, und jetzt ist er auch in der Fabrik der Fleißigste. Alle haben ihn gern. Er wird Karriere machen … aber – erzähl *ich dir* von den Tugenden deines einzigen Ernst. Als ob du das nicht am Besten könntest!

SOPHIE *mit kindlichem Stolz:* Er ist aber auch!

MUTTER *lachend:* Ja, ja – ich weiß. – Aber ich will doch lieber erst gehn, Kind. Wenn ich dieses Tugendregister zuende anhöre, so verhungern sie zu Hause: der Papa und die Agla. Das heißt die Agla denkt wohl nicht ans Essen. Aber der Papa muß pünktlich sein Abendbrot auf dem Tisch haben, und ich habe der Köchin noch nichts herausgegeben. – *Belehrend:* Und das mußt du dir auch so einteilen. Pünktlichkeit. Das ist die Hauptsache. Um ein Uhr wird gegessen: Punkt Eins muß die Suppe auf dem Tisch sein. Um acht Uhr wird genachtmahlt – und auch mit dem Frühstück .... Na, das hab ich dir ja Alles schon zehntausendmal gesagt .... Diese alte pedantische Mutter, wirst du dir denken. Aber – es muß so sein. Wo keine Ordnung ist, ist das Geld doppelt so rund als anderswo ... *macht Anstalten zu gehn.*

SOPHIE: Nein, wart noch. Ernst muß ja gleich da sein. Er versprach um fünf zu kommen, und Ernst ist *mit besonderer schelmischer Betonung:* eben auch *›pünktlich‹*.

MUTTER: Das will ich doch gleich mal sehen. Die paar Minuten wart ich also. *Sie setzt sich auf das Ende der Couchette, Sophie neben sie.* Man weiß gar nicht, wie und wo man sitzen soll auf solch einem Ding. *Umblick haltend:* Aber trotzdem: schön ist es bei dir – so hell und heimlich. Und auch, daß ihr den kleinen Garten habt ... Das ist doch tausendmal besser wie eine Hochzeitsreise, nicht?

SOPHIE *nickt.*

MUTTER: Du wärst wohl gerne fort?

SOPHIE: Weißt du – nach Venedig. Ja. Wie ich gehört hab, daß der Ernst jetzt keinen Urlaub bekommt, hat mirs eine Weile wirklich leid getan. Aber nur eine Weile. Da hab ich ja noch gedacht, wir werden in der Stadt wohnen müssen. Du hast uns ja so überrascht damit.

MUTTER: Du sollst nichts entbehren. Später sollt ihr ja hinunter, nach Italien. Ihr Schwärmer. Die Tauben auf dem Markus-Platz werden bis dahin nicht verhungert sein.

SOPHIE: Oh jetzt bin ich ja so zufrieden hier. Es ist ja so schön, und man ist doch gleich im Eigenen. Ernst meint auch: wenn man sich erst so recht eingewohnt hat.

MUTTER: Ja, das würde für mich heißen, bis die Sofas fein säuberlich an den Wänden stehn. *Sie lachen.*

ZWEITE SZENE

Personen: Vorige und Ernst Erben

Ernst und Sophie umarmen sich. Währenddessen beginnt die Uhr laut fünf zu schlagen. Sophie löst sich aus den Armen ihres Gatten.

SOPHIE *drollig:* Pststst!

MUTTER *und* ERNST: Was ist denn?

MUTTER: Du sollst hören, Mama. Gerade der letzte Schlag fünf. Und hier, ich habe die Ehre, dir meinen pünktlichen Gemahl vorzustellen.

ERNST: Was hast du denn?

MUTTER *Ernst die Hand reichend:* Guten Abend, lieber Ernst. Ein neues Blatt in deinem Lorbeerkranze: deine Pünktlichkeit.

SOPHIE: Jetzt hast du's bei Mama vollends gewonnen.

ERNST: Wieso?

MUTTER: Ja, mein lieber Schwiegersohn, ich habe viele gute Eigenschaften an dir entdeckt, auch, daß du nicht rauchst usw. Aber seit ich weiß, daß du pünktlich bist – ich sag dir: du kannst mich um den Finger wickeln.

ERNST: Ja – das ist kein Verdienst; das ist eine alte Gewohnheit.

MUTTER: Und *scherzhaft* was liegt auch an dem Beifall der Schwiegermutter. Die kommt ja ohnehin nur auf des Teufels Geheiß jeden Augenblick ins Haus ...

ERNST: Das glaubst du doch selbst nicht, Mama, du weißt, wieviel wir dir zu danken haben.

MUTTER: Ach was danken. Im Glück ist man undankbar und soll es sein. Ja, ja. Aber ich muß mich eigentlich wirklich entschuldigen, daß ich schon wieder da bin.

SOPHIE *vorwurfsvoll:* Mama.

MUTTER: Nicht bei dir, bei deinem Herrn Gemahl. Und besser als alle Entschuldigung ist wohl, wenn ich mich jetzt zusammenpacke.

ERNST: Du darfst uns nicht die Ruhe wegtragen, und du kränkst mich auch, wenn du gehst, eben, da ich eintrete.

SOPHIE *drückt sie zärtlich in die Couchette zurück:* Sooo.

ERNST *holt einen Fauteuil und setzt sich vor die beiden Frauen:* Wie gehts dem Schwiegerpapa?

MUTTER: Wie immer: gut, bis auf seine Launen und seine Gicht. Die macht ihm jetzt im Frühjahr wieder mehr zu schaffen, und er ist gleich ganz klein, wenn er Schmerzen hat. Zudem weiß er nicht was anfangen, seit er nicht mehr in die Kanzlei geht. Ich kann ihm auch nicht grade was Munteres erzählen, das ihn herausreißt und aufheitert, na und … wir sind halt beide altes Eisen.

ERNST: Darüber bin ich beruhigt. Wer so tätig ist, wie du, Schwiegermama, der kommt nicht zum Rosten. Und schließlich ist das die Hauptsache: daß man nicht rostet.

MUTTER: Ja, das mit dem Rosten wird vielleicht auch nicht mehr lange dauern. Mir mags gar nicht mehr behagen in meinen vier Mauern, seit ich bei euch alles gesehen hab. Und dann ist auch das mit der Agla.

ERNST *steht auf und geht ans Fenster.*

SOPHIE: Was ist denn schon wieder mit ihr?

MUTTER: Immer die alte Geschichte. Ich versteh das nicht: sie liegt über Büchern den ganzen Tag, oder sie läuft auf den Gassen herum. Weiß ich warum? Entweder sie spricht gar nichts, oder so, daß ich nichts begreife. Ich frag mich: ist das so gescheit was sie sagt, oder ist es ganz Unsinn.

SOPHIE: Oh das ist ganz Unsinn.

MUTTER: Aber, das was du kennst, das war ja noch gar nichts. *Jetzt* solltest du sie hören. Seit du verheiratet bist. Ganz furchtbar ist das seither. Bis es dem Papa zuviel geworden ist, und der ist doch immer voller Nachsicht mit ihr. Und denk dir nur, das muß ich euch erzählen: Neulich sag ich ihm, er soll doch mal mit dem Kind reden, energisch, mein' ich. Wie ich nach zwei Stunden hineinkomme, sitzt euch der alte Mann da, mit leuchtenden Augen sitzt er euch da und horcht und die Agla spricht. So übertrieben wie immer. Ich glaube gar, sie hat ihm irgendeine Lehre gegeben. Ich weiß nicht, es ist etwas in dem Mädel – wenn ich mich und dich anschau – Sophie, – ich kanns gar nicht glauben, daß das meine Tochter ist. Du bist doch so vernünftig, so häuslich …

ERNST *nachlässig, vom Fenster her:* Vielleicht solltest du sie nicht so viel allein herumlaufen lassen?

MUTTER: Sag ihr das Einer. Sie will selbstständig sein.

SOPHIE: Ach was, ich war doch auch selbstständig und ihr hättet mich schön angeschaut, wenn ichs so getrieben hätte.

MUTTER: Nehm ich sie mal vor und sag ihr: Agla, das schickt sich nicht. Gut. Sie sperrt sich in ihr Zimmer ein, und bleibt drin, ganz folgsam, bis ich sie endlich bitten muß, wieder auszugehen. Wie sieht sie denn aus. Sie wird achtzehn jetzt und ist doch noch so zart. Sie muß ja an die Luft. – Wenn sie schon sonst nirgends hin will. Längst hätt ich sie einführen können. Die Verbindungen in der Gesellschaft hat man noch gehabt. Alle deine Tänzer hätten sich für deine Schwester interessiert. Das ist nun alles vorbei. Ja, das sind so Sorgen.

SOPHIE *ernst:* Sag ihr nur, ich laß ihr sagen, daß sie ein Kind ist, daß – – – sie weiß schon, was ich ihr sagen lasse.

MUTTER: Dabei sieht sie wirklich so elend jetzt aus, daß man kaum wagt, ihr was zu sagen. – Da ist halt auch noch die Stadtluft obendrein. Ich hab mir schon gedacht, jetzt, wo die Sonne Wunder tut, für zwei oder drei Tage, natürlich nur für zwei oder drei Tage irgendwo hinaus ....

ERNST *sich umwendend:* Ja, – ja, *eifrig* das wäre vielleicht das Beste.

MUTTER: Länger könnts ja nicht sein – aber vielleicht kann sie, damit sie nicht unter Fremden ist, im Garten bei euch zwei bis drei Tage? ...

SOPHIE *hastig:* Nein.

ERNST *ebenso:* Nein.

Sophie und Ernst tauschen unwillkürlich einen erstaunten Blick. Die Mutter sieht sie, verwundert über das Entschiedene des Tones, an.

ERNST *etwas verlegen hinzutretend:* Ich meine – – bei uns ist – – – doch noch nicht – – –

SOPHIE: Ernst meint – unsere – Wohnung – –

MUTTER *hat sich gefaßt, lachend:* Nein, bin ich aber auch – Mit mir ist doch nichts mehr anzufangen. Einem jungen Ehepaar Gäste anzutragen. Nein, und so verrückte Gäste. Und in den ersten Flitterwochen. – – *Lachend:* Schau mal, Mäuschen, ich glaube gar dein Mann wird für dich rot. Was? oder bist du's am Ende auch – richtig. Du auch! Nein, was ihr herzig seid. Wie zum Spielen. Beide werden sie rot. *Sie liebkost Sophien.* Nun, nun – diese ungeschickte Schwiegermutter. Denkt daß zwei, drei Tage ein kleiner Verlust wären, zwei, drei Tage – eine Ewigkeit. Nein, das kommt davon: ich werde wieder jung bei euch, Kinder. Und gründlich gleich so jung, daß ich ganz naiv bin. – Aber so werde doch nicht schon wieder rot. Gott, Gott. Jetzt schau ich aber, daß ich fortkomm. Weiß der Himmel, was ich sonst noch anstell. Bitt dich, *packt den Ernst zärtlich am Arm:* sie ist ganz rot. Schau zu, wie du's abwaschest ... Schau zu ... *Sie küßt Sophien rasch, zwinkert Ernst zu und geht zur Tür. Zu Ernst, der sie begleiten will:* Geh nur, ich find schon. – *Wirst du* zum Frauchen! *lacht. Ab.*

DRITTE SZENE

Sophie. Ernst

SOPHIE *steht in Nachdenken etwas verlegen da.*

ERNST *tritt herzu:* Die Mama hat recht. Nun küß mich erst mal schön.

SOPHIE *aufatmend. Küßt ihn:* Ja.

ERNST: Nicht mehr?

SOPHIE: O ja immer wieder. Hast du mich auch recht lieb?

ERNST: Richtig, davon haben wir noch gar nie gesprochen. *Küßt sie auf die Stirn.* War mein kleines Frauchen auch fleißig?

SOPHIE: Und wie. Es ist auch eine Freude mit allen diesen Dingen zu schaffen. Du, ich muß dir auch mal die Küche zeigen. Alles ist neu und blitzblank. *Zu ihm, der eine Bewegung macht:* Nein, noch nicht; zu dieser festlichen Gelegenheit muß erst Alles ganz fertig sein. Soweit bin ich noch nicht. Die Küche darfst du nicht sehen, solange sie nicht ebenso glänzend ist, wie deine Schreibstube staubig ist. Sag mal, muß denn das so sein?

ERNST: Du vergißt, Kind, daß in unserer Kanzlei nicht so liebe Hände, wie die deinen, sondern irgend ein paar faule Diener aufräumen, welche obendrein nichts anrühren dürfen auf den Tischen.

SOPHIE: So, die dürfen nichts anrühren. Hm. Also so geheime Dinge treibt ihr dort. Weißt du, wenn ich dir nicht zu dumm bin, so nimm mich mal mit in deine graue Kanzlei und sag mir *sie faßt ihn beim Arm* das muß so liegen und das so und das, was du nicht sehen kannst vor lauter Staub, so …

ERNST: Du Wildfang.

SOPHIE: Nein ganz im Ernst, dann räum ich dir auf. Es ist nicht nur so. Du mußt ja auch krank werden, wenn du sowas einatmest Tag für Tag. Du siehst mir ja auch schon ganz gelb aus!

ERNST: So? Grade hat mir Jemand das Gegenteil gesagt.

SOPHIE: Der versteht gewiß nichts davon.

ERNST: Oh doch, Einer von dem du sagst, daß er Alles versteht.

SOPHIE: Geh ..

ERNST: Nun?

SOPHIE: Am Ende gar der Hochwürden?

ERNST: Gleich geraten. Ich werde eifersüchtig werden auf deinen alten Lehrer.

SOPHIE *wichtig:* Hmmm! Auf *den* kannst du wirklich ein bißchen eifersüchtig sein. Das schadet dir auch sicher nicht. Wenn der Hochwürden so ungefähr um vierzig Jahre jünger wär, und wenn er nicht Hochwürden wär und wenn du nicht auf der Welt wärst, – hätt ich ihn gewiß geheiratet. Na – da hat doch nicht viel gefehlt?

ERNST: Nein. – Eine Kleinigkeit, die ja vielleicht auch noch auszubessern geht. Deswegen hab ich ihm gesagt, er möchte nur recht bald kommen. Ich wollt ihn gleich mitbringen.

SOPHIE *aufrichtig:* Schade –

ERNST: Er war grade unterwegs in die Stadt, hat dort irgendwas zu tun –, wollte auch zu deinen Eltern. – –

SOPHIE: Das ist lieb. Mama wird wohl gleichzeitig mit ihm zuhause ankommen. Ja ich vergeß ganz, willst du Tee – Ernst?

ERNST *aus Nachdenken heraus:* Nein, danke … Aber nicht wahr, sonst kommt kein Besuch zu uns außer dem Pfarrer?

SOPHIE *zögernd:* Nein, warum fragst du?

ERNST *leichthin:* Ists nicht am schönsten allein?

SOPHIE *verschüchtert:* Oh ja – ich kann ja auch Hochwürden bitten *jetzt* nicht …

ERNST: Aber nein, Kind, ich meinte doch nur … ich meinte nur Fremde … nur …

SOPHIE *beunruhigt:* So.

VIERTE SZENE

Vorige

Ernst setzt sich auf die Couchette, Sophie geht einen Augenblick in schlecht verhehlter Ungeduld auf und nieder.

SOPHIE *bleibt vor Ernst stehen:* Ich muß dich etwas fragen.

ERNST *scheinbar gelassen:* Nun?! –

SOPHIE: Früher, wie Mama vorschlug, daß meine Schwester – herauskommen sollte – *sie zögert.*

ERNST: Ja – *gereizt:* nun was denn? – –

SOPHIE: Bist du böse?

ERNST *gezwungen lachend:* Nun so sag schnell was denn?

SOPHIE: Wie Mama das vorgeschlagen hat, da hast du so seltsam ›Nein‹ gesagt. So ...

ERNST *mit dem Versuch zu scherzen:* Du Kindskopf. Was du auch Alles hörst. Wie kann man *seltsam* ›nein‹ sagen. Man sagt eben ›ja‹ oder ›nein‹. – Nun ich hab mir in Anbetracht verschiedener Umstände, die ich dir *er zieht sie auf den Schooß* gern näher erklären will, erlaubt, das letztere zu wählen. Du hast doch genau dasselbe gesagt?

SOPHIE *mechanisch:* Ja freilich – ich hab genau dasselbe gesagt.

ERNST *ablenkend:* Nun also. Nun hab ich doch die Absolution. Hm? *Küßt sie.*

SOPHIE *abwehrend:* Nicht.

ERNST: Nun? –

SOPHIE: Verzeih, ich war so in Gedanken. Da, küß mich viel.

ERNST: Du, Kind; kannst du auch in Gedanken sein.
Küßt sie.

SOPHIE *unter seinen Küssen, zaghaft:* Ich hab etwas auf dem Herzen, Ernst, – ich habs dir nicht sagen wollen, aber ....

ERNST *wieder unruhig:* So arg wirds ja nicht sein.

SOPHIE: Arg ist es vielleicht nicht. Ich kanns nur nicht verstehen. *Sie steht von seinem Schooß auf.* Du wirst ja verstehen, was es ist. *Sie steht sinnend vor ihm.*

ERNST *schweigt. Kämpft mit einem Entschluß und reicht Sophieen dann einen Brief:* Lies das da übrigens. Das wird das beste sein. *Sophie nimmt hastig den Brief an sich, knittert ihn mit zitternden*

Fingern auf und liest ihn in atemloser Spannung; plötzlich beginnt sie ihn zu zerreißen, mit heftigem Haß, in kleine Fetzen, dann tritt sie die einzelnen Restchen, die zu Boden fallen, nieder, als ob es Flammen wären, – ihr Gesicht ist ganz verzerrt.

ERNST *erschrocken:* Aber, Kind, Kind.

SOPHIE *stößt seine beruhigenden Arme fort:* Und du?

ERNST: Fasse dich, Liebling. – Du siehst ja – ich war um fünf Uhr da.

SOPHIE *allmählich ruhiger werdend:* Ja, ja, du warst ja da.

ERNST: Solche Briefe, wie den da, hat mir die Agla oft geschrieben.

SOPHIE: Das ist gemein, das ist …

ERNST: Das ist krank.

SOPHIE: Die eigene Schwester. *Plötzlich in jähem Mißtrauen:* Und bist du nie, nie hingegangen, auch nicht einmal?

ERNST: Nie.

SOPHIE *ängstlich:* Geh nie hin – versprich mir.

ERNST: Ich versprech es dir. Und nun hör zu. Wir wollen jetzt ruhig darüber reden. Setz dich. *Sie sitzen nebeneinander auf der Couchette.*

SOPHIE *aufatmend:* Und du hast mich lieb?

ERNST: Sehr lieb, Sophie. Nun gieb mal acht. Alle diese wahnsinnigen Briefe, welche deine Schwester mir geschickt hat, habe ich verbrannt, die meisten ohne sie zu lesen. Das war unrecht. Wir hätten sie zusammen lesen sollen und irgend etwas dagegen tun – zusammen.

SOPHIE *in inniger Zustimmung:* Ja.

ERNST: So wäre vielleicht längst schon Alles in Ordnung. Eine Frau findet da eher das Richtige. Ich versteh solche Sachen nicht. Mir graut vor solchen Überspanntheiten. Solche Dinge sind nicht wert, daß man drüber nachdenkt, und doch stören sie einen immer wieder in der Arbeit und in allem Möglichen. Deine Schwester ist krank. Das sind ja alles Worte, die sie gar nicht versteht. Phantasieen, die gewiß mich selbst gar nichts angehen, sie kennt mich ja kaum, sondern irgend einen Traumhelden. Wenn ich mal mit ihr sprechen könnte, wäre sie wohl am schnellsten enttäuscht. –

SOPHIE *macht eine Bewegung.*

ERNST: Nein, das geht indessen nicht. Sie steckt zu tief drin. Und drum wollen wirs so machen. Wir wollen dagegen ankämpfen wie zwei gute Kameraden. Das heißt: Wir wollen ganz aufrichtig sein gegeneinander. Uns Alles ohne Rückhalt erzählen, was diese Sache betrifft. Willst du?

SOPHIE: Ja Alles. –

ERNST: So werden wirs zusammen durchmachen. Du kennst ja auch deine Schwester besser wie ich ...

SOPHIE: Ich fürcht mich vor ihr.

ERNST: Dazu ist kein Grund da. Schau, wenn wir uns Alles sagen – was kann sie uns denn dann anhaben.

SOPHIE: Sie ist mir immer so unheimlich gewesen.

ERNST: Ach, wir werden schon mit ihr fertig werden.

SOPHIE *bange:* Und du glaubst nicht ....

ERNST: Was denn?

SOPHIE: Daß sie dennoch

ERNST: ?

SOPHIE *verwirrt:* Daß sie *das* tut

ERNST: Was?

SOPHIE: Das, was im Brief steht ...

ERNST: Nein, da kannst du ruhig sein, Sophie. So schnell geht man nicht ins Wasser. Das schreibt sich ja sehr schön und paßt ja auch so gut als Schlußkapitel in den Roman. Aber tun – nicht mal sagen ....

SOPHIE *erschrocken:* Sagen – oh ja.

ERNST: Wieso?

SOPHIE: Sie hat mirs gesagt.

Ernst springt auf.

SOPHIE: Gott, ich hab dirs ja immer sagen wollen. Aber es war so furchtbar. Verzeih mirs. Ich – – *sie bricht in heftiges Weinen aus.*

Ernst geht erregt auf und nieder.

SOPHIE: Hätt ich dirs nur gleich erzählt. Aber, mir war immer: ich verlier dich, – wenn ichs sag.

ERNST *hart:* Wann wars?

Sophie ringt mit den Tränen. Ernst beschwichtigt sie ungeduldig.

ERNST: Wir wollen ja beide jetzt aufrichtig sein. Nicht? Also:

SOPHIE: Ja. *Faßt sich.* In der Nacht vor der Hochzeit. Ich war schon im Bett. Da ist sie zu mir gekommen *die Stimme stockt ihr vor Erregung.*

ERNST: Du hast ja doch keine Schuld dabei; bleib doch vernünftig.

SOPHIE *mühsam:* Sie ist zu mir gekommen und hat gesagt: ».... Du ... du darfst ihn nicht heiraten .... ich hab ihn lieb ...... er gehört mir .....«

ERNST *bleibt stehen:* Er – gehört mir?

SOPHIE: Erst hab ich gelacht; ich hab ja doch gewußt ..... Aber die Agla war so zum Fürchten. Ganz groß waren ihre Augen im Finstern, ganz wild. Mir ist schrecklich bang geworden. »Er muß mir gehören« hat sie gesagt.

ERNST *schüttelt den Kopf:* Und du?

SOPHIE: Ich? Ich weiß nicht mehr. Daß ichs der Mutter verraten würde, – daß wir uns versprochen haben, daß du mich gern hast .... daß du mich sehr gern hast – lieb hast ... und da – *Ernst streicht ihr, vor ihr stehend, leise das Haar.* Da ist sie fortgegangen. Und bei der Tür hat sie mit ganz anderer Stimme – ganz fremd hat sie gesagt: »Dann geh ich – dann geh ich ....« *sie klammert sich bang an Ernst.* Ich hörs noch. – Sie hat nicht mehr gesagt. Aber ich hab gefühlt, sie tuts – sie tuts. Sie geht sterben. Du, das war eine Nacht. Ich hab den Gedanken nicht los werden können: Dir ist was geschehn. Ich wär am liebsten zu dir. Ich hab gebetet bis früh. Ich hab so viel gebetet. Und mir ist doch nicht leichter worden. Erst wie ich dich dann früh gesehn hab – froh und gesund ... *sie umarmt ihn leidenschaftlich.*

ERNST *in Gedanken:* Ist das Alles?

SOPHIE *aufatmend:* Alles ... Und jetzt ist es von mir. Es war immer noch auf mir gelegen. Jetzt will ich wieder froh sein, wie damals früh. *Sie umarmt ihn wieder.*

ERNST: Du Arme.

SOPHIE: Ach denk du auch nicht mehr daran. Mir ist so froh jetzt seit du's weißt. So frei.

ERNST: Ja – wir wollen nicht davon sprechen. Und nur das Eine: zusammenhalten und aufrichtig sein.

SOPHIE *steht auf:* Ja.

ERNST: Ganz aufrichtig.

SOPHIE *voll fröhlicher Zuversicht:* Bis ganz tief hinein ins Herz wollen wir uns schauen – ja?

ERNST *gerührt, auch wieder froh:* Du Liebe!

SOPHIE: Du! *Sie halten sich bei den Händen und sehen sich treu in die Augen.*

FÜNFTE SZENE

Vorige

ERNST: Wollen wir nicht Licht machen?

SOPHIE: Aber es ist ja schön so.

ERNST: Ich werde doch noch ein wenig arbeiten.

SOPHIE: Gönn dir doch noch eine Weile. Schau wie schön das draußen ist. Und wenn man jetzt so hinaussieht, meint man da nicht, unser Garten reicht weit, weit bis an die Türme.

ERNST *lächelnd:* Was du schwärmen kannst.

SOPHIE: Ich lerns jetzt. Zu Hause war nicht recht die Ruhe dazu – aber jetzt. Und dann: ich war auch noch nicht reif genug.

ERNST: Zum Schwärmen?

SOPHIE: Ja, man muß dazu reif sein, wenns nämlich wirklich eine Kunst sein soll. Man muß erst Jemanden sehr gern haben, so wie ich dich.

ERNST *warm:* Mein goldenes Glück bist du!

SOPHIE: Das will ich auch sein. Aber nicht »golden« – bitte. Lieber: – lebendig.

ERNST: Also mein lebendiges Glück.

SOPHIE *streicht ihm kosend durchs Haar. Übermütig:* Aber du stichst ja. Was du für kurze Haare hast. Geh!

ERNST *geht lachend ein paar Schritte zurück:* Auf einmal.

SOPHIE: Ja siehst du, das kommt schon davon, daß ich das Schwärmen lerne. Jetzt möcht ich dich so mit langen, goldenen Locken. *Lacht ausgelassen.* Aber, Ernst, einmal hast du doch auch Gedichte gemacht. Nicht wahr? Nun – du darfst mich nicht so grimmig ansehen. Ich meine vor langer, langer Zeit. So mit siebzehn? –

ERNST: Mit siebzehn? Ich will dir ganz genau sagen, Kind, was ich mit siebzehn getan hab. Wart mal: Da war ich auf dem Gymnasium und außerdem habe ich faulen Kindern Privatstunden gegeben und nachts – da werd ich wohl um paar Groschen irgendwas abgeschrieben haben, so lange Licht und Augen aushielten. Und wenn dann noch ein Stück Nacht übrig war, hab ich wahrscheinlich doch am liebsten geschlafen – statt Gedichte zu machen. *Sophie schweigt verlegen.* Ja zum Romantischsein hat mir immer die Zeit gefehlt. Es ist ganz wie mit den langen Haaren. Wer zeitig bei schlechtem Licht aufstehen muß, bleibt auch nicht lang vor dem Spiegel stehn. – Erst du hast mich ja ein wenig eitel gemacht, Kind .... *Sophie steht immer noch in Gedanken.* Was denkst du denn?

SOPHIE: Ich muß daran denken, daß du in den Nächten abgeschrieben hast. – Aber nicht wahr – du hast doch nie – – Hunger hast du doch nie gelitten?

ERNST: Auch.

Sophie sieht ihn scheu und bewundernd an.

ERNST *traulich:* Nun, ich habs ja ohne Schaden überstanden. – Aber du siehst jetzt ein, meine Zeit war knapp. Wenn ichs so gemacht hätte, wie die meisten, wo wär ich jetzt. Für mich hats geheißen, gradaus nicht rechts und nicht links schaun – immerzu. Drum hab ich mich auch so vor allen Frauenzimmern gefürchtet und auch vor dir.

SOPHIE: Wirklich?

ERNST: Du warst die Erste, an die ich hab denken müssen. Ja, du Kindskopf, du hast mich furchtbar gestört. Für dich hab ich eben Zeit finden müssen. Aber zum Schwärmen bleibt mir auch *jetzt* keine übrig. Ich seh ganz deutlich, wo unser Garten zu Ende ist.

SOPHIE *drollig:* Du Armer, sei nicht traurig deshalb. Dann kommt es noch über dich.

ERNST *belustigt:* Was du nicht sagst!

SOPHIE: Einmal kommts über Jeden.

ERNST *kurz:* Nun – ich bin zu alt dazu. – Und jetzt wollen wir Licht machen.

SOPHIE *tritt an den Spiegeltisch, auf welchem die Lampe steht:* Ja, du Ungeduldiger, ich laß dich ja schon zu deinen Plänen.

Ernst läßt sich am Schreibtisch nieder, Sophie stellt die brennende Lampe vor ihn hin, küßt ihn auf die Stirne und geht rechts ab.

SECHSTE SZENE

Vorige

Ernst liest in Plänen. Nach einer Weile lehnt er sich zurück, steht dann auf, öffnet den Briefkasten an der Erkertüre und entnimmt ihm Zeitungen und Briefe. Er legt alles auf den Tisch. Nur einen Brief beschaut er bei der Lampe, wirft ihn dann mit einem leisen Fluch vor sich hin und setzt sich wieder. – Pause.

SOPHIE *in der Tür rechts:* War Jemand hier?

ERNST: Nein.

SOPHIE *eintretend:* Stör ich dich, wenn ich hier im Zimmer bleibe?

ERNST: Oh nein.

Sophie kommt nach vorn.

ERNST: Du – da ist übrigens schon wieder so ein Brief.

SOPHIE *erschreckt, eilt zu ihm:* Wieder?

ERNST *ohne sie anzusehn:* Da – siehs mal durch. *Hält ihr den Brief hin.*

SOPHIE *zögert eine Weile. Dann reißt sie den Umschlag heftig auf und überfliegt den Brief im Kreise der Lampe neben Ernst stehend, der sehr vertieft scheint. Sie liest ihn dann noch einmal und langsam ein drittes Mal, schiebt ihn zögernd in den Umschlag und legt die Hand auf Ernstens Schulter:* Ich glaube, wir müssen nicht mehr kämpfen.

ERNST *ohne aufzusehen, obenhin:* Wieso?

SOPHIE *legt den Brief auf den Schreibtisch:* Lies!

ERNST *unwillig:* Kind, ich hab wirklich keine Zeit.

SOPHIE *sicher:* Es ist der letzte.

ERNST *sieht auf:* ?

SOPHIE: Sie hat es heute getan.

Ernst lacht gezwungen auf und liest.

SOPHIE: Ganz anders. Nicht? Ganz ruhig?

ERNST: *legt den Brief unwillig fort*: Ach so laß doch.

Pause.

SOPHIE *nach vorn kommend:* Ich weiß nicht, ich möchte am liebsten einen Augenblick nach Hause, zu den Eltern.

ERNST: Unsinn.

Sophie setzt sich vorn an den Rand der Couchette.

Pause.

ERNST: Ich hab schon tüchtig Hunger, Kind, werden wir nicht bald nachtmahlen?

SOPHIE *ohne zu verstehen, lauschend:* Pst.

ERNST *sieht sich um:* Was ist denn?

SOPHIE: Jemand geht im Garten. Mama schickt sicher noch her.

ERNST *ungeduldig:* Ich höre nichts. – Du bist aber auch kindisch.

SOPHIE *heftig:* Pst!

ERNST *steht auf:* Keine Spur.

SOPHIE *entschieden:* Aber so hör doch: Jemand sucht die Tür. Bitte, sieh nach. *Sie steht, lauschend, auf.*

ERNST *zuckt die Achseln, holt die brennende Lampe und geht langsam zur Erkertür. Er reißt sie auf tritt einen Schritt hinaus, in die Dämmerung leuchtend:* Ist da Jemand?

Vorhang

Zweiter Akt

Das Wohnzimmer hat immer noch den schablonenhaften, unintimen Charakter. Nur etwas unordentlich. Viele Dinge auf den Tischen und auf dem Spiegelschrank. Vor den Fenstern deutlich: Herbst. Ein Nebeltag. – Früh.

ERSTE SZENE

Bühne wie im Ersten Akt. Frau Gerth sitzt vorn, Ernst steht am Fenster neben dem Schreibtisch.

MUTTER: Es war recht von dir, Ernst, daß du hast den Doktor kommen lassen. So weiß man wenigstens, woran man ist. Merkwürdig. Die Sophie war immer so gesund, ich hätt nicht gedacht, daß diese Zeit sie so arg hernehmen wird. Aber gewiß: wenn sie das überstanden hat, wird sie erst recht aufblühn. *Ernst trommelt an die Scheiben.* Du mußt wohl bald in die Kanzlei?

ERNST *sieht auf die Uhr:* Ja, gleich.

MUTTER: Es ist ein rechtes Malheur, daß du gerade jetzt so außergewöhnlich viel zu tun hast. Und nun schon durch Wochen. Wird das noch lange dauern?

ERNST *wendet sich – kurz:* Warum?

MUTTER: Du siehst nicht gut aus. Das ist kein Wunder. Es ist wirklich zu viel, was man euch aufbürdet.

ERNST: Nach dem Sommer, da giebts eine Menge Rückstände.

MUTTER: So. Ich fürchte nur jeden Tag, wenn du jetzt auch noch krank wirst …

Ernst macht eine unwillig abwehrende Bewegung.

MUTTER *steht auf, geht zu ihm und legt ihm die Hand auf die Schulter:* Schau, Ernst, ist es nicht möglich, daß du dir ein bißchen mehr Freiheit schaffst – jetzt – du hast ja ohnehin keinen Urlaub genommen?

ERNST *zögernd:* Ich fühle mich ja wirklich ganz gesund *laut und gequält* und ich muß arbeiten, arbeiten. – *Aufblickend:* Wirklich, Mama, ich bin ja *ganz wohl.*

MUTTER: Es ist nicht allein deshalb. *Ernst sieht sie fragend an.* Das macht nämlich auch, verzeih mir, ich bin immer ganz offen, – daß die Sophie gar so elend ist. Sie ist soviel allein. *Ernst zuckt die Achseln.* Sie braucht dich doppelt in dieser Zeit. Da will dein Frauchen gehegt und gehätschelt sein. Hat ja Schmerzen um dich. Und ist den ganzen Tag allein und kommt auf allerlei Gedanken.

ERNST *ängstlich:* Glaubst du?

MUTTER: Ja, sie beobachtet sich und grübelt zu viel. Sie sinnt auf das und dies und warum und wozu. Und zu dem kommt immer die Sorge um dich, ob alles im Hause ist, wie du es brauchst, und ob dir nichts abgeht. Sie möchte gern nach allem sehen und kann es doch nicht und weiß, daß kein Verlaß ist auf die Dienstleute. Das quält sie. Und wenn du dich so wenig um sie bekümmerst, muß sie wirklich glauben, du nimmst ihr übel, daß sie nicht hinter allem her ist. *Sie kann doch nicht.*

ERNST: Aber darum handelt es sich ja gar nicht.

MUTTER: Sie faßt es so auf und grämt sich. – Schau, der Winter ist vor der Tür. – Wenn sie so elend in die kalten Tage hineinkommt – – *Pause.*

ERNST *schauernd:* Es ist Winter, ja *fährt sich über die Stirne, müde, wie unwillkürlich:* und sie ist im Frühling gestorben, – mitten im Frühling … *rasch*: oh ich muß arbeiten – viel arbeiten.

MUTTER *milde:* Laß das, Ernst. Denk nicht daran.

ERNST: Spricht er noch oft von ihr?

MUTTER: Der Vater? Er ist noch ganz gebrochen. – Das hab ich dich auch bitten wollen, – wenn du mal zu uns kommst, sprich nicht von Agla mit ihm; es greift ihn zu sehr an. Und denk selbst nicht daran. Ich hab gehofft, du hast es längst vergessen. *Pause.*

ERNST *geht zur Couchette hin, setzt sich schwer und stützt den Kopf in beide Hände:* Vergessen. Was hab ich denn zu vergessen? Ich hab ja kaum eine Erinnerung an sie. Ich hab sie ja kaum gekannt. Ich weiß ja kaum, wie sie ausgesehn hat. Ich rate ja nur: war sie blond? ja. Ungefähr. War sie klein, war sie ....? Ich rate ja nur. Ich weiß ja nichts. Ich weiß nur, daß sie für mich gestorben ist. *Er bricht in Tränen aus.*

MUTTER *tritt erschreckt hinzu:* Gottes willen. Was ist dir denn? Du weißt doch: die Unglückliche war krank, war ...

ERNST *sieht auf und schüttelt den Kopf:* Ich weiß *gar nichts.*

MUTTER *ängstlich:* Sophie ist nebenan. Sie darf nicht ahnen, daß du noch manchmal an Agla denkst.

ERNST *aufstehend:* Ah – drum muß ich arbeiten. *Er macht sich bereit, zu gehen.*

MUTTER *ruhig:* Noch eine Weile hör mich, Ernst. Du bist doch ein so nüchterner und vernünftiger Mensch, du darfst dich doch nicht hinreißen lassen von solchen Dingen.

ERNST: Ja. Ich hab mich immer so sicher gefühlt davor, so drüber hinaus .... Aber gerade deshalb. Siehst du, Mama. Ich habe immer Alles verstanden im Leben. Es hat für mich keine Wunder gegeben, nicht einmal Überraschungen. Alles war so klar. Alles war: Arbeit. Sogar meine Liebe, Sophie. Ich hab mir sie still und sicher erworben Schritt für Schritt. Und da auf einmal kommt das Eine, das ich *nicht* verstehe *laut:* es giebt etwas, das ich nicht verstehe. Darüber komm ich nicht hinaus. Ich glaube mir nichts mehr. Ich kann mir ja nichts mehr glauben. Ich bin ja widerlegt. Ich kann von vorn anfangen.

MUTTER: Du bist nervös.

ERNST *leise:* Also dir ist es nichts Besonderes. Du meinst, das kommt so alle Tage vor. Man spricht nicht weiter darüber. Du hörst zufällig: der und der ist für dich gestorben. Du hast ihn kaum gekannt. Aber du fragst nicht danach. Was war er denn eigentlich? Wie sah dieses Leben aus, das er um deinetwillen zerstört hat; was war drinnen? Du fragst nicht. Es paßt dir so ganz in deine Erfahrungen. Es hält dir einer sein Leben hin, wie ein weißes Blatt, und bittet: schreib deinen Namen drauf. Wenn du's nicht magst – zerreißt er das weiße Blatt natürlich – vor deinen Augen – mitten durch. Das ist ja so einfach. Oh. *Schlägt mit einem Seufzer die Hände vors Gesicht.*

MUTTER: Sst! – Ernst, ich bitte dich. Du erschreckst mich. *Näher herzutretend:* Haben wir nicht früher oft in aller Ruhe darüber gesprochen? Es war doch alles gut. Du bist wirklich überreizt jetzt. Nimm dich doch zusammen. Du kommst darüber weg.

ERNST: Ja, wenn ich überm Pult bin. Oder wenn ich in der Fabrik irgendwo mit angreife, wenn ich an der Maschine stehe, und sehe, wie glatt und hart und sicher sich alles dreht. Da ist es fort. Da denk ich, so ist das Leben. Da gehör ich wieder mir – aber ....

MUTTER: Und wenn du etwas auf eine alte Frau giebst, so will ich dir das beste Heilmittel sagen. Bleib mehr zu Hause. Setz dich zu Sophie. Lies ihr etwas vor, erzähl ihr etwas.

ERNST *macht eine Bewegung der Ungeduld.*

MUTTER: Glaub mir. Sie hat dich so lieb. Sie wird dirs danken. Sie ahnt ja nichts von dem, was dich quält und darfs nicht ahnen. Aber gerade deshalb kann sie dirs so leicht fortnehmen von der Seele. Denkst du denn nie daran, daß sie dir ein Leben unterm Herzen trägt, daß das eine heilige Zeit ist ....

Ernst nickt.

MUTTER: Willst du denn, daß sie sich grämt, und krank wird, sehr krank ....

ERNST *erschrocken:* Hat der Arzt? ....

MUTTER: Sie ist so zart.

ERNST *sich aufraffend:* Ich muß jetzt fort. *Zögernd:* Aber – vielleicht mach ich mich ein wenig frei und bin in einer Stunde wieder da ....

MUTTER *aufatmend:* Ich habs ja gewußt.

ERNST: Sags ihr.

MUTTER: Gleich. Wird die sich freuen. *Glücklich:* Mein lieber starker Junge. Unsereins ist doch auch über manches hinausgekommen und ist doch lang nicht aus so gesundem Holz.

ERNST *umarmt sie gerührt:* Mama!

MUTTER *Tränen zurückdrängend:* Nun, nun .... geh nur jetzt rasch, damit Sophie nicht lange warten muß. Und du kommst?

ERNST *fest:* Ich versprech dirs.

Durch die Erkertüre ab.

ZWEITE SZENE

Mutter, Sophie

Mutter geht hin und wieder, rückt die Stühle zurecht, bürstet das Deckchen auf dem runden Tisch ab. Währenddessen tritt von rechts Sophie ein. Sie hat ein weißes lose von den Schultern fließendes Morgenkleid, ist sehr blaß und ängstlich.

SOPHIE *erschrocken:* Gott, Mama, nun räumst du gar auf. Laß mich doch.

MUTTER *sich wendend:* Das fehlte noch. Nun, wie hat mein Frauchen geschlafen?

SOPHIE *müde:* Oh wie immer. *Sie will das Deckchen weiter abbürsten.*

MUTTER: Warum nicht gar. Wirst du das lassen, du unvernünftiges .... Wirst du schauen, daß du auf dein schiefes Sofa kommst! Eigentlich hättest du gar nicht aufstehen sollen ....

SOPHIE *zage:* Bin ich denn so krank?

MUTTER: Ganz wie sichs gehört gehts dem kleinen Mütterchen – nur unvorsichtig ist sie, und steigt zuviel im Haus herum und faßt zuviel an, und drum sollte sie am sichersten im Bett bleiben.

SOPHIE: Nein, nein, nur das nicht. Nur nicht im Bett bleiben.

MUTTER: Das ist ja auch nicht notwendig. Ich weiß ja, du magst viel lieber dein verrücktes Canapee. Wart, ich hol gleich ein Kissen und eine warme Decke herunter.

SOPHIE *wehrt ab.*

MUTTER: Nichts. Da ziert man sich nicht. Mein Frauchen setzt sich jetzt hier her und schaut sich die Zeitung an – *drückt sie in einen der Fauteuils vorn und legt eine Zeitung auf den runden Tisch* und wartet bis ich wiederkomme und ihr das Lager bereite; und dann stellen wir einen bequemen Stuhl hart an das schiefe Canapee – aber das sag ich erst bis ich komme, – für wen.

SOPHIE *nickt lächelnd.*

MUTTER: Und nur wenn sie recht brav war. *Küßt die Tochter, – rechts ab.*

Sophie sitzt eine Weile da, reglos, so wie man sie hingesetzt hat. Dann erhebt sie sich, indem sie sich mühsam an den Lehnen des Fauteuils emporstemmt, geht mit tappenden Schritten vor den Spiegeltisch, steckt sich das Haar zurecht, läßt dann die Arme in ohnmächtiger Schlaffheit herabfallen und tritt in das nahe Fenster. Draußen ist der herbstliche Park sichtbar. Der Sturm heult im Kamin. Sie schaut eine Weile hinaus, preßt dann das Tuch vor die Augen und weint leise.

Pause.

MUTTER *kommt mit Kissen und Decke unter dem Arme durch die Türe rechts zurück, und sieht zuerst nach dem Fauteuil im Vordergrund, in welchem sie die Tochter zurückgelassen hat. Erstaunt:* Was – spielt das Frauchen Verstecken? *Sie wirft Kissen und Decke auf den Stuhl.* Ich will sie schon finden, ich … *bemerkt die Tochter im Fenster; diese kommt mit mattem Lächeln nach vorn.*

MUTTER: Was das aber schon wieder ist; so nah beim Fenster! Wo die kalte Luft hereinkommt. So ein Leichtsinn.

SOPHIE: Das schadet mir nicht. Ich hab nur sehen wollen.

MUTTER: Was denn? Es ist ja häßlich draußen.

SOPHIE: Gestern war noch eine Aster in unserm Garten *mit einer Gebärde der Hilflosigkeit:* ist schon – fort.

MUTTER: Ende Oktober. – Komm, *während sie die Kissen schlichtet* leg dich her, damit ich dich zudecken kann.

SOPHIE: Schon wieder liegen.

MUTTER: Du bist ja jetzt wieder eine ganze Weile auf den Beinen gewesen, hast einen großen Spaziergang gemacht bis ans Fenster, und warst leichtsinnig wie immer. Es ist Zeit, daß du dich wieder ausruhst.

SOPHIE *folgt:* Ausruhen.

MUTTER *legt die warme, grüne Decke vorsichtig über sie:* Gut so?

SOPHIE *nickt.*

MUTTER: Soll ich dir vorlesen aus der Zeitung?

SOPHIE: Nein, danke. Das interessiert mich nicht. Es ist ja so weit von mir, alles das. Erzähl mir lieber ....

MUTTER: Also – zuerst das von früher. *Rückt einen Fauteuil herbei:* Siehst du, da stell ich jetzt einen Stuhl ganz nah zu dir her. Und vorläufig setz ich mich drauf. Aber er ist nicht für mich. Vielleicht schon in einer halben Stunde sitzt wer anderer drin – rat mal wer?

SOPHIE: Bleib du nur, Mama ...

MUTTER: Nein, Kind, ich muß ja nach Hause. Heute bin ich ohnehin ungewöhnlich lang ausgeblieben und der, welcher kommt, ist dir auch viel lieber.

SOPHIE *nachsinnend:* Lieber – nein ....

MUTTER: Doch, doch, glaub ich. Rat nur erst mal.

Pause.

SOPHIE *sich plötzlich aufrichtend:* Nein – nein. Er soll nicht kommen. Er soll nicht kommen. Sag es ihm.

MUTTER *erschrocken:* ?

SOPHIE: Ich mag ihn nicht sehn. Es war doch ein großes Unrecht. Es war sicher eine Sünde.

MUTTER: Wen meinst du denn, Kind?

SOPHIE *ihren Gedanken folgend:* Er hat sie begraben in geweihter Erde und hat ihr den Segen gegeben. Und er hat doch gewußt, daß sie in Sünden gestorben ist und mit Willen .....

MUTTER: Du darfst deinen alten Lehrer nicht verdammen.

SOPHIE: Sie ist mit Willen gestorben.

MUTTER: Er hat Mitleid gehabt mit ihr, und sie war verwirrt.

SOPHIE *erregt:* Warum lügt ihr denn alle? Ihr wißt es doch. Die Agla war so klar wie ich und wie du, als sie ins Wasser ist ... und der Hochwürden hats auch ganz gut gewußt. Nein – ich kann, ich will ihn nicht sehen. Bitte!

MUTTER: Beruhige dich, Sophie. Er kommt auch nicht. – Ganz jemand anderer ....

SOPHIE *aufatmend:* Jemand – anderer ....

MUTTER *horcht:* Und ich glaube – da ist er schon.

SOPHIE *lauscht, setzt sich auf, sieht gespannt nach der Tür, – sie geht auf und Ernst stürmt hastig herein:* Ernst?

ERNST *bleibt ein paar Schritte vorher stehen:* Ah – bin ich gelaufen.
MUTTER *zu Sophie:* Nun ist das nicht eine Überraschung.
SOPHIE *verständnislos:* Ja, – warum? .....
ERNST *begrüßend:* Ja – – – guten Morgen, Mama, – guten Morgen, Sophie. *Küßt ihr Hand und Stirne.* Es giebt heute einmal weniger zu tun ... und da darf ich doch wohl ...? *Stockt verlegen.*
MUTTER: Nun, ich kann jetzt beruhigt gehn. Ich weiß dich jetzt in guten Händen.
SOPHIE *umarmt die Mutter sehr innig.*
MUTTER: So mein Kind. Nun schön stille daliegen! Brav sein! Und du *zu Ernst* sei streng mit ihr. *Sie reicht Ernst die Hand und sieht ihn fest an; sie tauschen einen Blick des Verstehens – Ernst will sie zur Türe geleiten.*
MUTTER: Bleib nur! Adieu, Kinder.
SOPHIE *nickt:* Mit Gott, Mama. *Mutter ab.*

DRITTE SZENE

Sophie, Ernst

ERNST *im Begriffe sich zu setzen:* Darf ich?
SOPHIE: Wo du willst.
Pause. – Man hört den Sturm.
ERNST: Dieser Sturm hat mich heute die ganze Nacht gestört.
SOPHIE: Ja, sei doch so gut und laß mal oben nachsehen. Es muß irgendwo ein Fensterladen los sein. Es schlägt immer so gegen das Haus. Das ängstigt mich.
ERNST *will sich bereitwillig erheben:* So – ich will gleich.
SOPHIE: Dann – bis du gehst. Es ist ja nur in der Nacht. *Schauert.*
ERNST *setzt sich wieder:* Wie du meinst.
SOPHIE *zuckt zusammen.*
ERNST: Dir ist kalt, soll ich dir ein Cape ...?
SOPHIE: Oh nein – das ist nur so.
ERNST: Übrigens wir werden tüchtig frieren hier – im Winter. Wir sind doch halb und halb auf dem Lande, – ganz frei von allen Seiten .... Wenn man das nicht gewohnt ist ...
Pause.

ERNST: Wenn nur erst der Winter überstanden ist.

SOPHIE *seufzt:* Ja.

ERNST: Im Frühjahr wird es hier draußen herrlich sein. Wenn man einen kleinen Garten hat, kommt man dem Frühling näher, man ist – – gleichsam verwandt mit ihm …

SOPHIE *sieht ihn groß an.*

ERNST: Freust du dich auch darauf?

SOPHIE *müde:* Es ist ja schon hinter uns …

ERNST *zögernd:* Aber doch immer wieder vor uns? …

Pause.

SOPHIE *streicht ihm durchs Haar:* Du, Armer.

ERNST: Arm?

SOPHIE *ungeduldig*: Du bist doch so angestrengt die ganzen letzten Wochen. Du mußt ja müde sein.

ERNST: Das vergeht rasch.

SOPHIE *schnell:* Ja und diese kurze freie Zeit sollst du nicht hier versitzen. Nicht – hier bei *mir.* In der dumpfigen Krankenluft.

ERNST *wehrt ab.*

SOPHIE: Wirklich. Wozu? – Wenn du nun auch noch krank wirst. Denk nur. Geh spazieren, oder ins Kaffeehaus. Du wirst Bekannte treffen, wirst dich amüsieren. Ein gesunder Mensch gehört zu Gesunden. Das ist keine Erholung – das.

ERNST: Warum kränkst du mich, Sophie?

SOPHIE: Ich sage nur die Wahrheit; es hat ja keinen Sinn. Ich fürchte mich nicht, ich bin kein Kind. Ich kann allein bleiben.

ERNST: Das sollst du nun wirklich nicht mehr.

Sophie: Hat Mama das gesagt? Die Gute! Laß sie nur reden. Davon versteht sie nichts. Geh nur!

ERNST *warm:* Bitte, Sophie. *Er erfaßt ihre Hände.*

SOPHIE: Was?

ERNST: Bleiben.

Sie sehen sich einen Augenblick in die Augen. Dann stößt Sophie mit plötzlicher Heftigkeit seine Hände von sich und wendet sich ab. In tiefem Schmerze.

SOPHIE: Du denkst ja an sie. Jetzt denkst du wieder an sie. Warum bittest du mich?

ERNST *verwirrt:* An wen denke ich, an wen? ….

SOPHIE *mit gesteigertem Zorn und Abscheu:* Geh. In deiner Kanzlei kannst du ja denken an sie, den ganzen Tag. Aber mich verschon doch. Mich verschone. *In Verzweiflung:* Siehst du denn nicht, daß du mich schändest, wenn du mit diesen Gedanken hereinkommst in mein Zimmer, daß du mich erniedrigst, daß du mich elend machst? *Sie bricht in Tränen aus.*

ERNST *ist aufgestanden:* Ich verstehe dich nicht.

Pause.

SOPHIE *hebt den Kopf; in plötzlicher Wut packt sie den Fassungslosen beim Arm und zerrt ihn zu sich, so daß er neben ihr auf der Couchette sitzt. Dann streckt sie die Hand aus:* Schau. Siehst du sie? Da. Sie sieht gar nicht so klein aus in dem grünen Kleide, was, gar nicht so wie ein Kind. Und ihre schwarzen Augen, wie die glänzen. Siehst du? Warum lächelt sie so? Du mußt es ja wissen, warum sie so lächelt? Lächelt sie immer so? Und das Haar hat sie gelöst. Sie hat so schönes, schweres, schwarzes Haar. Und so blaß ist sie und doch sind ihre Lippen ganz rot. Ganz blutrot. Sie kommt zu dir. Ganz leise. Sie ist doch gar nicht mehr wie ein Kind, – – – *ihre Stimme ist ruhiger, sie schöpft Atem und fragt müde:* Siehst du sie?

ERNST *er hat erst erschrocken auf Sophie gesehen, dann folgt er ihrer Hand und ihrem Blick und während sie die Agla beschreibt, wird sein Auge immer schauender, immer verständnisvoller, er trinkt gierig ihre Worte, fast in Verzückung, lauscht noch nach, als sie geendet hat und sagt auf ihre letzte Frage – gläubig:* Ja.

Sophie sieht erstaunt und entsetzt sein verzücktes Gesicht und macht ein paar abwehrende Bewegungen mit den Händen, ehe sie in tiefem Schmerz zusammensinkt. Ernst starrt noch immer nach dem Phantom. Seine Züge werden dunkler und dunkler.

Pause.

ERNST *in jäher Erkenntnis:* Oh. – *Er fährt sich mit der Hand über die Stirn. – Ganz erwachend:* Verzeih mir, verzeih!

Er umfaßt Sophieen.

SOPHIE *aus Tränen:* Nicht, nicht. Ich laß dich. Du liebst sie.

ERNST *sich über sie neigend:* Nein.

SOPHIE *immer ersterbender:* Du liebst sie.

ERNST: Ich fürchte mich ja nur so. Hilf mir, Sophie. *Schreiend:* Ich fürchte mich.

SOPHIE *richtet sich auf und schmiegt sich an ihn:* Fürchtest du dich? Ich auch. *Sie halten sich entsetzt fest.*

ERNST *vertrauend:* Hilf mir.

SOPHIE: Hilf du mir.

ERNST *beide rasch in stetem Gestehn:* Sie ist immer da, nicht wahr?

SOPHIE *nickt:* Ja immer.

ERNST *bange:* Und in der Nacht?

SOPHIE *hauchend:* Ja.

ERNST: Auch bei dir?

SOPHIE *ebenso:* Ja.

ERNST: Und sie war doch so klein?

SOPHIE: Ja.

ERNST: Und schwach?

SOPHIE: Ja.

ERNST: Und jetzt?

SOPHIE: Sie ist furchtbar.

ERNST *mit Entsetzen:* Furchtbar.

Pause.

SOPHIE: Sie hat dich gekauft. Du.

ERNST: Oh.

SOPHIE: Sie hat dich gekauft …

ERNST: Ich will nicht. Hilf mir.

SOPHIE *voll Bedauern:* Du …

ERNST: Halt mich recht fest. So. Und nun sag, was wollen wir tun?

SOPHIE *matt:* Ich kann nicht mehr.

ERNST: Kämpfen, zusammen?

SOPHIE *mutlos:* Nein.

ERNST: Also – dann – – – –

SOPHIE *sie tauschen einen Blick, – befreit:* Ja.

ERNST: Zusammen?

Sophie nickt. Sie umschlingen sich fest. Pause.

SOPHIE *richtet sich auf in namenlosem Entsetzen – tonlos:* Du! –

ERNST *steht auf.*

SOPHIE: Wir können nicht sterben.

ERNST: ?

SOPHIE *gläubig:* Sie ist ja *dort.*

Ernst läßt sich schwer in den Stuhl, zu Seiten der Couchette, fallen, die Hände vor dem Gesicht. – Pause, Sturm.

VIERTE SZENE

Vorige

SOPHIE *streicht ihm leise übers Haar:* Lieber.
ERNST *betrachtet sie – sein Aug wird immer heller.*
SOPHIE: Lieber.
ERNST: Hast du Schmerzen?
SOPHIE *mit kaum merkbarem Lächeln, schüttelt den Kopf.*
ERNST: *Es* wird uns retten .....
SOPHIE *leise, innig:* Vielleicht.

Vorhang

Waisenkinder

EINE SZENE

Die darin Vorkommenden sind:

SIEBEN WAISENKNABEN,
SECHS WAISENMÄDCHEN,
EIN KNABE *(welcher ein wenig älter ist und manches weiß),*
JERÔME *(der kleinste von den sieben Waisenknaben),*
EINE BLONDE NONNE *und*
DER ALTE GÄRTNER.

Im Garten eines Waisenhauses. Herbst. Die breite Lindenallee tastet mit hundert welken Händen, wie weit es zur Erde ist. Inmitten der Allee steht eine kleine gotische Kapelle mit spitzem Glockenstuhl. Unbekümmert um den grauen Bau geht die Allee dahinter weiter in den Park, in das Dunkel, aus dem das bronzene Blattwerk kleiner Eichen und die Stämme junger Bir-

ken aufleuchten. Man könnte manchmal meinen, daß dort Sonne ist. Aber es ist einer von den grauen, traurigen Tagen, und früh am Nachmittag.

Da kommen in der Allee: Die sechs Mädchen, Zwei und zwei. Sie führen einander bei der Hand. Sie haben alle die gleichen grauen Kleider und Hüte aus blauem Stroh, welche sie den ganzen Sommer getragen haben. Sie sind alle von gleichem Alter (etwa zehn oder zwölf Jahre).
Hinter ihnen kommen die sieben Knaben. Zwei und zwei. Sie haben alle die gleichen grauen Anzüge und flache Hüte aus blauem Stroh. Sie sind alle von gleichem Alter (etwa zwölf Jahre).

Mit dem siebenten Knaben, dem kleinen Jerôme, geht die junge Nonne. Sie kommen langsam und still auf das Tor der Kapelle zu. Der ältere Knabe läuft allen voraus, ist als erster am Tor, stößt daran, während er die breite Klinke mit beiden Händen hält.

DER ÄLTERE KNABE *zu den anderen:* Zu!
Der Zug bleibt stehen.
DER ÄLTERE KNABE *immer am Tor:* Was jetzt?
Alle sehen sich nach der Nonne um.
DIE NONNE: Man muß den Gärtner suchen.
DER ÄLTERE KNABE *schnell mit der Hand aufzeigend:* Ich!
DIE NONNE *zögernd:* Ja – aber ... Nein, ich will ihn selbst suchen. Er wird auf dem Kirchhof sein vielleicht ... *Sie geht nach rechts; zurückgewendet, zu dem älteren Knaben:* Gieb acht solang, Paul! *Sie geht ab.*
DER ÄLTERE KNABE *sieht ihr nach.*
DIE SIEBEN KNABEN UND DIE SECHS MÄDCHEN *sehen ihr nach. Pause.*
DER ÄLTERE KNABE *neigt sich an das Schlüsselloch des Kapellentors, – nach einer Weile:* Oh!
DIE SIEBEN KNABEN UND DIE SECHS MÄDCHEN *sehen zu ihm hin.*
VON DEN KNABEN EINER: Ist sie drin?
DER ÄLTERE KNABE *immer ins Schlüsselloch spähend:* Ganz weiß!
AUS DEN KNABEN EIN ANDERER: Ganz weiß?
DER ÄLTERE KNABE: Lichter brennen bei ihr. *Die sechs Knaben kommen langsam näher, nur der kleine Jerôme bleibt, wo die Mädchen stehn.*
DER ÄLTERE KNABE *immer noch in das Schlüsselloch spähend:* Ganz

deutlich kann ich sie jetzt sehen. Sie hat die Augen zu und etwas in der Hand.

VON DEN KNABEN EINER: In der Hand?

DER ÄLTERE KNABE *wie vorher:* Ein Kreuz aus etwas Weißem und drei Rosen.

EINES VON DEN MÄDCHEN *leise:* Rosen?

EIN ANDERES VON DEN MÄDCHEN: Ich will auch Rosen.

DER KLEINE JERÔME: Es giebt jetzt keine mehr, glaub ich.

EINES VON DEN MÄDCHEN: Weiße Rosen?

DER ÄLTERE KNABE *wie vorher:* Alles ist Weiß bei ihr.

EINES VON DEN MÄDCHEN: Oh!

EIN ANDERES VON DEN MÄDCHEN: Ist sie sehr schön?

DER ÄLTERE KNABE *wie vorher:* Häßlich ist sie, – ganz gelb.

Pause.

Dann beginnt ein Mädchen zu weinen. Die anderen Mädchen stellen sich um sie und betrachten sie. Der kleine Jerôme bleibt allein. Die Knaben sind alle am Tor der Kapelle, hinter Paul.

Pause.

DER ÄLTERE KNABE *tritt plötzlich rasch zurück, kehrt sich um, packt den nächststehenden Knaben an der Achsel und zieht ihn ans Tor:* Da, schau! *Der erschrockene Knabe schreit auf und läuft davon.*

DER ÄLTERE KNABE *lacht:* Hasenfuß! *Von den Knaben lacht keiner mit, alle ziehen sich ein wenig vom Tor zurück.*

DER ÄLTERE KNABE *beim Tor:* Hat *der* Angst! Auf einmal hat er Angst vor der kleinen Betty. *Er will einen anderen Knaben heranziehen.*

DER ANDERE KNABE *heftig:* Nicht!

DER ÄLTERE KNABE: Du hast auch Angst? Du hast dich doch nie vor der kleinen Betty gefürchtet?

DER ANDERE KNABE: Aber jetzt ist sie tot.

DIE ANDEREN KNABEN *nicken:* Ja.

DER ÄLTERE KNABE: Na und ein toter Mensch ist weniger als ein Lebender. Ein toter Mensch kann gar nichts mehr. Er ißt nicht mehr und spricht nicht mehr. Er ist wie ein Stein. Er ist ja auch ganz kalt.

VON DEN KNABEN EINER: Wirklich?

DER ÄLTERE KNABE: Ja, bestimmt, er ist ganz kalt.

EIN ANDERER KNABE: Wer sagt das?

DER ÄLTERE KNABE: Das steht so in den Büchern: »... Er griff nach ihrer Hand, und sie war ganz kalt –« steht, – und dann: man weiß das auch so ...

VON DEN KNABEN EINER: Also man ist von Stein, wenn man gestorben ist?

DER ÄLTERE KNABE: Du bist dumm. Man ist wie man ist – aus Fleisch. Aber aus totem Fleisch.

EIN ANDERER VON DEN KNABEN: Hat man noch Haare und Augen und Zähne?

DER ÄLTERE KNABE: Augen? – Ich glaube ja.

EIN ANDERER VON DEN KNABEN: Aber warum lebt man denn dann nicht, wenn einem nichts fehlt?

DER ÄLTERE KNABE: Weil man keine Seele mehr hat.

VON DEN MÄDCHEN EINES: Die kleine Betty hat auch eine Seele gehabt?

DER ÄLTERE KNABE: Jeder Mensch hat eine Seele.

EIN ANDERER KNABE: Aber sie war so dumm!

VON DEN MÄDCHEN EIN KLEINES *fröhlich:* Die Seele ist ein Vögelchen.

EINER VON DEN KNABEN: Oh nein! Das ist nicht wahr.

DASSELBE KLEINE MÄDCHEN *langsam:* Die Seele ist ein Vögelchen.

DER ÄLTERE KNABE *überlegen:* Die Seele ist ein Geist.

DER KNABE VON FRÜHER *zu dem kleinen Mädchen:* Siehst du, – ein Geist!

DASSELBE KLEINE MÄDCHEN *nah am Weinen:* Die Seele ist ein Vögelchen ...

JERÔME *nimmt das kleine Mädchen in Schutz:* Laß sie!

DER KNABE VON FRÜHER: Was geht denn dich das an, hm? Bist du vielleicht der Präfekt? Glaubst du, weil du dir schmeichelst, weil du mit der Nonne gehst? hm? Ich kann machen was ich will, weißt du. *Er stößt das kleine Mädchen.* Da – gerade!

JERÔME *weicht zurück.*

DER KNABE VON FRÜHER: Du Feigling!

EIN ANDERER VON DEN KNABEN: Warum heißt er überhaupt Jerôme? Ist er denn ein Franzose?!

EIN PAAR KNABEN *mit lautem Gelächter:* Ein Franzose!

DER KNABE VON FRÜHER: Bist du ein Franzose? Alle Franzosen sind Schurken.

JERÔME: Ich bin kein Franzose.

EIN ANDERER KNABE: Er hat ja überhaupt gar keinen anderen Namen! *Die Knaben lachen.*

EIN KNABE: Man muß einen Namen haben. Jeder hat zwei Namen.

EIN ANDERER KNABE: Wenigstens! Ich habe einen Onkel, der hat sogar fünf.

VON DEN MÄDCHEN EINES: Ist der der Kaiser?

DER ÄLTERE KNABE: Der Kaiser hat nur einen Vornamen. Alle Kaiser haben immer nur Vornamen. In der Geschichte stehts.

EINER VON DEN KNABEN: Warum?

DER ÄLTERE KNABE: Ganz einfach. Wenn wir nicht Namen haben, so kann man uns nicht unterscheiden. Es giebt viele Paul und viele Alfred und einen großen Haufen Marie. Darum muß man noch einen Namen haben außerdem. Der Kaiser ist nur Einer. Nichtwahr? Der braucht keinen zweiten Namen. Den Kaiser kann man nicht verwechseln.

VON DEN KNABEN EINER: Weil er eine Krone hat!

Pause.

EINES VON DEN MÄDCHEN: Heißt die kleine Betty jetzt auch noch: Betty?

DIE KNABEN *rufen durcheinander:* Ja – ohja – nein – aber ...

EINER VON DEN KNABEN *fragend, zu Paul:* Du?

DER ÄLTERE KNABE: Ihre Seele heißt so, glaub ich. Wie sie selber heißt, hab ich gestern gehört.

EINIGE VON DEN KNABEN UND MÄDCHEN: Wie?

DER ÄLTERE KNABE: Der Gärtner hats zum Knecht gesagt ....

EINIGE VON DEN KNABEN UND MÄDCHEN: Wie?

DER ÄLTERE KNABE *tritt näher herzu:* Es war merkwürdig! Ein komisches Wort mit vielen A ...

EIN ANDERER KNABE: Mit vielen A?

Pause.

Inzwischen ist der kleine Jerôme bis an das Tor der Kapelle geschlichen und müht sich, auf den Fußspitzen stehend, das Schlüsselloch mit dem Blick zu erreichen. – Man hört Schritte.

DER ÄLTERE KNABE: Pst! die Schwester kommt! *Kommandiert:* In Reihen! Und daß keiner sagt, daß ich da hineingeschaut hab!

VON DEN KNABEN EINER: Der Jerôme klatscht gewiß!

EIN ANDERER KNABE: Der? *Nach dem Tor weisend:* Der schaut ja selbst ....

DER ÄLTERE KNABE *der Jerôme eben erst bemerkt:* Was willst du da? Marsch! Hast du nicht gehört: in Reihen? *Er schiebt den Kleinen unsanft nach vorn.* Glaubst du, ich werde mich strafen lassen wegen dir?

Langsam kommt von rechts der alte Gärtner. Ein kleiner verwitterter Greis, – Gesicht und Hände sind wie aus Erde und Wurzeln. Die Schlüssel klirren ihm ans Knie.

DER ÄLTERE KNABE *leise:* Ich weiß jetzt das Wort mit den vielen A *noch leiser zu den anderen Knaben:* Kadaver.

EIN PAAR STIMMEN *sprechen es langsam nach:* Ka–da–ver ..

VON DEN MÄDCHEN EINES: O-oh!

Der alte Gärtner sperrt die Kapelle auf. Es ist ganz still, und man hört jede Bewegung des Schlüssels. Dann stößt der Greis den grauen Türflügel nach innen auf. Weit. Der Garten scheint rascher zu dunkeln vor dem Glanz der hohen gelben Kerzen, welche um den kleinen weißen Katafalk wachen. Der alte Gärtner tritt ein, macht sich, gebückt, an der Bahre zu schaffen und bleibt dann irgendwo in der Kapelle, unsichtbar, im Dunkel. – Die blonde Nonne ist bald hinter ihm gekommen. Sie ordnet die Reihen. Dann bleibt sie mitten unter den Kleinen stehen, neben Jerôme, der mit großen Augen unverwandt nach der Kapelle schaut.

DIE BLONDE NONNE *ihre Stimme ist golden, klar:* Kinder! Ihr gehet zum letzten Mal euer Schwesterchen Betty besuchen. Euer Schwesterchen ist bei Gott, und ich glaube, es wird jetzt gerade ein Engel geworden sein. Ihr dürft ihm noch einmal euer Gebet hersagen. Damit es gleich am Beginn der Seligkeit an euch denkt und dem lieben Gott erzählt, wie schön ihr das Vaterunser wißt. *Die Nonne stellt sich mit Jerôme an die Spitze des Zuges, der sich langsam und zögernd durch die Lindenallee nach der Kapelle hinbewegt. Die Nonne beginnt:* Vater unser ... *und unterbricht sich, zu Jerôme geneigt:* Was? – Hast du Angst? *Dann von neuem:* Vater unser, der du bist in dem Himmel, geheiliget werde dein Name, zu uns – komme – dein – Reich – *bei »Geheiliget« fallen ein paar Stimmen mit »Vater unser –« ein und so fort. Bis alle in der Kapelle sind, hört man wirr durch einander einzelne Worte des Gebetes. Man unterscheidet undeutlich: Die Kinder gehen, eines hinter dem anderen, um die Bahre herum und kommen von der anderen Seite her, still und erstaunt, wieder in die Allee heraus. Dort stellen sie sich lautlos auf. Das Gebet ist aus. Man hört die Schwester, in der Kapelle noch, sagen:* ... und in der Stunde unseres Absterbens ...

EINIGE STIMMEN: Amen!

DIE NONNE: Amen! *Sie tritt mit Jerôme an der Hand aus der Kapelle, in welcher der alte Gärtner die Kerzen löscht:* Eigentlich ist noch Spielstunde. Eine Viertelstunde noch. Wollt ihr noch im Garten bleiben, Kinder?

DER ÄLTERE KNABE ZUGLEICH MIT EINIGEN ANDEREN *bittend:* Ja! Ja!

DIE NONNE: Dann will ich die Mädchen nachhause führen. Ich komm euch dann holen. Bleibst du auch, Jerôme? Du solltest nicht die Abendluft haben, du weißt.

JERÔME: Ich muß noch Blumen finden heute.

DIE NONNE: *Die* sind wohl alle tot.

JERÔME *leise:* Aber die Betty hat doch noch welche ...

DIE NONNE: Ja, – *die .... zu den anderen Knaben:* Aber bleibt mir nicht hier, wenn es dunkler wird. Führ sie dann auf die Wiese, Paul! Und gieb acht, hörst du! Wollt ihr noch die Bälle oder die Reifen? – Was werdet ihr spielen?

DER ÄLTERE KNABE *Hände in den Taschen, unbestimmt:* Oh so – *Die sechs Mädchen, zwei zu zwei, sich an den Händen haltend, gehen nach rechts in den immer dunkleren Park. Die Nonne zuletzt. Durch die Bäume glüht der Abend, in schmale scharfe Streifen das Grau zerschneidend. – Die sieben Knaben bleiben wie ratlos zurück. Jerôme flüstert mit einem von ihnen.*
Pause.

DER ÄLTERE KNABE *laut:* Pfui, ich mag den Weihrauch nicht!

EIN ANDERER KNABE: Jetzt weiß ich, warum man das »Kadaver« nennt.

EIN ZWEITER KNABE: Wieso?

DER KNABE VON FRÜHER: Weil es so blaß ist wie altes Wachs.

EIN DRITTER KNABE: Oder wie Kalk ...

DER ÄLTERE KNABE: Wie – Käse …
DER DRITTE KNABE: Möchtest du's angreifen?
DER ÄLTERE KNABE: Hab ich! angegriffen!
EIN PAAR STIMMEN: Wann?
DER ÄLTERE KNABE: Jetzt, im Vorbeigehen. »Sie« *die Nonne meint er* hats nicht bemerkt.
DER KNABE VON FRÜHER: Im Gesicht?
DER ÄLTERE KNABE: Auf der Hand. So. *Er macht eine tippende Bewegung mit dem Zeigefinger.*
DER DRITTE KNABE *bewundernd:* Wirklich?
EIN VIERTER KNABE: Das soll man nicht.
DER KNABE VON FRÜHER: Wie wars?
DER ÄLTERE KNABE: Na so. Gar nicht irgendwie.
DER KNABE VON FRÜHER: Kalt?
DER KNABE, DER MIT JERÔME SPRACH *laut, zu Jerôme:* Aber! …
JERÔME *nickt.*
DER KNABE, DER MIT JERÔME SPRACH *zu Jerôme:* Soll ichs sagen? *Zu den anderen:* Er sagt, sie ist gar nicht tot.
Pause.
DER ÄLTERE KNABE UND ZWEI ANDERE *lachen laut auf.*
DER KNABE, DER MIT JERÔME SPRACH *verlegen:* Er sagt …
JERÔME *sehr ernst:* Nein, sie ist nicht tot. *Erneutes stärkeres Lachen.*
DER ÄLTERE KNABE *sich sichtlich amüsierend, lachend zu den anderen:* Pst! *Zu Jerôme, ironisch:* Sondern? *Was* ist sie *denn?*
JERÔME *langsam, sehr ernst:* Sie ist – anders. Man kann nicht … *Lachen.*
DER ÄLTERE KNABE *zu den Lachern:* Still! Laßt ihn doch mal erzählen. *Er stemmt die Hände breit in die Hüften, in spottendem Nachäffen:* Also, Jerôme, sie ist anders? Hm?
JERÔME *langsam, verloren:* Es geht ja *hier* gar nicht.
DER ÄLTERE KNABE: *Was* geht hier nicht? *Zu den anderen:* Pst!
JERÔME *in das allgemeine Schweigen hinein:* Sterben. – *Pause.* Es ist ja gar kein hohes Haus da, auch kein Turm, Pause wie in der Stadt … *Pause. Hastig erklärend:* Sterben ist ein furchtbar hohes, gelbes, häßliches Haus. Und die Mama hat müssen hinunter … von ganz, ganz oben – in den Hof, … auf die Steine … *Pause. Aufatmend:* Dann ist man – tot. *Pause.*

EINER VON DEN KNABEN: Deine Mama? …
JERÔME *fröstelnd:* Ja, von ganz oben. *Pause.*
DER ÄLTERE KNABE *plötzlich, bös:* Und *das* erzählst du auch noch?
JERÔME *sieht ihn groß, ohne Ausdruck, an.*
DER ÄLTERE KNABE *mit den Armen agierend:* Pfui! Das ist eine Schande. Ich weiß es gewiß. So sterben nur die ganz schlechten Menschen, die gemeinen Menschen! Schäm dich! Schäm dich! *Dem Jerôme noch ins Gesicht schreiend:* Deine Mutter war eine Selbstmörderin! *Die anderen Knaben stehen erstaunt herum.* – Der Schwester hast du das nicht erzählt. Du Lügner, du! Aber wir müssen ihr das sagen. Ihr habts alle gehört: Seine Mutter hat sich selbst umgebracht. *Die Knaben machen kein Zeichen der Zustimmung.* Haha! Mein Lieber! jetzt wirds aus sein mit den guten Zeiten! Wenn das erst der Präfekt erfährt …. paß mal auf!
EINER VON DEN KNABEN *gespannt:* Was dann?
DER ÄLTERE KNABE: Der Präfekt? Der wirft ihn einfach hinaus aus der Anstalt. Auf die Gasse. Du Feiner, dort wird keine Schwester sein, bei der man sich schmeichelt. Wohin gehst du denn da? Was?
Pause.
JERÔME *voll Vertrauen, leise:* Zur Mama, in den Himmel!
DER ÄLTERE KNABE *höhnisch:* Himmel! freilich! Himmel! Deine Mutter im Himmel! Die wird fein in der Hölle sein, weißt du! *Die anderen Knaben treten erschrocken zurück.*
JERÔME *bebt, wird ganz blaß und schlägt dem älteren Knaben mit der Faust ins Gesicht.*
DER ÄLTERE KNABE *erst überrascht, dann rot vor Wut, packt Jerôme bei den Händen und zwingt ihn in die Knie. Atemlos:* Schlagen? Du Hund, schlagen? Was? Ich will dir …. du Feigling, erbärmlicher. Rühr mich noch mal an. Schmutzig bist du, weißt du, dein ganzes Leben lang, schmutzig! Rühr du mich an! *Er stößt den kleinen Jerôme mit einer heftigen Bewegung und voll Verachtung fort. Der Kleine fällt zurück und bleibt dann klein knieen.*
DER ÄLTERE KNABE *heiser zu den anderen:* Kommt auf die Wiese! kommt! *Die anderen folgen ihm sehr willig, fast ehrfürchtig.*
DER ÄLTERE KNABE *wendet sich nochmals um:* Und wenn du zu deiner Mutter willst einmal, *er lacht auf* dann mußt du's schon

machen wie sie, oder mußt dich hier an einen Baum hängen, oder in den Teich springen – sonst kommst du nie zu deiner Mutter in – den – *ironisch* – Himmel! Merk dirs! *Ab nach rechts. Die anderen Knaben halten sich dicht hinter ihm. Sie schweigen, machen aber übermäßig große Bewegungen und sehr weite Schritte. Fern hört man noch Pauls spottende, scharf gewordene Stimme, Worte, wie:* So ein …

Stille. Der kleine Jerôme steht auf und horcht. Er versucht ein paar Schritte nach rechts, nach links, und bleibt endlich vorn stehn, ratlos.

Der Park ist schwarz, und die Stämme stehen wie viele Männer. Immerfort fallen Blätter. Man hört jetzt ein Geräusch in der Kapelle. Kurze, eilige Hammerschläge. Der kleine Jerôme schaut scheu nach dem Tor. Erst schiebt sich ein wenig Licht heraus, dann geht der Flügel auf, das Licht verschwindet, man hört den Schlüssel sich wenden im Schloß. Aus dem Schatten schleppt sich der alte Gärtner, gebückt, wurzelhaft, den kleinen Sarg auf der Schulter. Er geht quer über die Allee, dann weiter hinein in den schwarzen Park.

JERÔME *sieht ihm nach; Pause, dann leise:* Du! *Der schwere Schritt des Alten ferner und ein Rauschen wie von einem Wind, hoch in den Kronen.*

JERÔME *läuft ein paar Schritte nach hinten, lauter, flehend:* Du! *Rauschen.*

JERÔME *hilflos, leise:* Du! *Pause. Er läuft dem Alten nach in den schwarzen Park.*

Ende

III. Essays und Aufzeichnungen

Einleitung ⟨Worpswede⟩

Die Geschichte der Landschaftsmalerei ist noch nicht geschrieben worden und doch gehört sie zu den Büchern, die man seit Jahren erwartet. Derjenige, welcher sie schreiben wird, wird eine große und seltene Aufgabe haben, eine Aufgabe, verwirrend durch ihre unerhörte Neuheit und Tiefe. Wer es auf sich nähme, die Geschichte des Porträts oder des Devotionsbildes aufzuzeichnen, hätte einen weiten Weg; ein gründliches Wissen müßte ihm wie eine wohlgeordnete Handbibliothek erreichbar sein, die Sicherheit und Unbestechlichkeit seines Blickes müßte ebenso groß sein wie das Gedächtnis seines Auges; er müßte Farben sehen und Farben sagen können, er müßte die Sprache eines Dichters und die Geistesgegenwart eines Redners besitzen, um angesichts des weiten Stoffes nicht in Verlegenheit zu geraten, und die Waage seiner Ausdrucksweise müßte auch die feinsten Unterschiede noch mit deutlichem Ausschlagswinkel anmelden. Er müßte nicht allein Historiker sein, sondern auch Psychologe, der am Leben gelernt hat, ein Weiser, der das Lächeln der Monna Lisa ebenso mit Worten wiederholen kann wie den alternden Ausdruck des tizianischen Karl V. und das zerstreute, verlorene Schauen des Jan Six in der Amsterdamer Sammlung. Aber er hätte doch immerhin mit Menschen umzugehen, von Menschen zu erzählen und den Menschen zu feiern, indem er ihn erkennt. Er wäre von den feinsten menschlichen Gesichtern umgeben, angeschaut von den schönsten, von den ernstesten, von den unvergeßlichsten Augen der Welt; umlächelt von berühmten Lippen und festgehalten von Händen, die ein eigentümlich selbständiges Leben führen, müßte er nicht aufhören, im Menschen die Hauptsache zu sehen, das Wesentliche, das, zu dem Dinge und Tiere einmütig und still hinweisen wie zu dem Ziel und zu der Vollendung ihres stummen oder bewußtlosen Lebens. Wer aber die Geschichte der Landschaft zu schreiben hätte, befände sich zunächst hilflos preisgegeben dem Fremden, dem Unverwandten, dem Unfaßbaren. Wir sind gewohnt, mit Gestalten zu rechnen, – und die Landschaft hat keine

Gestalt, wir sind gewohnt aus Bewegungen auf Willensakte zu schließen, und die Landschaft *will* nicht wenn sie sich bewegt. Die Wasser gehn und in ihnen schwanken und zittern die Bilder der Dinge. Und im Winde, der in den alten Bäumen rauscht, wachsen die jungen Wälder heran, wachsen in eine Zukunft, die wir nicht erleben werden. Wir pflegen, bei den Menschen, vieles aus ihren Händen zu schließen und alles aus ihrem Gesicht, in welchem, wie auf einem Zifferblatt, die Stunden sichtbar sind, die ihre Seele tragen und wiegen. Die Landschaft aber steht ohne Hände da und hat kein Gesicht, – oder aber sie ist ganz Gesicht und wirkt durch die Größe und Unübersehbarkeit ihrer Züge furchtbar und niederdrückend auf den Menschen, etwa wie jene ›Geistererscheinung‹ auf dem bekannten Blatte des japanischen Malers Hokusai.

Denn gestehen wir es nur: die Landschaft ist ein Fremdes für uns und man ist furchtbar allein unter Bäumen, die blühen, und unter Bächen, die vorübergehen. Allein mit einem toten Menschen, ist man lange nicht so preisgegeben wie allein mit Bäumen. Denn so geheimnisvoll der Tod sein mag, geheimnisvoller noch ist ein Leben, das nicht unser Leben ist, das nicht an uns teilnimmt und, gleichsam ohne uns zu sehen, seine Feste feiert, denen wir mit einer gewissen Verlegenheit, wie zufällig kommende Gäste, die eine andere Sprache sprechen, zusehen.

Freilich, da könnte mancher sich auf unsere Verwandtschaft mit der Natur berufen, von der wir doch abstammen als die letzten Früchte eines großen aufsteigenden Stammbaumes. Wer das tut, kann aber auch nicht leugnen, daß dieser Stammbaum, wenn wir ihn, von uns aus, Zweig für Zweig, Ast für Ast, zurückverfolgen, sehr bald sich im Dunkel verliert; in einem Dunkel, welches von ausgestorbenen Riesentieren bewohnt wird, von Ungeheuern voll Feindsäligkeit und Haß, und daß wir, je weiter wir nach rückwärts gehen, zu immer fremderen und grausameren Wesen kommen, so daß wir annehmen müssen, die Natur als das grausamste und fremdeste von allen im Hintergrunde zu finden. Daran ändert der Umstand, daß die Menschen seit Jahrtausenden mit der Natur verkehren, nur sehr wenig; denn dieser Verkehr ist sehr einseitig. Es scheint immer wieder, daß die Natur nichts davon weiß, daß wir sie bebauen und uns eines kleinen Teils ihrer Kräfte ängstlich bedienen.

Wir steigern in manchen Teilen ihre Fruchtbarkeit und ersticken an anderen Stellen mit dem Pflaster unserer Städte wundervolle Frühlinge, die bereit waren, aus den Krumen zu steigen. Wir führen die Flüsse zu unseren Fabriken hin, aber sie wissen nicht von den Maschinen, die sie treiben. Wir spielen mit dunklen Kräften, die wir mit unseren Namen nicht erfassen können, wie Kinder mit dem Feuer spielen, und es scheint einen Augenblick, als hätte alle Energie bisher ungebraucht in den Dingen gelegen, bis wir kamen, um sie auf unser flüchtiges Leben und seine Bedürfnisse anzuwenden. Aber immer und immer wieder in Jahrtausenden schütteln die Kräfte ihre Namen ab und erheben sich, wie ein unterdrückter Stand, gegen ihre kleinen Herren, ja nicht einmal *gegen* sie, – sie stehen einfach auf, und die Kulturen fallen von den Schultern der Erde, die wieder groß ist und weit und allein mit ihren Meeren, Bäumen und Sternen.

Was bedeutet es, daß wir die äußerste Oberfläche der Erde verändern, daß wir ihre Wälder und Wiesen ordnen und aus ihrer Rinde Kohlen und Metalle holen, daß wir die Früchte der Bäume empfangen, als ob sie für uns bestimmt wären, wenn wir uns daneben einer einzigen Stunde erinnern, in welcher die Natur handelte über uns, über unser Hoffen, über unser Leben hinweg, mit jener erhabenen Hoheit und Gleichgültigkeit, von der alle ihre Gebärden erfüllt sind. Sie weiß nichts von uns. Und was die Menschen auch erreicht haben mögen, es war noch keiner so groß, daß sie teilgenommen hätte an seinem Schmerz, daß sie eingestimmt hätte in seine Freude. Manchmal begleitete sie große und ewige Stunden der Geschichte mit ihrer mächtigen brausenden Musik oder sie schien um eine Entscheidung windlos, mit angehaltenem Atem stille zu stehn oder einen Augenblick geselliger harmloser Frohheit mit flatternden Blüten, schwankenden Faltern und hüpfenden Winden zu umgeben, – aber nur um im nächsten Momente sich abzuwenden und den im Stiche zu lassen, mit dem sie eben noch alles zu teilen schien.

Der gewöhnliche Mensch, der mit den Menschen lebt und die Natur nur so weit sieht, als sie sich auf ihn bezieht, wird dieses rätselhaften und unheimlichen Verhältnisses selten gewahr. Er sieht die Oberfläche der Dinge, die er und seinesgleichen seit Jahrhunderten geschaffen haben, und glaubt gerne, die ganze Erde nehme an ihm teil, weil man ein Feld bebauen, einen Wald lichten und einen Fluß schiffbar machen kann. Sein Auge, welches fast nur auf Menschen eingestellt ist, sieht die Natur nebenbei mit, als ein Selbstverständliches und Vorhandenes, das soviel als möglich ausgenutzt werden muß. Anders schon sehen Kinder die Natur; einsame Kinder besonders, welche unter Erwachsenen aufwachsen, schließen sich ihr mit einer Art von Gleichgesinntheit an und leben in ihr, ähnlich den kleinen Tieren, ganz hingegeben an die Ereignisse des Waldes und des Himmels und in einem unschuldigen, scheinbaren Einklang mit ihnen. Aber darum kommt später für Jünglinge und junge Mädchen jene einsame, von vielen tiefen Melancholieen zitternde Zeit, da sie, gerade in den Tagen des körperlichen Reifwerdens, unsäglich verlassen, fühlen, daß die Dinge und Ereignisse in der Natur *nicht mehr* und die Menschen *noch nicht* an ihnen teilnehmen. Es wird Frühling, obwohl sie traurig sind, die Rosen blühen und die Nächte sind voll Nachtigallen, obwohl sie sterben möchten, und wenn sie endlich wieder zu einem Lächeln kommen, dann sind die Tage des Herbstes da, die schweren, gleichsam unaufhörlich fallenden Tage des November, hinter denen ein langer lichtloser Winter kommt. Und auf der anderen Seite sehen sie die Menschen, in gleicher Weise fremd und teilnahmslos, ihre Geschäfte, ihre Sorgen, ihre Erfolge und Freuden haben, und sie verstehen es nicht. Und schließlich bescheiden sich die Einen und gehen zu den Menschen, um ihre Arbeit und ihr Los zu teilen, um zu nützen, zu helfen und der Erweiterung dieses Lebens irgendwie zu dienen, während die Anderen, die die verlorene Natur nicht lassen wollen, ihr nachgehen und nun versuchen, bewußt und mit Aufwendung eines gesammelten Willens, ihr wieder so nahe zu kommen, wie sie ihr, ohne es recht zu wissen, in der Kindheit waren. Man begreift, daß diese Letzteren Künstler sind: Dichter oder Maler, Tondichter oder Baumeister, Einsame im Grunde, die, indem sie sich der Natur zuwenden, das Ewige dem Vergänglichen, das im Tiefsten Gesetzmäßige dem vorübergehend Begründeten vorziehen, und die, da sie die Natur nicht überreden können, an ihnen teilzunehmen, ihre Aufgabe darin sehen, die Natur zu erfassen, um sich selbst irgendwo in ihre großen Zusammenhänge einzufügen. Und mit diesen einzelnen Einsamen nähert sich die ganze Menschheit der Natur. Es ist nicht der letzte und vielleicht der eigentümlichste Wert der Kunst, daß sie das Medium ist, in welchem Mensch und Landschaft, Gestalt und Welt sich begegnen und finden. In Wirklichkeit leben sie nebeneinander, kaum von einander wissend, und im Bilde, im Bauwerk, in der Symphonie, mit einem Worte in der Kunst, scheinen sie sich, wie in einer höheren prophetischen Wahrheit, zusammenzuschließen, aufeinander zu berufen, und es ist, als ergänzten sie einander zu jener vollkommenen Einheit, die das Wesen des Kunstwerks ausmacht.

Unter diesem Gesichtspunkt scheint es, als läge das Thema und die Absicht aller Kunst in dem Ausgleich zwischen dem Einzelnen und dem All, und als wäre der Moment der Erhebung, der künstlerisch-wichtige Moment, derjenige, in welchem die beiden Waagschalen sich das Gleichgewicht halten. Und, in der Tat, es wäre sehr verlockend, diese Beziehung in verschiedenen Kunstwerken nachzuweisen; zu zeigen, wie eine Symphonie die Stimmen eines stürmischen Tages mit dem Rauschen unseres Blutes zusammenschmilzt, wie ein Bauwerk halb unser, halb eines Waldes Ebenbild sein kann. Und ein Bildnis machen, heißt das nicht, einen Menschen wie eine Landschaft sehen, und giebt es eine Landschaft ohne Figuren, welche nicht ganz erfüllt ist davon, von dem zu erzählen, der sie gesehen hat? Wunderliche Beziehungen ergeben sich da. Manchmal sind sie in reichem, fruchtbaren Kontrast nebeneinandergesetzt, manchmal scheint der Mensch aus der Landschaft, ein andres Mal die Landschaft aus dem Menschen hervorzugehen, und dann wieder haben sie sich ebenbürtig und geschwisterlich vertragen. Die Natur scheint sich für Augenblicke zu nähern, indem sie sogar den Städten einen Schein von Landschaft giebt, und mit Centauren, Seefrauen und Meergreisen aus Böcklinschem Blute nähert sich die Menschheit der Natur: immer aber kommt es auf dieses Verhältnis an, nicht zuletzt in der Dichtung, die gerade dann am meisten von der Seele zu sagen weiß, wenn sie Landschaft giebt, und die verzweifeln müßte, das Tiefste von ihm zu sagen, stünde der Mensch in jenem uferlosen und leeren Raume, in welchen ihn Goya gerne versetzt hat.

Die Kunst hat den Menschen kennen gelernt, bevor sie sich mit der Landschaft beschäftigte. Der Mensch stand vor der Landschaft und verdeckte sie, die Madonna stand davor, die liebe, sanfte italische

Frau mit dem spielenden Kinde, und weit hinter ihr erklang ein Himmel und ein Land mit ein paar Tönen wie die Anfangsworte eines Ave Maria. Diese Landschaft, die sich im Hintergrund umbrischer und toskanischer Bilder ausbreitet, ist wie eine leise, mit einer Hand gespielte Begleitung, nicht von der Wirklichkeit angeregt, sondern den Bäumen, Wegen und Wolken nachgebildet, die eine liebliche Erinnerung sich bewahrt hat. Der Mensch war die Hauptsache, das eigentliche Thema der Kunst und man schmückte ihn, wie man schöne Frauen mit edlen Steinen schmückt, mit Bruchstücken jener Natur, die man als Ganzes zu schauen noch nicht fähig war.

Es müssen andere Menschen gewesen sein, welche, an ihresgleichen vorbei, die Landschaft schauten, die große, teilnahmslose, gewaltige Natur. Menschen, wie Jacob Ruysdael, Einsame, die wie Kinder unter Erwachsenen lebten und vergessen und arm verstarben. Der Mensch verlor seine Wichtigkeit, er trat zurück vor den großen, einfachen, unerbittlichen Dingen, die ihn überragten und überdauerten. Man mußte deshalb nicht darauf verzichten, ihn darzustellen, im Gegenteil: durch die gewissenhafte und gründliche Beschäftigung mit der Natur hatte man gelernt, ihn besser und gerechter zu sehen. Er war kleiner geworden: nichtmehr der Mittelpunkt der Welt; er war größer geworden: denn man schaute ihn mit denselben Augen an wie die Natur, er galt nicht mehr als ein Baum, aber er galt viel, weil der Baum viel galt.

Liegt nicht vielleicht darin das Geheimnis und die Hoheit Rembrandts, daß er Menschen wie Landschaften sah und malte? Mit den Mitteln des Lichtes und der Dämmerung, mit denen man das Wesen des Morgens oder das Geheimnis des Abends erfaßt, sprach er von dem Leben derjenigen, die er malte, und es wurde weit und gewaltig dabei. Auf seinen biblischen Bildern und Blättern überrascht es geradezu, wie sehr er auf Bäume verzichtet, um die Menschen wie Bäume und Büsche zu gebrauchen. Man erinnere sich des Hundertguldenblattes: kriecht da die Schaar der Bettler und Bresthaften nicht wie niederes, vielarmiges Gestrüpp an den Mauern hin, und steht Christus nicht wie ein ragend er einsamer Baum am Rande der Ruine? Wir kennen nicht viele Landschaften von Rembrandt, und doch war er Landschafter, der größte vielleicht, den es je gegeben hat, und einer der größten Maler überhaupt. Er konnte Porträts malen, weil er in die Gesichter tief hineinsah wie in Länder mit weitem Horizont und hohem, wolkigem, bewegtem Himmel. – In den wenigen Porträts, die Böcklin gemalt hat (ich denke vor allem an die Selbstporträts), ist eine ähnliche, landschaftliche Auffassung des Gegenstandes zu verzeichnen, und wenn ihn sonst das Porträt so wenig interessiert, ja geradezu unangenehm berührt hat, so liegt das daran, daß er nur wenige Menschen in jener landschaftlichen Art zu schauen vermochte. Der Mensch war für ihn, den der unermeßliche Reichtum der Natur verwöhnt hatte, eine Beschränkung, eine Enge, ein Einzelfall, welcher die rauschende Breite der Empfindung, aus welcher heraus er lebte, störend unterbrach. Er setzte, wo er seiner bedurfte, an seine Stelle die Gestalt. Wesen, die von Bäumen geboren zu sein scheinen, gehen durch seine Bilder, und das Meer, das er malt, erfüllt sich mit lautem lachendem Leben. Alle Elemente scheinen fruchtbar zu sein und die Welt, die der Mensch nicht betreten kann, mit ihren Söhnen und Töchtern zubevölkern. Böcklin, der, wie kaum einer, danach strebte, die Natur zu erfassen, sah die Kluft, die sie von den Menschen trennt, und er malt sie wie ein Geheimnis, wie Lionardo die Frau gemalt hat, in sich abgeschlossen, teilnahmslos, mit einem Lächeln, das uns entgleitet, sobald wir es auf uns beziehen wollen.

Auch in die Landschaften des Anselm Feuerbach und des Puvis de Chavannes (um nur zwei Meister zu nennen) traten nur stille zeitlose Gestalten ein, die aus der Tiefe der Bilder kamen und gleichsam jenseits eines Spiegels lebten. Und diese Scheu vor dem Menschen geht durch die ganze Landschaftsmalerei. Einer der Größten, Théodore Rousseau, hat ganz auf die Figur verzichtet und man vermißt sie nirgends in seinem Werke. So entbehrlich ist auch seiner, beinahe mathematisch richtigen Welt der Mensch. Anderen lag es nahe, ihre Wege und Wiesen mit schreitenden und weidenden Tieren zu beleben; mit Kühen, deren breite Trägheit massig und ruhig in der Fläche des Bildes stand, mit Schafen, die auf ihren wolligen Rücken das Licht der Abendhimmel durch die Dämmerung trugen, mit Vögeln, die, ganz umzittert von Luft, sich in hohe Wipfel niederließen. Und da kam unversehens mit den Herden der Hirte in die Bilder hinein, der erste Mensch in der ungeheuren Einsamkeit. Still wie ein Baum steht er bei Millet, das einzige Aufrechte in der weiten Ebene von Barbizon. Er rührt sich nicht; wie ein Blinder steht er unter den Schafen, wie ein Ding, das sie genau kennen, und seine Kleidung ist schwer wie Erde und verwittert wie Stein. Er hat kein eigenes, besonderes Leben. Sein Leben ist das jener Ebene und jenes Himmels und jener Tiere, die ihn umgeben. Er hat keine Erinnerung, denn seine Eindrücke sind Regen und Wind und Mittag und Sonnenuntergang, und er muß sie nicht behalten, weil sie immer wiederkommen. Und ähnlich sind alle jene Millet'schen Gestalten, deren Silhouette so baumhaft ruhig vor dem Himmel steht oder, wie von einem immerwährenden Winde gebogen, von der dunklen Scholle sich abhebt. Millet schrieb einmal an Thoré: »Ich möchte, daß die Wesen, welche ich darstelle, aussähen als ob sie ganz in ihrer Lage aufgingen, und daß es unmöglich sei zu denken, daß ihnen der Gedanke kommen könnte, etwas anderes zu sein.« Die Lage aber, in welcher sie sich befinden, ist die Arbeit. Eine ganz bestimmte, tägliche Arbeit, die Arbeit an diesem Lande, die sie gestaltet hat, wie der Wind am Meer die wenigen Bäume formt, welche am Rande der Dünen stehen. Diese Arbeit, durch die sie ihre Nahrung empfangen, bindet sie wie eine starke Wurzel an diesen Boden fest, zu dem sie gehören wie zähe Pflanzen, die sich von steinigem Land ein karges Dasein erzwingen.

Ähnlich wie die Sprache nichts mehr mit den Dingen gemein hat, welche sie nennt, so haben die Gebärden der meisten Menschen, die in den Städten leben, ihre Beziehung zur Erde verloren, sie hängen gleichsam in der Luft, schwanken hin und her und finden keinen Ort, wo sie sich niederlassen könnten. Die Bauern, welche Millet malt, haben noch jene wenigen großen Bewegungen, welche still und einfach sind und immer auf dem kürzesten Wege auf die Erde zugehen. Und der Mensch, der anspruchsvolle, nervöse Bewohner der Städte, fühlt sich geadelt in diesen stumpfen Bauern. Er, der mit nichts im Einklang steht, sieht in ihnen Wesen, die näher an der Natur ihr Leben verbringen, ja er ist geneigt, in ihnen Helden zu sehen, weil sie es tun, obwohl die Natur gegen sie gleich hart und teilnahmslos bleibt, wie gegen ihn. Und vielleicht scheint es ihm eine Weile, als hätte man nur Städte gebaut, um die Natur und ihre erhabene Gleichgültigkeit (welche wir Schönheit nennen) nicht zu sehen und sich mit der scheinbaren Natur des Häusermeeres zu trösten, die von Menschen gemacht ist und wie mit großen Spiegeln sich selbst und den Menschen immerfort wiederholt. Millet haßte Paris. Und wenn er aus dem Dorfe immer nach der entgegengesetzten Seite hinausging wie sein Freund Rousseau, so geschah's vielleicht, weil ihn das Geschlossene des Waldes immer noch zu sehr an die Enge der Stadt erinnerte, weil die hohen Bäume auf ihn leicht wie hohe Mauern wirkten, wie jene Mauern, aus denen er wie aus einem Gefängnis entflohen war. Die Elemente seiner Kunst, welche man, im Hinblick auf seine Gestalten, Einsamkeit und Gebärde nennen könnte, sind eigentlich nicht diese figürlichen, sondern die entsprechenden landschaftlichen Werte. Der Einsamkeit entspricht die Ebene, der Gebärde der Himmel, vor dem sie sich vollzieht. Auch er ist Landschafter. Seine Figuren sind groß durch das, was sie umgiebt, und durch die Linie, welche sie von ihrer Umgebung trennt. Von der Ebene ist die Rede und vom Himmel. Millet hat beides in die Malerei eingeführt, allein er vermochte oft nur den Kontur zu geben statt des Lichtes, das von allen Seiten aus dem ungeheuren Himmel fließt. Sein Kontur war groß, sicher, monumental, er ist das Ewige in seinem Werke, aber er weist oft mehr auf einen Zeichner oder einen Plastiker als auf einen Maler hin.

Hier ist jener brüllenden Kuh Segantinis zu gedenken auf dem bekannten Bilde, das sich in der Berliner Nationalgalerie befindet. Die Linie, mit welcher der Rücken des Tieres sich von dem Himmel abzeichnet, diese unvergeßliche Linie, ist von Millet'scher Kraft und Klarheit, aber sie ist nicht unbeweglich, sie zittert und schwingt wie eine tönende Saite, gestrichen von dem reinen Licht dieser hohen und einsamen Bergwelt.

Dieser Maler ist mit Millet verwandter als man glaubt. Er ist kein Maler des Gebirges. Die Berge sind ihm nur die Stufen zu neuen Ebenen, über welchen ein Himmel, groß wie der Himmel Millets, aber lichtvoller, tiefer, farbiger sich erhebt. Diesem Himmel ist er nachgegangen sein ganzes Leben lang und als er ihn gefunden hatte, starb er. Er starb, beinahe 3000 Meter hoch, wo keine Menschen mehr wohnen, und in stiller, blinder Größe stand die Natur um seinen schweren Tod. Sie hat auch von ihm nicht gewußt. Aber als er in das unermeßliche Leuchten jener unberührten Welt die Mutter mit dem Kinde malte, da war er dem menschlichen Leben ebenso nah wie dem anderen, dem erhabenen Leben der Natur, das ihn umgab.

In den deutschen Romantikern war eine große Liebe zur Natur. Aber sie liebten sie ähnlich wie der Held einer Turgenieff'schen Novelle jenes Mädchen liebte, von dem er sagt: »Sophia gefiel mir besonders, wenn ich saß und ihr den Rücken zuwendete, das heißt, wenn ich ihrer gedachte, wenn ich sie im Geiste vor mir sah, besonders des Abends, auf der Terrasse ...« Vielleicht hat nur einer von ihnen ihr ins Gesicht gesehen; Philipp Otto Runge, der Hamburger, der das Nachtigallengebüsch gemalt hat und den Morgen. Das große Wunder des Sonnenaufgangs ist so nicht wieder gemalt worden. Das wachsende Licht, das still und strahlend zu den Sternen steigt und unten auf der Erde das Kohlfeld, noch ganz vollgesogen mit der starken tauigen Tiefe der Nacht, in welchem ein kleines nacktes Kind – der Morgen – liegt. Da ist alles geschaut und wiedergeschaut. Man fühlt die Kühle von vielen Morgen, an denen der Maler sich vor der Sonne erhob und, zitternd vor Erwartung, hinausging, um jede Szene des mächtigen Schauspiels zu sehen und nichts von der spannenden Handlung zu versäumen, die da begann. Dieses Bild ist mit Herzklopfen gemalt worden. Es ist ein Markstein. Es erschließt nicht einen, es erschließt tausend neue Wege zur Natur. Runge fühlte das selbst. In seinen ›Hinterlassenen Schriften‹, die 1842 erschienen sind, findet sich folgende Stelle: .... »Es drängt sich Alles zur Landschaft, sucht etwas Bestimmtes in dieser Unbestimmtheit. Doch unsere Künstler greifen wieder zur Historie und verwirren sich. Ist denn in dieser neuen Kunst – der Landschafterei, wenn man so will – nicht auch ein höchster Punkt zu erreichen? der vielleicht noch schöner sein wird als die vorigen?«

Im Anfang des neunzehnten Jahrhunderts hat Philipp Otto Runge diese Worte geschrieben, aber noch weit später galt die ›Landschafterei‹ in Deutschland als ein fast untergeordnetes Gewerbe, und man pflegte auf unseren Akademieen die Landschafter nicht für voll zu nehmen. Diese Anstalten hatten allen Grund, die Konkurrenz der Natur zu fürchten, auf welche schon Dürer mit so ehrfürchtiger Einfalt hingewiesen hatte. Es ergoß sich ein Strom von jungen Leuten aus den staubigen Sälen der Hochschulen, man suchte die Dörfer auf, man begann zu sehen, man malte Bauern und Bäume und man feierte die Meister von Fontainebleau, die das alles schon ein halbes Jahrhundert vorher versucht hatten. Es war jedenfalls ein ehrliches Bedürfnis, welches dieser Bewegung zugrunde lag, aber es war eben eine Bewegung und sie konnte viele mitgerissen haben, denen die Akademie eigentlich nicht zu enge war. Man mußte abwarten. Von allen, die damals hinauszogen, sind inzwischen viele in die Städte zurückgekehrt, nicht ohne gelernt zu haben, ja vielleicht sogar nicht ohne von Grund aus andere geworden zu sein. Andere sind von Landschaft zu Landschaft gewandert, überall lernend, feine Eklektiker, denen die Welt zur Schule wird, – einige sind berühmt geworden, viele untergegangen und es wachsen neue heran, die richten werden.

Nicht weit aber von jener Gegend, in welcher Philipp Otto Runge seinen Morgen gemalt hat, unter demselben Himmel sozusagen, liegt eine merkwürdige Landschaft, in der damals einige junge Leute sich zusammengefunden hatten, unzufrieden mit der Schule, sehnsüchtig nach sich selbst und willens, ihr Leben irgendwie in die Hand zu nehmen. Sie sind nicht mehr von dort fortgegangen, ja, sie haben es sogar vermieden, größere Reisen zu machen, immer bange etwas zu versäumen, irgendeinen unersetzlichen Sonnenuntergang, irgendeinen grauen Herbsttag oder die Stunde, da, nach stürmischen Nächten, die ersten Frühlingsblumen aus der Erde kommen. Die Wichtigkeiten der Welt fielen ihnen ab und sie erfuhren jene große Umwertung aller Werte, die vor ihnen Constable erfahren hatte, der in einem Briefe schrieb: »Die Welt ist weit, nicht zwei Tage sind gleich, nichteinmal zwei Stunden; noch hat es seit Schöpfung der Welt zwei Baumblätter gegeben, die einander gleich waren.« Ein Mensch, der zu dieser Erkenntnis gelangt, fängt ein neues Leben an. Nichts liegt hinter ihm, alles vor ihm und: »Die Welt ist weit.«

Diese jungen Menschen, die jahrelang ungeduldig und unzufrieden auf Akademieen gesessen hatten, »drängten sich« – wie Runge schrieb – »zur Landschaft, sie suchten etwas Bestimmtes in dieser Unbestimmtheit.« Die Landschaft ist bestimmt, sie ist ohne Zufall, und ein jedes fallende Blatt erfüllt, indem es fällt, eines der größten Gesetze des Weltalls. Diese Gesetzmäßigkeit, die niemals zögert und sich in jedem Augenblicke ruhig und gelassen vollzieht, macht die Natur zu einem solchen Ereignis für junge Menschen. Gerade das suchen sie, und wenn sie in ihrer Ratlosigkeit nach einem Meister verlangen, so meinen sie nicht jemanden, der fortwährend in ihre Entwickelung eingreift und durch ein Rütteln die geheimnisvollen Stunden stört, in denen die Kristallbildung ihrer Seele geschieht; sie wollen ein Beispiel. Sie wollen ein Leben sehen, neben sich, über sich, um sich, ein Leben das lebt, ohne sich um sie zu kümmern. Große Gestalten der Geschichte leben so, aber sie sind nicht sichtbar, und man muß die Augen schließen, um sie zu sehen. Junge Menschen aber schließen nicht gerne die Augen, zumal wenn sie Maler sind: sie wenden sich an die Natur und, indem sie sie suchen, suchen sie sich.

Es ist interessant zu sehen, wie auf jede Generation eine andere Seite der Natur erziehend und fördernd wirkt; diese rang sich zur Klarheit durch, indem sie in Wäldern wanderte, jene brauchte Berge und Burgen, um sich zu finden. Unsere Seele ist eine andere als die unserer Väter; wir können noch die Schlösser und Schluchten verstehen, bei deren Anblick sie wuchsen, aber wir kommen nicht weiter dabei. Unsere Empfindung gewinnt keine Nuance hinzu, unsere Gedanken vertausendfachen sich nicht, wir fühlen uns wie in etwas altmodischen Zimmern, in denen man sich keine Zukunft denken kann. Woran unsere Väter in geschlossenem Reisewagen, ungeduldig und von Langerweile geplagt, vorüberfuhren, das brauchen wir. Wo sie den Mund auftaten, um zu gähnen, da tun wir die Augen auf, um zu schauen; denn wir leben im Zeichen der Ebene und des Himmels. Das sind zwei Worte, aber sie umfassen eigentlich ein einziges Erlebnis: die Ebene. Die Ebene ist das Gefühl, an welchem wir wachsen. Wir begreifen sie und sie hat etwas Vorbildliches für uns; da ist uns alles bedeutsam: der große Kreis des Horizontes und die wenigen Dinge, die einfach und wichtig vor dem Himmel stehen. Und dieser Himmel selbst, von dessen Dunkel- und Hellwerden jedes von den tausend Blättern eines Strauches mit anderen Worten zu erzählen scheint und der, wenn es Nacht wird, viel mehr Sterne faßt, als jene gedrängten und ungeräumigen Himmel, die über Städten, Wäldern und Bergen sind.

In einer solchen Ebene leben jene Maler, von denen zu reden sein wird. Ihr danken sie, was sie geworden sind und noch viel mehr: ihrer Unerschöpflichkeit und Größe danken sie, daß sie immer noch werden.

Es ist ein seltsames Land. Wenn man auf dem kleinen Sandberg von Worpswede steht, kann man es ringsum ausgebreitet sehen, ähnlich jenen Bauerntüchern, die auf dunklem Grund Ecken tief leuchtender Blumen zeigen. Flach liegt es da, fast ohne Falte, und die Wege und Wasserläufe führen weit in den Horizont hinein. Dort beginnt ein Himmel von unbeschreiblicher Veränderlichkeit und Größe. Er spiegelt sich in jedem Blatt. Alle Dinge scheinen sich mit ihm zu beschäftigen; er ist überall. Und überall ist das Meer. Das Meer, das nicht mehr ist, das einmal vor Jahrtausenden hier stieg und fiel und dessen Düne der Sandberg war, auf dem Worpswede liegt. Die Dinge können es nicht vergessen. Das große Rauschen, das die alten Föhren des Berges erfüllt, scheint sein Rauschen zu sein und der Wind, der breite mächtige Wind, bringt seinen Duft. Das Meer ist die Historie dieses Landes. Es hat kaum eine andere Vergangenheit.

Einst, als das Meer zurücktrat, da begann es sich zu formen. Pflanzen, die wir nicht kennen, erhoben sich, und es war ein rasches und hastiges Wachsen in dem fetten faltigen Schlamm. Aber das Meer, als ob es sich nicht trennen könnte, kam immer wieder mit seinen äußersten Wassern in die verlassenen Gebiete und endlich blieben schwarze schwankende Sümpfe zurück, voll von feuchtem Getier und langsam vermodernder Fruchtbarkeit. So lagen die Flächen allein, ganz mit sich beschäftigt, jahrhundertelang. Das Moor bildete sich. Und endlich begann es sich an einzelnen Stellen zu schließen, leise, wie eine Wunde sich schließt. Um diese Zeit, man nimmt das dreizehnte Jahrhundert an, wurden in der Weserniederung Klöster gegründet, welche holländische Kolonisten in diese Gegenden, in ein schweres, ungewisses Leben, schickten. Später folgen (selten genug) neue Ansiedlungsversuche, im sechzehnten Jahrhundert, im siebzehnten, aber erst im achtzehnten nach einem bestimmten Plan, durch dessen energische Durchführung die Ländereien an der Weser, an der Hamme, Wümme und Wörpe, dauernd bewohnbar werden. Heute sind sie ziemlich bevölkert; die frühen Kolonisten, soweit sie sich halten konnten, sind reich geworden durch den Verkauf des Torfs, die späteren führen ein Leben aus Arbeit und Armut, nah an der Erde, wie im Bann einer größeren Schwerkraft stehend. Etwas von der Traurigkeit und Heimatlosigkeit ihrer Väter liegt über ihnen, der Väter, die, als sie auswanderten, ein Leben verließen, um in dem schwarzen schwankenden Land ein neues zu beginnen, von dem sie nicht wußten, wie es enden sollte. Es giebt keine Familienähnlichkeit unter diesen Leuten; das Lächeln der Mütter geht nicht auf die Söhne über, weil die Mütter nie gelächelt haben. Alle haben nur *ein* Gesicht: das harte, gespannte Gesicht der Arbeit, dessen Haut sich bei allen Anstrengungen ausgedehnt hat, so daß sie im Alter dem Gesicht zu groß geworden ist wie ein langegetragener Handschuh. Man sieht Arme, die das Heben schwerer Dinge übermäßig verlängert hat und Rücken von Frauen und Greisen, die krumm geworden sind wie Bäume, die immer in demselben Sturm gestanden haben. Das Herz liegt gedrückt in diesen Körpern und kann sich nicht entfalten. Der Verstand ist freier und hat eine gewisse, einseitige Entwickelung durchgemacht. Keine Vertiefung, aber eine Zuspitzung ins Findige, Stichlige, Witzige. Die Sprache unterstützt ihn dabei. Dieses Platt mit seinen kurzen, straffen, farbigen Worten, die wie mit verkümmerten Flügeln und Watbeinen gleich Sumpfvögeln schwerfällig einhergehen, hat ein natürliches Wachstum in sich. Es ist schlagfertig und geht gerne in ein lautes klapperndes Gelächter über, es lernt von den Situationen, es ahmt Geräusche nach, aber es bereichert sich nicht von innen heraus: es setzt an. Man hört es oft weithin in den Mittagspausen, wenn die schwere Arbeit des Torfstichs, die zum Schweigen zwingt, unterbrochen ist. Man hört es selten am Abend, wo die Müdigkeit zeitig hereinbricht und der Schlaf fast zugleich mit der Dämmerung in die Häuser tritt.

Diese Häuser liegen an den langen geraden ›Dämmen‹ weit zerstreut; sie sind rot mit grünem oder blauem Fachwerk, überhäuft von dicken schweren Strohdächern und gleichsam in die Erde hineingedrückt von ihrer massigen, pelzartigen Last. Manche kann man von den Dämmen aus kaum sehen; sie haben sich die Bäume vors Gesicht gezogen, um sich zu schützen vor den immerwährenden Winden. Ihre Fenster blitzen durch das dichte Laub, wie eifersüchtige Augen, die aus einer dunklen Maske schauen. Ruhig liegen sie da, und der Rauch der Feuerstelle, der sie ganz erfüllt, quillt aus der schwarzen Tiefe der Türe und drängt sich aus den Ritzen des Daches. An kühlen Tagen bleibt er um das Haus herum stehen, seine Formen noch einmal größer und gespenstisch-grau wiederholend. Im Inneren ist fast alles *ein* Raum, ein weiter, länglicher Raum, in dem sich der Geruch und die Wärme des Viehs mit dem scharfen Qualm des offenen Feuers zu einer wunderlichen Dämmerung mischen, in der es wohl möglich wäre sich zu verirren. Im Hintergrunde erweitert sich diese ›Diele‹, rechts und links erscheinen Fenster und geradeaus liegen die Stuben. Sie enthalten nicht viel Gerät. Einen geräumigen Tisch, viele Stühle, einen Eckschrank mit etwas Glas und Geschirr und die abgeschlossenen, großen, mit Schiebetüren versehenen Bettverschläge. In diesen Schlafschränken werden die Kinder geboren, vergehen die Sterbestunden und Hochzeitsnächte. Dorthin, in dieses letzte, enge, fensterlose Dunkel hat sich das Leben zurückgezogen, das überall sonst im ganzen Hause von der Arbeit verdrängt wurde.

Seltsam unvermittelt fallen in dieses Dasein die Feste hinein, die Hochzeiten, die Taufen, die Begräbnisse. Steif und befangen stellen sich die Bauern um den Sarg, steif und befangen schleifen sie den Hochzeitstanz. Ihre Trauer geben sie bei der Arbeit aus und ihre Lustigkeit ist eine Reaktion auf den Ernst, den die Arbeit ihnen auferlegt. Es giebt Originale unter ihnen, Witzbolde und Gewitzigte, Cynische und Geisterseher. Manche wissen von Amerika zu erzählen, andere sind nie über Bremen hinausgekommen. Die einen leben in einer gewissen Zufriedenheit und Stille, lesen die Bibel und halten auf Ordnung, viele sind unglücklich, haben Kinder verloren, und ihre Weiber, aufgebraucht von Not und Anstrengung, sterben langsam hin, vielleicht, daß da und dort einer aufwächst, den eine unbestimmte, tiefe, rufende Sehnsucht erfüllt – vielleicht, – aber die Arbeit ist stärker als sie Alle.

Im Frühling, wenn das Torfmachen beginnt, erheben sie sich mit dem Hellwerden und bringen den ganzen Tag, von Nässe triefend, durch das Mimikry ihrer schwarzen, schlammigen Kleidung dem Moore angepaßt, in der Torfgrube zu, aus der sie die bleischwere Moorerde emporschaufeln. Im Sommer, während sie mit den Heu- und Getreideernten beschäftigt sind, trocknet der fertigbereitete

Torf, den sie im Herbst auf Kähnen und Wagen in die Stadt führen. Stundenlang fahren sie dann. Oft schon um Mitternacht klirrt der schrille Wecker sie wach. Auf dem schwarzen Wasser des Kanals wartet beladen das Boot und dann fahren sie ernst, wie mit Särgen, auf den Morgen und auf die Stadt zu, die beide nicht kommen wollen.

Und was wollen die Maler unter diesen Menschen? Darauf ist zu sagen, daß sie nicht unter ihnen leben, sondern ihnen gleichsam gegenüberstehen, wie sie den Bäumen gegenüberstehen und allen den Dingen, die umflutet von der feuchten, tonigen Luft, wachsen und sich bewegen. Sie kommen von fernher. Sie drücken diese Menschen, die nicht ihresgleichen sind, in die Landschaft hinein; und das ist keine Gewaltsamkeit. Die Kraft eines Kindes reicht dafür aus, – und Runge schrieb: »Kinder müssen wir werden, wenn wir das Beste erreichen wollen.« Sie wollen das Beste erreichen und sie sind Kinder geworden. Sie sehen alles in einem Atem, Menschen und Dinge. Wie die eigentümliche farbige Luft dieser hohen Himmel keinen Unterschied macht und alles, was in ihr aufsteht und ruht, mit derselben Güte umgiebt, so üben sie eine gewisse naive Gerechtigkeit, indem sie, ohne nachzudenken, Menschen und Dinge, in stillem Nebeneinander, als Erscheinungen derselben Atmosphäre und als Träger von Farben, die sie leuchten macht, empfinden. Sie tun niemandem Unrecht damit. Sie helfen diesen Leuten nicht, sie belehren sie nicht, sie bessern sie nicht damit. Sie tragen nichts in ihr Leben hinein, das nach wie vor ein Leben in Elend und Dunkel bleibt, aber sie holen aus der Tiefe dieses Lebens eine Wahrheit heraus, an der sie selbst wachsen, oder, um nicht zu viel zu sagen, eine Wahrscheinlichkeit, die man lieben kann. Maeterlinck, in seinem wundervollen Buche von den Bienen, sagt an einer Stelle: »Es giebt noch keine Wahrheit, aber es giebt überall drei gute Wahrscheinlichkeiten. Jeder wählt sich eine davon aus, oder besser, sie wählt ihn, und diese Wahl, die er trifft, oder die ihn trifft, geschieht oft ganz instinktiv. Er hält sich fortan an sie und sie bestimmt Form und Inhalt aller Dinge, die auf ihn eindringen.« Und nun werden an einem Beispiel, an einer Gruppe Bauern, welche am Saum einer Ebene Getreideschober türmen, die drei Wahrscheinlichkeiten gezeigt. Es ergiebt sich die kurzsichtige Wahrscheinlichkeit des Romantikers, der verschönt indem er schaut, die unerbittliche grausame Wahrscheinlichkeit des Realisten und endlich die stille, tiefe, unerforschten Zusammenhängen vertrauende Wahrscheinlichkeit des Weisen, welche vielleicht der Wahrheit am nächsten kommt. Nicht weit von dieser Wahrscheinlichkeit liegt die naive Wahrscheinlichkeit des Künstlers. Indem er die Menschen zu den Dingen stellt, erhebt er sie: denn er ist der Freund, der Vertraute, der Dichter der Dinge. Die Menschen werden nicht besser oder edler dabei, aber, um nochmals Maeterlincks Worte zu gebrauchen: »Der Fortschritt ist nicht unbedingt erforderlich, damit das Schauspiel uns begeistert. Das Rätsel genügt ...« Und in diesem Sinne scheint der Künstler noch über dem Weisen zu stehen. Wo dieser bestrebt ist, Rätsel zu lösen, da hat der Künstler eine noch bei weitem größere Aufgabe oder, wenn man will, ein noch größeres Recht. Des Künstlers ist es, das Rätsel zu – lieben. Das ist alle Kunst: Liebe, die sich über Rätsel ergossen hat, – und das sind alle Kunstwerke: Rätsel, umgeben, geschmückt, überschüttet von Liebe.

Und da lagen nun vor den jungen Leuten, die gekommen waren, um sich zu finden, die vielen Rätsel dieses Landes. Die Birkenbäume, die Moorhütten, die Heideflächen, die Menschen, die Abende und die Tage, von denen nicht zwei einander gleich sind, und in denen auch nicht zwei Stunden sind, die man verwechseln könnte. Und da gingen sie nun daran, diese Rätsel zu lieben.

Es wird nun im Folgenden von diesen Menschen die Rede sein, nicht in Form einer Kritik, auch nicht mit der Prätension, Abgeschlossenes zu geben. Das wäre nicht gut möglich; denn es handelt sich hier um Werdende, um Leute, die sich verändern, die wachsen, und die vielleicht, im Augenblick, da ich diese Worte schreibe, etwas schaffen, was alles widerlegt was vorangegangen ist. Mag ich dann immerhin von einer Vergangenheit gesprochen haben; auch das hat seinen Wert. Es sind zehn Jahre Arbeit, von denen ich hier berichte, zehn Jahre ernster, einsamer deutscher Arbeit. Und im übrigen gilt auch hier die Beschränkung, die immer vorausgesetzt werden muß, wo einer versucht, dem Leben eines Menschen wahrsagend nachzugehen: »Wir werden oft vor dem Unbekannten innezuhalten haben.«

Hans am Ende ⟨Worpswede⟩

1870. Der Krieg. Durch Deutschland ging etwas wie eine Erwartung. Große Begebenheiten lagen in der Luft, Umstürze, Stürme, Morgenröten. Alles war in Bewegung, alles veränderte sich und, was war, schien sich zu einem großen Gestern zusammenzuballen und dämmernd auf die Nacht zu warten, hinter der ein größeres Morgen anzubrechen versprach. Damals wohnte die Familie Am Ende in Trier und der Vater war Pastor einer beinahe rein militärischen Gemeinde. Der Krieg, das war es, was jeden Tag ausfüllte, umformte, zu etwas Unerwartetem umgestaltete. Möglichkeiten tauchten auf und verschwanden wieder, um neuen Möglichkeiten Platz zu machen. Die Trompeten durchziehender Truppen klangen, ihre Fahnen flatterten und verdeckten die Häuser und den Himmel. Dahinter aber stand die alte, dunkle, von Vergangenheit beladene Stadt fast teilnahmslos. Sie hatte zu viel Zeiten kommen und gehen sehen, Zeiten, die sie auf ihre Schultern genommen hatten, um sie emporzuheben in den Glanz einer kaiserlichen Sonne, und andere wieder, die wie Überschwemmungen waren, wie unaufhörliche Regengüsse, grau, farblos und voll Vergessenheit und Ende. Und was sie nun lebte, war Verfall, ein Greisentum voll Größe und Erinnerungen, in sich versunken und ungern gestört. Was konnte kommen, was diese marmornen Paläste übertraf, deren einzelne sieche Säulen Jahrhunderte aufwogen, wie sie jetzt noch dastanden in ihrer einsamen nachdenklichen Größe? Das Amphitheater lag leer und konnte sich nie wieder füllen, aber auch die Dome schienen viel zu weit und die Stimmen alternder Mönche verklangen hilflos in ihrer verlassenen Tiefe. Das war Vergangenheit, und was daran vorbeizog, der Krieg, war Zukunft und es schien nirgends eine Gegenwart zu geben. Es gab keine Gegenwart.

Und dann aufeinmal eine Reise und ein Erwachen in einem kleinen thüringischen Dorfe. Ungewohnte Stille, weiße Häuser, ein Gutshof, ein Pfarrhaus mit großem Garten, der Himmel, die Erde: keine Vergangenheit, keine Zukunft, nichts als Gegenwart. Ruhige, einfache, nüchterne Gegenwart, die flach dahinfloß, ohne Wind, ohne Wellen in breiten Ufern, man merkte es kaum. Nur die stillen Strudel unten im Flusse erinnerten irgendwie an das was war, hatten etwas Verwandtes mit Krieg und Gefahr, aber man wich ihnen aus, und nur das Bewußtsein, daß sie da waren, blieb und verlieh manchen Tagen eine unbestimmte Angst, vor der man sich in das trauliche Dunkel der Wälder retten konnte. Dort gab es viele neue Dinge, Pflanzen, Moose, Tiere und Steine, eine neue, vollkommen unbekannte Welt, die gegen die alten Eindrücke einen lautlosen, beständigen Kampf führte. Sie verwischte sie wohl, sie unterdrückte sie wo sie konnte, aber sie zehrte sie nicht auf. Und es konnte vorkommen, daß man im Walde saß und bei den Stämmen an Säulen dachte und sich vorstellte, in einem alten, lang verlassenen Palast zu sein; an der Rinde der Bäume waren plötzlich die Adern eines grünlichen Marmors zu sehen und wenn man in die Lichtung trat, so wehte einem der Wind, wie ein schwerer Seidenvorhang, über die Wange, und man träumte, an einem Bogenfenster zu stehen, das sich weit in die Landschaft öffnete.

Und noch ehe man mit dieser Landschaft vertraut geworden war, wieder eine Reise und schließlich eine Ankunft in einem großen, grauen Haus, das auf ein Haar einem Kloster glich, einem alten, strengen, abgeschlossenen Kloster, in das man kam, um still und vertieft darinnen zu leben und eines Tages einsam zu sterben. Es war Schulpforta. Fern war der Vater, und es war nichtmehr seine Stimme, die lehrend sprach; fern war der Bruder, der einzige Freund, unerreichbar das kleine blonde Schwesterchen, mit dem man so liebe Spiele gespielt hatte in dem großen, schattigen Garten, der nun auch nicht mehr war als ein Traum, den man sich wünschen konnte, abends beim Einschlafen. Und dann stieg in der Erinnerung das schöne Pfarrhaus auf, des Vaters Bücher, die Bilder, die an den Wänden hingen, das Dorf, und sogar die Strudel im Flusse unten hatten nichts Unheimliches mehr und trugen nur dazu bei, das Gefühl zu erhöhen, daß man das alles kannte, liebte und begriff, während hier um einen alles fremd, unfreundlich und beinahe feindlich war. Alles war auf strenge, monotone Arbeit zugeschnitten, eine Arbeit, die zwanzig, dreißig, fünfzig Menschen gleichzeitig taten, so daß es gar nicht einzusehen war, weshalb man sie auch noch tun mußte. Alleinsein gab es nicht. Keine Stunde, wo man unbeobachtet war, kaum ein Augenblick, wo nicht ein paar mürrische Aufseheraugen hinter einem hergingen, Augen, die man fühlte, auch wenn man sie nicht sah. Ein Geist von Askese ging durch das kalte Haus und seltsame Sehnsüchte erwachten. Man begann aufeinmal zu bemerken, daß nirgends auf diesen langen Gängen, nirgends in diesen hohen Zimmern mit den gewölbten Decken auch nur ein einziges Bild zu finden war, und ein ganz unbeschreiblicher Durst entstand, Bilder zu sehen, gleichgültig welche, nur Bilder. Man erinnerte sich, daß in der Kirche über dem Altar ein Bild sein mußte, man schlich sich hin und stand stundenlang heimlich davor, mehr träumend als schauend. Es war ein Christus mit den Aposteln von Schadow. Dieses Bild war wie ein Fenster in etwas Ungewisses, in das Leben, das, wie man auch wartete, immer noch nicht beginnen wollte. Endlich begann es.

In den Ferien kam Hans am Ende (dessen Kindheit und Jugend das war) nach Leipzig zu Georg Ebers. Im Hause dieses liebevollen Gelehrten fand er alles, was er vermißt hatte, Bücher, Bilder, Teilnahme und Hülfe. Ebers selbst besaß viele Bilder, und wenn er einem mit seinen schönen Händen irgend ein Blatt, eine Originalzeichnung zu seinen Werken herüberreichte, dann lag in der Bewegung, mit der er das tat, etwas Sorgfältiges und Ehrfürchtiges zugleich, was dem Blatte einen besonderen Wert zu geben schien. Es war eine Welt, in der die Kunstwerke nicht nur aufgespeichert wurden; der sie besaß, wußte sie zu behandeln, so daß sie nicht versiegten, sondern flossen wie lebendige Quellen, die dem Raume eine helle, heitere Frische geben. In diesem Hause und in den Leipziger Sammlungen stand Am Ende zum ersten Mal vielen, verschiedenen Bildern gegenüber, die man vergleichen und prüfen konnte. Und in diesen Tagen reifte sein Entschluß, Maler zu werden. Er müsse nach München, meinte Georg Ebers, und er war es auch, der ihm dazu verhalf.

Als Hans am Ende nach München kam, war er vollständig ratlos. Wie zwischen den früheren Perioden seines jungen Lebens kein Zusammenhang war, wie sich da in scharfen Linien, ohne Übergang, Kontrast zu Kontrast stellte, so war auch diese neue Zeit etwas Unerwartetes, Plötzliches, worauf niemand vorbereitet war. Nun lagen hundert Wege zur Kunst vor ihm, aber er hätte nicht vermocht, eine Wahl zu treffen, denn er konnte keinen überschauen. Da war es von allergrößter Wichtigkeit für ihn, daß sich ihm eines der ersten Häuser Münchens, herzlich, wie ein zweites Elternhaus öffnete. In der

Familie des Geheimrates Gudden fand er Rat und Heimat und konnte sich, von diesem festen Punkte aus, die Wege suchen, die ihm geeignet schienen. Als er, durch den tragischen Tod Guddens, diese Stütze verlor, da hatte er im Münchner Leben bereits Fuß gefaßt. Wertvoller als der Unterricht an der Akademie, der ziemlich nachlässig betrieben wurde (die Antike zum Beispiel korrigierte der Chiemseemaler Raupp), war ihm die Freundschaft des jungen Gudden, des jetzigen Frankfurter Porträtisten, und des Kupferstechers Holzapfel. Diesem letzteren dankt er die Kenntnis des Radierens, jener Technik, die ihm später zu einem so reichen und lieben Ausdrucksmittel wurde. Aber sonst lernte er in dieser Zeit nicht viel. Die nüchterne und handwerksmäßige Schularbeit, die niemand ernst nahm, ermüdete ihn, ohne ihn auch nur einen Schritt weiterzubringen, das Zeichnen nach gemeinsamem Modell machte ihn nervös, und zu seinen Kameraden fand er keine rechten Beziehungen. Nur mit George Sauter und mit Slevogt gab es wirkliche Berührungspunkte. Oft standen diese drei jungen Leute, von denen jeder später seinen eigenen Weg gefunden hat, vor Böcklin. ›Das Spiel der Wellen‹ und der ›Frühlingstag‹ waren eben aus Berlin zurückgekommen, wo sie verhöhnt worden waren. Klingers ›Paris-Urteil‹ hing in einem schmalen Nebenzimmer: es war eine andere Zeit. Man sehnte sich nach der Zukunft, nach jener Zukunft, deren Anzeichen längst da waren, ja die eigentlich selbst schon begonnen hatte. Nur daß es die meisten nicht merkten. Unvergeßliche Stunden waren das in der Schackgalerie. Da war Zukunft: Feuerbach und Giorgione, Böcklin und Tizian. Es klang irgendwie zusammen. Es war wie aus *einer* Zeit, oder wie aus *einer* Ewigkeit. An Feuerbach war diese Großheit so wunderbar, diese erhabene Antike, die wie hinter schwarzen Schleiern trauerte, um die Antike, die nichtmehr war. Man fühlte den modernen Menschen dahinter, den erregten, sehnsüchtigen, kämpfenden Künstler, dessen Konflikt es war, daß man von ihm weniger verlangte, als er gegeben hatte. So versuchte er endlich, weniger zu geben, er verzichtete auf seine tiefe glühende Farbe, er malte eine beständige Askese und Armut, immer breiter, immer monumentaler, immer hoffnungsloser. Und endlich starb er. Man las es aus seinem ›Vermächtnis‹, daß es schwer war, Künstler zu sein, daß man das Leben groß fassen konnte, aber es zerrann einem zwischen den Fingern, wie ein wenig Erde, als ob es das Bestreben hätte, klein zu sein. Man fühlte, daß es hundert Gefahren gab und daß dieser merkwürdige Mann sie kannte. Über die Akademien hatte er geschrieben: »Rücksichtlich sei der edle Mensch und rücksichtsvoll! – Darum, ihr angehenden Kunstjünger, besucht den akademischen Elementarunterricht: er kommt am billigsten. Wer dann unter euch ein gottbegnadeter Flötenspieler ist, der bläst beizeiten die eigene Melodie, in der Schule lernt er nur den eintönigen Chorus. Studiert die alten Meister, legt zur rechten Zeit eure eigene Individualität in die Waagschale, dann werdet ihr ziemlich genau erkennen, was ihr vermögt. Andere Wege giebt es heutzutage nicht.«

Dieser Hinweis war wertvoll. An Stelle der Akademie trat auch bei Hans am Ende immer mehr der Besuch der Schackgalerie und der Pinakothek. Von Rembrandt war nur ein Selbstbildnis da, freilich auch die Radierungen. Diese mächtigen Blätter bildeten den Gegenstand seines ganz besonderen Studiums. Aber dabei verlor er sich nicht nach einer Seite hin. In seiner Natur lag das Bedürfnis, sich nach allen Richtungen hin zu erweitern und zugleich eine gewisse Angst, etwas zu übersehen und zu versäumen, was wichtig war; vielleicht auch kam das Bestreben hinzu, nachzuholen, was ihm während der Klosterjahre von Schulpforta entgangen war. Er gehört zu denjenigen, die hinter allen Künsten etwas Gemeinsames sehen, ein letztes ideales Ziel, in dem sie alle wie Wege und Ströme münden. Für solche Leute heißt Maler sein nicht nur malen; in den Büchern, in der Musik, überall fühlen sie Verwandtschaften, Anklänge, Erweiterungen. Die verschiedensten Geister fanden sich da zusammen: Firdusi neben Vischer, Zola, Goethe und Feuerbach, Altes und Neues, Fremdes und Einheimisches, und große Gedanken gingen wie Stürme über diese Seele, die nicht vorbereitet war, sie aufzunehmen und dunkel und zitternd zurückblieb, wenn sie vorüber waren. Und dann kamen die süßen Versprechungen der Musik, die zu erfüllen schien, ehe man gewünscht hatte; diese sanften und seligen Stimmen, die immer neue Sehnsüchte hervorlockten, um ihnen die Schwere zu nehmen; die Welt Wagners stieg auf, diese rauschende Welt, die sich öffnete und schloß wie ein Sesam des Lebens und der Liebe. Es war eine Reaktion gegen das Abgeschlossensein der früheren Jahre, ein atemloses fortwährendes sich Hingeben an alles, was kam und was einen mitnahm und zurückließ wie eine Welle, so daß man immer wieder auf die nächste Welle wartete, die einen noch weitertragen sollte. Das führte immer tiefer ins Meer hinaus; aber auch das war gut: denn man lernte, wenn man an den Strand zurückwollte, die Arme gebrauchen.

Übrigens gingen neben allen diesen Beschäftigungen noch Universitätsvorlesungen her, anatomische Studien und, fast instinktiv, setzte auch immer wieder ein eifriges Arbeiten vor der Natur ein, obwohl die Landschaft nicht viel Anregung bot. Ein halbes Jahr arbeitete Am Ende bei Keller in Karlsruhe in der Nachbarschaft von Baisch und Schönleber, kehrte aber doch wieder nach München zurück, als ob für ihn da noch etwas zu holen wäre. Und so war es auch. Hier, in der Diezschule, machte er, freilich erst noch ganz flüchtig, die Bekanntschaft Mackensens, die für sein Leben so wichtig werden sollte. Näher berührten sich die jungen Leute erst, als sie beide zu einer Übung nach Ingolstadt eingerückt waren. Dort fand man sich eines Abends in einem Gasthause zusammen und den beiden Diezschülern, die sich kaum noch kannten, fiel die eigentümliche Aufgabe zu, die alten Meister gegen einen Herrn ihrer Gesellschaft, der sich abfällig, vielleicht über Rembrandt, geäußert hatte, zu verteidigen. Bei dieser Gelegenheit merkten sie erst, wie gut sie einander verstanden und im täglichen Verkehr erwuchs eine Freundschaft, die sich immer mehr bestätigen sollte.

Mackensens Skizzenbuch enthielt schon viele Zeichnungen zu dem geplanten Bilde ›Gottesdienst‹ und es verfehlte nicht, ebenso wie der ganze Mensch, seine Energie und Einfachheit, großen Eindruck auf ihn zu machen. Er schloß sich ihm herzlich an, und es war nur selbstverständlich, daß er ihm schließlich (»für einige Wochen« wie er meinte) nach Worpswede folgte, von dem Mackensen so Wunderbares zu erzählen wußte.

Hier beginnt Am Endes Kunst.

Ich muß zunächst sagen, daß ich kaum das Recht habe, über diese Kunst zu schreiben. Ich kenne nur vier oder fünf von den Bildern dieses Malers und konnte mich nur mit seinem radierten Werke eingehender beschäftigen. Ich werde mich daher an dieses zu halten haben und nur hier und da einen vorsichtigen Versuch machen, weitere Ausblicke zu geben.

Die Periode ›Worpswede‹ begann für Hans am Ende nicht weniger unvermittelt als die früheren Abschnitte seines Lebens. Der Münchener Aufenthalt hatte ihn auf alles eher vorbereitet, als darauf, in ein kleines entlegenes Dorf zu gehen, das irgendwo auf einer alten Düne lag und der Welt den Rücken kehrte. Aber wenn ein Leben einmal eine bestimmte Form gefunden hat, scheint es oft mit einer gewissen Zähigkeit daran festhalten zu wollen; mag die Persönlichkeit auch wachsen, die dieses Leben trägt, seine Entwickelungen vollziehen sich immer wieder nach der einmal erprobten Gesetzmäßigkeit, die durch eine reifende Individualität zwar nicht durchbrochen, aber für sich ausgenützt werden kann.

Als Hans am Ende nach Worpswede kam, mußten alle die vielen Beschäftigungen, die ihn in München erfüllt hatten, fortfallen. Da war nichts neben der Natur, einer Natur freilich, die so unerschöpflich war, daß sie verwirren konnte durch ihre Vielfalt. Aber eine Konzentration war doch immerhin geschehen. Nach den hundert zerstreuten Anforderungen der Stadt war da mit einem Male eine Aufgabe gestellt, die zwar in unzählig viele Aufgaben zerfiel, aber doch über sie alle fort zur Einheit führen konnte. Es ist nicht zu verwundern, daß die Aufgaben, die Hans am Ende als die seinen erkannt hat, nicht in einer Linie liegen. Seinem Wesen entsprach es, sich strahlenförmig nach allen Seiten hin zu entwickeln, und das Ziel einer solchen Entwickelung war notwendig der Kreis. Doch auch ein langsames Wachsen in konzentrischen, aus einander herausrollenden Kreisen war nicht seine Sache. Es ist, als hätte dieser ungeduldige Geist sich gleich seine äußerste Peripherie festgesteckt, um, Radius für Radius, zu ihr hinzugehen. Und wenn in dem einen eine fast unerhörte Kühnheit liegt, so mutet die kolossale Arbeit, die da so treu Schritt für Schritt geleistet worden ist, wie ein demütiges, stilles Dienen an, das zu jener Erfüllung hinführt. Manchmal verliert sich unterwegs die Spur und es scheint, als wäre der fernste Kreis im Fluge oder mit einem Wurfe erreicht worden. Immer aber geht das Streben mit einer seltenen Unerschrockenheit auf jene letzte Linie zu, die noch erreichbar ist.

Auf der entscheidenden Münchener Ausstellung des Jahres 1895 hatte Hans am Ende eine Radierung nach Eugen Brachts ›Grabmal Hannibals‹ und die zwei großen Originalradierungen ›Mühle‹ und

›Immenhof‹, die gleich eine seltene Reife und Sicherheit der Technik aufwiesen. Aber die Kritiker, welche diesen ungewöhnlichen Leistungen mit Staunen und Lob entgegenkamen, wußten nicht, daß derselbe Künstler damals schon kleine Blätter voll lyrischer Empfindung geschaffen hatte, sie ahnten nicht, daß er auch Maler war, der sich an landschaftlichen und figürlichen Motiven versuchte, obzwar die Nachbildung des Brachtschen Gemäldes ein großes Verständnis für das Wesen malerischer Werte verriet. Er wurde zunächst nur durch jene großen Blätter bekannt, die bereits von einer eigentümlichen Naturauffassung Zeugnis ablegen, welche er später von Bild zu Bild bestätigt und erweitert hat. In der ›Mühle‹, ebenso wie in dem Blatte ›Immenhof‹, ist noch viel Versuchendes, aber es steht alles Versuchte auf einer gewissen gleichmäßigen Stufe des Gelingens und deshalb hat der Gesamteindruck doch etwas Breites, Einheitliches. Neben diesen großen Drucken, in welche gewissermaßen nur Resultate eingetragen wurden, gehen die kleinen Blätter her, die ungleichmäßiger aber auch in vieler Beziehung aufschlußgebender sind. Hier wurde vieles erprobt und geprüft, was nicht gelingen *mußte*, was aber gleichwohl, weil es so unbetont geschah, gelang. Sie wirken, neben die großen Radierungen gehalten, wie geschriebene Tagebuchblätter neben gedruckten Buchseiten. Sie enthalten mehr als den Inhalt: der Duft der Stunde ihres Entstehens ist an sie gebunden, und es ist als hätte, wer sie schuf, nicht an Viele gedacht, vielleicht nur an eine nahe Hand, die Liebes zärtlich zu halten weiß. Ich meine vor allem das sehr schöne Blatt ›Träumerei‹. Eine stille geschlossene Frauengestalt geht neben Birken mit gesenktem Gesicht, tief träumend, am Wasser hin. Links beginnt ein Wald, rechts stehen Schafe, schauen und weiden nicht mehr. Es dämmert schon. Das Wasser glänzt noch einmal auf, die Birken schimmern. Man könnte an ein Blatt von Klinger denken, etwa aus der Zeit als der Handschuh entstand. Aber es ist eine andere Melancholie, ein anderer Traum.

Dann giebt es ein zweites Blatt. Ein Haus, hell, weit zurückgeschoben, am Rande einer Blumenwiese. Dünne Birken stehen licht davor und werfen lange Morgenschatten in das Gras. Und dann giebt es ein Bild: Blütenbäume, nichts als eine Reihe blühender Bäume in weitem ebenen Land; eine Frau, die die Arme hebt, ein

Kind: Millet klingt an, aber es ist noch mehr wie Jacobsen es geschrieben hat: »Blütenweiß stehen, Bouquette von Schnee, Kränze von Schnee, Kuppeln, Bogen, Guirlanden, eine Feenarchitektur von weißen Blüten mit einem Hintergründe von blauestem Himmel«. Solche Momente sind köstlich: wie wenn man am Abend bei einem einsamen Landhaus vorübergeht; man hört Musik, aber, wie man stehen bleibt, um zu lauschen, ist sie verklungen. Und nun steht man und wartet. Es sind Minuten voll Nachklang, Stille und Ungewißheit. Was wird nun kommen: etwas Frohes, etwas Mächtiges oder wird man hören wie das Klavier geschlossen wird? So sind diese Blätter, so ist dieses Bild: Pausen, Intervalle voll Nachklang, Stille und Ungewißheit. Sie sind selten bei Am Ende, dessen Kunst eigentlich Musik ist. Musik, ja, das ist es, womit man sie am besten vergleichen kann. Musik von Hörnern und Harfen, Steigendes, Schwellendes, Verschwendung. Die Farben seiner Landschaften setzen ein, als hätten sie auf den Wink eines unsichtbaren Taktstokkes gewartet. Wenn man vor seine Bilder tritt, giebt es einen kleinen letzten Augenblick der Stille, einer lautlosen Stille wie im Theater knapp ehe die Ouvertüre beginnt. Dann fallen sie ein, stark, vielstimmig mit brausender Breite. Ein ganzes Orchester sammelt sich im Raume des Rahmens, und es ist alles da bis zum braunen Glänzen der Geigen und dem hellen Blitzen erhobener Hörner. Hans am Ende malt Musik, und die Landschaft, in der er lebt, wirkt musikalisch auf ihn. Darum sieht er sie nicht mit der stillen, sachlichen Ruhe des Malers an und versenkt sich nicht in sie mit des Dichters lauschenden Sinnen. Er ist ergriffen von ihr, hingerissen, emporgehoben und hinabgezogen. Er malt sie, gleichsam im Kampfe mit ihr; als ob einer die Welle malte, die über ihm zusammenschlägt. Darum wächst sie ihm so über alle Maße hinaus, darum haben seine Formen, obwohl sie so stark und wirklich sind, doch etwas Unabgeschlossenes: als ob sie noch weiter wachsen wollten, um, wie jede Form in der Musik, endlich, an einem Punkte höchster Spannung, abzubrechen, sich aufzulösen, ein neues Leben zu beginnen. Eben dieses gleitende Wesen der Musik ist es, welches der Malerei zu widersprechen scheint. Und dieser Widerspruch ist auch da und dort in Am Endes Bildern sichtbar; manchmal ist er stärker als sie, manchmal aber ist er unterworfen und gezwungen worden, dem

Bilde zu dienen. Da entstehen dann sehr eigentümliche Wirkungen. Niemand, als ein Maler, der in dieser Weise die Natur erlebt, konnte jene heroischen Stunden malen, Stunden des Abends oder der Dämmerung, wenn jedes Ding über seinen Kontur hinaus in einen größeren zu wachsen scheint. Die Erde dehnt sich aus, die Flüsse verbreitern sich, Himmel scheint sich auf Himmel zu türmen und wie Ruinen dunkler Riesenmauern steigen sehr ferne Baumgruppen davor auf. In solchen Momenten kommt die Natur einem tiefen, halb vergessenen Gefühl Am Endes entgegen, sie steigert und bestärkt es und, wie aus vielen Erinnerungen, findet er jene alten Birken, die sich so oft in die Mitte seiner Bilder hineinziehen, graugrün glänzend, hinter einander gereiht, wie die letzten Marmorsäulen langvergangener Kaiserpaläste.

In dieser Landschaft hat der Mensch keinen Raum. Ein Geist der Verlassenheit ist über ihr; die hier gewohnt haben sind Fürsten gewesen, aber sie sind nicht mehr. Auch die Sagen sind schon tot, die von ihnen erzählt haben.

Aber auch den Menschen hat Am Ende immer wie ein Stück Natur gesehen, und wie ihm in München das Studium der Anatomie besonders wichtig war, so hat er später in Worpswede mit großem Eifer Köpfe gezeichnet. Er hat dabei seine Technik ganz darauf eingestellt, jeder Linie bis ans Ende nachzugehen, was diesen Arbeiten eine überraschende Durchbildung verleiht. Wie ein Goldsucher ist er durch diese Gesichter gegangen; es giebt keine Stelle in ihnen, die er nicht untersucht hat. Aber vielleicht konnten die Züge dieser Bauern ihm nicht geben, was er brauchte. Vielleicht waren sie ihm zu sehr von *einem* erfüllt. Vielleicht sehnte er sich nach solchen, in denen nicht nur Arbeit, Arbeit, Arbeit stand und mehr als die karge Vergangenheit nur *eines* Lebens. Schon das Kinderköpfchen (das er radiert und modelliert hat) schien ihn stärker zu interessieren. Es war weniger abgeschlossen, geheimnisvoller, ein Anfang. Man sollte meinen, daß die seltsame, musikalische Empfindungsweise dieses Malers ihn ganz besonders geeignet machen müßte, das gleitende und wechselnde Leben des menschlichen Gesichtes zu erfassen. Einen Gedanken, der wie eine Wolke auf klarer Stirne schattig aufsteigt, ein Lächeln, das kommt und verklingt, und den großen Sonnenaufgang der Seele in einem verklärten Gesicht. Man kann sich ihn denken, wie er Kinder aus alten Familien malt, in deren von vergangenen Kulturen vorbereiteten Zügen ein neues Leben wartend steht.

Es ist vielleicht etwas vom Großstädter in ihm; vielleicht giebt es Momente, wo er sich inmitten der weiten, wogenden Natur, ungeduldig und nervös, nach einem Gesichte sehnt, in dem sie sich zusammenfaßt.

Aufzeichnungen

⟨I⟩
⟨*17. November 1900*⟩

RODIN: Das macht seine Plastik so isoliert, so sehr zum Kunstwerk, welches wie eine Festung ist: sich selbst beschützend, wehrhaft, unzugänglich, nur solchen, die Flügel fühlen, durch ein Wunder erreichbar: daß sie meistens sich befreit hat von der Abhängigkeit von Umgebung und Hintergrund, vor ihrem eigenen Stein, wie zögernd, stehen geblieben ist, auf den Lippen des Gebirges, das angefangen hat zu erzählen. (Man erinnert sich ähnlicher Wirkungen: im oberitalischen Gebiet, wo Karst und Apennin zusammenwachsen, erhebt sich manchmal am Rande eines kahlen Felsens eine Pinie, schlank, mit ausgebreiteten Armen betend.) Wie aus den Schalen die zarte und duftige Frucht mit dem ganzen Arom ihres von verborgenen Sommern warmen Fleisches sich auslöst, so treten diese belebten Gestalten aus dem harten Stein. Wie ein Gedanke aus der massigen Stirn, die ihn gedacht hat, wie die Geliebte aus dem dumpfen dunklen Haus, darin viel Verworrenes aufgehäuft ist: Kindheiten von Eltern und Voreltern, Ängste von Sterbestunden, kleine Glücke, die in dem matten Lächeln alter Spiegel immer wieder aufzutauchen scheinen, und der Wehklang angefangener Lieder, die von einem Weinen überfallen nie ausgespielt wurden: das Alles bleibt hinter ihr, zu einem ungewissen Klumpen geballt, dessen Gewicht die eingerammten Fenster fast zerdrückt, und sie tritt davor, hell und schlank, und alles Vergangene scheint nur geschehn, um in diesem Augenblick mit seiner Dunkelheit die melancholischen Konturen ihres schönen Leibes zu betonen. Von dem Stein, aus dem sie sich ausgegraben haben, getrennt, standen alle plastischen Werke heimatlos und verwaist da, auf die zufällige Umgebung angewiesen, abhängig von der Wand, die man hinter sie schob, unter den gebogenen Armen und den gehobenen Knieen vom Lichte durchbohrt, an nichts gelehnt und mit nichts Nahem verwandt; die Bildwerke Rodin's aber bleiben in aller Intimität ihrer Heimat, in hundert Beziehungen zu dem Stein, ihrer großen, gigantischen Vergangenheit. Unendlich aristokratisch sind sie mit den Jahrtausenden hinter sich, an welche nahe Verwandtschaft sie knüpft, und doch wieder so ganz im Sinne der Zeit, welche es verschmäht von ›Helden‹ zu reden, niemals als Übertreibungen des Einzelnen wirkend, vielmehr Bruchstücke großer Zusammenhänge und Beziehungen, in denen jedem Glied eine bestimmte Rolle zufällt. (Sogar an dem Denkmal für Honoré de Balzac wirkt diese grandiose Gestalt in ihrem unbeschreiblichen Stolz nicht wie die Darstellung eines Helden. Der Wirbelsturm der Phantasie und des Willens hebt die Säule dieses Mantels empor, auf deren schaumgekröntem Rand der geistreiche Kopf liegt, gleichsam bewegt von der feinen köstlichen Willkür dieses schöpferischen Windwirbels.) Drama und Plastik haben das Bestreben gemeinsam, keinen Helden zu geben, um den sich Handlungen oder Gestalten stellen, sondern Bewegungen und Figuren so zu zeigen, daß sie das große Zentrum, auf welches sie sich beziehen (welches aber immer außerhalb ihres Umkreises liegt), ahnen lassen. Hauptmanns ›Weber‹, Meuniers ›Denkmal der Arbeit‹, Bartholomés ›Grabmal‹ und Rodins ›Bürger von Calais‹ sind in diesem Sinne verwandt. Und es ist gut, wenn Drama und Plastik sich gelegentlich gegenseitig ins Auge fassen. Ihnen sind, mehr als zwei Künsten sonst, Parallelen günstig. Beide sollen einfach und weithin wirksam werden. Dies nur nebenbei.

Für Plastik ist noch ein Umstand ungemein wichtig: daß das Kunstwerk in sich zu Ende gehe. Ein ›Aus-dem-Bild-Herausschauen‹ ist insofern nie der Fall, als das Bild immer vor der betreffenden gemeinten Figur noch zu erweitern ist (Vordergrund) in demselben Maße wie hinter derselben, so daß der Blick der Gestalt immer noch *im* Bilde bleibt und vom Beschauer wie durch einen nicht leitenden luftleeren Raum getrennt ist. Die Plastik, die mit dem Beschauer dieselbe Atmosphäre teilt, muß das ›Wegschauen‹ besser können. Das heißt: Sie muß mit sich ganz beschäftigt sein. Auch dies hat Rodin vollkommen erreicht, bei Gruppen sind die Blicke immer in Beziehung miteinander, es giebt weder bei Einzelnen noch bei Gestaltbildern Augen, die nicht innerhalb des Werkes wirksam, d. h. gebunden wären. Kein Beschauer (und nicht der eingebildeteste) wird behaupten können, daß ihn eine Porträtbüste Rodin's, etwa Rochefort oder Falguière oder gar der begeisterte Balzac angesehen hätten!

⟨II⟩
⟨*2. Dezember 1900*⟩

Von Bildwerken. Es giebt Bildwerke, welche die Umgebung, in der sie gedacht sind, oder aus welcher sie gehoben werden, *in* sich tragen, aufgesogen haben und ausstrahlen. Der Raum, in dem eine Statue steht, ist ihre Fremde, – ihre Umgebung hat sie *in* sich, und ihr Auge und der Ausdruck ihres Gesichtes bezieht sich auf diese in ihrer Gestalt verborgene, zusammengefaltete Umgebung. Es giebt Figuren, die Enge, Gedrängtheit, Intérieur ausstrahlen, und solche, die zweifellos in der Weite, in der Ebene, vor dem Himmel gedacht und geschaut sind. Für den, der sie richtig sieht, ist immer das Ihre, ihre Heimat um sie, nicht der zufällige Raum, darin sie aufgestellt sind, und nicht die leere Wand, von der sie sich abheben.

Bildwerke, die kein Milieu in sich haben, stehen tatsächlich unter den Menschen von keinem heiligen Kreis umzogen und nicht unterschieden von Dingen des Gebrauchs und des Alltags – sind Briefbeschwerer und mögen sie tausendmal lebensgroß sein und darüber hinaus.

Moderne Lyrik

⟨*Vortrag, gehalten am 5. März 1898 in Prag*⟩

Zunächst bitte ich Sie um Güte und Geduld. Ich bin mir vollkommen bewußt, daß es nichts Geringes ist, einestundelang über Gedichte reden zu hören. Wenn die Sache nicht schon in den Zeitungen stünde und so unangenehm festgenagelt wäre, könnten wir uns ja eilig und heimlich einigen über was Lebendigeres zu reden, zum Beispiel über Zola oder über Professor Schenk oder dergleichen, und erst beim Herauskommen so lyrisch-erlöste Gesichter machen, daß es die draußen glauben. – Aber das geht doch nun nichtmehr an; es könnte uns jemand verraten. Darum, so leid es mir tut, muß ich bitten: Güte und Geduld. Zum Troste aber: Es wird Ihnen nichts geschehen und: was Sie eigentlich bis zum Augenblick für Lyrik halten, davon werde ich wenig sagen. Ich habe ganz besondere Absichten. Sollte ich im Aussprechen derselben manches zu heftig betonen – halten Sie es meiner Jugend zugute, sollte ich manchmal ungerecht scheinen gegen ein Gestern, vergeben Sie es mir deshalb, weil ich voll bin eines großen Neuen, von dem ich Hohes und Herrliches zu verkünden habe.

Es bleibt also dabei: *modernste Lyrik:*

Sehen Sie: seit den ersten Versuchen des Einzelnen, unter der Flut flüchtiger Ereignisse *sich selbst zu finden*, seit dem ersten Bestreben, mitten im Gelärm des Tages hineinzuhorchen bis in die tiefsten Einsamkeiten des eigenen Wesens, – giebt es eine *Moderne Lyrik*.

Und das ist – bitte erschrecken Sie nicht – etwan seit dem Jahre 1292. Dieses ist das Jahr aus dem Advente der großen Renaissance, in welchem Dante die einfache Geschichte seiner ersten, jungen Liebe in der *Vita nuova* erzählt.

Wer durchaus Stammbäume liebt, der möge ruhig in dem Dichter der *Divina Comedia* den Ahnherrn unseres jungen Dichtergeschlechtes erkennen und eingestehen, daß es von altem Adel ist. Den anderen wieder kann ich die Versicherung geben, daß in dem Vorbilde des hohen Florentiners für jeden Schaffenden die Gewähr liegt, ein ahnenloser Erster zu sein, wenn er nur tief genug in sich hineinhorcht bis zu jenem Nochniegesagten und Neuen, welches mit ihm beginnt. Erst dann, wenn der Einzelne durch alle Schulgewohnheiten hindurch und über alles Anempfinden hinaus zu jenem tiefsten Grunde seines Tönens hinabreicht, tritt er in ein nahes und inniges Verhältnis zur Kunst: *wird Künstler.* Dieses ist der einzige Maßstab. Alles andere Beschäftigen mit Pinsel oder Feder oder Meißel ist nur eine persönliche Gewohnheit, welche dem Einzelnen und seiner Umgebung gleichgültig oder lästig sein kann, wie etwa das Tabakrauchen oder das Daumendrehen, Es giebt auch auf diesen Kunstgebieten Leute von großer Fertigkeit, die man gelten lassen muß. Aber ich glaube kaum, daß sie bei aller Virtuosität etwas beitragen werden zu dem großen Fortschritt, nach welchem der dumpfe Drang der Massen sich ebenso sehnt, wie das lichte liebende Vertrauen der Einsamen. Denn vergessen Sie nicht, daß die Kunst nur ein Weg ist, nicht ein Ziel. Es müßte sonst die letzte Absicht des Malers sein, Farben in die Welt zu setzen, und der Musiker müßte seine tiefste Erfüllung darin begrüßen, aus seinen Tönen Klangpaläste zu bauen, was doch schließlich nichts bedeutete, als die Harmonie des Alls, die *eine große* Ordnung durch diese unzulänglichen Miniaturen zu stören und nachzuäffen. Diese unglückselige Meinung, daß die Kunst sich erfülle in der Nachbildung (sei es nun der idealisierten oder möglichst getreuen Wiederholung) der Außenwelt, wird immer wieder wach. Die Zeit, welche diesen Aberglauben erweckt, schafft zugleich auch immer von neuem diese scheinbare Kluft zwischen der künstlerischen Betätigung und dem Leben. Und indem sie dies tut, zieht sie die einzig möglichen Konsequenzen ihres Irrtums. In der Tat: wenn dem so wäre, so würden die Künstler wie Kinder oder Kretins sein, welche, während Männer in Waffen gehn, Kartenhäuser bauen oder ihr blödes Lächeln in dem Glanze bunter Glaskugeln bespiegeln. Wäre aber einer unter diesen, mit reifem und vollem Verstande, ich glaube, den müßte man ja aus seinem feigen Hinterhalt mit tiefster Verachtung herauspeitschen.

Diese Modemeinung, welche die Künstler als die Ausgeschalteten der großen Lebensleitung zu betrachten liebt, müßte, da sie die Kunst mit dem Dilettantentum im verächtlichsten Sinne verwechselt, eigentlich für sie selbst ganz ungefährlich sein. Allein es giebt doch Reflexwirkungen, welche von diesem Irrtum ausgehend bis in die wirkliche Kunst hineinreichen und dort, wenn auch nicht Schäden, so doch Verzögerungen verursachen. Ein Beispiel: nach solchen Perioden, in denen die Kunst wiedermal als läppischer Luxus entlarvt scheint, bemüht sie sich unwillkürlich rasch ihren nahen und notwendigen Zusammenhang mit dem Leben zu zeigen; sie klammert sich ängstlich an die letzten auffälligsten Erscheinungen des Tages an, sie verherrlicht einen Krieg, einen König, ja sie tritt sogar in den Dienst kleiner politischer oder sozialer Parteiinteressen: sie wird tendenziös. Und so ist sie gerade dann am wenigsten – Kunst, wenn man beginnt, sie wieder berechtigt und – sagen wirs nur frei – nützlich zu finden. Denn eine Kunst, welche mit Gebärden des Zornes oder des Beifalls die flüchtigen unbedeutenden Ereignisse des Tages begleitet – und sei sie noch so patriotisch – ist gereimter oder gemalter Journalismus, dem der erziehliche und kulturelle Wert gewiß nicht geschmälert werden soll – aber nicht *Kunst*. Es gab eine Zeit in dem sangesfrohen Deutschland, in welcher gerade die Lyrik diese erziehliche und kulturelle Rolle spielte, und die Liederalmanache von damals sind dem Sozialpolitiker und dem Kulturhistoriker interessanter, als dem Manne der heute Literaturgeschichte machen will. Seither aber ist die Kluft zwischen dem Deutschen und der Lyrik seiner Dichter wieder gewachsen und endlich chronisch geblieben. Und wenn ab und zu jemand die besondere Liebenswürdigkeit hat, dem dramatischen Schriftsteller oder dem Romanschreiber eine bescheidene Existenzberechtigung nicht ganz abzusprechen, der Dichter gilt doch allgemein für eine zeitweise lächerliche, antiquierte, jedesfalls aber vollkommen überflüssige Person, der bestenfalls Gedichte schreibt, weil er ›*es*‹ nicht nötig hat. Man hat neulich eine Seite aus Richard Dehmels Buche *Weib und Welt*, auf die Anklage eines westfälischen Barons und Referendars hin, zu konfiszieren für gut befunden. Man tut dem deutschen Publikum bitter unrecht. Es hat längst vergessen, daß es eine Lyrik besitzt, kann also von dieser Seite her in keiner Weise bedroht oder demoralisiert werden.

Sie werden es nicht glauben. Unsere Lyrik hat die Jahre unfreiwilliger Einsamkeit, ohne Demütigung, ohne Annäherungsversuche an die Tagesmode, – ertragen, und ich bin hier, Ihnen zu sagen: sie lebt. Und ich kann Ihnen noch verraten: sie ist gesund, groß und stark.

Deshalb, scheint mir, muß ich zunächst Ihnen und in Ihnen dem deutschen Publikum für die anhaltende und langwierige Teilnahmslosigkeit – herzlich danken. Denn die Folgen davon sind: daß auf dem unbeobachteten Gebiet sich nicht nur das Wesen aller Kunst am reinsten erhalten hat, sondern daß in dieser Stille das Neue geboren wurde, das Ihnen heimlich und unerkannt, durch das Kunstgewerbe hindurch, näherkommt: die neue Form. Diesem gegenüber sind die Nachteile des Verhaltens der großen Menge gering: sie bestehen darin, daß ein paar junge Leute, denen ihr eigener Name zu leise war, statt guter Gedichte – von denen ja niemand erfahren hätte – schlechte Dramen und Novellen geschrieben haben ....

Was ich aber oben sagte, so rein und ohne Falsch hat sich die Natur künstlerischen Strebens innerhalb der Lyrik erhalten, daß ich nun von da geradezu die Definition der Kunst, der neuen Kunst überhaupt entlehnen kann, und ich bitte Sie sehr, diese, wenigstens für diese Stunde, gütigst anzunehmen, weil mit ihr alle meine folgenden Ausführungen stehen und fallen.

Kunst erscheint mir als das Bestreben eines Einzelnen, über das Enge und Dunkle hin, eine Verständigung zu finden mit allen Dingen, mit den kleinsten, wie mit den größten, und in solchen beständigen Zwiegesprächen näher zu kommen zu den letzten leisen Quellen alles Lebens. Die Geheimnisse der Dinge verschmelzen in seinem Innern mit seinen eigenen tiefsten Empfindungen und werden ihm, so als ob es eigene Sehnsüchte wären, laut. Die reiche Sprache dieser intimen Geständnisse ist die Schönheit.

So sehen Sie also, daß der Künstler nichtnur kein Ausgeschalteter des Lebens ist, sondern, daß vielmehr die Kunst sich darstellt als eine bewegtere – ich möchte sagen – unbescheidenere Lebensform, indem der Schaffende auch ein die schweigsamsten Dinge mit seinen flehenden Fragen herantritt und, mit keiner Antwort zufrieden, immer weiter muß. – Wenn alle Künste Idiome der Schönheitssprache sind, so werden die feinsten Gefühlsoffenbarungen, um welche es sich handelt, am klarsten in derjenigen Kunst erkennbar sein, welche im Gefühle selbst ihren Stoff findet, in der Lyrik. Aber selbst dieser Gefühlsstoff, mag es eine Abendstimmung oder eine Frühlingslandschaft sein, erscheint mir nur der Vorwand für noch feinere, ganz persönliche Geständnisse, die nichts mit dem Abend oder dem Blütentag zu tun haben, aber bei dieser Gelegenheit in der Seele sich lösen und ledig werden. Sie müssen mir also glauben, daß wir wenn irgendwo so in der Lyrik die tiefsten und heimlichsten Hoffnungen unserer Zeit belauschen können, weil gerade da, mehr als in anderen Künsten, die reine Kunst-Absicht hervortritt hinter dem Kunst-Vorwand. – Dies kann geschehen, weil der Vorwand, als welcher mir stets der Stoff erscheint, um so vieles durchscheinender, beweglicher und veränderlicher ist, als in jeder anderen Kunst. Wenn bei dem Maler zum Beispiel die Landschaft als Bildmotiv, das heißt als Gelegenheit gewisse tiefinnerste Sensationen loszuwerden, auftritt, so hat der Lyriker es mit einem breiten, blassen Landschaftsgefühl zu tun, in welches die einzelnen Spezialempfindungen sich aus dem Dämmern seiner Seele projizieren. Während aber der Maler, der mit so bestimmten Mitteln schafft, nun an diese Landschaft gebunden ist, das heißt in dem durch diese Landschaft gegebenen und begrenzten eigenartigen Raum alle seine Geständnisse unterbringen muß, kann es bei dem Dichter geschehen, daß das ursprüngliche Gefühlsfeld durch die Fülle oder die Stärke der hinzukommenden Einzelgefühle überwuchert, verdeckt und verwandelt wird, daß zum Beispiel, unter dem Einfluß jener zartesten und innigsten Empfindungsmomente, das vorhandene Landschaftsgefühl in eine Abendstimmung oder in das Allgemeingefühl von einem Meer übergeht, was, grob erläutert, beim Maler sein Aequivalent fände, wenn er ein Bild als Stilleben beginnen würde, im Laufe der Arbeit eine Landschaft herauspinselte und endlich dieselbe Leinwand als impressionistisches Porträt vollendete. Das nimmt sich ungeheuer lächerlich aus, und doch weiß ich, daß Maler diese Erfahrung gemacht haben, und ich leite aus diesem Umstande das immer stärker werdende Bedürfnis ab, in der Umrahmung des Bildes Ergänzungen zu geben, das heißt wenigstens in gewissen künstlerischen Abkürzungen und Siegeln die Während des Schaffens aufgetretenen Neigungen und Bedürfnisse nach einem anderen Motiv zu notieren. Denn da die tiefen Ursachen dieser Bedürfnisse, die persönlichen Spezialempfindungen, nicht aber der Stoff die Hauptsache sind, so muß man ihnen Recht und Möglichkeit gewähren, sich auch über die Grenze des Stoffes hinaus irgendwo auszuprägen. Es ist bezeichnend, daß Malerdichter wie Ludwig von Hofmann oder

Fidus sich am stärksten von dieser Erkenntnis leiten lassen und wiederholt mit den voreiligen und eigensinnigen Mitteln ihrer Kunst in Zwiespalt geraten.

Nun müssen Sie aber auch die Vorzüge einer Kunst erkennen, in welcher diese Freizügigkeit vollkommen gestattet ist und innerhalb welcher der unbeschränkte Wechsel des Motivs sich leise immer und immer wieder vollzieht, und ermessen wie viel persönliche Geständnisse im Raume eines einzigen Kunstwerkes, des Gedichtes, sich austönen dürfen. Das breite, allgemeine Hintergrundsgefühl ist dann etwan vorbeiziehenden Laterna-magica-Bildern vergleichbar, während jene inneren Empfindungsbeichten der begleitenden Musik entsprechen würden. Bei diesem Vergleich stimmt aber nur das Äußerlichste. Der heimliche, tiefe, kausale Zusammenhang von Bild und Klang, das gegenseitige sich Wecken und Beschenken der beiden läßt sich durch keine Analogie erklären oder beweisen.

Daß darin die große, vielleicht mächtigste Bedeutung der Lyrik besteht, daß sie dem Schaffenden ermöglicht, unbegrenzte Geständnisse über sich und sein Verhältnis zur Welt abzulegen, kann nur von einer Zeit erkannt werden, welche fühlt, daß sie etwas eingestehen will. Und das sind weder Mitten noch Enden von Perioden, sondern stets reiche Anfänge, welche ihr Herz auf der Zunge tragen. Denn Mittelperioden sind zu bequem einerseits und zu tätig nach der anderen Richtung hin, um viel zu erzählen, Enden sind zu greisenhaft und zu müde dazu – nur junges Beginnen hat etwas zu bekennen und nur der Anfang ist auch vertrauensvoll genug, um aufrichtig, ohne Falsch zu verraten, wie ihm zumute ist. Dante steht an der Schwelle der großen Renaissance, und ich möchte, daß Sie es Alle empfänden, wie dieses reiche junge Dichtergeschlecht, von welchem heute die Rede ist, schön und stark am Rande einer in hundert Sinnen neuen Zeit wartet und wie die Ahnungen künftiger Ziele in seinen Liedern ebenso mächtig anklingen wie die herrlichen Tage des Cinquecento vorausgefühlt sind in den Seherworten der *Divina Comedia.*

*

Ich weiß nicht zu sagen, wer von den Neuen zuerst diesen Sinn der Lyrik, mit Wissen oder unwillkürlich, bewiesen hat, aber ich weiß, daß Alle augenblicklich sich dieser Mission bewußt sind und sich als die ersten Stimmen einer neuen Epoche fühlen, nicht deshalb, weil sie optimistischer als die anderen sind, sondern weil sie, dank ihrer Kunst, leiser und lauschender im Leben stehen und durch seine Stürme hindurch früher als die Zeitgenossen das ferne Läuten der Feiertagsglocken vernehmen. Wie die kleinste Menge Elektrizität sich in den isolierten Blättchen des Gold-Elektroskops nachweisen läßt, ehe elektrische Wirkung sonst irgendwo bemerkbar wird, so rührt der Hauch der neuen Zeit auch erst an die Tiefen von einigen isolierten, einsamen Menschen, lange bevor die Menge die Strömung empfindet. Und während die Masse auch dann noch feindlich und ablehnend bleibt, sehnt sich der Einsame längst schon den frühesten Offenbarungen entgegen und kann, wenn er tönen darf, ihr treuer zuverlässiger Verkünder werden. Nicht der Künstler allein ist imstande diese ersten Vorboten zu erkennen, auch religiöse oder politische Naturen können sie erlauschen, aber diese werden ihren Ruf einmal leicht mißverstehen und dann auch nicht fähig sein, ihre leisen Absichten würdig auszusprechen. Der moderne Dichter aber ist historisch besonders gut geschult. Der objektive Realismus vergangener Jahrzehnte hat ihn mit der Natur und dem Leben in Verkehr gebracht und sein Auge geübt für die Dimensionen der Dinge. Der vorhergegangene Idealismus der Objektivität mit seiner Schönfärberei wirkte wie eine sentimentale Kindheitserinnerung gerade herein, als der Realismus im Naturalismus untergegangen war, und machte, daß man leise begann, statt *von den* Dingen, *mit den* Dingen zu sprechen, also: ›subjektiv‹ zu werden. Und nun folgte im Subjektivismus eine Parallelentwickelung Wie seinerzeit innerhalb der objektiven Welterkenntnis. Man lernte die eigene Seele betrachten, wie früher die äußere Umgebung, man wurde auch hier Realist und Naturalist den intimen, inneren Sensationen, wie vorher den *äußeren* Ereignissen gegenüber und lernte wie früher die Welt, nun ebenso genau die eigene Seele kennen, das heißt man fand in sich selbst Alles reicher und vielgestaltiger wieder, was man in der objektiven Schulzeit außerhalb der eigenen Persönlichkeit gesucht hatte. Man war ganz unerwartet zu einer Art von Pantheismus gelangt, mit dessen Gottesbegriff man sich immer mehr zu identifizieren geneigt war, und Sie werden begreifen, daß dieses Wachsen, dieses plötzliche Überallhinreichen, dieses Alleswerden und Allwerden eine herrliche Befreiung, einen hohen, stürmischen Sieg bedeutete und in einer großen, lauten Begeisterung seinen Ausdruck suchte. Es kamen Reaktionen hinterdrein, Enttäuschungen und Zweifel, wie hinter jedem unvorhergesehnen Erfolg, aber immerhin blieb diese *Empfindung der gefallenen Schranken* die Grundstimmung für alles Schaffen und sie ist es auch heute noch. Darin erreichte der Subjektivismus seine höchste Ausgestaltung, denn seit jeder sich Eines fühlte mit allen Erscheinungen der Welt, war er auch der einzig Seiende, der Einsame geworden, der keinen neben sich anerkennen durfte. Und weil die Einsamkeit leise und lauschend macht, vernahm dieser kosmische Eremit Vieles, was bislang niemand vernommen hatte.

So scheinen mir denn auch Lauschen und Einsamsein die Haupteigenschaften, welche den neuen Dichtern gemeinsam sind. Seitdem die ersten Verkünder neuen Heiles, an deren Spitze die Brüder Julius und Heinrich Hart gegangen sind, mit den Fanfaren des Sieges einen unbestimmten vielverheißenden Morgen begrüßten, sind immer mehr Stimmen wach geworden, die von dem Neuen immer deutlicher erzählen. Die Einen sind zu Verkündern der neuen Freude, der tieferen Seligkeit, die Andern zu den Aposteln eines neuen Leidens geworden, und zwischen diesen wandeln die Sänger einer neuen Sehnsucht mit ihren heiligen Harfen hin. Was ein einziger Jubelruf war bei jenen ersten Wegebahnern, ist in ihren Nachfolgern schon ein tausendstimmiger Chor geworden, in welchem alle Formen eines neuen Lebens anklingen. Die Harts sind die richtigen Herolde gewesen, voll von heller Zuversicht und von dem Glauben an ihre Kraft. Nicht Breschenbrecher wie der riesige Michael Georg Conrad, der breite Bajuvare, dem die Kunst lang zu eng wurde für seinen Mut und seine Ungeduld, so daß er mitten hineinsprang ins lauteste Leben, – sondern Männer, welche bekränzt und im Festgewande im Triumphzuge schreiten und mit ihrem aufrichtigen Pathos sich selbst begeistern und andere mitreißen. Die Bruno Wille und Wilhelm Bölsche und John Henry Mackay kamen neben ihnen zu Wort und jene ersten Jahrgänge der *Freien Bühne* 1890–93

u. f. sind ein schönes Denkmal ihres jungen Mutes und ihrer tiefen treuen Zuversicht. Der herrliche Liliencron steht da in den vordersten Reihen; was die Harts in unklarem Taumel prophezeien, das lebt er schon längst, ganz unbewußt. Ein Mann von Morgen in Hamburg, mitten unter den Allzuheutigen. Ein ganz Junger in einem ururalten holsteinischen Freiherrngeschlecht! Einer der so zuhause ist in dem Neuen, daß er es gar nicht mehr für nötig hält zu predigen, sondern einfach erzählt. Ein so Reifer, daß er die heiligen Wahrheiten nebenbei giebt im Gesellschaftston der Kunst – und ein Aufrichtiger und ein Fröhlicher und ein Übermütiger. Sie können sich denken, wie man ihn begrüßte, wie man ihn *liebte* über Nacht! Und wie drollig erstaunt er war, der kleine Freiherr, als man ihm sagte, daß er ein ganz Neuer sei. Er hat sicher geglaubt, seine holsteinischen Bauern und Fischer sind ganz wie er. Er war so stolz darauf. Nur mit den lieben kommerzfrohen Hamburgern vertrug er sich nicht gut, – aber sonst ... Oh dieser treue, echte Dichter! – Mir geht schon wieder das Herz über, wenn ich von dem großen Detlev spreche; ich muß es sein lassen. Denn vor einem Jahr hab ich hier zwei Stunden lang von ihm erzählt, und da ich heimlich hoffe, daß Sie noch nicht Alles von damals vergessen haben, muß ich fürchten, Sie mit ausführlichen Wiederholungen zu langweilen. Als der Freiherr sich so mit einemmale verraten sah, tat er etwas Strenge in seine guten Augen (er mußte das ja von der Hauptmannszeit her treffen) und ging selbst entdecken. Und er hat einen köstlichen Fund getan, als er Gustav Falke heimbrachte, den feinen Hamburger Musiklehrer. Falke ist eine ähnliche Natur wie Liliencron. Er ist seine bürgerliche Nüance. Er ist auch reich, allein er ist etwas bang um seinen Reichtum und vergeudet nicht, wie Liliencron (ich meine natürlich nicht Geld, das haben sie beide nie), er ist auch froh, aber wenn er ganz lustig wird, kommt ihm das Weinen nahe. Er lacht wie der Baron über die Philister, aber er wird manchmal recht bitter gegen sie. Er ist auch für die schöne Ordnung, aber sie sieht manchmal der Pedanterie sehr ähnlich. Daher kann man ihm nie Kompositionslosigkeit vorwerfen, was dem Liliencron auch hier geschah, als ich vor Jahresraum seine *Poggfred*-Strophen las. Wenn Sie sich an das erinnern wollen, was ich über den Sinn der neuen Lyrik oben sagte, werden Sie erkennen, daß diese scheinbare Formlosigkeit nur ein zu starker innerer Reichtum ist. Er hat so viel zu gestehen, daß das Gefühlsfeld immer ganz überwuchert wird von den goldenen Ernten. Falke ist vorsichtiger und er schafft bis zu einem gewissen Grade bewußter. Durch seine novellistische Begabung findet er immer einen schönen klaren Stoff, bei welchem er allerhand los wird, aber immer nur das, was wirklich in den Rahmen paßt. Seine schmeichelnden Verse wollen oft auch noch ein Glanzlicht, eine Pointe haben, ein novellistisches Element, welches auch den schönen Gedichten unseres Landsmannes, Dr. Salus, eignet und diesen trefflichen Versbildern einen großen Reiz verleiht. Bei ihm, bei Falke und bei dem jungen Schweizer Emanuel Freiherrn von Bodman kommt, ich weiß nicht zu sagen woher, oft mitten in eine moderne Stimmung ein seltsamer, zarter Duft – wie Lavendel aus Großmutters Wäscheschränken –, der wie ein wehmütiges Lächeln über die Worte weht und, zumal bei den nüchtern scheinenden Strophen des Doktor Salus, eine liebliche Überraschung bietet. An diesem uns nahestehenden Dichter wird auch in besonders anziehender Weise offenbar wie die bedachtsameren unter den Jungen, einerseits aus eigener Scheu vor der Enttäuschung, andererseits um die Lauscher nicht zu entfremden, das Neue, das sie in sich spüren, nicht ganz rückhaltlos verkünden. Sie suchen, wie Salus, einen Hintergrund, ein Gewand dafür, und es ist gewiß ein Beweis für unsere Zeit, daß die große Renaissance ihren Gestalten Kleid und Geste giebt, und unsere modernsten Gefühle sich so wunderbar vereinen mit der heiteren Tracht des Cinquecento. – Auch mit einem anderen Schweizer, dem jungen Doktor Wilhelm von Scholz, ist Liliencron durch innere Sympathie verbunden, und ein neuer Cyclus von balladenartigen Gedichten, welchen Scholz vorbereitet, reicht stellenweise an den Meister heran. Alle Jungen fühlen sich ja dem großen Detlev von Liliencron nah und dankbar. Und die Schule, die er machte ist eine sehr lose Vereinigung von ganz heterogenen Geistern; denn man kann ihm nichts nachmachen. Er hat keine Manier, und es kann sich auch keine entwickeln aus den Elementen seines Schaffens. Von ihm kann jeder nur Eines lernen: Aufrichtig sein!

Eine Gefahr hingegen liegt in dem glühenden Glanze Richard Dehmels, dessen berauschende Formensprache manchen seiner lauschenden Verehrer zum Nachahmer, manchen Versteher zum blinden Gläubigen erniedrigt. Ich zweifle nicht an Richard Dehmels Aufrichtigkeit, – aber ich glaube, daß er sich selbst noch lange nicht klar ist über das, was er will, und wenn das auch nicht mehr sein sollte, als er kann. Die tiefe, innige Schlichtheit ist bei ihm dem unsympathischesten Pathos benachbart, und nach seinen früheren Büchern würden viele in ihm nicht seine einfache Persönlichkeit, sondern einen sehr bewußten Poseur erwarten. Sein jüngstes Buch ›Weib und Welt‹ indessen ist ihm viel ähnlicher. Er stellt sich als der unermüdliche Kämpfer dar, der im Handgemenge auch dann und wann eine häßliche harte Bewegung macht, und der doch so voll Sehnsucht nach Schönheit ist, daß er darüber weinen würde, wenn er es wüßte. Aber er ist ein rastloser Ringer und hat so viele Verheißungen des Neuen gegeben, daß man an ihn glauben darf. Mit einem heißen Temperament hat er – zum ersten Mal in der deutschen Lyrik – die Poesie des Sommers erkannt und dieser Stimmung mit einem Schlag jene Bedeutung gegeben, welche das deutsche, alte Frühlingsgefühl in Jahrhunderten langsam erlangt hat. Und dieses steht im Mittelpunkte seiner Tage und leuchtet wie eine rote Sonne über Wesen und Wirken Dehmels: die Sehnsucht nach der Frucht. Die Ernte ist ihm die Ewigkeit, und in dem lächelnd-leidenden Glück der Mutterschaft erkennt er die tiefste Erlösung alles Lebens.

Ohne das sinnliche Ringen, blasser, träumerischer ist dieses der Grundzug der kosmischen Poesie des Franz Evers, der durch seine theosophische Welterkenntnis verleitet wird, den Ewigkeitsbegriff über den sinnlichen Kreislauf hinauszuverlegen und dadurch oft den zerfließenden Eindruck seiner pathetischen Lieder verschuldet. –

Ein Kämpfer unter der Fahne der Schönheit ist auch Otto Julius Bierbaum. Aber er ist etwas empfindlich, drängt sich nicht ins dichteste Getümmel wie Richard Dehmel, denn es wäre ihm unglaublich fatal, mit zerdrücktem oder beflecktem Rocke zurückzukommen; er zieht es vor, die Kämpfe und mehr noch die Siege zu schmücken, gleichsam goldene Gedenkmünzen zu prägen, für jeden Tag, an dem das Neue einen Fußbreit Landes gewonnen hat. Und das trifft er, wie es keiner je getroffen hat. – Er besitzt ein kostbares Ding: den Geschmack von Morgen, vielleicht von Übermorgen. Er hat fast den Geschmack eines Franzosen, und das vermischt sich ganz eigentümlich mit seinem urdeutschen Gemüt. Was daraus wird, scheint manchmal fast etwas archaistisch vor behäbiger Vornehmheit, aber es ist doch durch und durch frisch und wird oft sogar lebendige Erfüllung. So hat Bierbaum es verstanden, ein entzükkendes altes Schlößchen in Südtirol zu mythen (so muß man wohl statt mieten in diesem Falle sagen!), ein Märchen von einem Schloß, wo Frau Gusti mit breiten Botticelli-Scheiteln, zart und zierlich waltet, während Otto Julius in seinem dunkel-kühlen Turmgemach – ein Talvoll ewigen Frühlings füllt ihm die Fenster – seine lieblichen Lieder mit goldenen Federn auf seltsam verschnörkeltes Pergament zeichnet. In Sachen des Geschmackes möchte ich ihn stets ex cathedra verkünden hören, er ist unfehlbar darin. Und wenn in einem einstigen Zukunftsstaat ein Minister für Schönheit und Sitte nottut, wird ein echter Sprosse des Schloßherrn von San Michele der einzig würdige Bewerber sein dürfen.

Für alle diese, die ich bisher genannt habe, ist die Form etwas Unwillkürliches, darum brechen sie manchmal drüber hinaus wie Dehmel, darum fühlen sie sich in ihr so zuhause wie der leisere Otto Julius Bierbaum. Aber über diese scheinbaren Enden hin giebt es noch Möglichkeiten: über Dehmel hinaus, das zügellose wilde Um-sich-Schlagen im Dienste der Schönheit, – jenseits von Bierbaum das Verblassen und Erstarren im Aesthetizismus, das reglose Knieen vor dem unerbittlichen Gnadenbild. Auf der einen Seite der Verzweiflungskampf des verblutenden Kriegers, – und drüben das ewige bleiche Büßen des Schönheitsasketen. Alfred Mombert vertritt das eine, der Rheinländer Stephan George das andere Extrem. Daß Dehmel in Mombert dieses Wildwerden seines eigenen Ichs liebt, ist begreiflich; denn er sieht nur seine mächtigere Energie, ohne seine wütende Blindheit zu bemerken, die Freund und Feind nichtmehr zu trennen weiß. Ein ganzes Chaos von Gefühlen, Sehnsüchten und Erzürnungen strömt ungedämmt aus in Momberts Gesängen, der dem Übermaß seines Empfindungsinhaltes zuviel zutraut, wenn er wähnt, daß das bloße Erstarren seiner Eruptionen schon ›Form‹ sei, während bei George jene tiefsten und letzten Geständnisse, die das Wesen aller Lyrik bedeuten, rein formelle Glaubensmeinungen sind, welche die Verse mit kalter und fast armer Klarheit erfüllen. Notwendig muß dem Ungestümen die Bewegung, seinem Antipoden die Gemessenheit und Ruhe als Symbol der letzten Schönheit erscheinen, und wenn der erstere seine unseligen atemlosen Worte durch das ganze All von Stern zu Stern jagt, wagt der andere nichtmehr über die Randsäulen seines engen weißen Marmortempelchens in die Landschaft zu sehen. Ich halte auch diese beiden Menschen noch für aufrichtig; aber ihre Nachahmer – und sie besitzen solche in Menge – sind ganz erbärmliche Narren, welche das Publikum irreführen, indem sie mit schlauem Augurenlächeln dem staunenden Laien einen schönen, von ihnen gar nicht begriffenen Wahnsinn als *die* neue Kunst auftischen und viele nüchterne, vernünftige Köpfe abschrecken, die sich dann ihr lebelang als exakteste Feinde jenes Tohuwabohu, das sie für die neue Offenbarung halten müssen, erklären und lieber an Julius Wolff und Felix Dahn mühsam selig werden. Abschreckend für die Menge wirken aber neben diesen prahlerischen Nachbetern auch ein paar Ehrliche. Die Formsucher. Das sind jene, welche aufrichtige Geständnisse im Herzen tragen, aber ängstlich sind um den Kunstvorwand; sie können sich schwer entschließen den Rahmen für ihr Intimes, die Gelegenheit zum Tönen wahrzunehmen, und weil sie gebildete intellektuelle Köpfe sind, *suchen* sie dieselbe, statt sich auf ein *halb unbewußtes Finden* zu verlassen. Daß dieses Formgrübeln seltsame und fremd anmutende Gebilde zeitigt, läßt sich an Max Dauthendey, dem Farbensymbolisten, dem Telegrammlyriker Arno Holz, dem Träumer Johannes Schlaf, dem Lebensaestheten Loris, den Wienern überhaupt, und endlich an einer Gruppe von Pfadsuchern nachweisen, welche das Gedicht außerhalb von Reim und Rhythmus neuaufrichten wollen. Alle diese haben mit ihrer Methode einen Teil jener vertrauensseligen Naivität eingebüßt, welche den Künstler dem Kinde so selig anähnelt, sie sind bewußter und überlegter geworden, und man muß vielleicht gerade deshalb ihre Offenbarungen etwas vorsichtiger entgegennehmen. Ein äußerer Grund mag, neben anderen inneren persönlichen Bedürfnissen, diese Schaffensweise in ihnen großgezogen haben: nämlich die starke Abnützung, welche alles lyrische Material im Laufe einer langen Entwickelung von den Minnesingern her, insbesondere durch die großen herzlosen Formalisten, die Bodenstedt u.A., hat erdulden müssen, und die damit verbundene Furcht, das Neue, was man zu sagen hatte, durch das alte, abgetragene Kleid zu entweihen und zu erniedrigen. Sie sind eben zu intellektuell geworden, diese Dichter. Sie übersehen, daß die *neue* Form des *Neuen* direkt und ohneweiters bestimmt wird einmal von seiner Art und dann von der Persönlichkeit, welche es ausspricht, so daß, die Aufrichtigkeit beider Faktoren vorausgesetzt, das Produkt notwendig von anderer Beschaffenheit sein muß, als die Becher-Zecher-Reime aller seligen Mirza-Schaffy's. Es wird bei einem solchen naiv-vertrauensvollen Schaffen dem modernen Deutschen auch nicht geschehen, Ghasele, Ritornelle oder Sonette zustande zu bringen: das immer klarere Sich-bekennen wird von selbst immer individuellere Gestalt annehmen, je mehr es unabsichtlich geschieht. Dem neuen Menschen – und der Künstler dürfte dieser Art am meisten entgegenwachsen – muß die Schönheit, etwas Unwillkürliches geworden sein, etwas das er nicht einmal als Steigerung, sondern endlich als normale Bewegung und Äußerung seines Wesens empfindet. Aber es ist noch weit bis dahin, und die Angst des Übergangsmenschen, zügellos zu werden, wenn er frei ist, auf der einen Seite, seine Abneigung, das wachsende Starke in sich durch alte Fesseln zu verderben, auf der anderen, erzeugt dieses Grübeln nach der Form. Alle vergessen sie dabei, daß die neue Form nur gefunden, nie aber gesucht werden kann, und daß das neue Gesetz zum neuen Organismus sich verhält, wie der Kohlenstoff zum Diamant; man kann aus diesem wohl das Element heraussondern, aber niemals wieder das arme Gas zu dem hellen Edelstein verdichten.

In dieser großen Gruppe von Suchern giebt es wieder Aufrichtige und Poseure, solche, welche ihre Funde still und bescheiden in der Praxis anwenden, und solche, welche bei jeder neuen Entdeckung überzeugt sind, nun – nicht etwa die ihrem eigenen Wesen adäquateste Art des Tönens, – sondern *die Kunst* überhaupt entdeckt zu haben. Sie entwickeln lange Theorieen, welche den herrischen Ton des Eroberers tragen und für alle andersklingenden Weisen höchstens ein höhnisches Mitleiden übrig haben. Diese Thronprätendenten schaden sich indessen selbst am meisten; denn indem sie immerfort die Kunst entdecken, haben sie noch niemals Zeit gehabt, *ihre* Kunst zu erkennen, und gehen als ungewollte verbitterte Martyrer in ihrer eigenen Manier unter. Die besten Belege dafür sind Holz und Schlaf. Sie entdecken alle 5 Jahre einmal *die* Kunst; daß diese eine Kunst jedesmal anders aussieht, haben sie im Eifer noch gar nicht bemerkt. Ihr erster großer Waffengang unter der Fahne des Realismus, dem sich Adler, Arent, Karl Henckell, R.M. von Stern u. a. angeschlossen haben, besaß noch eine Notwendigkeit, und das mutige Freicorps der ›Modernen Dichtercharactere‹ von 1885 hat gewiß dazu beigetragen, die neue Zeit heraufzuführen. Die Veteranen von damals sind auch heute meistens so klug, nicht immer wieder ihre Verdienste dadurch zu verkleinern, daß sie sie stets aufs neue betonen. Es ist sogar bezeichnend, daß mehrere von ihnen, wie Henckell und Stern, zu der sehr schätzenswerten und nicht gerade brotlosen Gilde der Verleger übergegangen sind, die sie früher so arg verachteten – und sich nunmehr nur noch aus Konkurrenzneid die Augen auskratzen. Arent aber, Holz und Schlaf können den alten Ruhm nicht vergessen. In 42 Gedichtbüchern und einigen kurzatmigen Zeitschriften und Anthologieen war Herr Arent seither unablässig bemüht, seine eigene Bedeutung zu beweisen, er sah jedes Jahr einigemal den *großen Morgen* anbrechen und fühlte sich als Prediger in der Wüste und warf seitenlange Fehdehandschuhe bald dem bald jenem hin, so zahlreich, daß sich endlich keiner mehr bemühte, sie aufzuheben. Er hat sich selbst dabei verloren. Das ist schade; denn wer Geduld hat, könnte aus Arents 42 Büchern vielleicht ein kleines Bändchen Kunst zusammenstreichen, das für ihn Zeugnis gäbe. Anders Holz. Er besitzt viel weniger Talent, steht nur formal höher. Vieles, was wir zu seinem Besten zählen müssen, hat ihm Gott im Schlaf (ich meine im Johannes Schlaf) gegeben, der sich als die bei weitem tiefere und künstlerische⟨re⟩ Natur darstellt. Mir ist, als wäre das Verhältnis der beiden ähnlich jenem zwischen dem Schwan von der Bober, Martin Opitz, und seinem bei weitem größeren Zeitgenossen Paul Fleming, nur, daß Schlaf sich früher als jener von dem Druck der fremden Obmacht befreite, und nun, spät genug, Eigenes zu sagen beginnt. Holz hatte durchaus einen Genossen notwendig, einen feintönenden Apparat, an welchem er die zartesten Schwingungen ablesen konnte, welche er im Orchester des Lebens niemals gefunden hätte, und wenn das nicht der arme Johannes Schlaf geworden wäre, hätte, um ein Haar, ein noch weicherer Mensch – Gerhart Hauptmann diese Rolle übernehmen müssen. Es war nahe daran. Denn der junge Hauptmann, der in völliger Unklarheit über seinen eigenen Weg und Willen bald bildhauerte, bald lange pathetische Gedichte schrieb, muß in diesem scharfen und raffinierten Theoretiker einen Augenblick lang den Heiland gesehen haben. Er ging darauf ein, mit Holz gemeinsam ein Stück zu verfassen, und in den Hauptzügen ist der Plan von ›Vor Sonnenaufgang‹ wohl in gemeinsamen Gesprächen erörtert worden, bis der empfindliche Hauptmann das Drama allein schrieb und seine Dankesschuld an Holz abzahlte, indem er ihm sein Werk zu eigen gab. Und vielleicht ist nun auch der größere Ruhm des einstigen Jüngers einer der Gründe, weshalb Holz in einem Drama ›Die Sozialaristokraten‹ (der Realismus von Vorvorgestern feiert drinnen seine Triumphe) und mit neuen Lyrik-Versuchen, ›Phantasus‹ betitelt, zu beweisen bemüht ist, daß er in der allerersten Reihe steht, womöglich auch noch *vor* ihr. Seine Gedichte muten an, wie eine phantastische sinnliche Prosa, deren Worte bald 20 mannhoch in einer Zeile stehen, dann wieder allein oder zu zweit, abseits bleiben, ohne, daß man einen genügenden Grund dieser Isolierung zu erkennen vermag. Hört man die Verse lesen, so kommt man gar nicht dazu, dies zu vermuten; was man dann vernimmt, ist eine bunte, teilweise unklare Prosa, in welcher dann und wann eine Allitteration oder eine onomatopoetische Verbindung auffällt, oder durch Wiederholungen eine Störung bewirkt wird. Von dem neuen Rhythmus, der bei Mombert oft anklingt, dem breiten diphthongischen Wechselklang, der sich unterscheidet von dem engen Hebung-Senkung-Maß und mit diesem zu einer reizvollen Sensation aufwächst, kann ich in diesen Proben nichts finden. Der Realismus ältesten Stiles aber, den Holz nicht vergessen kann, giebt diesen Wortbildern eine überraschende Plastik und macht sie zu ganz interessanten knappen Prosaskizzchen, die in vernünftigen zahmen Zeilen und ohne die Prätension Neuschöpfungen zu sein, sich ganz wohl befinden würden. Maximilian Dauthendey hat durch seine kühne Farbensymbolik ein neues Element in die Lyrik gebracht, welches auch Holz hier mehrmals technisch verwertet. Aber, wenn man näher zusieht, war die Farbe, als Mittel, gewisse von ihrer sinnlichen Absicht verschiedene, meist dunkle Gefühlswirkungen hervorzubringen, schon vor Dauthendey dem E. T. A. Hoffmann zum Beispiel bekannt, und auch das musikalische Pendant,

Tönen unwillkürlich gewisse Farbennüancen zu unterlegen, ist allen aufrichtigen Gebildeten eine alte Erfahrung. Die Wissenschaft ist ganz gewiß unterwegs, festzustellen, daß alle diese Erscheinungen peripherische Schwingungen darstellen, welche, von einem gemeinsamen Zentrum ausgehend, uns nur deshalb andersartig zum Bewußtsein kommen, weil unsere beschränkten Organe immer nur Stücke dieses weiten Kreises wahrzunehmen vermögen. Warum sollte also nicht auch hier die Kunst vorausgehen und mit diesen Mitteln neue Pfade finden in die Teilnahme des Einzelnen? Daß gerade diese feinsten Mittel, die nur dort, wo sie nicht auffallen und solange sie nicht auffallen, einen Zweck erfüllen können, zum Kunstprinzip einer schwächlichen, einseitigen Poesie gemacht werden, ist mit ein Grund, daß man die neuen Kunstbestrebungen im Publikum so fremd und mißtrauisch betrachtet, wenn man ihnen nicht überhaupt den Rücken kehrt. – Es ist eine Art berechtigtes Gekränktsein in diesem Abwenden, denn es ist in der Tat brutal von dem Künstler, eine so feine Erkenntnis vergröbert zu verwenden. Der Laie findet mit Schrecken, wie die Dichtung eine seiner kaumbewußten, ganzintimen Empfindungen immer und immer wieder in widerlicher Beredtsamkeit dem und jenem verrät, er fühlt sich persönlich verwundet durch diese Indiskretion, und beschämt kommt er dazu, fanatisch zu leugnen, daß solche Dinge in ihm jemals vorgehen könnten. »Ich habe niemals Töne gesehen und niemals Farben gehört«, schreit er entrüstet wie einer, dem man nachweisen will, daß er verrückt sei. Und doch könnte die Kunst bei vornehmer und leiser Verwertung ihrer letzten Erkenntnisse in jedem Unvoreingenommenen ungeahnte seelische Reichtümer erwecken, ganz zarte Glocken zu leisem beglückenden Erwachen bringen und helle Perspektiven aufdecken wie alte Träume oder Erinnerungen.

Eine Gruppe von Künstlern weiß ich, welche alle die neuen und intimen Mittel kennt, und sie mit Takt und mit der nötigen Zärtlichkeit, ohne brutale Übertreibung und technische Betonung anwendet, und es ist lieb, daß es eine uns nahe, nachbarliche Kunst ist, die sich dieses Vorzuges rühmen kann: *Die Wiener Kunst.* Eines haben die Wiener vor denen im Reich und vor vielen anderen voraus: sie haben Geschmack. Und mögen sie in ihrer Tätigkeit noch so bewußt und übermütig werden, immer bleibt dieses ganz Unbewußte neben ihnen, wie ein treuer heimlicher Schutzgeist. Es war ein so langer Stillstand in Wien, und es ist ein Beweis des schönen österreichischen Temperamentes, daß der erste Versuch zu so reicher und reifer Blüte führen konnte. Und wenn diese Kunst der Loris und Altenberg auch nur eine Epoche war und in schöne Manier erstarrt, sie werden nie mehr ganz einschlafen, die Wiener, selbst wenn kein solcher Schönheitsbüttel mit seinem kleinen Zorn und seiner großen Phrase hinter ihrer ästhetischen Schlafmützigkeit her sein sollte, wie Hermann Bahr.

Zunächst ein paar Worte über diesen Vielgenannten. Da giebt es solche, welche ihn nur lächerlich finden, und solche, welche sogar lächeln über ihn. Den Einen gilt er für banal und dumm, den Einen für klug und geistreich, man kann Leute treffen, die einen Künstler in ihm erkennen, neben solchen, die ihn als Kritiker schätzen, und nicht weit davon andere, welche ihm alle Fähigkeit zu beiden Berufen absprechen möchten. Alle haben recht und unrecht zugleich. Das macht: Hermann Bahr ist gewiß Alles das schon gewesen, und was er noch nicht war, das wird er Alles nochmal – scheinen. Er ist nämlich gar keiner. Er ist nur eine Art Widerhall der jungen Wiener. Wie ein Schatten wiederholt er ihr Wesen in breiteren, dunklen Dimensionen und vergrößert und vergröbert die feinen leisen Bewegungen dieser vornehmen Aestheten, die er auch nur so versteht, wie er sie verkündet. Er weiß gar nicht viel von ihrer Kunst, aber für manches Unausgesprochene, Namenlose darin erfindet er einen glatten glänzenden Namen und schleudert den mit ›schöner Güte‹ in die staunende Menge. Er fühlt sich als der Gebende dabei und kommt oft so weit, diese Rolle auch denjenigen gegenüber, deren tönendes Werkzeug er wurde, fortzuspielen; Das macht das Publikum irre; die Leute benehmen sich dann oft wie Kinder, welche den betreßten Lakaien auf dem Bock für den König halten, weil sie hinter seinem Talmiglanz den blassen ernsten Mann im Wagen gar nicht bemerken. So geschieht es wirklich: die Fernerstehenden halten Bahr für das, was er, mühsälig genug, nachahmt, und er, dessen einziges Talent die Pose ist, weiß wohl, die Meister zu verdecken, welche er verkündet.

So kommt es, daß der Name *Loris* immer noch wie ein Märchen klingt; nur wenig Eingeweihte finden die seltsam prächtigen Verse des Loris oder Hugo von Hofmannsthal, wie er eigentlich heißt, in den kaum zugänglichen ›Blättern für die Kunst‹, die nur in einem geladenen Leserkreis beschränkte Verbreitung finden, oder auf den Seiten des ›Pan‹, wo sie wie in Marmor gegraben, mit stillen, stolzen Lettern prangen. Dieser stille Stolz entspricht am besten der Eigenart seiner glänzenden Gedichte, deren tiefster Zauber darin zu beruhen scheint, daß sie, unzufrieden mit ihrer eigenen breiten Pracht, einem noch größern, ewigen Glanz sich entgegensehnen. Sie sind wie einsame Frauen, diese Verse, die, reich an Geschmeid und Gewand, am Rande blühender Gärten warten auf irgend eine letzte leuchtende Erfüllung. Loris hat ja gewiß von Frankreich her manche Geste übernommen, und er träumt manchen Farbentraum einem Baudelaire oder einem Mallarmé nach; aber diese verschiedenen romanischen Erbstücke waren seinem reichen, ursprünglichen Besitz so verwandt, daß man sie nun kaum mehr zu sondern vermag.

Während Loris aus lauter Ehrfurcht vor der würdigen Schönheit auch Formsucher wurde, glaube ich, daß Peter Altenberg die seinen Stoffen so ungeheuer passende Gestalt unwillkürlich aus dem aufrichtigen Geständnis heraus gewonnen hat, und daß er sie erst, seit er berühmt wurde, bewußt und deshalb lange nichtmehr mit derselben Keuschheit, wenngleich immer noch graziös handhabt. Er ist der erste Verkünder des modernen Wien. Seine hohe gesellschaftliche Reife (fast Überreife) findet sich in diesen Skizzen ebenso wie die biedermairische Gemütlichkeit, der lichte Frohsinn seiner Häuserstirnen, die ewige Festlichkeit seiner Ringe, die beständig einem Makartzug oder einer Kompagnie Deutschmeister entgegenzuwarten scheinen, und dann wieder die traurig rauschende Melancholie seiner Gärten – Alles ist in diesen Skizzen mit der größten Pünktlichkeit – nicht beschrieben, – eben nur notiert, festgestellt, sozusagen in aller Unschuld konstatiert. Es liegt eine unsagbare primitive Schönheit darin. Wien hat plötzlich seine Sprache gefunden: es baut sich gleichsam nochmals auf aus seinen innersten Elementen und wird ein Wien neben Wien, ein Wien im Spiegel – wie hinter einem Glas, weit, blaß, glänzend!

Mit Altenberg komme ich zu denjenigen Lyrikern (denn er gehört zu diesen, nicht zu den Novellisten), welche die alte Gedichtform auch nichtmehr äußerlich durch unmotiviert endende Verszeilen simulieren, sondern klipp und klar eingestehen, daß sie ›Gedichte in Prosa‹ schreiben. Diese Aufrichtigkeit ist sehr lobenswert, man weiß gleich, wie man sich gegen sie zu kehren hat. Und es sei denn ein für allemal gesagt, daß das Wesen des Gedichtes keineswegs mit dem Reim und dem Rhythmus steht und fällt; denn wo es sich darum handelt, letzte Empfindungen in der unwillkürlichsten, also individuellsten Form austönen zu lassen, ist neben anderen auch eine Form möglich, welche der Prosa ziemlich ähnelt. Aber sie wird sich doch nie mit der Prosa der betreffenden Persönlichkeit verwechseln lassen, denn auch dieses Werk muß, als ein unbewußtes Tönen, dem bewußten, von Intellekt und Überlegung geleiteten Erzählen gegenüber, Rhythmus haben, – nämlich den Rhythmus der ganzen Persönlichkeit, und also immer noch eine höhere gebundene Form darstellen als jede noch so poetische Prosa. Deshalb ist das ›Gedicht in Prosa‹ eine durchaus falsche und irreführende Bezeichnung, und jeder Schaffende, welcher denkend und nicht gewohnheitsmäßig seine Schöpfungen also benennt, gesteht ja im Vorhinein zu – etwas – ›in Prosa‹ verfaßt zu haben und steht dem, der von Gedichten zu sprechen hat, nichtmehr im Wege. Auch ist es ganz überflüssig, einen solchen Wink mit dem Zaunpfahl zu geben; denn hat einer, welcher zu lesen versteht, ein solches Buch durchwandert, ohne sich klar geworden zu sein, ob es Gedichte wären, so sind es gewiß keine – und, wer das Lesen noch nicht gelernt hat, fühlt sich durch die beschränkende Titelmarke nur vergewaltigt oder beschämt. Seit man es aufgegeben hat, den Wert und die Eigenart lyrischer Geständnisse durch die kleidsamen, uniformen Trachten des Sonetts, der Stanze u. a. zu beeinträchtigen, schreibt eben jeder seine ganz persönlichen Verse (worunter ja dann und da ein Madrigal oder ein Sonett mit unterlaufen kann), und diejenigen Arten derselben, welche die Zeilen füllen statt 3–5 cm vom Rande zu enden, anders zu benennen, dazu liegt doch nicht der geringste Grund vor. Es kann in der einen Gestalt wie in der anderen sich etwas darstellen, was trotz allem und allem kein Gedicht ist, und das reinreimigste Sonett ist noch lange nicht die Gewähr Gedicht zu sein, wie die randvollste Seite niemals eine Gefahr bedeutet dafür.

Wohl aber ist es eine große Bequemlichkeit für jene, welche weder Gedichte noch Prosa zustande bringen, die unglaubliche Verschwommenheit ihrer Pubertätsprosa mit der Bezeichnung ›Gedichte‹ zu adeln. Das sind diejenigen, die, um ihrer unreinen Reime willen aus dem Paradies kleiner Winkelblättchen vertrieben, zur Überzeugung kommen, daß die Prosa doch ›das Leichtere‹ sei. Das ist ein sündhafter Irrtum. Einem Jüngling, der in sich lauscht, kann früh, in erster Unreife ein unsterbliches, ewiges Lied gelingen; er kann der Leidende dabei sein, es kann ihm geschehen, wie ein Traum ihm geschieht: er ist unschuldig daran. Es ist nicht ein Beweis für seine Kraft, sondern vielleicht für seine Reinheit, für das Klingende seines Gemüts, für ein zeitiges Erwachen seiner Seele. – Eine gute Prosa muß ihm deshalb auch 15 Jahre später nicht gelingen; denn diese ist nicht unbewußtes Gestehen, sondern bewußtes hartes Ringen mit Stoff und Form, ernste Männerarbeit.

Daher habe ich oft arges Mißtrauen gegen die Verfasser von ›Gedichten in Prosa‹. Ihr Buch beweist, daß sie keine Gedichte machen können, und ein eventuell beigelegter Brief beeilt sich zu bestätigen, daß die einfachste Prosa ihnen auch ziemlich schwer fällt. Wenn die sogenannte Form ›Gedichte in Prosa‹ vollends ein ganzes Buch von 200–300 Seiten beherrscht, liegt der Gedanke nahe, daß nur einige darunter Gedichte sein können, andere aber gezwungen waren, sich eben nach dem Willen des Verfassers zu verkleiden. Denn dieses Gewand kann nur ganz bestimmten Gefühlsstoffen unwillkürlich gewesen sein, und ein Band davon ist eine ebensolche Vergewaltigung des intimen Empfindens wie ein Band von Sonetten. Es ist übrigens eine grunddeutsche Eigenschaft, die Uniformierungssucht des Deutschen, eine Art von Gefühlsvereinsmeierei mit gemeinsamem Statut und zwillingsgleichen Jacken …

Nur bei Altenberg kann man dieselbe Form ein buchlang, vielleicht auch zweibücherlang ertragen. Sein Stoffkreis ist verhältnismäßig eng, und jeder seiner leisen Beichten ist eben diese Form ganz natürlich. Wenn aber auch andere über die bisherigen Grenzen hinausgehende Stoffkreise drin anklingen werden, wird die Form schon als enge, gezierte Manier erscheinen, abgesehen davon, daß Peter Altenberg weitere Geständnisse nicht zu machen hat, wenn er aufrichtig sein und sich auch nicht wiederholen will. –

Andere Versuche in diesem Sinne haben Caesar Flaischlen, Julius Hart, Johannes Schlaf und von Heimischen Alfred Guth gemacht. Sie sind jeder in seine Erfindung vernarrt, halten sie natürlich für *die Form* der Zukunft, oder wenigstens für *ihre* Form, geben volle Bücher davon und bemerken nicht, wie sie manches schöne Gefühl um des harten Gesetzes willen zutode quälen. Alle Erfinder sehen nichts neben ihrer Erfindung und werden einseitig. Der Mensch, welcher das Lachen entdeckt hätte, würde zweifelsohne auf jede andere Äußerung hochmütig verzichtet haben. Und so sind diese auch. Am meisten ›Gedichte‹ dürften in dem neuen Buche Caesar Flaischlens stehen. Er ist wie alle, die den Realismus hinter sich haben, ein guter Beobachter und feinhöriger Künstler geworden, der aus reichen inneren Quellen schöpft, und sein jüngstes Buch (›Von Alltag und Sonne‹) ist in diesem Sinne um so glücklicher, als es eine Nachernte seines intimen Erlebens (etwan von 1891 bis 97) enthält. Briefstellen, Postkartenzeilen und Tagebuchblätter sind mit feinem, wählerischem Geschmack aneinandergereiht, wie verblaßte Blumen. Ihre versonnene Schönheit aber lebt von der zärtlichen Erinnerung, mit welcher der Dichter sie umsorgt. Hier kann das Zufällige der Entstehung und die aufrichtige Mitteilung Bürge sein für die Notwendigkeit dieser Form. Sie rechtfertigt sich selbst durch die innige Teilnahme, mit welcher sie Lieder und Skizzen begleitet. Vor hohen und hellen Gefühlen geht sie auf wie ein Meer, und dann wieder überwölbt sie mit leisen schützenden Rhythmen irgend eine innige Bangigkeit. Das sucht auch Alfred Guth zu erreichen und er hat bei sich selbst manches schöne Geständnis erlauscht. Nur seine Form wird leicht enge und monoton und scheint mir stark von Altenberg beeinflußt. – Johannes Schlaf hat von seinem neuen zweiten Teil von ›In Dingsda‹ erst ein paar Bruchstücke im ›Pan‹ veröffentlicht, die eine an Verschwommenheit grenzende Weichheit und Empfindlichkeit besitzen. Zu ähnlichen Wirkungen gelangt Julius Hart, der, nachdem er die ganze neue Kunst, lehrend und wehrend, in seinen oft trefflichen Kritiken begleitet hat, in seinem Buch ›Stimmen in der Nacht‹ zwei formale Neuschöpfungen theoretisch erörtert. Es sind eigentlich Novellen, aber der Umstand, daß ihre Handlung in dem primären Gefühlsschauplatz, in der Seele einerseits zurückgehalten, andererseits dahin projiziert werden soll, nähert sie stark den subjektiven lyrischen Geständnissen, und stellt sie also an den Rand meiner Betrachtung. Julius Hart meint so die ursprüngliche Höhe und Frische der Empfindungssensationen, gleichsam direkt, ohne den erkältenden Umweg durch die Komposition zu machen, in sein Werk hinüberzuleiten und vergißt, daß dies wohl die Lyrik für ihre Gefühlselemente gestattet, die dreidimensionale Handlung aber in dieser Art niemals übertragbar ist. Er hat ein unhaltbares Mittelding zwischen Gedicht und Novelle geschaffen, welches stellenweise ganz Gedicht ist und da seine tiefe Poesie nicht verleugnet.

Alle Bücher, von denen ich hier gesprochen habe, nicht zum wenigsten die letztgenannten, haben ein Gemeinsames: ihre künstlerische Ausstattung. An Stelle der sinnlosen Clichés ist allenthalben ein begleitender Buchschmuck getreten, Papier und Druckertype sogar haben sich der Art des Buches besonders angepaßt.

Ein freudiges Zusammentun der Künste und Künstler macht sich bemerkbar. Nicht nur der Inhalt ihrer Werke ist freudig und erwartungsvoll, auch ihr äußeres Gewand wird würdig und feierlich. Und in alle Dinge steigt diese leise sehnsüchtige Schönheit; die Möbel, Teppiche und die kleinsten Dinge täglichen Gebrauches um euch wird sie ganz unvermutet verwandeln. Und plötzlich werdet ihr die einzigen sein, die noch die Nutzkleider des Alltags tragen. Und ihr werdet erschrocken auch eure Seelen schmücken zu dem festlichen Empfang der neuen Zeit, deren bescheidener, unbeholfener Verkünder ich sein will in diesen Worten!

Notizen zur Melodie der Dinge

I. Ganz am Anfang sind wir, siehst du.
Wie vor Allem. Mit
Tausend und einem Traum hinter uns und
ohne Tat.

II. Ich kann mir kein seligeres Wissen denken,
als dieses Eine:
daß man ein Beginner werden muß.
Einer der das erste Wort schreibt hinter einen
jahrhundertelangen
Gedankenstrich.

III. Das fällt mir ein: bei dieser Beobachtung: daß wir die Menschen noch immer auf Goldgrund malen, wie die ganz Primitiven. Vor etwas Unbestimmtem stehen sie. Manchmals vor Gold, manchmals auch vor Grau. Im Licht manchmals, und oft mit unergründlichem Dunkel hinter sich.

IV. Man begreift das. Um die Menschen zu erkennen, mußte man sie isolieren. Aber nach einer langen Erfahrung ist es billig, die Einzelbetrachtungen wieder in ein Verhältnis zu setzen, und mit gereiftem Blick ihre breiteren Gebärden zu begleiten.

V. Vergleiche einmal ein Goldgrundbild aus dem Trecento mit einer von den zahlreichen späteren Kompositionen italienischer Frühmeister, wo die Gestalten zu einer Santa Conversazione vor der leuchtenden Landschaft in der lichten Luft Umbriens sich zusammenfinden. Der Goldgrund isoliert eine jede, die Landschaft glänzt hinter ihnen wie eine gemeinsame Seele, aus der heraus sie ihr Lächeln und ihre Liebe holen.

VI. Dann denke an das Leben selbst. Erinnere dich, daß die Menschen viele und bauschige Gebärden und unglaublich große Worte haben. Wenn sie nur eine Weile so ruhig und reich wären, wie die schönen Heiligen des Marco Basaiti, müßtest du auch hinter ihnen die Landschaft finden, die ihnen gemeinsam ist.

VII. Und es giebt ja auch Augenblicke, da sich ein Mensch vor dir still und klar abhebt von seiner Herrlichkeit. Das sind seltene Feste, welche du niemals vergißt. Du liebst diesen Menschen fortan. Das heißt du bist bemüht die Umrisse seiner Persönlichkeit, wie du sie in jener Stunde erkannt hast, nachzuzeichnen mit deinen zärtlichen Händen.

VIII. Die Kunst tut dasselbe. Sie ist ja die weitere, unbescheidenere Liebe. Sie ist die Liebe Gottes. Sie darf nicht bei dem Einzelnen stehen bleiben, der nur die Pforte des Lebens ist. Sie muß ihn durchwandern. Sie darf nicht müde werden. Um sich zu erfüllen muß sie dort wirken, wo Alle – *Einer* sind. Wenn sie dann diesen *Einen* beschenkt, kommt grenzenloser Reichtum über Alle.

IX. Wie weit sie davon ist, mag man auf der Bühne sehen, wo sie doch sagt oder sagen will, wie sie das Leben, nicht den Einzelnen in seiner idealen Ruhe, sondern die Bewegung und den Verkehr Mehrer⟨er⟩ betrachtet. Dabei ergiebt sich, daß sie die Menschen einfach neben einander stellt, wie die im Trecento es taten, und es ihnen selbst überläßt sich mit einander zu befreunden über das Grau oder das Gold des Hintergrundes hin.

X. Und darum wird es auch so. Mit Worten und Gesten suchen sie sich zu erreichen. Sie renken sich fast die Arme aus, denn die Gebärden sind viel zu kurz. Sie machen unendliche Anstrengungen die Silben einander zuzuwerfen und sind dabei noch herzlich schlechte Ballspieler, die nicht auffangen können. So vergeht die Zeit mit Bücken und Suchen – ganz wie im Leben.

XI. Und die Kunst hat nichts getan, als uns die Verwirrung gezeigt in welcher wir uns meistens befinden. Sie hat uns beängstigt, statt uns still und ruhig zu machen. Sie hat bewiesen, daß wir jeder auf einer anderen Insel leben; nur sind die Inseln nicht weit genug um einsam und unbekümmert zu bleiben. Einer kann den Anderen stören oder schrecken oder mit Speeren verfolgen – nur helfen kann keiner keinem.

XII. Von Eiland zu Eiland giebt es nur eine Möglichkeit: gefährliche Sprünge, bei denen man mehr als die Füße gefährdet. Ein ewiges Hin- und Herhüpfen entsteht mit Zufällen und Lächerlichkeiten; denn es kommt vor, daß zwei zueinander springen, gleichzeitig, so daß sie einander nur in der Luft begegnen, und nach diesem mühsamen Wechsel ebenso weit sind – Eines vom Anderen – wie vorher.

XIII. Das ist weiter nicht wunderlich; denn in der Tat sind die Brücken zu einander, darüber man schön und festlich gegangen kommt, nicht *in* uns, sondern hinter uns, ganz wie auf den Landschaften des Fra Bartholome oder des Lionardo. Es ist doch so, daß das Leben sich zuspitzt in den einzelnen Persönlichkeiten. Von Gipfel zu Gipfel aber geht der Pfad durch die breiteren Tale.

XIV. Wenn zwei oder drei Menschen zusammenkommen, sind sie deshalb noch nicht beisammen. Sie sind wie Marionetten deren Drähte in verschiedenen Händen liegen. Erst wenn *eine* Hand alle lenkt, kommt eine Gemeinsamkeit über sie, welche sie zum Verneigen zwingt oder zum Dreinhauen. Und auch die Kräfte des Menschen sind dort, wo seine Drähte enden in einer haltenden herrschenden Hand.

XV. Erst in der gemeinsamen Stunde, in dem gemeinsamen Sturm, in der einen Stube, darin sie sich begegnen, finden sie sich. Erst bis ein Hintergrund hinter ihnen steht, beginnen sie miteinander zu verkehren. Sie müssen sich ja berufen können auf die *eine* Heimat. Sie müssen einander gleichsam die Beglaubigungen zeigen, welche sie mit sich tragen und welche Alle den Sinn und das Insiegel desselben Fürsten enthalten.

XVI. Sei es das Singen einer Lampe oder die Stimme des Sturms, sei es das Atmen des Abends oder das Stöhnen des Meeres, das dich umgiebt – immer wacht hinter dir eine breite Melodie, aus tausend Stimmen gewoben, in der nur da und dort dein Solo Raum hat. Zu wissen, *wann Du einzufallen hast*, das ist das Geheimnis deiner Einsamkeit: wie es die Kunst des wahren Verkehres ist: aus den hohen Worten sich fallen lassen in die eine gemeinsame Melodie.

XVII. Wenn die Heiligen des Marco Basaiti sich etwas anzuvertrauen hätten außer ihrem seligen Nebeneinandersein, sie würden sich nicht vorn im Bild, drin sie wohnen, ihre schmalen, sanften Hände reichen. Sie würden sich zurückziehen, gleich klein werden und tief im lauschenden Land über die winzigen Brücken zueinander kommen.

XVIII. Wir vorn sind ganz ebenso. Segnende Sehnsüchte. Unsere Erfüllungen geschehen weit in leuchtenden Hintergründen. Dort ist Bewegung und Wille. Dort spielen die Historien, deren dunkle Überschriften wir sind. Dort ist unser Vereinen und unser Abschiednehmen, Trost und Trauer. Dort *sind* wir, während wir im Vordergrunde kommen und gehen.

XIX. Erinnere dich an Menschen, die du beisammen fandest, ohne daß sie eine gemeinsame Stunde um sich hatten. Zum Beispiel Verwandte, die sich im Sterbezimmer einer wirklich geliebten Person begegnen. Da lebt die eine in dieser, die andere in jener tiefen Erinnerung. Ihre Worte gehen aneinander vorbei, ohne daß sie von einander wissen. Ihre Hände verfehlen sich in der ersten Verwirrung. – Bis der Schmerz hinter ihnen breit wird. Sie setzen sich hin, senken die Stirnen und schweigen. Es rauscht über ihnen wie ein Wald. Und sie sind einander nahe, wie nie vorher.

XX. Sonst, wenn nicht ein schwerer Schmerz die Menschen gleich still macht, hört der eine mehr, der andere weniger von der mächtigen Melodie des Hintergrundes. Viele hören sie gar nicht mehr. Sie sind wie Bäume welche ihre Wurzeln vergessen haben und nun meinen, daß das Rauschen ihrer Zweige ihre Kraft und ihr Leben sei. Viele haben nicht Zeit sie zu hören. Sie dulden keine Stunde um sich. Das sind arme Heimatlose, die den Sinn des Daseins verloren haben. Sie schlagen auf die Tasten der Tage und spielen immer denselben monotonen verlorenen Ton.

XXI. Wollen wir also Eingeweihte des Lebens sein, müssen wir zweierlei bedenken:

Einmal die große Melodie, in der Dinge und Düfte, Gefühle und Vergangenheiten, Dämmerungen und Sehnsüchte mitwirken, –

und dann: die einzelnen Stimmen, welche diesen vollen Chor ergänzen und vollenden.

Und um ein Kunstwerk, heißt: Bild des tieferen Lebens, des mehr als heutigen, immer zu allen Zeiten möglichen Erlebens, zu begründen, wird es notwendig sein die beiden Stimmen, *die* einer betreffenden Stunde und *die* einer Gruppe von Menschen darin, in das richtige Verhältnis zu setzen und auszugleichen.

XXII. Zu diesem Zweck muß man die beiden Elemente der Lebensmelodie in ihren primitiven Formen erkannt haben; man muß aus den rauschenden Tumulten des Meeres den Takt des Wogenschlages ausschälen und aus dem Netzgewirr täglichen Gespräches die lebendige Linie gelöst haben, welche die anderen trägt. Man muß die reinen Farben nebeneinanderhalten um ihre Kontraste und Vertraulichkeiten kennenzulernen. Man muß das Viele vergessen haben, um des Wichtigen willen.

XIII. Zwei Menschen, die in gleichem Grade leise sind, müssen nicht von der Melodie ihrer Stunden reden. Diese ist ihr an und für sich Gemeinsames. Wie ein brennender Altar ist sie zwischen ihnen und sie nähren die heilige Flamme fürchtig mit ihren seltenen Silben.

Setze ich diese beiden Menschen aus ihrem absichtlosen Sein auf die Bühne, so ist mir offenbar darum zu tun, zwei Liebende zu zeigen und zu erklären, warum sie selig sind. Aber auf der Szene ist der Altar unsichtbar und es weiß keiner sich die seltsamen Gesten der Opfernden zu erklären.

XXIV. Da giebt es nun zwei Auswege:

entweder die Menschen müssen sich erheben und mit vielen Worten und verwirrenden Gebärden zu sagen versuchen, was sie vorher lebten.

Oder:

ich ändere nichts an ihrem tiefen Tun und sage selbst diese Worte dazu:

Hier ist ein Altar, auf welchem eine heilige Flamme brennt. Ihren Glanz können Sie auf den Gesichtern dieser beiden Menschen bemerken.

XXV. Das Letztere erscheint mir einzig künstlerisch. Es geht nichts von dem Wesentlichen verloren; keine Vermengung der einfachen Elemente trübt die Reihe der Ereignisse, wenn ich den Altar, der die zwei Einsamen vereint, so schildere, daß Alle ihn sehen und an sein Vorhandensein glauben. Viel später wird es den Schauenden unwillkürlich werden, die flammende Säule zu sehen, und ich werde nichts Erläuterndes hinzu sagen müssen. Viel später.

XXVI. Aber das mit dem Altar ist nur ein Gleichnis, und ein sehr ungefähres obendrein. Es handelt sich darum, auf der Szene die gemeinsame Stunde, das worin die Personen zuworte kommen, auszudrücken. Dieses Lied, welches im Leben den tausend Stimmen des Tages oder der Nacht, dem Waldrauschen oder dem Uhrenticken und ihrem zögernden Stundenschlag überlassen bleibt, dieser breite Chor des Hintergrundes, der den Takt und Ton unserer Worte bestimmt, läßt sich auf der Bühne zunächst nicht mit den gleichen Mitteln begreiflich machen.

XXVII. Denn das was man ›Stimmung‹ nennt und was ja in neueren Stücken auch teilweise zu seinem Rechte kommt, ist doch nur ein erster unvollkommener Versuch, die Landschaft hinter Menschen, Worten und Winken durchschimmern zu lassen, wird von den Meisten überhaupt nicht bemerkt und kann um seiner leiseren Intimität willen überhaupt nicht von Allen bemerkt werden. Eine technische Verstärkung einzelner Geräusche oder Beleuchtungen wirkt lächerlich, weil sie aus tausend Stimmen eine einzelne zuspitzt, so daß die ganze Handlung an der einen Kante hängen bleibt.

XXVIII. Diese Gerechtigkeit gegen das breite Lied des Hintergrundes bleibt nur erhalten, wenn man es in seinem ganzen Umfange gelten läßt, was zunächst sowohl den Mitteln unserer Bühne, wie der Auffassung der mißtrauischen Menge gegenüber untunlich erscheint. – Das Gleichgewicht kann nur durch eine strenge Stilisierung erreicht werden. Wenn man nämlich die Melodie der Unendlichkeit auf denselben Tasten spielt, auf denen die Hände der Handlung ruhen, das heißt das Große und Wortlose zu den Worten herunterstimmt.

XXIX. Dieses ist nichts anderes als die Einführung eines Chors, der sich ruhig aufrollt hinter den lichten und flimmernden Gesprächen. Dadurch daß die Stille in ihrer ganzen Breite und Bedeutung fortwährend wirkt, erscheinen die Worte vorn als ihre natürlichen Ergänzungen, und es kann dabei eine geründete Darstellung des Lebensliedes erzielt werden, welche sonst schon durch die Unverwendbarkeit von Düften und dunklen Empfindungen auf der Bühne, ausgeschlossen schien.

XXX. Ich will ein ganz kleines Beispiel andeuten: –

Abend. Eine kleine Stube. Am Mitteltisch unter der Lampe sitzen zwei Kinder einander gegenüber, ungern über ihre Bücher geneigt. Sie sind beide weit – weit. Die Bücher verdecken ihre Flucht. Dann und wann rufen sie sich an, um sich nicht in dem weiten Wald ihrer Träume zu verlieren. Sie erleben in der engen Stube bunte und phantastische Schicksale. Sie kämpfen und siegen. Kommen heim und heiraten. Lehren ihre Kinder Helden sein. Sterben wohl gar.

Ich bin so eigenwillig, das für Handlung zu halten!

XXXI. Aber was ist diese Szene ohne das Singen der hellen altmodischen Hängelampe, ohne das Atmen und Stöhnen der Möbel, ohne den Sturm um das Haus. Ohne diesen ganzen dunklen Hintergrund, durch welchen sie die Fäden ihrer Fabeln ziehen. Wie anders würden die Kinder im Garten träumen, anders am Meer, anders auf der Terrasse eines Palastes. Es ist nicht gleichgültig, ob man in Seide oder in Wolle stickt. Man muß wissen, daß sie in dem gelben Canevas dieses Stubenabends die paar ungelenken Linien ihres Maeandermusters unsicher wiederholen.

XXXII. Ich denke nun daran, die ganze Melodie so wie die Knaben sie hören, erklingen zu lassen. Eine stille Stimme muß sie über der Szene schweben, und auf ein unsichtbares Zeichen fallen die winzigen Kinderstimmen ein und treiben hin, während der breite Strom durch die enge Abendstube weiterrauscht von Unendlichkeit zu Unendlichkeit.

XXXIII. Solcher Szenen weiß ich viele und breitere. Je nach ausdrücklicher, ich meine allseitiger Stilisierung oder vorsichtiger Andeutung derselben, findet der Chor auf der Szene selbst seinen Raum und wirkt dann auch durch seine wachsame Gegenwart, oder sein Anteil beschränkt sich auf die Stimme, die, breit und unpersönlich, aus dem Brauen der gemeinsamen Stunde steigt. In jedem Fall wohnt auch in ihr, wie im antiken Chor, das weisere Wissen; nicht weil sie urteilt über das Geschehen der Handlung, sondern weil sie die Basis ist, aus der jenes leisere Lied sich auslöst und in deren Schooß es endlich schöner zurückfällt.

XXXIV. Die stilisierte, also unrealistische Darstellung halte ich in diesem Fall nur für einen Übergang; denn auf der Bühne wird immer diejenige Kunst am willkommensten sein, welche lebensähnlich und in diesem äußeren Sinne ›wahr‹ ist. Aber dieses gerade ist der Weg zu einer selbst sich vertiefenden, innerlichen Wahrheit: die primitiven Elemente zu erkennen und zu verwenden. Hinter einer ernsten Erfahrung wird man die begriffenen Grundmotive freier und eigenwilliger brauchen lernen und damit auch wieder dem realistischen, dem zeitlich Wirklichen näher kommen. Es wird aber nicht dasselbe sein wie vorher.

XXXV. Diese Bemühungen erscheinen mir notwendig, weil sonst die Erkenntnis der feineren Gefühle, die eine lange und ernste Arbeit sich errang, im Lärm der Bühne ewig verloren gehen 〈würde〉. Und das ist schade. Von der Bühne her kann, wenn es tendenzlos und unbetont geschieht, das neue Leben verkündet, das heißt auch denen vermittelt werden, die nicht aus eigenem Drang und eigener Kraft seine Gebärden lernen. Sie sollen nicht bekehrt werden von der Szene her. Aber sie sollen wenigstens erfahren: das giebt es in unserer Zeit, eng neben uns. Das ist schon Glückes genug.

XXXVI. Denn es ist fast von der Bedeutung einer Religion, dieses Einsehen: daß man, sobald man einmal die Melodie des Hintergrundes gefunden hat, nicht mehr ratlos ist in seinen Worten und dunkel in seinen Entschlüssen. Es ist eine sorglose Sicherheit in der einfachen Überzeugung, Teil einer Melodie zu sein, also einen bestimmten Raum zu Recht zu besitzen und eine bestimmte Pflicht an einem breiten Werke zu haben, in dem der Geringste ebensoviel wertet wie der Größte. Nicht überzählig zu sein, ist die erste Bedingung der bewußten und ruhigen Entfaltung.

XXXVII. Aller Zwiespalt und Irrtum kommt davon her, daß die Menschen das Gemeinsame *in* sich, statt in den Dingen *hinter* sich, im Licht, in der Landschaft im Beginn und im Tode, suchen. Sie verlieren dadurch sich selbst und gewinnen nichts dafür. Sie vermischen sich, weil sie sich doch nicht vereinen können. Sie halten sich aneinander und können doch nicht sicheren Fuß fassen, weil sie beide schwankend und schwach sind; und in diesem gegenseitigen Sich-stützen-wollen geben sie ihre ganze Stärke aus, so daß nach außen hin auch nicht die Ahnung eines Wellenschlages fühlbar wird.

XXXVIII. Jedes Gemeinsame setzt aber eine Reihe unterschiedener einsamer Wesen voraus. Vor ihnen war es einfach ein Ganzes ohne jegliche Beziehung, so vor sich hin. Es war weder arm noch reich. Mit dem Augenblick, wo verschiedene seiner Teile der mütterlichen Einheit entfremden, tritt es in Gegensatz zu ihnen; denn sie entwickeln sich von ihm fort. Aber es läßt sie doch nicht aus der Hand. Wenn die Wurzel auch nicht von den Früchten weiß, sie nährt sie doch.

XXXIX. Und wie Früchte sind wir. Hoch hangen wir in seltsam verschlungenen Ästen und viele Winde geschehen uns. Was wir besitzen, das ist unsere Reife und Süße und Schönheit. Aber die Kraft dazu strömt in *einem* Stamm aus einer über Welten hin weit gewordenen Wurzel in uns Alle. Und wenn wir für ihre Macht zeugen wollen, so müssen wir sie jeder brauchen in unserem einsamsten Sinn. Je mehr Einsame, desto feierlicher, ergreifender und mächtiger ist ihre Gemeinsamkeit.

XXXX. Und gerade die Einsamsten haben den größten Anteil an der Gemeinsamkeit. Ich sagte früher, daß der eine mehr, der andere weniger von der breiten Lebensmelodie vernimmt; dem entsprechend fällt ihm auch eine kleinere oder geringere Pflicht in dem großen Orchester zu. Derjenige, welcher die ganze Melodie vernähme, wäre der Einsamste und Gemeinsamste zugleich. Denn er würde hören, was Keiner hört, und doch nur weil er in seiner *Vollendung* begreift, was die anderen dunkel und lückenhaft erlauschen.

⟨Offener Brief an Maximilian Harden⟩

⟨Schmargendorf bei Berlin, im Februar 1901⟩

Sehr geehrter Herr Harden,

ich stehe unter dem Eindruck eines Ereignisses, mit dem ich allein so schlecht fertig werden kann, daß ich mich entschlossen habe, an Sie zu schreiben. Mein Brief soll nicht mehr als eine Ergänzung sein zu einer Reihe von Zeitungsberichten, die Sie gleichzeitig empfangen werden. Diese Berichte enthalten die schlecht erzählte Geschichte einer Gerichtsverhandlung, leicht und nachlässig im Ton, fast überlegen, durch kolportageromanhafte Überschriften in kleine pikante Bissen zerschnitten; und man würde sich gar nicht die Mühe nehmen, diese stoßweise vorgebrachten Zeugenaussagen, Einwürfe und Widerrufe durchzulesen, wenn nicht am Ende ein Todesurteil stünde: still, unwiderleglich und streng. Da wird man aufmerksam und versucht, vorsichtig die Wege zurückzugehen von diesem unheimlichen Rande der Gesellschaft und des Staates. Und wenn man wieder am Anfang angekommen ist, bei den zitternden Händen eines jugendlichen Menschen, da kann man doch nicht begreifen, wie das Netz kleiner winkliger Wege dorthinausführen konnte zu jenem letzten Platz, auf dem das letzte Recht sich vollzieht an den wirklich Ungerechten.

Der Zeitungsausträger Joseph Ott ist des Mordes beschuldigt an seinem am vierundzwanzigsten April 1895 geborenen Sohn Joseph. Seine Frau Karoline, geborene Maß, ist, laut Eventualfrage, der Vorschubleistung bei diesem Morde schuldig. Joseph Ott ist zum Tod durch den Strang, Karoline Ott zu zwölf Jahren schweren Kerkers, verschärft durch einen Tag Dunkelhaft am vierten Mai jedes Jahres, verurteilt. Die Beweise ruhen auf einer Reihe von Zeugenaussagen. Die meisten dieser Zeugen sind Frauen, Nachbarinnen der Familie Ott. Sie wissen erstaunlich viel, haben ungewöhnlich viel durch die Wände gehört und reden wie Leute, denen die Worte billig sind. Ebenso geschwätzig benimmt sich der alte Lokomotivführer Kub, Otts Vormund, der sich als Warner aufspielt, dessen einstige Prophezeiung sich nun an dem verkommnen Mündel grausam erfüllt. Der redliche Alte verdiente den Beifall des Publikums. Belastend wirkte auch die Mutter Otts, die zwar nicht aussagte (»Ich kann nicht«, meinte sie, abermals zur Freude des Publikums), aber von der man wußte, daß sie das Haus des Sohnes nicht mehr betrat, weil sie das grausame Benehmen der beiden Eltern gegen den kleinen Joseph nicht mit ansehen konnte. Man wußte das im Hause, man ist überzeugt, daß der letzte Vorfall, der den Vater vor Gericht gezogen hat, nur das letzte Glied in einer ganzen Kette von Verbrechen ist, die den Tod des Kindes zum Ziel hatten. Dieser letzte Vorfall ist aber nicht etwa die nachgewiesene Ermordung des Knaben Joseph durch Ott, sondern der Umstand, daß er sein totes Kind zerschnitten und im Kochherd Stück für Stück verbrannt hat. Dies gesteht der Angeklagte ein; und er bedauert wiederholt, sich durch diese Tat des einzigen Zeugen beraubt zu haben, der, weniger geschwätzig als die eifrigen Nachbarinnen, mit seinem toten, stummen Mund ihn vielleicht entlastet hätte. Und wie begründet er seine Tat?

Hier muß gesagt werden, welche Stellung Joseph Ott in dem kleinen Haushalt einnimmt. Er ist immer zu Hause, er kocht, er sorgt für die Kinder (es sind noch drei Mädchen außer dem kleinen Pepi, dem zweitgeborenen, vorhanden) und es scheint, daß er dies alles nach besten Kräften tut. Groß sind seine Kräfte nicht. Er ist kränklich, von leichten epileptischen Anfällen heimgesucht, momentan ohne Stellung. Er ist nicht ohne eine gewisse Bildung; ärztliche und juridische Bücher hat er sich verschafft und verdankt ihnen allerhand zufällige Fragmente eines oberflächlichen Wissens, das er gelegentlich auch anwendet. Die Frau hat mit diesem Haushalt wenig zu tun. Sie beginnt früh mit dem Zeitungsaustragen, findet vormittags wohl noch einen anderen Verdienst und kommt nur vor dem Erscheinen der Abendblätter manchmal einen Augenblick nach Hause, stumpf, müde, ohne Teilnahme an den Kindern und an dem

Mann, für die sie arbeitet und denen sie ja eben dadurch, besser als durch Zärtlichkeiten, ihre Zugehörigkeit und ihr Herz beweist. Hat sie endlich auch die Abendwege hinter sich, so wirft sie sich aufs Bett und schläft lange vor den anderen ein, die ihre Schlafstelle immer schon leer finden, wenn sie morgens aufstehen.

Ähnlich fremd in dieser kleinen Gemeinschaft war auch der kleine Pepi. Er war erst kürzlich von den Eltern zurückgeholt worden und hatte seine ersten Jahre (er kam zur Welt, noch ehe Joseph Ott und Karoline Maß gesetzlich verheiratet waren) bei guten fremden Leuten verbracht, die eine andere Sprache sprachen und in etwas anderen Verhältnissen lebten. Mit seinem Böhmisch wird ihm das Spielen mit den Kindern recht schwer und auch sein Verhältnis zum Vater (die Mutter sah er wohl selten) wird unter dem schwierigen Verstehen gelitten haben. Diese Übersiedelung allein, die ungewohnte und fremde Umgebung kann Ursache genug sein, daß das Aussehen des Kindes sich verschlechterte, und man muß auch für seine Vernachlässigung keinen anderen Grund suchen als den, daß er aus den geübten Händen seiner Ziehmutter in die ungeschickten Hände eines Mannes kam, in Hände, die ihn vielleicht manchmal straften oder ungeduldig anfaßten, wenn dem nervösen Mann die kleinliche Beschäftigung zum Überdruß wurde. Der beste Vater, dem kleine Kinder mit allen ihren Bedürfnissen und Notdürften zur Last liegen, würde solche Augenblicke der Ungeduld kennen lernen. Zu allen täglichen Anforderungen kommt, daß sich bei dem kleinen Pepi eines Tages ein Abszeß zeigt. Der Vater, der ja einige medizinische Kenntnisse hat, entschließt sich, selbst einzugreifen. Er öffnet den Abszeß und wäscht die Wunde mit Karbolwasser. Er legt auch, nach bestem Vermögen, einen Verband an, der sich freilich später verschoben haben muß, denn auf dem Bett des Knaben fand man Blutflecke. Am nächsten Morgen ist der Knabe tot. Der Vater ist von wahnsinnigem Schrecken erfaßt. Unerwartet wälzt sich eine bergeschwere Verantwortung auf ihn, sein Eingriff, dem er kaum irgend welche Wichtigkeit zugeschrieben hat, erweist sich vor den Sachverständigen, die nun die Leiche besichtigen werden, als Ursache des Todes und auf ihn selbst fällt die ganze Wucht einer unabsehbaren Anklage. Im Zustande der heftigen Erregung wird ihm nur das Eine klar, daß niemand das tote Kind sehen und untersuchen darf, daß es, da es nun mal gestorben ist, so rasch wie möglich zu den Toten muß, sich auflösen muß, zerfallen muß. Dieser Gedanke hat ihn vielleicht abgehalten, den Leichnam in die Donau zu werfen, in der man ihn finden und erkennen kann; ein einziger Weg war ihm geblieben. Ein Element, das rascher als die Erde und besser als das Wasser kauen kann, mußte diesen kleinen blutigen Körper verzehren: das Feuer. Und ihm war kein anderes Feuer zu willen außer der kleinen Flamme seines täglichen Herdes. So stand ihm die grausame Aufgabe bevor, diesem engen Mund die Bissen zuzuschneiden, sein Kind zu zerkleinern und Stück für Stück zu verbrennen. Und die Flamme, die ihm diesen Dienst tat, konnte doch nicht befreit werden von der Pflicht, das tägliche armsälige Mahl den Lebenden zu wärmen. Sie mußte wie ein gewöhnliches Feuer gebraucht werden, sollte sie den aufmerksamen Nachbarn nicht auffallen, die ohnehin schon nach dem Kinde fragen. Der Frau und den anderen sagt Joseph Ott, er habe den Pepi ins Spital gebracht. Er hätte ihnen wohl einige Tage später erzählt, daß der Kleine im Spital verstorben sei ... Dazu kam es nicht; er wurde verhaftet.

Nach dieser Darstellung, die sich bemüht, sich an wenige einfache Tatsachen eng anzuschließen, hätte also Joseph Ott durch eine Operation, die er an seinem Kinde vorgenommen hat, dessen Tod verursacht. Seine Verwirrung war begreiflich, seine Tat deren unmittelbare Folge. Hier ist keine Lücke erkennbar. Die Geschichte ist voll von Beispielen dafür, in welchen Zustand von Verstörtheit und zu welchen wahnsinnigen Handlungen nicht nur Kurpfuscher, sondern sogar Ärzte durch die unerwartete Folge eines operativen Eingriffs getrieben werden, und gerade die Wiener Gerichte hätten Gelegenheit gehabt, an einem eben erst verhandelten Fall hierher Passendes zu lernen. So liegen die Dinge, falls wir der Aussage Otts, daß sein Sohn eines natürlichen Todes gestorben sei, glauben wollen. Außer dem Vater könnte nur das Messer, mit dem die Operation vollzogen wurde, etwas über diesen Punkt aussagen. Man hat aber versäumt, dieses Instrument vorzulegen; dagegen war ein imitierter Kinderschädel und ein Modell des betreffenden Kochherdes aus Otts Wohnung zum angenehmen Gruseln des Publikums aufgestellt.

Aber selbst für den Fall, daß Ott sein Kind getötet hat, liegen

Umstände vor, die ihn zum Teil entlasten, wenn man versucht, sich seine Verfassung vorzustellen in der Nacht, wo der Zustand des Kindes sich, in Folge der Operation, verschlimmert. Ob es da nicht nah lag, einen zweiten Eingriff zu versuchen, mit erregten, bebenden Händen tiefer zu schneiden als vorher, sinnlos tief? Wer will das entscheiden?

Wer will ferner in so ungewöhnlichen Verhältnissen nicht die nervöse, kränkliche Natur dieses Mannes besonders in Rechnung ziehen? Mir ist in den letzten Nächten eine ungewisse Erinnerung gekommen an Ereignisse aus der Kindheit, die ich nur in unsicheren Umrissen aussprechen kann, aber doch so, daß die Sensation, um die es sich handelt, fühlbar wird. Bei nervösen Kindern kommt es vor, daß sie, im Gefühl starken Mitleidens, einen kranken Vogel oder eine wunde Katze in die Hand nehmen und in ihrer Hilflosigkeit eingreifen in den kranken Organismus, so gut sies wissen. Die Wirkung kann eine unerwartete sein, in manchen Fällen eine der guten Absicht entgegengesetzte. Etwas Häßliches passiert, vielleicht treten die Gedärme des Tieres aus, – und das phantastisch hilfreiche Gefühl des Kindes stößt unvermutet an Wirklichkeit, an eine nie gesehene, Ekel und Abscheu erregende Wirklichkeit. Es kommt dann wohl vor, daß die Kinder das Tier fortwerfen und bebend vor Entsetzen fortlaufen zu irgend einem Ahnungslosen, der das nicht gesehen hat, was sie gesehen haben. Es giebt aber auch Kinder, die das zerrissene Tier in Wut, Enttäuschung, Haß und Abscheu (nicht aus Leid über das Leiden des Tieres!) gegen die Wand schlagen, bis es tot ist. Ich will keinen Kommentar zu dieser Erinnerung geben, die sich eingestellt hat, mit großer Deutlichkeit für mein Gefühl, aber nicht nah an den Worten, mit denen ich sie mitzuteilen versuche.

Gegen Ott steht noch die schwache Stimme der kleinen Poldi, seines Töchterchens. Sie war bei der Operation zugegen und kann natürlich nicht vergessen, wie schrecklich das war, als der Vater dem »kleinen Pepi ein Stück Fleisch herausschnitt«. Sie sieht den Vater seitdem ganz im Lichte dieser Menschenfressergebärde. Und die Nachbarinnen helfen ihr in dieser Auffassung. Ebenso zweifelhaft im Wert sind die Aussagen von Leuten, die mit Ott die Untersuchungshaft teilten. Die Reden, die er im Augenblick nach seiner

Verhaftung geführt hat, tragen selbstverständlich den Charakter großer Erregtheit, die sich gemäß seiner angelesenen Bildung in Prahlereien äußert, in denen er sich als wissend, den Gerichten und Gesetzen überlegen, hinzustellen versucht.

Der Gang der Verhandlung macht, nach den mir vorliegenden Berichten, einen zerfahrenen Eindruck. Es geschieht viel für die Heiterkeit des Publikums, und der Präsident sucht dem Verhör diesen gemütlichen Charakter zu erhalten durch Bemerkungen wie die folgende: »… Gerade für Nerven leidende ist das Zerstückeln von Leichen gar keine passende Beschäftigung …« Wie gesagt, man merkt nicht, daß es auf ein Todesurteil zu geht. Erst das Plädoyer des Staatsanwaltes brüstet sich mit einem rasch angenommenen Ernst, mit einer Hoheit und Strenge, die zu dem Verlauf des Verhörs in eigentümlichem Widerspruch steht. Diese Rede ist einfach aufgesetzt und könnte gut auch am Ende eines ganz andern Prozesses stehen. Sie würde auf die Geschworenen jedesmal wirken. Sie hat diesmal auch auf die Verteidigung gewirkt. Sie hat Leichtigkeit und Schwung. Sie ist nicht tief, aber elegant. Sie ist ganz: Wien. Sie versäumt nicht, Ägypten und »das graueste Altertum« zu erwähnen, sie enthält alle erprobten Phrasen der letzten zwanzig Jahre von der »Majestät des Todes« bis zur »Tragik in der Vergeltung«. Sie zitiert Gott-Vaters Worte gegen Kain in der geschmackvollen Variation: »Wo habt Ihr Euer Kind?« Sie stellt sich groß vor dem Angeklagten auf und schreit ihm die rhetorische Frage zu: »Du nervöser Mann! Haben Deine Hände nicht gezittert, als Du Dein Kind Stück für Stück zerfleischtest …« Woher weiß der Herr Staatsanwalt, daß Joseph Ott nicht mit bebenden Händen das Furchtbare vollbracht hat?

Aber der Herr Staatsanwalt bemüht sich gar nicht, Näheres von diesem besonderen Fall zu wissen. Er hat gerade jetzt eine Reihe von Verbrechen zusammenfassen gelernt unter einem gemeinsamen Namen, der dem Kolportageromanstil trefflich angepaßt ist: »Wie man Kinder mordet«. Der Herr Staatsanwalt befindet sich in der glücklichsten Stimmung über diese geniale Zusammenfassung, die den Verlauf vieler Prozesse vereinfachen wird. Er preist in geschickter und glänzender Weise seine Erfindung. Er prägt Schlagwörter wie die »Herbeiführung des Zufalles« und läßt in bescheidener Weise seine Erfahrung und Überlegenheit durchblicken; er fühlt sich als besonders vorgeschrittenen Vertreter einer Gerechtigkeit, die er gar nicht zu Wort kommen läßt. Er bemerkt nicht einmal, daß es sich nicht darum handelt, Kategorien von Verbrechen zu schaffen, Zusammenfassungen und Einordnungen. Daß, im Gegenteil, das unvermeidliche Vorhandensein solcher Kategorien eine Gefahr ist, weil jedes Verbrechen, wie jedes Kunstwerk, ein Einzelfall ist, mit eigenen Wurzeln, eigenem Wachstum, mit einem eigenen Himmel über sich, der regnet und scheint über den fremdartigen Keimen unbegreiflicher Taten. Er faßt zusammen und ist zufrieden. Man hat das Gefühl: er hat Schlaf und Appetit. Er bescheidet sich auch gar nicht damit, der wichtigste Bestandteil jener tadellos funktionierenden Maschine zu sein, als die eine geordnete Gerechtsame erscheinen soll. Bewahre: er lebt. Er benimmt sich, wie ein älterer Bruder des verstorbenen kleinen Pepi in weniger kultivierten Landstrichen sich benehmen würde; er ruft: »Aus der Asche des hingemordeten Kindes ist die Rache erstanden!« und fühlt sich als Träger und Vertreter dieser Rache, als staatlich besoldeten Rächer. Er schließt seine Rede mit einer Apotheose der Leidenschaft, in dem Augenblick, wo den Geschworenen eins nottut vor allem: möglichst leidenschaftslose Beurteilung eines einzelnen Falles, den sie kaum mehr erfassen, da er vor ihren Augen eben alles Konkrete verloren hat, neben anderen Fällen eingereiht unter dem geschmackvollen Titel: Wie man Kinder mordet.

Die Reden der Verteidiger machen nach dieser glänzenden Leistung natürlich keinen Eindruck mehr. Beide stehen unter dem Einfluß des Staatsanwaltes. Der Verteidiger Otts macht schüchtern die Bemerkung, daß ›Rache‹ vernichtet, zerstört, mordet, aber nicht richtet. Sonst redet auch er von der Sache fort; und der Verteidiger für Karoline Ott bediente sich des liebenswürdigen Stiles von ›Unter dem Strich‹, plaudert von der Pyramide des Sesostris und von Charlotte Corday und von der Venus genetrix.

Und der Eindruck des Ganzen: daß Kinder ›hängen‹ spielen und zum Schluß wirklich eins in der Schlinge bleibt, schwer, regungslos. Und da merkt man erst, daß Erwachsene gespielt haben, daran, daß sie nicht fortlaufen, sondern sich würdig begrüßen und mit Ernst und gegenseitiger Wertschätzung auseinandergehen.

Der quälende Eindruck, von dem ich mich lange nicht befreien konnte, hat mich veranlaßt, dies aufzuschreiben und es Ihnen, sehr geehrter Herr Harden, vorzulegen. Sie werden beurteilen, ob Sie die Stimme eines Unerfahrenen und Laien brauchen können im Dienst einer Sache, die Sie jedenfalls vertreten wollen. Glauben Sie mir, daß ich von diesem Brief zaghaft und bescheiden denke; trotzdem würde ich ihn gern veröffentlicht sehen. Er kann der Anlaß sein, daß einer von den erfahrenen, sachverständigen Mitarbeitern der ›Zukunft‹ sich mit diesem Fall beschäftigt und Stellung nimmt zu dem Todesurteil in Wien, als Verteidiger oder Ankläger. Ich bin keins von beidem.

In ausgezeichneter Hochachtung Ihr sehr ergebener

Rainer Maria Rilke.

Maurice Maeterlinck

Man könnte manchmal vergessen, daß Maurice Maeterlinck französisch schreibt; denn seine Werke erscheinen gleichzeitig in französischer und in deutscher Sprache, ja es kommt vor, daß die Übertragung Ergänzungen und Zusätze enthält, die in der ersten Auflage der Originalausgabe fehlen, wie es zum Beispiel bei den bedeutenden Napoleon-Kapiteln des Buches ›Weisheit und Schicksal‹ der Fall war. Wenn das einerseits auf die Tatsache zurückzuführen ist, daß Maeterlinck in Friedrich von Oppeln-Bronikowski einen sehr geeigneten und gewissenhaften Übersetzer gefunden hat, so wird man doch auch annehmen dürfen, daß es dem Dichter selbst sympathisch ist, seine Werke möglichst rasch und möglichst vollzählig in deutscher Sprache veröffentlicht zu sehen, vielleicht, weil er unter den Deutschen mehr Freunde und Versteher vermutet als unter den zeitgenössischen Franzosen. Und er hat vielleicht nicht ganz unrecht. Von einer wirklichen Verbreitung seiner Bücher in Deutschland kann ja allerdings nicht die Rede sein, trotzdem es vielleicht das beste und bleibendste Verdienst des Diederichs'schen Verlages* sein

* In diesem Verlage ist jetzt auch ein Buch ›Maeterlinck‹ von Monty Jacobs erschienen, das als Einführung der Gesamtausgabe gelten kann.

wird, die schöne und vornehme Gesamtausgabe veranstaltet zu haben, die, verhältnismäßig billig, weiteren Kreisen zugänglich ist. Wenn diese ›weiteren Kreise‹ immer noch zögern, sich mit Maeterlinck zu beschäftigen, so ist dies, glaube ich, auf ein sehr verbreitetes Vorurteil zurückzuführen, das in Maeterlinck den Dichter für intime Zirkel sieht, den komplizierten, schwerverständlichen, mit gewissen Nervenraffinements arbeitenden Stimmungskünstler, der nur ein kleines Publikum von Eingeweihten für sich in Anspruch nimmt. Mochten die früheren Werke Maeterlincks dieser Meinung einen Schein von Berechtigung geben, seine neuen Bücher sagen uns deutlich, daß sie ihm Unrecht tut und daß es gleichsam die Pflicht jedes Freundes seiner Kunst ist, sie zu bekämpfen. Wie weit nun diese Ausführungen (die ursprünglich in einem Vortrage zusammengefaßt waren) fähig sind, jenes Vorurteil einzuschränken und abzuschwächen, weiß ich nicht; jedenfalls ist dies ihre ernsthafte Absicht.

Der Name Maurice Maeterlinck ist bekannt genug; bekannt vor allem durch die Widersprüche und Mißverständnisse, die sich an ihn gehängt haben. Man müßte da vor allem Aufklärungen geben. Dazu gerade ist aber niemand eher geeignet als der Dichter selbst, dessen ganze Kunst nach Klarheit strebt und verlangt. Freilich, nicht in seinen Dramen, die in gewissem Sinne Experimente sind, darf man nach Aufschlüssen suchen, man muß sich in stillen, gesammelten Stunden seinen anderen Büchern nähern, dem Buche vom ›Trésor des humbles‹ und demjenigen, das er mit ›La sagesse et la destinée‹ überschrieben hat. Ich glaube, daß diese Bücher jedem offenstehen, der mit gutem Willen und mit einer gewissen ehrfürchtigen Aufmerksamkeit an sie herantritt, und wer gewohnt ist, in der Bibel zu lesen, der wird die richtige Art, sich mit diesen Büchern zu beschäftigen, leicht herausfinden. Man fürchte nicht, gelehrte, philosophische Anforderungen und ermüdende Auseinandersetzungen von wissenschaftlicher Gründlichkeit darin zu treffen, man stoße sich nicht an Namen wie Marc Aurel oder Emerson; selbst wenn man mit ihnen kein sicheres und tieferes Wissen zu verbinden vermag, erscheinen sie einem irgendwie bekannt, und man fühlt sich, auch wenn man die Philosophie dieser Geister nicht beherrscht, fähig, die Fortschritte mitzumachen, die über sie und ihre

Zeit hinausgehen. Und die Bücher Maeterlincks sind erfüllt von solchen Fortschritten, von Sommern, deren Frühlinge in jenen Dichtern sich entfalteten.

Da ist nun eines besonders bezeichnend für Maeterlinck: er ist weit entfernt davon, diese Fortschritte sich selbst anzurechnen; er ist überzeugt, daß eine gewisse Steigerung, ein gewisser Hochstand des geistigen Lebens in allen, in den Geringsten, eingetreten sein muß, damit der Dichter imstande sei, Dinge zu sagen, die einen Schritt weiter gehen in die große Nacht des Unbekannten, die alle mit gleicher Dunkelheit umgiebt. In einem neuen, noch unveröffentlichten Buche, welches in der Richtung über das Buch von ›Weisheit und Schicksal‹ hinausliegt, hat Maeterlinck diese Überzeugung in einfachen Worten ausgesprochen:

»Der Bauer, der Sonntags friedlich unter seinem Apfelbaum bleibt und liest, statt sich im Wirtshaus zu betrinken, der Kleinbürger, der die Aufregungen und den Lärm des Rennplatzes einem edlen Schauspiele oder nur einem stillen Nachmittag opfert, der Arbeiter, der, statt die Straßen mit gemeinen Liedern und blödsinnigem Singsang zu erfüllen, aufs Land hinausgeht oder von den Stadtwällen aus dem Sonnenuntergang zusieht: sie alle legen ein namenloses und unbewußtes, aber doch nicht unwichtiges Scheit in die große Flamme der Menschheit.«

Ein Dichter, der so denkt, hat das vollbracht, was alle großen Dichter an einem gewissen Punkt ihrer Entwicklung versucht haben: er hat seine Größe von seinem Namen getrennt und hat sie anonym gemacht, indem er sie über tausend Namenlose verteilt, die er erhebt, wenn er in ihnen stille und unbewußte Mitarbeiter an einem großen Werke sieht, an dem Werke, das, nach seiner Meinung, das einzige wirkliche Werk der Menschheit ist und das, um es kurz zu sagen, ›Suchen nach Wahrheit‹ heißt. Und dieses ist auch sein Werk. Der einzige Inhalt seiner Bücher, der zu immer neuen Stoffen greift, um sich auszudrücken, der Sinn und das Ziel seines Lebens, das sehr breit geworden ist in dem Gefühl, die allgemeinste Aufgabe der Menschheit und ihre tiefste Sehnsucht zu seiner Aufgabe und Sehnsucht gemacht zu haben.

Das Suchen nach Wahrheit. Scheint das nicht vor allem und ganz besonders die Pflicht des Philosophen zu sein, war das nicht das treue und tägliche Streben aller Weisen von Plato bis auf Spinoza und Kant und Nietzsche? Und wenn man dem gegenüber die Tätigkeit des Dichters kurz bezeichnen wollte, müßte man sie nicht vielmehr ein Suchen nach Schönheit nennen, das durch die Welt geht und immer wieder einzelne auserwählt und ergreift, um sie zu einer großen Klage oder zu einem Rhythmus der Freude zu gebrauchen?

Fast scheint es noch so. Aber wenn wir genauer hinsehen, wenn wir die letzten Entwickelungen in beiden Gebieten, in dem der Weltweisheit und in dem der bildenden und sagenden Kunst genauer ins Auge fassen, dann ergiebt sich die eigentümliche Erkenntnis, daß, ähnlich wie in den Tagen der griechischen Welt der Schönheitsbegriff mit dem Moralbegriff zusammenfiel, heute zwischen Schön und Wahr Annäherungen geschehen sind, die noch keine frühere Zeit zu verzeichnen hat. Von diesem Gesichtspunkte aus erscheint der Realismus in der Kunst ein vorübergehender Versuch, die Wahrheit zur Schönheit zu erheben, das heißt künstlerisch zu gestalten. Der Versuch ist größtenteils mißlungen, weil die Kunst sich an die kleinen und unwichtigen Wirklichkeiten des Tages wendete, statt Anschluß an die eine Wahrheit unseres Lebens zu suchen, die hinter allen Dingen wie eine große gemeinsame Mutter wohnt. Die Absicht aber, die der Realismus mißverstanden hat, lebt nirgends gewaltiger fort als in dem Dichter Maeterlinck, dessen Kunst auf jene erhabene einzige Wahrheit ausgeht und versucht, tastend und horchend, die Richtung einzuhalten, in welcher wir sie vermuten. Denn niemand kennt sie, und der Dichter der Wahrheit ist vielleicht noch auf lange hinaus der Dichter des Unbekannten.

»Ehe nicht eine entscheidende Entdeckung der Wissenschaft das Rätsel der Natur löst«, sagt Maeterlinck, »oder eine Offenbarung aus einer anderen Welt, etwa eine Mitteilung von einem älteren und weiseren Planeten, uns endlich über Zweck und Ziel des Lebens belehrt, werden wir nichts sein als ein vergänglicher und zufälliger Lichtschimmer, ohne schätzbaren Zweck in einer gleichgültigen Nacht, die ihn in jedem Augenblick ausblasen kann. Wer diese unermeßliche vergebliche Schwachheit schildert, der kommt der letzten Grundwahrheit unseres Lebens am nächsten; und wenn er die Personen, die er diesem feindlichen Nichts überantwortet, ein paar anmutige und liebevolle Gebärden machen, ein paar Worte der

Sanftmut, des zagen Hoffens, des Mitleids und der Liebe sprechen läßt, so hat er alles getan, was man als Mensch tun kann, wenn man das Dasein bis an die Grenzen dieser großen und unbeweglichen Wahrheit verfolgt ...«

Um, wie sich Maeterlinck ausdrückt, »das Dasein bis an die Grenzen dieser großen und unbeweglichen Wahrheit zu verfolgen«, muß man das Leben, das uns umgiebt, vernachlässigen und verlassen, weil es sich erweist, daß dieses Leben nicht bis an jene Grenzen reicht, sondern klein ist, klein, wie der Tag dem es gehört, klein, wie der Zufall von dem es lebt, klein, wie die Stunde, die vorübergeht ohne eine Spur zu hinterlassen. Aber das ist gar nicht unser wirkliches Leben. Dort, wo er aufzuhören scheint, fängt der Mensch wahrscheinlich an, und wo sein sichtbares Leben zu Ende ist, dort beginnt das Leben seiner Seele, welches das einzig wirkliche Leben ist. Das Buch vom ›Trésor des humbles‹ (welches 1896 erschienen ist) hat keinen anderen Zweck als den, zu diesem Leben hinzuführen und anzuleiten, und der davon spricht, ist ein Eingeweihter dieses Lebens, der seine Schönheiten und seine Schrecken in gleichem Maße liebt und von seinen Wundern erzählt wie von Wirklichkeiten. Kaum hat jemand zu irgend einer Zeit von großen Geheimnissen gesprochen mit Worten, die so einfach sind wie die Worte von Kindern und Jungfrauen, und ich weiß nicht ein Buch, in dem so viel tiefes Schweigen eingeschlossen ist, soviel Einsamkeit und Ergebung und Stille und soviel königliche Abkehr von allem Lauten und Lärmenden. Es ist ein banges Buch. Wohl werden unerhörte Reichtümer aufgetan, aber man sieht ihren Glanz durch Tränen hindurch; durch die Tränen jener leisen Gestalten, welche sich in jenen Dramen des Dichters Maeterlinck bewegen, die vor dem ›Trésor‹ entstanden sind; in ihnen ist der Versuch gemacht, von jenem anderen unsichtbaren Leben sichtbar und mit Gestalten zu reden. Wenn man das Ungewöhnliche und Neue dieses Versuches ins Auge faßt, wird man nicht erwarten, ihn mit einem Schlage geglückt zu sehen. Diese Dramen tun – scheint mir – genug, wenn es ihnen gelingt, an gewissen Stellen anzudeuten, daß die großen Konflikte und Abenteuer, daß Mord und Verrat nicht mehr die eigentlichen Handlungen unseres Lebens sind, das sich doch meistens »ohne Blut, Geschrei und Schwerter abspielt«, und daß auch der Streit zwischen

Pflicht und Leidenschaft, der in so vielen modernen Dramen das Hauptthema bildet, nicht Gelegenheit giebt, wirkliche Höhepunkte unseres eigentlichen Lebens zu zeigen, sondern nur äußerliche Verwicklungen von ganz vorübergehender Bedeutung.

Maeterlinck tut hier einen Schritt, der in andern Künsten, zum Beispiel in der Malerei, schon damals geschah, als man sich von dem Joch des Genre- und Historienbildes befreite, als man empfand, daß nicht im Thema des Bildes sein Inhalt liege, sondern in etwas anderm, das an allen Stellen diesen Inhalt durchdringt und durchleuchtet, über sich selbst hinaus erhebt und verklärt. Und wie jene neuen Bilder darauf ausgingen, die Seele der Natur zu entdecken, so sucht der große vlämische Dichter die Seele des Menschen zum Gegenstande seiner Dramen zu machen. Was in der Malerei heute schon anerkannt ist, das ist im Drama noch befremdlich, aber wir dürfen in diesem Parallelismus der Entwicklungen eine starke Bestätigung der Maeterlinckschen Absichten erkennen. Es hat eine Zeit gegeben, wo die Bilder der Meister von Barbizon, um nur ein Beispiel zu geben, ebenso den Spott und das Unverständnis der Menge anregten, wie es heute noch die Dramen Maeterlincks tun.

Und, man muß sagen, daß diese wenig Aussicht haben, so verhältnismäßig schnell anerkannt zu werden wie jene Bilder, die heute doch recht sichere Plätze neben den Werken der alten Meister einnehmen. Woran liegt das nun? Etwa daran, daß jene Maler größere Künstler waren als Maeterlinck? Daran gewiß nicht. Oder weil ihre Bilder mehr Bilder sind, als die Dramen Maeterlincks – Dramen? Ich glaube, auch das ist nicht der Grund, wenngleich ich zugebe, daß irgend ein Bild von Millet, Corot oder Monet auf seinem Gebiete etwas Fertigeres und Vollkommeneres darstellt als Maeterlincks ›Drames pour Marionettes‹, wenn man sie mit den Meisterwerken des altenglischen oder des deutschen Theaters vergleicht. Wenn wir nach der Ursache dieser Erscheinung suchen, müssen wir uns sagen, daß die Seele der Natur leichter zu finden war als die Seele des Menschen. Da bedurfte es nur der Unbefangenheit und Freude eines großen Künstlers, da brauchte es nur ein großes, frommes, schauendes Auge, und sie kam aus der Tiefe des Horizontes und umgab die Dinge mit ihrer Größe und Zärtlichkeit. Aber der Dichter, der die Seele des Menschen suchte, die fast in Vergessenheit geraten war, mußte viel länger suchen, und schließlich kam sie ihm nicht aus allen Menschen entgegen; aus einigen durchscheinenden Gestalten – Kindern, Jungfrauen und Blinden – brach zitternd ihr verlorenes Licht und ging wie Mondschein leise über die Dinge, die den Dichter umgaben. Die tätigen Menschen, die dramatischer scheinen und voll von Handlung und Entschluß, blieben dunkel; sie lebten das Leben des Verstandes und das Leben der Leidenschaften, das der Dichter nicht suchte – und ihm blieb nichts anderes übrig, als sich an jene anderen zu halten, weil durch ihre dünnen Körper der Glanz der Seele fiel, nach dem er sich sehnte. Und weil diese Seelen der Ohnmächtigen und Schwachen die ersten Seelen waren, die er sah, versuchte er ihre Geschichte zu schreiben. Sie handelten nicht, und weil sie sich nicht rührten und warteten und weinten, so war alles, was sie umgab, mit jener Kraft und Bewegung erfüllt, die sie nicht besaßen. Das Unbekannte war der eigentliche Handelnde, die Hauptperson in diesen Dramen, und wenn es manches Mal geradezu ›der Tod‹ heißt, wird es dadurch nicht weniger bedrückend und rätselhaft.

Man könnte alle diese Dramen unter dem Namen ›Todesdramen‹ zusammenfassen, denn sie enthalten nichts als Sterbestunden und sind das Bekenntnis eines Dichters, der im Tode das einzig Gewisse sieht, die einzige tägliche trostlose Sicherheit unseres Lebens:

Die Wahrheit, nach der seine Kunst verlangte, scheint nicht mehr namenlos zu sein, sie scheint ›Tod‹ zu heißen. Der Tod steht im Mittelpunkt seiner Dramen, und wunderbare Verse voll Todesfurcht und Todesahnung finden sich in den ›Douze Chansons‹, aus denen ich das folgende Gedicht zu übertragen versucht habe:

Die sieben Jungfraun von Orlamünde
nach dem Tode der Fee – da rühren
die sieben Jungfraun von Orlamünde
sich und suchen die Türen.

Haben die sieben Lampen entzündet,
um durch die Türen zu gehn,
sind in vierhundert Säle gemündet,
ohne einmal den Tag zu sehn.

Kommen in hohlhallende Grotten,
steigen noch tiefer dann –
finden eine verschlossene Pforte
und einen Schlüssel von Gold daran.

Sehen durch die Spalten: das Meer,
fürchten zu sterben nun.
Pochen an der verschlossenen Pforte –
wagen nicht aufzutun ...

Diese ›Douze Chansons‹, neben denen übrigens ganz wunderbare Holzschnitte von Charles Doudelet hergehen, sind der letzte feinste und vollkommenste Ausklang dieser Todesstimmung, über welche die Entwicklung Maeterlincks stetig hinauswuchs. Er hat es selbst kürzlich gesagt, auf welche Art, und ich brauche auch hier wieder nur auf seine eigenen Worte zu verweisen.

»Die letzten Wahrheiten des Nichts, des Todes und der Vergeblichkeit unseres Daseins, bei denen wir jedesmal enden, sobald wir unsere Forschungen bis zur äußersten Grenze treiben, sind schließlich doch nichts als der Endpunkt unseres heutigen Wissens.« Und: »Ehe wir gehalten sind, sie als unwiderruflich anzuerkennen, werden wir noch lange mit aller Inbrunst danach trachten müssen, diese Unwissenheit zu beseitigen und alles Denkbare zu versuchen, um zu erfahren, ob wir kein Licht finden können.«

»Versuchen wir«, sagt er an einer anderen Steile, »dem uns umgebenden Unbekannten ein anderes Aussehen zu geben und einen neuen Grund zum Leben und Ausharren abzugewinnen«, und kennzeichnet damit die Wege, auf denen wir ihn künftig zu suchen haben.

Er hat die Erfahrungen der früheren Tage nicht vergessen. Er weiß, daß die meisten Menschen unglücklich sind und, entfernt von ihrer Seele, im Dunkel des Zufalls leben, aber er glaubt, daß es trotzdem besser ist, zu reden, als ob alle glücklich wären; denn nur so ist ein Fortschritt möglich. Und mag die letzte Wahrheit geheimnisvoll und grausam sein, unsere Seele ist selbst ein Stück dieser Wahrheit, und wenn wir nur ihr Bereich erweitern, wird das Mysterium, das jetzt außerhalb von uns, dunkel und drohend, wohnt, immer mehr in sie überströmen und uns immer mehr erfüllen.

»… und die beste Art, es eines Tages aufzunehmen,« sagt Maeterlinck, ist die, »es von heute ab so hoch, so weit, so vollkommen, so veredelnd zu erwarten, wie unsere Seele es sich nur irgend vorstellen kann. Wir können ihm gar nicht Umfang, Schönheit und Majestät genug verleihen.« Und zum Unterschiede von der trostlosen Auffassung des ›Trésor des humbles‹ und in direktem Widerspruch mit den Gestalten der früheren Dramen sagt Maeterlinck ein Stück weiter:

»Neben denen, welche durch Menschen und Verhältnisse unterdrückt werden, giebt es in der Tat ändere Wesen, die mit einer inneren Kraft begabt sind, der sich nicht allein die Menschen, sondern auch die umgebenden Ereignisse unterwerfen. Sie wissen um diese Kraft; und diese Kraft ist auch nichts anderes, als ein Selbstbewußtsein, das sich weit über die Grenzen des gewöhnlichen Bewußtseins auszudehnen gewußt hat. Sich selbst kennen, heißt es weiter, bedeutet nicht allein … sich mehr oder weniger in der Gegenwart und Vergangenheit kennen; die Wesen, von denen ich spreche, besitzen diese Kraft nur, weil sie sich auch in der Zukunft kennen.« Und Maeterlinck kommt gleich am Anfang des Buches ›La sagesse et la destinée‹ zu dem Schluß: »Man müßte sagen können, daß den Menschen nur das zustieße, was sie wollen … denn wenn wir auch nur einen ganz geringen Einfluß auf manche äußeren Ereignisse haben, wir haben eine allmächtige Einwirkung auf das, was aus diesen Ereignissen in uns selbst wird …« Und derjenige, der kein Ereignis aufnimmt, das er nicht ganz zu seinem Ereignis macht, ist für Maeterlinck der Weise, der das Schicksal fortwährend entwaffnet, indem er es in jedem Augenblick erobert. Der Schwerpunkt der Geschehnisse wird damit nicht aus dem Unbekannten in Bekanntes verlegt, er wechselt nur den Ort, er findet sich nicht mehr in dem Mysterium, das uns umgiebt, sondern in demjenigen, das wir in uns tragen. Und dieses ist von nun ab das große Grundgesetz der Maeterlinckschen Lebensauffassung: Verinnerlichung, Zusammenfassung aller Kräfte in unserer Seele, Erweiterung dieser Seele zu einer Welt, die mächtiger ist als jene unheilvolle Welt des Schicksals, die dem Menschen so lange drohend und feindlich gegenüberstand. Diesem Schicksal ein Ding nach dem anderen fortzunehmen und es den Menschen zu schenken, das ist, kurz gesagt, die liebevolle Arbeit Maeterlincks, das ist die Aufgabe, die immer klarer als die Aufgabe seines Lebens erscheint, eines Lebens, das nah an den Quellen einer Weisheit liegt, die allen erreichbar ist, und die alle glücklich machen kann …

Und darauf geht letzten Sinnes seine Absicht hinaus: Glück zu geben und die Bergwerke zu erschließen, die zu den Adern eines bisher unbekannten Glückes führen. »Weise sein –« sagt er, »heißt vor allem lernen, glücklich zu sein«; denn das Glück ist eine selbstverständliche Folge der Weisheit und, wie diese, kein Zufall, der von außen kommt, sondern eine Gesetzmäßigkeit, die sich in uns vollzieht. Es ist gleichsam die Wärme, die bei der Arbeit entsteht, welche wir leisten, wenn wir ein Ereignis, das uns von außen anrührt, aufnehmen und zu unserem eigenen umgestalten. Und vielen, die das Glück täglich von außen erwarten, fehlt nur der Zuruf, der sie ermahnt, in sich selbst zu sehen; sie würden dort in jedem Augenblick Glücksmöglichkeiten entdecken, deren Schönheit und Köstlichkeit alles übertrifft, was sie je von einem kommenden Glücke erwartet haben.

Und wie Maeterlinck das Glück aus den Händen fremder Mächte löst, die es blindlings verteilen, so nimmt er auch die ›Gerechtigkeit‹ aus dem Schooße des Schicksals und macht sie zu dem Grundprinzip des menschlichen Handelns. An dem Phänomen Napoleon untersucht er das Wesen dieses Mysteriums und erkennt, »daß in der Seele des Menschen, der ein Unrecht begeht, sich ein großes Drama vollzieht.« Und er findet in dem dreimaligen Unrecht Napoleons, in dem dreimaligen Verrat seines eigenen Glückes, die Ursachen seines Sturzes, er hört die Seele Napoleons selbst das Urteil sprechen, das die Welt bestätigt, indem sie ihn zu einem untätigen Tode verdammt. »Wer eine Ungerechtigkeit begeht, erschüttert das Vertrauen, das er in sich und in sein Schicksal setzt. Er hat das deutliche Gefühl seiner Persönlichkeit und seiner Kraft verloren. Er unterscheidet nicht mehr ganz klar, was er sich selbst verdankt, und was er immerfort den verderblichen Mitarbeitern schuldet, die seine Ohnmacht herbeigerufen hat.« Darin scheint die Gefahr zu liegen, daß uns die Ereignisse zerstreut, untätig und ohnmächtig finden; in diesem Augenblick kommt ein Fremdes in unser Leben, das wir nicht mehr übersehen können, und heute oder morgen wird die Saat aufgehen, die ausgesäet wurde, da wir schliefen.

Ein Weiser wie Maeterlinck konnte das Problem Napoleon nicht berühren, ohne tiefer in das Wesen der Gerechtigkeit einzugehen, ohne, über den Einzelfall hinaus, zu den Wahrheiten vorzudringen, die im Hintergrunde stehen. Und tatsächlich ist aus den Napoleonkapiteln in ›La sagesse et la destinée‹ ein großes, selbstständiges Werk erwachsen, dessen Erscheinen nahe bevorsteht. Es heißt ›Le mystère de la Justice‹ und enthält, gleich den beiden anderen Büchern, eine Reihe leicht verbundener Essays, die den Spuren der Gerechtigkeit nachgehen, die sie überall vergeblich suchen, bis sie ihren verborgenen Thron in der Seele des Menschen, welche die Heimat aller Mächte zu sein scheint, entdecken. »Wo befand sich«, heißt es da, »das Mysterium der Gerechtigkeit? Es erfüllte die Welt. Bald lag es in den Händen der Götter, bald umgab und beherrschte es selbst diese ... Man nahm es überall an, außer im Menschen ...« Und so erscheint Maeterlinck auch in diesem Fall als ein beinahe fanatischer Vertreter des Menschengeschlechtes, der lauter halbvergessene Rechte und Reichtümer für dasselbe in Anspruch nimmt, und es scheint einen Moment, als räumte er den Himmel aus, um die Erde fürstlich einzurichten. Aber fürchten wir nichts. Er spricht es selbst an einer Stelle aus, daß nichts verloren geht, daß man, was man dem Himmel nimmt, im Menschenherzen wiederfindet. Und wenn wir die Geschichte einen Augenblick von einem recht hohen Standpunkt zu überschauen suchen, scheint es dann nicht, als ob die Menschen alle ihre größten Güter und Geheimnisse immer den Sternen zugeworfen hätten, als ob sie die Himmel erfüllt hätten mit den großen und erhabenen Reichtümern ihrer Seelen, vielleicht, um sie nicht mit sich herumzutragen und zu gefährden in der Enge und Angst des täglichen Kampfes, vielleicht auch, um leichter und leichtsinniger durchs Leben zu gehen, etwa wie einer, der kein Geld bei sich hat, sich sorgloser einem gefährlichen und räuberischen Wege anvertraut: Wer vermag das zu sagen? Aber wenn man den Menschen oft genug gesagt haben wird, daß es keine festeren und zuverlässigeren Schatzkammern giebt als ihre Seelen, und daß kein Himmel ihre Ideale besser zu wahren vermag, als ihre Brust, dann werden sie es vielleicht freudig begrüßen, daß da einer gekommen ist, ein Dichter, der, wie Dante an der Hand Beatricens, von seiner reifen Menschenliebe geführt, durch die Himmel geht, um alles von dort zurückzuholen, was den Menschen gehört – um diesen ganzen Himmel, der uns viel zu fremd geworden ist, und der sich viel zu weit von uns entfernt hat, zurückzuführen in seine Heimat, welche die Seele des Menschen ist.

Aber wenn man die Geschichte so überschaut, mit ihren Kriegen und Abenteuern, ihren Entwicklungen und Zusammenbrüchen, ihren Sehnsuchten, die sich bald nach der einen, bald nach der andern Seite hin ausstrecken – so wird man nur ein unruhiges Flackern sehen und keine gemeinsame Idee, herausfinden, welche diese Massen bald hierhin bald dorthin ruft. Man wird bestenfalls einige zeitliche Zwecke entdecken, die verschwinden, sobald sie sich erfüllen, und die Kette dieser Zwecke wird so verschlungen verlaufen, daß es nicht möglich sein wird, eine bestimmte Richtung darin zu erkennen, die die Lage eines endlichen Zweckes andeuten könnte. Diese Beobachtung hat indessen den Philosophen Maeterlinck nicht entmutigt. Bei einem so komplizierten Gemeinwesen, wie es die Menschheit ist, kann das gemeinsame Ziel nicht gleich erkannt werden. Wir kennen es nicht, und wir werden es vielleicht nie kennen. Es genügt, wenn jeder nur seine Rolle weiß und erfüllt; es genügt, wenn jeder dieses Ziel so hoch und erhaben annimmt, als er seiner Eigenart gemäß vermag, um eine gewisse Einheitlichkeit in den Seelen und ihren Bewegungen hervorzurufen – und die Hoffnung in uns zu erhalten, daß nichts, was wir tun, verloren gehen kann.

Es ist gewiß kein Zufall, daß Maeterlinck, der so sehnsüchtig an eine gemeinsam große Aufgabe des Menschengeschlechtes glaubt, schon als Knabe aufmerksam das Leben einer anderen Gemeinsamkeit betrachtet und verfolgt hat, daß er jahrzehntelang Gelegenheit hatte, durch die Glaswände eines Bienenstockes die Bewegungen einer anderen Welt zu begleiten, einer Welt, deren Grundgedanke nicht weniger geheimnisvoll ist und nicht weniger unbekannt als die Wahrheit, die sich auf dem Grunde unseres Lebens verborgen hält. Eben ist das Buch erschienen, in welchem Maeterlinck uns von dem ›Leben der Bienen‹ erzählt (ein starker Band von etwa 250 Seiten!), und in diesem Buche zeigt er sich uns vielleicht in seiner ganzen Größe und Weisheit. Es ist fast rührend zu sehen, wie er sich bemüht, nur Beobachtungen zu geben, Tatsachen des Bienenlebens aneinanderzureihen, ohne ihnen irgendwelche Absichten zuzumuten, außer denen, die sich ganz augenscheinlich und von selbst einstellen. Nirgends macht sich eine Überlegenheit des menschlichen Geistes fühlbar, überall spricht sich die Überzeugung aus, daß das Wunderbare jeder kleinen einfachen Tatsache größer und erhabener ist als die wunderbarsten Vermutungen, die wir daran knüpfen können. Mit einer Demut ohne gleichen geht er auch hier wieder der Wahrheit nach, für welche diese kleinen Wesen leben, und er weiß von ihr nur, daß sie nicht geringer ist und nicht weniger ewig als alle großen Wahrheiten. Er findet sie nicht bei der Königin und nicht bei den Arbeitsbienen – auch hier ist sie wieder an keine bestimmte Erscheinung gebunden, sondern über alle verteilt, wie ein Licht, das aus diesen tausend winzigen Energien ausstrahlt, um die dunklen Wege zu beleuchten, auf denen ihre kleinen Kräfte auf- und niedersteigen. Er wagt nicht, in das Mysterium einzudringen, aber er erfaßt es, indem er ihm einen Namen giebt: *Esprit de la ruche*, nennt er es, den ›Geist des Bienenkorbes‹, und es erfüllt ihn mit besonderer Freude, daß die Sorge und Arbeit dieses kleinen Gemeinwesens der Zukunft gehört, daß in diesem eigentümlichen Staat alles darauf auszugehen scheint, die Existenz kommender Generationen zu sichern und vorzubereiten.

Vielleicht empfand er in diesem Augenblick deutlicher als je, daß auch wir immer an einer Zukunft arbeiten, die glücklicher sein wird und reifer als unsere Zeit. Glücklicher, weil die Seelen immer mehr durchdringen werden durch das Dunkel unseres Verstandes und unserer Leidenschaft, das uns von einander trennt, und weil wir im Lichte der Seelen uns besser verständigen und besser helfen werden. Denn mit den Seelen steigt eine tiefe und große Gemeinsamkeit in uns auf, von der keiner ausgeschlossen ist, und die sich unserer bemächtigen muß, wie der *Esprit de la ruche* sich des Bienenkorbes bemächtigt hat, so daß es einmal möglich sein wird, von einem *Esprit de la terre* zu reden, der alle umfaßt und vereinigt und die Kräfte ordnet, die sich jetzt noch widersprechen und aufheben.

Hier rundet und schließt sich unser Weg. Das Bienenbuch steht in einem seltsamen Zusammenhang mit jenen frühen Dramen Maeterlincks, den Dramen des Todes, von denen bereits die Rede war. Er hat einige von diesen Dramen ›Dramen für Marionetten‹ genannt, dem rückschauenden Beobachter aber wird offenbar, daß das geheimnisvolle Leben des Bienenkorbes schon damals anregend auf ihn gewirkt hat, daß die kleinen kümmerlichen Arbeitsbienen vielleicht die ersten Vorbilder jener Mädchen waren, die in engem Nebeneinander irgend einen rätselhaften Plan ahnungslos vollziehen, und man würde nicht irregehen, wollte man den Vergleich fortführen und nach Königinnen und Drohnen, nach schlafenden Larven und kämpfenden königlichen Frauen auch in jenen eigentümlichen dramatischen Gedichten suchen; ja sogar die Architektur scheint dem Innern des Bienenkorbes nachgebildet; diese langen, dunklen Gänge, in welche unzählige Türen münden, Türen von Zellen, in denen entweder schlafende Prinzessinnen liegen oder goldglänzende Schätze, ganz wie im Bienenkorbe eine noch unfertige Nymphe oder goldener Honig das Dunkel der winzigen Kammern erfüllt ... Das Milieu eines solchen Dramas scheint ein Stück aus dem Interieur eines Bienenkorbes zu bilden, eines solchen freilich, über den ein unverständiger und gewinnsüchtiger Imker gesetzt ist, der dem ›Geiste des Bienenkorbes‹ entgegenarbeitet, statt ihm zuvorzukommen. In den neuen Dramen Maeterlincks (wenn wir noch eine Weile an dem Bienenkorb-Vergleich festhalten wollen) ist der Bienenzüchter, der unsichtbar die Bewegungen der Handelnden beobachtet, um da und dort einzugreifen, Honig zu ernten oder eine Wabe zu wechseln, weiser geworden und vorsichtiger, und es scheint eine Verständigung zwischen ihm und jenen Wesen, die sich vor seinen Augen bewegen, in gewissen Momenten möglich zu sein.

Diese neuen Dramen sind: ›Blaubart und Ariane‹, ›Schwester Beatrix‹ und ein Drama ›Monna Vanna‹, an welchem Maeterlinck noch arbeitet. Im Anschluß an einen vorsichtigen Versuch, eines dieser Stücke, ›Schwester Beatrix‹, aufzuführen, der kürzlich in Bremen, nicht ohne Glück, gemacht worden ist, möchte ich noch einige Worte über Maeterlinck als Dramatiker anfügen ehe ich schließe.

Wenn man behauptet, Maeterlinck sei unaufführbar, wird man doch nicht gut die dramatische Form seiner Hauptwerke übersehen oder für einen bloßen Zufall halten dürfen.

Wer ernstlich den Versuch gemacht hat, ein Drama Maeterlincks aufzuführen, der wird sich der Einsicht nicht verschließen können, daß in der Tradition der Bühne und in der Bildung der Schauspieler, in der Routine vor allem, mehr Schwierigkeiten liegen, als in den tatsächlichen Anforderungen Maeterlinck'scher Dramen, die von gut gewählten Dilettanten besser dargestellt werden können, als von Berufsschauspielern, weil sie bei jenen auf naivere Ausdrucksmittel und meistens auch auf eine größere innere Kultur rechnen dürfen, die zur Verwirklichung Maeterlinck'scher Gestalten notwendiger ist als alle Theatererfahrung und Bühnengeschicklichkeit.

Wer vorsichtig ist, wird sich damit begnügen, zu konstatieren, daß der Apparat unseres Theaters mit anderen Mitteln arbeitet und andere Wirkungen erzielt als die, welche Maeterlinck meint, ohne deshalb diesem Dichter das Recht auf den Namen eines Dramatikers zu versagen. Man sagt nichts gegen ihn, wenn man betont, daß auf die Bühne vor allem Handlung gehöre. Das weiß Maeterlinck ebenso gut wie wir. Er leugnet nur, daß die Handlung im Stoffe läge, in den äußerlichen Katastrophen und Abenteuern, mit denen die Höhepunkte unseres wirklichen inneren Lebens gar nicht mehr zusammenfallen. Er weist (in einem neuen Essay über ›Das moderne Drama‹) nach, daß in allen wahrhaft großen Werken, neben der äußeren Fabel, eine zweite, von dem sogenannten inneren Dialog getragene Handlung vorhanden war, die aber nebensächlich schien und sich dem nicht aufdrängte, der sie nicht suchte. Diese zweite Handlung in den Vordergrund zu stellen, ist Absicht und Aufgabe des Maeterlinck'schen Dramas. Sie ist in den Stücken dieses Dichters auch wirklich vorhanden, sie beherrscht diese Stücke, aber es bleibt freilich abzuwarten, ob es Maeterlinck selbst schon gelingt, sie so sichtbar zu machen, wie jene alte äußere Handlung es war, ja, womöglich noch sichtbarer.

Wenn dies glückt, dann kann diese Handlung auf das Verständnis von viel mehr Menschen rechnen als die alte Handlung. Diese war eng an Stoffe gebunden, und Stoffe haben immer etwas Begrenzendes und Ausschließendes; man kann sich kaum einen Stoff denken, der alle Kreise der Gesellschaft und Bildung in gleicher Weise packte und überzeugte. Das Leben unserer Seele hingegen ist reich an großen allgemeinen Vorgängen und Erlebnissen, die, vorausgesetzt, daß man sie sichtbar machen könnte, alle ergreifen und vereinen würden, wie ein großer Brand oder eine Überschwemmung oder eine gemeinsame Rettung aus tiefer Not manchmal die Menschen mit einander verbindet zu einem Schmerz oder einer Freude.

Diese gewaltige Zusammenfassung Aller war und wird immer die höchste Aufgabe der Schaubühne sein, und wenn dieses große Theater einmal ersteht, so wird Maeterlinck (den man immer für den Schöpfer des intimen Theaters und den Dichter der ganz Wenigen hält) sein Stammvater sein – der erste, der, vielleicht viel zu früh, eine Kunst für alle gewollt hat – eine Kunst, welche die Menschheit zusammenfaßt, indem sie sie liebt.

Thomas Mann's ›Buddenbrooks‹

Man wird sich diesen Namen unbedingt notieren müssen. Mit einem Roman von elfhundert Seiten hat Thomas Mann einen Beweis von Arbeitskraft und Können gegeben, den man nicht übersehen kann. Es handelte sich ihm darum, die Geschichte einer Familie zu schreiben, welche zugrundegeht, den ›Verfall einer Familie‹. Noch vor einigen Jahren hätte ein moderner Schriftsteller sich damit begnügt, das letzte Stadium dieses Verfalls zu zeigen, den Letzten, der an sich und seinen Vätern stirbt. Thomas Mann hat es als ungerecht empfunden, in einem Schlußkapitel die Katastrophe zusammenzudrängen, an welcher eigentlich Generationen arbeiten, und er hat, gewissenhaft, dort begonnen, wo der höchste Glücksstand der Familie erreicht ist. Er weiß, daß hinter diesem Höhepunkt notwendig der Abstieg beginnen muß, erst in kaum merkbarer Senkung, dann immer jäher und jäher und schließlich senkrecht abfallend in das Nichts.

So war er also vor die Notwendigkeit gestellt, das Leben von vier Generationen zu erzählen, und die Art wie Thomas Mann diese ungewöhnliche Aufgabe gelöst hat, ist so überraschend und interessant, daß man, obwohl es Tage kostet, die beiden gewichtigen Bände Seite für Seite mit Aufmerksamkeit und Spannung liest ohne zu ermüden, ohne etwas zu überschlagen, ohne das geringste Zeichen von Ungeduld oder Eile. Man hat Zeit, man muß Zeit haben für die ruhige und natürliche Folge dieser Begebenheiten; gerade weil nichts in dem Buche für den Leser da zu sein scheint, weil nirgends, über die Ereignisse hinweg, ein überlegener Schriftsteller sich zu dem überlegenen Leser neigt, um ihn zu überreden und mitzureißen, – gerade deshalb ist man so ganz bei der Sache und fast persönlich beteiligt, ganz als ob man in irgend einem Geheimfach alte Familienpapiere und Briefe gefunden hätte, in denen man sich langsam nach vorn liest, bis an den Rand der eigenen Erinnerungen.

Thomas Mann fühlte ganz richtig, daß er, um die Geschichte der Buddenbrooks zu erzählen, Chronist werden müsse, das heißt ruhiger und unerregter Berichterstatter der Begebenheiten, und daß es sich trotzdem darum handeln würde, Dichter zu sein, und viele Gestalten mit überzeugendem Leben, mit Wärme und Wesenheit zu erfüllen. Er hat beides in überaus glücklicher Weise vereint, indem er die Rolle des Chronisten modern aufgefaßt hat und sich bemüht hat, nicht einige hervorragende Daten zu verzeichnen, sondern alles scheinbar Unwichtige und Geringe, tausend Einzelheiten und Details gewissenhaft anzuführen, weil schließlich alles Tatsächliche seinen Wert hat und ein winziges Stück von jenem Leben ist, das zu schildern er sich vorgenommen hatte. Und auf diese Weise, durch diese herzliche Versenkung in die einzelnen Vorgänge, durch die große Gerechtigkeit gegen alles Geschehen erreicht er eine Lebendigkeit der Darstellung, die nicht so sehr im Stoffe, als vielmehr im fortwährenden Stofflichwerden aller Dinge liegt. Es ist etwas von der Technik Segantinis hier in das andere Gebiet übertragen: die gründliche und gleichwertige Behandlung jeder Stelle, die Durcharbeitung des Materials, welche alles wichtig und wesentlich erscheinen läßt, die von hundert Furchen durchzogene Fläche, die dem Beschauer einheitlich und von innen heraus belebt erscheint, und schließlich das Objektive, die epische Art des Vortrags, welche selbst das Grausame und Bange mit einer gewissen Notwendigkeit und Gesetzmäßigkeit erfüllt.

Diese Geschichte des alten Lübecker Patriziergeschlechtes Buddenbrook (in Firma Johann Buddenbrook), welche mit dem alten Johann Buddenbrook um 1830 einsetzt, endet mit dem kleinen Hanno, seinem Urenkel, in unseren Tagen. Sie umfaßt Feste und Versammlungen, Taufen und Sterbestunden (besonders schwere und schreckliche Sterbestunden), Verheiratungen und Ehescheidungen, große Geschäftserfolge und die herzlosen unaufhörlichen Schläge des Niederganges, wie das Kaufmannsleben sie mit sich bringt. Sie zeigt das ruhige und naive Arbeiten einer älteren Generation und die nervöse, sich selbst beobachtende Hast der Nachkommen; sie zeigt kleine und lächerliche Menschen, die in den verwirrten Netzen der Schicksale sich heftig bewegen, und offenbart, daß auch die, die etwas weiter sehen, des Glückes oder Unheils nicht mächtig sind und daß beides immer aus hundert kleinen Bewegungen entsteht und, fast unpersönlich und anonym in seinem Ursprung, sich ausbreitet und sich zurückzieht, während das Leben weitergeht wie eine Welle. Besonders fein beobachtet ist, wie der Niedergang des Geschlechtes sich vor allem darin zeigt, daß die Einzelnen gleichsam ihre Lebensrichtung geändert haben, daß es ihnen nicht mehr natürlich ist, nach außen hin zu leben, daß sich vielmehr eine Wendung nach Innen immer deutlicher bemerkbar macht. Schon der Senator Thomas Buddenbrook muß sich anstrengen, um seinen Ehrgeiz zu befriedigen, – bei seinem Bruder Christian aber hat diese Abkehr vom äußeren Leben zu einer gefährlichen und pathologischen Selbstbeobachtung geführt, die sich auf innere leibliche Zustände erstreckt und ihn mit ihrer quälenden Unerbittlichkeit zu Grunde richtet. Auch der Letzte, der kleine Hanno, geht mit nach innen gekehrtem Blick umher, aufmerksam die innere seelische Welt belauschend, aus der seine Musik hervorströmt. In ihm ist noch einmal die Möglichkeit zu einem Aufstieg (freilich einem anderen als Buddenbrooks erhoffen) gegeben: die unendlich gefährdete Möglichkeit eines großen Künstlertums, die nicht in Erfüllung geht. Der kränkliche Knabe geht an der Banalität und Rücksichtslosigkeit der Schule zu Grunde und stirbt am Typhus.

Sein Leben, ein Tag dieses Lebens, nimmt einen größeren Raum im zweiten Bande ein. Und so grausam das Schicksal diesen Knaben zu behandeln scheint, auch hier hören wir nur den ausgezeichneten Chronisten, der tausend Tatsachen bringt, ohne sich zu Zorn oder Zustimmung hinreißen zu lassen.

Und neben der kolossalen Arbeit und dem dichterischen Schauen ist diese vornehme Objektivität zu loben; es ist ein Buch ganz ohne Überhebung des Schriftstellers. Ein Akt der Ehrfurcht vor dem Leben, welches gut und gerecht ist, indem es geschieht.

Das Jahrhundert des Kindes

Im Dezember des Jahres 1900 erschien unter diesem Titel in Schweden ein neues Buch von Ellen Key. Es liegt jetzt in deutscher Übersetzung vor.* Und dieses Buch, in seiner stillen, eindringlichen und liebevollen Art, ist ein Ereignis, ein Dokument, über das man nicht wird hinweggehen können. Man wird im Verlaufe dieses begonnenen Jahrhunderts immer wieder auf dieses Buch zurückkommen, man wird es zitieren und widerlegen, sich darauf stützen und sich dagegen wehren, aber man wird auf alle Fälle damit rechnen müssen. Dieses Buch wird Bücher hervorrufen; denn es ist so geschrieben, daß man es nach allen Seiten ausbauen und fortsetzen kann. Ja, ich glaube sogar nicht zuviel zu sagen, wenn ich behaupte, daß es Menschen hervorrufen wird, die danach leben werden; denn es ist von lauter Wirklichkeiten erfüllt, und Wirklichkeiten – mögen sie auch überraschend sein, drängen immer danach, gelebt zu werden.

Schon als Ellen Key mit ihrem ersten Beitrag zur Frauenfrage, der Broschüre ›Mißbrauchte Frauenkraft‹, hervortrat, konnte man ahnen, welchen Weg diese Schriftstellerin gehen würde. Es war klar, daß sie keine Frauenrechtlerin war, die mit tendenziöser Einseitigkeit die neuen Forderungen ihres Geschlechts vertreten und verteidigen würde. Es handelte sich in diesem Fall um einen weitsehenden modernen Menschen, der über die Frauenbewegung hinaus war, so daß er schon ihre Fehler und Gefahren sah, zu einer Zeit, als die anderen noch in blindem Fanatismus vorwärtsstürmten. Das Frauen-Schutzgesetz, welches dem weiblichen Geschlecht statt der erstrebten vollen Gleichberechtigung mit dem Manne, um seiner Mutterschaft willen, gewisse Milderungen und Ausnahmen zugestand, wurde auf dem Frauenkongreß in London (1899) von vielen Frauen bekämpft, die eben jene Gleichberechtigung für das einzig Richtige hielten. Ellen Key gehörte nicht zu ihnen; sie hat, eben weil sie weiter sah, im Weibe immer das zur Mutterschaft auserwählte Wesen gesehen, dessen Leben dann schön und harmonisch ist, wenn es ihm gelingt, seine Tätigkeit mit jener ersten und wichtigsten Auf-

* Ellen Key, ›Das Jahrhundert des Kindes‹, S. Fischer, Berlin 1902.

gabe in Einklang zu setzen. Schon in dem Buche ›Mißbrauchte Frauenkraft‹ hat Ellen Key, indem sie ihre Hand schützend über die Frau hielt, das Kind schützen wollen, das diese Frau vielleicht einmal gebären wird. Sie ist der Anwalt und der Apostel des Kindes. Sie ist unzufrieden mit der Gegenwart und hofft auf das Kind, welches die Zukunft ist. Sie will diese Zukunft groß und glücklich, und darin begegnet sie sich mit denjenigen, welche an einer Umformung der Gesellschaft arbeiten. Aber sie hält es für aussichtslos, durch Reformen der gegenwärtigen Zustände, wie sie unter den Erwachsenen herrschen, wirkliche Fortschritte zu erzielen. Die Kinder sind der Fortschritt selbst, und, was sie mit ihrem Buche lehren und sagen und raten will, ist immer wieder dieses: vertraut dem Kinde. Es ist das Wunderbare an diesem Buche, daß es nicht anklagt und nicht klagt, daß es sich von den heutigen Eltern, welche so viele Fehler begehen, fortwendet, gleichsam zu jenen künftigen Erziehern hin, die dem Kinde sein Recht verschaffen werden. Vom Rechte des Kindes handelt dieses Buch, und man sieht mit einem Male ein, daß es, nachdem die Frau der jahrhundertelangen Sklaverei entwachsen ist, das Nächste sein wird, den Kindern die Freiheit zu geben. Die Frauen, als erwachsene Menschen, konnten sich selbst ihr Recht erringen; den Kindern, die den Erwachsenen gegenüber ohnmächtig sind, muß es von weisen Eltern und Erziehern gegeben und bewahrt werden: Freie Kinder zu schaffen, wird die vornehmste Aufgabe dieses Jahrhunderts sein. Ihr Sklaventum ist schwer und schrecklich; es beginnt, noch ehe sie geboren sind, und endet damit, daß sie schließlich Erwachsene und Eltern, das heißt wieder Unterdrücker von neuen Kindern werden. Wie die Verhältnisse heute liegen, kann man ruhig sagen, daß sowohl die guten wie die schlechten Eltern, sowohl die guten wie die schlechten Schulen, Unrecht haben dem Kinde gegenüber. Sie verkennen das Kind überhaupt, sie gehen von einer falschen Voraussetzung aus, von der Voraussetzung des Erwachsenen, der sich dem Kinde überlegen fühlt, statt zu erkennen, daß es das Streben der größten Menschen war, dem Kinde in gewissen Augenblicken gleich und ebenbürtig zu sein. Hat Christus nicht gesagt: »wenn ihr nicht werdet wie die Kinder ....« Aber ach, sie, die Kinder, dürfen nicht sein, wie sie sind. Sie werden auch von den Eltern, die es gut meinen, tausendfach beeinträchtigt in ihrem

Recht: zu *sein*. Sie werden, wenn sie ›brav‹ sind, wie junge Katzen behandelt, und wenn sie ›schlimm‹ sind, wie Verbrecher. Nie wie Menschen. Es giebt noch keine Eltern, welche in ihrem Kinde, vom ersten Tage an, die neue Individualität sehen und achten, die doch mit jedem neuen Kinde im Keime, gegeben ist. Die Besten streben danach, ›etwas aus ihrem Kinde zu machen‹, und ahnen nicht, wie sehr sie sich damit an dem Leben versündigen, das nicht gemacht, sondern nur genährt sein will.

Wonach die Zeit am sehnlichsten verlangt, das sind immer wieder die großen Individualitäten, die anders sind: denn immer ist mit ihnen die Zukunft gewesen. Wenn aber im Kinde die Individualität sich zeigt, wird sie verächtlich oder geringschätzig behandelt, womöglich, was für das Kind am schmerzlichsten ist – verlacht. Man geht mit ihnen um, als ob sie nichts Eigenes hätten, und entwertet ihnen die tiefen Reichtümer, aus denen sie leben, um ihnen dafür Gemeinplätze zu geben. Auch wenn man es den Erwachsenen gegenüber nicht mehr ist, ihnen gegenüber ist man unduldsam und ungeduldig. Das Recht, das man jedem Großen selbstverständlich zugesteht, eine eigene Meinung zu haben, ihnen versagt man es. Die ganze Erziehung, wie sie heute ist, besteht in einem fortwährenden Kampf mit dem Kinde, in dem schließlich beide Teile zu den verwerflichsten Mitteln greifen. Und die Schule setzt nur fort, was die Eltern begonnen haben. Sie ist ein systematischer Kampf gegen die Persönlichkeit. Sie verachtet den Einzelnen, seine Wünsche und Sehnsuchten, und sie sieht ihre Aufgabe darin, ihn auf das Niveau der Masse herabzudrücken. Man lese die Lebensgeschichte aller großen Menschen; sie sind, was sie geworden sind, immer *trotz* der Schule geworden, nicht durch sie. Die großen Ideen haben in den Schulen alle Lebendigkeit verloren, sie sind abstrakt geworden und langweilig, weil in sie die Absichtlichkeit hineingelegt worden ist, zu bilden. Überhaupt ist, was man ›allgemeine Bildung‹ nennt, ein unverhältnismäßig angewachsener, unpersönlich gewordener Vorrat von Wissen, leblos wie ein Konversationslexikon und ohne inneren Zusammenhang wie dieses. Nicht wonach das Kind fragt, giebt man ihm, sondern irgend ein bestimmtes Quantum von fertigen Resultaten, die ihm vollkommen gleichgültig sind. Während der ganzen jahrelangen Schulzeit läßt man das Kind selbst, seine Bedürfnisse, Sorgen und Hoffnungen, nicht ein einziges Mal zu Worte kommen und gebraucht es nur als Reproduktionsmaschine fertiger Phrasen und Formeln, die es, auf das Marterrad des Examens gespannt, möglichst tadellos wiederholen muß. Dabei vergehen die Jahre und noch immer fragt niemand, was gerade dieser oder jener Mensch braucht. Von dem unermeßlichen Wortschwall der Schule werden die jugendlichen Seelen wie von einem Aschenregen überfallen und verschüttet. Der Wille in den jungen Leuten wird verwirrt, und wenn sie endlich mit der Schule fertig sind, so wissen sie nicht mehr, was sie gewollt haben. Ratlos stehen dann die meisten vor dem Leben, auf das man sie nicht vorbereitet hat; entfremdet aller Wirklichkeit ergreifen sie einen jener zufälligen Berufe, die nicht Persönlichkeiten, sondern Maschinen verlangen, um erfüllt zu werden. Sie haben für das Examen gelernt und wenn dieses vorüber ist, hat die ›Bildung‹ ihren Zweck erfüllt, sie dürfen anfangen – zu vergessen und diese Tätigkeit füllt nun ihr weiteres Leben aus. Wo aber Einer ist, in dem noch ein Stück Kindheit und Reichtum, ein Stück Persönlichkeit lebt, das nicht hat unterdrückt werden können, da beginnt ein schwerer und banger Rückweg durch das öde Land der Schule und der Erziehung zu einem neuen Anfang, zum Anfang eines neuen eigenen Lebens, das man spät und traurig beginnt. Hier könnte man von mißbrauchter Menschenkraft sprechen, und es ist die Kraft der Besten vielleicht, die für solche schmerzhaften Rückwege ausgegeben wird.

Ellen Key hat mit bewunderungswürdiger Ruhe, zornlos und sachlich, gezeigt, wie unrecht die Schule hat, die die Entwickelung der jungen Menschen stört, ihre Wege verwirrt, ihren zuerst so persönlichen Willen abstumpft und es zu Stande bringt, aus hundert verschiedenen ungeduldigen Kräften eine einzige gleichgültige Trägheit zu machen, von der nichts Neues zu erwarten ist. Sie hat auf alle Irrtümer hingewiesen und gesagt, daß die allgemeinen Schulen sich damit begnügen müßten, das Allgemeine zu geben, das, was wirklich für alle gilt, und das ist ungemein wenig. Jeder dürfte *nur* bis zu dem Punkte hingeführt werden, auf dem er fähig wird, selbst zu denken, selbst zu arbeiten, selbst zu lernen. Es giebt nur ganz wenige große Wahrheiten, die man vor einer Versammlung aussprechen darf, ohne Einen darin zu verletzen: nur diese sind Sache der

Schule. Die Schule müßte vor Allem mit Einzelnen rechnen, nicht mit Klassen: Das Leben und der Tod und das Schicksal sind auch im letzten Sinne für Einzelne gemacht, und zu alledem, zu den großen wirklichen Ereignissen, muß die Schule Beziehung gewinnen, wenn sie wieder lebendig werden will.

Die Verfasserin hat nicht versäumt, Reform-Versuche, die in dieser Beziehung (besonders in England) gemacht worden sind, anzuführen, und es ist ungemein interessant, die angegebenen Daten zu lesen. Im übrigen aber hat Ellen Key wohl gefühlt, daß der durchaus verfahrenen und verfehlten, auf falschen Voraussetzungen aufgebauten Erziehungsmethode durch Reformen nicht aufzuhelfen ist. Man müßte einen Strich machen und neu beginnen. Man müßte beginnen, vom Kinde auszugehen, nicht vom Standpunkte des Erwachsenen, der so wenig vom Kinde weiß. Man müßte das Leben des Kindes als ein berechtigtes selbstständiges Leben neben dem eigenen gelten lassen und ehren. Dann würde von selbst eine andere Schule, eine Schule ohne Prüfungen und ohne Wettstreit, entstehen, die das Leben nicht aus dem Auge verlieren, sondern immerfort darauf zugehen würde. Und diese Schule ist die einzig mögliche, die einzige, welche nicht hindert, sondern hilft, die einzige, welche nicht Persönlichkeiten im Keime erstickt, sondern jedem die Möglichkeit giebt, die innersten Wünsche seines Wesens durchzusetzen.

Ellen Key hat an mehreren Stellen ihres anregenden und regsamen Buches Kind und Künstler nebeneinander gestellt. Sie hätte ihre ›geträumte Schule‹ auch durch die Tatsache stützen können, daß die Kunst-Akademien eher dazu beigetragen haben, Künstler zu vernichten, als solche zu bilden, und daß der normale und glücklichste Werdegang des Künstlers in einer durch Schulmeinungen ungestörten Entfaltung seiner Persönlichkeit besteht. Heute wachsen schon viele Künstler so heran und kommen allein, auf ihrem eigenen Wege, zu Kraft und Können. Und wie nach einer Zeit der akademischen Langweiligkeit eine neue lebendige Kunst mit diesen Künstlern einzusetzen scheint, so wird, wenn einmal Kinder ohne die Schrecken der Schule herangewachsen sein werden, eine Blütezeit des Lebens beginnen. Ellen Key hat Erfahrung genug, um zu wissen, daß diese Zeit nicht ganz nahe ist. Sie hat, statt eines Reformvorschlages, den »Traum einer neuen Schule« gegeben, und sie hat ihren Worten dadurch Tendenzlosigkeit und Milde verliehen und ihren Plänen die lebhafte gegenständliche Wirklichkeit des Traumes, die so unvergeßlich ist. Und in der Tat: dieses Jahrhundert wird zu den größten gehören, wenn der Traum, den diese seltsam reife und gerechte Frau in seinen ersten Tagen geträumt hat, in seinen letzten einmal in Erfüllung geht. Vielleicht wird man einmal die Menschen dieses Jahrhunderts danach abschätzen, wie sehr sie an der Verwirklichung dieses Traumes gearbeitet haben. Das Buch Ellen Key's ist die erste Station auf dem neuen Wege. Es wird den Kindern noch nicht helfen können; aber es wird dazu beitragen, unter denen, die jetzt heranwachsen, neue Erzieher und neue Eltern zu bilden. Und das tut vor Allem not.

Zwei nordische Frauenbücher

Im skandinavischen Schrifttum spielt die Frau eine andere Rolle als bei uns. Die Frau, welche über die Frauenbewegung so rasch hinausgekommen ist, konnte Schriftsteller sein, ohne Nachahmer oder Nebenbuhler des Mannes zu werden. Sie und der Mann haben in den Kulturen des Nordens ein gemeinsames Ziel, das über die geschlechtliche Trennung hinausgeht, das Ziel, irgendwie im weitesten Sinne Mensch zu werden; und ein jedes Wesen, Mann oder Frau, sucht dieses Ziel auf dem Wege der Persönlichkeit zu erreichen. So entsteht allmählich eine Gleichberechtigung, die nicht so sehr ein Ausgleich der Geschlechter ist, als vielmehr ein Ebenbürtigwerden der Einzelnen. Schriftstellerinnen wie Ellen Key oder Amalie Skram oder Selma Lagerlöf haben gar nie daran gedacht, dem Manne nachzustreben, seine Eigenschaften, seine Vorzüge zu gewinnen und Bücher zu schreiben, wie Lie oder Hamsun oder Bang sie geschrieben haben. Der Weg ihrer Entwickelung ging, ohne den Mann zu berühren, geradeaus und versuchte aus der Tiefe ihrer Weiblichkeit und aus ihrer Enge in ein weites und großes Menschentum hineinzuführen, in ein stilles Verstehen, ernstes Schauen und wehmütiges Lieben aller Dinge. Wo zwischen den nordischen Schriftstellern und den schreibenden skandinavischen

Frauen Berührungspunkte, Gleichklänge und Ähnlichkeiten bestehen, sind diese nicht auf Nachahmungen zurückzuführen, sondern auf die gemeinsamen nationalen Eigenschaften beider Geschlechter, auf die gleichen Kindheitseindrücke, die sie gehabt haben, und endlich auf die weit in die Zukunft hinauslangenden Sehnsüchte, mit welchen sie sich als erwachsene und reife Menschen begegnen.

Ellen Key's letztes Buch ist hier bereits gewürdigt worden. Man wird sich erinnern, daß es in seiner liebevollen und für das Gute leidenschaftlichen Art so recht ein Beweis sein konnte dafür, daß hier ein Weib voll seelischer Mutterschaft, ohne sich auf das Empfinden des Mannes zu stützen, den Aufschwung zu einem großen Menschlichkeitsgefühl versucht hatte; man hatte es hier auf den ersten Blick mit einem Menschen zu tun, einem reifen, freien und hilfreichen Menschen, der, ganz ohne fremdes Ferment, aus einer Frau entstanden war, aus den Leiden, den Erfahrungen und Freuden einer Frau. Und ähnlich verhält es sich bei den anderen nordischen Frauen; wenn auch Ellen Key neben ihnen weiblicher, liebevoller und hingebender erscheint, so haben sie doch keine Spur von Männlichkeit. Sie sind Künstler, Schriftsteller im engeren Sinne, das heißt Schilderer und Ausleger von Menschen und ihren Geschicken. Das giebt ihnen oft eine gewisse Härte und Grausamkeit, etwas Rücksichtsloses, was man bei Ellen Key nicht findet, die nicht als Künstler auftritt, sondern als Lehrer, als Erzieher und Apostel einer neuen Liebe und eines neuen Lebens. Ihr Herz ist voll von guten Prophezeihungen, sie ist Optimist und ihr kindlicher Glaube erlaubt es ihr zu sein. Wenn man von ihr kommt, könnte man Amalie Skram leicht zu den pessimistischen Naturen rechnen, aber man irrt; der große Künstler (und es ist gut, gleich zu sagen, daß Frau Skram ein großer Künstler ist) kann im Grunde weder das eine noch das andere sein. Das Kunstwerk ist Ausgleich, Gleichgewicht, Beruhigung. Es kann weder schwarzseherisch noch voll rosiger Hoffnungen sein, denn sein Wesen besteht aus Gerechtigkeit. Frau Skram sieht in des Lebens traurigste Gegenden; sie weiß von seinen seichten Stellen, seinen Sümpfen und von der ungesunden Stickluft, die über gewissen unteren Schichten der Bevölkerung entsteht. Sie kennt das tödliche Klima der Armut. Sie kennt die grausamen Zerstörungen, die das Armsein in den Familien der kleinen Bürger anrichtet, sie kennt den traurigen und schweren Geruch jener kleinen trostlosen Gassen, in denen die Entstellten, Mißbrauchten, Verborgenen wohnen. Sie hat der erblichen Armut bei der Arbeit zugesehen, bei jener unsäglich schrecklichen Arbeit, die sie an den Herzen und in den Gehirnen ihrer Opfer tut. Sie weiß, daß der Hunger nur ihre mildeste Seite ist, ihre menschlichste, und daß Schmutz und Gemeinheit und Verbrechen nur andere Namen für eine große alte Armut sind. Aber sie schildert immer wieder mit einer unbeschreiblichen Kunst die Schicksale derjenigen, denen diese Atmosphäre der Armut vor allem deshalb so furchtbar wird, weil sie fortwährend und in jedem Augenblick zur Häßlichkeit zwingt. Es sind immer schwache, weiche, unendlich eindrucksfähige Menschen, die als Kinder abgestumpfter und brutaler Eltern, in einem Milieu von Elend und Ekel aufwachsen und ihre ganze Kraft instinktiv aufwenden, um sich rein zu halten und unberührt von ihrer Umgebung, die wie eine zähe, schleimige Masse sich immer wieder an alle ihre Bewegungen zu hängen versucht. Solche Kinder haben es sehr schwer. Frühzeitig fällt das Mißtrauen, der Hohn und schließlich der Haß der anderen auf sie; ihre traurige Einsamkeit sieht unter diesen Leuten, die nicht allein sein können, wie Hochmut aus, ihre fromme Erhebung zu einem anderen, reineren und helleren Leben wird ihnen als Überhebung gedeutet und sie gehen, ohne es zu wissen, wie jugendliche Märtyrer umher, wehrlos zwischen Steinwürfen und gereizten Tieren. Das Buch ›Ein Liebling der Götter‹ erzählt von einem solchen Menschen, von dem Kandidaten Arne Hoff, der eine armselige Jugend hatte und keine Kindheit, der aber schließlich zu anderen Menschen kam, zu Menschen, die nicht arm sind, nicht argwöhnisch, nicht gehässig, zu Menschen, die manchmal eine unschuldige und fromme Stimmung haben, eine Freude, Freude an einem schönen Sommertag, einer Blume, einem Kinderwort, zu Menschen, die die Liebe kennen, die Macht der Dämmerstunden und die leise Gemeinsamkeit eines guten Buches; kurz, zu Menschen, die so glücklich sind, als man es auf Erden ohne Angst und Vorwurf sein darf. Daß es dem Kandidaten Arne Hoff gelingt, von dem schweren Anhang seines Milieus loszukommen und sich in die Nähe dieser Menschen zu retten, daß er bei ihnen alles findet, von dem er geahnt hatte, daß es irgendwo sein müsse, daß er da sogar eine große Liebe kennen lernt, eine Liebe, die ihn mit unsäglichem Danke erfüllt und ihn nicht schuldig macht, und daß er endlich in seiner glücklichsten Erwartung mit klopfendem Herzen ahnungslos einen wunderbar leisen Tod empfängt, einen Tod zu rechter Zeit – das gab Frau Skram die Idee, ihn, nicht ohne tiefe Wehmut, einen Liebling der Götter zu nennen.

Das Verhältnis dieses Titels zu dem Buche ist sehr aufklärend für die Lebensauffassung der Frau Skram; man denkt nicht daran, Ironie darin zu suchen, daß sie über das Schicksal Arne Hoffs diesen Namen schrieb. Man fühlt, daß ein stilles und schmerzliches Glaubensbekenntnis hier ausgesprochen wurde, der Grundsatz einer selbsterfahrenen schweren Religion, die die Hölle auf die Erde versetzt, nur, um auch den Himmel da suchen zu dürfen.

Die Religion ist eine Sache des Einzelnen. Das Aufstehen von Sekten in Rußland oder in Schweden ist nichts weiter als das natürliche Streben, die Last eines gemeinsamen und erstarrten Glaubens aufzulösen, auf Einzelne zu verteilen, persönlich zu machen. Selma Lagerlöf, die feine schwedische Novellistin, erzählt in ihrem Buche ›Jerusalem‹ von einem Dorfe in der Landschaft Dalarne, in das Missionsprediger den Sektengeist getragen haben und damit alle Unruhe und Erregung des Umsturzes, der Auflösung, des jüngsten Gerichts. Der alte Streit zwischen Erde und Himmel, jener Streit, der dem Mittelalter seine Schönheit, seine Macht, seine Kunst, aber auch seine große Heimatlosigkeit gegeben hat, bricht in diesem Kirchspiel wieder aus und endet mit dem teilweisen Siege des Himmels, damit, daß ein Teil der Bewohner das Heimatdorf und die altangestammten Sitze verläßt, um in ein der Ewigkeit verwandtes Land – nach Jerusalem auszuwandern. Wir erleben die Zeit vor diesem Aufbruch mit, die Zeit, in welcher der Trotz der Zurückbleibenden und die Sehnsucht der Sektierer wächst; die Geister sind aufgewühlt, ein großer Sturm hat sich aus den Worten der Wanderredner erhoben. Und wie er gewaltsam durch die Herzen der Menschen fährt und den einen die Glieder lähmt, anderen die Hände löst zur Arbeit, *die* wahnsinnig macht und *jene* überklar, wahrsagerisch und wie von Bränden erleuchtet, so stürzt er sich auch in die großen Wälder von Dalarne und rüttelt die alten eingeborenen Heidenkräfte auf, die schauerlichen Schrecken der wilden Jagd, die mit der Nacht über die Wipfel rast, die vergessenen Geister der Berge und der Bäume und alle die Mächte und Herrschaften, die da waren, ehe das Christentum war. Dieser Aufruhr, der von den Menschen kommt und der, weil die Menschen durch Jahrhunderte, durch Arbeit und durch Erinnerungen mit dem Boden verbunden sind, auch den Boden erfaßt und wie auf Nerven auf den Wurzeln der Bäume durch das Dunkel der Erde läuft, erfüllt das ganze Buch vom Anfang bis zum Ende und übertönt es an seinen leiseren Stellen wie eine Sturmglocke. Er hält es zusammen. Denn es ist stoßweise in einzelnen Abschnitten geschrieben, Abschnitten, die sich, wie Stöße des Sturmes, in unregelmäßigen Pausen folgen. Jedes neue Kapitel ist wieder ein Ganzes und manches ist so abgerundet, daß es der Einordnung in eine neue höhere Einheit beinahe widerstrebt. Aber diese Selbstständigkeit einzelner Teile giebt dem Buche einen besonderen Reiz, man fühlt unter den, Falten der scheinbaren Willkür die Glieder des Gesetzes, die schön und lebendig sind. Und dasselbe Gesetz, welches den Aufbau des ganzen Buches beherrscht, ist auch innerhalb der einzelnen Abschnitte wirksam. In derselben Nebeneinanderstellung von Szenen wird uns in dem ersten Kapitel der zweiten Abteilung der Untergang des Dampfschiffes ›L'Univers‹ geschildert, und diese Erzählung, die nur in sehr losem Zusammenhange zu den übrigen Teilen des Buches steht und ganz allein verstanden werden kann, ist das Unvergeßliche in dem neuen Werke der schwedischen Schriftstellerin. Diese zwanzig Seiten, die ›L'Univers Untergang‹ überschrieben sind, müssen besonders erwähnt werden. Man sollte sie besonders abdrucken und allen denen in die Hände geben, die nicht Zeit haben, ›dicke Bücher‹ zu lesen, und denen, die nicht glauben wollen, daß (wenigstens in den Ländern des Nordens) schon jetzt Frauen leben, die einsame und ernste Wege zu einem großen Künstlertum gegangen sind.

Eine Begegnung

Ein beliebiger Weg vor der Stadt. (Einzige Bedingung, daß man niemand begegnet.) Der Hund ist plötzlich da, wie ein Einfall. Er benimmt sich absichtlich hündisch, scheinbar ganz erfüllt von seinen geringen Verrichtungen, aus denen er aber unbemerkt abgezielte, merkwürdig sichere Blicke nach dem Fremden wirft, der seinen Weg fortsetzt. Keiner dieser Blicke geht verloren. Der Hund ist bald vor, bald neben dem Gehenden, immerfort in heimlicher Beobachtung begriffen, die sich steigert. Plötzlich, den Fremden einholend:

Also doch! Also doch!

Er giebt überstürzte Zeichen der Freude von sich, mit denen er schließlich den Weitergehenden aufzuhalten sucht. Dieser macht eine schnelle, freundliche, beruhigende und zugleich abtuende Gebärde und kommt mit einem halben Schritt nach links leicht an dem Hund vorbei.

Der Hund in freudiger Erwartung:

Es steht noch bevor.

Er schluchzt vor Gefühlsüberfülle. Endlich stürzt er sich, das Gesicht hinaufhaltend, nochmals vor den rascher ausschreitenden Mann: Jetzt kommt es, denkt er, und hält sein Gesicht hin, inständig, als Erkennungszeichen. Jetzt kommt es.

Was? sagt der Fremde, einen Augenblick zögernd.

Die Spannung in den Augen des Hundes geht in Verlegenheit über, in Zweifel, in Bestürzung. Ja wenn der Mann gar nicht weiß, was kommen soll, wie soll es dann kommen? – Beide müssen es wissen; nur dann kommt es.

Der Gehende tut wieder seinen halben Schritt nach links, ganz mechanisch diesmal; er sieht zerstreut aus. Der Hund hält sich vor ihm und versucht – nun fast ohne besondere Vorsicht anzuwenden – dem Fremden in die Augen zu sehen. Einmal glaubt er ihnen zu begegnen, aber die Blicke haften nicht aneinander.

Ist es möglich, daß diese Kleinigkeit … denkt der Hund.

Es *ist* keine Kleinigkeit, sagt der Fremde plötzlich, aufmerksam und ungeduldig.

Der Hund erschrickt: Wie (er faßt sich mühsam), wenn ich doch fühle, daß wir … Mein Inneres … meine …

Sprich es nicht aus, unterbricht ihn der Fremde fast zornig. Sie stehen einander gegenüber. Diesmal gehen ihre Blicke ineinander, die des Mannes in die des Hundes, wie Messer in ihre Scheiden gehn.

Der Hund giebt zuerst nach; er duckte sich, springt zur Seite und mit einem von rechts seitwärts kommenden, untenbleibenden Aufblick gesteht er:

Ich möchte etwas für dich tun. Alles möchte ich für dich tun. Alles.

Der Mann ist schon wieder beim Gehen. Er tut, als ob er nicht verstanden hätte. Er geht scheinbar achtlos, aber er versucht doch, nach dem Hunde hinzusehen, ab und zu. Er sieht ihn linkisch und eigentümlich ratlos herumlaufen, voraussein, zurückbleiben. Auf einmal ist er ein paar Schritte voraus, dem Nachkommenden zugewendet in einer scharrenden Haltung, aus dem hochgestellten, versammelten Hinterkörper heraus nach vorn gestreckt. Mit großer Selbstüberwindung macht er ein paar leichtsinnige und kindische Spielbewegungen, wie um die Täuschung hervorzurufen, als hielten seine Vorderpfoten Lebendiges. Und dann nimmt er ohne ein Wort den Stein, der diese Rolle zu spielen hatte, ins Maul.

Nun bin ich unschädlich und kann nichts mehr sagen; das liegt in dem Nicken, mit dem er sich zurückwendet. Es ist etwas beinah Vertrauliches in diesem Nicken, eine Art Vereinbarung, die aber, bei Gott, nicht zu ernst genommen werden soll. So obenhin und scherzhaft ist die ganze Sache, und so wird auch das Tragen des Steines aufgefaßt.

Aber jetzt, da der Hund den Stein im Maul hat, kann der Mann es nicht lassen zu reden:

Wir wollen vernünftig sein, sagt er im Weitergehen, ohne sich zu dem Hunde hinabzubeugen.

Es hilft uns ja doch nichts. Was nützt es, wenn wir uns einander zu erkennen geben? Man darf gewisse Erinnerungen gar nicht aufkommen lassen. Mir war ja auch eine Weile so, und ich war nahe daran, dich zu fragen, wer du bist. Du hättest Ich gesagt, denn Namen sind ja nicht zwischen uns. Aber, siehst du, das hätte nicht geholfen. Es hätte uns nur noch mehr verwirrt. Denn ich kann es dir jetzt gestehen, daß ich eine Weile recht fassungslos war. Nun bin ich ruhiger. Wenn ich dich nur überzeugen könnte, wie sehr es für mich dasselbe ist. In meiner Natur liegen womöglich noch mehr Hindernisse für ein Wiedersehen. Du glaubst nicht, wie schwer wirs haben.

Da der Fremde so sprach, hatte der Hund eingesehen, daß es nichts half, die Verstellung oberflächlichen Spielens fortzusetzen. Er war es einerseits froh, aber gleichzeitig schien er, von einer zunehmenden Befürchtung erfüllt, den Redenden unterbrechen zu wollen.

Erst jetzt gelingt ihm das, da der Fremde, erstaunt und erschrokken, das Tier sich gegenüber sieht in einer, wie er zuerst meint, feindseligen Haltung. Freilich im nächsten Augenblicke weiß er, daß der Hund, weit entfernt, Haß oder Feindschaft zu zeigen, gequält und geängstigt ist; in der scheuen Helligkeit seines Blickes und in der schrägen Haltung seines Kopfes ist das deutlich ausgesprochen, und es kommt noch einmal vor in der Art, wie er jetzt den Stein trägt, der unter den krankhaft hochgezogenen Lefzen in seiner ganzen Härte und Schwere daliegt.

Plötzlich begreift der Mann, und er kann das Vorübergehen eines Lächelns nicht mehr verhindern:

Du hast Recht, Lieber, es soll unausgesprochen bleiben zwischen uns, das Wort, das zu so viel Mißverständnissen Anlaß gab.

Und der Hund legt den Stein vorsichtig hin wie etwas Zerbrechliches und seitwärts, um den Fremden nicht länger aufzuhalten.

Der geht auch wirklich und merkt in seiner Versunkenheit erst später, daß der Hund ihn begleitet, unauffällig, anhänglich, ohne eigene Meinung, wie ein Hund seinem Herrn nachgeht. Das schmerzt ihn fast.

Nein, sagt er, nein; nicht so. Nicht nach dieser Erfahrung. Wir würden beide vergessen, was wir heute erlebt haben. Das Tägliche stumpft ab, und deine Natur hat die Neigung, sich unter meine zu ordnen. Dabei wächst schließlich eine Verantwortung an, die ich nicht übernehmen kann. Du würdest gar nicht merken, wie dein ganzes Vertrauen sich auf mich stellt; du würdest mich überschätzen und von mir erwarten, was ich nicht leisten kann. Du würdest mich beobachten und gutheißen, auch was nicht gut ist. Wenn ich dir eine Freude bereiten will: find ich denn auch eine? Und wenn du eines Tages traurig bist und klagst – werd ich dir helfen können? –

Und du sollst nicht meinen, daß *ich* es bin, der dich sterben läßt. Nein, nein, nein. Geh, ich bitte dich: geh.

Und der Mann begann beinah zu laufen, und es sah aus, als ob er vor etwas flüchtete. Erst allmählich mäßigte sich sein Schritt und schließlich ging er langsamer als vorher.

Er dachte langsam: Was wohl sonst heute gesprochen worden wäre zwischen uns. Und wie man sich zum Schluß die Hand gereicht hätte –.

Eine unbeschreibliche Sehnsucht regt sich in ihm. Er bleibt stehen und wendet sich rückwärts. Aber das Stück Weg biegt gleich hinter ihm in die Dämmerung hinein, die inzwischen eingebrochen ist, und es ist niemand zu sehen.

Figurines pour un ballet

L'INDIFFÉRENT

[INCONSTANCE DES BAUX] PASSE-ROSE

LA FOLLE

CELUI QUI VA MOURIR JEUNE

[LE JUIF ERRANT]

L'ADOLESCENT

LE ROI QUI CHERCHE UN ROYAUME POUR UN FILS BÂTARD

*

Nacht mit Sternen an der Grenze der Frühe.

LA FOLLE.

Kommend weit von hinten, allmählich erst sichtbar.

SCHLÄFER, schwarz ist das Naß noch an meinen Füßen, ungenau. Tau sagen sie. Ach daß ich Judith bin herkomme von ihm, aus dem Zelt aus dem Bett, austriefend sein Haupt, dreifach trunkenes Blut. Trunken vom Wein, trunken vom Lagerduft, trunken von mir und jetzt nüchtern wie Tau. Niedrig gehaltenes Haupt über dem Morgengras, ich aber oben auf meinem Gang, ich Erhobene. Plötzlich leeres Gehirn, abfließende Bilder ins Erdreich, mir aber hebt sich ins Herz, steigend, die Fülle der Tat. Liebende die ich bin. Schrecken trieben in mir alle Wonnen zusamm, an mir sind alle Stellen, Herz, mein berühmtes Herz, schlag an den Gegenwind. Ah wie ich geh, wie ich geh und schneller die Stimme in mir meine, die rufen wird, Vogelruf, vor der schwer schlafenden Angststadt.

LE JUIF ERRANT *langsam, fest, mit Eigensinn gehend, ihr entgegen: Die Wahnsinnige stößt fast an ihn, hält sich ein, wie vor einer Wand.*

LE JUIF ERRANT: Wollte versuchen ob dein Gang durch meinen geht. Die Hähne krähen, ich muß in den Mittag.

LA FOLLE: *streckt langsam die Hände vor, befühlt seinen Stab:* Ein alter Mann, unfruchtbar an seinem Stock

LE JUIF ERRANT: Da hast du recht: der treibt nur mich. Wo warst du draußen?

LA FOLLE: Die Fledermäuse wehten mir Weltraum an. Ich hab einen Stern gehalten der lose ist. Da ist ein Stern, der hängt nur noch an einem Faden, jede Nacht geh ich hin und halt ihn

LE JUIF ERRANT: Du wirst ihn damit nur noch loser machen, Kind. Ich bitte dich, tritt mir aus dem Weg; ich geh um die Erde wie ein Reifen um eine Tonne; mein Gang darf kein Loch haben.

LA FOLLE: Kennst du die Nachtvögel?

LE JUIF ERRANT: Ich habe Verwandte unter ihnen, aber wir sind mit der Zeit auseinander gekommen.

LA FOLLE: Oh, mit der Zeit: da kommt alles auseinander, nur gegen die Zeit bleibt man beisammen.

LE JUIF ERRANT: Du hast Kummer gehabt, hat dir wer weh getan?

LA FOLLE: Er hat mir alles Wohl auf einmal getan, jetzt bleibt mir nur noch das andere.

LE JUIF ERRANT: Das ist Weibswelt, die können unterscheiden. Wir haben immer alles in allem. Und dennoch kamst du und sangst. Es ging vor dir her wie vor einer Posaune.

LA FOLLE: Ja, es war was vor mir. Vor dir war nichts

LE JUIF ERRANT: Ich habe Gott hinter mir, was soll vor mir sein? Tritt mir weg, leb wohl.

Über den Dichter

Ein Mal, in einem schönen Gleichnis, ward mir das Verhältnis des Dichters im Bestehenden, sein »Sinn« vorgehalten. Das war auf der großen Segelbarke, mit der wir von der Insel Philae nach den ausgedehnten Stau-Anlagen hinüberfuhren. Es ging zuerst den Strom hinauf, die Ruderer mußten sich Mühe geben. Ich hatte sie alle gegen mir über, sechzehn, wenn ich mich recht entsinne, je vier in einer Reihe, immer zwei am rechten, zwei am linken Ruder. Gelegentlich begegnete man dem Blick des einen oder andern, meistens aber war in ihren Augen kein Schauen, sie standen offen in die Luft, oder sie waren eben nur die Stellen, wo das heiße Innere dieser Burschen, um das die metallischen Körper sich spannten, frei lag. Zuweilen, aufschauend, überraschte man dennoch einen, der in voller Nachdenklichkeit über einem brütete, als stellte er sich Situationen vor, in denen diese fremde verkleidete Erscheinung sich ihm enträtseln könnte; entdeckt, verlor er fast sofort den mühsam vertieften Ausdruck, war einen Moment mit allen Gefühlen im Schwanken, sammelte sich so rasch es ging in einem wachsamen Tierblick, bis der schöne Ernst seines Gesichts gewohnheitsmäßig in das albere Bakschischgesicht überging und in die törichte Bereitschaft, sich zum Dank nach Belieben zu entstellen und herabzusetzen. Doch ging mit dieser Erniedrigung, die die Reisenden seit lange auf dem Gewissen haben, meistens auch schon die dazu gehörige Rache vor sich, indem er selten unterließ, über den Fremden fort einen Blick bösen Hasses hinüberzuheben, der aufleuchtete von einem Einverständnis, das er jenseits mußte gefunden haben. Ich hatte den Alten schon mehrere Male beobachtet, der dort, auf dem Schiffshinterteil, hockte. Seine Hände und Füße waren aufs vertraulichste nebeneinander gekommen, und zwischen ihnen ging, gelenkt und aufgehalten, die Stange des Steuers hin und her und hatte Bewandtnis. Der Körper, in dem zerfetzten schmutzigen Kleide, war nicht der Rede wert, das Gesicht unter dem verkommenen Turbantuch in sich zusammengeschoben wie die Stücke eines Fernrohrs, so flach, daß die Augen davon zu triefen schienen. Gott weiß, was in ihm steckte, er sah aus, als könnte er einen in etwas Widerwärtiges verwandeln; ich hätte ihn gern genau ins Auge gefaßt, aber wenn ich mich umdrehte, hatte ich ihn so nah wie mein eigenes Ohr, und es war mir zu auffallend, ihn aus solcher Nähe zu untersuchen. Auch war das Schauspiel des breit auf uns zukommenden Flusses, der schöne, gleichsam fortwährend zukünftige Raum, in den wir uns eindrängten, der ununterbrochenen Aufmerksamkeit so würdig und wohltuend, daß ich den Alten aufgab und dafür mit immer mehr Freude die Bewegungen der Knaben zu sehen lernte, die bei aller Heftigkeit und Anstrengung nicht an Ordnung verloren. Das Rudern war nun so gewaltig, daß die Knaben an den Enden der mächtigen Ruderstangen sich jedesmal im Ausholen ganz von den Sitzen abhoben und sich, ein Bein gegen die Vorderbank gestemmt, stark zurückwarfen, während die acht Ruderblätter sich unten in der Strömung durchsetzten. Dabei stießen sie eine Art Zählung aus, um im Takt zu bleiben, aber immer wieder nahm ihre Leistung sie so in Anspruch, daß keine Stimme übrig blieb; manchmal mußte so eine Pause einfach überstanden werden, zuweilen aber fügte es sich so, daß ein nicht abzusehender Eingriff, den wir alle auf das Besonderste empfanden, ihnen dann nicht nur rhythmisch zu Hülfe kam, sondern auch, wie man merken konnte, die Kräfte in ihnen gleichsam umwandte, so daß sie, erleichtert, neue, noch unverminderte Stellen Kraft in Gebrauch nahmen: ganz wie ein Kind, das sich hungrig über einen Apfel gemacht hat, strahlend von Neuem zu essen anfängt, wenn es entdeckt, daß die eine Seite, die es hielt, noch bis zur Schale ansteht.

Da kann ich ihn nun länger nicht verschweigen, den Mann, der gegen den rechten Rand zu vorne auf unserer Barke saß. Ich meinte schließlich, es vorzufühlen, wenn sein Gesang bevorstand, aber ich kann mich geirrt haben. Er sang aufeinmal auf, in durchaus unregelmäßigen Abständen und keineswegs immer, wenn die Erschöpfung um sich griff, im Gegenteil, es geschah mehr als ein Mal, daß sein Lied alle tüchtig fand oder geradezu übermütig, aber es war auch dann im Recht; es paßte auch dann. Ich weiß nicht, wie weit sich ihm die Verfassung unserer Mannschaft mitteilte, das alles war hinter ihm, er sah selten zurück und ohne ihn bestimmenden Eindruck. Was auf ihn Einfluß zu haben schien, war die reine Bewegung, die in seinem Gefühl mit der offenen Ferne zusammentraf, an die er, halb entschlossen, halb melancholisch, hingegeben war. In ihm kam der Antrieb unseres Fahrzeugs und die Gewalt dessen, was uns entgegenging, fortwährend zum Ausgleich, – von Zeit zu Zeit sammelte sich ein Überschuß: dann sang er. Das Schiff bewältigte den Widerstand; er aber, der Zauberer, verwandelte Das, was nicht zu bewältigen war, in eine Folge langer schwebender Töne, die weder hierhin noch dorthin gehörten, und die jeder für sich in Anspruch nahm. Während seine Umgebung sich immer wieder mit dem greifbaren Nächsten einließ und es überwand, unterhielt seine Stimme die Beziehung zum Weitesten, knüpfte uns daran an, bis es uns zog.

Ich weiß nicht wie es geschah, aber plötzlich begriff ich in dieser Erscheinung die Lage des Dichters, seinen Platz und seine Wirkung innerhalb der Zeit, und daß man ihm ruhig alle Stellen streitig machen dürfte außer dieser. Dort aber müßte man ihn dulden.

Erlebnis

⟨I⟩

Es mochte wenig mehr als ein Jahr her sein, als ihm im Garten des Schlosses, der sich den Hang ziemlich steil zum Meer hinunterzog, etwas Wunderliches widerfuhr. Seiner Gewohnheit nach mit einem Buch auf und abgehend, war er darauf gekommen, sich in die etwa schulterhohe Gabelung eines strauchartigen Baumes zu lehnen, und sofort fühlte er sich in dieser Haltung so angenehm unterstützt und so reichlich eingeruht, daß er so, ohne zu lesen, völlig eingelassen in die Natur, in einem beinah unbewußten Anschaun verweilte. Nach und nach erwachte seine Aufmerksamkeit über einem niegekannten Gefühl: es war, als ob aus dem Innern des Baumes fast unmerkliche Schwingungen in ihn übergingen; er legte sich das ohne Mühe dahin aus, daß ein weiter nicht sichtlicher, vielleicht den Hang flach herabstreichender Wind im Holz zur Geltung kam, obwohl er zugeben mußte, daß der Stamm zu stark schien, um von einem so geringen Wehen so nachdrücklich erregt zu sein. Was ihn überaus beschäftigte, war indessen nicht diese Erwägung oder eine ähnliche dieser Art, sondern mehr und mehr war er überrascht, ja ergriffen von der Wirkung, die jenes in ihn unaufhörlich Herüberdringende in ihm hervorbrachte: er meinte nie von leiseren Bewegungen erfüllt worden zu sein, sein Körper wurde gewissermaßen wie eine Seele behandelt und in den Stand gesetzt, einen Grad von Einfluß aufzunehmen, der bei der sonstigen Deutlichkeit leiblicher Verhältnisse eigentlich gar nicht hätte empfunden werden können. Dazu kam, daß er in den ersten Augenblicken den Sinn nicht recht feststellen konnte, durch den er eine derartig feine und ausgebreitete Mitteilung empfing; auch war der Zustand, den sie in ihm herausbildete, so vollkommen und anhaltend, anders als alles andere, aber so wenig durch Steigerung über bisher Erfahrenes hinaus vorstellbar, daß er bei aller Köstlichkeit nicht daran denken konnte, ihn einen Genuß zu nennen. Gleichwohl, bestrebt, sich gerade im Leisesten immer Rechenschaft zu geben, fragte er sich dringend, was ihm da geschehe, und fand fast gleich einen Ausdruck, der ihn befriedigte, vor sich hinsagend: er sei auf die andere Seite der Natur geraten. Wie im Traume manchmal, so machte ihm jetzt dieses Wort Freude und er hielt es für beinah restlos zutreffend. Überall und immer gleichmäßiger erfüllt mit dem in seltsam innigen Abständen wiederkehrenden Andrang, wurde ihm sein Körper unbeschreiblich rührend und nur noch dazu brauchbar, rein und vorsichtig in ihm dazustehen, genau wie ein Revenant, der, schon anderswo wohnend, in dieses zärtlich Fortgelegtgewesene wehmütig eintritt, um noch einmal, wenn auch zerstreut, zu der einst so unentbehrlich genommenen Welt zu gehören. Langsam um sich sehend, ohne sich sonst in der Haltung zu verschieben, erkannte er alles, erinnerte es, lächelte es gleichsam mit entfernter Zuneigung an, ließ es gewähren, wie ein viel Früheres, das einmal, in abgetanen Umständen, an ihm beteiligt war. Einem Vogel schaute er nach, ein Schatten beschäftigte ihn, ja der bloße Weg, wie er da so hinging und sich verlor, erfüllte ihn mit einem nachdenklichen Einsehn, das ihm umso reiner vorkam, als er sich davon unabhängig wußte. *Wo* sonst sein Aufenthalt war, hätte er nicht zu denken vermocht, aber daß er zu diesem allen hier nur *zurückkehrte*, in diesem Körper stand, wie in der Tiefe eines verlassenen Fensters, hinübersehend: – davon war er ein paar Sekunden lang so überzeugt, daß die plötzliche Erscheinung eines Hausgenossen ihn auf das qualvollste erschüttert hätte, während er wirklich, in seiner Natur, darauf vorbereitet war, Polyxène oder Raimondine oder sonst einen Verstorbenen des Hauses aus der Wendung des Weges heraustreten zu sehn. Er begriff die stille Überzähligkeit ihrer Gestaltung, es war ihm vertraut, irdisch Gebildetes so flüchtig unbedingt verwendet zu sehn, der Zusammenhang ihrer Gebräuche verdrängte aus ihm jede andere Erziehung; er war sicher, unter sie bewegt, ihnen nicht aufzufallen. Eine Vinca, die in seiner Nähe stand, und deren blauem Blick er wohl auch sonst zuweilen begegnet war, berührte ihn jetzt aus geistigerem Abstand, aber mit so unerschöpflicher Bedeutung, als ob nun nichts mehr zu verbergen sei. Überhaupt konnte er merken, wie sich alle Gegenstände ihm entfernter und zugleich irgendwie wahrer gaben, es mochte dies an seinem Blick liegen, der nicht mehr vorwärts gerichtet war und sich dort, im Offenen, verdünnte; er sah, wie über die Schulter, zu den Dingen zurück, und ihrem, für ihn abgeschlossenen Dasein kam ein kühner süßer Beigeschmack hinzu, als wäre alles mit einer Spur von der Blüte des Abschieds würzig gemacht. – Sich sagend von Zeit zu Zeit, daß dies nicht bleiben könne, fürchtete er gleichwohl nicht das Aufhören des außerordentlichen Zustands, als ob von ihm, ähnlich wie von Musik, nur ein unendlich gesetzmäßiger Ausgang zu erwarten sei.

Auf einmal fing seine Stellung an, ihm beschwerlich zu sein, er fühlte den Stamm, die Müdigkeit des Buches in seiner Hand, und trat heraus. Ein deutlicher Wind blätterte jetzt in dem Baum, er kam vom Meer, die Büsche den Hang herauf wühlten in einander.

⟨II⟩

Späterhin meinte er, sich gewisser Momente zu erinnern, in denen die Kraft dieses einen schon, wie im Samen, enthalten war. Er gedachte der Stunde in jenem anderen südlichen Garten (Capri), da ein Vogelruf draußen und in seinem Innern übereinstimmend da war, indem er sich gewissermaßen an der Grenze des Körpers nicht brach, beides zu einem ununterbrochenen Raum zusammennahm, in welchem, geheimnisvoll geschützt, nur eine einzige Stelle reinsten, tiefsten Bewußtseins blieb. Damals schloß er die Augen, um in einer so großmütigen Erfahrung durch den Kontur seines Leibes nicht beirrt zu sein, und es ging das Unendliche von allen Seiten so vertraulich in ihn über, daß er glauben durfte, das leichte Aufruhn der inzwischen eingetretenen Sterne in seiner Brust zu fühlen.

Auch fiel ihm wieder ein, wie viel er darauf gab, in ähnlicher Haltung an einen Zaun gelehnt, des gestirnten Himmels durch das milde Gezweig eines Ölbaums hindurch gewahr zu werden, wie gesichthaft in dieser Maske der Weltraum ihm gegenüber war, oder wie, wenn er Solches lange genug ertrug, Alles in der klaren Lösung seines Herzens so vollkommen aufging, daß der Geschmack der Schöpfung in seinem Wesen war. Er hielt es für möglich, daß, bis in seine dumpfe Kindheit zurück, solche Hingegebenheiten sich würden bedenken lassen; mußte er doch nur an die Leidenschaft erinnert werden, die ihn immer schon ergriff, wo es galt, sich dem Sturm auszusetzen, wie er, auf großen Ebenen schreitend, im Innersten erregt, die fortwährend vor ihm erneute Windwand durchbrach, oder vorn auf einem Schiffe stehend, blindlings, sich durch dichte Fernen hinreißen ließ, die sich fester hinter ihm schlossen. Aber wenn, von Anfang an, das elementarische Hinstürzen der Luft, des Wassers reines und vielfältiges Benehmen und was Heroisches im Vorgang der Wolken war, ihn über die Maßen ergriff, ja ihm, der es im Menschlichen nie zu fassen vermochte, recht eigentlich als Schicksal an die Seele trat, so konnte ihm nicht entgehen, daß er nun, seit den letzten Einflüssen, solchen Beziehungen gleichsam endgültig übergeben sei. Etwas sanft Trennendes unterhielt zwischen ihm und den Menschen einen reinen, fast scheinenden Zwischenraum, durch den sich wohl Einzelnes hinüberreichen ließ, der aber jedes Verhältnis in sich aufsaugte und, überfüllt davon, wie ein trüber Rauch Gestalt von Gestalt betrog. Noch wußte er nicht, wie weit den Anderen seine Abgeschiedenheit zum Eindruck kam. Was ihn selbst anging, so verlieh erst sie ihm eine gewisse Freiheit gegen die Menschen, – der kleine Anfang von Armut, um den er leichter war, gab ihm unter diesen aneinander Hoffenden und Besorgten, in Tod und Leben Gebundenen, eine eigene Beweglichkeit. Noch war die Versuchung in ihm, ihrem Beschwerten sein Leichtes entgegenzuhalten, obwohl er schon einsah, wie er sie darin täuschte, da sie ja nicht wissen konnten, daß er nicht (wie der Held) in allen ihren Bindungen, nicht in der schweren Luft ihrer Herzen, zu seiner Art Überwindung gekommen war, sondern draußen, in einer menschlich so wenig eingerichteten Geräumigkeit, daß sie sie nicht anders als »das Leere« nennen würden. Alles, womit er sich an sie wenden durfte, war vielleicht seine Einfalt; es blieb ihm aufbewahrt, ihnen von der Freude zu reden, wo er sie zu sehr in den Gegenteilen des Glücks befangen fand, auch wohl ihnen einzelnes aus seinem Umgang mit der Natur mitzuteilen, Dinge, die sie versäumten oder nur nebenbei in Betracht nahmen.

Rede / Über die Gegenliebe Gottes

⟨Entwürfe⟩

Es widerstrebt mir (ich will es gleich sagen), die Liebe zu Gott für ein besonders abgegrenztes Handeln des menschlichen Herzens zu halten; ich vermute vielmehr, daß dieses Herz jedesmal dort, wo es sich selbst überrascht, über den bisher äußersten Kreis seiner Leistung nach allen Seiten einen neuen weiteren Kreis hinaustreibend, – daß dieses Herz bei jedem seiner Fortschritte seinen Gegenstand durchbricht oder einfach verliert und dann unendlich hinausliebt. Wer sich einen Begriff machen wollte von den Liebeseinkünften Gottes, würde eine erschreckend geringe Summe aufstellen, wenn er davon absähe, diese schlechthin ausströmenden, gleichsam herrenlosen, Gefühlswerte hinzuzuschlagen. Denn nicht nur daß in unseren Tagen die unmittelbare Gotteszuwendung sich verringert hat, es mochte von ihr immer alles das abzuziehen sein, was die menschliche Anstrengung zu Gott an Trübem und Fühllosem in das Bett des Gebets mit hinüberreißt. Man sehe in irgendeinem Heiligen-Leben nach (etwa bei der seeligen Angela von Foligno), welcher Abhärtung es bedarf, um von der Süßigkeit des eigenen Wesens nicht verführt zu sein und von seiner Herbheit nicht zerrissen. Welche dürftige und immer-übende Mühe dazu gehört, die Leitung zu Gott dort anzuschließen wo die Quellen des Herzens ausspringen, und wie viel daran liegt, diesen Anschluß so rasch zu erreichen, daß man unerschöpft und unabgestanden in ihn hinüberstürzt.

*

Es wird besser sein, das Wort Glauben so, wie es sich in uns verbildet hat, zunächst nicht anzuwenden, um die arglose Gottesnähe nicht von Anfang an zu erschrecken. Dieses Wort hat einen Nebensinn von Zwang, von Anstrengung angenommen, daß man fast nur noch die langen Mühen einer Bekehrung darin erkennt und vergißt, daß Glaube nur eine leise Färbung der Liebe ist, auf derjenigen Seite mit der sie sich dem Unsichtbaren zukehrt. Ich begreife immer weniger, *was* eigentlich uns in der Liebe zu Gott aufhält und irre macht. Eine Zeit lang konnte man denken, daß es die Unsichtbarkeit sei, – aber gehen nicht seither alle unsere Erfahrungen dahin, daß die Gegenwart eines geliebten Gegenstands zwar für den Beginn der Liebe hülfreich ist, ihrem späteren Großsein aber Kummer und Abbruch tut? Und stimmen nicht mit diesen Erfahrungen die Schicksale aller Liebenden überein, wie man sie uns überliefert hat? Ist es möglich, in den Briefen der großen Verlassenen länger den unbewußten Jubel zu übersehen, der im Klang ihrer Klagen ist, sooft ihnen zum Bewußtsein kommt, daß ihr Gefühl auch den Geliebten nicht mehr vor sich hat, sondern nur seine eigne schwindelnde, seine selige Bahn? Wie man bei der Erziehung eines Pferdes gelegentlich wohl noch zum Zucker greift, solange, bis dieser ausdrückliche Anlaß nicht mehr nötig ist, um die reine Leistung hervorzurufen, so wird uns lange noch, uns schwer Lernenden, ein liebes Gesicht gezeigt; aber die eigentliche Handlung unserer Liebe beginnt erst, wenn wir dieser Aufforderung nicht mehr bedürfen, um mit dem ganzen Herzen in eine Liebe auszubrechen, der der Wink einer Richtung genügt. Oder es müßte unsere Liebe das Element nicht sein, wenn sie nicht unter den Elementen des Raums im bloßen Hinstürzen, zu sich käme. Wäre sie ein verwöhnter Hunger, so entstände sie erst über dem Gericht. Aber sie ist der Hunger derer die man niemals gesättigt hat, ein Hunger so eingefleischt, daß er nichtmehr nach dem Brote schreit, sondern schreit vom Brot.

Frage sich doch jeder, ob er nicht, in einer Zeit da er liebte, die Versuchung empfand, sein an einem Wesen übermäßig wirkendes Gefühl in größere Verhältnisse zu bringen, zu anderen Übermaßen? Wen hat es nicht ungeduldig gemacht, die Strahlen seines Herzens gleich vor sich gebrochen zu sehn und in ein anderes Leben verwirkt? Wer hat nicht dieses andere Leben getrübt und mit Verwirrung erfüllt, indem er plötzlich ein seiniges Gefühl, das schon drin aufgegangen war, nochmal zu sehn begehrte und begehrte, es dort, wo es abgerissen war, wieder an sich zu halten. Dieses bringt zwischen den Menschen das meiste Entsetzen hervor, daß keiner die Liebe mehr sehen kann, die er gestern vollbracht hat; jeder neue Antrieb stürzt unter ihm weg und, aufwachend, sieht er den andern, wo er Not hätte sich selbst zu sehen. Wer aber zu Gott die Liebe versucht, dem ist kein Wert seines Herzens entwunden, der kommt und sieht alles was er getan hat und hebt in lautloser Klarheit auf sein gestern gefügtes, höher, sein nächstes Gefühl.

⟨Aufzeichnung⟩

Wieviel Zeit hatte er gebraucht, um seinen ältesten, verhängnisvollsten Fehler einzusehen: daß er Liebe, die auf ihn ausging, wie seine eigene Angelegenheit nahm, obwohl sie doch die entfernteste war, vielleicht überhaupt keine, indifferent wie der Zahnschmerz eines Fremden. Warum in aller Welt hatte er sich dann immer veranlaßt gefühlt, den Zahnarzt zu spielen? Statt einfach nicht hinzusehen, nicht zu wissen. Es wäre eine herrliche Keuschheit seiner Natur gewesen, nicht zu verstehen, daß die anderen liebten, es einfach nicht zu verstehen. Aber auf ihn stürzte sich der Einfluß selbst aus dem möglichen Aufblick einer Vorübergehenden, bewog, rührte, verführte ihn. Und was ihn schließlich zu etwas Starrem, Anstehenden machte, das war die Gewalt so vieler ihn meinender, von ihm unterhaltener, unabgelehnter, halb hingenommener Gefühle. Alle Strömungen gingen auf ihn zu; er konnte mit keiner Empfindung aus sich heraus wider ihre Flut. Liebende schlossen ihn von allen Seiten ein. Er war in der Lage eines Gottes, der keinen Ausweg mehr hat auf der von ihm überfüllten Welt, dem nur die Senkrechte bleibt: Höllensturz oder Himmelfahrt. Daher seine Erfahrung, ein Gestorbener zu sein, da ihm alles Menschliche abgeschnitten war und er doch nicht des Göttlichen mächtig wurde.

Wenn sie ihm Blumen brachten, viel zu viele, zu schwere, übertriebene Blumen, so wünschte er ein Grab zu sein, um nicht die

Mühe zu haben, sie zu ordnen und zu erhalten. Und sie kamen auch wie zu einem Grab zu ihm, dem Wehrlosen, der sich Rührung und Hingabe so schamlos gefallen ließ. Hatte er alle Jahre seines Lebens verbracht, ohne hart zu sein? Er entschloß sich, es zu werden in seinem achtunddreißigsten Jahr. Ändern, sagte er, ändern. In der Zeit, da seine ganze Natur unermeßlich danach begehrte zu lieben, sah er schmerzlich ein, daß er den Gegenstand seiner Liebe nicht finden würde, solange er gegen die, die ihn zu lieben meinten, empfänglich und nachgiebig war. Diese Gesichter, die sich zu ihm drängten, aufgeschlagen, verstellten ihm den Ausblick auf das scheue, gesenkte Gesicht der fremden Geliebten. Die Ahnung ihrer Züge erlosch in ihm über der Deutlichkeit derer, die gekommen waren, ihn zu lieben. Er wurde irre. Er stand an einer Straßenecke und wußte sie nicht mehr. Er wartete und wußte sie nicht mehr. Er konnte nicht mehr träumen: alle seine Zukunft war vorüber.

Ur-Geräusch

Zur Zeit, als ich die Schule besuchte, mochte der Phonograph erst kürzlich erfunden worden sein. Er stand jedenfalls im Mittelpunkte des öffentlichen Erstaunens, und so mag es sich erklären, daß unser Physiklehrer, ein zu allerhand emsigen Basteleien geneigter Mann, uns anleitete, einen derartigen Apparat aus dem handgreiflichsten Zubehöre geschickt zusammenzustellen. Dazu war nicht mehr nötig, als was ich im Folgenden aufzähle. Ein Stück biegsamerer Pappe, zu einem Trichter zusammengebogen, dessen engere runde Öffnung man sofort mit einem Stück undurchlässigen Papiers, von jener Art, wie man es zum Verschlusse der Gläser eingekochten Obstes zu verwenden pflegt, verklebte, auf diese Weise eine schwingende Membran improvisierend, in deren Mitte, mit dem nächsten Griff, eine Borste aus einer stärkeren Kleiderbürste, senkrecht abstehend, eingesteckt wurde. Mit diesem Wenigen war die eine Seite der geheimnisvollen Maschine hergestellt, Annehmer und Weitergeber standen in voller Bereitschaft, und es handelte sich nun nur noch um die Verfertigung einer aufnehmenden Walze, die, mittels einer kleinen Kurbel drehbar, dicht an den einzeichnenden Stift herangeschoben werden konnte. Ich erinnere nicht, woraus wir sie herstellten; es fand sich eben irgend ein Cylinder, den wir, so gut und so schlecht uns das gelingen mochte, mit einer dünnen Schicht Kerzenwachs überzogen, welches kaum verkaltet und erstarrt war, als wir schon, mit der Ungeduld, die über dem dringenden Geklebe und Gemache in uns zugenommen hatte, einer den andern fortdrängend, die Probe auf unsere Unternehmung anstellten. Man wird sich ohneweiters vorstellen können, wie das geschah. Sprach oder sang jemand in den Schalltrichter hinein, so übertrug der in dem Pergamente steckende Stift die Tonwellen auf die empfängliche Oberfläche der langsam an ihm vorbei gedrehten Rolle, und ließ man gleich darauf den eifrigen Zeiger seinen eigenen (inzwischen durch einen Firnis befestigten) Weg wieder verfolgen, so zitterte, schwankte aus der papierenen Tüte der eben noch unsrige Klang, unsicher zwar, unbeschreiblich leise und zaghaft und stellenweise versagend, auf uns zurück. Die Wirkung war jedesmal die vollkommenste. Unsere Klasse gehörte nicht eben zu den ruhigsten, und es möchten nicht viele Augenblicke gewesen sein, da sie, gemeinsam, einen ähnlichen Grad von Stille zu erreichen fähig war. Das Phänomen blieb ja auch überraschend, ja recht eigentlich erschütternd, von einem Male zum anderen. Man stand gewissermaßen einer neuen, noch unendlich zarten Stelle der Wirklichkeit gegenüber, aus der uns, Kinder, ein bei weitem Überlegenes doch unsäglich anfängerhaft und gleichsam Hülfe suchend ansprach. Damals und durch die Jahre hin meinte ich, es sollte mir gerade dieser selbständige, von uns abgezogene und draußen aufbewahrte Klang unvergeßlich bleiben. Daß es anders kam, ist die Ursache dieser Aufzeichnung. Nicht er, nicht der Ton aus dem Trichter, überwog, wie sich zeigen sollte, in meiner Erinnerung, sondern jene der Walze eingeritzten Zeichen waren mir um vieles eigentümlicher geblieben.

Vierzehn oder fünfzehn Jahre mochten seit jener Schulzeit hingegangen sein, als mir dies eines Tages zum Bewußtsein kam. Es war in meiner ersten Pariser Zeit, ich besuchte damals mit ziemlichem Eifer die Anatomie-Vorlesungen an der École des Beaux-Arts, wobei mich nicht so sehr das vielfältige Geflecht der Muskeln und Sehnen oder die vollkommene Verabredung der inneren Organe anzusprechen schien, als vielmehr das aride Skelett, dessen verhaltene Energie und Elastizität mir damals schon über den Blättern Lionardos sichtbar geworden war. So sehr ich nun auch an dem baulichen Ganzen rätselte, – es war mir zu viel; meine Betrachtung sammelte sich immer wieder zur Untersuchung des Schädels, in dem, sozusagen, das Äußerste, wozu dieses kalkige Element sich noch anspannen konnte, mir geleistet schien, als ob es gerade hier überredet worden wäre, sich zu einem entscheidenden Dienst bedeutend anzustrengen, um ein letzthin Gewagtes, im engen Einschluß schon wieder grenzenlos Wirkendes in seinen festesten Schutz zu nehmen. Die Bezauberung, die dieses besondere, gegen einen durchaus weltischen Raum abgeschlossene Gehäus auf mich ausübte, ging schließlich so weit, daß ich mir einen Schädel anschaffte, um nun auch so manche Nachtstunde mit ihm zuzubringen; und, wie es mir immer mit den Dingen geht: nicht allein die Augenblicke absichtlicher Beschäftigung haben mir diesen zweideutigen Gegenstand merkwürdiger angeeignet –, meine Vertrautheit mit ihm verdank ich ohne Zweifel zu einem gewissen Teile dem streifenden Blick, mit dem wir die gewohnte Umgebung, wenn sie nur einige Beziehung zu uns hat, unwillkürlich prüfen und auffassen. Ein solcher Blick war es, den ich plötzlich in seinem Verlaufe anhielt und genau und aufmerksam einstellte. In dem oft so eigentümlich wachen und auffordernden Lichte der Kerze war mir soeben die Kronen-Naht ganz auffallend sichtbar geworden, und schon wußte ich auch, woran sie mich erinnerte: an eine jener unvergessenen Spuren, wie sie einmal durch die Spitze einer Borste in eine kleine Wachsrolle eingeritzt worden waren!

Und nun weiß ich nicht: ist es eine rhythmische Eigenheit meiner Einbildung, daß mir seither, oft in weiten Abständen von Jahren, immer wieder der Antrieb aufsteigt, aus dieser damals unvermittelt wahrgenommenen Ähnlichkeit den Absprung zu nehmen zu einer ganzen Reihe von unerhörten Versuchen? Ich gestehe sofort, daß ich die Lust dazu, sooft sie sich meldete, nie anders, als mit dem strengsten Mißtraun behandelt habe, – bedarf es eines Beweises dafür, so liege er in dem Umstande, daß ich mich erst jetzt, wiederum mehr als anderthalb Jahrzehnte später, zu einer vorsichtigen Mitteilung entschließe. Auch habe ich zugunsten meines Einfalls mehr nicht anzuführen, als seine eigensinnige Wiederkehr, durch die er mich, ohne Zusammenhang mit meinen übrigen Beschäftigungen, bald hier, bald dort, in den unterschiedlichsten Verhältnissen überrascht hat.

Was wird mir nun immer wieder innerlich vorgeschlagen? Es ist dieses:

Die Kronen-Naht des Schädels (was nun zunächst zu untersuchen wäre) hat – nehmen wirs an – eine gewisse Ähnlichkeit mit der dicht gewundenen Linie, die der Stift eines Phonographen in den empfangenden rotierenden Cylinder des Apparates eingräbt. Wie nun, wenn man diesen Stift täuschte und ihn, wo er zurückzuleiten hat, über eine Spur lenkte, die nicht aus der graphischen Übersetzung eines Tones stammte, sondern ein an sich und natürlich Bestehendes –, gut: sprechen wirs nur aus: eben (z. B.) die Kronen-Naht wäre –: Was würde geschehen? Ein Ton müßte entstehen, eine Ton-Folge, eine Musik …

Gefühle –, welche? Ungläubigkeit, Scheu, Furcht, Ehrfurcht –: ja, welches nur von allen hier möglichen Gefühlen? verhindert mich, einen Namen vorzuschlagen für das Ur-Geräusch, welches da zur Welt kommen sollte …

Dieses für einen Augenblick hingestellt: wasfür, irgendwo vorkommende Linien möchte man da nicht unterschieben und auf die Probe stellen? Welchen Kontur nicht gewissermaßen auf diese Weise zu Ende ziehen, um ihn dann, verwandelt, in einem anderen Sinn-Bereich herandringen zu fühlen?

*

In einer gewissen Zeit, da ich mich mit arabischen Gedichten zu beschäftigen begann, an deren Entstehung die fünf Sinne einen gleichzeitigeren und gleichmäßigeren Anteil zu haben scheinen, fiel es mir zuerst auf, wie ungleich und einzeln der jetzige europäische Dichter sich dieser Zuträger bedient, von denen fast nur der eine, das Gesicht, mit Welt überladen, ihn beständig überwältigt; wie gering ist dagegen schon der Beitrag, den das unaufmerksame Gehör ihm zuflößt, gar nicht zu reden von der Teilnahmslosigkeit der übrigen Sinne, die nur abseits und mit vielen Unterbrechungen in ihren nützlich eingeschränkten Gebieten sich betätigen. Und doch kann das vollendete Gedicht nur unter der Bedingung entstehen, daß die mit fünf Hebeln gleichzeitig angegriffene Welt unter einem bestimmten Aspekt auf jener übernatürlichen Ebene erscheine, die eben die des Gedichtes ist.

Eine Frau, der solches in einem Gespräche vorgetragen wurde, rief aus, diese wunderbare, zugleich einsetzende Befähigung und Leistung aller Sinne sei doch nichts anderes, als Geistesgegenwart und Gnade der Liebe, – und sie legte damit (nebenbei) ein eigenes Zeugnis ein für die sublime Wirklichkeit des Gedichts. Aber eben deshalb ist der Liebende in so großartiger Gefahr, weil er auf das Zusammenwirken seiner Sinne angewiesen ist, von denen er doch weiß, daß sie nur in jener einzigen gewagten Mitte sich treffen, in der sie, alle Breite aufgebend, zusammenlaufen und in der kein Bestand ist.

Indem ich mich so ausdrücke, habe ich schon die Zeichnung vor mir, deren ich mich, als eines angenehmen Behelfes, jedesmal bediente, sooft ähnliche Erwägungen sich aufdrängten. Stellt man sich das gesamte Erfahrungsbereich der Welt, auch seine uns übertreffenden Gebiete, in einem vollen Kreise dar, so wird es sofort augenscheinlich, um wieviel größer die schwarzen Sektoren sind, die das uns Unerfahrbare bezeichnen, gemessen an den ungleichen lichten Ausschnitten, die den Scheinwerfern der Sensualität entsprechen.

Nun ist die Lage des Liebenden die, daß er sich unversehens in die Mitte des Kreises gestellt fühlt, dorthin also, wo das Bekannte und das Unerfaßliche in einem einzigen Punkte zusammendringt, vollzählig wird und Besitz schlechthin, allerdings unter Aufhebung aller Einzelheit. Dem Dichter wäre mit dieser Versetzung nicht gedient, ihm muß das vielfältig Einzelne gegenwärtig bleiben, er ist angehalten, die Sinnes-Ausschnitte ihrer Breite nach zu gebrauchen, und so muß er auch wünschen, jeden einzelnen so weit als möglich auszudehnen, damit einmal seiner geschürzten Entzükkung der Sprung durch die fünf Gärten in einem Atem gelänge.

Beruht die Gefahr des Liebenden in der Unausgedehntheit seines Standpunkts, so ist es jene des Dichters, der Abgründe gewahr zu werden, die die eine Ordnung der Sinnlichkeit von der anderen scheiden: in der Tat, sie sind weit und saugend genug, um den größeren Teil der Welt – und wer weiß, weiviel Welten – an uns vorbei hinwegzureißen.

Die Frage entsteht hier, ob die Arbeit des Forschers die Ausdehnung dieser Sektoren in der von uns angenommenen Ebene wesentlich zu erweitern vermag? Ob nicht die Erwerbung des Mikroskops, des Fernrohrs und so vieler, die Sinne nach oben oder unten verschiebender Vorrichtungen in eine *andere* Schichtung zu liegen kommen, da doch der meiste, so gewonnene Zuwachs sinnlich nicht durchdrungen, also nicht eigentlich »erlebt« werden kann. Es möchte nicht voreilig sein, zu vermuten, daß der Künstler, der diese (wenn man es so nennen darf) fünffingrige Hand seiner Sinne zu immer regerem und geistigerem Griffe entwickelt, am entscheidendsten an einer Erweiterung der einzelnen Sinn-Gebiete arbeitet, nur daß seine beweisende Leistung, da sie ohne das Wunder zuletzt nicht möglich ist, ihm nicht erlaubt, den persönlichen Gebietsgewinn in die aufgeschlagene allgemeine Karte einzutragen.

Sieht man sich aber nun nach einem Mittel um, unter so seltsam abgetrennten Bereichen die schließlich dringende Verbindung herzustellen, welches könnte versprechender sein als jener, in den ersten Seiten dieser Erinnerung angeratene Versuch? Wenn er hier am Schlusse, mit der schon versicherten Zurückhaltung, nochmals vorgeschlagen wird, so möge man es dem Schreibenden in einem gewissen Grade anrechnen, daß er der Verführung widerstehen konnte, die damit gebotenen Voraussetzungen in den freien Bewegungen der Phantasie willkürlich auszuführen. Dafür schien ihm der, während so vielen Jahren übergangene und immer wieder hervortretende Auftrag zu begrenzt und zu ausdrücklich zu sein.

Soglio, am Tage Mariae Himmelfahrt 1919

Der Brief des jungen Arbeiters

Man hat uns in einer Versammlung vorigen Donnerstag aus Ihren Gedichten vorgelesen, Herr V., es geht mir nach, ich weiß mir keinen anderen Rat, als für Sie hinzuschreiben, was mich beschäftigt, so gut es mir eben möglich ist.

Den Tag nach jener Vorlesung geriet ich zufällig in eine christliche Vereinigung, und vielleicht ist das recht eigentlich der Anstoß gewesen, der die Zündung verursacht hat, die solche Bewegung und Treibung auslöst, daß ich mit allen meinen Kräften auf Sie zufahre. Es ist eine ungeheuere Gewaltsamkeit, etwas anzufangen. Ich kann nicht *anfangen.* Ich springe einfach über das, was Anfang sein müßte, weg. Nichts ist so stark wie das Schweigen. Würden wir nicht schon jeder mitten ins Reden hineingeboren, es wäre nie gebrochen worden.

Herr V. Ich spreche nicht von dem Abend, da wir Ihre Dichtungen aufnahmen. Ich spreche von dem anderen. Es treibt mich zu sagen: Wer, ja, – anders kann ich es jetzt nicht ausdrücken, *wer* ist denn dieser Christus, der sich in alles hineinmischt. – Der nichts von uns gewußt hat, nicht von unserer Arbeit, nicht von unserer Not, nichts von unserer Freude, so wie wir sie heute leisten, durchmachen und aufbringen –, und der doch, so scheint es, immer wieder verlangt, in unserem Leben der *erste* zu sein. Oder legt man ihm das nur in den Mund? Was will er von uns? Er will uns helfen, heißt es. Ja, aber er stellt sich eigentümlich ratlos an in unserer Nähe. Seine Verhältnisse waren so weitaus andere. Oder kommt es wirklich auf die Umstände nicht an, wenn er hier einträte, bei mir, in meinem Zimmer, oder dort in der Fabrik – wäre sofort alles anders, gut? Würde mein Herz in mir aufschlagen und sozusagen in einer anderen Schicht weitergehen und immer auf ihn zu? Mein Gefühl sagt mir, daß er nicht kommen *kann.* Daß es keinen Sinn hätte. Unsere Welt ist nicht nur äußerlich eine andere, – sie hat keinen Zugang für ihn. Er *schiene* nicht durch einen fertig gekauften Rock, es ⟨ist⟩ nicht wahr, er schiene nicht durch. Es ist kein Zufall, daß er in einem Kleid ohne Naht herumging, und ich glaube, der Lichtkern in ihm, das was ihn so stark scheinen machte, Tag und Nacht, ist jetzt längst aufgelöst und anders verteilt. Aber das wäre ja auch, mein ich, wenn er so groß war, das Mindeste, was wir von ihm fordern können, daß er irgendwie ohne Rest aufgegangen sei, ja ganz ohne Rest – spurlos ..

Ich kann mir nicht vorstellen, daß das *Kreuz bleiben* sollte, das doch nur ein Kreuzweg war. Es sollte uns gewiß nicht überall aufgeprägt werden, wie ein Brandmal. In ihm selber sollte es aufgelöst sein. Denn, ist es nicht so: er wollte einfach den höheren Baum schaffen, an dem wir besser reifen könnten. Er, am Kreuz, ist dieser neue Baum in Gott, und wir sollten warme glückliche Früchte sein, oben daran.

Nun soll man nicht immer von *dem* reden, was *vorher* war, sondern, es sollte eben das *Nachher* begonnen haben. Dieser Baum, scheint mir, sollte mit uns so eines geworden sein, oder wir mit ihm, *an* ihm, daß wir nicht immerfort uns mit ihm beschäftigen müßten, sondern einfach ruhig mit Gott, in den, uns reiner hinaufzuhalten, doch seine Absicht war.

Wenn ich sage: Gott, so ist das eine große, nie erlernte Überzeugung in mir. Die ganze Kreatur, kommt mir vor, sagt dieses Wort, ohne Überlegung, wenn auch oft aus tiefer Nachdenklichkeit. Wenn dieser Christus uns dazu geholfen hat, es mit hellerer Stimme, voller, gültiger zu sagen, um so besser, aber laßt ihn doch endlich aus dem Spiel. Zwingt uns nicht immer zu dem Rückfall in die Mühe und Trübsal, die es ihn gekostet hat, uns, wie ihr sagt, zu »erlösen«. Laßt uns endlich dieses Erlöstsein antreten. – Da wäre ja sonst das Alte Testament noch besser dran, das voller Zeigefinger ist auf Gott zu, wo man es aufschlägt, und immer fällt einer dort, wenn er schwer wird, so grade hinein in Gottes Mitte. Und einmal habe ich den Koran zu lesen versucht, ich bin nicht weit gekommen, aber so viel verstand ich, da ist wieder so ein mächtiger Zeigefinger, und Gott steht am Ende seiner Richtung, in seinem ewigen Aufgang begriffen, in einem Osten, der nie alle wird. Christus hat sicher dasselbe gewollt. Zeigen. Aber die Menschen hier sind wie die Hunde gewesen, die keinen Zeigefinger verstehen und meinen, sie sollten nach der Hand schnappen. Statt vom Kreuzweg aus, wo nun der Wegweiser hoch aufgerichtet war in die Nacht der Opferung hinein, statt von diesem Kreuzweg weiterzugehen, hat sich die Christlichkeit dort angesiedelt und behauptet, dort in Christus zu wohnen, obwohl doch in ihm kein Raum war, nicht einmal für seine

Mutter, und nicht für Maria Magdalena, wie in jedem Weisenden, der eine Gebärde ist und kein Aufenthalt. – Und darum wohnen sie auch nicht in Christus, die Eigensinnigen des Herzens, die ihn immer wieder herstellen und leben von der Aufrichtung der schiefen oder völlig umgewehten Kreuze. Sie haben dieses Gedräng auf dem Gewissen, dieses Anstehen auf der überfüllten Stelle, sie tragen Schuld, daß die Wanderung nicht weitergeht in der Richtung der Kreuzarme. Sie haben aus dem Christlichen ein métier gemacht, eine bürgerliche Beschäftigung, sur place, einen abwechselnd abgelassenen und wieder angefüllten Teich. Alles, was sie selber tun, ihrer ununterdrückbaren Natur nach (soweit sie noch Lebendige sind), steht im Widerspruch mit dieser merkwürdigen Anlage, und so trüben sie ihr eigenes Gewässer und müssen es immer wieder erneun. Sie lassen sich nicht vor Eifer, das Hiesige, zu dem wir doch Lust und Vertrauen haben sollten, schlecht und wertlos zu machen, – und so liefern sie die Erde immer mehr denjenigen aus, die sich bereit finden, aus ihr, der verfehlten und verdächtigten, die doch zu Besserm nicht tauge, wenigstens einen zeitlichen, rasch ersprießlichen Vorteil zu ziehn. Diese zunehmende Ausbeutung des Lebens, ist sie nicht eine Folge, der durch die Jahrhunderte fortgesetzten Entwertung des Hiesigen? Welcher Wahnsinn, uns nach einem Jenseits abzulenken, wo wir hier von Aufgaben und Erwartungen und Zukünften umstellt sind. Welcher Betrug, Bilder hiesigen Entzückens zu entwenden, um sie hinter unserm Rücken an den Himmel zu verkaufen! O es wäre längst Zeit, daß die verarmte Erde alle jene Anleihen wieder einzöge, die man bei ihrer Seligkeit gemacht hat, um Überkünftiges damit auszustatten. Wird der Tod wirklich durchsichtiger durch diese hinter ihn verschleppten Lichtquellen? Und wird nicht alles hier Fortgenommene, da nun doch kein Leeres sich halten kann, durch einen Betrug ersetzt, – sind die Städte deshalb von so viel häßlichem Kunstlicht und Lärm erfüllt, weil man den echten Glanz und den Gesang an ein später zu beziehendes Jerusalem ausgeliefert hat? Christus mochte recht haben, wenn er, in einer von abgestandenen und entlaubten Göttern erfüllten Zeit, schlecht vom Irdischen sprach, obwohl es (ich kann es nicht anders denken) auf eine Kränkung Gottes hinauskommt, in dem uns hier Gewährten und Zugestandenen nicht ein, wenn wir es nur genau gebrauchen, vollkommen, bis an den Rand unserer Sinne uns Beglückendes zu sehen! *Der rechte Gebrauch, das ists.* Das Hiesige recht in die Hand nehmen, herzlich liebevoll, erstaunend, als unser, vorläufig, Einziges: das ist zugleich, es gewöhnlich zu sagen, die große Gebrauchsanweisung Gottes, *die* meinte der heilige Franz von Assisi aufzuschreiben in seinem Lied an die Sonne, die ihm im Sterben herrlicher war als das Kreuz, das ja nur dazu da stand, in die Sonne zu *weisen*. Aber das, was man die Kirche nennt, war inzwischen schon zu einem solchen Gewirr von Stimmen angeschwollen, daß der Gesang des Sterbenden, überall übertönt, nur von ein paar einfachen Mönchen aufgefangen war und unendlich bejaht von der Landschaft seines anmutigen Tals. Wie oft mögen wohl solche Versuche gemacht worden sein, die Versöhnung herzustellen zwischen jener christlichen Absage und der augenfälligen Freundschaft und Heiterkeit der Erde. Aber auch sonst, auch innerhalb der Kirche, ja in ihrer eigenen Krone, erzwang sich das Hiesige seine Fülle und seinen angeborenen Überfluß. Warum rühmt man es nicht, daß die Kirche stämmig genug war, nicht zusammenzubrechen unter dem Lebensgewicht gewisser Päpste, deren Thron beschwert war mit Bastardkindern, Kurtisanen und Ermordeten. War nicht in ihnen mehr Christentum, als in den dürren Wiederherstellern der Evangelien, – nämlich, lebendiges, unaufhaltsames, verwandeltes. Wir wissen ja nicht, will ich sagen, *was* aus den großen Lehren werden will, man muß sie nur strömen und gewähren lassen und nicht erschrekken, wenn sie plötzlich in die zerklüftete Natur des Lebens fortstürzen und unter der Erde sich in unkenntliche Betten wälzen.

Ich habe einmal ein paar Monate in Marseille gearbeitet. Es war eine besondere Zeit für mich, ich verdanke ihr viel. Der Zufall brachte mich mit einem jungen Maler zusammen, der bis zu seinem Tode mein Freund geblieben ist. Er litt an der Lunge und war eben damals von Tunis zurückgekommen. Wir waren viel beisammen, und da der Abschluß meiner Anstellung mit seiner Rückkehr nach Paris zusammenfiel, konnten wir es einrichten, einige Tage in Avignon uns aufzuhalten. Sie sind mir unvergeßlich geblieben. Zum Teil durch die Stadt selbst, ihre Gebäude und ihre Umgebungen, als auch weil mein Freund in diesen Tagen ununterbrochenen und irgendwie gesteigerten Umgangs sich mir über viele Umstände besonders seines *inneren* Lebens mit jener Beredsamkeit mitteilte, die, scheint es, solchen Kranken in gewissen Momenten eigentümlich ist. Alles was er sagte hatte eine seltsame wahrsagende Gewalt; durch alles, was in oft fast atemlosen Gesprächen dahinstürzte, sah man gewissermaßen den Grund, die Steine auf dem Grunde .... ich will damit sagen, mehr als ein nur Unsriges, die Natur selber, ihr Ältestes und Härtestes, das wir doch an so vielen Stellen berühren und von dem wir wahrscheinlich in den getriebensten Momenten abhängen, indem sein Gefäll unsere Neigung bestimmt. Ein Liebeserlebnis, unvermutet und glücklich, kam dazu, sein Herz wurde ungewöhnlich hoch gehalten, tagelang, und so schoß denn auf der anderen Seite der spielende Strahl seines Lebens zu beträchtlicher Höhe auf. Mit jemandem, der sich in solcher Verfassung befindet, eine außerordentliche Stadt und eine mehr als gefällige Landschaft wahrzunehmen, ist eine seltene Vergünstigung; und so erscheinen mir denn auch, wenn ich zurückdenke, jene zarten und zugleich leidenschaftlichen Frühlingstage als die einzigen Ferien, die ich in meinem Leben gekannt habe. Die Zeit war so lächerlich kurz, einem anderen hätte sie nur für wenige Eindrücke hingereicht, – mir, der ich nicht gewohnt bin, freie Tage zu verbringen, erschien sie weit. Ja, es kommt mir fast unrecht vor, noch *Zeit* zu nennen, was eher ein neuer Zustand des Freiseins war, recht fühlbar ein *Raum*, ein Umgebensein von Offenem, kein Vergehn. Ich holte damals, wenn man so sagen kann, Kindheit nach und ein Stück frühes Jungsein, was, alles in mir auszuführen, nie Zeit gewesen war; ich schaute, ich lernte, ich begriff –, und aus diesen Tagen stammt auch die Erfahrung, daß mir »Gott« zu sagen, so leicht, so wahrhaftig, so – wie mein Freund sich würde ausgedrückt haben – so problemlos einfach sei. Wie sollte mir dieses Haus, das die Päpste sich dort aufgerichtet haben, nicht gewaltig vorkommen? Ich hatte den Eindruck, es könne überhaupt keinen Innenraum enthalten, sondern müsse aus lauter dichten Blöcken geschichtet sein, so als wäre den Verbannten nur darum zu tun gewesen, das Gewicht des Papsttums, sein Übergewicht, auf die Waage der Geschichte zu häufen. Und dieser kirchliche Palast türmt sich wahrhaftig über dem antiken Torso einer Heraklesfigur, die man in die felsigen Grundfesten eingemauert hat – »ist er nicht« – sagte Pierre, »wie aus diesem Samenkorn ungeheuerlich aufgewachsen?« – Daß *dieses* das Christentum sei, in einer seiner Verwandlungen, wäre mir viel verständlicher, als seine Kraft und seinen Geschmack in dem immer schwächeren Aufguß jener Tisane zu erkennen, von der man behauptet, daß sie aus seinen ersten zartesten Blättern bereitet sei.

Sind doch auch die Kathedralen nicht der Körper jenes Geistes, den man uns nun als den eigentlich christlichen einreden will. Ich könnte denken, daß unter einigen von ihnen das erschütterte Standbild einer griechischen Göttin ruhe; soviel Erblühung, soviel Dasein ist in ihnen emporgeschossen, wenn sie auch, wie in einer zu ihrer Zeit entstandenen Angst, von jenem verborgenen Leib fort in die Himmel strebten, die fortwährend offen zu halten der Ton ihrer großen Glocken bestimmt war.

Nach meiner Rückkehr damals von Avignon bin ich viel in Kirchen gegangen, abends und am Sonntag, – erst allein ... später ...

Ich habe eine Geliebte, fast noch ein Kind, die als Heimarbeiterin beschäftigt ist, wodurch sie oft, wenn es wenig Arbeit giebt, in eine arge Lage gerät. Sie ist geschickt, sie würde leicht in einer Fabrik unterkommen, aber sie fürchtet den Patron. Ihre Vorstellung von Freiheit ist grenzenlos. Es wird Sie nicht wundern, daß sie auch Gott so wie eine Art Patron empfindet, ja als den »Erzpatron«, wie sie mir sagte, lachend, aber mit solchem Schreck in den Augen. Es hat lange gebraucht, bis sie sich entschloß, einmal abends mit mir nach St. Eustache zu gehen, wo ich gerne eintrat, wegen der Musik der Maiandachten. Einmal sind wir zusammen nach Maux geraten und haben in der Kirche dort Grabsteine angesehen. Allmählich merkte sie, daß Gott einen in den Kirchen in Ruhe läßt, daß er nichts verlangt; man könnte meinen, er wäre überhaupt nicht da, nichtwahr, – aber doch im Augenblick, wo man das etwa sagen wollte, meinte Marthe, daß er auch in der Kirche nicht ist, da hält einen etwas zurück. Vielleicht nur das, was die Menschen selbst durch soviel Jahrhunderte hereingetragen haben in diese hohe, eigentümlich bestärkte Luft. Vielleicht ist es auch nur, daß das Schwingen der mächtigen und süßen Musik nie ganz hinauskann, ja es muß ja längst in die Steine eingedrungen sein, und es müssen merkwürdig erregte Steine sein, diese Pfeiler und Wölbungen, und wenn ein Stein auch hart ist und schwer zugänglich, schließlich erschütterts ihn doch, immer wieder

Gesang und diese Angriffe von der Orgel her, diese Überfälle, diese Stürme des Lieds, jeden Sonntag, diese Orkane der großen Feiertage. Windstille. Das ists, was recht eigentlich in den alten Kirchen herrscht. Ich sagte es Marthe. Windstille. Wir horchten, sie begriff es sofort, sie hat eine wunderbar vorbereitete Natur. Seither traten wir manchmal da und dort ein, wenn wir singen hörten, und standen dann da, dicht aneinander. Am schönsten wars, wenn ein Glasfenster vor uns war, eines von diesen alten Bilderfenstern, mit vielen Abteilungen, jede ganz angefüllt mit Figuren, großen Menschen und kleinen Türmen und allen möglichen Ereignissen. Nichts ist dafür zu fremd gewesen, da sieht man Burgen und Schlachten und eine Jagd, und der schöne weiße Hirsch kommt immer wieder vor im heißen Rot und im brennenden Blau. Ich habe einmal ganz alten Wein zu trinken bekommen. So ist das für die Augen, diese Fenster, nur daß der Wein nur dunkelrot war im Mund, – dieses hier aber ist dasselbe auch noch in Blau und in Violett und in Grün. Es ist ja überhaupt *alles* in den alten Kirchen, gar keine Scheu vor etwas, wie in den neuen, wo nur gewissermaßen die guten Beispiele vorkommen. Hier ist auch das Arge und Böse und das Fürchterliche; das Verkrüppelte, das was in Not, das was häßlich ist und das Unrecht –, und man möchte sagen, daß es irgendwie geliebt sei um Gottes willen. Hier ist der Engel, den es nicht giebt, und der Teufel, den es nicht giebt; und der Mensch, den es giebt, ist zwischen ihnen, und, ich kann mir nicht helfen, ihre Unwirklichkeit macht ihn mir wirklicher. Ich kann das, was ich fühle, wenn es heißt: ein Mensch, dort drin besser zusammennehmen, als auf der Straße unter den Leuten, die rein nichts Erkennbares an sich haben. Aber das ist schwer zu sagen. Und das, was ich nun sagen will, ist noch schwerer aus⟨zu⟩drücken. Was nämlich den »Patron«, die Macht, angeht (das ist mir auch so langsam dort drin, wenn wir ganz in der Musik standen, klar geworden), so giebt es nur *ein* Mittel wider sie: weiter zu gehen als sie selbst. Ich meine das so: Man sollte sich anstrengen, in jeder Macht, die ein Recht über uns beansprucht, gleich alle Macht zu sehen, die ganze Macht, Macht überhaupt, die Macht Gottes. Man sollte sich sagen, es giebt nur *eine*, und die geringe, die falsche, die fehlerhafte so verstehen, als wär sie *das*, was uns mit Recht ergreift. Würde sie nicht unschädlich auf diese Weise? Wenn man in jeder

Macht, auch in arger und boshafter, immer die Macht selbst sähe, ich meine das, was zuletzt recht behält, mächtig zu sein, überstünde man da nicht, heil sozusagen, auch das Unberechtigte und Willkürliche? Stellen wir uns nicht zu allen den unbekannten großen Kräften genau so? Keine erfahren wir in ihrer Reinheit. Wir nehmen jede zunächst hin mit ihren Mängeln, die vielleicht unseren Mängeln angemessen sind. – Aber hat nicht bei allen Gelehrten, Entdeckern und Erfindern, die Voraussetzung, daß sie es mit großen Kräften zu tun hätten, plötzlich zu den größesten geführt? Ich bin jung, und es ist viel Aufbegehrung in mir; ich kann nicht versichern, daß ich nach meiner Einsicht handle in jedem Falle, wo Ungeduld und Unlust mich hinreißen, – im Innersten aber weiß ich, daß die Unterwerfung weiter führt als die Auflehnung; sie beschämt, was Bemächtigung ist, und sie trägt unbeschreiblich bei zur Verherrlichung der richtigen Macht. Der Aufgelehnte drängt aus der Anziehung eines Machtmittelpunktes hinaus, und es gelingt ihm vielleicht, dieses Kraftfeld zu verlassen; aber darüber hinaus steht er im Leeren und muß sich umsehen nach einer anderen Gravitation, die ihn einbeziehe. Und diese ist meist von noch minderer Gesetzmäßigkeit als die erste. Warum also nicht gleich in jener, in der wir uns vorfinden, die größeste Gewalt sehen, unbeirrt durch ihre Schwächen und Schwankungen? Irgendwo stößt die Willkür von selber ans Gesetz, und wir ersparen Kraft, wenn wir ihr überlassen, sich selber zu bekehren. Freilich das gehört zu den langen und langsamen Vorgängen, die so völlig in Widerspruch stehen mit den merkwürdigen Überstürzungen unserer Zeit. Aber es wird neben den schnellsten Bewegungen immer langsame geben, ja solche von so äußerster Langsamkeit, daß wir ihren Verlauf gar nicht erleben können. Aber dazu, nicht wahr, ist ja die Menschheit da, daß sie abwarte, was über den Einzelnen hinausreicht. – Von ihr aus gesehen, ist das Langsame oft das Schnellste, das heißt, es erweist sich, daß wir es nur langsam nannten, weil es ein Unmeßbares war.

Nun giebt es, scheint mir, ein völlig Unermeßliches, an dem mit Maßstäben, Messungen und Einrichtungen sich zu vergreifen, die Menschen nicht müde werden. Und hier in jener Liebe, die sie mit einem unerträglichen Ineinander von Verachtung, Begierlichkeit und Neugier die »sinnliche« nennen, hier sind wohl die schlimmsten Wirkungen jener Herabsetzung zu suchen, die das Christentum dem Irdischen meinte bereiten zu müssen. Hier ist alles Entstellung und Verdrängung, obwohl wir doch aus diesem tiefsten Ereignis hervorgehen und selber wieder in ihm die Mitte unserer Entzückungen besitzen. Es ist mir, wenn ich es sagen darf, immer unbegreiflicher, wie eine Lehre, die uns *dort* ins Unrecht setzt, wo die ganze Kreatur ihr seligstes Recht genießt, in solcher Beständigkeit sich, wenn auch nirgends bewähren, so doch weithin behaupten darf.

Ich denke auch hier wieder an die bewegten Gespräche, die ich mit meinem verstorbenen Freunde führen durfte, damals, in den Auen der Barthelasse-Insel im Frühling und später. Ja in der Nacht, die seinem Tode zuvorging (er starb am folgenden Nachmittag kurz nach fünf Uhr), hat er mir in einen Bereich blindesten Erleidens so reine Ausblicke eröffnet, daß mir mein Leben an tausend Stellen neu zu beginnen schien und mir, da ich antworten wollte, die Stimme nicht zur Verfügung stand. Ich wußte nicht, daß es Tränen der Freude gab. Ich weinte meine ersten, anfängerhaft, in die Hände dieses morgen Toten und fühlte, wie in Pierre die Flut des Lebens noch einmal stieg und überging, da diese heißen Tropfen hinzukamen. Bin ich überschwänglich? Ich rede ja von einem *Zuviel*.

Warum, ich frage Sie, Herr V., wenn man uns helfen will, uns so oft Hülflosen, warum läßt man uns im Stich, dort an den Wurzeln alles Erlebens? Wer uns *dort* beistände, der könnte getrost sein, daß wir nichts weiter von ihm verlangten. Denn der Beistand, den er uns dort einflößte, wüchse von selbst mit unserem Leben und würde größer und stärker mit ihm zugleich. Und ginge nie aus. Was setzt man uns nicht ein in unser Heimlichstes? Was müssen wirs umschleichen, und geraten schließlich hinein, wie Einbrecher und Diebe, in unser eigenes schönes Geschlecht, in dem wir irren und uns stoßen und straucheln, um schließlich wie Ertappte wieder hinauszustürzen in das Zwielicht der Christlichkeit. Warum, wenn schon Schuld oder Sünde, wegen der inneren Spannung des Gemüts, mußte erfunden werden, warum heftete man sie nicht an an einen anderen Teil unseres Leibes, warum ließ man sie fallen dorthin und wartete, daß sie sich auflöse in unserem reinen Brunnen und ihn vergifte und trübe? Warum hat man uns das Geschlecht heimatlos gemacht, statt das Fest unserer Zuständigkeit dort hin zu verlegen?

Gut, ich will zugeben, es soll nicht uns gehören, die wir nicht imstande sind, so unerschöpfliche Seligkeit zu verantworten und zu verwalten. Aber warum gehören wir nicht zu Gott von *dieser* Stelle aus?

Ein Kirchlicher würde mich darauf verweisen, daß es die Ehe gäbe, obwohl ihm nicht unbekannt wäre, wie es mit dieser Einrichtung bestellt ist. Es nützt auch nichts, den Willen zur Fortpflanzung in den Gnadenstrahl zu rücken –, mein Geschlecht ist nicht nur den Nachkommen zugekehrt, es ist das Geheimnis meines eigenen Lebens –, und nur weil es dort, wie es scheint, den mittleren Platz nicht einnehmen soll, haben so viele es an ihren Rand verschoben und darüber das Gleichgewicht verloren. Was hilft alles! Die entsetzliche Unwahrheit und Unsicherheit unserer Zeit hat ihren Grund in dem nicht eingestandenen Glück des Geschlechts, in dieser eigentümlich schiefen Verschuldung, die immerfort zunimmt und uns von der ganzen übrigen Natur trennt, ja sogar von dem Kind, obwohl, wie ich in jener unvergeßlichen Nacht erfuhr, seine, des Kindes, Unschuld durchaus nicht darin besteht, daß es, sozusagen, kein Geschlecht kenne, – »sondern, so sagte Pierre fast tonlos, jenes unbegreifliche Glück, das uns an *einer* Stelle erwacht mitten im Fruchtfleisch der geschlossenen Umarmung, ist noch in seinem ganzen Körper überall namenlos verteilt«. Um die eigentümliche Lage unserer Sinnlichkeit zu bezeichnen, müßte man also sagen dürfen: Einmal waren wir *überall* Kind, jetzt sind wirs nur noch an einer Stelle. – Wenn aber nur ein einziger unter uns ist, dem das gewiß wäre und der die Beweise dafür aufzuzeigen die Fähigkeit besäße, warum lassen wirs geschehen, daß eine Generation nach der anderen unter dem Schutt christlicher Vorurteile zu sich kommt und sich rührt wie der Scheintote im Finstern, in einem engsten Zwischenraum zwischen lauter Absagen!?

Herr V. Ich schreibe und schreibe. Eine ganze Nacht ist fast darüber hingegangen. Ich muß mich zusammenfassen. – Habe ich gesagt, daß ich in einer Fabrik angestellt bin? Ich arbeite im Schreibzimmer, manchmal habe ich auch an einer Maschine zu tun. Früher konnte ich einmal eine kurze Zeit studieren. Nun, ich will nur sagen, wie mir zu Mute ist. Ich will, sehen Sie, anwendbar sein an Gott, so wie ich da bin; was ich hier tue, Arbeit, das will ich weitertun auf ihn zu ohne daß mir mein Strahl gebrochen wird, wenn ich das so ausdrücken darf, auch nicht in Christus, der einst für viele das Wasser war. Die Maschine, zum Beispiel, ich kann sie ihm nicht erklären, er behält nicht. Ich weiß Sie lachen nicht, wenn ich das so einfältig sage, es ist am besten so. Gott dagegen, ich habe dieses Gefühl, *ihm* kann ich sie bringen, meine Maschine und ihren Erstling, oder sonst meine ganze Arbeit, es geht ohneweiters in ihn hinein. So wie es für die Hirten einmal leicht war, den Göttern ihres Lebens ein Lamm zu bringen oder die Feldfrucht oder die schönste Traube.

Sie sehen, Herr V., ich konnte diesen langen Brief schreiben, ohne das Wort Glauben ein einziges Mal nötig zu haben. Denn das scheint mir eine umständliche und schwierige Angelegenheit zu sein, und nicht die meine. Ich will mich nicht schlecht machen lassen um Christi willen, sondern gut sein für Gott. Ich will nicht von vornherein als ein Sündiger angeredet sein, vielleicht bin ich es nicht. Ich habe so reine Morgen! Ich könnte mit Gott reden, ich brauche niemanden, der mir Briefe an ihn aufsetzen hilft.

Ihre Gedichte kenne ich nur aus jener Vorlesung neulich abend, ich besitze nur wenige Bücher, die meistens mit meinem Beruf zu tun haben. Ein paar allerdings, die von Kunst handeln, und Historisches, was ich mir eben verschaffen konnte. – Die Gedichte aber, das müssen Sie sich nun gefallen lassen, haben diese Bewegung in mir hervorgerufen. Mein Freund sagte einmal: Gebt uns Lehrer, die uns das Hiesige rühmen. Sie *sind* ein solcher.

IV. Briefe

An Leonid O. Pasternak

Schmargendorf bei Berlin, Villa Waldfrieden,
am 5. Febr. 1900

Sehr verehrter Herr Professor,
immer schon wollte ich Ihnen schreiben; ich verschob es, um Ihnen gleichzeitig mein neues Buch mitsenden zu können, welches heute als заказное [Einschreiben] abgeht und hoffentlich ohne Anstand die Grenze passiert und in Ihre Hände gelangt. Es ist ein Buch mit Versen, zu welchem Heinrich Vogeler – Worpswede (dessen Namen Sie vielleicht kennen), Buchschmuck gezeichnet hat. Vielleicht kann es Ihnen sympathisch sein. –

Nun muß ich Ihnen zunächst erzählen, daß Rußland mir, wie ich es Ihnen auch vorausgesagt habe, mehr als flüchtiges Ereignis war, daß ich seit August vorigen Jahres fast ausschließlich damit beschäftigt bin, russische Geschichte, Kunst, Kultur und nicht zu vergessen: Ihre schöne, unvergleichliche Sprache zu studieren; wenn ich auch noch nicht sprechen kann, lese ich doch ziemlich mühelos Ihre großen (Ihre so großen) Dichter! Auch verstehe ich das meiste, was man sagt. Und was für eine Freude ist es, Lermontoffsche Verse oder Tolstois Prosa im Original zu lesen. Wie genieße ich das! Das nächste Resultat dieser Studien ist, daß ich mich ungemein nach Moskau sehne, und wenn nichts Besonderes passiert, bin ich auch am 1. russ[ischen] April bei Ihnen, um diesmal länger, als ein Eingeweihter und Wissender in Ihrem Kreise zu verweilen. Ich will vieles von Rußland schreiben, und wenn ich es bis jetzt nicht getan habe, so geschah es, weil ich mich gründlich dafür vorbereiten wollte und empfand, daß nur ein ganz tiefes Eindringen es möglich macht, diesen Stoff in all seiner Bedeutung darzustellen. – Mit den Wiener Sezessionisten war zunächst auch nichts anzufangen: Dr. Zweybrück trat zurück, und dann wechselte alle Monate die Redaktion. Auf meinen Vorschlag, ein russisches Heft zu veranstalten, ging man zwar begeistert ein, gab aber so ungenaue Zusicherungen, daß ich nichts beginnen konnte. Und ab 1900 soll ›Ver Sacrum‹ gar *nur* für die Mitglieder der ›Gesellschaft bildender Künstler‹ erscheinen. Trotzdem stehen mir jetzt für meine russische Reise andere Organe offen, in denen ich viel von Rußland, das ich wirklich wie eine Heimat liebe, erzählen werde, und auch mit ›Ver Sacrum‹ wird noch etwas zu machen sein, bis die Verhältnisse sich einigermaßen geklärt haben! Ich hätte schon so gerne etwas veranstaltet, aber es ist wichtig, nichts zu überstürzen, wenn man das Fremde hier günstig einführen will. Wie freue ich mich darauf, Sie wiederzusehen. Ohne die Hast meines letzten Dortseins ... Diesmal reise ich wohl auch in die Krim und nach Kiew ... Ich fühle mich angesichts dieser Zukunft wie ein Kind vor Weihnachten. Wie geht es Ihnen, verehrter Professor? Bitte schreiben Sie mir ein paar Zeilen – es darf nun Russisch sein! – Ob mein Buch ankommt und sonst etwas – ob Sie noch meiner sich erinnern? Ich tue es oft und gern und съ благодарностю [mit Dankbarkeit]!

Dem Prinzen wird – hör ich – ein schönes neues Atelier gebaut ... sagen Sie ihm viele Empfehlungen und daß ich auch *ihm* gerne mein Buch geschickt hätte, wenn ich nicht wüßte, daß er Deutsch nicht liest! Ich freue mich auf eine Nachricht von Ihnen, verehrter Herr Professor, und schreibe Ihnen bald wieder, wenn Sie erlauben. И прошу, пишите по русский [Und bitte, schreiben Sie russisch]!

In aufrichtiger Verehrung Ihr
Rainer Maria Rilke

Viele Grüße von meinen Freunden Dr. Andreas und Frau, die auch wieder mitkommen.

An Sofja N. Schill

Schmargendorf bei Berlin, Villa Waldfrieden,
am 16. März 1900

Liebe, verehrte Софія Николаевна,
[...] Ich kann mir denken, wie sehr es Sie freut, wieder an allem Interessanten teilzunehmen, von dem Sie eine ganze Weile, durch Ihr Fernsein schon, ausgeschlossen waren. Wie gerne hätte ich die Bilder Левитанъ's gesehen und die Ausstellung überhaupt, jedenfalls war auch sonst viel Merkwürdiges vorhanden. Ich kann Ihnen gar nicht sagen, wie sehr ich mich darauf freue, russische Bilder zu sehen, die Tretjakow-Galerie zu durchwandern und alles nachzuho-

len, was mir vor einem Jahr infolge Flüchtigkeit und Fremdheit verlorengehen mußte.

Das alles ist mir ja so sympathisch und vertraut und ruft – wie niemals Dinge vorher – gute Heimatgefühle in mir wach. Sie dürfen auch nicht glauben, daß mir die ›Чайка‹ [Die Möwe] unlieb geworden ist oder daß ich bereue, mich an ihr bemüht zu haben. Ich bin überzeugt, daß der Eindruck, den Sie schildern, dem meinen sehr ähnlich wäre, wenn es mir vergönnt gewesen wäre, das Stück auf dem Moskauer Theater zu sehen. Dort hat es gewiß stark gewirkt, und alle seine Vorzüge kamen bei einem verständnisvollen Spiel jedenfalls *so* zur Geltung, daß seine Mängel nicht Raum hatten, sich deutlich zu machen. Ich stimme mit Ihnen ganz darin überein, daß Чеховъ jedenfalls ein moderner Künstler ist, wenn er die Absicht hat, die Tragödien des Alltags mit ihrer banalen Breite, hinter welcher die großen Katastrophen sich entwickeln, künstlerisch darzustellen. Auch unseren dramatischen Künstlern ist es ganz klar, daß alle Katastrophen unter großen Ereignissen und pathetischen Menschen relativ kleiner wirken, während sie sich furchtbar hoch über dem Alltag türmen, um mit unendlichem Getöse über ihm zusammenzubrechen.

Aber wenn es schon not tut, das Leben des Alltags auf der Szene darzustellen, mit allen seinen Kleinlichkeiten und konventionellen Gebärden, leeren Worten, langweiligen Spielen und den abgeschmackten Falschheiten des täglichen Verkehrs, so müssen doch alle diese Erscheinungen auf der Bühne von den tatsächlichen Vorgängen, denen sie nachgemacht sind, sich durch das Tempo ihrer Entwicklung unterscheiden. Denken Sie nur: der Alltag, wie er wirklich vor sich geht, rechnet auf *ein Leben* und läßt sich Zeit – der Alltag auf der Szene muß in *einem Abend* sich vollenden. Dementsprechend müssen alle Maße sich verschieben. Die Szenen auf der Bühne dürfen keineswegs gleich lang sein wie die vorbildlichen Szenen in der Wirklichkeit, und das Publikum soll nicht das Gefühl *dieser* Wirklichkeit von der Bühne her empfangen, da diese Wirklichkeit ja jedem auch sonst zugänglich ist. Der Eindruck von Langerweile z. B. wird *nicht* durch Szenen hervorgerufen, die tatsächlich langweilig *sind*, sondern nur durch *solche*, höchst interessante Momente, in denen die Merkmale der Langenweile sich kondensiert vorfinden: durch diese wird dann dem Beschauer nicht das ihm wohlbekannte Gefühl der Langenweile vermittelt, sondern ein ihn anregender überraschender Superlativ dieses Gefühls. Und ähnlich mit allen dargestellten Empfindungen. Wie ja auch z. B. aus einem Bild heraus die Häßlichkeit nicht als Häßlichkeit über den Beschauer kommen darf, sondern nur als der neue, der Schönheit abgerungene Ausdruck für eine Unentschlossenheit der Form, für einen notwendigen Übergang zu einer anderen, von uns noch nicht erfahrenen Schönheitsmöglichkeit. Bei dem Porträt eines häßlichen Mannes sollen wir nur den Eindruck haben, als wären seine Züge unvollendet, unterwegs zu einer neuen Einheit, die wir durch die Verworrenheit seines Gesichtes hindurch ahnen können. Und wie der Künstler durch sein Vertieftsein in die Details dieses Gesichtes nicht von seiner Häßlichkeit erfuhr, so muß die gesetzmäßige Beziehung dieser Details das Ganze so verklären, daß der Beschauer es befriedigt und ohne an Häßlichkeit zu denken empfängt. Künstler und Beschauer verhalten sich zueinander in diesem Falle wie zwei Kinder, die einander flüsternd ein Ereignis erzählen, von dem die Großen meinen, daß es sündhaft sei. Sie erzählen es, und es ist schön und rein: zwischen ihnen ist kein Wissen von Sünde. Und das ist es, was ich gegen die ersten 3 Akte bei Чеховъ habe, daß er den Alltag im Tempo des Alltags gibt, ohne künstlerische Verarbeitung, ohne Gewalt. Der Künstler, dem es gelingt, uns die Töne langer, leerer Tage *alle* in einer Bühnenstunde zu zeigen, der wird in uns das Leiden einer öden Ewigkeit erwecken, während der zufällige, einfach auf die Szene übertragene Ausschnitt aus dem Alltag nur wie dieser selbst wirkt – langweilig und unangenehm. – Es läßt sich darüber sehr viel sagen, da dieses Tempo der Ereignisse in allen Künsten von großer Bedeutung ist. Das macht ja z. B. die ›Auferstehung‹ so wunderbar, daß wir in einer Stunde auf der Etappe oder im Gefängnis den Umriß vieler Tage überschauen und unwillkürlich durch die Art der erwähnten Ereignisse (es sind niemals überflüssige aufgezählt) Jahrhunderte menschlicher Entwicklung zu erfahren meinen. – Übrigens ist die ›Auferstehung‹ ein sehr bedeutendes Buch, voll künstlerischer Werte; und wenn man überlegt, daß es nicht unter dem Einsetzen dieses großen Künstlertums entstanden ist, sondern in einem steten Kampf *gegen* dasselbe fortschreitet, so kann man die übermenschliche Gewalt dieser künstlerischen Kraft ermessen, welche, trotz aller Gegenwehr des greisen Tolstoi, so wunderbar mächtig bleibt über einzelnen Teilen des Werkes. – Wir haben es eben erst nach der einzigen vollständ[igen] deutschen (aber leider sehr schlechten) Übersetzung kennengelernt. Ich werde die vollst[ändige] Londoner Ausgabe (russ.) für Sie bestellen und Ihnen dieselbe herzlich gerne mitbringen.

Was unsere Reise betrifft: wir werden erst gegen Ende des deutschen April (um die Mitte des russischen also) nach Moskau kommen, nach den russ[ischen] Ostern. Wir freuen uns schon so sehr darauf, Sie recht gesund in Ihrem Heim wiederzusehen und unter Ihrer Vermittelung dem lieben Moskau noch näher zu kommen. Aber bitte, suchen Sie *keine* Wohnung für uns. Wir werden wieder in unseren alten Stuben in der Большая гостиница [dem Großen Gasthaus] absteigen. Sie sind uns so lieb geworden, und wir würden nicht glauben, in Moskau zu sein, wenn nicht wieder das silberne Kapellchen der Ивѣрская vor unseren Fenstern stünde. Es wird so mehr wie eine Wiederkehr sein! – Und nun schreiben Sie uns recht bald wieder, viel Gutes von sich und natürlich russisch! Das liest sich so schön! – Frau Lou dankt vielmals für den Brief und sendet herzliche Grüße. In gleicher Dankbarkeit und in herzlicher Verehrung schließt sich an

Ihr sehr ergebener
Rainer Maria Rilke

An Emanuel von Bodman

Westerwede bei Bremen,
am 17. Aug. 1901

Mein lieber Bodman,
ich danke Ihnen für Ihren Brief und die Verse, diese Zeichen lieben und aufrichtigen Vertrauens. Ich weiß es wohl zu schätzen, daß Sie mir aus so ernsten Tagen schreiben konnten, und Sie werden es nicht aufdringlich empfinden, wenn ich daraus das Recht ableite, Ihnen etwas von meiner Meinung über derartige Kämpfe zu vermitteln.

In einem solchen Fall heißt es (nach meiner persönlichen Meinung), sich auf sich selbst zurückziehen und weder zu dem einen noch zu dem anderen Wesen hinzustreben, das Leiden, welches beide verursachen, nicht auf die Ursache des Leidens (die so weit außerhalb liegt) beziehen, sondern für sich selbst fruchtbar machen. Wenn Sie die Vorgänge Ihres Gefühls in die Einsamkeit übertragen und Ihr schwankendes und zitterndes Empfinden nicht in die gefährliche Nähe von Magnetkräften bringen, so wird es mit der ihm eigenen Beweglichkeit von selbst diejenige Lage einnehmen, welche ihm die natürliche und notwendige ist. – Es tut in jedem Falle gut, sich sehr oft zu erinnern, daß es über allem Seienden Gesetze gibt, die niemals zu wirken versäumen, die vielmehr herbeistürzen, um an jedem Stein und an jeder Feder, die wir fallen lassen, sich zu bewähren und zu versuchen.

Alles Irren besteht also nur im Nichterkennen der Gesetzmäßigkeit, unter welcher wir im gegebenen Fall stehen, und alle Lösung beginnt mit unserer Aufmerksamkeit und Sammlung, die uns leise in die Kette der Ereignisse einreiht und unserm Willen seine wiegenden Gleichgewichte wiedergibt.

Im übrigen bin ich der Meinung, daß die ›Ehe‹ als solche nicht so viel Betonung verdient als ihr durch die konventionelle Entwicklung ihres Wesens zugewachsen ist. Es fällt niemandem ein, von einem einzelnen zu verlangen, daß er ›glücklich‹ sei, – heiratet aber einer, so ist man sehr erstaunt, wenn er es *nicht* ist! (Und dabei ist es wirklich gar nicht wichtig, glücklich zu sein, weder als einzelner noch Verheirateter.) Die Ehe ist in manchen Punkten eine Vereinfachung der Lebensumstände, und der Zusammenschluß summiert natürlich die Kräfte und Willen zweier junger Menschen, so daß sie geeint weiter in die Zukunft zu reichen scheinen als vorher. – Allein, das sind Sensationen, von denen sich nicht leben läßt. Vor allem ist die Ehe eine neue Aufgabe und ein neuer Ernst, – eine neue Anforderung und Frage an die Kraft und Güte eines jeden Beteiligten und eine neue große Gefahr für beide.

Es handelt sich in der Ehe für mein Gefühl nicht darum, durch Niederreißung und Umstürzung aller Grenzen eine rasche Gemeinsamkeit zu schaffen, vielmehr ist die gute Ehe die, in welcher jeder den anderen zum Wächter seiner Einsamkeit bestellt und ihm dieses größte Vertrauen beweist, das er zu verleihen hat. Ein *Miteinander* zweier Menschen ist eine Unmöglichkeit und, wo es doch vorhanden scheint, eine Beschränkung, eine gegenseitige Übereinkunft, welche einen Teil oder beide Teile ihrer vollsten Freiheit und Entwicklung beraubt. Aber, das Bewußtsein vorausgesetzt, daß auch zwischen den *nächsten* Menschen unendliche Fernen bestehen bleiben, kann ihnen ein wundervolles Nebeneinanderwohnen erwachsen, wenn es ihnen gelingt, die Weite zwischen sich zu lieben, die ihnen die Möglichkeit gibt, einander immer in ganzer Gestalt und vor einem großen Himmel zu sehen!

Deshalb muß also auch dieses als Maßstab gelten bei Verwerfung oder Wahl: ob man an der Einsamkeit eines Menschen Wache halten mag, und ob man geneigt ist, diesen selben Menschen an die Tore der eigenen Tiefe zu stellen, von der er nur erfährt durch das, was, festlich gekleidet, heraustritt aus dem großen Dunkel.

So ist meine Meinung und mein Gesetz. Und, wenn es möglich ist, lassen Sie bald wieder Mutiges und Gutes von sich hören

Ihren getreuen
Rainer Maria Rilke

An Alexej S. Suworin

Westerwede bei Worpswede via Bremen,
am 5. März 1902

Hochgeschätzter Herr, sehr verehrter Alexej Sergejewitsch,
Maximilian Harden* führt mich bei Ihnen ein, und dieser Umstand gibt mir den Mut, zu Ihnen zu reden, und die Hoffnung, daß Sie es nicht ablehnen werden, mich zu hören. Was ich brauche und was Sie mir geben können, sei gleich gesagt: eine Heimat und die Möglichkeit, ihr zu dienen und mich zu entfalten.

Denn das alles fehlt mir. Ich habe mehrere Bücher: Gedichte, Novellen und Erzählungen geschrieben, und es gibt Dramen von mir, die über die Bühne gegangen sind. Ich weiß, daß ich recht habe, wenn ich meiner Kunst lebe, denn sie ist es, die mich erhebt und erhält, von der ich alles empfangen habe und der alles gehört, was ich erwerbe.

* Anbei ein Billet von M. Harden aus Berlin

Wenn ich reich wäre, könnte ich mit meiner Kunst in irgendeinem entlegenen Winkel Deutschlands oder Österreichs (meiner engeren Heimat) leben, unbekümmert um das, was die Leute tun und preisen: eine Weile lang habe ich so gelebt, obwohl ich arm bin und eine liebe Frau und eine ganz kleine Tochter habe, die mir vertrauen. Kramskoi hat einmal an einer Stelle seiner Briefe gesagt, wie stolz dieses Vertrauen der Seinen ihn gemacht hat: auch ich rühme mich dessen von Herzen. Aber sobald ich um des Erwerbes willen meine Kunst irgendwie fruchtbar machen will, ja sooft ich nur suche, einen Zusammenhang zu finden zwischen allem, was ich denke und fühle, und dem, was die Leute in Deutschland jetzt erfüllt, so erkenne ich klar, daß nicht allein meine Schriften hier niemandem etwas bedeuten können, sondern auch, daß meine Kraft sich nirgends einschalten und gebrauchen läßt in dem Organismus dieser eitlen Zeit, die alle leben, welche eine ›deutsche Renaissance‹ gekommen glauben. Ich bin ein Einsamer und Überzähliger in diesem Lande, in welchem es keine Demut gibt und keinen Gott für Schweigsame und Demütige. Und ich würde glauben, daß ich überall so einsam und verloren und überzählig wäre, wenn ich nicht zweimal (in den Jahren 1899 und 1900) in Rußland gewesen wäre, wo ich erkannte, daß es eine Heimat für mich gibt, ein Erdreich, in dem ich Wurzel schlagen, ein Volk, das ich lieben könnte – das ich – liebe.

Mir fehlen die Worte, Ihnen zu sagen, welches Ereignis es mir war, Moskau zu sehen; meine ganze Kindheit, die, von den Jahren einer bangen und verworrenen Jugend überflutet, mir verlorengegangen war, tauchte wieder auf wie eine versunkene Stadt, und als ich in einer Osternacht mit meiner kleinen Kerze auf dem Kreml stand, da schlug die Glocke auf dem ›Iwan Welikij‹ so gewaltig und groß, daß ich glaubte, das Herz des Landes schlagen zu hören, das auf seine Zukunft wartet von Tag zu Tag. Aber nicht auf so flüchtige Eindrücke beschränken sich meine Erinnerungen. Nach jener ersten Reise kehrte ich nach Berlin zurück und ging daran, die Sprache des Landes zu lernen, das mir wie eine Offenbarung gegeben worden war. Ich las Tolstojs ›Казаки‹ [Die Kosaken] so lange, bis ich jedes Wort verstand, und noch ehe ich meine zweite Reise nach Rußland antrat, übersetzte ich Чеховъ's ›Чайка‹ [Tschechows ›Die Möwe‹] und las russische Geschichtswerke Пыпинъ's und Костомаровъ's. Dann reiste ich. Diesmal war Moskau, wo ich schon mehrere Bekannte hatte, das erste Ziel, und von da ging es nach Tula und zu einem unvergeßlichen Maitage in Ясная, wo es mir vergönnt war, den Grafen Tolstoj, den ich schon von Moskau her kannte, auf einem Spaziergange zu begleiten. Wir gingen in einem großen Frühlingswinde, der über die von Vergißmeinnicht bedeckten Hügel in den alten Bäumen des Parkes kam, und da sah ich den großen Greis neben mir, wie er ruhig und rüstig dahinschritt: sein weißer Bart wehte zurück und schlug immer wieder an seine Schultern, aber sein Gesicht (diese vollendete Arbeit eines großen gewaltigen Lebens) sah, als ob kein Wind wäre, wie umgeben von seiner inneren Stille, geradeaus, während er Worte voll Gleichgewicht und Gerechtigkeit sagte, die ich noch oft höre in stillen und guten Stunden. Wie gesegnet reiste ich weiter. Ich lebte eine Zeitlang in Kiew, besuchte das Höhlenkloster und die umliegenden Einsiedeleien, fuhr dann flußabwärts bis Krementschug, durchquerte das ganze Reich und kam endlich bei Saratow an die große Wolga. Und ich habe nicht Hoffnung, je wieder Tage von solcher Größe zu erleben, wie die waren, während welcher ich diesen Strom aufwärts fuhr. ›Was ich bisher sah‹ (so schrieb ich damals in mein Tagebuch), ›war nur ein verkleinertes Bild von Land, Fluß und Welt; *hier* aber ist alles selbst. Mir ist, als hätte ich der Schöpfung zugesehen. Hier sind die Dinge in den Maßen Gott-Vater's‹ …

So lernte ich die alten Städte kennen: Казань, Нижнiй, Ярославль und Тверь. Dann wohnte ich im Dorfe Завидово bei Дрожжинъ, Спиридонъ Дмитр., dem Bauerndichter, und verbrachte reiche Tage voll Anregung bei Николай Толстой auf seinem Gute Nowinki. Endlich war ich noch in ›Nowgorod, dem Großen‹ und kehrte so nach Petersburg zurück, um dort an der öffentlichen Bibliothek zu arbeiten. Ich hatte (es war tief im Sommer zur allgemeinen Remontezeit) wenig Verkehr. Gemeinsame Interessen führten mich mit Алекс. Бенуа zusammen, (dessen Kunstgeschichte des XIX. Jahrhunderts ich jetzt ins Deutsche übertrage).*

* (Aus dem Kreis der ›N[owoje] W[remja]‹ lernte ich nur Бл. Г. Янчевецкiй kennen, der mir sehr sympathisch war.)

Unvergeßlich vor allem aber bleibt mir ein Nachmittag bei Анатолий Крамской, der mir viele Skizzen seines Vaters brachte, den ich so sehr verehre und liebe. In seinen Briefen ist vieles, was den Künstlern im Westen wie eine Offenbarung sein müßte, wenn sie reif und ernst genug wären, es zu verstehen.

Schwer und ungern ging ich damals von Rußland fort, und mir war, als ob ich ein Unrecht täte. Helfen Sie mir, verehrter Meister, dieses Unrecht wiedergutzumachen.

Ich kann nicht genau sagen, was ich von Ihnen erbitte. Wenn dieser Brief es auch nirgends ausspricht, Sie werden darin gewiß lesen, ob Sie mich brauchen können und wozu. Und so ist meine Bitte: Brauchen Sie mich! Lassen Sie mich neben meiner Kunst, der ich gehöre, etwas tun, was nützlich ist und was mich und die Meinen ehrlich nährt. Tun Sie meine Kraft in irgendeinen Zusammenhang; ich will sie an jeder von Ihnen bezeichneten Stelle gerne ansetzen; denn ich vertraue Ihnen. Verknüpfen Sie mich irgendwie mit Ihrem großen und zukunftsvollen Lande, an das ich glaube mit jeder Fiber meines Gefühles. Binden Sie mich an sich und an Ihre Pläne – und meine Freiheit wird größer sein als jetzt, da ich an nichts gebunden bin.

Hier sind noch einige sachliche Erklärungen und Ergänzungen notwendig. Ich bin bisher jeder journalistischen Tätigkeit weit aus dem Wege gegangen, weil ich in ihr (in der kleinlich-tendenziösen Art, die sie bei uns ohne Ausnahme hat) eine Gefahr für meine stille künstlerische Arbeit und ein Unrecht an ihr – sah. Aber ich habe seit Jahren in Zeitschriften über Bilder und Bücher, über Kunst und Leben geschrieben. In dieser Weise könnte ich weiterarbeiten. Was nun die Sprache anlangt: ich lese das Russische ziemlich leicht, übersetze es recht mühelos und empfinde es so aus seiner Tiefe heraus, daß ich manchmal in einer Stunde der Inspiration russische Verse schreiben kann, aus dem Unbewußten heraus. Das Wohnen im Lande, das Umgebensein von der geliebten wahlverwandten Sprache, würde mich jedenfalls in kurzer Zeit in den Stand setzen, russisch zu schreiben – was ich so sehr wünsche. Ich habe schon öfters russische Briefe geschrieben, und wenn ich es in diesem Falle nicht versucht habe, so geschah's, weil ich vieles zu sagen hatte, was ich deutlicher und besser in der gewohnten Sprache sagen zu können glaubte.

Es ist nun noch eines zu betonen: Sie werden, hochzuverehrender Herr, wohl empfinden, daß in dem Moment, wo ich diesen Schritt tue, meine deutsche Vergangenheit in Flammen aufgeht, so daß ich nicht mehr zu ihr zurückkehren kann. Ich muß also in sichere Verhältnisse kommen, d.h. in eine Lage, die es mir möglich macht, mit meiner Frau und meinem Kind zu leben, und zugleich in eine Stellung, die mir Zeit läßt, meinen künstlerischen Entwicklungen nachzugehen, d.h. etwas zu betreiben, was ihnen nicht widerspricht oder alle Kraft aufsaugt. Sie haben so oft Künstlern und Dichtern geholfen, daß Sie wissen werden, wie ich das meine. In unserem Hause wird übrigens kein Müßiger zu ernähren sein; denn meine Frau ist eine sehr begabte junge Bildhauerin, die bereits manches Bedeutende geschaffen hat; sie hat eine Zeitlang in Paris bei Rodin gearbeitet. Jetzt leben wir hier in einem einsamen Bauernhaus im Moor, fern von der Welt, die Deutschland heißt, und wollen nur eines: einer dem anderen helfen, ein recht ernstes und großes Leben haben, aus dem eine tiefe und stille Kunst aufsteigt, wie ein Baum, dessen Früchte die Freude Zukünftiger sein werden.

Meine Frau kennt Rußland nicht; aber ich habe ihr viel davon erzählt, so daß sie bereit wäre, ihre Heimat, die ihr auch fremd geworden ist, zu verlassen, um mit mir zu gehen in das Land, welches die Heimat meiner Seele ist.

Könnten wir uns dort ein Leben schaffen!

Ich glaube, daß es möglich ist, weil ich die Liebe habe zu Ihrem Lande und seinen Menschen, zu seinem Leiden und zu seiner Größe – und die Liebe ist Kraft und eine Verbündete Gottes.

Dieses ist die Bitte, welche Ihnen, verehrter Meister, voll Zuversicht sendet

Ihr in großer Verehrung ergebener:
Rainer Mar. Rilke

(Вестерведе-Ворпсведе. Городъ Бременъ)

NB: Ich lege heute nur einen alten Aufsatz über russ[ische] Kunst bei, der nicht mehr ganz meine jetzige Ansicht vertritt, aber im allgemeinen Teil noch richtig ist.

Sollte Ihnen ein Einblick in meine Bücher erwünscht sein, so kann ich Ihnen sofort einige davon senden.

Ich bin 1875 zu Prag geboren (aus einer deutschen Familie), habe 1895 mein erstes Buch veröffentlicht. Im Ganzen bisher 4 Bücher Gedichte, 4 Bücher Novellen und Erzählungen, 3 Dramen und viele Beiträge in Zeitschriften als: ›Pan‹, ›Wiener Rundschau‹, ›Jugend‹, ›Insel‹ etc.

An Clara Rilke

Paris, 11 Rue Toullier
31. août, Sonntag 1902,
6 Uhr nachmittag

[...]

Und dann kommt nur noch Rodin. Und zwischendurch immer wieder das Louvre. Es wird sich alles auf ihn beziehen und um ihn stellen. Vielleicht auch Paris, das wirklich eine große fremde Stadt ist, mir sehr, sehr fremd. Mich ängstigen die vielen Hospitäler, die hier überall sind. Ich verstehe, warum sie bei Verlaine, bei Baudelaire und Mallarmé immerfort vorkommen. Man sieht Kranke, die hingehen oder hinfahren, in allen Straßen. Man sieht sie an den Fenstern des Hôtel-Dieu in ihren seltsamen Trachten, den traurigen blassen Ordenstrachten der Krankheit. Man fühlt auf einmal, daß es in dieser weiten Stadt Heere von Kranken gibt, Armeen von Sterbenden, Völker von Toten.

Ich habe das noch in keiner Stadt gefühlt, und es ist seltsam, daß ich es gerade in Paris fühle, wo (wie Holitscher schrieb) der Lebenstrieb stärker ist als anderswo. Lebenstrieb ist das – Leben? Nein – Leben ist etwas Ruhiges, Weites, Einfaches. Lebenstrieb ist Hast und Jagd. Trieb, das Leben zu haben, gleich, ganz, in einer Stunde. Davon ist Paris so voll und darum so nahe am Tod. Es ist eine fremde, fremde Stadt.

Aber wir meinen ja nicht sie, diese Stadt ... Sondern nur ihn, Rodin. Und darum bin ich doch nicht bange und manchmal sogar schon froh, über alles. Nun sehe ich ihn bald. Vielleicht morgen, vielleicht übermorgen ...

... Mit dem Aufsuchen einzelner Franzosen will ich warten, bis meine Sprache sich ein wenig bessert. Gott, ich drücke mich ganz erbärmlich aus, viel schlechter als bei Madame Meuris in der Berlitz-school. Mir fehlt fast immer alles, was ich gerade sagen will ... Wie wird das bei Rodin werden? Er muß mich, glaub ich, doch verstehen! Und wenn ein Wunder dazu nötig ist, so gehe ich ins Panthéon und bitte um ein Wunder. Das hat etwas Kirchliches für mich, dieses Panthéon. Ich mußte auf der Schwelle den Hut abnehmen, obwohl ich sah, daß alle Leute nachlässig mit bedecktem Kopfe darin herumgingen. (Dort ist auch jenes Fresko, in dem J. P. Laurens Rodin als Krieger angebracht hat, ganz oben nahe an der Decke und sehr schrecklich.) Aber das Panthéon ist doch still, lieb und weit ... ein guter Ort – ...

An Clara Rilke

Paris, 11, rue Toullier,
Dienstag, den 2. September 1902

Nachmittags fünf Uhr ... fühlst Du, daß ich Dir nahe bin? Ich bin es. Eben kommen wieder zwei Briefe von Dir, Du Liebe, an, einer mit Deinen Worten und einer mit den Beilagen. Danke, meine Liebe, für alles, was Du mir sagst, es klingt in mir nach und klingt weiter bis zum nächsten Briefe, so daß ich immer voll Deines Klanges bin. Dank für die Reseda, die wunderbar lieb duftet. Am Sonntag hab ich Dir geschrieben, einen ziemlich langen Brief, jetzt, ehe ich zu meinen Sachen komme, laß mich erst auf Deine Zeilen eingehen. Das Gewitter. Solche Gewitter gibt es bei Euch?! Hier donnert es auch gelegentlich, zieht sich zusammen, regnet, regnet, läßt sich einfach so fallen stundenlang, und gleich hernach ist die Luft ganz genau so schwer wie vorher, bange wie Blei. – Deine Gewittererzählung war sehr schön, wenn Du solche Dinge erzählst, bringst Du unendlich viel Unsagbares in scheinbar ganz knapper Form – wie ein großer Dichter. Wie der Dichter des Requiems, der Du ja eigentlich bist. Seid nur Ihr recht ruhig, meine Lieben, ohne Angst, aber voll Vorsicht. Denke, wenn etwas passiert, nur an *Dich* und *Ruth*: mögen meine Schreibereien immerhin verbrennen ...

Ich habe heute (wahrscheinlich infolge der Hitze) keine Schreibhand und schreibe erbärmlich; trotzdem noch einige Worte. Kurze. Wichtige.

Gestern, Montag nachmittag 3 Uhr, war ich zuerst bei Rodin. Atelier rue de l'Université 182. Bin auf der Seine hingefahren. Er hatte Modell. Ein Mädchen, hatte ein kleines Gipsding in der Hand, an dem er herumkratzte. Er ließ die Arbeit im Stich, bot mir einen Sessel an, und wir sprachen. Er war gut und mild. Und mir war, als kennte ich ihn immer schon. Als sähe ich ihn nur wieder; ich fand ihn kleiner und doch mächtiger, gütiger und erhabener. Diese Stirne, die Art, wie sie zur Nase steht, die aus ihr herausfährt wie ein Schiff aus dem Hafen ... das ist sehr merkwürdig. Stil von Stein ist in dieser Stirn und dieser Nase. Und der Mund hat eine Sprache, deren Klang gut, nahe und voll Jugend ist. So ist auch das Lachen, dieses verlegene und zugleich fröhliche Lachen eines schön beschenkten Kindes. Er ist mir sehr lieb. Das wußte ich gleich. Wir sprachen manches – (soweit meine seltsame Sprache und seine Zeit es zuließ). Ich brachte ihm Deine Grüße, die er ernst und herzlich aufnahm. Es waren nicht Grüße, wie man sie so im allgemeinen ausrichtet. Und er nahm sie an, anders als man Grüße so gemeinhin annimmt.

Dann arbeitete er weiter und bat mich, alles zu besehen, was im Atelier steht. Das ist nicht wenig. Die ›Hand‹ ist da. C'est une main comme-ça [So eine Hand ist das] (sagte er und machte mit seiner eine so mächtig haltende und formende Gebärde, daß man glaubte, Dinge aus ihr wachsen zu sehen). – C'est une main comme-ça, qui tient un morceau de terre glaise avec des [So eine Hand ist das, die einen Klumpen Lehm hält mit] ... Und auf die beiden wundervoll tief und geheimnisvoll vereinigten Gestalten deutend: c'est une création ça, une création [das ist eine Schöpfung, eine Schöpfung] ... Wunderbar sagte er das ... Das französische Wort verlor seine Grazie und erhielt nicht die umständliche Schwere des deutschen Wortes: Schöpfung ... es hatte sich aus allen Sprachen losgelöst, losgekauft ... war allein in der Welt:

création ...

Ein Basrelief ist da; Morgenstern nennt er es. Ein ganz junger Mädchenkopf mit wunderbar junger Stirn, klar, lieb, licht und einfach, und tief unten im Stein taucht eine Hand auf, die die Augen eines Mannes, eines Erwachenden, vor der Helle schützt. Diese Augen sind beinahe noch im Stein (so wundervoll ist das ›Noch nicht-Erwachtsein‹ hier gesagt – so plastisch): man sieht nur den

Mund und den Bart. – Ein Frauenporträt ist da. Es ist mehr da, als man sagen kann, und alles Kleine hat so viel Größe, daß der Raum des Ateliers H sich ins Unermessene zu dehnen scheint, um alles zu umfassen. –

Und nun heute: heute fuhr ich um 9 Uhr früh mit der Bahn nach Meudon (gare Montparnasse, von da in zwanzig Minuten Fahrt). Die Villa, die er selbst un petit château Louis XIII [ein kleines Schloß im Stil Ludwigs XIII.] genannt hat – ist nicht schön. – Sie hat drei Fenster Front, rote Backsteine mit gelblichem Rahmenwerk, ein graues steiles Dach, hohe Kamine. Die ganze ›malerische‹ Unordnung des Val Fleury breitet sich davor aus, eines schmalen Tales, in dem die Häuser arm sind und aussehen wie in italienischen Weinbergen. (Und Weinberge sind wohl auch hier, denn des Ortes steile, schmutzige Straße, durch die man geht, heißt rue de la Vigne …) Dann geht man über eine Brücke, noch ein Stück Straße, an einer kleinen, auch ganz italienisch aussehenden Osteria vorbei. Links ist die Tür. Zuerst eine lange Kastanienallee, mit großem Kies bestreut. Dann eine kleine Holzgattertür. Wieder eine kleine Holzgattertür. Dann kommt man um die Ecke des kleinen rot-gelben Hauses und steht – vor einem Wunder, – vor einem Garten von Steinen und Gipsen. Sein großer Pavillon, derselbe, der auf der Ausstellung am Pont de l'Alma gestanden hat, ist nun in seinen Garten übertragen, den er scheinbar ganz ausfüllt, mit noch einigen Ateliers, in denen Steinhauer sind und in denen er selbst arbeitet. Dann sind noch Räume zum Tonbrennen und zu allerhand Handwerken. Es ist ein ungeheuer großer und seltsamer Eindruck, diese große helle Halle mit allen ihren weißen, blendenden Figuren, die aus den vielen hohen Glastüren hinaussehen wie die Bevölkerung eines Aquariums. Groß ist dieser Eindruck, übergroß. Man sieht, noch ehe man eingetreten ist, daß alle diese hundert Leben *ein* Leben sind, – Schwingungen *einer* Kraft und *eines* Willens. Was da alles ist – alles, alles. Der Marmor von La prière: Gipsabgüsse fast von allem. – Wie das Werk eines Jahrhunderts … eine Armee von Arbeit. Da sind Riesenvitrinen, ganz erfüllt mit wundervollen Bruchstükken der Porte de l'Enfer. Es ist nicht zu beschreiben. Da liegt es meterweit nur Bruchstücke, eines neben dem andern. Akte in der Größe meiner Hand und größer … aber nur Stücke, kaum einer ganz: oft nur ein Stück Arm, ein Stück Bein, wie sie so nebeneinander hergehen, und das Stück Leib, das ganz nahe dazu gehört. Einmal der Torso einer Figur mit dem Kopf einer anderen an sich angepreßt, mit dem Arm einer dritten ... als wäre ein unsäglicher Sturm, eine Zerstörung ohnegleichen über dieses Werk gegangen. Und doch, je näher man zusieht, desto tiefer fühlt man, daß alles das weniger ganz wäre, wenn die einzelnen Körper ganz wären. Jeder dieser Brocken ist von einer so eminenten ergreifenden Einheit, so allein möglich, so gar nicht der Ergänzung bedürftig, daß man vergißt, daß es nur *Teile* und *oft Teile* von *verschiedenen* Körpern sind, die da so leidenschaftlich aneinander hängen. Man fühlt plötzlich, daß es mehr Sache des Gelehrten ist, den Körper als Ganzes zu fassen – und vielmehr des Künstlers, aus den Teilen neue Verbindungen zu schaffen, neue, größere, gesetzmäßigere Einheiten ... ewigere ... Und dieser Reichtum, diese unendliche, fortwährende Erfindung, diese Geistesgegenwart, Reinheit und Vehemenz des Ausdrucks, diese Unerschöpflichkeit, diese Jugend, dieses immer noch Etwas, immer noch das Beste zu sagen haben ... das ist ohnegleichen in der Geschichte der Menschen. Dann sind Tische, selles, Kommoden ... ganz bedeckt mit kleinen Stückchen – goldbraun und ockergelb gebrannten Tons. Arme nicht größer als mein kleiner Finger, aber von einem Leben erfüllt, das einem das Herz klopfen macht. Hände, die man mit einem Zehnpfennigstück zudecken kann, und doch von einer Fülle des Wissens erfüllt, ganz genau determiniert und doch nicht kleinlich ... als hätte ein Riese sie unermeßlich groß gemacht: – so macht dieser Mensch sie in seinen Verhältnissen. Er ist so groß; wenn er sie ganz klein macht, so klein er kann, sind sie immer noch größer als die Menschen ... bei diesen kleinen Dingen, die überall sind und die man in die Hand nehmen kann, ging es mir ähnlich wie damals in Petersburg vor der kleinen Venus aus den Ausgrabungen ... Davon ist hundert und hundert da, nicht ein Stückchen dem anderen gleich – jedes eine Empfindung, jedes ein Stück Liebe, Hingabe, Güte und Forschung. Ich war in Meudon bis gegen 3 Uhr. Rodin kam von Zeit zu Zeit zu mir, fragte und sagte manches, nichts Wichtiges. Die Grenze der Sprache ist *zu* groß. Ich habe ihm heute meine Gedichte gebracht: wenn er sie doch lesen könnte ... Ich denke jetzt, daß das Jüngste Gericht ihm etwas sein müßte. Er blätterte sie sehr aufmerksam durch. Die Ausstattung überraschte ihn, glaub ich, besonders beim Buch der Bilder. Und da stehen nun diese dummen Sprachen hilflos wie zwei Brücken, die nebeneinander über denselben Fluß gehen, aber durch einen Abgrund voneinander getrennt sind. Es ist nur eine Bagatelle, ein Zufall, und es trennt doch …

Nach 12 bat Rodin mich zum déjeuner [Frühstück], das wurde im Freien eingenommen; es war sehr seltsam. Madame Rodin (ich hatte sie schon vorher gesehen – er stellte mich *nicht* vor) sah müde, gereizt, nervös und nachlässig aus. Mir gegenüber saß ein französischer Herr mit einer roten Nase, dem ich auch nicht vorgestellt wurde. – Neben mir ein kleines, sehr liebes Mädchen von etwa zehn Jahren (von der ich auch nicht erfuhr, wer sie ist …). Kaum hatte man sich gesetzt, – so beklagte sich Rodin über die Unpünktlichkeit des Essens; er war schon angezogen, um zur Stadt zu fahren. Darauf wurde Mme Rodin sehr nervös. Comment, sagte sie, puis-je être partout? Disez-le à Madeleine [Wie, sagte sie, kann ich denn überall sein? Sag's Madeleine] (wahrscheinlich die Köchin), und nun kam eine Flut hastiger und heftiger Worte aus ihrem Munde, die nicht eigentlich böse klangen, nicht häßlich, aber wie von einem sehr gekränkten Menschen, dessen Nerven alle im nächsten Augenblick springen werden. Eine Unruhe kam in ihren ganzen Körper – sie begann alle Dinge auf dem Tische ein wenig zu schleudern, so daß es aussah, als wäre man schon nach Tisch. Alles, was so ordentlich bereit gelegen hatte, war, wie nach der Mahlzeit, irgendwo verstreut liegen geblieben. Diese Szene war *nicht* peinlich, *nur traurig*. Rodin war ganz ruhig, sprach sehr ruhig weiter, *weshalb* er sich beklagte, motivierte seine Klage ganz genau, sprach sanft und unbeugsam zugleich. Endlich kam ein ziemlich schmutziger Mensch, brachte einige Sachen (die gut zubereitet waren), trug sie herum und *nötigte* mich, wenn ich nicht wollte, mit sehr gutmütiger Art, zuzugreifen: er hielt mich offenbar für äußerst schüchtern. Ich habe noch kaum je ein so seltsames déjeuner mitgemacht. Rodin war ziemlich gesprächig, – sprach manchmal sehr rasch, daß ich es nicht verstand, meist aber deutlich. Ich erzählte von Worpswede – von den Malern (von denen er nichts wußte), er kannte, soviel ich sah, nur Liebermann und Lenbach – als Illustrator … Das Gespräch war nicht konventionell, auch nicht anders, so irgendwie. Manchmal nahm Madame auch teil, stets sehr nervös und leidenschaftlich redend. Sie hat graue Locken, dunkle, tiefliegende Augen, sieht mager, nachlässig, müde und alt aus, von irgendwas gequält. Nach Tisch sprach sie sehr freundlich zu mir – erst jetzt als Hausfrau –, lud mich ein, immer wenn ich in Meudon wäre, am déjeuner teilzunehmen etc. Morgen gleich früh gehe ich wieder hinaus und vielleicht noch einige Tage: es ist unendlich viel. Es strengt aber furchtbar an – erstens wegen der Menge, zweitens weil alles weiß ist; man geht unter den vielen blendenden Gipsen in dem ganz hellen Pavillon wie im Schnee umher. Meine Augen schmerzen mich, meine Hände auch … Verzeih diesen geschmierten Brief. Du kannst ihn ja gewiß lesen. Ich mußte Dir nur rasch schreiben, was ich heute alles gelebt habe. Es ist wichtig. Leb woh, meine Liebe! Liebe und Gute! Ich bin froh, daß es so viel Größe gibt und daß wir durch die weite bange Welt den Weg zu ihr gefunden haben. Wir beide. Küsse unsere Ruth mit meinen Küssen.

Dein
Rainer Maria

An Clara Rilke

Paris, 11 Rue Toullier,
am 5. September 1902

… Ich glaube, mir ist jetzt manches offenbar geworden neulich bei Rodin. Nach einem déjeuner [Frühstück], das nicht weniger unruhig und seltsam verlief wie das jüngst erwähnte, ging ich mit Rodin in den Garten, und wir setzten uns auf eine Bank, die wunderbar weit über Paris hinaussah. Es war still und schön. Die Kleine (es ist wohl doch Rodins Tochter), die Kleine war mitgegangen, ohne daß Rodin ihrer achtete. Das Kind schien es auch nicht zu erwarten. Es saß nicht weit von uns am Wege nieder und suchte langsam und traurig nach merkwürdigen Steinen im Kies. Manchmal kam sie heran, sah den Mund Rodins an, wenn er sprach, oder meinen, wenn ich gerade etwas sagte. Einmal brachte sie auch ein Veilchen. Sie legte es mit ihrer kleinen Hand schüchtern auf die Rodins und wollte es ihm irgendwie in die Hand legen, es irgendwie an dieser Hand befestigen. Aber die Hand war wie von Stein, Rodin sah nur flüchtig hin, sah darüber weg, über die kleine scheue Hand, über das Veilchen, über das Kind, über diesen ganzen kleinen Augenblick der Liebe, mit Blicken, die an den Dingen hingen, welche in ihm immerfort sich zu formen schienen.

Er sprach von der Kunst, von den Händlern mit Kunst, von seiner einsamen Stellung und sagte sehr viel Schönes, das ich mehr empfand als verstand, weil er oft sehr undeutlich sprach und sehr rasch. Immer wieder kam er auf die Schönheit zurück, die überall ist für den, der sie recht versteht und will, auf die Dinge, auf das Leben dieser Dinge – de regarder une pierre, le torse d'une femme [einen Stein zu betrachten, den Torso einer Frau] … Und immer, immer wieder auf die Arbeit. Seit die körperlichen, die wirklich schweren handwerklichen Arbeiten für etwas Niederiges gelten, – sagte er, hat die Arbeit überhaupt aufgehört. Ich weiß fünf, sechs Menschen in Paris, die wirklich arbeiten, vielleicht etwas mehr. Da auf den Schulen, was machen sie jahrelang – sie ›komponieren‹. Dabei erfahren sie überhaupt nichts vom Wesen der Sachen. Le modelé … Ich weiß, was es bedeutet: es ist die Art der Flächen, etwa im Gegensatz zur Kontur, das, was die Konturen alle ausfüllt. Es ist das Gesetz und die Beziehung dieser Flächen. Verstehst Du, es gibt für ihn *nur* le modelé … an allen Dingen, an allen Körpern, er löst es von ihnen los, macht es, nachdem er es von ihnen gelernt hat, zur selbständigen Sache, d.h. zur Plastik, zum plastischen Kunstwerk. Darum ist ein Stück Arm und Bein und Leib für ihn ein Ganzes, eine Einheit, weil er nicht an Arm, Bein, Leib mehr denkt (das schiene ihm zu stofflich, verstehst Du, zu: novellistisch sozusagen), sondern nur an ein modelé, das sich schließt, das in gewissem Sinne fertig, abgerundet ist. Ungemein aufklärend in diesem Sinne war das Folgende. Die Kleine brachte das Gehäuse einer kleinen Schnecke, das sie im Kies gefunden hatte. Die Blume hatte er nicht bemerkt, – dieses bemerkte er sofort. Er nahm es in die Hand, lächelte, bewunderte es, prüfte es und sagte plötzlich: Voilà le modelé grec [Das ist die griechische Formgebung]. Ich verstand es gleich. Er sagte noch: Vous savez, ce n'est pas la forme de l'objet, mais: le modelé [Wissen Sie, das ist nicht die Form des Gegenstandes, sondern: die Formgebung] … Dann fand sich noch ein anderes Schneckengehäuse, zerbrochen und zerdrückt …: – c'est le modelé gothique-renaissance, sagte Rodin mit seinem lieben reinen Lächeln! … Und was er meinte, war etwa: Es handelt sich für mich, d.h. für den Plastiker par excellence, nicht darum, die Farben oder die Konturen zu sehen oder zu studieren, sondern das, was die Plastik ausmacht, die Oberflächen. Die Art derselben, ob sie rauh oder glatt sind, glänzend oder stumpf (nicht in der Farbe, sondern im Wesen!). Die Dinge sind da untrüglich. Diese kleine Schnecke erinnert an die größten Werke griechischer Kunst: sie hat dieselbe Einfachheit, dieselbe Glätte, denselben inneren Glanz, dieselbe heitere und festliche Art der Oberfläche … Und darin sind die Dinge untrüglich! Sie enthalten am reinsten die Gesetze. *Sogar* die Bruchstellen einer solchen Muschel werden wieder von derselben Art sein, werden wieder modelé grec sein. Diese Schnecke bleibt immer ein Ganzes, was ihr Modelé anbetrifft, und das kleinste Stück Schnecke ist immer noch le modelé grec … Nun merkt man erst, welcher Fortschritt seine Plastik ist. Was muß das für ihn gewesen [sein], als er das zuerst fühlte, daß überhaupt noch niemand dieses plastische Grundelement gesucht hat! Er hatte es zu finden: tausend Dinge boten es ihm dar: vor allem der nackte Körper. Er hatte es umzusetzen, d.h. zu *seinem* Ausdruck zu machen, sich zu gewöhnen, *alles* durchs Modelé zu sagen *und nicht anders*. Siehst Du, hier ist der zweite Punkt dieses großen Künstlerlebens. Das erste war, daß er seiner Kunst ein neues Grundelement entdeckt hatte, das zweite, daß er vom Leben nichts mehr wollte, als sich ganz und alles Seine durch dieses Element auszudrücken. Er hat geheiratet, parce qu'il faut avoir une femme [weil man eine Frau haben muß], wie er mir sagte (in einem andern Zusammenhange, nämlich als ich von Gruppen sprach, die sich zusammentun, von Freunden und meinte, es käme doch nur bei einsamem Streben was heraus, da sagte er es, sagte: Non, c'est vrai, il n'est pas bien de faire des groupes, les amis s'empêchent. Il est mieux d'être seul. Peut-être avoir une femme – parce qu'il faut avoir une femme [Nein, es ist wahr, es ist nicht gut, Gruppen zu bilden, Freunde sind sich hinderlich. Es ist besser, allein zu sein. Vielleicht eine Frau zu haben –, weil man eine Frau haben muß] … so etwa – … Er schwieg eine Weile und sagte dann, wunderbar ernst sagte er das: … il faut travailler, rien que travailler. Et il faut avoir patience [man muß arbeiten, nichts als arbeiten. Und man muß Geduld haben]. Man soll nicht daran denken, etwas machen zu wollen, man soll nur suchen, das eigene Ausdrucksmittel auszubauen und alles zu sagen. Man soll arbeiten und Geduld haben. Nicht rechts, nicht links schauen. Das ganze Leben in diesen Kreis hineinziehen, *nichts* haben außerhalb dieses Lebens. Rodin hat das so gemacht. J'ai y donné ma jeunesse [Ich habe meine Jugend dafür hingegeben], sagte er. Es ist sicher so. Man muß das andere opfern. Der unerquickliche Hausstand Tolstois, die Unbehaglichkeit in den Zimmern Rodins: das deutet alles auf dasselbe hin: daß man sich entscheiden muß, entweder das oder jenes. Entweder Glück oder Kunst. On doit trouver le bonheur dans son art [Man muß das Glück in der Kunst finden] … so ungefähr sagte Rodin auch. Und das ist ja alles so klar, so klar. Die großen Menschen alle haben ihr Leben zuwachsen lassen wie einen alten Weg und haben alles in ihre Kunst getragen. Ihr Leben ist verkümmert wie ein Organ, das sie nicht mehr brauchen …

… Rodin hat nichts gelebt, was nicht in seinem Werke ist. So wuchs es um ihn. So verlor er sich nicht, selbst in den Jahren, da Geldnot ihn zu unwürdiger Arbeit zwang, verlor er sich nicht, weil nicht Plan blieb, was er erlebte, weil er abends es gleich verwirklichte, was er bei Tage gewollt hat. So wurde immer alles wirklich. Das ist die Hauptsache, daß man nicht beim Träumen, beim Vornehmen, beim In-Stimmung-Sein bleibt, sondern immer mit Gewalt alles in Dinge umsetzt. Wie Rodin es getan hat. Warum ist er durchgedrungen? Nicht weil er Beifall gefunden hat. Seiner Freunde sind wenige, und er steht, wie er sagt, auf dem Index. Aber sein Werk war da, eine enorme, grandiose Wirklichkeit, über die man nicht weg kann. Damit hat er sich Raum und Recht erzwungen. Man kann sich einen Mann denken, der das alles in sich gefühlt, gewollt hatte und auf bessere Zeiten gewartet hätte, um es zu machen. *Wer* würde seiner achten; er wäre ein alternder Narr, der nichts mehr zu hoffen hätte. Aber machen, machen heißt es. Und ist erst einmal etwas da, sind zehn, zwölf Sachen da, sind 60, 70 kleine Akte um einen, die man alle bald aus dem oder jenem Drang heraus gemacht hat, dann hat man schon ein Stück Land gewonnen, auf dem man aufrecht stehen kann. Dann verliert man sich nicht mehr. Wenn Rodin da unter seinen Dingen umhergeht, da fühlt man, wie ihm von ihnen immerfort Jugend, Sicherheit und neue Arbeit zuströmt. Er kann nicht irre werden. Sein Werk steht wie ein großer Engel neben ihm und schützt ihn ... sein großes Werk! ...

An Otto Modersohn

Paris,
am Silvestertage 1902

... Inzwischen ist auch mein kleines Buch, das vom Werke Rodins handelt, fertig geworden. Es wird vielleicht noch in der ersten Hälfte 1903 erscheinen. Ich war tief in Arbeit – ... Eigentlich wollte ich Ihnen von Paris erzählen. Lieber Otto Modersohn, halten Sie an Ihrem Lande! Paris (wir sagen es uns täglich) ist eine schwere, schwere, bange Stadt. Und die schönen Dinge, die da sind, machen mit ihrer strahlenden Ewigkeit doch nicht ganz gut, was man durch die Grausamkeit und Wirrheit der Gassen und die Unnatur der Gärten, Menschen und Dinge leiden muß. Paris hat für mein geängstigtes Gefühl etwas Unsäglich-Banges. Es hat sich ganz verloren, es rast wie ein bahnverirrter Stern auf irgendeinen schrecklichen Zusammenstoß zu. So müssen die Städte gewesen sein, von denen die Bibel erzählt, daß der Zorn Gottes hinter ihnen emporstieg, um sie zu überschütten und zu erschüttern. Zu alledem ist Rodin ein großer, ruhiger, mächtiger Widerspruch, die Zeit fließt von ihm ab, und wie er so arbeitet, alle, alle Tage seines langen Lebens, scheint er unantastbar, sakrosankt und beinahe namenlos. Er und sein Werk sind von derselben Art und Wesenheit wie die alten Kathedralen, wie die Dinge im Louvre und: wie die Tage bei Ihnen, Otto Modersohn, in ihrem großen, einfachen, erhabenen Land, das Sie sich verdient haben mit lebendiger Liebe. Mir ist immer, wenn ich an Sie denke, daß Sie dort alles haben und daß, wenn Sie wieder einmal nach Paris kommen, es nur für kurze Zeit sein wird. Denn wer wirklich einmal eine Heimat hat, der muß sie pflegen und lieb haben, und er sollte nur selten von ihr gehen. Die Welt ist nicht für ihn außerhalb; er muß in Geduld und Arbeit erwarten, daß sie zu ihm komme aus allen Fernen und die Dinge seiner Heimat erfülle mit aller Vielfalt, Größe und Herrlichkeit …

An Lou Andreas-Salomé

Oberneuland bei Bremen,
am 10. August 1903. (Montag.)

Zu erfahren, daß mein kleines Rodin-Buch Dir viel ist, Lou, war mir eine unsagbare Freude. Nichts könnte mich so mit Sicherheit und mit Hoffnung erfüllen wie dieses Jasagen von Dir zu meinem erwachsensten Werke. Nun steht es erst für mich, nun ist es erst vollendet, anerkannt von der Wirklichkeit, aufrecht und gut.

Und was Dein Brief sonst an Aufklärung enthielt, hat mir unendlich hülfreich und hell geleuchtet mit stillem Licht; mein Brief von Sonnabend (den Du gewiß empfingst) hat versucht, ähnliche Wege zu finden und dem Ereignis nachzugehen, das Rodin mir war. Er ist der Wichtigsten Einer, ein Zeichen weit über der Zeit, ein ungemeines Beispiel, ein weithinsichtbares Wunder – und doch nichts als ein unsäglich einsamer, alter Mann, einsam in einem großen Greisentum. Sieh, er hat nichts verloren, er hat zusammengetragen und um sich gesammelt ein großes Leben lang; er hat nichts im Ungewissen gelassen und alles verwirklicht: aus der Flucht eines erschreckten Gefühls, aus eines Traumes Trümmern, aus dem Anfang einer Ahnung schon hat er Dinge gemacht und hat sie um sich gestellt, Dinge und Dinge; so wuchs um ihn eine Wirklichkeit, eine weite stille Verwandtschaft von Dingen, die ihn mit anderen und älteren Dingen verband, bis er selbst aus einer Dynastie großer Dinge zu stammen schien: seine Ruhe und seine Geduld kommt von daher, sein angstloses, dauerndes Alter, seine Überlegenheit über die Menschen, die viel zu beweglich sind, zu schwankend, zu sehr spielend mit den Gleichgewichten, in denen er, fast unbewußt, ruht. Du hast so wunderbar recht, liebe Lou: ich litt an dem übergroßen Beispiel, dem unmittelbar zu folgen meine Kunst keine Mittel bot; die Unmöglichkeit körperlich zu bilden, ward Schmerz an meinem eigenen Leib und auch jenes Angsthaben, (dessen stofflicher Inhalt die enge Nähe von etwas zu Hartem, zu Steinernem, zu Großem war) entsprang aus der Unvereinbarkeit zweier Kunstwelten: wie Du es fühlst und erhellst mit Deinem großen Wissen von Menschlichem: Du Wahrsagerin …

Aber gerade da Du mir geholfen hast mit diesem Aufleuchten, mit diesem unbeschreiblich hülfreichen, anpassenden Verstehen, wird es mir offenbar, daß ich ihm, Rodin, folgen muß: nicht in einem bildhauerischen Umgestalten meines Schaffens, aber in der inneren Anordnung des künstlerischen Prozesses; nicht bilden muß ich lernen von ihm, aber tiefes Gesammeltsein um des Bildens willen. Arbeiten muß ich lernen, arbeiten, Lou, das fehlt mir so! Il faut toujours travailler – toujours [Man muß immer arbeiten – immer] – sagte er mir einmal als ich ihm von den bangen Abgründen sprach die zwischen meinen guten Tagen aufgetan sind; er konnte es kaum mehr verstehen; er der ganz Arbeit geworden ist, (so sehr, daß alle seine Gebärden schlichte Bewegungen sind, aus dem Handwerk genommen!) – Vielleicht ist es nur eine Art von Ungeschicklichkeit, die mich verhindert zu arbeiten d.h. zu sammeln aus allem was geschieht; denn ich bin gleich ratlos, wenn es gilt aus Büchern oder aus Begegnungen das meine zu nehmen; kaum erkenne ich es: äußerliche Umstände entstellen und verdecken es mir und ich weiß Wichtiges nichtmehr von Überflüssigem zu trennen und bin von dem Vielen verwirrt und eingeschüchtert. Wochenlang saß ich in Paris in der Nationalbibliothek und las Bücher, die ich mir lange gewünscht hatte; aber die Notizen, die ich damals gemacht habe, helfen mir zu nichts; denn während ich las, schien mir alles ungemein neu und wichtig und die Versuchung lag nahe, das ganze Buch abzuschreiben, da ich es nicht mitnehmen konnte; unerfahren in Büchern, gehe ich dann in steter dummer Bauernbewunderung in ihnen umher und komme verwirrt heraus mit den überflüssigsten Gegenständen beladen. Und ähnlich unbeholfen bin ich den Ereignissen gegenüber, die kommen und gehen, ohne die Gabe der Auswahl, ohne die Gelassenheit der Aufnahme, ein hin und her gewendeter Spiegel aus dem alle Bilder fallen.

Und was kostet es mich, am Wichtigen festzuhalten! Da reden alle die Kleinigkeiten hinein, die der Tag bringt, die Sorgen um Geld, die nichtigen Unbehaglichkeiten und Zufälle, die Türen, die Gerüche, die Stunden die schlagen und immer wieder zu etwas rufen, – das alles hat Stimmen und tut sich keinen Zwang an vor mir und hat die ganze niedrige Geschwätzigkeit des Alltags. Das war früher schon so, aber es ist in den sorgenvolleren und unbeschützten Jahren viel schlimmer geworden: alles jagt durch mich durch, das Wichtige und das Nebensächlichste, und es kann sich kein Kern bilden in mir, keine feste Stelle; ich bin nur der Schauplatz einer Reihe innerer Begegnungen, ein Durchgang und kein Haus! Und ich möchte mich irgendwie tiefer zurückziehen in mich, in das Kloster in mir, in dem die großen Glocken hängen. Ich möchte alle vergessen, meine Frau und mein Kind, und alle, alle Namen und Beziehungen und Gemeinsamkeiten und Hoffnungen, die sich mit anderen verbinden. Aber was hülfe es mir eine weite Reise von allem fort zu tun, da doch überall Stimmen sind und nirgends eine stille, von irgend einer ruhigen Güte beschützte Zuflucht, die mich empfinge. Nirgends der Ort, wo das Kleinliche weniger aufdringlich ist und weniger schwer. Wenn ich in die Wüste ginge, müßte ich an Sonne und Hunger vergehen; denn die Vögel haben aufgehört zu den Einsamen zu kommen: sie werfen ihr Brot unter die Menge, die darum rauft …

Aber darum tut es mir so furchtbar not, das Werkzeug meiner Kunst zu finden, den Hammer, meinen Hammer, daß er Herr werde und wachse über alle Geräusche. Es muß ein Handwerk stehen auch unter dieser Kunst, eine treue, tägliche Arbeit, die alles verwendet, muß doch auch hier möglich sein! O daß ich Werktage hätte, Lou, daß meine heimlichste Herzkammer eine Werkstatt wäre und Zelle und Zuflucht für mich; daß all dieses Mönchische in mir klostergründend würde, um meiner Arbeit und Andacht willen. Daß ich nichts mehr verlöre und alles aufstellte um mich nach Verwandtschaft und Wichtigkeit. Daß ich auferstünde, Lou! Denn ich bin zerstreut wie ein Toter in einem alten Grabe …

Irgendwie muß auch ich dazu kommen, Dinge zu machen; nicht plastische, geschriebene Dinge, – Wirklichkeiten, die aus dem Handwerk hervorgehen.

Irgendwie muß auch ich das kleinste Grundelement, die Zelle *meiner* Kunst entdecken, das greifbare unstoffliche Darstellungsmittel für Alles: Dann würde das klare starke Bewußtsein der ungeheuern Arbeit, die vor mir läge, mich zwingen und beugen zu ihr;

dann hätte ich so unendlich viel zu tun, daß ein Werktag dem anderen gliche und hätte Arbeit, die immer gelänge, weil sie beim Erfüllbaren und Geringen begänne und doch schon im Großen wäre von Anfang an. Dann wäre alles auf einmal fern, Störung und Stimmen, und auch das Feindsälige würde sich in die Arbeit einfügen, wie Geräusche eingehen in den Traum ihn leise lenkend zum Unerwarteten. Der Stoff verlöre noch mehr an Wichtigkeit und Schwere und wäre ganz nur Vorwand; aber eben diese scheinbare Gleichgültigkeit gegen ihn, machte mich fähig alle Stoffe zu bilden, Vorwände für Alles zu formen und zu finden mit den gerechten und absichtslosen Mitteln.

Liegt das Handwerk vielleicht in der Sprache selbst, in einem besseren Erkennen ihres inneren Lebens und Wollens, ihrer Entwicklung und Vergangenheit? (Das große Grimm'sche Wörterbuch, welches ich einmal in Paris sah, brachte mich auf diese Möglichkeit …) Liegt es in irgend einem bestimmten Studium, in der genaueren Kenntnis *einer* Sache? (Für Viele ist es gewiß so, ohne daß sie es wissen und das Fach ist das Tägliche, das Handwerk für sie.) Oder liegt es in einer gewissen, gut ererbten und gut vermehrten Kultur? (Hofmannsthal spräche dafür; ein kleiner Aufsatz aus der ›Neuen Freien Presse‹, den ich in diesen Tagen zufällig erhielt und den ich nun beilege, spräche dafür; er ist schön, das schöne Handwerk, das zu seiner schönen Kunst gehört.) Aber bei mir ist es anders; gegen alles Ererbte muß ich feindsälig sein und mein Erworbenes ist so gering; ich bin fast ohne Kultur. Meine immer erneuten Versuche, ein bestimmtes Studium zu beginnen, brachen kläglich ab; an äußeren Ursachen und an dem seltsamen Gefühl, das mich immer dabei überraschte: als ob ich von einem eingeborenen Wissen zurückkommen müßte auf einen mühsäligen Weg, der in vielen Windungen wieder dazu hinführt. Vielleicht waren es zu abstrakte Wissenschaften, an denen ich mich versuchte, und vielleicht kommen aus anderen neue Dinge …? Aber zu alledem fehlen mir Bücher und zu den Büchern die Wegweiser. – Aber daß ich so wenig *weiß*, quält mich oft; vielleicht nur, daß ich so wenig von den Blumen weiß und von den Tieren und von den einfachen Vorgängen, in denen das Leben wie Volkslied aufsteigt. Und darum nehme ich mir immer vor, besser zu schauen, anzuschauen, mit mehr Geduld, mit mehr Versenkung wie vor Schauspielen vor dem Geringen zu stehen, an dem ich oft vorbeigegangen bin. In dem Unscheinbaren gehen die Gesetze am arglosesten umher, weil sie sich unbeobachtet meinen, allein mit dem Dinge. Das Gesetz ist groß in dem Kleinen und sieht an allen Seiten daraus hervor und bricht aus ihm aus. Und wenn ich nur lernen könnte, täglich zu schauen, dann wäre auch die tägliche Arbeit nicht mehr fern, nach der ich mich so namenlos sehne …

Habe Nachsicht, Lou, mit mir. Es muß Dir sein, als wäre ich viel zu alt um so suchend jung sein zu dürfen; aber ich bin ja auch ein Kind vor Dir und verberge es nicht, und rede zu Dir wie Kinder reden in der Nacht: das Gesicht an Dir verborgen, und mit geschlossenen Augen, Deine Nähe fühlend, Deinen Schutz, Deine Gegenwart:

Rainer.

An Lou Andreas-Salomé

Oberneuland bei Bremen,
am 11. August 1903. (Dienstag.)

Liebe Lou, bei einem langen Barfußgehen im kühlen Frühgras habe ich Deine beiden Briefe gelesen und nun will ich Dir, ehe ich den Tag beginne, danken dafür. Dein Brief vom 8. August, der noch weiter vom Rodin-Buch handelt, erfüllt mich mit einer großen Freudigkeit, und aus dem Glauben an jedes Deiner Worte kommt mir Ruhe und Zuversicht. Wie muß ich Dir (trotz meiner Versicherungen nun geduldig geworden zu sein) ungeduldig scheinen in meinen Briefen; in dem von Sonnabend und wieder in dem gestrigen. Aber laß Dich, Lou, nicht irremachen von ihnen und von mir. Ich bin gewiß dort wo Du mich gefunden hast und bin dort so wie Du mich siehst. Wenn ich es auch noch nicht weiß; vielleicht sind trotzdem die Freuden schon unterwegs, die ich mir gerufen habe, und Deine Briefe gehen ihnen verkündend voran.

Und sieh: auch ich will ja Kunst und Leben nicht voneinanderreißen; ich weiß, daß sie irgendwann und irgendwo eines Sinnes sind. Aber ich bin ein Ungeschickter des Lebens und darum ist es, wie es sich um mich zusammenzieht, sooft ein Aufenthalt für mich, eine Verzögerung, die mich viel verlieren läßt; etwa wie man manchmal im Traum mit dem Anziehen nicht fertig werden kann und über zwei eigensinnigen Schuhknöpfen Wichtiges versäumt, das nie wiederkommt. Und das ist ja auch wahr, daß das Leben geht und eigentlich nicht Zeit läßt zu Versäumnissen und zu vielen Verlusten; dem besonders, der eine Kunst haben will. Denn die Kunst ist ein Ding viel zu groß und zu schwer und zu lang für ein Leben und die, welche ein großes Alter haben, sind erst Anfänger in ihr. ›C'est à l'âge de soixante-treize ans que j'ai compris à peu près la forme et la nature vraie des oiseaux, des poissons et des plantes‹ [Im Alter von 73 Jahren habe ich die Form und die wahre Natur der Vögel, der Fische und Pflanzen nahezu begriffen] – schrieb Hokusaï, und Rodin fühlt ebenso und auch an Lionardo kann man denken, der sehr alt geworden ist. Und sie haben immer in ihrer Kunst gelebt und haben, versammelt um das Eine, alles andere zuwachsen lassen. Wie aber soll da einer nicht bange werden, der nur selten in sein Heiligtum kommt, weil er sich draußen in dem aufgelehnten Leben in allen Fallen fängt und sich stumpf stößt an allen Widerständen. Darum will ich so sehnsüchtig und so ungeduldig die Arbeit finden, den Werktag, weil das Leben, wenn es nur erst Arbeit wird, Kunst werden kann. Ich weiß, daß ich mein Leben nicht herausschneiden kann aus den Schicksalen, mit denen es verwachsen ist; aber ich muß die Kraft finden, es ganz, wie es ist, mit Allem, in eine Ruhe hineinzuheben, in eine Einsamkeit, in die Stille tiefer Arbeitstage: nur dort wird mich alles finden, was Du mir verheißen hast, und auch Du, Lou, suchst mich dort. Habe Nachsicht mit mir, wenn ich Dich warten lasse; Du bist wie ein Weiser gegangen, ich aber gehe wie die Tiere gehen, wenn die Schonzeit vorüber ist.

Rainer.

An Lou Andreas-Salomé

Rom, Villa Strohl-Fern,
am 15. April 1904

Liebe Lou,
wenn Du, – was manchmal geschieht – in meinem Traume bist, dann ist dieser Traum und sein Nachklang im folgenden Tag wirklicher denn alle tägliche Wirklichkeit, ist Welt und Geschehen. Ich denke daran, weil die Nacht vor dem Elften und dieser Tag (derselbe, an dem Du Deine Karte schriebst) also verging: in Deiner Nähe, die mich ruhig, geduldig und gut macht.

Es war lauter Störung in der letzten Zeit, und daß Störung um Störung kommen würde, das habe ich auch vorgefühlt als ich am achten Februar meine neue Arbeit begann; da zeigte es sich, daß meine Arbeitsweise (ebenso wie mein viel aufnehmenderes Schauen) sich geändert hat, so daß ich wohl nie mehr dazu kommen werde, ein Buch in zehn Tagen (oder Abenden) zu schreiben, vielmehr für ein jedes lange und ungezählte Zeit brauchen werde; das ist gut, es ist ein Fortschritt nach dem Immerarbeiten hin, das ich um jeden Preis mir erringen will; vielleicht eine erste Vorstufe dazu. Aber es liegt in dieser Veränderung auch eine neue Gefahr; acht oder zehn Tage alle äußere Störung fernzuhalten, das ist möglich –; aber für Wochen, für Monate? Diese Angst drängte mich, und vielleicht ist sie selbst die erste Schuld, daß meine Arbeit schwankte und mit dem Beginn des März abbrach. Und was ich für eine kleine Ausschaltung und Pause hielt, das sind, über mich fort, schwere Ferien geworden, die immer noch dauern.

Meine Mutter kam nach Rom und ist noch hier. Ich sehe sie nur selten, aber – Du weißt es – jede Begegnung mit ihr ist eine Art Rückfall. Wenn ich diese verlorene, unwirkliche, mit nichts zusammenhängende Frau, die nicht altwerden kann, sehen muß, dann fühle ich wie ich schon als Kind von ihr fortgestrebt habe und fürchte tief in mir, daß ich, nach Jahren und Jahren Laufens und Gehens, immer noch nicht fern genug von ihr bin, daß ich innerlich irgendwo noch Bewegungen habe, die die andere Hälfte ihrer verkümmerten Gebärden sind, Stücke von Erinnerungen, die sie zerschlagen in sich herumträgt; dann graut mir vor ihrer zerstreuten

Frömmigkeit, vor ihrem eigensinnigen Glauben, vor allem diesen Verzerrten und Entstellten, daran sie sich gehängt hat, selber leer wie ein Kleid, gespenstisch und schrecklich. Und daß ich doch ihr Kind bin; daß in dieser zu nichts gehörenden, verwaschenen Wand irgend eine kaum erkennbare Tapetentür mein Eingang in die Welt war – (wenn anders solcher Eingang überhaupt in die Welt führen kann …)!

Das ist schwer und verwirrend für mich, der ich so viel gutzumachen habe und immer wieder den Mut verliere. Aber es kam anderes hinzu. Leute, die nach Rom kommen sollten, und (obwohl ich gar keinen Verkehr habe) die Absicht äußerten, mich sehen oder kennen lernen zu wollen. Einige hatten auch Empfehlungen an mich, und es kostete mich Briefe und Entschuldigungen nach allen Seiten, sie abzuhalten. Und Rom schwoll an, wurde ganz dick und deutsch und begeistert durch und durch. Zugleich wuchs in jähem Windwechsel der Frühling an, und jeder Tag stieg steil vom fröstelnden Morgen zu seinem sonnenüberheizten Mittage an, so, daß natürlich auch die Erkältung und das Influenza-Gefühl nicht ausblieb. Ameisen, in Scharen, brachen aus allen Mauern meines Häuschens und versuchten Überfall um Überfall. Die ersten Skorpione zeigten sich, ungewöhnlich groß und früh. Und schließlich kam der Maler, von dem wir im Herbst Möbel übernommen hatten (leihweise, in einem leider nur mündlichen und nicht genügend festgestellten Einvernehmen, durch welches ein späterer Ankauf uns nötigenfalls möglich sein sollte) – dieser Maler kam wieder nach Rom und verlangte ohne weiteres, aller Verabredung vergessend, sein Eigentum zurück, so daß mein kleines Haus nun, mit einem Schlage, fast leer ist. Und ich hatte doch den ganzen Winter für alle diese Dinge gesorgt, sie waren meine Nächsten und ich hatte schon kleine Wurzeln in ihnen. Nun tröste ich mich damit, daß ich einen Bücherschrank und ein Bett vorläufig behalten durfte, daß mein Stehpult mir gehört und daß es zum Sommer paßt, nicht viele Dinge um sich zu haben.

Denn was hier sich begiebt ist, weiß Gott, seit drei, vier Tagen kein Frühling mehr, ist dichter, junger Sommer. Die Hiacynthen in meinem kleinen Beet, die lange gezögert haben, reißen ihre Blütenaugen auf wie einer, den ein Wecker aufhämmert, und stehen schon ganz lang und aufrecht da. Die Ulmen und Eichen bei meinem

Hause sind voll, der Judasbaum blüht ab und alle seine Blätter sind über Nacht fertig; und ein Syringenbaum, der vor drei Tagen erst seine Trauben ausstreckte, ist schon im Welken und Verbrennen. Die Nächte sind kaum mehr kühl und der geschäftige Lärm der Frösche ist ihre Stimme. Die Eulen rufen seltener und die Nachtigall hat noch immer nicht begonnen. Ob sie nun noch singen wird, da es Sommer ist?

Sommer in Rom. Das ist eine neue Not. Ich glaubte ihn noch fern und sehnte mich danach, jetzt, wenn meine Mutter wieder abgereist sein wird, noch ein bis zwei nicht zu drückende Arbeitsmonate zu haben. Und ich hoffe noch immer, daß das möglich ist, daß es doch noch wieder Frühling wird nach ein paar Probe-Sommertagen. (Übrigens werde ich wohl auch im Sommer hier aushalten müssen, denn ich werde kaum eine Möglichkeit haben, fortzugehen, wüßte auch nicht wohin. Aber das wird erst die übernächste Frage sein; die nächste ist die nach Arbeit und Sammlung, und ich will sehen, daß sie bald zur Entscheidung kommt.)

Es ist schön hier in dem großen Garten, wenn auch nicht viel in ihm blüht und wenn das eigentlich Römische auch vielleicht zu laut, zu eindringlich ist, um Frühling zu heißen. Auch diese Wiesen voll Anemonen und Gänseblümchen sind zu dicht, zu schwer, zu engmaschig, und es giebt an den Himmeln jene grauen Tage nicht hinter noch leeren Bäumen, jene weiten, verwandelnden Winde und die weich fallenden Regen, die für mich alles Frühlings Tiefe sind. Es ist, ach, ein Frühling für Fremde, die nur wenig Zeit haben, augenfällig und laut und übertrieben. Ein Baum aber ist doch im Garten, der auch im Toskanischen, in einem alten Kloster, stehen könnte: eine hohe alte *Cypresse*, ganz durchwachsen von einem Zug von *Glycinien*, die nun überall, bis hoch hinauf, aus dem Dunkel des Baumes ihre leichten blau-violetten Gehänge steigen und fallen lassen –; das ist Freude. Das sind die herrlichen Feigenbäume, die wie Altarleuchter aus dem alten Testament mit den rundaufgebogenen Ästen dastehen und langsam ihre lichtgrünen Blätter aufschlagen.

Und daß ich alles das jetzt ruhig und geduldig beobachten und lernen kann, das ist, fühle ich, eine Art Fortschritt und Vorbereitung; aber, weißt Du, meine Fortschritte sind so irgendwie leise Rekonvaleszenten-Schritte, ungewöhnlich gewichtlos, taumelnd und der Hülfe über alle Maßen bedürftig. Und die Hülfe fehlt. Hülfe wäre es, Dir von vielen Dingen zu reden und Dich zuhören und schweigen zu sehen; Dir einmal etwas zu lesen … Aber, daß auch Dir schreiben Hülfe ist, liebe Lou, das weiß ich, wenn ich an die Jahre denke, da ich diese Zuflucht nicht hatte. –

Bitte: Und daß du nun gesund wirst!

Rainer.

An Franz Xaver Kappus

Rom,
am 14. Mai 1904

Mein lieber Herr Kappus,
es ist viel Zeit hingegangen, seit ich Ihren letzten Brief empfangen habe. Tragen Sie mir das nicht nach; erst war es Arbeit, dann Störung und endlich Kränklichkeit, was mich immer wieder von dieser Antwort abhielt, die (so wollte ich es) aus ruhigen und guten Tagen zu Ihnen kommen sollte. Nun fühle ich mich wieder etwas wohler (der Frühlingsanfang mit seinen bösen, launischen Übergängen war auch hier arg zu fühlen) und komme dazu, Sie lieber Herr Kappus, zu grüßen und Ihnen (was ich so herzlich gerne tue) das und jenes auf Ihren Brief zu sagen, so gut ich es weiß.

Sie sehen: ich habe Ihr Sonett abgeschrieben, weil ich fand, daß es schön und einfach ist und in der Form geboren, in der es mit so stillem Anstand geht. Es sind die besten von den Versen, die ich von Ihnen lesen durfte. Und nun gebe ich Ihnen jene Abschrift weil ich weiß, daß es wichtig und voll neuer Erfahrung ist, eine eigene Arbeit in fremder Niederschrift wiederzufinden. Lesen Sie die Verse, als ob es fremde wären und Sie werden im Innersten fühlen, wie sehr es die Ihrigen sind. –

Es war eine Freude für mich, dieses Sonett und Ihren Brief oft zu lesen; ich danke Ihnen für beides.

Und Sie dürfen sich nicht beirren lassen in Ihrer Einsamkeit, dadurch, daß etwas in Ihnen ist, das sich herauswünscht aus ihr. Gerade dieser Wunsch wird Ihnen, wenn Sie ihn ruhig und überlegen und wie ein Werkzeug gebrauchen, Ihre Einsamkeit ausbreiten helfen über weites Land. Die Leute haben (mit Hilfe von Konventionen) alles nach dem Leichten hin gelöst und nach des Leichten leichtester Seite; es ist aber klar, daß wir uns an das Schwere halten müssen; alles Lebendige hält sich daran, alles in der Natur wächst und wehrt sich nach seiner Art und ist ein Eigenes aus sich heraus, versucht es um jeden Preis zu sein und gegen allen Widerstand. Wir wissen wenig, aber daß wir uns zu Schwerem halten müssen, ist eine Sicherheit, die uns nicht verlassen wird; es ist gut, einsam zu sein, denn Einsamkeit ist schwer; daß etwas schwer ist, muß uns ein Grund mehr sein, es zu tun.

Auch zu lieben ist gut: denn Liebe ist schwer. Liebhaben von Mensch zu Mensch: das ist vielleicht das Schwerste was uns aufgegeben ist, das Äußerste, die letzte Probe und Prüfung, die Arbeit, für die alle andere Arbeit nur Vorbereitung ist. Darum *können* junge Menschen, die Anfänger in Allem sind, die Liebe noch nicht: sie müssen sie lernen. Mit dem ganzen Wesen, mit allen Kräften, versammelt um ihr einsames, banges, aufwärts schlagendes Herz, müssen sie lieben lernen. Lernzeit aber ist immer eine lange, abgeschlossene Zeit und so ist Lieben für lange hinaus und weit ins Leben hinein –: Einsamkeit, gesteigertes und vertieftes Alleinsein für den, der liebt. Lieben ist zunächst nichts, was aufgehen, hingeben und sich mit einem Zweiten vereinen heißt (denn was wäre eine Vereinigung von Ungeklärtem und Unfertigem, noch Ungeordnetem –?), es ist ein erhabener Anlaß für den Einzelnen, zu reifen, in sich etwas zu werden, Welt zu werden, Welt zu werden für sich um eines anderen willen, es ist ein großer, unbescheidener Anspruch an ihn, etwas, was ihn auserwählt und zu Weitem beruft. Nur in diesem Sinne, als Aufgabe an sich zu arbeiten (›zu horchen und zu hämmern Tag und Nacht‹) dürften junge Menschen die Liebe, die ihnen gegeben wird, gebrauchen. Das Aufgehen und das Hingeben und alle Art der Gemeinsamkeit ist nicht für sie, (die noch lange, lange sparen und sammeln müssen) ist das Endliche, ist vielleicht das, wofür Menschenleben jetzt noch kaum ausreichen.

Darin aber irren die jungen Menschen so oft und so schwer: daß sie (in deren Wesen es liegt, keine Geduld zu haben) sich einander hinwerfen wenn die Liebe über sie kommt, sich ausstreuen, so wie sie sind in all ihrer Unaufgeräumtheit, Unordnung, Wirrnis ...: Was aber soll dann sein? Was soll das Leben an diesem Haufen von Halbzerschlagenem tun, den sie ihre Gemeinsamkeit heißen und den sie gerne ihr Glück nennen möchten, ginge es an, und ihre Zukunft? Da verliert jeder sich um des anderen willen und verliert den anderen und viele andere, die noch kommen wollten. Und verliert die Weiten und Möglichkeiten, tauscht das Nahen und Fliehen leiser, ahnungsvoller Dinge gegen eine unfruchtbare Ratlosigkeit, aus der nichts mehr kommen kann; nichts als ein wenig Ekel, Enttäuschtheit und Armut und die Rettung in eine der vielen Konventionen, die wie allgemeine Schutzhütten an diesem gefährlichsten Wege in großer Zahl angebracht sind. Kein Gebiet menschlichen Erlebens ist so mit Konventionen versehen wie dieses; Rettungsgürtel der verschiedensten Erfindung, Boote und Schwimmblasen sind da; Zuflüchte in jeder Art hat die gesellschaftliche Auffassung zu schaffen gewußt, denn, da sie geneigt war, das Liebesleben als ein Vergnügen zu nehmen, mußte sie es auch leicht ausgestalten, billig, gefahrlos und sicher, wie öffentliche Vergnügungen sind.

Zwar fühlen viele junge Menschen, die falsch, d. h. einfach hingebend und uneinsam lieben, (der Durchschnitt wird ja immer dabei bleiben –), das Drückende einer Verfehlung und wollen auch den Zustand, in den sie geraten sind, auf ihre eigene, persönliche Art lebensfähig und fruchtbar machen –; denn ihre Natur sagt ihnen, daß die Fragen der Liebe, weniger noch als alles was sonst wichtig ist, öffentlich und nach dem und jenem Übereinkommen gelöst werden können; daß es Fragen sind, nahe Fragen von Mensch zu Mensch, die einer in jedem Falle neuen, besonderen, nur persönlichen Antwort bedürfen –: aber, wie sollten sie, die sich schon zusammengeworfen haben und sich nicht mehr abgrenzen und unterscheiden, die also nichts Eigenes mehr besitzen, einen Ausweg aus sich selbst heraus, aus der Tiefe der schon verschütteten Einsamkeit, finden können?

Sie handeln aus gemeinsamer Hilflosigkeit und sie geraten, wenn sie dann, besten Willens, die Konvention, die ihnen auffällt, (etwa die Ehe) vermeiden wollen, in die Fangarme einer weniger lauten, aber ebenso tödlichen konventionellen Lösung; denn da ist dann alles, weithin um sie – Konvention; da, wo aus einer früh zusammengeflossenen, trüben Gemeinsamkeit gehandelt wird, ist *jede* Handlung konventionell: jedes Verhältnis, zu dem solche Verwirrung führt, hat seine Konvention, mag es auch noch so ungebräuchlich (d.h. im gewöhnlichen Sinn unmoralisch) sein; ja, sogar Trennung wäre da ein konventioneller Schritt, ein unpersönlicher Zufallsentschluß ohne Kraft und ohne Frucht.

Wer ernst hinsieht findet, daß, wie für den Tod, der schwer ist, auch für die schwere Liebe noch keine Aufklärung, keine Lösung, weder Wink noch Weg erkannt worden ist; und es wird für diese beiden Aufgaben, die wir verhüllt tragen und weitergeben ohne sie aufzutun, keine gemeinsame, in Vereinbarung beruhende Regel sich erforschen lassen. Aber in demselben Maße, in dem wir beginnen als Einzelne das Leben zu versuchen, werden diese großen Dinge uns, den Einzelnen, in größerer Nähe begegnen. Die Ansprüche, welche die schwere Arbeit der Liebe an unsere Entwickelung stellt, sind überlebensgroß und wir sind ihnen, als Anfänger, nicht gewachsen. Wenn wir aber doch aushalten und diese Liebe auf uns nehmen als Last und Lehrzeit, statt uns zu verlieren an all das leichte und leichtsinnige Spiel, hinter dem die Menschen sich vor dem ernstesten Ernst ihres Daseins verborgen haben, – so wird ein kleiner Fortschritt und eine Erleichterung denen, die lange nach uns kommen, vielleicht fühlbar sein; das wäre viel.

Wir kommen ja doch eben erst dazu, das Verhältnis eines einzelnen Menschen zu einem zweiten Einzelnen vorurteilslos und sachlich zu betrachten und unsere Versuche, solche Beziehung zu leben, haben kein Vorbild vor sich. Und doch ist in dem Wandel der Zeit schon manches, das unserer zaghaften Anfängerschaft helfen will.

Das Mädchen und die Frau, in ihrer neuen, eigenen Entfaltung, werden nur vorübergehend Nachahmer männlicher Unart und Art und Wiederholer männlicher Berufe sein. Nach der Unsicherheit solcher Übergänge wird sich zeigen, daß die Frauen durch die Fülle und den Wechsel jener (oft lächerlichen) Verkleidungen nur gegangen sind, um ihr eigenstes Wesen von den entstellenden Einflüssen des anderen Geschlechtes zu reinigen. Die Frauen, in denen unmittelbarer, fruchtbarer und vertrauensvoller das Leben verweilt und wohnt, müssen ja im Grunde reifere Menschen geworden sein, menschlichere Menschen, als der leichte, durch die Schwere keiner leiblichen Frucht unter die Oberfläche des Lebens herabgezogene

Mann, der, dünkelhaft und hastig, unterschätzt, was er zu lieben meint. Dieses in Schmerzen und Erniedrigungen ausgetragene Menschentum der Frau wird dann, wenn sie die Konventionen der Nur-Weiblichkeit in den Verwandlungen ihres äußeren Standes abgestreift haben wird, zutage treten, und die Männer, die es heute noch nicht kommen fühlen, werden davon überrascht und geschlagen werden. Eines Tages (wofür jetzt, zumal in den nordischen Ländern, schon zuverlässige Zeichen sprechen und leuchten) eines Tages wird das Mädchen da sein und die Frau, deren Name nicht mehr nur einen Gegensatz zum Männlichen bedeuten wird, sondern etwas für sich, etwas, wobei man an keine Ergänzung und Grenze denkt, nur an Leben und Dasein, –: der weibliche Mensch.

Dieser Fortschritt wird das Liebeerleben, das jetzt voll Irrung ist, (sehr gegen den Willen der überholten Männer zunächst,) verwandeln, von Grund aus verändern, zu einer Beziehung umbilden, die von Mensch zu Mensch gemeint ist, nicht mehr von Mann zu Weib. Und diese menschlichere Liebe (die unendlich rücksichtsvoll und leise, und gut und klar in Binden und Lösen sich vollziehen wird) wird jener ähneln, die wir ringend und mühsam vorbereiten, der Liebe, die darin besteht, daß zwei Einsamkeiten einander schützen, grenzen und grüßen.

Und das noch: glauben Sie nicht, daß jene große Liebe, welche Ihnen, dem Knaben, einst auferlegt worden ist, verloren war; können Sie sagen, ob damals nicht große und gute Wünsche in Ihnen gereift sind und Vorsätze, von denen Sie heute noch leben? Ich glaube, daß jene Liebe so stark und mächtig in Ihrer Erinnerung bleibt, weil sie Ihr erstes tiefes Alleinsein war und die erste innere Arbeit, die Sie an Ihrem Leben getan haben. –

Alle guten Wünsche für Sie, lieber Herr Kappus!

Ihr:

Rainer Maria Rilke

An Clara Rilke

Capri, Villa Discopoli,
Sonntag, den 20. Januar 1907

... es ist wieder ein Sonntag, und ich bin noch so sehr in dem Feriengefühl unseres lieben Wiedersehens, daß mir ist, als müßt ich Dich in einer Weile da unten in der Villa Pagano abholen. Wenn ich aber aufsehe, dann fällt mein Blick auf den aufgeschlagenen Atlas, immer auf dasselbe, nun schon vertraute Bild, das wie ein Stammbaum aussieht, darstellend das ungeheure lange Leben eines Ahnherrn, der sich ganz zum Schluß weithin auseinanderzweigt und ausbreitet. Immer wieder seh ich mir diesen Strom an, der Wunder tut, und immer mehr scheint er mir die Geschichte der Götter jenes Landes darzustellen; den geheimnisvollen, nie erkannten Ursprung der Gottheit aus dem unerschöpflichen Vorrate hochgelegener Seen, ihren langen, machtvollen, anwachsenden Weg, auf dem sie immer dasselbe tat an allem, was ihr begegnete, und schließlich ihr Auseinanderfallen in Arme und Äste, in die vielen kleineren Götter, mit denen jede Kultur mündet, ausgeht, unkenntlich wird –.

Ich habe mir den großen Andree herübergeholt und vertiefe mich in dieses merkwürdig einheitliche Blatt; ich bewundere den Verlauf dieser Stromlinie, die, ansteigend wie ein Rodinscher Kontur, eine Fülle abgewandelter Bewegtheit enthält, Ausweichungen und Wendungen wie eine Schädelnaht, Millionen kleiner Gebärden, mit denen sie sich nach rechts und nach links wendet, wie jemand, der austeilend durch eine Menge geht und da noch jemanden sieht und dort noch einen, der seiner bedarf, und nur langsam vorwärts kommt –. Zum ersten Mal fühle ich einen Fluß so, so wesenhaft, so bis an den Rand der Personifikation heran wirklich, so als ob er ein Schicksal hätte, eine dunkle Geburt und einen großen, ausgebreiteten Tod, und zwischen beiden ein Leben, ein langes, ungeheures, fürstliches Leben, das allen, die in seiner Nähe waren, zu tun gab, jahrtausendelang; so groß war es, so anspruchsvoll, so wenig zu bewältigen. (Wie war die Wolga dagegen unpersönlich, wie war sie nur ein immenser Weg durch jenes andere erhabene Land, dessen Gott noch überall im Werden ist –.) Aber während ich dem heiligen Wundertäter auf seinem Wege nachgehe, an den Namen vorbei, die schwer sind von einem Niederschlag uralter Bedeutungen, steigt, wie ein Gegenspiel seiner Sichtbarkeit und Sicherheit, die Wüste herauf, ungewiß, ohne Ende und ohne Anfang, wie Ungeschaffenes; Weiten, die manchmal aufstehn und überall sind, mit ihrem Nichts die Himmel zerstörend, ein Gewebe uralter Wege, die sich gegenseitig aufheben, ein Meer, dessen Ebbe bis auf den Grund, dessen Flut bis an die Sterne geht und ansteigt wie Jähzorn, unberechenbar, unbegreiflich, unaufhaltsam. Wenn man das Meer gesehen hat und sich gewöhnt hat an die unendliche Gegenwart der Himmel, die die flache Erde spiegelt und denen sie sich an anderen Orten entgegenstemmt mit den Strebemauern ihrer Gebirgszüge, wenn man von alledem einen Anfang begriffen hat, dann bleibt noch dieses Eine, Uneinbegriffene: die Wüste. Du wirst sie sehen. Wirst das Haupt der großen Sphinx sehen, das sich mühsam emporhält aus ihrem beständigen Anschwellen, dieses Haupt und dieses Gesicht, das die Menschen begonnen haben in seiner Form und Größe, dessen Ausdruck aber und Schauen und Wissen unsäglich langsam vollendet ward und so ganz anders als unser Angesicht. Wir stellen Bilder aus uns hinaus, wir nehmen jeden Anlaß wahr, weltbildend zu werden, wir errichten Ding um Ding um unser Inneres herum –: hier aber war eine Wirklichkeit, die sich von außen in diese Züge warf, die nichts als Stein sind. Die Morgen von Jahrtausenden, ein Volk von Winden, der Aufstieg und Niedergang unzähliger Sterne, der Sternbilder großes Dastehen, die Glut dieser Himmel und ihre Weite war da und war immer wieder da, einwirkend, nicht ablassend von der tiefen Gleichgültigkeit dieses Gesichtes, so lange, bis es zu schauen schien, bis es alle Anzeichen eines Schauens genau *dieser* Bilder aufwies, bis es sich aufhob wie das Gesicht zu einem Innern, darin alles dies enthalten war und Anlaß und Lust und Not zu alledem. Und da, in dem Augenblick, das es voll war von allem Gegenüber und geformt von seiner Umgebung, war ihm auch schon der Ausdruck hinausgewachsen über sie. Nun wars, als ob das Weltall ein Gesicht hätte, und dieses Gesicht warf Bilder darüber hinaus, bis über die äußersten Gestirne hinaus, dorthin, wo nie noch Bilder gewesen waren … Sag mir … ob es nicht so ist? Ich denke mir: es muß so sein, unendlicher Raum, Raum, der hinter den Sternen weitergeht, muß, glaub ich, um dieses Bild herum entstanden sein …

An Ernst Norlind

[Capri
Ende März 1907]

[…]

Ich kann Deine Sehnsucht gut verstehen, besser als irgendeiner. Hab ich doch manchmal russische Gedichte versucht, in Augenblicken da ein inneres Erlebnis nur in dieser Form sich verklären zu können meinte. Und immer noch bin ich von Zeit zu Zeit genötigt, gewisse Dinge französisch zu schreiben, um sie überhaupt ausformen zu können. Aber ich bin dabei auch zu der Einsicht gekommen, daß man diesem Drängen nicht zu sehr nachgeben, vielmehr immer wieder seine Kraft daran setzen muß, in der eigenen Sprache *alles* zu finden, mit ihr alles zu sagen: denn sie, mit der wir bis tief ins Unbewußte hinein zusammenhängen, und *nur* sie kann uns, wenn wir uns um sie bemühen, schließlich die Möglichkeit geben, ganz präcise und genau und bestimmt bis in den Nachklang jedes Nachklangs hinein, unseres Erlebens Endgültigkeit mit ihr darzustellen. Das Material des Schreibenden ist nicht nachgiebiger als das irgend einer anderen Kunst und nicht leichter zu umfassen! Du glaubst nicht, wie sehr ich mich im Deutschen immer noch als ein Anfänger fühle, der noch weit entfernt ist, sicher und entschlossen nach den Worten zu greifen, die jedesmal die einzig richtigen sind.

Meine Erfahrung und Erkenntnis in diesem Sinne ist zu deutlich und gründlich, als daß ich sie Dir vorenthalten dürfte, im Augenblick da Du von Deiner Hoffnung und Absicht schreibst, Dich einmal deutsch auszugeben. Die Verlockung, die eine ›große kulturelle Sprache‹ für Dich hat, fällt auch fort, wenn Du bedenkst, wie zugänglich uns die großen Gedanken aller Sprachen geworden sind, und wie sehr gerade das Schwedische die Aufmerksamkeit auf sich zu lenken gewußt hat, sooft euere Dichter über nationale Bedeutung hinausgewachsen sind. Und mir scheint oft schon, als genüge es, daß eine große Sache *gedacht* sei, um unzerstörbar zu existieren! In diesem Gefühle hat es keinen Sinn, eine Sprache zu wählen, weil sie verbreitet ist; vielmehr nur in der, die man hat, alles Äußerste an Klarheit zu erreichen, müßte unsere Aufgabe sein. (Wüßtest Du im Übrigen, wie wenig man gerade jetzt Aussicht hat, unter deutsch-

Lesenden Versteher zu finden, wenn man in dieser Sprache von den großen letzten Dingen zu schreiben versucht, von dem Wichtigsten, Äußersten, Tiefsten – so würdest Du nicht wünschen, in diese Sprache hineinzuwachsen! Ganz ohne Bitterkeit sage ich das; denn die Kunst-Dinge können warten; ja sie tun sogar nichts als dies und tun es leidenschaftlich –.)

[…]

An Clara Rilke

Paris VIe; 29, rue Cassette,
Montag, den 24. Juni 1907

… heute früh [kam] Dein langer Brief, mit allen Deinen Gedanken … Kunstdinge sind ja immer Ergebnisse des In-Gefahr-gewesen-Seins, des in einer Erfahrung Bis-ans-Ende-gegangen-Seins, bis wo kein Mensch mehr weiter kann. Je weiter man geht, desto eigener, desto persönlicher, desto einziger wird ja ein Erlebnis, und das Kunstding endlich ist die notwendige, ununterdrückbare, möglichst endgültige Aussprache dieser Einzigkeit … Darin liegt die ungeheure Hilfe des Kunstdings für das Leben dessen, der es machen muß –: daß es seine Zusammenfassung ist: der Knoten im Rosenkranz, bei dem sein Leben ein Gebet spricht, der immer wiederkehrende, für ihn selbst gegebene Beweis seiner Einheit und Wahrhaftigkeit, der doch nur ihm selber sich zukehrt und nach außen anonym wirkt, namenlos, als Notwendigkeit nur, als Wirklichkeit, als Dasein –.

Wir sind also sicher darauf angewiesen, uns am Äußersten zu prüfen und zu erproben, aber auch wahrscheinlich gebunden, dieses Äußerste nicht *vor* dem Eingang in das Kunstwerk auszusprechen, zu teilen, mitzuteilen: denn als Einziges, was kein anderer verstehen würde und dürfte, als persönlicher Wahnsinn sozusagen, hat es einzutreten in das Werk, um drin gültig zu werden und das Gesetz zu zeigen, wie eine angeborene Zeichnung, die erst in der Transparenz des Künstlerischen sichtbar wird. – Zwei Freiheiten der Mitteilung gibt es trotzdem, und es scheinen mir die äußerst möglichen zu sein: die angesichts des vollbrachten Dinges und jene innerhalb des eigentlichen täglichen Lebens, in dem man sich zeigt, was man durch die Arbeit geworden ist und sich dadurch gegenseitig hält und hilft und (im demütigsten Sinn verstanden:) bewundert. Aber im einen wie im andern Fall muß man sich Ergebnisse zeigen, und es ist kein Mangel an Vertrauen, keine Entbehrung aneinander und kein Ausschluß, wenn man sich nicht die Werkzeuge des Werdens vorlegt, die so viel Verwirrendes, Quälendes und nur für die persönliche Verwendung Gültiges an sich haben. Ich denke mir so oft, wie wahnsinnig es gewesen wäre, wie zerstörend für ihn, wenn van Gogh die Einzigheit seiner Vision mit jemandem hätte teilen, die Motive mit jemandem hätte betrachten müssen, ehe er aus ihnen seine Bilder gemacht hat, jene Existenzen, die ihm recht geben mit ganzer Seele, die für ihn einstehen, die seine Wirklichkeit beschwören. In Briefen glaubte ers wohl manchmal zu brauchen (wenngleich er auch dort meist von schon Gemachtem handelt), aber kaum war Gauguin da, der ersehnte Genosse, der Gleichgesinnte –: da mußte er sich schon aus Verzweiflung die Ohren abschneiden, nachdem sie vorher beide entschlossen gewesen waren, einander zu hassen und bei guter Gelegenheit aus der Welt zu schaffen. Nun ist das nur eines: von Künstler zu Künstler gefühlt. Etwas anderes ist wieder die Frau und ihr Anteil. Und etwas Drittes (aber nur als Aufgabe für die oberen Jahrgänge denkbar) die Komplikation, daß die Frau Künstler ist. Ach, das ist überhaupt eine ganz neue Frage, und die Gedanken beißen einen von allen Seiten an, wenn man nur ein paar Schritte in sie hinein tut. Darüber schreib ich nicht mehr heute. – Mein Verhältnis zu meinen ›Modellen‹ ist ja sicher noch falsch, besonders, da ich eigentlich noch gar keine menschlichen Modelle brauchen kann (Beweis: ich mache sie noch nicht) und mit Blumen, Tieren und Landschaften noch für Jahre hinaus beschäftigt bin. (Die Anfangsszene der Alkestis ist vielleicht der erste Griff in die Welt der ›Gestalten‹.)

Du siehst … ich schreibe eilig, um noch für anderes Zeit zu haben. Du wirst die Hast in meiner Schrift nicht mißverstehen: der Inhalt ist nicht so eilig und, was mich schreiben heißt, auch nicht. Ich fahre ganz monoman fort, um etwas über das Rodin-Gespräch zu bitten; ich weiß nicht, warum ich glaube, daß es für mich wertvoll wäre, ein wenig daran Anteil zu haben …

Vollmoeller war hier; ich sah ihn. Er ist wie vor zehn Jahren, gut und herzlich, aber ganz Automobilmensch mit vielen Aktien …

An Clara Rilke

Paris VIe; 29, rue Cassette,
am 4. Okt. 1907

… es ist immerzu, als wäre man in einem nassen Schwamm, den jemand schwenkt. Wie seltsam das doch wirken kann, so aus der Ordnung herausgehoben zu sein. Die Jahreszeiten sind doch sonst grade so schön und hilfreich durch Zusammenhang und Kontrast, man kann sich halten an ihnen; diesmal aber wars unvermittelt, alles was einsetzte, als blätterte man in einer Enzyklopädie plötzlich zu einem anderen Buchstaben und läse, nach etwas ganz anderem, unter Th oder Y weiter.

Freilich, wäre man so arbeitssicher, wie man sein müßte, so würde das, selbst in Zusammenwirkung mit dem Schnupfen, einen nicht aus der Fassung bringen: man würde eben Dinge sehen und machen aus dieser Verfassung heraus. (Es war eine ähnliche in Schmargendorf, die mich einstmals, ganz unerwartet, wie ich erinnere, die Blätter aus einer Sturmnacht schreiben ließ an einem einzigen Abend.) Aber man ist ja noch immer so weit vom Immer-Arbeiten-Können. Van Gogh konnte vielleicht die Fassung verlieren, aber die Arbeit war noch hinter der Fassung, aus ihr konnte er nicht mehr herausfallen. Und Rodin, wenn er unwohl ist, ist ganz nah an der Arbeit, schreibt schöne Sachen auf unzählige Zettel, liest Platon und denkt ihm nach. Mir ahnt aber, daß das nicht bloß Erziehung ist und Zwang, so zur Arbeit zu sein (es würde sonst ermüden, wie es mich die letzten Wochen ermüdet hat); es ist lauter Freude; es ist das natürliche Wohlsein in diesem Einen, an das nichts anderes heranreicht. Vielleicht muß man deutlicher noch die ›Aufgabe‹ einsehen, die man hat, greifbarer noch, in Hunderten von Einzelheiten erkennbar. Ich fühle ja wohl, was van Gogh an einer gewissen Stelle gefühlt haben muß, und fühle stark und groß: daß alles noch zu machen ist: alles. Aber die Zuwendung zum Nächsten gelingt mir nicht, oder doch nur in den besten Momenten, während sie einem grade in den schlechtesten am nötigsten ist. Van Gogh konnte ein Intérieur d'Hôpital machen und malte in den bangsten Tagen die bangsten Gegenstände. Wie hätte er sonst überstanden. Dazu muß man kommen und, das fühl ich wohl, nicht mit Zwang. Aus Einsicht, aus Lust, aus Nicht-Aufschieben-Können, in Anbetracht des vielen, was zu machen ist. Ach, daß man nicht Erinnerungen hätte an Nicht-Gearbeitet-Haben, die immer noch wohltun. Erinnerungen an Stilliegen und Sichwohltunlassen. Erinnerungen an durchgewartete Stunden, über dem Blättern in alten Abbildungen, über dem Lesen irgendwelcher Romane –: und solche Erinnerungen haufenweise bis in die Kindheit hinein. Ganze Gebiete des Lebens verloren, selbst für das Wiedererzählen verloren durch die Verführung, die immer noch von ihrer Müßigkeit ausgehen kann. Warum? Hätte man nur Arbeitserinnerungen von früh an: wie fest wäre es unter einem; man stünde. So aber sackt man jeden Moment wo hinein. Daß es so auch *in* einem: zwei Welt ist, das ist das Schlimmste. Manchmal gehe ich an kleinen Läden vorbei, in der rue de Seine etwa; Händler mit Altsachen oder kleine Buchantiquare oder Kupferstichverkäufer mit ganz, ganz vollen Schaufenstern; nie tritt jemand ein bei ihnen, sie machen offenbar keine Geschäfte; aber man sieht hinein, und sie sitzen und lesen, unbesorgt (und sind doch nicht reich); sorgen nicht um morgen, ängstigen sich nicht um ein Gelingen, haben einen Hund, der vor ihnen sitzt, gut aufgelegt, oder eine Katze, die die Stille um sie noch größer macht, indem sie die Bücherreihen entlangstreicht, als wischte sie die Namen von den Rücken.

Ach, wenn das genügte: ich wünschte manchmal mir so ein volles Schaufenster zu kaufen und mich mit einem Hund dahinterzusetzen für zwanzig Jahre. Am Abend wäre Licht in der Hinterstube, vorn alles ganz dunkel, und wir säßen zu dritt und äßen, hinten; ich habe bemerkt, von der Straße aus gesehen, nimmt sich das wie ein Abendmahl aus jedesmal, so groß und feierlich durch den dunklen Raum. (So aber muß man immer alle die Sorgen haben, die großen und die kleinen.) … Du weißt, wie ich das meine: ohne Beklagung. Es ist ja auch gut so und soll noch besser werden …

An Sidonie Nádherný von Borutin

Paris, 77, rue de Varenne,
am 24. September 1908

Wünsche haben der Erfüllung Macht; seien Sie dessen gewiß. Nur ein Unwichtiges scheint mir daran zu fehlen, daß ich in diesen Tagen wirklich neben Ihnen durch den Wald gegangen wäre, aus dem Sie so allein und versammelt schreiben. Ich bin in Gedanken mehr mit Ihnen gewesen, als ich erzählen kann, ohne unbescheiden zu sein.

Das mag an Bettine liegen, der wunderbaren unaufhaltsamen Bettine, von der Sie das Schönste sagen, was je von ihr gesagt werden kann: ›daß sie ihre große große Liebe, ohne jede Hülfe von außen, so ganz vervollkommnete.‹ Mein Gott, wie herrlich Sie das sagen; es klingt in mir und klingt und hört nicht auf.

Ja, dafür dürfen Sie auch Goethe verteidigen. Ich rühre nicht daran, daß er ganz anders ist, wo er liebt. Aber nun hören Sie, was ich in mir dabei denke: hatte er die Wahl, denk ich im Stillen, *nicht* zu lieben, der namenlosen Realität dieses Gefühls gegenüber, das sich nicht irremachen ließ? Ich habe nie begriffen, wie eine wirkliche, elementare, durch und durch wahre Liebe unerwidert sein kann; da sie doch nichts anderes ist, als der dringende selige Anspruch an einen Andern, schön, reich, groß, innig, unvergeßlich zu sein; die an ihn heranflutende Verpflichtung, etwas zu werden –. Und sagen Sie, wer dürfte das abweisen, wenn es auf ihn sich richtet, ihn erwählt aus den Millionen, ihn findet, der vielleicht in einem Schicksal verborgen oder mitten im Ruhm unnahbar war? Lassen Sie ihn zehnmal verliebt, zerstreut oder beschäftigt sein: was ist das dagegen? Er muß nichteinmal Raum schaffen um sich: denn fassen, nehmen, in sich halten kann ja keiner solche Liebe; sie ist so vollends zum Weitergeben bestimmt über jeden hinaus; sie braucht den Geliebten nur, damit er ihr den äußersten Schwung gäbe für ihren weiteren Kreislauf zwischen den Sternen. Aber diese Aufgabe, diesen ungeheueren, mehr als nur persönlichen Anspruch hat vielleicht keiner der von großen Liebenden Geliebten bestanden. Sie waren alle zu befangen in der eitlen Konvention ihrer Männlichkeit; sie hielten alle noch die Liebe für ein Ding zu zwein, für die kleine Beruhigung, die zwischen Finden und Trennung liegt. Erst wir lernen langsam weiter und werden vielleicht eines Tages die Sappho verstehen und die Worte der Diotima, die sie dem Sokrates bei Plato zu sagen hat. Aber ohne es zu ahnen, haben das die großen liebenden Frauen immer gewußt und gelebt und haben die Leidens- und Seligkeitsüberlieferung dieser einsamen Liebe weitergegeben, die die einzige ist, die ihren Namen verdient; auch sie geht (wie das, was bei allen, nachlässig genug, Liebe heißt) auf einen anderen zu; aber plötzlich, wie ein Vorwand, ist er fortgenommen, sobald das unendliche Gefühl seinen weitesten Kreis beschreibt und keiner Stütze mehr braucht. Wir haben also Unrecht und überschätzen die Bedeutung des Geliebten, wenn wir ihm ein verlegenes, unzulängliches Verhalten vorwerfen wollen; selbst hat er Unbeschreibliches dabei verloren, die Möglichkeit riesiger Entwicklungsreihen ablehnend: aber die Entwicklung und Vollendung jenes ihn meinenden und fortwährend übersteigenden Gefühls hat Goethe ebensowenig einschränken können, wie der Graf von Chamilly die wachsende Seele der Marianna einhalten konnte oder Collalto seiner Liebenden unaufhaltsame Herrlichkeit.

Ach, daß ich Nächte hätte, Ihnen das alles zu schreiben, so wie ichs weiß. Aber Briefe reichen ja doch nicht aus; das muß Arbeit werden, innerste klare Verwirklichung für immer. (Denken Sie gut an mich, daß ich's leisten kann.)

Hier ists unklar gesagt und steckt noch halb im Gestein des Unsäglichen. Aber Sie fühlen's doch mit, nichtwahr, und lassen's gelten? Jetzt gerade, da Sie miten in der Liebe sind bei den Blumen und Bächen und Bäumen und auf den zärtlich unter Sie gebreiteten Wiesen: sehen Sie, da ist ein Liebes-Vorwand, so tausendfach und unaufhörlich, daß er, nach jedem Darüberhinausreichen, sich wieder mit einer neuen Seite Ihnen gegenüberstellt und Sie erwartet.

Es macht mich froh, Sie so zu denken, und ich tu's inständig, jetzt und oft. Und Sie müssen's oft fühlen, auch wenn ichs nicht immer beschreiben kann.

Ihr RM Rilke

P.S.: Mein Briefpapier ist jählings zuende; ich finde nur noch diesen halben Bogen: entschuldigen Sie ihn.

Die liebe Aufmerksamkeit Ihrer Brüder erwidern Sie, bitte, ausführlich und herzlich. Wie wird es Sie freuen und froh beschäftigen, diese beiden Besuche bei sich aufzunehmen.

In Ihrer Nachschrift sprechen Sie zum Schluß von ›so vielen Seiten‹ Ihres Briefes; es können aber gar nie genug viele sein, für mein Bedürfnis, Sie lange zu lesen. –

Gute Tage.

An Clara Rilke

Paris,
am 3. November 1909 (Mittwoch)

... letzte Woche war ich bei Rodin, der immerzu seine Amerikaner macht und bei dem jetzt wirklich eine Reihe starker guter Porträts stehen. Wie gut ist es nicht, daß er die machen muß, in denen die Natur ihn noch so ganz kurz zur Sache hält, so daß er die Nähe rund abgrasen muß, wie eine knapp gepflockte Ziege, die keine Wahl ins Weitere hat. Jetzt steht ein Phonograph bei ihm. Die Marquise zieht ihn auf, und die Sache schnurrt ins Runde. Mir bangte, als ich mich dazu geladen merkte. Aber es war herrlich; sie haben ein paar Platten mit alten gregorianischen Gesängen gekauft, die niemand mag und die außer dem Händler nur noch der Papst besitzt. Und als da eine Kastratenstimme ein Requiem aus dem 13. oder 14. Jahrhundert herausschrie, herausweinte, wie der Wind aus einer Fuge in der Welt, da vergaß man alle Albernheit des Instrumentes, alle die dummen mechanischen Nebentöne, und sogar die Marquise, die (sagte Rodin) ›ouvre et ferme le robinet d'harmonie‹ [den Hahn der Harmonie auf- und zudreht]. Er selbst war herrlich, ganz still, ganz zu und wie gegen großen Sturm. Er konnte nicht Atem holen vor Horchen und zog nur schnell ein wenig Luft zu sich, wenn die Gewalt der Stimme ein paar Takte lang nachließ. Ich sagte, als es fertig war: ›C'est large comme le silence‹ [Es ist weit wie die Stille]. Das machte ihn glücklich. ›Rilke dit: C'est large comme le silence; c'est vrai ...‹ [Rilke sagt: Es ist weit wie die Stille; es stimmt] rief er Mme. de Choiseul zu und sah ganz ernst und froh aus. Dann sang es wieder: heulte aus dem großen Trichter heraus: ›Die in der Hölle, meinte Rodin, drängen einen vor, heben ihn über sich hinaus, damit er sage, wie es bei ihnen sei, und so ungefähr war es auch und erneute sich immer wieder im Klaren; hatte immerzu eine frische Bruchstelle, aus der es austrat wie der Saft eines Astes. Man war hernach wie nach schwerer Arbeit körperlich und in der Seele, als sollte man gleich die äußerste, schwerste tun. Da ward nun bemerkbar, wozu die Marquise da ist: langsam vom Großen herunterzuführen, auf irgendwelchem Weg munteren Gefälles. Vielleicht braucht Rodin das wirklich jetzt, so jemand, der mit ihm vorsichtig und ein wenig kindisch heruntergeht von allen den Gipfeln, auf die er immerfort gerät. Früher blieb er oben, und Gott weiß, wie und wo und durch welche Nacht er endlich zurückkam. Jetzt, wenn man ihn so über die Kraft hingegeben sah, hatte man wirklich etwas wie Angst für ihn, und so unwillig ichs ertrug, ich begriff, daß die Marquise immer dümmere Platten einspannte und daß wir schließlich bei einem Walzerpfeifer ankamen im Tingel-Tangel; und nun waren auch alle läppischen Geräusche des geklemmten Stiftes hörbar, und das Ganze war zum Fortwerfen. Durch meine Unvorsichtigkeit kam aber darnach nochmals ein gregorianisches Lied, ein ungeheueres; nur in Rußland hab ich Ähnliches gehört; auch die Gesänge in der armenischen Kirche waren noch neumodisch und verschwächt gegen diese erste, unüberlegte Musik; ich meine, nicht einmal Beethoven könnte gleich darauf ertragen werden. Aber nun Schluß. Ich muß wirklich nur Karten nehmen die nächsten Male, sonst schreib ich so, wie guter Regen regnet: ohne Ende. Leb wohl, Liebe. Und schreib auch Du nur kurz, wir haben jeder so viel anderes zu tun.

Rainer Maria

An Marlise Gerding

Paris, 77, rue de Varenne,
am 14. Mai 1911

Ihr Brief, Fräulein Gerding, hat mich beschäftigt und tut es wieder, da ich ihn wiederlese; nur der Umstand, daß ich weit auf Reisen war (er erreichte mich, glaube ich, in Algier oder Tunis), hat es mit sich gebracht, daß ich ihn vernachlässigte, und möge mich, soweit das möglich ist, bei Ihnen entschuldigen.

Es wird einer Antwort am nächsten kommen, wenn ich Ihnen beschreibe, wie der erste Teil des ›Stundenbuchs‹ zu entstehen kam. Es ist lange her, ich wohnte damals in der Nähe Berlins, halb auf dem Lande, und war mit anderen Arbeiten beschäftigt. Da stellten sich mir, seit einer ganzen Zeit schon, morgens beim Erwachen oder an den Abenden, da man die Stille hörte, Worte ein, die aus mir austraten und im Recht zu sein schienen, Gebete, wenn man will, – ich hielt sie dafür, ja nicht einmal: ich sprach sie hin und ordnete mich an ihnen für das Unbekannte des Schlafs oder des beginnenden Tags. Aber endlich fiel mir die Stärke und das Wiedereinsetzen dieser inneren Diktate doch auf, ich begann eines Tages, Zeilen davon aufzuschreiben, das Aufschreiben selbst bestärkte und lockte die Eingebung, zu der unwillkürlichen Freude der inneren Bewegtheit kam die Lust an dem, was nun schon Arbeit war, und über diesem Eingehen auf eine innere Akustik bildete sich in steten Fortschritten das heraus, was Sie als das ›Buch vom mönchischen Leben‹ kennen. Die anderen Abschnitte sind später entstanden: da war es natürlich nicht mehr möglich, sich über die Entstehung zu täuschen, sie waren Arbeit vom ersten Augenblick an, aber diese Arbeit war niemals eine vorausgesehene oder beabsichtigte: sie brach aus unter der Not der inneren Verschiebungen, mitten aus ihnen, und war weder zu rufen noch zu unterdrücken. Insoweit ist dieses Buch ein im wirklichsten Sinn aufrichtiges, mit allen Anzeichen des Nicht-anders-könnens, wie der Schrei sie an sich hat, den man zurückhielt und der sich plötzlich doch losreißt, ohne Rücksicht darauf, ob für ihn Raum ist in der dichten Welt. Andererseits, von der Arbeit aus gesehen, hat es die Lust aller Kunst an sich selbst und ist dadurch anders als das Gebet, hat eine Eitelkeit, die das Gebet nicht besitzt. Aber was ist Gebet, – wissen wirs?

Denken Sie, daß mir alle Frömmigkeit unbegreiflich oder gleichgültig ist, die nicht erfindet, die nachspricht, die innerhalb des Vorhandenen sich mit Hoffnungen und Preisgaben einrichtet. Das Verhältnis zu Gott setzt, so wie ich es einsehe, Produktivität, ja irgend ein, ich möchte sagen wenigstens privates, die anderen nicht überzeugendes Genie der Erfindung voraus, das ich mir so weit getrieben denken kann, daß man auf einmal nicht begreift, was mit dem Namen Gott gemeint ist, sich ihn wiederholen, sich ihn vorsagen läßt, zehnmal, ohne zu verstehen, nur um ihn ganz neu, irgendwo an seinem Ursprung, an seiner Quelle aufzusuchen. Dies ist etwa die Beimischung Unglauben im Stundenbuch, Unglauben nicht aus Zweifel, sondern aus Nicht-wissen und Anfängerschaft.

Wollen Sie mich wieder von sich lesen lassen? Es kann sein, wir haben einander Freude und Hilfe zu bereiten.

Ihr ergebener
Rainer Maria Rilke

An Lou Andreas-Salomé

Schloß Duino bei Nabresina,
oesterr. Küstenland.
am 28. Dezember 1911.

Liebe Lou,
laß mir die Vorstellung, daß Du fast auf einen Brief von mir wartest, sonst ist dieser große Bogen gar nicht zu verantworten, und ich kann wirklich keinen kleineren nehmen. Es ist Aussicht um diese Zeit, daß Du zuhause bist und Ruhe hast, so war es immer zwischen den beiden Weihnachten –, also laß mich Dir ein paar Seiten lang erzählen.

Von Dir hab ich durch Gebsattel gehört, im Herbst, aber, Du kannst Dir denken, er gibt keine Gesammtbilder wieder, er ist wie einer von den Spiegeln, die die Ärzte zu Untersuchungen gebrauchen; so war nichts Ganzes von ihm zu erfahren, aber ich verstand doch, daß es Dir gut geht und das stimmt mit Allem was ich, unabhängig von allen Nachrichten, von Dir weiß.

Du siehst, ich hab es immer noch eilig, auf mich zu kommen, ich setze immer noch voraus, daß dieses Thema interessieren kann, magst Du Dich wieder einmal hineinfinden? Bitte, bitte tu's, ich will Dir helfen so gut ich kann, vielleicht kann ichs schlecht, – dann ist ein Anhaltspunkt da: der ›Malte Laurids Brigge‹. Ich brauch keine Antworten auf meine Bücher, das weißt Du, – aber nun hab ichs herzlich nötig, zu wissen, welchen Eindruck dieses Buch auf Dich gemacht hat. Die gute Ellen Key hat mich natürlich umgehend mit dem ›Malte‹ verwechselt und aufgegeben; aber niemand als Du, liebe Lou, kann unterscheiden und nachweisen, ob und wie weit er mir ähnlich sieht. Ob er, der ja zum Teil aus meinen Gefahren gemacht ist, darin untergeht, gewissermaßen, um mir den Untergang zu ersparen, oder ob ich erst recht mit diesen Aufzeichnungen in die Strömung geraten bin, die mich wegreißt und hinübertreibt. Kannst Dus begreifen, daß ich hinter diesem Buch recht wie ein Überlebender zurückgeblieben bin, im Innersten ratlos, unbeschäftigt, nicht mehr zu beschäftigen? Je weiter ich es zuende schrieb, desto stärker fühlte ich, daß es ein unbeschreiblicher Abschnitt sein würde, eine hohe Wasserscheide, wie ich mir immer sagte; aber nun erweist es sich, daß alles Gewässer nach der alten Seite abgeflossen ist und ich in eine Dürre hinuntergeh, die nicht anders wird. Und wärs nur das: aber der Andere, Untergegangene hat mich irgendwie abgenutzt, hat mit den Kräften und Gegenständen meines Lebens den immensen Aufwand seines Untergangs betrieben, da ist nichts, was nicht in seinen Händen, in seinem Herzen war, er hat sich mit der Inständigkeit seiner Verzweiflung alles angeeignet, kaum scheint mir ein Ding neu, so entdeck ich auch schon den Bruch daran, die brüske Stelle, wo er sich abgerissen hat. Vielleicht mußte dieses Buch geschrieben sein wie man eine Mine anzündet; vielleicht hätt ich ganz weit wegspringen müssen davon im Moment, da es fertig war. Aber dazu häng ich wohl noch zu sehr am Eigentum und kann das maßlose Armsein nicht leisten, so sehr es auch wahrscheinlich meine entscheidende Aufgabe ist. Ich habe den Ehrgeiz gehabt, mein ganzes Kapital in eine verlorene Sache zu stecken, andererseits aber konnten seine Werte nur in diesem Verlust sichtbar werden und darum, erinner ich, erschien mir die längste Zeit der ›Malte Laurids‹ nicht sosehr als ein Untergang, vielmehr als eine eigentümlich dunkle Himmelfahrt in eine vernachlässigte abgelegene Stelle des Himmels.

Es sind fast zwei Jahre: liebe Lou, Du allein wirst begreifen können, wie falsch und kümmerlich ich sie verbracht habe. Ich meinte an ihrem Anfang eine lange lange Geduld zu haben, wie oft hab ich sie seither angestückt, was hab ich nicht alles aufgefasert und drangebunden. Ich habe soviel Beirrendes durchgemacht, Erfahrungen wie die, daß Rodin in seinem siebzigsten Jahr einfach ins Unrecht geriet, als ob alle seine unendliche Arbeit nicht gewesen wäre; daß da etwa Mesquines, eine klebrige Kleinigkeit, wie er ähnlich früher gewiß zu Dutzenden aus dem Weg gestoßen hat, sich nicht die Zeit lassend, mit ihnen wirklich fertig zu werden, – gelauert hatte und ihn spielend überwältigte und jetzt Tag für Tag sein Alter zu etwas Groteskem und Lächerlichem macht –, was soll ich mit solchen Erfahrungen anfangen? Da genügte ein Augenblick der Müdigkeit, ein paar Tage Nachlassens, und das Leben erhob sich so ungeleistet um ihn herum wie um einen Gymnasiasten und trieb ihn wie er war in die nächste armsälige Falle hinein. Was soll *ich* sagen, mit dem bischen Arbeit, aus der ich immer wieder völlig herausgerate, wenn er nicht gerettet war? Soll ich mich wundern, daß das lebensgroße Leben in solchen Zwischenzeiten recht verächtlich mit mir umgeht, und was in aller Welt *ist* diese Arbeit wenn man in ihr nicht alles durchmachen und erlernen kann, wenn man außerhalb ihrer herumsteht und sich schieben und stoßen, ergreifen und loslassen läßt, verwickelt wird in Glück und Unrecht und nie nichts versteht.

Liebe Lou es steht schlecht mit mir wenn ich auf Menschen warte, Menschen brauche, mich nach Menschen umsehe: das treibt mich nur noch weiter ins Trübere und bringt mich in Schuld; sie können ja nicht wissen, wie wenig Müh, im Grunde, ich mir mit ihnen gebe und welcher Rücksichtslosigkeit ich fähig bin. Es ist also ein schlechtes Zeichen, daß ich seit dem ›Malte‹ oft auf irgendjemanden gehofft habe, der für mich dasein würde, wie kommts? Ich hatte eine unaufhörliche Sehnsucht danach, mein Alleinsein bei einem Menschen unterzubringen, es in seinen Schutz zu stellen –, Du kannst Dir denken, daß darüber nichts weiterkam. Mit einer Art Beschämung denk ich an meine beste pariser Zeit, die der ›Neuen Gedichte‹, da ich nichts und niemanden erwartete und die ganze Welt mir immer mehr nur noch als Aufgabe entgegenströmte und ich klar und sicher, mit purer Leistung antwortete. Wer mir damals gesagt hätte, daß mir soviel Rückfälle bevorstehn. Ich wache jeden Morgen mit einer kalten Schulter auf, dort wo die Hand anfassen müßte die mich rüttelt. Wie ist es möglich, daß ich jetzt, vorbereitet und zum Ausdruck erzogen, eigentlich ohne Berufung bleibe, überzählig? In den Jahren da Ilja von Murom aufgesprungen ist, setz ich mich nieder und warte und mein Herz weiß mir keine Beschäftigung.

Was wirst Du sagen, Lou, wenn Du das liest? Hast Du's vorausgesehen? Ich erinnere eine Stelle aus Deinem letzten Brief, den ich nicht hier habe: ›Du gehst noch so weit‹ schriebst Du. Und wenn nicht, – was tun, um im Stehnbleiben nicht schlecht zu werden? Was tun?

Ich denke weniger als früher an einen Arzt. Die *Psychoanalyse* ist eine zu gründliche Hülfe für mich, sie hilft ein für alle Mal, sie räumt auf, und mich aufgeräumt zu finden eines Tages, wäre vielleicht noch aussichtsloser als diese Unordnung.

Dagegen beschäftigt es mich zuweilen, doch noch an einer kleinen ländlichen Universität Einiges konsequent zu betreiben – Du lächelst, das kennst Du, ja es gibt wenig Neues bei mir, und das Schlimmste ist, daß gewisse meiner Pläne und vielleicht auch meine besten und bösesten Eigenschaften nur im Verhältnis zu einem bestimmten Alter Sinn haben und darüber hinaus einfach absurd sind. Beinah ist es ja auch schon für die Universität zu spät, aber Du weißt, was ich damit meine; es ist das Furchtbare an der Kunst, daß sie, je weiter man in ihr kommt, desto mehr zum Äußersten, fast Unmöglichen verpflichtet; da tritt seelisch das ein, was in einem anderen Sinn die Frau in dem baudelaireschen Gedicht meint, die in der großen Stille der Vollmondnacht plötzlich ausbricht: Que c'est un dur métier que d'être belle femme [Daß eine schöne Frau zu sein viel harte Mühe kostet].

Hier, Lou, ist wieder eine meiner Beichten. Sind die Symptome die der langen Rekonvaleszenz, die mein Leben ist? Sind es die Zeichen einer neuen Krankheit? Ich wollte ich könnte mal acht Tage mit Dir beisammen sein, hören und erzählen. Es ist so lange her. Ich komme so viel herum, sollt es nicht möglich sein, sich einmal zu begegnen?

Weißt Du, daß ich den letzten Winter in Algier, Tunis und Aegypten war? Leider in mir so wenig angepaßten Verhältnissen, daß ich Sitz und Haltung verlor und schließlich nicht anders mitkam als einer, den ein durchgegangenes Pferd abgeworfen hat und auf und ab im Bügel mitreißt. Das war nicht das Richtige. Aber ein wenig Orient ist mir doch beigebracht worden, auf dem Nilschiff hab ich mich sogar mit dem Arabischen eingelassen, und das Museum in Cairo hat vielleicht doch etwas aus mir gemacht, so konfus ich hineinkam.

Heuer bin ich in Gastfreundschaft hier auf diesem alten festen Schloß (zur Zeit ganz allein), das einen ein bischen wie einen Gefangenen hält, es kann gar nicht anders mit seinen immensen Mauern. Und wenigstens der praktischen Unordnung in meinen Angelegenheiten wird es zugute kommen, daß ich hier für ein paar Monate aufgehoben bin. Darüber hinaus weiß ich nichts und will nichts wissen.

Adieu, liebe Lou; Gott weiß, Dein Wesen war so recht die Tür, durch die ich zuerst ins Freie kam; nun komm ich immer noch von Zeit zu Zeit und stell mich grade an den Türpfosten, auf dem wir damals mein Wachsen verzeichnet haben. Laß mir diese liebe Gewohnheit und hab mich lieb.

[...]

Rainer.

An Lou Andreas-Salomé

Duino bei Nabresina,
oesterreichisches Küstenland,
am 10. Januar 1912.

Liebe Lou,
der ältere Prinz Taxis war hier, ich bin erst seit ein paar Tagen wieder allein, danke nun endlich für Deinen guten Brief. Ich hab mir, darfst mir glauben, viel herausgelesen, ich ging damit im Garten auf und ab, wie mit etwas, was man auswendig lernen will, was tät ich ohne diese Stimme: Deine. Ich kann Dir nicht sagen, wie vertraut und tröstlich mir das war, ich bin die einzelne kleine Ameise, die den Kopf verloren hat, Du aber siehst den Bau und versicherst mir, er sei heil und ich würde schon wieder hineinfinden und mich nützlich machen. Und zu allem kam noch die Überraschung, daß Du diese Küste kennst, so daß Dein Brief gleichsam nicht nur mich, sondern auch meine Umgebung betraf, an alles gerichtet war und für alles stimmte.

Du hast recht, es ist wohl immer so gewesen mit mir, aber, siehst Du, ich ermüde mich daran; wie jemand, der auf Krücken geht, seinen Rock unter den Achseln immer zuerst durchscheuert, so wird meine einseitig abgenutzte Natur, fürcht ich, eines Tages Löcher haben und dabei an anderen Stellen wie neu sein. Die letzten Jahre kam es mir oft vor, als hätten viele künstlerisch Arbeitende, sich dadurch in die Hand bekommen, daß sie ihre Unzulänglichkeiten, von denen sie wußten, überlisteten und ausbeuteten, etwa wie sie sich eine, an einem Andern erkannte Schwäche nutzbar gemacht haben würden. Ich stehe zu sehr auf Seiten meiner Natur, ich habe nie etwas von ihr gewollt, was sie nicht aus eigensten Antrieben groß und glücklich ausgab, fast über mich hinaus. Und auf dem anderen Wege kommt ja auch höchstens zustande, daß man immer schreiben kann; daran liegt mir nichts. Was mich diesmal bedrängt, ist auch vielleicht nicht so sehr die Länge der Pause, sondern eine Art von Abstumpfung, eine Art Altwerden, wenn man es so nennen soll, als ob doch dieses Stärkste in mir irgendwie Schaden genommen hätte, ein klein wenig schuldig wäre, Atmosphäre wäre, begreifst Du: Luft statt Weltraum. Mag sein, daß die fortwährende innere Zerstreutheit, in der ich lebe, teilweise körperliche Ursachen hat, eine Dünnheit des Blutes ist, sooft ich sie merke, wächst es mir doch zum Vorwurf an, daß ich es soweit habe kommen lassen. Was mir auch bevorsteht: ich stehe doch jeden Tag mit dem Zweifel auf, ob es mir gelingen wird, es zu tun, und dieses Mißtrauen ist groß geworden über der tatsächlichen Erfahrung, daß Wochen, ja Monate vergehen können, in denen ich nur mit äußerster Anstrengung fünf Zeilen eines ganz gleichgültigen Briefes aufbringe, die mir, wenn sie endlich da sind, einen Nachgeschmack von solcher Unfähigkeit hinterlassen, wie etwa ein Gelähmter sie empfindet, der nicht einmal mehr die Hand geben kann.

Geht es durch alles das trotzdem weiter? Sind dann zufällig Menschen da, so bieten sie mir die Erleichterung, daß ich ungefähr der sein kann, für den sie mich halten, ohne es mit meinem wirklichen Vorhandensein erst genau zu nehmen. Wie oft geschieht es mir nicht, daß ich gewissermaßen als ein Chaos aus meiner Stube trete, draußen, von jemandem aufgefaßt, eine Fassung finde, die eigentlich die seine ist und im nächsten Moment, zu meinem Staunen, gut geformte Dinge ausspreche, während doch eben noch alles in meinem ganzen Bewußtsein völlig amorph war. Wem sag ich das, liebe Lou, ich weiß es ja fast durch Dich, daß es so ist, Du siehst, wie wenig sich verändert hat, – und in diesem Sinne werden die Menschen immer das Falsche für mich sein, etwas, was meine Leblosigkeit galvanisiert, ohne ihr abzuhelfen. Ach Liebe, ich weiß ja so gut, daß mein frühster Instinkt der endgültige war, ich will gar nichts gegen ihn tun, aber ich bin doch nun einmal unter die Menschen gesetzt und habe wirkliche Einflüsse von ihnen empfunden und mich in sie hineingewirkt wie einer von ihnen. Ich rede gar nicht davon, daß in einem besonderen Jahr, als es gar nicht weiter ging oder vielmehr nirgends anfangen konnte (denn es war ja noch rein nichts da –) Du gekommen bist das kann nur einmal sein, wie es nur eine Geburt gibt, – aber ich habe einzelne andere Erinnerungen im Menschlichen, an denen ich hänge, – wenn man sie ausspricht, sind sie ganz unscheinbar dem Inhalt nach, und doch, willst Du's mir glauben, in der langen, komplizierten, oft bis an's Äußerste getriebenen Einsamkeit, in der der ›Malte Laurids‹ geschrieben wurde, war mirs vollkommen gewiß, daß die Kraft, mit der ich ihn bestritt, zu einem bedeutenden Teile aus gewissen Abenden auf Capri stammte, an denen nichts geschah, als daß ich mit zwei älteren Frauen und einem jungen Mädchen beisammensaß und ihren Handarbeiten zusah und manchmal zum Schluß von einer von ihnen einen Apfel geschält bekam. Es war keine Spur von Schicksal zwischen uns, es ist nicht einmal untersucht worden, wie weit gerade *diese* Menschen nötig waren, damit das entstünde, was da entstand, Namen hat es keinen, aber ich erfuhr daran beinahe etwas von der mystischen Nahrhaftigkeit des Abendmahls; während es noch war, wußte ich daß es mir Kräfte gab und später, in dem mühsamen Alleinsein, erkannte ich diese Kräfte unter allen anderen; es war seltsam: sie hielten am Längsten vor.

Liebe Lou, wenn ich neulich schrieb, daß ich fast auf Menschen hoffte, so meinte ich, daß ich *dies* seither nicht wieder erfahren habe und es unendlich brauche. Kannst Du Dir nicht vorstellen, daß jemand da ist, der dies geben kann, unwillkürlich, ohne es darauf abzusehn und der dabei sein Genügen hätte, Gegenwart auszustrahlen und nichts zu erwarten? Gibt es doch sogar Menschen, die das für Kranke tun, wo alle Pflege höchstens bis zur Gesundheit führt, während sie hier doch gleichsam am Gesundesten begänne und reichte weiß Gott wohin. Nicht in Zeiten wie diesen schlechten hat sich mein Bedürfnis herausgebildet, während der riesigen Konzentration, die die Neuen Gedichte durchsetzte, bekam es Kontur, und den ›Brigge‹ schrieb ich gewissermaßen wie unter der Bedingung zu Ende, daß das dann da sein würde. Ich will Dir's zeigen an etwas ganz Sichtbarem. Stell Dir vor, daß ich mit der gleichen Beklemmung daran denke, es wieder, in der *rue Cassette*, mit einem kleinen möblierten Zimmer zu versuchen, oder in meine eigenen Möbel zurückzukehren, die in den letzten Jahren völlig zu der für den letzten Akt des ›Malte Laurids‹ vorgeschriebenen Szenerie geworden sind. So lächerlich es ist, ich mache alle diese Dinge durch, wie Schicksale, und darum sind sie auch einmal gründlich überstanden und nicht wieder anzufangen. Verstehst Du, daß ich mir ein Wesen einbilde, das die von mir übertriebenen Dinge wieder allgemein und arglos macht? Gibt es das nicht? Man könnte meinen, es geschähe mir nach der Fabel: ich hätte eben gesungen statt zu bauen und bliebe nun, wenn es kalt wird, ohne Obdach. Aber nein, siehst Du, das, worin ich denke, wäre auf keinen Fall zu bauen gewesen, es wäre durchaus wunderbar und ich hätte kein Recht, darauf zu rechnen, wenn nicht alles Entscheidende in meinem Leben ebenso unabhängig von meiner Vorsorge und auf keine Weise vorzubereiten und zu gründen gewesen wäre. Vielleicht wird jeder, der das zu hören bekommt, zuerst fragen, womit ich, von mir aus, so ein Verhältnis zu leisten gedenke; da muß ich zugeben, daß ich eigentlich mit nichts erwidern kann, als etwa mit meinem wärmeren und froheren Dasein, wie es möglicherweise auch jenen Frauen in Capri damals sich offenbarte. Ich glaube in Neapel einmal, vor irgendwelchen antiken Grabsteinen, hat es mich durchzuckt, daß ich Menschen nie mit stärkeren Gebärden berühren sollte, als dort dargestellt sind. Und ich glaube wirklich, ich bin manchmal so weit, allen Andrang meines Herzens, ohne Verlust und Verhängnis, auszudrücken indem ich meine Hand leise auf eine Schulter lege. Wäre das, Lou, wäre das nicht der einzige Fortschritt, der innerhalb jener ›Zurückhaltung‹, an die Du mich erinnerst, denkbar ist?

Es ist halb vier, ich habe kaum gegessen, ich verbringe fast den ganzen Tag damit, Dir zu schreiben und dabei ist das so schwer verständlich zu machen, daß mir der Kopf brummt; ich komme kaum von der Stelle, ich möchte immer wieder anfangen und Alles noch einmal sagen –, aber wozu, ich will Dich nicht überzeugen. Du sollst nur wissen, wie das mit den ›Menschen‹ gemeint war: nicht als eine Weggabe der Einsamkeit; nur, wenn sie weniger in der Luft hinge, wenn sie in gute Hände käme, verlöre sie ganz die Nebengeräusche des Krankhaften, (das wird früher oder später doch unumgänglich sein), und ich brächte es in ihr endlich zu einiger Kontinuität, statt sie, wie einen verschleppten Knochen, unter lautem Halloh von Gebüsch zu Gebüsch zu tragen.

So, – da hat Dein alter Maulwurf Dir wieder einmal was vorgegraben und lauter dunkles Erdreich aufgeworfen quer über einen guten Weg. Verzeih. Zu Dir red ich so Inneres wie die Menschen im alten Testament, ein ganzes Spruchband: denn was da in Deines Lebens brennendem Dornbusch steht, das ist genau das, was auch über mich Macht haben soll. –

Liebe Lou, wenns geht, so bleib ich wahrscheinlich bis in den Frühling hinein hier, obwohl mir weder das Haus noch das Klima recht zusagt; dieser fortwährende Wechsel zwischen Bora und Scirocco tut meinen Nerven nicht gut und ich erschöpfe mich darin, das Eine und das Andere mitzumachen. Immerhin, wenn ich mir die einzelnen Vorzüge dieser Zuflucht aufzähle, so kommt eine große Zahl zusammen, und ich muß mich glücklich schätzen, daß ich sie habe. In meinem gegenwärtigen Zustand wäre mir jeder Ort schwer gewesen, nicht überall aber hätt ich meiner Lage so auf den Grund gehn können wie hier. Schade nur, daß mir die Natur hier fast nichts entgegenbringt, sogar das Meer läßt mich gleichgültig; als ob diese dumme oesterreichische Mehrsprachigkeit sogar der Landschaft ihren einigen, eindeutigen Ausdruck nähme. Es ist kaum zu sagen, wie sehr mir alles Oesterreichische zuwider ist. Ich sehne mich nach Neapel oder ich möchte stundenlang im Schnee durch den Wald laufen und hernach mit Dir köstlichen Kaffee trinken. Aber es wird schon so richtig sein.

Da fällt mir ein, Du weißt doch, daß ›Mir zur Feier‹ (was keine Verbesserung war) zusammen mit der ›Weißen Fürstin‹ vor etwa zwei Jahren unter dem Titel ›Die frühen Gedichte‹ neu herausgegeben wurde; in einem Brief, den ich vorgestern bekam, ermahnt mich der Verleger wieder einmal, an die Zusammenstellung der noch älteren Bücher zu denken, die dann, in ähnlichem Band, als ›Erste Gedichte‹ wieder aufleben sollen. Nun hab ich leider einmal verlauten lassen, daß es die ›Christusvisionen‹ gibt, und da Kippenberg nun natürlich Wert darauf legt, in diesen erneuten Ausgaben auch Unveröffentlichtes zu bringen, liegt er mir ziemlich an, diese großen Gedichte (die ich selbst viele Jahre nicht wiedergesehen habe) nun mit in die neue Publikation einzustellen. Dies will ich auf keinen Fall tun, ohne zu wissen, wie Du darüber denkst. Glaubst Du, ist sonst etwas aus jener Zeit da, was eher unterzubringen wäre, oder sollte wirklich die Reihe an diesen Dingen sein? Übrigens steht mir der *Inselverlag* sehr freundschaftlich und verständig bei, ich kann ihm alles absagen, was mir unlieb ist, andererseits begreif ich auch, daß er, der mir in diesen dürren Jahren getreulich hilft, es unternimmt, uns Beiden zu dienen, indem er alte und älteste Sachen in den Umsatz zieht. Ich habe meine Frau gebeten, in Oberneuland, in einer Truhe nach den ›Christus-Visionen‹ zu suchen, inzwischen schreibst Du mir einmal, wie Du über die Veröffentlichung, umgeben von ›Advent‹, ›Traumgekrönt‹, ›Larenopfern‹ u.s.w., denkst?

Den ›Bichat‹, bitte, sieh doch als den Deinen an, ich habe vor einiger Zeit ein anderes Exemplar bekommen, den Kassner, die ›Elemente‹ schick ich Dir zugleich mit diesem Brief. Es wird für mich sehr wichtig sein, zu erfahren, welchen Eindruck dieses kleine Buch Dir macht. Ihn selbst, Kassner, kann man nicht sehen, ohne von ihm sehr ergriffen zu sein. Vielleicht ist er nur mit seinem körperlichen großen Gebrechen fertig geworden (das wäre schon alles Mögliche), ich vermute aber immer, er hat noch sehr viel anderes da hinein geworfen und es drin überwunden –, sonst ist diese klare Heiterkeit nicht zu erklären, die in seinem Blick durchbricht; nur Du kannst so strahlend sein, wie er es manchmal ist.

Leb wohl. Ich schriebe am Liebsten noch ein Jahr (aber: acht solche Seiten: was wirst Du sagen?!)

Rainer.

An Annette Kolb

Schloß Duino bei Nabresina,
Littoral Autrichien,
am 23. Januar 1912

Liebes Fräulein Kolb!
So gut geht es mir selten. Nur in Paris passiert es mir gelegentlich, daß ich auf dem Kai, mit einer Genauigkeit, die durch keinerlei Absicht zu erreichen wäre, die Hand nach demjenigen Buch ausstrecke, das mir gerade erwünscht ist –: so kommt mir aufs wunderbarste Ihr Aufsatz zurecht –, ich las ihn gestern dreimal mit immer mehr Anpassung an ihn und stürze mich nun über dieses Papier, Ihnen zu danken.

Wie oft war ich nahe daran, gerade dies zu bedenken, es ist als Gegenstand so ungeheuer vorhanden, es liegt in der Luft, es tritt aus den Poren der Dinge –: mais moi, je ne pense, guère au fond, j'avale mes pensées toutes entières sans en détailler le goût, je les ai dans mon sang avant d'en tirer le profit immédiat qui s'impose [aber ich, ich denke im Grunde gar nicht, ich verschlinge meine Gedanken ganz, ohne ihren Geschmack im einzelnen zu unterscheiden, ich habe sie in meinem Blut, bevor ich aus ihnen den sofortigen Gewinn schlage, der sich aufdrängt] …

Und dann: ich habe kein Fenster auf die Menschen, endgültigerweise. Sie geben sich mir nur so weit, als sie in mir selbst zu Worte kommen, und da teilen sie sich mir während dieser letzten Jahre fast nur aus zwei Gestalten mit, von denen aus ich im großen auf die Menschen zurückschließe. Was zu mir vom Menschlichen redet, immens, mit einer Ruhe der Autorität, die mir das Gehör geräumig macht, das ist die Erscheinung der Jungverstorbenen und unbedingter noch, reiner, unerschöpflicher: *die Liebende*. In diesen beiden Figuren wird mir Menschliches ins Herz gemischt, ob ich will oder nicht. Sie treten in mir auf sowohl mit der Deutlichkeit der Marionette (die ein mit Überzeugung beauftragtes Äußeres ist) als auch als abgeschlossene Typen, über die es nicht mehr hinausgeht, so daß die Naturgeschichte ihrer Seele könnte geschrieben werden.

Bleiben wir bei der Liebenden, – so meine ich weniger die heilige Therese mit ihr und was nach dieser Seite hin Großartiges vorgefallen ist, – sie ergibt sich meinem Aufmerken viel eindeutiger, purer, d. h. unverdünnter und (wenn ich so sagen soll) unangewandter in der Lage der Gaspara Stampa, der Lyoneserin Labé, gewisser venezianischer Kurtisanen und, vor allem, der Marianna Alcoforado, dieser Unvergleichlichen, in deren acht schweren Briefen zum ersten Mal die Liebe der Frau ausgezogen ist von Punkt zu Punkt, ohne Aufwand, ohne Übertreibung oder Erleichterung, wie von der Hand einer Sibylle. Und da, mein Gott, da ergibt sich, daß, infolge der unaufhaltsamen Konsequenz des weiblichen Herzens, diese Linie, im Irdischen fertig, vollendet, nicht weiter zu treiben war, man könnte sie denn auf das Göttliche zu ins Unendliche verlängern. Aber da, an dem Beispiel dieses höchst nebensächlichen Chamilly (dessen törichte Eitelkeit die Natur benutzte, um die Briefe der Portugiesin zu erhalten), mit dem sublimen Ausdruck der Nonne: ›Meine Liebe hängt nicht mehr davon ab, wie du mich behandelst –‹ war der Mann, als Geliebter, abgetan, erledigt, *durchgeliebt* – wenn man es so rücksichtsvoll sagen soll, durchgeliebt, wie ein Handschuh durchgetragen ist. Und es ist ein Wunder, daß der Mann so lange gehalten hat, da er doch immer nur mit seinen dünnsten Stellen an der Liebe beteiligt war. Was spielt er in der Geschichte der Liebe für eine triste Figur: er hat da fast keine Stärke als die Überlegenheit, die die Tradition ihm zuschreibt, und selbst die trägt er mit einer Nachlässigkeit, die einfach empörend wäre, hätte nicht seine Zerstreutheit und Herzensabwesenheit öfters große Anlässe gehabt, die ihn teilweise rechtfertigten. Niemand aber wird mir ausreden, was an dieser äußersten Liebenden und ihrem schmählichen Partner sichtbar wird: daß dieses Verhältnis definitiv an den Tag stellt, wie sehr auf der einen Seite, der der Frau, alles Geleistete, Getragene, Vollbrachte der absoluten Liebesunzulänglichkeit des Mannes gegenübersteht. Sie empfängt gleichsam, banal deutlich gemacht, das Diplom des Liebenkönnens, während er eine Elementargrammatik dieser Disziplin in der Tasche hat, aus der ihm notdürftig ein paar Vokabeln eingegangen sind, daraus er gelegentlich Sätze bildet, schön und hinreißend wie die bekannten Sätze auf den ersten Seiten der Sprachlehren für Anfänger. – Der Fall der Portugiesin ist so wunderbar rein, weil sie die Ströme ihres Gefühls nicht ins Imaginäre weiter wirft, sondern mit unendlicher Kraft die Genialität dieses Gefühls in sich zurückführt: es ertragend, sonst nichts. Sie wird alt im Kloster, sehr alt, sie wird keine Heilige, nicht einmal eine gute Nonne. Es widerstrebt ihrem seltenen Takt, an Gott anzuwenden, was nicht von Anfang an für ihn gemeint war und was der Graf von Chamilly verschmähen durfte. Und doch wars fast unmöglich, den heroischen Anlauf dieser Liebe vor dem Absprung aufzuhalten und über einer solchen Vibration des innersten Daseins nicht zur Heiligen zu werden. Hätte sie, diese über die Maßen Herrliche, – einen Moment nachgegeben, sie wäre in Gott hineingestürzt wie ein Stein ins Meer, und hätte es Gott gefallen, an ihr zu versuchen, was er beständig an den Engeln tut, daß er ihr ganzes Strahlen wieder in sie zurückwirft –: ich bin sicher, sie wäre auf der Stelle, wie sie da stand, in diesem traurigen Kloster, – Engel geworden, innen, in ihrer tiefsten Natur.

Sie rufen mich zurück, aber ich habe mich gar nicht so weit von Ihrem Aufsatz entfernt. Sie werden gleich sehen, wir sind mittendrin. Die Frau hat etwas, das Ihre, Ihrigste, durchgemacht, geleistet, zu Ende geführt. Der Mann, der immer die Ausrede hatte, mit Wichtigerem beschäftigt zu sein, und der (sagen wirs offen) für die Liebe auch gar nicht genügend vorbereitet war, hat sich (die Heiligen ausgenommen) seit der Antike überhaupt nicht in die Liebe eingelassen. Die Troubadours wußten genau, wie wenig weit sie gehen durften, und Dante, in dem die Not ganz groß wurde, kam nur auf dem ungeheuren Bogen seines gigantisch ausweichenden Gedichts um die Liebe herum. Alles andere ist, in diesem Sinne, abgeleitet und zweiten Grades. Aber Sie begreifen, wie sehr, bei diesem Stand meiner inneren Meinung, die Aussicht aus Ihrem Fenster mir merkwürdig und spannend werden mußte. Ich glaube Ihnen aufs Wort, was Sie sehen, und ich weiß erst, seit Sie mich so glänzend ins Laufende versetzt haben, was ich eigentlich erwarte. Sehen Sie, ich erwarte, daß der Mann, der Mann des ›neuen Schlags‹, der dabei ist, vorläufig ›in die Brüche zu gehen‹, nach dieser, ihm gewiß sehr gesunden Pause, für ein paar Jahrtausende zunächst, die Entwicklung zum ›Liebenden‹ auf sich nimmt, eine lange, eine schwere, ihm völlig neue Entwicklung. Was die Frau angeht, liebes Fräulein Kolb, so erlaubt die ausgezeichnete, die wirklich einzige Lage Ihres Fensters die Annahme, daß sie wahrscheinlich, zurückgezogen in einen schönen, selbstgemachten Kontur, die Fassung finden wird, ohne sich zu langweilen und ohne zuviel Ironie, diesen langsamen Liebenden abzuwarten und zu empfangen.

Poststunde! Nur noch die dankbarsten Grüße

Ihres
R. M. Rilke

An Sidonie Nádherný von Borutin

Schloß Duino bei Nabresina,
oesterreichisches Küstenland.
am 8. März 1912.

Liebste Freundin,
oft riet ich zu Ihnen hin in der letzten Zeit, wie es sich in Prag wohl leben mag? Denn ich wußte, es wird Ihnen ganz neu sein. Ich kam, so für mich, zu der Vermutung, daß das gute Beschäftigtsein, das ein jeder aktiver Anfang mit sich bringt, die eigenen Räume und eigenen Möbel, und das Wohltun, das sich sofort für Charlie aus Ihrem Dasein und Wirken ergeben wird, zunächst eine Sicherheit werden ausmachen müssen gegen das Andere, draußen, das abzuwarten ist und hinzunehmen und nur langsam und prüfend zu gebrauchen. Und nun las ich in Ihrem Brief, daß ich im Ganzen nicht falsch geraten habe, bin stolz und bilde mir ein, daß ich auf diese Weise im Hindenken auch wirklich geistig mit Ihnen auf der rechten Stelle war.

Ja, ›warum Prag eigentlich eine so düstere Stadt ist‹? Für mich ist's halb und halb aufgeklärt, warum. Man hat mich dort eine Kindheit hinbringen lassen, die so merkwürdig eingerichtet war, als sollte gar kein Leben auf sie folgen. Wenn ichs bedenke, so lebte ich nicht in Sorgfalt, sondern in Sorge meiner Eltern, in einem dichten und trüben Fürchten, das begann mit der Sorge, mich schön anzuziehen und aufhörte mit der Sorge, ich könnte krank werden. Zwischen diesen beiden fiktiven Grenzen trieb sich meine kleine trostlose Freiheit herum, bald hier bald dort anstoßend, unbeschäftigt, ohne Anwendung, ohne Erfahrung. Diese immensen Strecken am Graben, Obstgasse, Ferdinandstraße, Quai entlang, die man mich hin und zurück und wieder zurück und hin stundenlang spazierennahm –, lieber Gott, ich erwartete etwas von ihnen, ich hielt meine Seele für sie bereit, obwohl mir doch ahnte, daß aus diesem manierlichen automatischen Auf- und Abgehen unter erwachsenen Leuten, nichts werden konnte. Ach, beste Freundin, wie wenig bin ich je über dieses Alles hinausgekommen, wie ist es unauslöschlich, nicht zu streichen, nicht gutzumachen. Hätte es einen Menschen gegeben, der mir Tiere oder Blumen gezeigt, der mich unterrichtet hätte, wie man es macht, mit einem Buch gut allein zu sein, welche Liebe, welchen Segen hätte ich jetzt für ihn in meinem Herzen. Statt dessen spazierte ich mich auf diesem unaufhörlichen Pflaster sinnlos müd und *vertrieb* die Zeit, es ist furchtbar, es zu denken, vertrieb die Zeit, die mir später fehlen sollte, und es ist kein Zweifel, daß alle diese Perioden schweren Unbeschäftigtseins, die meine Nerven mir bereiten, auf die Leere zurückgehen, die damals angelegt wurde und die schließlich dazukam, in den verschiedensten Verstellungen und Verkleidungen, oft gar nicht gleich kenntlich, meine Kindheit zu mißbrauchen. – Dies ist Prag für mich, dies haftet ihm an, mit diesem bösen Mitwissen sieht es mir zu, sooft ich hinkomme –: und so muß es mir wohl düster sein.

Theseus kam in einem unterirdischen Zimmer zur Welt, was tuts, er stieß herauf wie ein Keim, aber ich wuchs völlig im Nirgends, auf das Nichts zu, und ohne Gewalt und namenlose Anstrengung, war von da aus überhaupt nicht ins Leben zu kommen. So hab ich Kraft angewendet, wo andere einfach der Natur nachgeben, und immer mehr Kraft, als ich hatte …

Verzeihen Sie, Sidie, dies soll keine Beklagung sein, aber über der langen Einsamkeit wird manches klarer als es je war, und das ist gut, nichtwahr?

Doch abgesehen von dieser amorphen Lebensbildung, von der man am besten absieht, – ist Prag düster, ist es in der Tat auf eine eigene Art, warum?; einmal ist es alt, hat eine schwere verworrene, nie ganz ausgelebte Vergangenheit und – ist oesterreichisch. Wäre es rechtzeitig, früher, slavisch geworden, so hätte, wenn auch nicht sein Temperament, doch die Ausübung desselben andere Wege genommen: aber wie lange ließ dieses Volk die Zeit über sich zusammenschlagen, teilnahmslos, nicht einmal auf seine Sprache bedacht, die während Jahrhunderten sich vernachlässigte, um dann, als schon alle Tradition theoretisch geworden war, sich krampfhaft und gereizt auf sich zu besinnen, in diesem Besinnen selbst durch den kleinlichsten und mesquinsten Widerstand gehemmt und durch die anderen verdorben, wo es noch nicht durch sich selbst verdorben war. Und darin hat Oesterreich so viel auf dem Gewissen: daß es, von Anfang an, den an ihm beteiligten Völkern ihre Nationalität und die Stärke dieser Nationalität verdarb, sie ihnen zur Hälfte wegnahm und einschränkte, ohne eine neue National-Einheit aus den Elementen zu bilden, die ihm solche Opfer gebracht hatten. Jeder gab sich halb auf, aber dabei blieb es auch eigentlich, Oesterreich blieb immer im Bau, es ist eine chronisch gewordene Vorläufigkeit, – und wenn man in Wien dazukam, sich darüberfortzuhelfen, indem man in den Gerüsten, an die man endlich gewöhnt war, sang und pfiff und Bänder und Kränze aufhängte, so war in Prag das schwere slavische Gewissen solchem Leichtsinn im Weg. Prag kränkte sich so recht eigentlich und wurde übellaunig und mürrisch. Dem Slaventum aber ist es auch besonders verhängnisvoll, einen solchen Zustand durchzumachen, es muß sich an ihm mehr als jede andere Raçe aigrieren und zersetzen: man muß nur Rußland gesehen haben, um zu wissen, aus welcher Ganzheit heraus diese Herzen leben und wie sie dann auch alles überstehen und überdauern, weil dieses innere Heilsein die Welt immer wieder schafft, wenn man sie zehnmal vor ihren Augen, ja in ihren Händen zerbricht. (Rußland, – dabei fällt mir ein, treiben Sie's noch allein ein wenig weiter?: Надеюсь что вы незабыли все [ich hoffe, Sie haben nicht alles vergessen]? Ach, ich les es auch gar nicht mehr, leider, und indem ich diesen Satz da risquiere, setzt ich sicher ein Volk junger Fehler in die Welt!)

Ich lese italiänisch, den Muratori, jeden Tag sieben oder acht Stunden und dazwischen manches Ergänzende, fast nur über italiänische Geschichte des vierzehnten Jahrhunderts, mit besonderem Bezug auf Venedig. Es ist ja so nah, dieses Unbegreifliche, und die hiesige Bibliothek strotzt von Literatur über die Lagunen, die Adria, Istrien und das Friaul. Mir ist erst klar geworden, wie sehr Sie auf Ihrer dalmatinischen Reise auch den Spuren venetianischer Herrschaft müssen begegnet sein. Ich würde es gern dahin bringen, von diesem einzigen Staat, wirklich einiges zu wissen; es ist dasjenige Reich, dessen Verlauf ich, glaub ich, ganz einsehen könnte, die Kurve seines Daseins ist reiner als das Liniennetz anderer Gemeinwesen, – ein Zusammenhang der im Irdischen etwa das bildet, was am Himmel ein Sternbild wäre. Wunderbar großartig geht es aus der Zuflucht, die ein paar arme sumpfige Inseln bieten konnten, hervor und *genau das*, was seine Not war, wird immer mehr seine Herrlichkeit. Wie soll mich dies nicht immer wieder ergreifen. Wenn Sie's ganz heimlich halten, so will ich Ihnen vertrauen, daß ich mir manchmal vornehme, dort hin zu ziehen und mich im Winkel eines alten Palastes leise einzurichten. Wär das nicht schön? Ich habe leider keinen Mut, meine Nerven geben mir arg zu tun, kaum ein Tag, da ich mich auf meinen Kopf und Körper verlassen kann. Und darüber erfahr ich noch die Demütigung, daß ich so gut wie gar kein Gedächtnis mehr habe, – ich hab es wenig geübt, das ist wahr, denn im Produktiven spielt es für mich kaum eine Rolle, – aber ich bin entsetzt, es ganz aufgezehrt zu haben. Wie soll das weiter werden? Ich weiß nicht.

Vielleicht liegt all diese Zweifelmütigkeit ein bischen am hiesigen Klima; damit diese schöne Retraite nicht ganz vollkommen sei, spielts mir, wenn ich nicht irre, manchen Streich. Man ist hier so an der Grenze nördlicher und südlicher Verhältnisse (und übrigens auch gerade noch in Oesterreich, was, dem Obigen nach, sogar das Klima verderben könnte.) Und Frühling oder nicht läßt sich kaum entscheiden, man schwankt beständig zwischen allem, und aus dem schönen Zögern, das sonst diese Übergänge bezeichnet, wird eine Zweideutigkeit. Sogar das Meer, das sonst solche Macht über mich hat, führt mich zu nichts und ist lange nicht so offen, wie die Teiche von Janowitz.

Janowitz, wie hab ich's mir doch zu Herzen genommen. Es kommt viel in meinem Innern vor. Schriebe ich Hieroglyphen, so verhielte es sich so: das Sidonienzelt mit Phlox rechts und links – bedeutet: Ruhe. Ein Weg, grasüberwachsen, auf der einen Seite Mauer, auf der anderen Obstbäume voller Äpfel, im Rasen stehend – heißt: Freude. Flaches Gemüseland, von Hecken umrahmt, mit kleinen Wegen, Wasserläufen, einem kleinen runden Schöpfteich in der Mitte und unaufhörlichem Himmel über sich –: ist ›Freiheit‹

oder ›Glück‹ zu lesen, die Bedeutung ist nicht ganz wiederzugeben, (obwohl sie, ihrem Inhalt nach, völlig rein und sicher ist).

Mit diesem Brief, liebste Freundin, schick ich Ihnen ein Buch, das bei Ihnen bleiben mag bis wir uns wiedersehen; früher müssen Sie sich auch nicht darüber aussprechen, aber eines Tages wüßte ich gern Ihr Urteil. Ich kann nämlich wieder mal gar nicht englisch lesen, nicht eine Silbe, und hätte doch gern eine Idee von dieser Lucretia Davidson: weil die Guérin's, Maurice und Eugenie, eine Zeit lang sehr von dieser Erscheinung, ihrer Frühkraft und Fülle, eingenommen waren. Ists nur ein Wunderkind, oder werden Sie da und dort eine Seite aufschlagen, die nicht nur zu Herzen geht, – sondern sich auch im Herzen hält und beweist? – Darum handelt sichs. Aber es hat, ich wiederhole, gar, gar keine Eile, – es würde mich jetzt sogar stören, davon zu hören und daran zu denken, so weit wie ich in anderen Dingen verzweigt bin. Ich schicks nur, weil mirs gerade heute beim Ordnen in die Hände spielte.

Adieu, liebste Freundin; tausend Grüße

Ihres Rilke

An Marie von Thurn und Taxis

Hôtel Reina Victoria, Ronda, Spain. Ronda,
am 17. Dez. 1912.

Ich sehne mich nach einem Brief von Ihnen, verehrte Freundin, Gott weiß, wo der herumgeht, – und der letzte, den ich Ihnen schrieb, ist mir ganz unrecht in der Erinnerung; was darin durchaus lebendig war, war doch nur wie aufgewärmtes Essen aus jenem in Cordoba nur in Gedanken geschriebenen Brief, im Übrigen prägte sich nichts ab, als meine Unzufriedenheit mit Sevilla, mit mir, mit mir und zehnmal mit mir. Es gab wieder eine Reihe recht verdrießlicher Tage, Schmerzen körperlich und die Seele so wenig zum Aushalten gestimmt, wenn ich zufällig irgend ein ›Zuhause‹ hätte, ich wäre unbedingt nachhause gefahren, denn zu jeder Reise, zumal zu einer durch Spanien, brauchts ein gewisses Gleichgewicht, die Gewißheit, sich auf sich verlassen zu können, aber mir stürzt die Welt jeden Augenblick völlig ein innen im Blut, und steht dann draußen eine ganz fremde herum, so ist's eine Fremdheit über die Maßen. Ich nehm mir vor, Fürstin, ich muß dem Grund dieser *Malaise* auf die Spur kommen, die Quelle entdecken, aus der immer wieder Übel nachkommt, kaum daß ich irgendwo ein kleines Beet habe, schon steigt diese Trübnis und überschwemmts und läßts trostlos zurück. Und ich weiß, daß da der Arzt helfen kann, nicht ich, wenns nur der rechte wäre, – bei mir ist alles zusehr aus einem Stück, als daß ich irgendwo leiden könnte und anderswo leisten, ich bin im Grunde so gar nicht wehfreudig, ein Schmerz nimmt mir die Welt, darum taug ich auch so völlig nicht zum Heiligen und habe nicht die mindeste Aussicht, je diesen guten Geruch zu verbreiten. (Sie habens ja erkannt und ausgesprochen, es war unerschöpflich richtig.)

Übrigens müssen Sie wissen, Fürstin, ich bin seit Cordoba von einer beinah rabiaten Antichristlichkeit, ich lese den *Koran*, er nimmt mir, stellenweise, eine Stimme an, in der ich so mit aller Kraft drinnen bin, wie der Wind in der Orgel. Hier meint man in einem Christlichen Lande zu sein, nun auch hier ists längst überstanden, christlich wars, solang man hundert Schritte vor der Stadt den Mut hatte, umzubringen, darüber gediehen die vielen anspruchslosen Steinkreuze, auf denen einfach steht: hier starb der und der, – das war die hiesige Version Christentums. Jetzt ist hier eine Gleichgültigkeit ohne Grenzen, leere Kirchen, vergessene Kirchen, Kapellen die verhungern, – wirklich man soll sich länger nicht an diesen abgegessenen Tisch setzen und die Fingerschalen, die noch herumstehen, für Nahrung ausgeben. Die Frucht ist ausgesogen, da heißts einfach, grob gesprochen, die Schalen ausspucken. Und da machen Protestanten und amerikanische Christen immer noch wieder einen Aufguß mit diesem Teegrus, der zwei Jahrtausende gezogen hat. Mohammed war auf alle Fälle das Nächste, wie ein Fluß durch ein Urgebirg, bricht er sich durch zu dem einen Gott, mit dem sich so großartig reden läßt jeden Morgen, ohne das Telephon ›Christus‹, in das fortwährend hineingerufen wird: *Holla, wer dort?*, und niemand antwortet.

Nun stellen Sie sich vor, Fürstin, ich bin drei Stunden von Gibraltar, fünf, wenn gutes Wetter ist, von Tanger –, wie michs in dieser Stimmung versucht, einmal hinüberzufahren zu den Mohren; andererseits fürcht ich, es legt sich dann eine Tünche von Licht über das dunkle, tonrote Spanien. – Vor der Hand bin ich hier in Ronda (seit einer Woche), ich schickte Pascha gleich ein paar Abbildungen, so sehr schien mirs wahrscheinlich, daß die unvergleichliche Erscheinung dieser auf zwei steile Felsmassen, die die enge tiefe Flußschlucht trennt, hinaufgehäuften Stadt seinem Traumbild Recht gäbe; es ist unbeschreiblich, um das Ganze herum ein geräumiges Tal, beschäftigt mit seinen Feldflächen, Steineichen und Ölbäumen, und drüben entsteigt ihm wieder, wie ausgeruht, das reine Gebirg, Berg hinter Berg, und bildet die vornehmste Ferne. Was die Stadt selbst angeht, so kann sie in diesen Verhältnissen nicht anders als eigen sein, steigend und fallend, da und dort so offen in den Abgrund, daß gar kein Fenster hinzuschauen wagt, – kleine Paläste hinter Krusten von jährlicher Weiße, jeder mit farbig abgesetztem Portal, und unterm Balkon das Wappen mit etwas gedrückter Helmzier, aber im Schild deutlich, ausführlich und voll wie ein Granatapfel.

Hier wäre nun freilich auch der Ort, recht spanisch zu leben und zu wohnen, wäre nicht die Jahreszeit, wäre nicht meine mühsälige Unlust, mich mit andern Beschwerden als den nötigsten (angebornen und eifrig angeeigneten) einzulassen –, zum Überfluß hat der Teufel den Engländern eingegeben, hier ein wirklich ausgezeichnetes Hôtel zu bauen, in dem ich natürlich nun wohne, neutral, teuer und wie es sich der und jener wünschen würde, und dabei bin ich schamlos genug, zu verbreiten, daß ich in Spanien reise.

Ich sage Ihnen, Fürstin, (nein, nein Sie müssen mirs glauben) es muß mit mir anders werden, von Grund aus, von Grund aus, sonst sind alle Wunder der Welt umsonst. Seh ich doch gleich hier wieder, wie viel an mich verschwendet ist und rein weg, die Heilige Angela hat es ähnlich erfahren –, quand tous les sages du monde [wenn die Weisen der Welt] – sagt sie – et tous les saints du paradis m'accableraient de leurs consolations et de leurs promesses, et Dieu lui-même de ses dons, s'il ne me changeait pas moi-même, s'il ne commençait au fond de moi une nouvelle opération, au lieu de me faire du bien, les sages, les saints et Dieu exaspéraient au delà de toute expression mon désespoir, ma fureur, ma tristesse, ma douleur et mon aveuglement [– und alle Heiligen des Paradieses mich mit ihren Tröstungen und Versprechungen überhäufen würden und Gott selbst mit seinen Gaben, wenn er mich nicht verändert, wenn er nicht in mir eine neue Verwandlung beginnt, anstatt mir Gutes zu tun, alle Weisen, alle Heiligen und Gott würden meine Verzweiflung, meinen Zorn, meine Traurigkeit, meinen Schmerz und meine Blindheit über alle Maßen steigern]. Dies hab ich vor einem Jahr im Buch angezeichnet, denn ich begriffs mit dem ganzen Gemüt und, ich kann mir nicht helfen, es ist seither nur noch gültiger geworden.

Heute, da ich diese Berge sah, diese Hänge, aufgeschlagen in der reinsten Luft, wie um daraus vorzusingen, da mußt ich mir sagen, zu welcher Freude mich das noch vor drei Jahren angetrieben, wie es mich in lauter pure Freude verwandelt hätte, – nun ists, als wäre mein Herz um Meilen hinausgerückt, ich seh viele Dinge, die aufbrechen und die Richtung nehmen darauf zu –, aber ich erfahre nicht, daß sie ankommen. Ach ich bin nicht ganz drüber hinaus, die ›nouvelle opération‹ [den neuen Schritt] von einem menschlichen Eingriff zu erwarten, und doch wozu, da's mein Los ist, gleichsam am Menschlichen vorbei, ans Äußerste zu kommen, an den Rand der Erde, wie neulich in Cordoba, wo eine kleine häßliche Hündin, im höchsten Grade vormutterschaftlich, zu mir kam, es war kein rühmliches Tier, und sicher war sie voll zufälliger Junge, von denen kein Aufhebens gemacht worden sein wird, aber sie kam, da wir ganz allein waren, so schwer es ihr fiel, zu mir herüber und hob ihre von Sorge und Innerlichkeit vergrößerten Augen auf und begehrte meinen Blick, – und in dem ihren war wahrhaftig alles, was über den Einzelnen hinausgeht, ich weiß nicht wohin, in die Zukunft oder ins Unbegreifliche; es löste sich so, daß sie ein Stück Zucker von meinem Kaffee abbekam, aber nebenbei, o so nebenbei, wir lasen gewissermaßen die Messe zusammen, die Handlung war an sich nichts als Geben und Annehmen, aber der Sinn und der Ernst und unsere ganze Verständigung war grenzenlos. Das kann doch nur auf Erden geschehn, es ist auf alle Fälle gut, hier willig durchgegangen zu sein, wennauch unsicher, wennauch schuldig, wennauch ganz und gar nicht heldenhaft, – man wird am Ende wunderbar auf göttliche Verhältnisse vorbereitet sein.

Wie mich die kleinste Vogelstimme draußen trifft und angeht, lieber Gott, daß es Frühling würde und ich käme irgendwo mit allen Sinnen an die Natur, – ich hab mir ein so seltsames Tal entdeckt, eine Art Jagdpark des Marqués de Salvatierra, fast nicht angelegt, nur so umgeordnet, daß die Hasen sich nicht mehr ganz auskennen, wie aus einem Traum oder wie aus den ›Wahlverwandtschaften‹, ich mache weite weite Wege –,

aber am Meisten erkenn ich mich noch in der Fügung der ersten Ausgänge an jedem Ort, – selbst in Sevilla, wo sonst nichts stimmte, fing ich, weiß Gott wieso, mit dem Altmännerhospiz der *Caritad* an, es war Morgen, in den langen heiteren Sälen saßen die Alten um das Kohlenbecken oder standen einfach fertig herum wie Spielsachen, zwei lagen zu Bett und ruhten vom Leben aus als hätten sie dazu den Aufwand des Sterbens gar nicht nötig, aber auf den andern schöngemachten Betten, überall auf derselben Stelle der blumigen Bettdecken, lagen je zwei von den riesigen blassen spanischen Weißbroten, friedlich in ihrem augenscheinlichen Überfluß, die pure Vergeltung und gar nicht mehr im Schweiß des Angesichts zu essen.

Hier war die Kirche San Francisco, draußen in der südlichen Vorstadt, das erste, was ich mir entdeckte, davon erzähl ich Ihnen ein anderes Mal; es ist überhaupt Zeit, daß ich schließe und gute Weihnachten sage, ich werde viel zu Ihnen hindenken –, Zeitungen seh ich nicht, aber hoffentlich haben Sie keine Kriegsbedenken mehr, aus dem lieben guten Brief des Fürsten, der mich mit der ersten Post erreichte, die mich in Ronda eingeholt hat, seh ich daß er Hoffnung hat und daß niemand recht einsieht, wozu ein Krieg gut sein soll. Wie wars in Wien? Sahen Sie Kassner? Wie gehts der Gräfin Gegina? Ich nehme mir fortwährend vor, ihr zu schreiben, und ich verspreche, es kommt dazu, denn es ist eine Schande, daß ich mich gar nicht um sie kümmere.

Fürstin, Ihr Brief! Das heiß ich gerufen kommen. Ich schreibe gleich weiter, ohne jetzt die Gedichte zu lesen und zu besprechen (ich muß des deutschen Textes erst in meinem Gedächtnis habhaft werden, um vergleichen zu können), denn ich seh, daß Ihre Zeilen (allerdings mit der kleinen Verzögerung in Sevilla) *sechs* Tage gebraucht haben, und, festlich oder nicht, so hab ich doch die Ambition, dieses möchte Weihnachten bei Ihnen sein. Es ist schrecklich, daß die Kriegsgefahr immer noch nicht aus der Luft ist, die Politik legts doch sonst darauf an, schnell zu sein, es ist ein schlechter Spaß wenn sie langsam wird wie der liebe Gott.

Was Sevilla betrifft, so sind wir bis zuletzt nicht zusammengekommen, garnicht, obwohl die Sevillaner das Marienfest sehr persönlich nahmen und eine ganze Oktave von *Ceremonien* bevorstand, deren Anfang ich gerade noch mitmachte. Mir war die Kathedrale so von Grund aus zuwider, ja feindlich, nirgends wirds Ernst, es ist etwas Vages, Ausweichendes in diesem ehrgeizig hinaufgebauten Dom, ein Geist des Übertrumpfens, der auch Gott noch übertrumpfen und ihn, gewissermaßen, von oben zu fassen bekommen möchte. Und die infame Orgel machte den Raum so süß mit ihrer verhätschelten Stimme, daß den kolossalen Pfeilern ganz schwach wurde, es war einem gleichgültig dieses Steinerweichen, ein Kunststück, mochte es so weit gehen, wie es wollte.

Sahen Sie Bücher, Fürstin? Abends manchmal (der Blutzudrang zu den Augen ist so stark, daß ich nicht viel lesen kann) lese ich den ›Don Quichote‹ in deutscher Übertragung und finde ihn eher kindisch; künstlerisch verstanden, hat ja dieses Buch überhaupt keine Grenzen, sondern etwa nur die, die eine geistvolle erfinderische Verkleidung in Wirklichkeit haben würde –, und die sind leichtsinnig bei weitem überschritten. – Aber: Weihnachten, Weihnachtsgrüße Ihnen, dem Fürsten, den Mzellern von ganzem Herzen. Wissen Sie, daß gerade in der Weihnachtsnacht Vollmond ist: wie wird das Ihrer weißen Welt zu ihrem silbernen Kleide stehen.

Alles Liebe und Dankbare

Ihr
D. S.

An Sidonie Nádherný von Borutin

Paris, 17, rue Campagne Première,
am 9. Dez. 1913.

Meine liebe Sidie,
das Briefpapier ist mir ausgegangen, ich nehme dieses Arbeitsblatt; liebe Sidie, wissen Sie, daß ich in dem münchner Kunst-Salon, wo die Puppen von Lotte Pritzel diesen Herbst ausgestellt waren, immer wieder mit dem unaufklärbarsten Entzücken zu *dieser hier* zurückkehrte, dem ›Engel‹, der Ihnen nun gehört? Ja, wenn es nicht

meine Überzeugung wäre, nichts (höchstens ein paar Bücher vorübergehend) besitzen zu wollen, ich würde diese Figur wohl gar gekauft haben, im Gedanken, sie, nach einer Weile leisen Umgangs, weiterzuschenken; wenn es so gekommen wäre, so scheint es mir jetzt sicher, daß ich sie *Ihnen* würde eines Tages gebracht haben.

Ja, sie ist von einer wunderbaren Existenz, diese Engelspuppe, auf ihrem so unbeschreiblich fein gewählten Postament, es waren außerdem noch zwei da, zu denen ich oft wiederkam, alle ergriffen sie mich durch ihr Hinschwinden, als ob an einer äußersten ganz leisen Grenze des Nochsichtbaren noch einmal Gegenstände entstünden –, kleine Seufzer von Gegenständen, ich denke mir, neben jeder ein feingegliedertes goldenes réchaud, auf dem sie eines Tages hinschmölze, und dann bliebe hinter ihr nur ein wenig Wachsgeruch zurück, der Geruch eines ausgegangenen Lichtes, das seinen Leuchter aufgezehrt hat Wenn Sie Lotte Pritzel nochmal sehen in Wien, sagen Sie ihr *viel Liebes* von mir; ich habe noch einen ganzen Stoß Photographien ihrer Figurinen hier, kann mich nicht entschließen, sie zurückzuschicken, teils, weil ich mich immer wieder gern damit einlasse, dann auch, weil noch zwei drei Leute da sind, denen ich sie gerne bei Gelegenheit zeigen würde.

Es beruhigt mich, offengestanden, daß Sie doch noch zu Pineles gehen wollen, er wird sicher auch Ihnen selbst (nicht nur Lou und mir) ganz offen sagen können, wie es sich verhält, denn es ist doch sicher nur ein kleiner, eben angefangener Versuch Ihrer Natur, sich mit lateinischen Krankheitstiteln zu beschäftigen, und Sie dürfen sich gar nicht einbilden, daß sie es darin schon recht weit gebracht haben.

Was Sie von Aegypten schreiben und von Nichtmehrwiederkommen, das klingt ja, als hätt ich Ihnen eben die Geschichte der Isabella Eberhardt erzählt – (erinnern Sie mich, daß ichs einmal tue).

Gute Sidie, wärs doch nächstens in der Bibliothek ... Sie glauben nicht, wie sehr michs dorthin zöge, wenn Sie nur so ein bischen winken, so wär ich beinah schon unterwegs. Wenn nicht ... Ja, das ist nun so schwer zu sagen, wie es sich mit mir verhält; ich habe so unsäglich vieles in mir zu leisten, zu schlichten, vorzubereiten, wohl auch rückgängig zu machen, ich wünsche mir fast eine Art Blindheit, um völlig nach Innen zu gehen, in der Richtung, die mir diese letzten Jahre entfremdet ist über dem Gefühl nach Städten, Dingen, (ja sogar nach Menschen). Nun soll (muß) ich zurück, und es kommt mir vor, ich ginge nicht wieder ganz in mich hinein, nichtsosehr, weil ich mehr geworden sei, als vielmehr weil ich das Viele nicht zu legen verstehe. Ich begreife, ich muß *so* leben, damit diese Einkehr zustande kommt, – nur, welche Umstände sind die günstigsten für sie? Unter uns gesagt, ich quäle mich hier arg an mir selber, ohne vor der Hand einen Fortschritt zu fühlen; in dieser Erfahrung hab ich den Plan gefaßt, im Januar nach Leipzig zu gehen, um (bei Kippenbergs wohnend) einiges an der dortigen Universität zu hören. Ich hielt es für möglich, daß eine solche nach Außen gekehrte und von äußeren Umständen geregelte Disziplin mir das Leben erträglicher würde erscheinen lassen, und daß sich hinter einer solchen Beschäftigung gewisse Ordnungen und Heilungen der innersten Natur gleichwohl würden vollziehen können, ohne daß meine Aufmerksamkeit genötigt wäre, der Schwierigkeit und Gefahr dieser Vorgänge beizuwohnen. Das war recht gut gemeint, und soll *vielleicht* auch geschehen, – nur, da ich eben gefragt wurde und Zeit und Umstände meines Kommens den leipziger Freunden festsetzen sollte, – fühlte ich, daß ich darüber eigentlich nicht Macht habe, indem ich unwillkürlich, wenn ich ihnen jetzt eine bestimmte Grenze setzte, die gegenwärtigen hiesigen Tage schon wieder anders, abgelenkter, gestörter erleben würde, etwa, wie man ja ein Buch ganz anders liest, wenn man vorausweiß, daß man zu einer bestimmten Stunde wird aufzuhören haben. Ich seh also, daß ich hier von Tag zu Tag mich weiterversuchen muß, ohne alles Absehn. Sie schreiben, liebste Sidie, daß Sie im Januar auf alle Fälle still in Janowitz sein werden; mögen Sie Güte und Großmut soweit treiben, mir zuzugeben, daß ich nichts bestimmen muß und doch, wenn ichs plötzlich beschließe, kommen darf, mich bei Ihnen zu verstecken? Ich verwöhne mich mit der Aufrechthaltung dieser beiden Möglichkeiten (der leipziger und dieser), aber Paris ist so hart in seinen Anforderungen, daß ich mir augenblicklich die Freiheit dieser zwei Auswege, wenigstens dann und wann ganz im Stillen möchte vorstellen dürfen. Ja, auch ich kann mir einen Winter unter Ihrem Schutz sehr sehr gut denken, selbst in einer Zeit, wo ich so rücksichtslos, verstockt und verschwiegen mich zeigen würde wie diesmal, allein hinausliefe, unwirsch, und auf die schönsten Fragen keine Antwort gäbe. Mir wär es recht jetzt, wie ohne Gesicht zu sein, ein zusammengerollter Igel, der sich nur am Abend im Straßengraben aufmacht und vorsichtig heraufkommt und seine graue Schnauze in die Sterne hält. An Arbeit denk ich gar nicht, nur daran, an gleichmäßigen einsamen Beschäftigungen, am Lesen, Wiederlesen, Nachdenken allmählich gesund zu werden und auf weiten Wegen und Umwegen *ein klein wenig froh*. Nichts war mir so schädlich, als immer wieder vor Menschen zu sein diesen Sommer, für die man sich dann ja soweit zusammennimmt und anrichtet und würzt, da man ihnen nun einmal soll vorgesetzt werden. Ach, ich bin kein Gericht, gar nicht fertig, aufgetragen zu werden, ich bin wie ein Stilleben von Cézanne –, ein paar uneßbare Aepfel und eine Flasche, auf eine alte Decke vom Zufall hingestellt, und das Ganze fortwährend in Gefahr, vom Tisch zu fallen. – Hier müh ich mich, da niemand fragt und zusieht, wie eine Ameise mit einem viel zu langen Strohhalm, verliere ihn, finde ihn unerwartet wieder, hab ihn schon wieder verloren, laufe entsetzt herum und wundere mich, daß bei aller der Unordnung nicht noch jemand auf mich tritt. Und doch, ist nicht dies das Leben –? ich glaube: daß aus soviel dürftigen, bangen, kleinlichen und schmählichen Einzelheiten, sich am Ende doch ein großartiges Ganzes zusammensetzt, das ja nicht wäre, wenn wirs verstünden und leisteten, sondern an dem wir mit unserem Können und unserem Mißlingen gleich weit beteiligt sind.

Sie verstehn mich, Sidie, nichtwahr, – haben Sie Dank für Ihre Geduld und den lieben alten Glauben. Karl Kraus, (den ich so nicht sehen werde) sagen Sie, daß ich mich seiner herzlich, ja liebevoll erinnere. Es mögen an die achtzehn Jahre sein, daß wir einander in Wien begegnet sind, und sein großer schauender Blick, hinter dessen reiner Prüfung eine so unbedingte Bereitschaft, einzusehen, – ein so reicher Wunsch, zuzustimmen, wartet –: dieser Blick ist mir noch immer eingeprägt, und ich hab ihn nie mit einem anderen verwechselt. (Vielleicht sind es Begegnungen mit solchen Menschen, die in einem, wenn man ihnen frühe begegnet ist, das Gewissen herangebildet haben, das man später so unerbittlich in sich erzogen findet).

Ich lege Lou's Brief wieder ein: seien Sie ihr, sooft Sie's brauchen, die siebente Wahl-Tochter; ich weiß niemanden auf der Welt, bei dem Hülfe so unwillkürlich angesammelt wäre wie bei Lou; es ist wie reiner Regen in sie gefallen, man trinkt wie ein Vogel aus einer Mulde, man merkt es kaum, man vergißt, daß man durstig war und fliegt leichter weiter, selbst wenn man im flachsten Bogen müde ankam.

Beiliegend auch ein Brief des kleinen Münchhausen, der eben kam, und Sie am Besten von seinen Sorgen unterrichtet. (Den bitte gelegentlich zurück.) Auch die Photographieen des ›Engels‹ schließ ich wieder bei.

Hier ist nun diese lange Epistel, Liebe, – und Gott helfe weiter. Ich lese immer noch Kleist; dies gehört zu meinen größten Freuden, daß ich durch die Konfusion meiner Jugend abgehalten worden war, alle diese Bücher kennen zu lernen, die man sonst meistens in recht unfertigen Verhältnissen zuerst herunterliest, sich so die eigentlich gültigen Eindrücke, die spätere Jahre brächten, erschwerend. Ich kannte von seinen Dramen keines: nun glaub ich im Recht zu sein und zu bleiben, wenn mir der Prinz von Homburg die gleichmäßigste, das Guiskard-Fragment die größte seiner Arbeiten schien –. Es flammt ein unendliches Herz in ihm, aufstrahlend und wieder fast erdrückt von den Stößen desselben Sturms, der sein Leben war.

Und Dank, meine Gute, für Brief und Telegramm neulich zum 4ten.

Innigst

Ihr Rainer

An Marie von Thurn und Taxis

Paris. 17, Rue Campagne-Première. XIVe
am 27. Dez. [1913]

Das wird sich kurios anhören, aber ich schreie gleichwohl: kommen Sie *nicht*, Fürstin, kommen Sie nicht, und das ist nicht Eifersucht der Dame *del Giocondo*, was mich so schreien macht (ich will sie gar nicht sehen) –; aber ich habe ja ein Gelübde getan, niemanden anzuschauen, nicht den Mund aufzutun, außer nach innen –, wenn Sie kämen, so müßte ich entweder diesen auferlegten Zustand einhalten (das wäre absurd) – oder wenn ich ihn doch verließe, ich habe Angst, Fürstin, ich reise dann auch schon gleich wieder oder spreche auch noch zu Anderen, sowie ich einmal eine einzige schöne schöne Ausnahme mir erlaube. Ich bin in der Puppe, liebe Freundin, es weht wie Altweibersommer in meiner Stube herum, von alledem was ich tagsüber und nachtsüber ausspinne mich einwikkelnd, daß ich schon nicht mehr kenntlich bin. Warten Sie, bitte, bitte, auf den nächsten Schmetterling, Sie haben im Herbst gesehen, in Berlin, wie trist und abscheulich die Raupe war, ein Greuel. Kommt kein Schmetterling heraus, am Ende, – auch gut, so bleibe ich in dieser Filzerei stecken und träume so still für mich von dem grandiosen Trauermantel, der zu werden ich einstens etwas Aussicht hatte. Flieg ich nicht aus, so fliegt ein anderer, der liebe Gott will nur, daß geflogen wird, *wer's* gerade besorgt, dafür hat er nur ein ganz vorübergehendes Interesse.

Lachen Sie mich aus, Fürstin, oder schelten Sie mich. Tun Sie beides, bitte, ich bin ein empörender Vogel, da sitz ich auf meiner Stange, ganz entmausert und schäbig, die Federn fliegen mir in den eigenen Schnabel und dieser unverschämte Schnabel schreit Ihnen: Kommen Sie nicht, kommen Sie nicht, – als Neujahrsgruß. Natürlich ist auch ein bischen Eitelkeit im Spiel, daß Sie mich so sehen sollten. Der Kleist war *schön*, sag ich Ihnen, ach wenn ich's Ihnen doch sagen *könnte*; da ist unser einer nichts dagegen, so ein Pipvogel, – jetzt haben Sie sich den Geschmack verdorben für seine Herbheit durch einen gewissen Dichter, den Sie übertragen, aber einmal müssen Sie, ganz neu und nüchtern, über den Prinzen von ›Homburg‹ kommen, über das ›Guiskard‹-Fragment –, am Besten, wir müßtens einmal zusammen. Kennt ihn der Fürst nicht, etwas, wie der ›Guiskard‹, müßte ihm liegen. Wunderschön ist das alles und so blind und rein gekonnt, so aus den Tiefen einer harten Natur herausgebrochen ... wenn einem nur einfällt, daß Fouqué sein Zeitgenosse war, samt Frau von Fouqué, (›dieser Galanterie-Degen ohne Klinge‹, wie Bettina Arnim sagen würde) so gehts einem erst über den Kopf hinaus auf, *was* das bedeutet, um die Wende 1800 herum, so ein Kerl zu sein.

Ich ging als junger Mensch immer gern an sein Grab, damals wars noch eine Wildnis herum, obwohl die Bahn nahe vorübergeht, ein Kranz von der Sorma war dort, aber das Gitter rostete in Vergessenheit, der Ruhm hatte nicht nötig, sich darauf zu stützen; der stand frei. Zu jener Zeit schrieb ich, (noch weiß ich's oder weiß es wieder) in mein Taschenbuch:

> Wir sind keiner klüger oder blinder,
> wir sind alle Suchende, du weißt, –
> und so wurdest du vielleicht der Finder,
> ungeduldiger und dunkler Kleist …

Gott, ich kannte wenig von ihm und meinte seinen Tod, den seltsamen, weil ich nur das Seltsame verstand, jetzt aber meine ich sein *Leben*, weil ich langsam anfange, vom Schönen einen Begriff zu haben und vom Großen, so daß mich der Tod bald nichts mehr angeht.

Liebe Fürstin, hier ist so ein Zeitungsblatt mit einer widerwärtigen Abbildung, – es ist das einzige, was ich in Sachen Schrenck-Notzing gesehen habe und, wahrlich, es ist schon dégoutierlich genug. Das Buch hab ich nicht kommen lassen, der Buchhändler meldete mirs beim Erscheinen an, ich überlegte, – aber für mich ist das alles doch nicht das Rechte. (Sie können sich schon denken, was das Rechte ist.) Ich will gern jedem Geist Rede stehen, wenn er die Expansion hat und die Not, in mein Leben einzubrechen, dann wird er auch was Vernünftiges zu sagen haben, wofür wir uns nicht beide schämen müssen; aber diesen Geisterzucker ausstreuen, damit Gott weiß welches abgelegte und drüben verpönte Gespenstergesindel heranschleicht und uns, genau wie die aus Afrika hergeschleppten Wilden, Gebräuche und Geheimnisse vormacht, die von keinerlei Welt sind, das ist geschmacklos und trübt Diesseits und Jenseits mit seinem Bodensatz. Sie fühlen, daß das nicht gegen die ›Unbekannte‹ geht, *sie* hatte Expansion, und, wenn ich gleich nie wieder von ihr höre, so bleibt sie mir doch ein Schwebendes irgendwo und mit allem in uns, was sich schwebend hält, in Verkehr. Aber nicht einmal *ihr* gegenüber möchte ich das Geringste unternehmen, sie anzuziehen –, flutet nicht fortwährend unermeßlich viel Gelöstes in unserem Geist, was verhindert sie, sich hinreißen zu lassen in mein innerstes Gemüt, was, in diesem hohen Räume am Abend unter dem Vorwand irgend eines Geräusches einzutreten? Hängt doch sogar dieses wunderlich lebhafte Frauenbildnis da, von dem ich nicht weiß, wen es vorstellt, aus dessen schwärzlichem Hintergrund, der bei Tage stumpf und verdorben ist, nachts immer neue Dunkelheit nachzukommen scheint, das hohe Gemach speisend und vertiefend? – Nein, trotz der Beteuerungen der Kugelleserin, ich mag dieses Métier nicht, und werde mich hüten, mein bischen Gewässer in jene zweideutigen Kanäle zu leiten, damit es dort vielleicht ganz zum Sumpf sich vermüßige und Blasen und Irrlichter in die schlechte Luft spiele.

Sie aber, Fürstin, sind gefeit, denn Sie *wissen* etwas von diesen Dingen, sind nicht auf Gefühle angewiesen und lassen sich von keinem Geist was weiß machen, weil Sie auch die Geister von Innen her kennen und beurteilen können, um wieviel einer, der sich außen an uns versuchte, unbeholfener und beschränkter sein darf. Ich könnte mir wohl vorstellen, daß es merkwürdig für Sie sein müßte, wenn Sie, mit dem Fürsten, Schrenck aufsuchten, der, früher wenigstens, eine nicht unbedeutende Figur gewesen sein muß. Obwohl die geringste eigene Erfahrung, wenn man schon experimentieren will, unendlich viel mehr hülfe, möchte ich glauben, als was auf einer so gereizten Stelle sich kunterbunt sensationiert.

Ist Kassner nun bei Ihnen? Sagen Sie ihm doch alles herzlich Liebe von mir.

Ich sehe keinen Menschen, es hat gefroren, es war Glatteis, es regnet, es trieft, – das ist hier der Winter, immer je drei Tage von jedem. Ich habe von Paris über und über genug, es ist ein Ort der Verdammnis, das hab ich immer [ge]wußt, aber damals wurden mir die Peinen der Verdammten von einem Engel auseinandergesetzt, jetzt, da ich mir sie selbst erklären soll, finde ich keine rühmliche Auslegung und bin in Gefahr, mir das einmal groß Aufgefaßte nachträglich mesquin [klein] zu machen. Wenn Gott Einsehen hat, so läßt er mich bald ein paar Räume auf dem Land finden, wo ich ganz nach meiner Art wüten kann und wo die Elegieen aus mir den Mond anheulen dürfen von allen Seiten, wie's ihnen zu Mut ist. Dazu gehört dann die Möglichkeit, weite einsame Wege zu machen und eben der Mensch, der schwesterliche!!! (ach ach) der dann das Haus besorgt und gar keine Liebe hat oder so viel, daß er nichts verlangt, als, wirkend und verhütend, an der Grenze des Unsichtbaren dazusein. Hier der Inbegriff meiner Wünsche für 1914, 15, 16, 17 u.s.f.

Aber für Sie, liebe Freundin, für den Fürsten hab ich eine besondere Ecke des Herzens, die recht voll ist, in Bereitschaft, möge der Himmel über das, was dort an Wünschen ist, verfügen.

Ganz und gar
Ihr D. S.

Sagen Sie auch in Mzell allen von meinem Gedenken zu 1914; schreiben mag ich nicht, ein kleines Wort vermehrt nur den Wust der Karten und ein großes hat doch niemand Zeit zu lesen – außer Ihnen. –

(Der Radetzky ist derjenige, den meine Großtante, die Majorin Reiter, in Kremsier (anno 49 glaub ich) von ihm selbst bekam.)

Montag, am 29. Dez.

Nachschrift,
Meine liebe Fürstin, diesen Brief hab ich nicht überlesen, er ist mir Samstag so aus der Feder geschossen, läse ich ihn, am Ende schiene er mir zu konfus, so daß ich ihn Ihnen unterschlüge. Gestern, Sonntag, ist er liegen geblieben, weil mein nächstes Postamt hier die Sonntage heilig hält, und ich ihn gerne ›einschreiben‹ lassen wollte. Diesen Morgen nun öffne ich ihn nochmals: ich erfahre eben, auf Umwegen, (Sie wissen, Zeitungen lese ich nicht) den wirklich unbegreiflich grausamen Schlag, der den Fürsten Konrad Hohenlohe betroffen hat; wer weiß, *was* dieser Knabe ihm war, der mags gar nicht weiterdenken, daß es möglich sei. Lieber Gott, wozu, wozu –, was ist Leben und Tod ungeheuer, wenn man nicht beides immerfort in Einem sieht und fast nicht unterscheidet. Aber das ist ja eben Sache der Engel, *das* zu tun, nicht unsere, oder doch unsrig nur ausnahmsweise, für langsam erschmerzte Augenblicke.

Nochmals und immer wieder

Ihr D. S.

An Ilse Erdmann

Paris, 17, Rue Campagne Premiere, XIVe,
am letzten Januar 1914

Es wäre mir am Ende doch wie ein Zwang, sollte ich mir vorsetzen, Ihnen überhaupt nicht zu schreiben; ob wir uns da nicht, ganz unabhängig voneinander, könnten gehen lassen, dergestalt, daß auf beiden Seiten ein Brief jederzeit möglich bleibt, ohne daß sein Eintreffen, weder da noch dort, eine Beantwortung herausfordert oder auch nur nahelegt. Dies ist umso eher denkbar, als die Fragen, die wir einander zu lesen geben, auf eine wirkliche Antwort gar nicht eingerichtet sind; immerhin gehören sie auch für mich zu denjenigen, die mich am meisten und innersten bewegen, und Sie dürfen glauben, daß es mir, da der Weg einmal besteht, natürlich ist, mich Ihnen manchmal ebenso mitzuteilen, wie es Ihnen einfach selbstverständlich war, mir zu schreiben.

Auf Ihren vorletzten Brief hätte ich Ihnen dies zu sagen gehabt: daß eine Überschätzung zwischen uns nicht eigentlich bestehen kann; wir wissen viel zu wenig voneinander, um uns Dinge, die wir Einer im Anderen fühlen, geradezu zuzuschreiben; wieweit diese Dinge selbst in unserer Macht liegen, wie weit wir nur in den seltensten Stunden mit ihnen uns vertraulich benehmen dürfen: was liegt daran? Wir haben diese Dinge doch erfahren –, und wäre es nur der momentanste und ausnahmsweiseste Umgang, den sie uns zuließen: *daß wir sie kennen, ist wahr*, und diese reiche Wahrheit lassen Sie uns, wo sie an den Tag kommt, arglos und ruhig ineinander bewundern.

Die Freude, die mir damals ihr schön beschreibender Brief bereitet hat, war mir durch keinerlei Umstand wieder wegzuenttäuschen; denn die Realität jeder Freude ist unbeschreiblich in der Welt, nur in der Freude geht noch die Schöpfung vor sich (das Glück dagegen ist nur eine versprechliche und deutsame Constellation schon vorhandener Dinge), die Freude aber ist eine wunderbare Vermehrung des schon Bestehenden, ein purer Zuwachs aus dem Nichts heraus. Wie schwach muß im Grunde doch das Glück uns beschäftigen, da es uns sofort Zeit läßt, an seine Dauer zu denken und darum besorgt zu sein: die Freude ist ein Moment, unverpflichtet, von vornherein zeitlos, nicht zu halten, aber auch nicht eigentlich wieder zu verlieren, indem unter ihrer Erschütterung unser Wesen sich gewissermaßen chemisch verändert, nicht nur, wie es im Glück der Fall sein mag, in einer neuen Mischung sich selber kostet und genießt.

Erfüllt von dieser Erfahrung, hab ich mich ziemlich vor Enttäuschung gesichert, da denn das Größere immer im Recht bleibt, *unerwartet* zu sein, zu kommen, zu gehen, und ich ihm lange nicht mehr zumute, als Konsequenz aus etwas vorigem Großen hervorzugehen. Es steht für mich nicht in der Reihe, es tritt gleichsam immer gerade aus der unkenntlichen und unabsehbaren Tiefe hervor, und drum höre ich nie auf, es als Möglichkeit zu fühlen, auch da, wo es ausbleibt.

Lassen Sie nun, so gut es geht, sich von diesen Zeilen überzeugen, daß Sie mir ›ganz frei‹ schreiben können, wie an Niemanden und an Alle, wie man den Blick hebt und, innerlich schauend, meint in die Landschaft hinauszusehen, nicht anders; nur damit die Distanz da sei, die zum Schreiben nötig ist.

Rainer Maria Rilke

An Helene von Nostitz

z. Zt. München,
Widenmayerstr. 32^{III} (b./Koenig)
am 12. Juli 1915

Meine liebe gnädige Frau,
gestern, am Sonntag, kam Ihr Brief, ich hätt ihn noch den Abend beantwortet, aber eh ich meine Feder überrede ... Schreiben heißt jetzt, etwas über sich vermögen, denn was schreiben, wo doch alles, woran man rührt, unsäglich, unkenntlich ist, wo nichts einem gehört, kein Gefühl, keine Hoffnung; wo ein, ich weiß nicht woher genommener, ungeheurer Vorrat von Leid, Verzweiflung, Opferung und Not im Großen verbraucht wird, als gäb es irgendwo Alle im Ganzen und nirgends den Einen; nirgends mehr ist das Maß des einzelnen Herzens anzulegen, das doch sonst die Einheit war der Erde und des Himmels und aller Weiten und Abgründe. Was war

sonst der Schrei eines Ertrinkenden und wenns der Dorf-Idiot war, der mit plötzlich klarerem Schrei aus dem Wasser griff, so stürzte alles herbei und war auf seiner Seite und wider den Untergang, und der rascheste Mann wagte sich für ihn. Wie unvordenklich ist alles geworden, Heiligendamm, Zeiten wie die Kindheit selbst, so entlegen und arglos, wer wird wieder je fühlen!? Sie sagen, ›daß man Beethoven und die Sterne nun noch tiefer und überwältigender empfindet‹, vielleicht ist das, weil (wie Sie schreiben) ein persönlicher Schmerz aus dem fortwährend allgemeinen auf Sie zugekommen ist – vielleicht hilft das –, *mir* geht es nicht so, mir ist das alles, alles Größte und Erschütterndste, der *anderen* Welt verhaftet geblieben, der früheren, der einstigen, in der ich längst ein Leidender war, aber nie ein Erstarrter, nie ein Verschütteter, nie ein Angeschrieener, der nicht begreift. Je länger es währt, – das Verstörende ist ja nicht die Tatsache dieses Krieges, sondern daß er in einer vergeschäfteten, einer nichts als menschlichen Welt ausgenutzt und ausgebeutet wird, daß der Gott, wenn schon einer ihn hereingeschleudert hat, ihn nicht zurücknehmen kann, weil die Menschen habgierig, mit allem Gewicht ihres schweren Gewissens daran hängen. Menschenmache, wie schon alles die letzten Jahrzehnte Menschenmache war, schlechte Arbeit, Profitarbeit, bis auf ein paar schmerzliche Stimmen und Bilder, bis auf ein paar Warnende, bis auf ein paar Eifernde, die zu ihrem eigenen Herzen hielten, das gegen den Strom stand. Rodin, wie oft, wie immer, wiederholte Worte der Mißbilligung, Verdachte gegen den Gang der Dinge, mir wars schon zu viel, daß ers immer mit denselben Ausdrücken tat, ich hielt's für Ermüdung und doch wars Urteil; und Cézanne, der Alte, wenn man ihm von draußen erzählte, und er konnte ausbrechen in den stillen Straßen von Aix und seinen Begleiter anschreien: ›Le monde, c'est terrible …‹ [Die Welt, sie ist schrecklich] wie an einen Propheten denkt man an ihn, und sehnt sich nach einem solchen Schreier und Heuler –, aber sie sind alle vorher fortgegangen, die Greise, die die Macht gehabt hätten, jetzt vor den Völkern zu weinen.

Verehrteste Freundin, haben Sie den Georg Trakl gelesen? (›Sebastian im Traum‹ und die ›Gedichte‹, bei Kurt Wolff), hier, gerade heute, kommt das Brenner-Jahrbuch mit seinen letzten Gedichten, er ist aufs furchtbarste leidend in Krakau im Garnisons-Spital gestorben, im fremden bösen Unheil mitten drin, und doch vielleicht eingesunken an die Wurzeln seines eigenen Leidens, das noch ein paar Blüten aufbrachte und abwarf. An meinem Gedicht im gleichen (beifolgenden) Jahrbuch (ich las es Ihnen in H-damm) erkennen Sie wie verstummt ich bin, ich hatte nichts anderes zu vergeben. Ich schlug gestern wirklich gleich das Coursbuch auf, ob Nauheim mir erreichbar wäre – – Nein. Doch zu weit. Ich hätte Sie so gerne gesehen, dieser Brief machts Ihnen glaubhaft, nicht wahr? Bitte schreiben Sie wieder!

Immer, in alter Weise,

Ihr Rilke.

An Marie von Thurn und Taxis

z. Zt. München,
Widenmayerstr. 32^{III} b/Koenig
am 2. August 1915

Teuere Fürstin, wie sollte ich nicht immer wieder mit dem ganzen Herzen bei Ihnen sein, da mir die Teilnehmung an dem, was Sie leiden und hoffen, so durchaus natürlich ist –, ich verstehe die gegenwärtige Hölle nicht, aber, wie Sie sie tragen und durchmachen, verstehe ich –, es gibt wenig Konstanten im Menschlichen, wie Viele sind anders, sind unbegreiflich geworden –, haben die Farbe einer Zeit angenommen, die selbst nicht zu sagen wüßte, ob sie eine hat, ich glaube, sie spielt sich an einer noch unentdeckten Stelle des Spektrums ab, in einem Ultra-rot, das über unsere Sinne geht.

Gerade als neulich Ihr Brief eintraf, dachte ich an den Gfn. Wallis, daß er einer der Menschen sein müsse, die nichts aufgegeben haben, denen der Wahnsinn, sei er noch so allgemein, nicht den Sinn, sei er noch [so] eigentümlich, zu widerlegen vermag. Ich spräche gern mit ihm, – ach und bei Ihnen säße ich gern, Fürstin, hätt ich nicht eine unbestimmte Scheu, ›Grenzen‹ zu überschreiten, ich wäre wahrscheinlich schon in der Victorgasse aufgetaucht.

München wird leer, ich vermute, es hat fast sein gewöhnliches Sommer-Aussehn, ich habe äußerlich die gleichmäßigsten Tage, aber innerlich ists ein Abgrund, man lebt am Rande und unten liegen, vielleicht zerschlagen, wer weiß es, die Dinge des früheren Lebens. Wars das? sag ich mir hundert Mal, wars das, was die letzten Jahre als ungeheuerer Druck über uns lag, diese furchtbare Zukunft, die nun unsere grausame Gegenwart ausmacht?; ich muß daran denken, wie ich eines Tages zu Marthe sagte: Marthe, il n'y aura devant moi que des désastres, des terreurs, d'angoisses indicibles; c'est avec vous que finissent les bontés de ma vie [Marthe, es werden vor mir nur Unheil, Entsetzen und unsagbare Ängste sein; mit Ihnen hört das Gute meines Lebens auf] –, das fuhr mir so aus, als hätts, mitten im Windstillen, ein Sturmstoß aus mir herausgerissen, ich horchte auf, da ich michs sagen hörte, ich dachte nur ans eigene, seltsam einstürzende Schicksal und ahnte nicht, daß die Welt im Großen Untergang hervorbringen würde. Und Marthe hatte eine unvergeßliche Gebärde des Mich-in-Schutz-nehmens. Jetzt erst begreif ich, genau so gingen die paar gewaltigen alten Männer herum, Tolstoj und Cézanne und stießen Warnungen und Drohungen aus, wie die Propheten eines alten Bundes, der nächstens wird gebrochen werden –, und sie wollten diesen Bruch nicht mehr erleben. Was auch kommt, das Ärgste ist, daß eine gewisse Unschuld des Lebens, in der wir doch aufgewachsen sind, für keinen von uns je wieder da sein wird. Die Jahre vor uns, soviele es sind, was wirds sein, als, mit zitternden Knieen, ein Abstieg von diesem Schmerz-Gebirg, auf das man uns noch immer weiter hinaufschleppt …

Sie lesen Balzac, ich habe mich immer mehr an Flaubert gehalten, las eine wunderbar frische frühe Fassung der ›Education Sentimentale‹, die mit dem späteren Roman kaum etwas gemein hat: denn der hat höchste Überlegung für sich, unbesonnenes Herzwesen kommt darin nur wie in reicher köstlicher Übersetzung vor. Und dann Strindberg. Jetzt spielt man hier, nach der unerhörten ›Gespenster-Sonate‹, den ›Totentanz‹, und ich bin durch diese szenischen Erscheinungen fast fast mit dem Theater ausgesöhnt, das mir seit Jahren nichts mehr gegeben hat. Erst nimmt sichs so heillos eigensinnig aus, die Trostlosigkeit des Menschlichen als sein eigentlich Absolutes darzustellen, aber indem da einer Macht hat auch noch über das Trostloseste, schwebt, unausgesprochen, ein Begriff nicht abzugrenzender Menschengröße über dem Ganzen. Und eine verzweifelte Liebe.

Ist die Skizze zum Sankt-Georg zur Verwendung gekommen? Gott, und alle Ihre Mühe deswegen! Dank. Und von schwerem Herzen alles alles Liebe den Ihren und Ihnen.

Ihr
D. S.

An Antonie Baumgarten

z. Zt. München,
Widenmayerstraße 32/III,
am 22. August 1915

Liebes gnädiges Fräulein,
da zwischen uns die großen Zeiträume gewöhnlich sind, wird es Sie nicht beirren, wenn ich Ihren Brief vom 26. April so spät beantworte. Mein Spätsein, nichtwahr? ist nicht so auszulegen, als ob dieses Zeichen Ihrer ausdauernden Teilnahme mir weniger fühlbar gewesen sei; im Gegenteil. Es ist mir damit ein wirklich Gutes widerfahren, und wie hoch Gutes jetzt im Wert steht, das müssen wir einander, bei den gegenwärtigen Zeitläuften, nicht besonders beteuern.

Sie werden sich, wenn Sie sich des jungen Menschen erinnern, der Ihnen einmal begegnet ist, vorstellen können, daß der aus ihm Gewordene, Heimatlose und in mancher Art Alternde keine Zurechtfindung aufbringt in einer fast ganz widerrufenen, zerfallenen, sich selbst zerreißenden Welt! Die Besinnung, zu der er kommen müßte, ist eine so tiefe, so gründliche, er müßte so weit durch alle Kindheit durch zu sich wieder kommen, alles, was er war, müßte da sein in ihm, ja in einem unerhörten Sinne müßte er Besitz von seinem vollzähligen Herzen nehmen dürfen, um die Verluste nicht zu merken, um in sich selbst die Stelle zu haben, die wiederum Welt-Stelle ist und nicht ein Platz innerhalb von hundert Beschränkungen. Gewissen Gefangenen, von denen die Geschichte weiß, ist es so gegangen, daß sie in den Tagen vollkommen äußerer Entbehrung in der Tiefe ihres Wesens sich selbst und die unerschöpflichste Freiheit errangen, wenn das jetzt gelänge; aber um so große Besinnung zu gewinnen, ist die abgeschlossene Umgebung doch wieder nicht Gefängnis genug; selbst für den, der keinen Anteil an ihr hat, ist sie zu unmittelbar schicksalsvoll, zu ungewiß und wirbelnd, zu sehr durchzuckt von Schmerz und Hoffnung, zu ahnungsvoll, zu erregt und zu unglücklich. Und indem man zugibt, daß sie dies alles sei, möchte man fast schon beklagen, sie sei es nicht genug. Wieviel Vertuschung in den Städten, wieviel schlechteste Zerstreuungen, welche Heuchelei im unentstellten Hinleben, unterstützt durch gewinnsüchtige Literatur und erbärmliche Theater und geschmeichelt von der widerwärtigen Presse, die sicher an diesem Kriege viel Schuld hat und noch mehr Schuld daran, daß Zweideutigkeit und Lüge und Fälschung das ungeheure Geschehen zu einer Krankheit machen, wo es doch hätte eine reine Raserei sein dürfen. Aber das voreilig, falsch, gehässig und ohne die mindeste Verantwortung Berichtete, die böse Lüge ist seit einem Jahr sicher oft die Ursache wirklichen Geschehens geworden, Lügen zu hunderten haben Tatsachen zu tausenden in die Welt gesetzt, und nun ist das Großartige, das Opfernde, das Entschlossene, das unaufhörlich geschieht, hineingebunden in den Wust des Erbärmlichen und Unwahren, verschlungen von dem ›Unternehmen‹ dieses Krieges, der Gewinn zu bringen hat – Ruhm? Oh nein, alle diese Begriffe sind im Gebrauch der Zeitungen sinnlos geworden, – die Welt ist in die Hände der Menschen gefallen.

Was fällt mir ein, Ihnen das alles zu schreiben, vielleicht in ruhige Sommertage hinein! Wahrscheinlich war, was ich einmal im Postwagen Ihnen vorredete, ebenso rücksichtslos, nur, daß ich damals die äußerste Jugend zur Entschuldigung hatte, während jetzt der ganze Ausbruch allein auf die Nachsicht angewiesen bleibt, die Sie einem mehr als je Vereinsamten vielleicht zugestehen. Ich hoffe es. Und danke Ihnen als

Ihr immer ergebener R. M. Rilke

An Marie von Thurn und Taxis

München, Widenmayerstr. 32^{III}
6. September 1915

Liebe gute Fürstin,
Ihre zwei letzten Nachrichten (Brief und Karte) sind noch nicht bestätigt und doch nehm ich, was von Ihnen kommt, jedesmal mit ganz großem Bedürfnis auf. Ihre Briefe gehören für mich zu den ganz ganz wenigen Dingen, die eine Kontinuität bedeuten vom Gewesenen her zum Künftigen, ich halte mich gleichsam an ihnen hinüber, – wüßt ich nur wohin. Daß ich nicht schrieb, liegt eben an dieser Verschlossen- und Verdrossenheit meiner Natur, der ich nichts abringe, es sei denn eine Besorgnis oder Beklagung, und wie sollt ich Ihnen mit der kommen wollen! Auch mit der Freude über den bisher guten Zustand Duino's zu kommen, hat keinen Sinn, – denn ... Sinn wird erst wieder in unser Freuen und Hoffen und Leidwesen kommen, wenn wirs wieder mit Begreiflicherem Menschlicherem zu tun bekommen. Ach Fürstin, ein paar Jahre früher und ich hätte vielleicht in meinem damals noch nicht so verfallenen Herzen Erscheinungen aufgebracht, die selbst einer solchen Zeit gegenüber bestanden hätten, eine Stunden-Buch-Verfassung, die mächtig gewesen wäre, dem schlechthin Unbegreiflichen *das* gleichzusetzen, was seinem Wesen nach über alles Einsehn hinausgeht; denn was such ich mehr, als den einen Punkt, den alttestamentarischen, an dem das Schreckliche mit dem Größten zusammenfällt, und ihn jetzt aufzuzeigen –, das wäre wie das Aufheben einer Monstranz gewesen über allen den Gestürzten und wieder und wieder Aufstehenden. Denn ob es gleich keiner laut zugeben mag, Tröstungen täten not, die großen unerschöpflichen Tröstungen, deren Möglichkeit ich oft auf dem Grunde meines Herzens empfunden habe, fast erschrocken, sie, die grenzenlosen, in so eingeschränktem Gefäße zu enthalten. Es ist ja sicher, daß der göttlichste Trost im Menschlichen selbst enthalten ist, mit dem Troste eines Gottes wüßten wir wenig anzufangen; sondern es müßte nur unser Auge eine Spur schauender, unser Ohr empfangender sein, der Geschmack einer Frucht müßte uns vollständiger eingehen, wir müßten mehr Geruch aushalten, und im Berühren und Angerührtsein geistesgegenwärti-

ger und weniger vergeßlich sein –: um sofort aus unseren nächsten Erfahrungen Tröstungen aufzunehmen, die überzeugender wären, die überzeugender, überwiegender, wahrer wären, als alles Leid, das uns je erschüttern kann. Nicht im Sinne der ›Unbekannten‹ wahrscheinlich, aber in einem noch viel freieren, weniger abgesonderten Verstände, leben wir, hineingehörig, in den ungeheuersten Flutungen, ich muß mich oft umwenden, fragend, welche Kraft da vielleicht jetzt hinter mir vorübergeht, an ihr Werk, jede an ihr Werk, und der Weg so mancher führt uns mitten durchs Herz (qui n'est pas une auberge, mais un fameux carrefour quand-même [das keine Herberge, wohl aber eine gewaltige Kreuzung ist] –). Liebe Fürstin, was hab ich nur mit diesem Herzen, meinem, für Mißbrauch getrieben, daß es jetzt nicht Zeugnis gibt von unserer Tröstbarkeit! Ich hab Ihnen die letzten Jahre sooft anklagend von diesem Herzen gesprochen, schmähend, es herabsetzend unter die mindesten –, aber immer noch zu gut, immer noch zu hoffnungsvoll. Könnt ich sagen von ihm, daß es von Bitternis überfließt, daß es starr ist vor Schmerz, aber nein, als ob sein Inhalt einfach zu unförmigen Klumpen geballt ist, so trag ichs herum. Es gibt einen Ausweg, dies krank zu nennen, und manchen Tag bin ich auch wirklich nichts als das, krank, das ist wenig, und bilde mir ein, der gute Stauffenberg hätte das ändern können; denn dazu war ich ja hierhergekommen. Vor einem Jahr, – vor diesem Jahr! Sie sehen schon, teuere Fürstin, heute ists nicht mit mir auszuhalten, ich wollte, wir säßen in Ihrem Boudoir in Duino oder oben im Versteck der Kapelle, wo ich Ihnen aus meinem Taschenbuch vorlas, denn mündlich stöhnen ist immer noch rücksichtsvoller, aber Stöhnen auf dem Papier ist feige, ich weiß – – und trotzdem ....

Fürstin, ich rätselte im Stillen wie alle Welt über die gemeinsame Zukunft, unser aller, ob ich gleich da auf weniger Voraussetzungen angewiesen bin, als irgend ein Eckensteher, denn die Geschichte ist mir dunkel, auch vermut ich, es ist gar nicht die Geschichte, was man wissen und woraus man schließen könnte, sondern eine wunderliche Auswahl aus Zufälligem und Gesetzmäßigem, in der der Mensch sich erkennt, weil das fortwährende Durcheinander von beidem ihm das vertrauteste Gefühl ist. Aber nun wird es so plötzlich, überholend Herbst, wenigstens hier, ich sehe von fremden

Fenstern aus die Baumufer an der Isar gilben und die Gelb, unter dem kalten Regen, nehmen nicht der Reihe nach zu, sondern es sind schon gleich vorletzte Töne da, dann kommt der Blätterfall. Diese Regennächte und dieser Winter vor der Tür –, da schießt mir die ausgebreitete Not zur eigensten zusammen, zur Ratlosigkeit vor meinem eigenen Morgen und Übermorgen, – wohin wohin? Ein münchner Jahr ist vorüber, ich habe nicht viel damit angestellt, im Gegenteil, ich komme mir in jeder Beziehung zurückgegangen vor, wie tu ichs nun besser? Mein Inneres ist so unwirtlich, daß ichs gar nicht unternehmen kann, Sie darin herumzuführen, ja es ist wahrscheinlich verstellt und ungangbar, – restons dehors [bleiben wir draußen]. Mein ganzes Wissen beschränkt sich auf die höchst negative Einsicht, daß ich nicht weiter in München bleiben sollte, die Menschen stellen hier zu viel Ansprüche an einen, man soll *fertig sein* oder sich als solcher geben – et moi, si j'ai encore quelque avenir, ce sera en recommençant humblement que j'y parviendrai [und ich, wenn ich noch irgendeine Zukunft habe, so indem ich demütig neu beginne, dorthin zu gelangen], denn was etwa in meinen Büchern für (bis zu einem gewissen Grade) fertig gelten darf, das ist auch abgetan für mich, seit fünf Jahren, seit sich der ›Malte Laurids‹ hinter mir geschlossen hat, steh ich als ein Anfänger da, freilich, als einer, der nicht anfängt. Also anfangen –, aber wie?!

Meine Situation ist gewissermaßen noch wahrer geworden, dadurch, daß ich, wie ich vorgestern erfuhr, alle meine pariser Habe, also ungefähr alles, was ich besaß, wirklich verloren habe: der ganze Inhalt meiner Wohnung ist im April versteigert worden! Sie wissen, daß ich das nicht schwer nehme, längst war ich geneigt, alles, was ich seit den zwölf Jahren in Paris um mich angesetzt hatte, als Nachlaß des ›M. L. Brigge‹ anzusehen, und vielleicht ist mit allen diesen mitwissenden Dingen und Büchern und den paar Erbstücken, die Obsession der Gestalt von mir genommen, von der endgültig abzusehen, ich doch reinlich entschlossen war. Und doch, liebe Freundin, Ihnen darf ichs gestehn, geh ich seit jener Nachricht aus Paris in einem wunderlichen Gefühle herum, etwa wie einer, der einen Sturz getan hat, schmerzlos aufgestanden ist und doch irgendwie den Verdacht nicht los wird, es könne plötzlich in seinen Eingeweiden ein nachträglicher Schmerz ausbrechen und ihn zum Schreien bringen.

Im Ganzen hatte ich längst alles aufgegeben und mich geübt, meinen Verzicht an dem Bewußtsein der paar Gegenstände zu erproben, die mir am fühlbarsten waren –, es ging; jetzt aber, merke ich, sie waren immerhin noch da; seit ich weiß, daß alles fort ist, rührt sich eine seltsame Furcht in mir, als wäre es denkbar, plötzlich von der Erinnerung an einen mitverlorenen Gegenstand erfaßt zu werden, der völlig unentbehrlich ist, ein Blättchen Papier vielleicht, ein Bild, ein Brief in einem der hundert Briefpakete, was weiß ich –, als könne etwas unscheinbar Liebes abhanden gekommen sein, das mit der Mitte des Lebens durch einen leichten feinen Faden verbunden war, der nun zerrissen ist … Ach, Fürstin, wie sonderbar, wie unvoraussehbar ist doch alles Erleben angelegt, ich schreibe dieses nur auf, weil es mich überrascht und mir etwas zu empfinden gibt, was ich in dieser Art nie erfunden oder jemandem zugeschrieben hätte. Nun bin ich ja losgelöst genug, um anzunehmen, daß sich diese seltsame Empfindung rasch wird überwinden lassen, am Ende ist sie's schon, indem ich mir hier Rechenschaft davon gebe. Sie würde auch wahrscheinlich gar nicht aufgekommen sein, wenn mein Besitz wirklich vernichtet wäre, denn mit der Vernichtung sind wir ja im Greifbarsten verwandt und einig, aber dieses Verlorensein des Eigentums, auch noch des eigentümlichsten, an die Leute, an Fremde hat etwas merkwürdig vorwurfsvolles. Ich kann mir gar nicht vorstellen, was in so einem Fall mit einer Kiste voller Briefe und Papiere geschieht –?

Liebe Fürstin, da ist also mein Herz wieder mal ausgestürzt, voyez quels débris [sehen Sie, was für Scherben] –, vielleicht geh ich an eine kleine Universität, vielleicht nach Berlin, vielleicht nach Janowitz zu Sidie Nádherný; es ist so schwer, sich zu entschließen, weil es sich ja, ich weiß, um die Gewinnung eines *inneren* Aufenthalts handelt, nur daß ein Impressionabler, wie ich, immer wieder annimmt, der *rechte* äußere könnte dem inneren Zustand aufhelfen. Je suis un enfant qui ne voudrait autour que des enfances toujours plus adultes [Ich bin ein Kind, das um sich nichts als Kindheiten haben möchte, immer erwachsenere] –

Tausend Grüße für die Ihren und Alles immer Herzlichste.

Ihr
D. S.

An Maria Benemann

z. Zt. München, Widenmayerstr. 32, III
am 5. Oktober 1915

Vor einigen Jahren noch hätte Ihr Brief (denn nun ist es einer) mir die fühlbarste Freude bereitet, seither ist es mir schwerer und schwerer geworden, irgendeine Wirkung meiner Bücher bis auf mich selbst zu beziehen und an mich anzuwenden, – ich frage mich immer strenger, ob dies auch angeht? Ob nicht Dank für Bücher immer wieder nur bis zu den Büchern reicht und sich erfüllt, wenn er sie dem dankbar Lesenden blühender und herzlicher aneignet? Das Gedicht ist sicher, genau, zuverlässig –, aber was sind wir dahinter, die, wenn es da ist, längst schon wieder die ungewissen Wege weitergehn, vielleicht im Recht, vielleicht aufgegeben, – vielleicht zum nächstgrößten seligsten Gelingen –, vielleicht zum Untergang im unscheinbaren, im gedrängten Schicksal. Was sind wir dahinter? Und was, am Ende, hat jenes unerhört Gekonnte (das Gedicht) mit dem fortwährenden Nicht-Können zu tun, in dem wir leben? Freilich ist es im Werfelschen Sinne wahr, daß wir, Einige, uns durch solche Hervorbringungen Zeichen, Versprechen, Beweise unsäglicher Gemeinsamkeit aufzeigen, aber wie sollte ein solcher Zustand anzutreten sein (Finkenstraße 2) zehn Tage später,
... anzutreten sein, wollte ich damals schreiben, in einer Zeit, in der das Gedeihen geringer und gewinnsüchtiger Zusammenschlüsse den Rückschlag in die gröbsten, billigsten Massengefühle heraufbeschworen hat – Sie meinen, daß kommende Geschlechter die Einfachheit erreicht haben werden, Dank und Liebe auszugeben und zu empfangen, ohne die Befangenheit und Verhaltung unserer schreckhaften Herzen –, ach, nicht die nächst-kommenden: denn wie groß müßten Dank und Liebe geworden sein, um so im unbegrenzten Vertrauen zu wirken? Und wird nicht jetzt *das* Erdreich verstört und umgewühlt, darin gerade dieser Dank und diese Liebe sich zu verwurzeln begannen, unser Erdreich? Das Erdreich unserer Lebenszukunft?! Werfel, schrie es noch einmal auf, da und dort beschattete einer die Augen und sah drauf zu, Vildrac schrieb seine Découvertes, Henri Franck seine wundervolle Danse devant l'Arche, aber wenn ich nun diese Bücher wieder aufschlage, so mu-

tet mich die Intensität, mit der sie liebevoll und umfangend waren, nicht mehr wie ein Beweis für die Nähe der Erfüllung an, ich meine vielmehr, daß es eine geheime Angst war, die die Gefühle und Aussichten in ihnen so verdichtet und ihr Gemüt mit Hoffnungen überflutet hat, die das Gefäll von Verzweiflungen haben. Und in was für Vorgefühlen ging der alte Tolstoy umher und fort, und wieviel Entsetzen und Vortod war in dem Eifer, mit dem Cézanne beim Malen aushielt, in allen diesen Großen war der Verdacht wider die Welt im Zunehmen gewesen Jahr um Jahr und, daß sie starben vor der bösen höllischen Bestätigung, macht die Gewalt ihrer Prophetie noch reiner und geistiger.

Und wir, über denen die Willkür, Gedankenlosigkeit, die Nutzhast und Anwendungsgier derer hereingebrochen ist, die unsere Arbeit für nichts nahmen, indem sie sie gelegentlich in ihre Betriebe, wie zugehörig, einbezogen, wir werden vielleicht, zu allem Nichtbegreifen, auch noch die Mühsal haben, nicht zu verstehen, daß wir mit jenen großen Alten nicht gestorben sind – sondern noch hier, in dieser unkenntlichen Welt.

Ich möchte Goethe dort weiterlesen, wo Sie mir ihn in Ihrem Briefe aufschlagen. Wo steht die Stelle: ›Gebe Gott, daß unter mehr großen Vorteilen ...‹ Vielleicht schreiben Sie mir manchmal aus Ihrem weimarischen Schlößchen oder denken wenigstens herüber. Es wird ja doch ein schwerer Winter sein.

Ihr Rainer Maria Rilke.

An Lotte Hepner

München,
am 8. November 1915

Es läßt sich, L. H., auf so vielen Seiten an Ihren Brief anschließen, fast jeder Satz fordert zehn Briefe heraus – nicht, daß man allem, was darin Frage ist (und was darin ist nicht Frage?) Antworten entgegenzustellen hätte, nein, aber dies sind ja alle die Fragen, die immer wieder mit Fragen zugedeckt worden sind oder (bestenfalls) durcheinander sich gaben unter dem Einfluß anderer selbstleuchtender Fragen –; das sind die großen Fragendynastien – wer hat denn je geantwortet? Was in Malte Laurids Brigge (verzeihen Sie, wenn ich dieses Buch nochmals nenne, da es nun gerade zwischen uns zum Anlaß geworden ist) ausgesprochen, nein, gelitten steht – das ist ja eigentlich nur *dies* mit allen Mitteln und immer wieder von vorn und an allen Beweisen dies: *dies*: Wie ist es möglich zu leben, wenn doch die Elemente dieses Lebens uns völlig unfaßlich sind? Wenn wir immerfort im Lieben unzulänglich, im Entschließen unsicher und dem Tode gegenüber unfähig sind, wie ist es möglich, da zu sein? Ich bin nicht durchgekommen, in diesem unter der tiefsten inneren Verpflichtung geleisteten Buch, mein ganzes Staunen auszuschreiben, darüber, daß die Menschen seit Jahrtausenden mit Leben und Tod umgehen (von Gott gar nicht zu reden) und dabei diesen ersten unmittelbarsten, ja genau genommen, einzigen Aufgaben: (denn was haben wir anderes zu tun) noch heute (und wie lange noch?) so neulinghaft ratlos, so zwischen Schrecken und Ausrede, so armselig gegenüberstehen. Ist das nicht unbegreiflich? meine Verwunderung über diese Tatsache drängt mich, sooft ich mich ihr überlasse, zunächst in die größte Bestürzung hinein und weiter in eine Art Grauen; aber auch hinter dem Grauen ist etwas Nächstes und Übernächstes, etwas so Intensives, daß ich mit dem Gefühl nicht entscheiden vermöchte, ob es glühend oder eisig sei. Ich habe schon einmal, vor Jahren über den Malte jemandem, den dieses Buch erschreckt hatte, zu schreiben versucht, daß ich es selbst manchmal wie eine hohle Form, wie ein Negativ empfände, dessen alle Mulden und Vertiefungen Schmerz sind, Trostlosigkeit und weheste Einsicht; der Ausguß davon aber, wenn es möglich wäre, einen herzustellen (wie bei einer Bronze die positive Figur, die man daraus gewönne), wäre vielleicht Glück, Zustimmung; – genaueste und sicherste Seligkeit. Wer weiß, ich frage mich, ob wir nicht immer sozusagen an der Rückseite der Götter heraustreten, von ihrem erhaben strahlenden Gesicht durch nichts als durch sie selber getrennt, dem Ausdruck, den wir ersehnen, ganz nah, nur eben hinter ihm stehen; aber was will das anders bedeuten, als daß unser Antlitz und das göttliche Gesicht in dieselbe Richtung hinausschauen, einig sind; und wie sollen wir demnach aus dem Raume, den der Gott vor sich hat, auf ihn zutreten?

Verwirrt es Sie, daß ich Gott sage und Götter und mit diesen Satzungen (genau wie mit dem Gespenst) um der Vollzähligkeit willen umgehe, meinend, es müsse sich dabei auch für Sie gleich etwas denken lassen? Aber nehmen Sie Übersinnliches an. Verständigen wir uns darüber, daß der Mensch, seit seinen frühesten Anfängen, Götter gebildet hat, in denen da und dort nur das Tote und Drohende und Vernichtende und Schreckliche, die Gewalt, der Zorn, die überpersönliche Benommenheit, enthalten waren, verknotet gleichsam zu einem dichten bösartigen Zusammengezogensein: das Fremde, wenn Sie wollen, aber in diesem Fremden schon gewissermaßen zugegeben, daß man es gewahrte, ertrug, ja anerkannte um einer gewissen, geheimnisvollen Verwandtschaft und Einbeziehung willen: *man war auch dies*, nur, daß man vor der Hand mit dieser Seite des eigenen Erlebens nichts anzufangen wußte; sie waren zu groß, zu gefährlich, zu vielseitig, sie wuchsen über einen hinaus zu einem Übermaß von Bedeutung an; es war unmöglich, neben den vielen Zumutungen des auf Gebrauch und Leistung eingerichteten Daseins, diese unhandlichen und unfaßlichen Umstände immer mitzunehmen, und so kam man überein, sie ab und zu hinauszustellen. – Da sie aber Überfluß waren, das Stärkste, ja eben *zu* Starke, das Gewaltige, ja Gewaltsame, das Unbegreifliche, oft Ungeheure –: wie sollen, sollten sie nicht, an einer Stelle zusammengetragen, Einfluß, Wirkung, Macht, Überlegenheit ausüben? Und zwar nun von außen. Könnte man die Geschichte Gottes nicht behandeln als einen gleichsam nie angetretenen Teil des menschlichen Gemütes, einen immer aufgehobenen, aufgesparten, schließlich versäumten, für den eine Zeit, Entschluß und Fassung da war und der dort, wohin man ihn verdrängt hatte, nach und nach zu einer Spannung anwuchs, gegen die der Antrieb des einzelnen, immer wieder zerstreuten und kleinlich verwendeten Herzens kaum noch in Frage kommt?

Sehen Sie, und so ging es nicht anders mit dem Tod. Erlebt und doch in seiner Wirklichkeit uns nicht erlebbar, uns immerfort überwachsend und doch von uns nicht recht zugegeben, den Sinn des Lebens kränkend und überholend von Anfang an, wurde auch er, damit er uns im Finden dieses Sinnes nicht beständig unterbräche, ausgewiesen, hinaus verdrängt, er, der uns wahrscheinlich so nahe ist, daß wir die Entfernung von ihm und der inneren Lebensmitte in uns gar nicht feststellen können, er wurde ein Äußeres, täglich fern

Gehalteneres, das irgendwo im Leeren lauerte, um in bösartiger Auswahl den und jenen anzufallen –; mehr und mehr stand der Verdacht wider ihn, daß er der Widerspruch der Widersacher sei, der unsichtbare Gegensatz in der Luft, der, an dem unsere Freuden eingehen, das gefährliche Glas unseres Glücks, aus dem wir jeden Augenblick können vergossen werden.

Gott und Tod waren nun draußen, waren das Andere, und das Eine war unser Leben, das nun um den Preis dieser Ausscheidung menschlich zu werden schien, vertraulich, möglich, leistbar, in einem geschlossenen Sinn das unsrige. Da aber in diesem gewissermaßen für Anfänger eingerichteten Lebenskurs, in dieser Lebensvorklasse, der zu ordnenden und begreifenden Dinge immer noch unzählige waren und zwischen gelösten Aufgaben und nur eben vorläufig übersprungenen nie ganz strenge Unterschiede gemacht werden konnten, so ergab sich, selbst in dieser eingeschränkten Fassung kein gerader und zuverlässiger Fortgang, sondern man lebte, wie es kam, von wirklichen Erträgen und Fehlersummen, und aus allem Ergebnis mußte endlich wiederum als Grundfehler eben diejenige Bedingung hervortreten, auf deren Voraussetzung dieser ganze Daseinsversuch aufgerichtet war; indem nämlich aus jeder in Gebrauch genommenen Bedeutung Gott und Tod abgezogen schienen (als ein nicht Hiesiges, sondern Späteres, Anderwärtiges und Anderes), beschleunigte sich der kleinere Kreislauf des nur Hiesigen immer mehr; der sogenannte Fortschritt wurde zum Ereignis einer in sich befangenen Welt, die vergaß, daß sie, wie sie sich auch anstellte, durch den Tod und durch Gott von vornherein übertroffen war. Nun hätte das noch eine Art Besinnung ergeben, wäre man imstande gewesen, Gott und Tod als bloße Ideen sich im Geistigen fernzuhalten –: aber die Natur wußte nichts von dieser uns irgendwie gelungenen Verdrängung – blüht ein Baum, so blüht so gut der Tod in ihm wie das Leben, und der Acker ist voller Tod, der aus seinem liegenden Gesicht einen reichen Ausdruck des Lebens treibt, und die Tiere gehen geduldig von einem ins andere – und überall um uns ist der Tod noch zu Haus, und aus den Ritzen der Dinge sieht er uns zu, und ein rostiger Nagel, der irgendwo aus einer Planke steht, tut Tag und Nacht nichts als sich freuen über ihn.

Und auch die Liebe, die zwischen den Menschen die Zahlen verwirrt, um ein Spiel von Nähen und Fernen einzuführen, in dem wir immer uns so weit erweisen, als wäre das Weltall voll und nirgends Raum als in uns; – – auch die Liebe nimmt nicht Rücksicht auf unsere Einteilungen, sondern reißt uns, zitternd wie wir sind, in ein endloses Bewußtsein des Ganzen hinein, – die Liebenden leben nicht aus dem abgetrennt Hiesigen; als ob nie eine Teilung vorgenommen worden wäre, greifen sie den ungeheueren Besitzstand ihrer Herzen an; von ihnen kann man sagen, daß ihnen Gott nahrhaft wird und daß der Tod ihnen nicht schadet: *denn sie sind voller Tod, indem sie voller Leben sind.* Aber vom Erleben haben wir hier nicht zu reden, es ist ein Geheimnis, kein sich verschließendes, keines, das den Anspruch macht, versteckt zu werden, es ist das seiner selbst sichere Geheimnis, das wie ein Tempel offen steht, dessen Eingänge sich rühmen, Eingang zu sein, zwischen überlebensgroßen Säulen singend, daß sie die Pforte sind.

Aber (und damit bin ich erst wieder bei Ihrem Brief) wie tun wirs, um auf das Erleben recht vorbereitet zu sein, das uns in menschlichem Bezug, in der Arbeit, im Leiden irgendwann ergreift und für das wir nicht ungefähr sein dürfen, weil es selber genau ist, so genau, daß wir uns im Gegensatz begegnen können, nie ein Zufall; Sie haben sich selber mehrere Wege des Lernens entdeckt, und man fühlt, daß Sie aufmerksam und nachdenklich darauf gegangen sind. So haben auch die Erschütterungen, von denen Sie schreiben, Sie dichter zusammengerüttelt und nicht verschüttet – ich möchte, soviel ich es vermag, Ihre Beschäftigung mit dem Tode unterstützen, sowohl von der biologischen Seite her (indem ich Wilhelm Fließ nahebringe und seine sehr merkwürdigen Forschungen: ein kleines Fließsches Buch sende ich Ihnen nächster Tage), als auch indem ich Sie auf einige bedeutende Menschen aufmerksam mache, die sich über den Tod reiner, stiller und großartiger besonnen haben. Zunächst einen: Tolstoi.

Es gibt von ihm eine Erzählung, die der Tod des Iwan Iljitsch heißt; an dem Abend nämlich, als Ihr Brief kam, empfand ich sehr stark den Antrieb, diese außerordentlichen Seiten wieder zu lesen. – Ich tat es, und indem ich an Sie dachte, las ich Sie Ihnen beinah vor. Diese Geschichte steht in dem siebenten Band der bei Eugen Diederichs erscheinenden Gesamtausgabe zusammen mit ›Wandelt, dieweil ihr das Licht habt‹ und ›Herr und Knecht‹. Ist Ihnen das Buch erreichbar? Ich wünschte, daß Ihnen vieles von Tolstoi erreichbar wäre, die zwei Bände Lebensstufen, die Kosaken, Polikuschka, der Leinwandmesser, drei Tode. Sein enormes Naturerleben (ich weiß kaum einen Menschen, der so leidenschaftlich in die Natur eingelassen war) setzte ihn erstaunlich in den Stand, aus dem Ganzen heraus zu denken und zu schreiben, aus einem Lebensgefühl, das vom feinverteiltesten Tode so durchdrungen war, daß es überall mit enthalten schien, als ein eigentümliches Gewürz in dem starken Geschmack des Lebens –, aber gerade deshalb konnte dieser Mensch so tief, so fassungslos erschrecken, wenn er gewahrte, daß es irgendwo den puren Tod gab, die Flasche voll Tod oder diese häßliche Tasse mit dem abgebrochenen Henkel und der sinnlosen Aufschrift ›Glaube Liebe Hoffnung‹, aus der einer Bitternis des unverdünnten Todes zu trinken gezwungen war. Dieser Mensch hat an sich und an anderen viele Arten von Todesangst beobachtet, denn auch noch seiner eigenen Furcht Beobachter zu sein, war ihm durch seine natürliche Fassung gegeben, und sein Verhältnis zum Tode wird bis zuletzt eine großartige durchdrungene Angst gewesen sein, eine Fuge von Angst gleichsam, ein riesiger Bau, ein Angstturm mit Gängen und Treppen und geländerlosen Vorsprüngen und Abstürzen nach allen Seiten – nur, daß die Kraft, mit der er auch noch den Aufwand seiner Angst erfuhr und zugab, im letzten Augenblick, wer weiß es, in unnahbare Wirklichkeit umschlug, plötzlich dieses Turmes sicherer Boden, Landschaft und Himmel war und der Wind und ein Flug Vögel um ihn.

An Marie von Thurn und Taxis

Hotel Esplanade
Berlin W. 9, Bellevuestraße 18
am 2. Dezember 1915

Meine teuere Fürstin,
mein Brief vom 26. hat Ihnen schon gesagt, daß auch mich das allgemeine Schicksal nun ergriffen hat, es ist (nach einer zweiten Musterung) dabei geblieben, ich habe am 4. Januar nach Turnau einzurükken. Dort findet zwar noch eine dritte Untersuchung statt, aber da

die münchner (trotz ärztlichen Attestes und meiner doch sichtlichen Schwächlichkeit) auf meiner Tauglichkeit glaubten bestehen zu müssen, so ist sogut wie keine Aussicht, daß jene gewiß noch rigorosere und dienstlichere in Turnau zu einem völligen Freispruch führt.

Ich gestehe, als ich gestern morgen hier ankam, um mit Philipp Schey (der seit einem Jahr dem deutschen Großen-Generalstab zugeteilt ist und im Militärischen sehr orientiert) meine Lage zu besprechen –, hatte ich immer noch etwas Hoffnung, auf Grund meines ärztlichen Zeugnisses, etwa bei einer höheren militärärztlichen Instanz, eine völlige Zurückstellung oder Beurlaubung zu erreichen: denn was wärs mir gewesen, jetzt, da sie endlich wieder sich geben wollte, an meiner Arbeit zu bleiben, – wenn ich Ihnen sage, Fürstin, es ist wieder eine Elegie* da, ein paar seltsame Stücke ›vom Tode‹ und was ahnte ich nicht alles, was glühte nicht alles in mir eben noch, vor dieser Verschüttung – –. Genug, Schey hält nun ein Wiederloskommen, da das Los einmal gefallen ist, für ausgeschlossen, und rät, alle Anstrengung darauf zu verwenden, eine, wenn es gut geht, wenig strenge Büreaudienstleistung für mich zu erreichen. Er tut heute einen, wie ich ihm glaube, entscheidenden Schritt dafür, indem er in meiner Sache dem Vertreter des Kriegsministers, Excellenz Feldzeugmeister v. Schleyer schreibt, das ärztliche Zeugnis beifügt und zugleich ungefähr in Aussicht stellt, daß der Fürst vielleicht den Excellenzherrn aufsuchen würde, um ihm, soweit das erwünscht ist, ergänzende Mitteilungen über mich zu machen. Schey hat große Zuversicht zu diesem Schritt, besonders meint er, daß die paar persönlichen Daten, die der Fürst etwa anbringen könnte, sehr ins Gewicht fallen würden, so daß es nicht unmöglich wäre, daß Excellenz v. Sch. auf der Stelle mein Schicksal in die Hand nimmt und meine Zuteilung, sei es zu dem hiesigen Büreau, sei es nach Wien, an die Stelle, wo Hofmannsthal, Zweig, Wildgans und Andere verwendet werden, verfügt. Vielleicht irrt Schey, wenn er dies so rasch zu erreichen hofft, immerhin scheint es das Aussichtsvollste zu sein, was sich unternehmen läßt, und es ist wichtig, daß es *rasch* geschähe. So glaubte ich auch, wissend wie sehr der Fürst auf meiner Seite ist, den Passus im Briefe Schey's an den Feldzeugmei-

* oder doch etwas diesem Kreise Nahes –

ster v. Sch. zulassen zu dürfen, durch den er den Besuch des Fürsten bei Exc. v. Schleyer in Aussicht stellt – –, es ist dies (der Fürst erhält die Abschrift jenes Briefes) immerhin in einer Weise geschehen, daß der Fürst, wenn ihm die Sache irgendwie lästig ist, diese Intervention ebenso gut unterlassen kann. Denn vielleicht hatte er ganz andere Wege für mich vor, denen wir nun mit diesem Vorschlag vorgreifen. Der gute Schey saß gestern stundenlang mit mir, und ich mußte am Ende zugeben, daß sein, mit so warmer Einsetzung unternommener Schritt, doch wohl der richtigste sei. Wenn nur der Fürst in Wien ist, bitte, besprechen Sie Alles mit ihm, kein Mensch auf der Welt weiß, so wie Sie Beide, was mit mir los ist. Die Entscheidung, meint Schey, kann sehr rasch fallen, – ich bleibe solange hier im Esplanade, zwei Stunden im Tage hält sich Bödecker in meinem Munde auf, im Übrigen bin ich wie betäubt durch diesen plötzlichen Sturz aus dem seligsten Innern in ein unbegreifliches drohendes Draußen – Sehen Sie das meinem Briefe nach, verehrte Freundin. Ich leide auch unter diesem Zerren und Sträuben: irgendwo ist ein Rest alten Soldatenblutes in mir den es kränkt, daß ich da so viel Aufhebens mache und mich auflehne –, aber ich tus ja nicht meinetwillen, sondern doch schließlich für meine Arbeit. Wenn ich bedenke, wie vorsichtig ich leben mußte die letzten Jahre, um ein bischen Kraftvorrat für sie zurückzulegen, so muß ich der Besorgnis Stauffenbergs rechtgeben, der selbst kurze Anstrengungen, bei dieser Jahreszeit, für meinen Organismus fürchtet: denn woher nehme ich das, was zuzusetzen ist?

Aber meine eigenen Befürchtungen sind ja noch ganz andere. Nach Turnau einrücken und einer Ausbildung von selbst nur einigen Tagen unterworfen werden, das hieße für mich, die Militärschule wieder antreten. Sie wissen, Fürstin, *was* die für mein inneres Erleben gewesen ist, eine Fibel des Entsetzens. Was hab ich schließlich seither getan, als das damals dort Erlittene in einem großen, einem Welt-Höllen-Sinne, ausdeuten; denn dies war geistig mein einziger Ausweg, diese zu früh erfahrene Tötlichkeit in einem *höchsten* Verstande zu begreifen, – um sie dort zu bejahen und zu überstehen: auszumerzen aus mir wäre sie ja nie mehr gewesen. Einrükken hieße nun auf den engen ursprünglichen, nichts als häßlichen, nichts als unsinnigen Sinn des alten Erlebens zurückgestoßen werden, noch einmal nach fünfundzwanzig Jahren bewiesen bekommen, daß es kleines, unmögliches Elend war, sonst nichts –, und das, Ihnen kann ich's sagen, Fürstin *das* ist meine eigentliche Angst, mein Entsetzen, denn das wäre eine Rückgängigmachung seelischer Arbeit, über der alles in mir sich verfinstern und verschütten würde. Sie werden verstehen, meine liebe Freundin, daß ich nicht übertreibe; was die Militärschule in mir angerichtet hat, das kann ich ja nur meinen Nächsten verständlich machen, aber die, mein ich, werden auch zugeben, daß man wahrscheinlich nicht zweimal am selben Untergang vorüberkommt. In dieser Gefahr bin ich kleinmütig, denn ich habe schon einmal in ihr allen Mut ausgegeben, viel mehr als ich hatte.

Nun vielleicht ist über einigen Tagen eine gute Wendung da und ich sitze hier als Militär-schreiber oder Sie haben mich in ähnlicher Würde in Wien.

Da kommt eben Ihr guter guter Brief, von München nachgeschickt. Danke. Ich lese vor der Hand vor allem dies heraus, daß der Fürst in Wien ist und daß Sie Beide an mich denken. Mehr darauf zu erwidern bin ich heute zu müde und zu benommen.

Alles Liebe, Herzliche, Dankbare.

Ihr D. S.

P. S. Vielleicht zeigen Sie dem Fürsten auch *diesen* Brief, – er ergänzt den, den ich ihm heute schreibe, konfus ist freilich einer wie der andere und auf sehr viel Nachsicht angewiesen. Schey's Brief an Exc. von Schf[eyer] geht heute gleichzeitig ab. –

An Anni Mewes

München, Ainmillerstraße 34^IV
Mittwoch [5. XI. 1918]

Meine liebe Anni Mewes,
es hat mich zu Herzen erschreckt, daß der mit so jähem Absturz endende Krieg, Ihnen nun zuletzt noch diesen für Sie fühlbarsten und grausamsten Verlust bereitet hat. Daß er jetzt noch, täglich, Menschen zerstört, gehört zu seinen wahnsinnigsten Wendungen: sinn-

loser noch als er schon seit Jahren war, wirkt und wütet er weiter, wo doch alle Ziele, die wir wissen, nur noch im Frieden liegen, wie immer er auch sei. Wir standen über vier Jahre im Feuerschein, und so sehr sind uns alle anderen Lichter ausgegangen, daß uns jetzt der erlöschende Krieg in der furchtbarsten Finsternis zurücklassen wird, die es je gegeben hat, wenn nicht das Volk in seiner Not ein anderes gewaltsames Feuer entfacht, dessen Funken schon da und dort den Rand der Massen in Brand stecken. Und zu denken, daß die Leuchtkraft des Geistigen in dieser neuen Atmosphäre ebenso machtlos und strahlenlos sein wird, wie, vier Jahre lang, in der Luft des Krieges!

Gestern hatte Eisner eine Versammlung einberufen in ein Brauhaus an der Theresienwiese, der Saal erwies sich als zu klein, und so versammelte man sich unter dem Nachthimmel an sieben Tausend –, dort soll, wird erzählt, auch Bruno Frank gesprochen haben. Jeder von uns steht ja nun gewiß bei denen, die die ehrlichsten und gründlichsten Veränderungen wollen; doch zweifle ich, daß sie so spät und gegen so obstinate Hemmnisse, noch *leise* durchzusetzen sein werden; brechen sie heftig ein, so kommt zu allen Zerstörungen eine neue dazu, die gerade uns manches zerbrechen wird. Die Kunst ist immer die Versprecherin der fernsten, mindestens übernächsten Zukunft, und darum wird eine Menge, die leidenschaftlich nach der nächsten greift, immer bilderstürmerisch gesinnt sein. Die Macht des ganz Künftigen sieht, für den ungeübten und erhitzten Blick, der Autorität der Vergangenheit zum Verwechseln ähnlich!

Und Sie, liebe Anni Mewes, lesen in meinen Büchern und tun wohl mit ihnen. Schade, daß die Samstag-Matinée aufgegeben ist, oder schade, daß es bei mir keine Gedichte gibt, die sich auch vor Arbeitern lesen lassen. Ich selbst habe auch viel vorgelesen in der letzten Zeit, im Gefühl, daß damit doch wenigstens eine Stunde über das Hin- und Wieder der doch nur die Zeitungen endlos wiederholenden Gespräche hinausgehoben sei. Zu öffentlichem Lesen hab ich mich hier noch nicht entschließen können, aber gelegentlich lud ich fremde Menschen zu mir ein, von denen ich vernommen hatte, daß sie mich gerne hören würden. Am 25. wollte ich, nach neunjähriger Pause, in Zürich das öffentliche Vorlesen wieder aufnehmen; aber ob ich nun hinauskomme?

Sie schreiben von jemandem, den ich ja ›jetzt wohl öfter sehe‹ –

Ellen Delp oder Deys –, ich aber errate nicht, wen Sie meinen. Ist es vielleicht eine frühere Bekannte von mir, die geheiratet hat, so daß ich ihren Namen nicht erkenne? Soviel Menschen ich auch sehe, sie war bis jetzt nicht darunter, wenn Sie meinen, daß es jemand ist, den ich gerne sehen würde, so ermuntern Sie sie zu mir, schon, damit ich mir noch Einiges von Ihnen kann erzählen lassen.

In Freundschaft
Ihr
Rilke

An Aline Dietrichstein

Soglio (Bergeil, Graubünden), Schweiz,
am 6. August 1919

Meine liebe Gräfin Aline,
Sie schrieben mir am 14. Juni –, drei Tage vorher war ich nach der Schweiz gereist –, ein lang erhofftes und schließlich, als ich schon kaum mehr daran dachte, verwirklichtes Unternehmen, in dem ich nun mitten drin stehe. Nun, Sie können sich denken, daß es mir nötig war, von M[ünchen] fortzukommen: wirklich und handgreiflich hat man ja nicht zu arg zu leiden gehabt, die Zeitungen haben, nach ihrer Art, vieles übertrieben –, aber fürs Gefühl war es eine unbeschreibliche und, was das Schlimmste war, schließlich vergebliche Spannung nach allen Seiten. Denn hinter so viel Umsturz, Lärm und bösartigem Gedräng stand zuletzt doch kein Wille zu wirklicher Veränderung und Erneuerung, den zu teilen und mitzumachen man ja nur zu bereit gewesen wäre. Der geistige Mensch müßte ja von vornherein ein Gegner und Leugner der Revolutionen sein, gerade er weiß ja, wie langsam sich alle Veränderungen von dauernder Bedeutung vollziehen, wie unscheinbar und, eben durch ihre Langsamkeit, fast unsichtbar sie sind, und wie die Natur die geistige, in ihrem aufbauenden Betreiben, Gewalt kaum irgendwo aufkommen läßt. Und doch ist es auf der anderen Seite derselbe geistige Mensch, der, kraft seiner Einsicht, ungeduldig wird, wenn er sieht, in wie verfehlten und verfahrenen Verhältnissen die menschlichen Dinge sich gefallen und sich hinhalten: ja, wir alle erleben es ja beständig,

daß dieses und jenes, daß fast alles (und zwar an der Wurzel) zu ändern wäre, das Leben, dieses unendlich reiche, unendlich großmütige, das grausam nur sein darf, eben auf Grund seiner Unerschöpflichkeit: das Leben, in wievielen Fällen kann es sich überhaupt nicht mehr geltend machen, verdrängt wie es ist, durch lauter sekundäre, in ihrem Bestand träge gewordene Einrichtungen, – wer wünschte da nicht oft einen großen Sturm, der alles Hinderliche und Hinfällige niederrisse, um Raum zu schaffen für die wieder schöpferischen unendlich jungen, unendlich gut entschlossenen Kräfte. Es ist kein Zweifel, daß viele solche reine und kraftvolle Antriebe am Entstehen der Revolution mitgewirkt haben: denn es wäre das einzig denkbare Gegengewicht des fürchterlichen Krieges gewesen, wenn eine neue, zum Anderssein bereite Gesinnung der Menschlichkeit an mehreren Stellen der erschütterten und beirrten Welt, da und dort, aufgetreten und durchgedrungen wäre. Einen Augenblick hoffte man. Aber das Überwiegen materieller Bestrebungen und untergeordneter, ja arger und rachgieriger Impulse, zerstörte, fast schon in den ersten Stunden, die reinere Zukunft dieses erst freudigen, später verzweifelten und am Ende völlig sinnlosen Andrangs, in dessen Wirbeln viele Schuldlose und fast alle die untergegangen sind, die eine zwar ungeduldige, aber edle Vision der Menschlichkeit vorauszutragen meinten. Genau genommen konnte der unbeirrte Geistige in diesem wirr verwickelten Kampfe, den das ins Land zurückgeschlagene Gift des abgestandenen Krieges weiter und weiter reizte, auf keiner Seite stehen, weder unter den gewissenlos Drängenden, noch bei denen, die mit alten, nicht weniger ungerechten und unmenschlichen Mitteln dem oft verbrecherisch ausbrechenden Wahnsinn entgegentraten: die Zukunft war weder bei diesen noch bei jenen und der Geistige ist nun einmal *ihr* verbündet und zugeschworen, nicht im Sinne des Revolutionärs, der von heute auf morgen eine befreite (was heißt Freiheit?) und glückliche (was heißt Glück?) Menschheit herzustellen sich anmaßen möchte, aber in jenem anderen geduldigen Verstand, daß er in den Herzen jene leisen, heimlichen, zitternden Verwandlungen vorbereitet, aus denen allein die Verständigungen und Einigkeiten einer geklärteren Ferne hervorgehen werden. Wenn Sie nun, meine liebe, gnädigste Gräfin, an diesen meinen Gedanken das trübe und von Tag zu Tag aussichtslosere Geschehen messen, das sich seit November vollzogen hat, und dazu auch in Rechnung stellen, wie wenig weitsichtig und überlegen, wie geistlos es bekämpft worden ist –, so wird Ihnen verständlich sein, wie viel ich möchte gelitten haben. Nicht so sehr unter Entbehrung und Unsicherheit, als eben unter dieser Enttäuschung und Sorge, die über das eigene Leben und seine Realisierungen hinausreicht. Aber schließlich mußte ich auch dieses Leben, meines, wieder bedenken und die Aufgaben, die ihm nun einmal gestellt sind, und denen es seit fünf Jahren gehemmt und gelähmt gegenübersteht, ohne sich zu seiner innersten Leistung aufzuraffen. Und da wuchs mit jedem Tage der Wunsch nach einer gründlichen äußeren Veränderung, wie sie mir immer vom eindringlichsten Einfluß gewesen ist, – nach einer Reise in ein fremdes, vom Krieg nicht unmittelbar betroffenes Land, nach seinen Landschaften, Städten, Strömen, Brücken und Waldungen: denn was ich in diesen schmerzvollen letzten Jahren am leidendsten verloren habe, war eben der mir sonst so nahe Anschluß an die Natur. Er gelang mir nicht mehr. Der Mensch dieses Krieges und jeder Zeitgenosse dieses Menschen, ich selbst, schien mir so weit von der Welt der Natur weggerückt –, sich auf einen Baum, auf ein Feld, auf die Gnade eines Abends zu beziehen, kam mir eigenmächtig und unwahr vor, denn was wußte der Baum, das Feld, die Abendlandschaft von diesem unseligen, verheerenden, tötenden Menschen? Es ist wahr, im Grunde haben sie auch an dem Wohlgesinnten, Aufbauenden, Gesegneten keinen Anteil, aber es besteht doch ein unaussprechlicher Zusammenhang zwischen einem friedlich Wirkenden, Schaffenden und der sich heilig und gründlich beschäftigenden Natur.

… nun war auch hier (für mein Bewußtsein) ein aufgerissener Zwiespalt sichtbar geworden, der mir umso empfindlicher war, als jener verschwiegene Einklang, jene Gleichgestimmtheit mit dem Natürlichen, wie ich immer besser weiß, irgendwie zu den Voraussetzungen meines Hervorbringens, ja meines täglichen Lebens selbst gehört. Wenn der Mensch doch aufhörte, sich auf die Grausamkeit in der Natur zu berufen, um seine eigene zu entschuldigen! Er vergißt, wie unendlich schuldlos auch noch das Fürchterlichste in der Natur geschieht, sie sieht ihm nicht zu, sie hat keine Distanz dazu, – sie *ist* im Entsetzlichsten ganz, auch ihre Fruchtbarkeit ist darin, ihre Großmut –; es [ist], wenn man so sagen soll, auch nichts anderes als ein Ausdruck ihrer Fülle. Ihr Bewußtsein besteht in ihrer Vollzähligkeit, weil sie *alles* enthält, enthält sie auch das Grausame, – der Mensch aber, der nie imstande sein wird, alles zu umfassen, ist nie sicher, wo er das Furchtbare wählt, sagen wir den Mord –, auch schon das Gegenteil dieses Abgrundes zu enthalten, und so richtet ihn im selben Augenblick seine Wahl, da sie ihn zu einer Ausnahme macht, zu einem vereinzelten, vereinseitigten Wesen, welches ans Ganze nicht mehr angeschlossen ist. Der gute, der rein entschlossene, der fähige Mensch würde das Böse, das Verhängnis, das Leid, das Unheil, den Tod nicht aus den gegenseitigen Verhältnissen ausschließen können, aber wo ihn eines davon träfe oder er zur Ursache dessen würde, da stünde er nicht anders da als ein Heimgesuchter in der Natur, oder heimsuchend wider seinen Willen, wäre er wie der verheerende Bach, der anschwillt durch irgendwelche herabstürzenden Tauwässer, deren Einmündung in ihn er sich nicht zu verschließen vermag.

Ob, liebe Gräfin Aline, diese (durch die argen Tatsachen des Winters in mir beförderten) Gedanken, weiter fortgesetzt, nicht irgendwo an jene Probleme heranzuführen wären, die Sie in jenem Stück behandeln, das Sie mir als eine Ihnen zu dritt gemeinsame Arbeit erwähnt haben? Da bin ich nun ganz von selbst bei meinem Wunsch, mehr davon zu erfahren oder gelegentlich einmal die Arbeit selbst zu sehen, die Sie beschäftigt. Das Thema gehört zu denen, an die jeder Produktive einmal herankommen muß, gelöst habe ich es nie gesehen –, welchen Beitrag zu seiner Lösung mögen Sie nun gefunden haben?

Ach, nun, da Sie die Richtung kennen, die Sie einem Briefe zu geben hätten, zögern Sie doch nicht zu lang, mir überhaupt einiges mehr von sich und von den Ihnen Nahestehenden zu erzählen; seit Ihr Brief in meinen Händen ist, bewegt es mich oft, daß Sie nun, in diesen Monaten, das Anvertrauen des Lebens in seiner innigsten Erfahrung erleben dürfen. Und wieder muß ich nur an den Gewitter-Nachmittag denken, um mir vorzustellen, wie tief und hingegeben und lauschend Sie nun auch dieses Geheimnis der innigen Natur an sich geschehen lassen werden. Sie zählen mir, liebe Gräfin, zu den Menschen, die von den unbeschreiblichen Reichtümern, die uns zugesprochen sind, nie etwas verlieren oder ablehnen werden, weil frühzeitig offenbar eine Einheit des Körpers und des Gemüts in Ihnen sich ausgebildet hat, die die Meisten in sich rechtzeitig zu stiften versäumen. Bei dieser meiner Überzeugung können Sie verstehen, daß die Wünsche, die ich nun wieder für Sie fühle, die größten sind: denn Wünschen ist dort am Schönsten, wo die Vorbedingungen der Erfüllung am Glücklichsten und Vollkommensten sind.

Aber nun fragen Sie nach mir, im Zusammenhang mit der Schweiz. Ja, das ist gar nicht so einfach, zu reisen, nach fünfjähriger Immobilität! Erst sah es aus, als könnt ichs nicht mehr. Wo nur hat mich Ihr Brief erreicht? – In Genf, wenn ich nicht irre. Ich kam gerade von Nyon, wo mir die ersten schweizerischen Tage in der lieben Gastfreundschaft der Gräfin Mary Dobrzensky (geb. Wenckheim) vergönnt gewesen sind, und dorthin, in die kleine Villa am Genfer See, die die Gräfin, seit anderthalb Jahren etwa, bewohnt, hoffe ich auch später nochmals zurückzukehren. Zunächst aber trieb es mich, meine ›Freiheit‹ auszunutzen und das Land zu sehen, das ich allerdings in sonstigen Jahren immer nur als Durchgangsland betrachtet habe, in einer Art von Mißtrauen gegen seine zu berühmte, zu deutliche, zu anspruchsvolle ›Schönheit‹. Gebirge sind mir von vornherein nicht leicht zu begreifen, – die Pyrenäen vermochte ich zu sehen, das Atlas-Gebirge in Nord-Afrika gehört zu meinen erhabensten Erinnerungen, und wenn ich bei Tolstoi vom Kaukasus las, so hatte ich das unbeschreibliche Fieber seiner Größe. Aber diese Schweizer Berge? Ein bißchen ›Hindernis‹ scheinen sie mir immerhin, es sind ihrer so entsetzlich viele. Ihre Formen heben sich gegenseitig auf; daß irgendwo ein Kontur rein gegen den Himmel verläuft, kann ich wohl mit Genugtuung feststellen, – aber es fehlt mir, wie soll ich das ausdrücken, das Gleichnis, die innere fühlbare Parallele dazu, die erst den Eindruck zum Erlebnis macht. Erst ließ ich mich ein wenig mit den Städten ein: Genf, (das ja von Nyon nur eine kleine Autofahrt entfernt ist) – dann Bern: und das war sehr, sehr schön. Eine alte, ständige, in manchen Teilen noch ganz unverdorbene Stadt, mit allen Eigenschaften zuverlässigen und tätigen Bürgertums, bis an ein recht hohes Selbstbewußtsein heran, das sich in gleichgesinnten Häusern ausspricht, die sich nach der Gasse zu über ihren Steinlauben etwas verschlossen spreizen, aber nach der Aare hin, in den schönen Gartenfronten mitteilsameren und offeneren Sinnes sind. Zum Glück hatte ich dort einheimische Freunde mit solchen schönen, altangestammten Häusern, was mich mit einem Schlage der Hotelatmosphäre enthob und mir sehr geholfen hat, aus dem Wesen des Landes heraus zu erleben, auch dort, wo ich nun doch wieder, unter die Fremden versetzt, mich von ihrer Schicht aus zurechtzufinden habe. Über Zürich, diese politisch trübe Stadt, ist kaum etwas zu sagen –, mich drängte es von dort sehr aus den Städten fort, Land und möglichst südlicher Himmel darüber: das schwebte mir vor –, und das ist mir hier nun, auf eine besondere Art, für eine Weile in Erfüllung gegangen. Eine Karte der Schweiz zeigt Ihnen leicht die Verhältnisse des Bergell, die Eile dieses Tals, bei Italien anzukommen; über der Talschaft nun liegt, auf halber Bergeshöhe, dieses kleine mit Gneisplatten eingedeckte Nest, eine (leider protestantische und also leere) Kirche am Abhang, ganz enge Gassen; man wohnt mitteninnen, in dem alten Stammhause der Salis (Linie Soglio), in den alten Möbeln sogar, und zum Überfluß hat der Palazzo einen französischen Terrassengarten mit den alten Steinrändern, traditionell beschnittenem Buchs und einem Gedräng dazwischen der heitersten Sommerblumen. Ein anderes Mal aber muß ich Ihnen von den Kastanienwäldern erzählen, die sich, die Hänge hinab, gegens Italienische zu, in großartiger Schönheit hinunterziehen.

Nun aber habe ich nur eben noch Raum, diesem Brief für Sie, liebe Gräfin Aline, und für Ihren Mann, für den er ja ganz mitbestimmt ist, das Allerallerherzlichste mitzugeben und die Versicherung immer gleicher Anhänglichkeit

Ihres
Rilke

PS. Ich habe hier erzählen hören, daß die Verwendung von Titeln in manchen Gegenden Österreichs und Deutschlands den Empfängern von Briefen Unannehmlichkeiten bereitet, so richte ich meine Adresse aus Vorsicht danach ein.

Nachschrift am nächsten Morgen:

hätt ich doch ein bestimmtes Buch hier: das würde ich Ihnen, auf Ihre Frage nach Büchern hin, am Liebsten gleich geschickt haben; es läßt sich auch im Augenblick in der Schweiz nicht auftreiben, da es in seiner zweiten Auflage rasch vergriffen war. Nun gebe ich dem Verlage den Auftrag, es Ihnen, sowie es wieder erscheint, in meinem Namen zuzuwenden, denn der österreichische Buchhandel dürfte jetzt noch langsamer sein, als er ohnehin schon in alten Zeiten gewesen ist. – Es handelt sich um das ›Reisetagebuch eines Philosophen‹ vom Grafen Hermann Keyserling. Eine Weltreise dieses ausgezeichneten Schriftstellers, die kurz vor dem Kriege zum Abschluß kam, spiegelt sich in diesen, an allen Stellen fruchtbaren Aufzeichnungen, die, ob sie gleich ganz im Geistigen verlaufen, doch überall voller Sinnlichkeit und Sichtbarkeit sich geltend machen, das Buch eines Weltmannes im seltensten und vornehmsten Sinn, nach allen Seiten hin orientiert, von der größten Zustimmung und Billigung, dabei beweglich, präzise und von dem vollkommensten Takt des Gefühls und der Überzeugung. An die sechshundert Seiten, herrlich um sie sich gegenseitig im Garten oder später am Kamin vorzulesen! (H. Keyserling, dem Rayküll in Estland gehört, hat sich vor einigen Monaten mit der Gfn. Bismarck, der jüngsten Enkelin Bismarcks, verheiratet.)

Nochmals alles Liebe und Ergebene
Ihr R.

An Gertrud Ouckama Knoop

Soglio (Bergell, Graubünden), Schweiz,
am 12. September 1919

Meine sehr liebe gnädigste Frau,
der Impuls, Ihnen von auswärts ein paar Worte zu schicken, ist wohl von allem Anfang mit mir herausgereist. Es beschämt mich nur, daß ich ihm so spät nachgebe. Ich rechne: wirklich, gestern waren es drei Monate, daß ich die Grenze überschritten habe, drei Monate, das heißt, der ganze Sommer liegt zwischen damals und heute – wie, wo mag er Ihnen, Lilinka und Wera vergangen sein? Ich hoffe, Sie waren nicht immerzu in München, – aber ich weiß auch nicht recht, wo gewesen zu sein ich Ihnen wünschen sollte. Meine Erinnerung hat immer Neumond auf München zu; sie scheint viel mehr

in andere Vergangenheiten hinein, als in diese jüngste, die so vernutzt hinter mir zurückgeblieben ist, daß ich meine, mich zunächst von ihr abkehren zu dürfen. Und auf was zu? Ja, das ist eine unabsehliche Frage.

Stellen Sie sich vor, das ›Draußen‹-Sein war erst beinah anstrengend. Man konnte es doch nicht mehr so recht, man verbrachte halbe Tage damit (oder wars nur ich?), vor den Parfümerien die Namen Houbigant, Roger und Gallet und Pinaud zu lesen; ja, einen kleinen Augenblick hieß die Freiheit so, – wer hätte das für möglich gehalten? Die Konditoreien machten mir lange nicht so viel Eindruck, ich habe noch bis heute keine Schokolade gekauft, aber Seifen taten mirs an, ich war richtig wehrlos gegen ein solches reinlich überfülltes Schaufenster der Züricher Bahnhofstraße. Über solche Umwege, mögen sie auch noch so lächerlich sein, gelangte ich langsam zu dem Übrigen: zu den französischen Buchhandlungen und Kunstsalons, zu dem Treiben der Straßen und Betriebe, ja, mit einiger Überwindung, sogar zu der Natur. Schade, daß sie mir in der Schweiz nur in Übertreibungen vorzukommen scheint; was für Ansprüche machen diese Seen und Berge, wie ist immer etwas zu viel an ihnen, die einfachen Augenblicke hat man ihnen abgewöhnt. Die Bewunderung unserer Groß- und Urgroßeltern scheint an diesen Gegenden mitgearbeitet zu haben; die kamen da aus ihren Ländern hergereist, wo es sozusagen ›nichts‹ gab, und hier gab es dann ›Alles‹, in Pracht-Ausgaben. Lieber Himmel: eine Salon-Tisch-Natur, eine Natur mit Auf und Ab, voller Überfluß, voller Verdoppelung, voll unterstrichener Gegenstände. Ein Berg? bewahre, ein Dutzend auf jeder Seite, einer hinter dem anderen; ein See: gewiß, aber dann auch gleich ein feiner See, bester Qualität, mit Spiegelbildern reinsten Wassers, mit einer Galerie von Spiegelbildern, und der liebe Gott, als Kustos, eines nach dem anderen erklärend; wenn er nicht gerade als Regisseur beschäftigt ist, die Scheinwerfer des Abendrots nach den Bergen zu richten, von wo den ganzen Tag der Schnee in den Sommer hineinhängt, damit man doch so recht alle ›Schönheiten‹ beisammen habe. Denn der Winter hat doch die seine, und so ists das Vollkommenste, ihn nicht zu entbehren, während man mitten in den gewärmten Genüssen des Gegenteils sich geborgen fühlt … Ich kann mir nicht helfen, ich erreiche diese assortierte Natur am bequemsten mit meiner Ironie, ja und ich erinnere mich der schönen Zeiten, wo ich, hier durchreisend, die Vorhänge des Coupés zuzog, worauf die übrigen Reisenden in den Gängen meinen Anteil Aussicht gierig mitverzehrten, ich bin sicher, es ist nichts übrig geblieben.

Nun sagen Sie: was ist dieser Mensch nun undankbar geworden nach allen Seiten, ausgelassen undankbar? Er ist es gegen München, das ihm doch immerhin in so unüberwindlichen Zeiten eine nicht unfreundliche Zuflucht gewesen ist, und nun ist ers gar noch gegen seine neue beneidenswerte Freiheit, die er verhöhnt, statt sich bescheiden an ihr zu erholen. Nein, so arg steht es wirklich nicht mit mir: ich glaube sogar, die Schweiz fängt an, mir begreiflich zu werden, in ihrer eigentümlichen Durchdringung und angestammten Einheit. Das verdanke ich Bern, wo mir die gastlichsten Wochen bereitet gewesen sind, und von wo aus diese Länder, die die Natur aus Grenzen und Hindernissen gebildet hat, in einer merkwürdigen Klarheit und Durchsichtigkeit erkennbar werden. Ihre Geschichte ist voll Naturkraft, die Menschen, wo sie hier als Masse zusammentraten, hatten etwas von der Konsistenz und Härte des Gebirgs und ihr hervorstürzender Wille ist in den entscheidendsten Momenten eine Fortsetzung jener Unwiderstehlichkeit gewesen, mit der die Wildbäche in den Talschaften ankommen. Und zu welchem genauen und geformten Selbstbewußtsein hat sich in den ausdrucksvollen Städten diese erfahrene und erwiesene Kraft ausgebildet: wie steht Bern einstimmig da, jedes Haus über seinen gekretschten Steinlauben, die auch noch den Verkehr in ihren Schutz einbeziehen, so daß draußen nur die Märkte bleiben und die wunderbar bildlichen Brunnen, die sogar das Wasser bürgerlich machen! Gerne entschließt man sich dazu, den schweizer Menschen als einen Teil dieser Verbürgtheit sich klar zu machen: man versteht dann am ehesten seinen Umriß und seine Struktur, die in ihrer Anlage tatsächlich aus der gleichmäßigsten Masse geknetet und aus dem Ganzen geschnitten scheinen: so daß in jedem das Volk gegenwärtig ist (was man bei uns so entbehrt, wo mans beständig mit dem Stumpfen oder gar Amorphen zu tun hat, oder aber dem Einzelnen als einer Ausnahme gegenübersteht). Seltsam übrigens: die Psychoanalyse nimmt hier (wenigstens in Zürich) die eindringlichsten Formen an:

fast alle diese ohnehin sauberen und eckigen jungen Leute werden analysiert, – nun denken Sie sich das aus: so ein sterilisierter Schweizer, in dem alle Winkel ausgekehrt und gescheuert sind –, was für ein Innenleben kann in seinem Gemüt stattfinden, das wie ein Operations-Zimmer keimfrei und schattenlos beleuchtet ist! ... Seit sechs Wochen bin ich hier; nur, wie langsam! um wirklich zur Besinnung zu kommen, müßten mir Aufenthalt und Jahreszeit unabsehlich zugesprochen sein! Und zum Schluß frag ich doch: München? Was verspricht es? Wie wird der Winter werden? (der doch wohl auch der meine wird werden müssen). Die herzlichsten Grüße für Lilinka und Wera, und herzliche und treu ergebene an Sie.

Ihr
Rilke

An Anton Kippenberg

Zürich, Hôtel Baur au Lac,
am 2. Dezember 1919

Mein lieber Freund,
bisher hab ich Ihnen nur in meinem Telegramm sagen können, wie dankbar ich Ihrem aufmerksam erwogenen Rate war und wie vollkommen meine Zustimmung gewesen ist; ich nehme an, daß alles in der verabredeten Weise vollzogen worden ist, und werde nun hoffentlich bald auch die Sammlung haben, an ... verständigend mich mitzuteilen.

Ich rechne dabei aufs Tessin, wohin ich in den nächsten Tagen reise, dem Ruf einer Gastfreundschaft folgend, den ich (ich kanns nicht anders sagen) provoziert habe. Die Bachrachs (Frau Elvire, Mann und Tochter, früher in Brüssel: Sie kennen sie vermutlich –) besitzen seit April das schöne alte Castello San Materno überhalb Ascona; in dessen großem Garten soll ein Pavillon stehen, ganz abseits und still, in dem ich allein hausen soll, und Mme. Bachrach, von der ich einige sehr gute und sorgliche Briefe besitze, will sich dafür einsetzen, alle Störung von mir wegzuhalten (was, fürcht ich, den Asconesischen Ansiedlern gegenüber einigermaßen nötig sein möchte). Es ist ein Versuch, ein Wagnis –: glückt es nur einigermaßen, so soll mir diese Zuflucht in dem einen oder anderen Sinne (und womöglich in jedem) ergiebig werden. Ich habe nun schon in den letzten Wochen so viel Winter erlebt, daß ich mich freue, in Himmelsstriche zu kommen, wo die Milde noch vorhält und (so darf man hoffen) nie ganz aufhört; es könnte viel, mir jedesmal Günstiges, dort zusammenwirken. Hoffen Sie mit mir, lieber Freund.

Seit dem 27. Oktober (dem Tage meiner ersten Züricher Vorlesung; ich las in Zürich zweimal) war ich nun regelrecht en tournée: St. Gallen, Luzern, Basel, Bern und Winterthur kamen nacheinander an die Reihe, im ganzen sieben Abende. Alle gut, einige für alle Teile überraschend. Ich bin in ein merkwürdiges Verfahren gekommen, das am dichten, oft dürren, schwer zu penetrierenden Schweizer von der überzeugendsten Bewährung war. Ich brachte nicht einfach Gedichte, sondern ich setzte mit einer allgemeinen Einführung ein, die überall ungefähr die gleiche war, – während ich dem zweiten Teil des Abends eine dem jeweiligen Ort schmiegsam angepaßte, aus dem unmittelbarsten Stegreif erfundene Causerie voranstellte, die über verschiedene Gegenstände (in St. Gallen z. B. wars eine kleine Abhandlung über Regina Ullmann, in Basel brachte ich Bachofens bedeutenden Namen im unvermutlichsten Zusammenhang, in Winterthur zuletzt, wo vorzügliche Bilder gesammelt worden sind, stellte ich Cézanne in die Mitte meiner Betrachtung) zu meiner Arbeit zurückleitete und, ganz unmerklich, für diese so vorbereitend und aufklärend war, daß dann selbst sehr persönlich gestaltete und ›schwere‹ Gedichte mit ungewöhnlicher Stärke aufgenommen wurden. Ja, ich scheute mich nicht, auch vor den einzelnen Gedichten jeweils kleine Plattformen der Verständigung zu schaffen; alles das lebendig, spontan, dem Moment ansehend, wessen er fähig sein möchte. Bei italienischen oder französischen Übersetzungen las ich erst den Text des Originals, was für die meist mehrsprachig orientierten Schweizer durchaus das richtige war. Dieser Arglosigkeit hab ichs wohl auch zu danken, daß, wie man mir erzählt, auch Genfer Blätter und vor allem die Gazette de Lausanne sich zustimmend mit meinen Leseabenden beschäftigt haben: ich selbst las, wie das meine Gewohnheit ist, keine Presse-Urteile …

Freunde hab ich mir viele und wertvolle erworben: in Basel besonders hat sich mir eines der schönsten angestauntesten Häuser (ein edles Burckhardtsches) mehr als gastfreundlich, freundschaftlich aufgetan und bleibt mir offen, aber einen geldlichen Ertrag erwarten Sie nicht, lieber Freund; die veranstaltenden Vereine sind teils neugegründet und arm, teils abstrus geizig, – das Leben war teuer überall, und die Termine lagen so weit auseinander, daß ich den Ertrag der einen Vorlesung bis zur nächsten ungefähr aufgelebt hatte –; auf Umwegen wird allerdings ein Ertrag sich einstellen – denn die Buchhändler, wohin ich auch komme, sind ganz schwindlig vom Absatz meiner Bücher.

In Basel, wie ich Ihnen telegraphierte, fand ich das erste ›Inselschiff‹, bekam es sogar in einer dortigen Buchhandlung von dem Geschäftsführer, Herrn Schiller (aus Marbach stammend), geschenkt. Es macht mir Freude, so wie es ist, am liebsten ließe ich keine Nummer hinausgehen, ohne irgendwie an ihr betätigt gewesen zu sein. Die nächste wird indessen doch meiner Mitarbeit entbehren, denn der Dezember ist da, sie ist womöglich schon fertig, – und für mich waren diese Wochen zu unruhig, etwas niederzuschreiben; sie waren ja auch auf fortwährende, ununterbrochene Ausgabe gestellt; nicht durch die Vorträge allein; diese führten mir überall Menschen zu, und ich nahm es ernst, mich auch da nicht karg zu zeigen, soweit ein ernstliches Geben erwartet wurde.

Der Aufsatz ›Ur-Geräusch‹ hat da und dort einen beschäftigt; viel Freude macht mir die starke Zustimmung von Adolf Koelsch, der sogar einen seiner Freunde, einen Techniker, zu einem Versuch zu bestimmen wünschte. Auch Heinrich Simon (von der Frankfurter Zeitung), der ja zu meinen Freunden gehört, ließ der Anregung allen Ernst zugute kommen und war nicht abgeneigt, die eigentümlich auffordernde Idee für unabsehlich fruchtbar zu halten, vom Moment an, da ihr eine glückliche Erschließung und Anwendung widerführe. Haben Sie von irgend einer Seite Ähnliches gehört? Bei dieser Sache steh ich ja nicht, wie bei meinen künstlerischen Hervorbringungen, außerhalb des Widerhalls, hier hab ich in den Wald gerufen: es töne mir nun heraus!

Sowie ich im Tessin bin, hoff ich mir eine Lesezeit zu eröffnen. Schicken Sie mir, was Ihnen ratsam scheint. Kassners ›Gesicht und Zahl‹ erhielt ich noch nicht und konnte es nirgends bekommen; die

Schweizer Buchhändler sind heillos schlecht versehen für Weihnachten; es fehlt ungefähr alles …

Was mich angeht, so hab ich schon einige Mal die wunderbare Aksákowsche Chronik verschenkt, die das Weihnachtsbuch dieses Jahres sein müßte, ginge es mit dem Rechten zu; ich konnte sie dem Kurse nach billig bekommen. Aber ich möchte sie nun noch vier- oder fünfmal verschenken (auch an Ruth). Wollen Sie mir so viel Exemplare zusenden lassen, in Anbetracht des weiten Weges schon jetzt, und zwar an die nächste, hoffentlich gültig bleibende Adresse; nämlich: R. M. Rilke, bei Mme. Elvire Bachrach, Castello San Materno, Ascona, Tessin, Schweiz; später, wenn ich dort bekannter bin, wird, der Einfachheit halber, der Name der Frau Bachrach fortbleiben dürfen.

Damit, lieber und guter Freund, sind Sie auf dem laufenden meines Vorhabens und Treibens. Lassen Sie die Herrin an diesem Briefe teilhaben, und seien Sie mir auf das freundschaftlichste gegrüßt.

Ihr
Rilke

PS.: Wann erscheint der neue ›Woyzek‹? Ich bin sehr gespannt.

An Leopold von Schlözer

z.Z. Locarno (Tessin), Pension Villa Muralto,
am 21. Januar 1920

Mein lieber Herr von Schlözer,
daß Sie sich meiner erinnert haben und am Weihnachts-Abend! Ihr Brief hat Zeit gebraucht, mich zu erreichen, gestern abends kam er und lag plötzlich auf meinem Tische: das, diese Wiederanknüpfungen nach allen Seiten, – die Schweiz hat mir viele vergönnt, auch gerade merkwürdige Anschlüsse an Capreser und römische Tage – sind bis jetzt das einzige Symptom der Heilung, die ich so nötig hätte. Mir, was mich angeht, bleibt nichts andres übrig, als an meinen jähen, bangen Bruchstellen des Jahres Vierzehn mich so lange und so innig anzuhalten, bis ich dran anheile, damals begann ich (seit 1912) meine großen, vielleicht größten und entscheidendsten

Arbeiten, die geschützte Stelle, wo ich sie begann, hat der Krieg in einen Trümmerhaufen verwandelt über unzähligen Soldatengräbern: das alte Schloß Duino (bei Triest), wo ich so herrliche Arbeits-Tage und -Nächte hatte leisten dürfen. Das alles ist fort, samt dem mir so unentbehrlichen Paris – und doch ich mags, ich *kanns* nicht aufgeben, nichts, nichts davon, innerhalb der letzten fünf Jahre gibt es nicht einen einzigen Anhaltspunkt für mich, nicht einen, der Abgrund war mir so steil, daß ich an seinem Rande nicht wurzeln kann, auch ist ja weder Luft noch Natur noch Himmel darüber, sondern nichts als ein Qualm von Verhängnis. Ich verließ Paris ahnungslos am 21. Juli 1914, für – wie ich meinte, – acht Wochen, meine alte Concierge stand weinend, weinend! (ahnte sie mehr als ich?) am Wagenschlag, ich sagte: ›Madame, cela ne vaut pas la peine‹ – cela en valait bien plus!! [Madame, es ist nicht der Mühe wert – es war sie sehr wohl wert]. Mein ganzes Eigentum (denn mit der Zeit hatte ich alles hingezogen, alle meine Bücher und Schriften, Vorarbeiten etc., Möbel, ein paar Erbstücke, kurz alles, was ich besaß –) ist schon im Jahre 15 (Herbst) versteigert worden. Vielleicht, daß von den Papieren und Korrespondenzen etwas gerettet ist, ich konnte es noch nicht erfahren. (Je ne m'en plains pas, tout-de-même, quant à mes travaux, c'est assez sensible [Ich klage nicht, dennoch, was meine Arbeiten betrifft, es ist recht schmerzlich] –.) Ich war fast alle Jahre des Krieges, par hasard plutôt [eher zufällig], abwartend in München, immer denkend, es *müsse* ein Ende nehmen, nicht begreifend, nicht begreifend, nicht begreifend! *Nicht zu begreifen*: ja, das war meine ganze Beschäftigung diese Jahre, ich kann Ihnen versichern, sie war nicht einfach! Für mich war die offene Welt die einzig mögliche, ich kannte keine andere: was verdankt ich Rußland –, es hat mich zu *dem* gemacht, was ich bin, von dort ging ich innerlich aus, alle Heimat meines Instinkts, all mein innerer Ursprung ist *dort*! Was verdank ich Paris, und werde nie aufhören es ihm zu danken. Und den anderen Ländern! Ich kann, konnte nichts zurücknehmen, nicht einen Augenblick, nach keiner Seite hin ablehnen oder hassen oder verdächtigen. Die Exzeption des allgemeinen Zustandes hat allen ein ausnahmsloses Verhalten diktiert: es ist *keinem* Volke besonders anzurechnen, daß es maßlos geworden sei, denn diese Maßlosigkeit hat ihren Grund im ratlosen

Verlorensein Aller. Wer hilft? Nur Ausnutzer der Trübe auf allen Seiten, nirgends ein Helfer, nirgends ein Führer, nirgends ein großer Überlegener. Ja, solche Epochen mag es schon gegeben haben, voller Untergänge, aber waren sie ähnlich ohne Gestalt? Ohne eine Figur, die das alles um sich zusammenzöge und von sich hinausspannte; *so* bilden sich Spannungen und Gegenspannungen ohne zentrale Stelle, die sie erst zu Konstellationen machte, zu Ordnungen, wenigstens Ordnungen des Untergangs. Mein Teil ist in alledem nur das Leiden. Das Mit-Leiden und Voraus-Leiden und Nach-Leiden. Bald kann ich nicht mehr. Bitte, glauben Sie dem Pater das nicht von der ›Bestialität‹ der Franzosen in der Rheinprovinz –, man muß aufhören irgend jemanden schlecht zu machen, – es ist die Wirrnis, die bald da, bald dort Ausschweifungen und Turbulenzen schafft, es liegt an Keinem. C'est le monde qui est malade, et le reste c'est de la souffrance [krank ist allein die Welt, der Rest ist Schmerz]. Seit Juni bin ich in der Schweiz, bald da, bald dort, ohne Stelle. Will noch zwei Wintermonate auf Schweizer Boden abwarten, dann zurück –, aber wohin? Ob ich gleich diese Zuständigkeit nie ausgenutzt habe: jetzt merke ich doch die Heimatlosigkeit des Österreichers. Gearbeitet hab ich nichts. Mein Herz war wie eine Uhr angehalten, der Pendel war irgendwo angestoßen an die Hand des Elends und stand. Grüßen Sie sehr, sehr Ihre Frau (im Jahre siebzehn sah ich ihren Bruder, Baron v. d. Ropp, in einem Klub in Berlin und fragte damals nach Ihnen sehr). Möge es Ihnen so gut gehen, als irgend möglich.

Ihr altergebener
Rilke

An Anita Forrer

Gut Schönenberg bei Pratteln, Baselland,
Montag, [22.–24. 3. 1920]

Liebe Anita, rasch, ich will versuchen der Reihe nach zu antworten, so sehr Fragen, wie diese Ihrigen, nicht eigentlich zu beruhigen sind –, ich wills versuchen.

Die theosophischen Richtungen und Bewegungen, deren es die

verschiedensten gibt, gehen wohl alle aus dem Bestreben hervor, die feineren und geheimeren Errungenschaften, die ein jahrtausende langer Umgang mit dem Göttlichen hervorgebracht hat, nicht verloren zu geben; denn die Kirchen selbst sind ja höchstens die Bewahrer dieses Erbgutes, es trägt keine Zinsen in ihnen, die Gefahr wäre zu groß, daß der Andrang der Geheimnisse jede kirchliche Organisation von innen her zersprängte oder doch mindestens fortwährend auflöste. Die Kirche selbst nun, die sich (welche es nun auch sei) eine eigentliche Produktivität auf ihrem eigensten Boden nicht mehr zutraut, hat kein Interesse daran, ihre lebendigsten und wunderbarsten Voraussetzungen im Einzelnen zu beleben, sie wiederholt sich in den Konsequenzen ihres Ursprungs: diesen aber will sie im Ganzen geglaubt und hingenommen wissen. Theosophische Bestrebungen indessen gehen von der Vermutung aus, daß das Geheimnis dort aufzusuchen sei, wo es seine eigentümliche Spannung hat, daß zuletzt nicht die Zuwendungen und Verabreichungen der Kirche, sondern die unmittelbare Erfahrung des Verkehrs mit Gott, das uns zutiefst Belebende sei –, und so richten sie ihre Schulen (die die Kirchen ihrerseits gar nicht peripher genug anlegen können) viel näher am Zentrum ein, in einer Sphäre größerer Dunkelheit, in der aber auch die Spannung und Bindung zu Gott lebhafter und dringender ist und von vielfältigerer Nachweisung. Die Kirchen setzen den *Glauben* als das Maß der Beziehung, die theosophischen Bewegungen meinen, ein näheres Erleben Gottes und ein ununterbrochenes Wissen von ihm denjenigen zu erschließen, die sich ihnen anvertrauen. Die Chr[istian] Sc[ience] endlich hängt mit den Bestrebungen der Theosophie insofern nahe zusammen, als auch sie darauf ausgeht, die am Übersinnlichen und Göttlichen gewonnenen Erfahrungen innerhalb des Gebrauchs zu erhalten und zwar weniger als ein Wissen, sondern geradezu als Kraft, die, einmal an Gott geprüft, fortab unter den Menschen von einem zum anderen leitend und wirkend zu machen wäre. Die Kirchen kennen, in verschiedener Abwandlung, die Macht des Gebets – (es ist ohne Zweifel eine der größten Zusammenfassungen des menschlichen Gemütes, die wir so nennen), die Chr[istian] Sc[ience] wendet eben diese sonst zu Gott gespannte Intensität auch an den Nächsten und an die Dinge, sie macht den an Gott abgebrochenen Willen zum Werkzeug aller übrigen Verrichtungen und überwindet so auf ihre Weise die Gleichgültigkeit, die den Zwischenraum von Mensch zu Mensch immer wieder zur Leere werden läßt.

So sehr nun auch diese verschiedenen Organisationen, die rasch in einen Zustand der ›Verkirchung‹ geraten, sich zu widersprechen und gegenseitig auszuschließen meinen, es ließen sich aus ihnen die mannigfaltigsten Combinationen zusammenziehen, und es wäre am Ende nur eine Frage des persönlichen Bedürfnisses, wieviel der Einzelne aus der oder jener Lehrgemeinschaft für sich entnähme. Nun trifft aber das Merkwürdige zu, daß gerade auf dem Gebiete des religiösen, als auf Gott bezogenen oder beziehbaren Erlebens, die Bedürfnisse so wenig entwickelt sind, daß nur wenige Menschen zu sagen vermöchten, *welche* die ihrem persönlichen Gottesumgang günstigsten Bedingungen sind. Die landläufige Frage, ob einer ›an Gott glaube‹, scheint mir schon (so wie wir sie heute hören) aus der falschen Voraussetzung hervorzugehen, als ob Gott auf dem Wege menschlicher Anstrengung und Überwindung überhaupt zu erreichen sei; denn immer mehr ist dem Begriff ›Glauben‹ die Bedeutung von etwas Mühsamem zugewachsen, ja sie hat gerade innerhalb des christlichen Bekenntnisses einen Grad angenommen, der befürchten ließe, daß eine Art Unlust zu Gott der ursprüngliche Zustand der Seele sei. Nichts aber ist weniger zutreffend. Nehme jeder des Momentes wahr, da der Verkehr mit Gott sich ihm in unbeschreiblicher Hinreissung eröffnet; oder knüpfe er, in gründlicher Besinnung, an einen solchen oft unscheinbaren Augenblick an, da er zuerst, unabhängig von den Einflüssen seiner Umgebung, ja oft im Widerspruch zu ihr, von Gott ergriffen war. Es wird sich nicht leicht ein Leben finden, in welchem dieses Ereignis nicht früher oder später seine Stelle sich erzwingt, aber die Sanftheit dieses Zwanges ist so ungemein, daß die Meisten, von ausdrücklicheren Realitäten bedrängt, ihm keinen Wert beilegen; oder sie kommen Zumindestens nicht auf die Idee, es könne sich da um ein religiöses Faktum handeln, eben weil sie schon dazu erzogen sind, religiöse Anstöße nur innerhalb der allgemeinen Vereinbarung zu empfangen, nicht dort, wo ihr Einsamstes und Eigentümlichstes in Frage steht. Und genau wie der Entwicklung eines Gott-Verhältnisses die Haltung der Gemeinden und Kirchen im Wege ist, indem sie dem

Erlebnis des Einzelnen mit ihren Satzungen und Versprechungen zuvorkommt und ihn recht eigentlich ablenkt von denjenigen Anlässen, über denen er religiös-produktiv zu werden vermöchte, – so ist der Einzelne auch dort, wo es sich um seine Stellung zum Tode handelt, von der Strömung der Konventionen fortgerissen und meistens nicht stark genug, an jener Stelle zu bleiben, auf der er seine eigenen Todes-Erfahrungen zu bestimmenden Gegebenheiten seines Lebens entwickeln könnte. Die Frage um ein ›Leben nach dem Tode‹ wird sinnlos, sobald wir zugeben müssen, daß, was wir unter dem Namen ›Leben‹ zusammenfassen, lediglich jetzige und hiesige Erscheinungen sind, an diese Hiesigkeit und unsere sie aufnehmenden Sinne in dem Maße gebunden, daß wir für jedes ›andere‹ Leben auch gleich eine völlig andere Bezeichnung finden müßten. Diese Bezeichnung ist ohneweiteres mit dem Begriffe ›Tod‹ gegeben, unter dem wir, ohne Zudringlichkeit und Neugierde, alles das vermuten dürfen, was außerhalb unseres irdischen Daseins liegt. Es gab im Laufe der Zeiten immer wieder solche, die meinten, mit ausreichenden Beweisen versehen zu sein, dafür, daß dieser sogenannte Tod ein Ende, einen Zustand des Zerfalles und strengen Abbaus alles Lebendigen bedeute –, aber auch die ganz entgegengesetzte Meinung hat immer wieder Vertreter und Verteidiger gefunden, ja man ist da so weit gegangen, das Todsein als einen intensiveren Grad des Lebens anzusprechen und seine Immobilität geradezu als einen Beweis anzuführen für die stärkere Schwingungsintensität, in der es, lebender also als wir, begriffen sei. Der Augenschein spräche nicht dagegen, da wir ja, um ein Beispiel zu nennen, die Bewegung eines Schnellzuges noch mit dem ganzen Körper fühlen, die ungeheuer größere Geschwindigkeit der Erde aber, unserer Erfahrung nach, für Stillstand halten müßten.

Mir selbst (wenn Sie danach fragen) hat es von Jugend auf wahrscheinlich geschienen, daß der Tod nichts weniger als ein Gegenteil und die Widerlegung des Lebens sei; meine Neigung ging immer mehr dahin, ihn zur Mitte des Lebens zu machen, als ob wir recht eigentlich in ihm geborgen und aufgehoben wären als in der großartigsten und tiefsten Vertraulichkeit. Ich kann nicht sagen, daß je irgend ein Ereignis diese Vermutung in mir bestritten hätte; aber ich habe mir andererseits auch immer verwehrt, mir dieses Im-Todesein irgendwie auszumalen, alle vorhandenen Beschreibungen eines ›Jenseits‹ haben mich immer durchaus gleichgültig gefunden. Die Aufgaben unseres irdischen Lebens sind so zahlreich, die Jahrtausende Menschheit, weit entfernt, sie zu bewältigen, scheinen, sozusagen, noch in den ersten Entdeckungen zu stecken, woher sollte man, unter diesen Umständen, das Recht nehmen, einen etwa künftigen Zustand erraten zu wollen, statt sich mit aller Bereitschaft an denjenigen anzuwenden, der uns für so kurze Frist zugemutet ist. Ich meine damit nicht, daß wir von den uns umgebenden Geheimnissen absehen sollen; aber wir sollten es für unsere Pflicht halten, sie zu unserer jetzigen Lage in Beziehung zu setzen und nicht leichtsinnig einen Standpunkt aufgeben, in dem alle uns vorderhand gewährten Vorzüge zusammentreffen. Wir wissen noch gar nicht, wie weit wir von hier aus reichen können, aber unsere Spannung nimmt sicher in dem gleichen Maße zu, als wir uns hier befestigen. Was zu dieser Befestigung beiträgt, mag der Einzelne für sich ermessen und mag danach handeln –, ich kann mir (strenggenommen) niemanden denken, der aus Theorien, wie jene von der ›geistigen Mutter‹ ein besonderes glückliches Wachstum gewänne. Es fehlt allen solchen Zudringlichkeiten der richtige Verstand des Geheimnisses und (man muß es schon so ausdrücken) der Takt, mit ihm umzugehen. Das Geheimnis (ich meine immer es gibt nur *eines*, aus dem Tod und Leben in unerschöpflichen Verwandlungen hervorgehen) ist sicher unabhängig von dem Geheimtun aller solcher Erdenkungen; denn das Geheimnis *ist* geheim, seinem Wesen nach, nicht aber weil es versteckt wäre. So kann es auch gar nicht aufgedeckt und überrascht werden –: es sieht uns beständig an und hundert Mal am Tage ruht unser Blick in seinem, nach anderen Maßen, schauenden Auge …

Ich bin Oesterreicher, übrigens in Prag geboren, bin mir aber der vielfältigen Zusammensetzung der oesterreichischen Natur, in deren deutsche Mitte einerseits das Lateinische, andererseits das Slavische weit hineinreicht, von Kindheit an eigentümlich bewußt gewesen; ein Heimatgefühl überkam mich zuerst im Jahre 1899 in Moskau: ich mußte mit einem Schlage im russischen Wesen das mir Vertrauteste erkennen und erfahren, in einer wie vaguen und unzusammenstimmenden Umgebung ich bis dahin gelebt hatte. Diese

Einsicht ist mir grundlegend geblieben –, so viel und so gern ich sonst in vielen anderen Ländern gelebt habe, eigentliche Verbundenheit empfinde ich nur zu der russischen Erde und ihren mir brüderlichen Geschöpfen. Eine gewisse Reife und Durchsichtigkeit der skandinavischen Welt, die ich von Kopenhagen aus und im südlichen Schweden günstig aufnehmen konnte, nachdem ich aus den wunderbarsten Büchern (Jacobsen, H. Bang, Selma Lagerlöf u. s. f.) auf sie vorbereitet war, hat mich bewogen, die erfundene Gestalt des M[alte] L[aurids] Brigge mit jener Heimat auszustatten. Die Erlebnisse, die ich ihm zuzuschreiben gedachte, gewannen so an Boden wie auch an Atmosphäre. Daß dem Leben des jungen Dänen Einzelheiten und Eindrücke des meinigen vielfach unterlegt worden sind, mag ich nicht leugnen; immerhin besteht ein sehr großer Unterschied zwischen uns: er ging an eben denjenigen Bedingungen zugrunde, aus denen heraus ich überstehe und ihn überlebe.

Hab ich (so gut es eben in solchen Anmerkungen möglich ist) Alles beantwortet, liebe Anita? – *Eines* bleibt, die Frage: ob ich zuweilen, auch ohne den Anlaß eines Ihrigen Briefes, an Sie denke? – Müßte *die* verneint werden –, schriebe ich dann diese vielen Seiten auf die Ihrigen hin? – Urteilen Sie selbst!

Rainer.

P. S. Von einem Fräulein Möller und ihrer Vorlesung wußte ich nichts.

An Cäsar von Sedlakowitz

Schloß Berg am Irchel,
Kanton Zürich (Schweiz),
am 9. Dezember 1920

Hochzuverehrender Herr General-Major,
Ihr Brief und sein Duplikat sind mir durch den Insel-Verlag nachgesendet worden, sowie ich, nach vielen Monaten des Unterwegsseins, an einer anhaltenderen Adresse wieder zu erreichen war.

Der Bewegung nach, die Ihr entferntes Erinnern mir innerlich bereiten mußte, hätte ich Ihnen sofort danken müssen –, und Sie waren ja auch, wie die Wiederholung Ihres Schreibens beweist, einigermaßen befremdet, meine Antwort ausbleiben zu sehen.

Die Emotion indessen, die meine innere Bewegtheit ausfüllte, war so zusammengesetzter Art, daß ich einige Wochen, gewissermaßen des Auffassens mußte hingehen lassen, sollte mein Dank nicht ein oberflächlicher und, in einem gewissen Verstande, verlegener sein, – womit ich doch Ihrer aufrichtigen Anknüpfung keineswegs genügt haben würde.

Eine Stimme, die sich (es ist die einzige solcher Art, die mich je zu finden versuchte!) auf jene entlegensten Jahre beruft, mußte mir zunächst – Sie verzeihen das Geradezu meines Ausdrucks – unglaubwürdig sein. Ich hätte, glaube ich, mein Leben, das, was ich jetzt, ohne es im Ganzen zu erfassen, auf gut Glück so nennen darf, nicht verwirklichen können, wenn ich nicht, durch Jahrzehnte, alle Erinnerungen an die fünf Jahre meiner Militärerziehung verleugnet und verdrängt hätte; ja, was hab ich nicht alles für diese Verdrängung getan! Es gab Zeiten, da der mindeste Einfluß aus jener abgelehnten Vergangenheit das neue fruchtbare und eigentümliche Bewußtsein, um das ich rang, zersetzt haben würde –, und ich mußte, wo er sich etwa innerlich aufdrängte, mich über ihn hinwegheben, wie über etwas, was zu einem fremdesten, ja unkenntlichen Leben gehört. – Aber auch später noch, da ich mich im zunehmenden Eigenen schon umgebener und geschützter fand, erschien mir jene lange, weit über mein damaliges Alter hinaus, gewaltige Heimsuchung meiner Kindheit unbegreiflich –, und ich vermochte ebensowenig ihr undurchdringliches Verhängnis zu verstehen, wie das Wunder, das mich schließlich – vielleicht im letzten Moment – aus dem Abgrunde unverschuldeter Not befreien kam.

Wenn Sie, Herr General, die Erbitterung übertrieben finden, ohne welche ich selbst heute noch jene Tatsachen meiner frühen Jugend nicht einmal aufzählen kann, – so bitte ich Sie, einen kurzen Augenblick zu bedenken, daß ich damals, bei meinem Austritte aus der Militär-Oberrealschule, als ein Erschöpfter, körperlich und geistig Mißbrauchter, verspätet, sechzehnjährig, vor den ungeheuren Aufgaben meines Lebens stand, betrogen um den arglosesten Teil meiner Kraft und zugleich um jene, nie wieder nachzuholende Vorbereitung, die mir reinliche Stufen gebaut haben würde zu einem

Anstieg, den ich nun, geschwächt und geschädigt, vor den steilsten Wänden meiner Zukunft beginnen sollte.

Sie hören mich alles dieses versichern und fragen schließlich, wie es denn doch denkbar war, die unbeschreiblichen Versäumnisse nachzuholen und in die Wege zu münden, auf denen meine ursprünglichsten Antriebe mich, müde wie ich war, doch noch voranjagen konnten: Diese Frage war es ja wohl, die Sie lange an meiner Identität mit dem ›Zögling René Rilke‹ hat zweifeln lassen. Auch hier wüßte ich nicht zu sagen, wie dergleichen gelingen konnte. Das Leben ist recht eigentlich gemacht, uns zu überraschen (wo es uns nicht völlig entsetzt). Freilich sah ich mich in jenen bestürzten Jahren nach Hülfe um; so sehr ich abseits blieb, – denn meine Gleichaltrigen standen ja alle in unvergleichlich klareren und normalen Verhältnissen und kamen für meinen Umgang nicht in Betracht –, es war mir nicht erspart, Vergleiche anzustellen und immer aufs Neue zu gewahren, wie ganz andere Einleitungen ich für meine Begabung hätte erwarten dürfen. Das half mir nicht. Aber es ist mir jetzt noch gegenwärtig, wie ich, verbissen, eine Art Hülfe darin fand, daß jenes böse und bange Jahrfünft meiner Kindheit so *völlig grausam* gewesen sei, ohne eine einzige Milderung.

Halten Sie mich, verehrter Herr General, nicht für ungerecht: ich bilde mir ein, es zu einem gewissen Grade von Billigkeit gebracht zu haben und ich wünsche nichts mehr, als daß es mir verstattet sei, dereinst in dem unübersehlichen Leidwesen jener Jahre auch jene helleren Stellen zu erkennen, in denen ein Freundliches, weil es gar nicht mehr anders ging, wie durch Zufall zusammenkam. Denn das Streben der Natur wirkt ja weit ins Unnatürliche hinein, und ein Versuch des Ausgleichs möchte auch dort zuweilen stattfinden. – Aber wie gering war das, gemessen an der täglichen Verzweiflung eines zehn-, eines zwölf-, eines vierzehnjährigen Knaben.

So mußte mir wohl – für einzelne spätere Jugendmomente – der Beistand vergönnt sein, jenes vorlängst Gewesene in dem Gefühle einer einzigen fürchterlichen Verdammnis zusammenzufassen, von der ich nur eben so ausgeworfen war, wie von einem bis auf seinen Grund zerstörerisch aufgeregten Meer, das sich auch nicht darum kümmert, ob es da und dort ein Lebendes oder Totes an seinen verödeten Strändern zurückläßt.

Als ich in besonneneren Jahren (: denn wie spät kam ich in die Verhältnisse einer gelassenen, nicht nur nachholenden, rein aufnehmenden Lektüre!) Dostojewskis Memoiren aus einem Toten-Hause zuerst in die Hände bekam, da wollte es mir scheinen, daß ich in alle Schrecknisse und Verzweiflungen des Bagno seit meinem zehnten Jahre eingelassen gewesen sei! – Bitte, nehmen Sie dieser Versicherung alles Pathetische. Sie will nichts ausdrücken, als ein einfaches Wiedererkennen eines inneren Zustandes, dessen äußere Veranlassungen – das will ich sofort zugeben – von den Umgebungen sibirischer Sträflinge immer noch recht verschieden waren. Aber Dostojewski war, da er das durchaus Unerträgliche ertrug, ein junger Mann, ein Erwachsener; dem Gemüte eines Kindes konnten die St. Pöltener Gefängnismauern, wenn es das Maß seines ratlos verlassenen Herzens gebrauchte, ungefähr ähnliche Dimensionen annehmen.

Es ist zwanzig Jahre her, da hielt ich mich längere Zeit in Rußland auf. Eine Einsicht, die durch die Lesung der Dostojewskischen Werke nur ganz allgemein vorbereitet war, bildete sich in jenem, mir wahlheimatlichen Lande zur eindringlichsten Klarheit aus; sie läßt sich schwer formulieren. Etwa so vielleicht: Der russische Mensch hat mir in so und so vielen Beispielen vorgestellt, wie selbst eine, alle Kräfte des Widerstands dauernd überwältigende Knechtung und Heimsuchung nicht notwendig den Untergang der Seele bewirken muß. Es gibt da, für die slawische Seele wenigstens, einen Grad der Unterwerfung, der so vollkommen genannt zu werden verdient, daß er ihr, selbst unter dem aufliegendsten und beschwerendsten Drucke, etwas wie einen heimlichen Spielraum schafft, eine vierte Dimension ihres Daseins, in der nun, mögen die Zustände noch so bedrängend werden, eine neue, endlose und wahrhaft unabhängige Freiheit für sie beginnt.

War es unbescheiden, daß ich mir einbildete, eine ähnliche vollständige Ergebenheit und Hingebung, instinktiv, in jenen frühesten Jahren geleistet zu haben, da der Block eines undurchdringlichen Elends über die zartesten Keimblätter meines Wesens gewälzt worden war? Ich hatte, scheint mir, einiges Recht (mit verändertem Maßstabe natürlich) dergleichen anzunehmen, da sich ja ein *anderes* Überstehen unverhältnismäßigen, überlebensgroßen Unrechts nirgends nachweisen läßt.

Mögen Sie denn, mein verehrter Herr General, erkennen, daß ich schon vor langer Zeit eine gewisse Versöhnlichkeit gegen meine älteren Schicksale anzutreten unternahm. Da sie mich nicht zerstört hatten, mußten sie ja irgendwann als Gewicht auf die eine Waagschale meines Lebens hinzugelegt worden sein –, und die Gegengewichte, die die andere Schale ins Gleiche zu belasten bestimmt waren, konnten nur aus der reinsten Leistung bestehen, zu der ich mich denn auch, seit jenen meinen russischen Tagen, entschlossen fand.

Wenn ich so die Vorzeit in der Militärschule nicht mehr durchaus verdrängte, so konnte ich sie doch nur im Großen und Allgemeinen, irgendwo hinter mir, zugeben. Zu einer Prüfung oder gar Angestaltung des Einzelnen, hätte meine, übrigens anders und künftig beschäftigte, Kraft niemals ausgereicht.

Reden Sie mich also, wie das in Ihrem Briefe geschieht, auf ein besonderes Gedenken hin an, so hätte ich Mühe, ein solches, nie gepflegtes unversehens zu beschreiben.

Die Ironie, die Sie für meine schriftlichen Arbeiten hatten, wird sicher eine sehr berechtigte und erziehliche gewesen sein, – selbst jenes Bruchstück aus dem späteren Briefe des Jahres 1892 (!) zeigt ja, wie sehr man auch damals noch recht gehabt hätte, die lappigen und gekräuselten Ränder meines Ausdrucks hart und streng zu beschneiden!

Daß Sie übrigens jenen Brief unter Ihren Papieren aufbewahrt haben und ihn sogar wiederzufinden wußten, das erfüllt mich, mein werter Lehrer, mit einer eigenen Rührung, die ich umso weniger verbergen darf, als ich Ihnen in diesen schroffen Ausführungen noch nirgends für Ihre neue sympathische Zuwendung gedankt habe. Es geschieht an dieser Stelle, glauben Sie mir, ohne jeden Vorbehalt.

Muß ich mir zum Schlusse vorwerfen, so ausführlich und, vor Allem, so ausholend gewesen zu sein? Hätte ich die Anknüpfung Ihres gütigen Briefes ›harmloser‹ nehmen sollen? – Nein; ich meine, es gab für mich nur die Auswahl, entweder zu schweigen, oder aber Sie wirklich an der Bewegung teilnehmen zu lassen, die die einzige jemals von dort herüberwirkende Stimme in mir aufregen mußte.

Vermögen Sie, Herr General-Major, diese ungewöhnliche Antwort in einem so gerechten als nachsichtigen Sinne aufzufassen, so werden Sie auch schon empfinden, daß sie anders nicht schließen kann, als mit dem Ausdruck der Ihrem Ergehen gewidmeten aufrichtigen Wünsche. Wie sollte ich nicht eine besondere Vergünstigung darin sehen, daß Ihr Gedächtnis mir gewährt, solche je auszusprechen!

Ihr ganz ergebener
RMRilke

An Baladine Mossowska

[16. Dezember 1920]

Ach, meine Freundin, auch ich, als ich gestern abend Deinen zärtlichen und langen Brief las, immer wieder las, in meiner Ofenecke – Auch ich wußte, daß all diese Vorbereitungen für die ›Escalade‹ Dich zu sehr in Bewegung bringen mußten, und jetzt wirst Du für Weihnachten arbeiten –, Liebes, *ich flehe Dich an* (nochmals nach der gleichen Melodie) richte Dir ein wenig Ruhe ein vorher, *eine Pause*, ich bitte Dich ernstlich, bleib noch einige Tage in der Nähe dieses sehr, sehr stillen Sonntags, tu es, meine Freundin.

Ich meinerseits verspreche Dir, vernünftig zu sein und einen aufmerksameren Blick auf die Speisen zu werfen, die Leni, die schweigsame Bäuerin, mir bringt; Du weißt, daß ich nicht zu denen zähle, die den Körper vernachlässigen, um ihn zu einem Opfer der Seele zu machen, die meine würde es gar nicht lieben, in dieser Weise begünstigt zu sein; darum auch beginnt aller Aufschwung meines Geistes in meinem Blut; das ist's, warum ich meine Arbeit vorbereite, indem ich einfach lebe und rein, ohne Mittel der Erregung und Stimulanzien, um mich nicht täuschen zu können über die wahre Freude des Geistes, die in einem glücklichen und wie glorreichen Gleichklang der ganzen Natur besteht. Aber wenn ich mich in einer innerlich so außergewöhnlichen Situation befinde, ist's dieser langen und gewaltsamen Unterbrechung wegen und weil ich auf sehr gültige Empfindungen zurückkommen muß, die doch immerhin das Datum von 1912 tragen. Ein wenig Zeit noch und vielleicht werde ich all die Bedingungen, aus denen diese einst begonnenen

Gedichte aufgestiegen sind, nicht mehr begreifen. Wenn Du eines Tages einige dieser Arbeiten kennst, wirst Du mich besser verstehen, es ist so schwer, sich zu erklären.

Wenn ich mich über mein Gewissen beuge, sehe ich darin nur ein einziges, unerbittlich gebietendes Gesetz: mich in mich zu verschließen und mit einem Zuge diese Aufgabe zu vollenden, die mir in meines Herzens Mitte hineinbefohlen ward. Ich gehorche –, denn Du weißt es wohl, hierher kommend, wollte ich nur dies, und ich habe kein Recht, meine Willensrichtung zu verändern, bevor ich nicht mein Werk der Demut und des Gehorsams beendet habe!

Ach, Merline, nein, es war nicht, wie Du im vorletzten Brief sagtest, ›zu egoistisch‹ daß Du mich riefst – es war, ich versichere Dir, auch ›altruistisch‹ im höchsten Grade. Wenn ich mir vorstelle, ich führe nach Genf (ohne die Rue Pré-Jérôme auch nur zu betreten), nur um Dich zu unserm Lebensmittelhändler in der Rue de Carouge zu begleiten – – –, und daß, nachdem man dort mit allen Leuten sich gedrängt, ich zum Bahnhof und hierher zurückkehren müßte, – – – wenn ich mir dies nur vorstelle, Merline, *scheint es mir schon ein solches Glück, eine solche Seligkeit*, auch wenn wir nicht miteinander sprechen, auch wenn Du beschäftigt bist mit Deinen Einkäufen – –, auch wenn Du mir, ich weiß nicht warum, zürnst – – – Liebes: nimm dies Gefühl als Maß und wisse, beurteile danach, ob es nicht sehr ›ltruistisch‹war, daß Du wünschtest, ich käme … Aber ach, Liebe, wie sehr weiß ich Dir Dank, daß Du in Deinem gestrigen Brief, mutig und tapfer, mich ermunterst *zu bleiben*! Durch diese wenigen Worte, die nicht allzu traurig schienen, hast Du mein Herz aufgerichtet und es von unten, wo es darniederlag, wieder zu dem Altar emporgehoben, auf dem es einige Monate lang brennen muß. Ach, Merline, wär's möglich, daß mein Gefühl für Dich noch zunähme, in diesem Augenblick hab ich solch eine Fülle in ihm empfunden, daß ich die Augen schließen und mich mit meinen eigenen Armen umfangen mußte (wie in jener Nacht, von der ich Dir erzählte), um mich zurückzuhalten. Merline, ja, Liebes, hilf mir auf diese heldenhafte Weise, werde eins mit dieser stillen Landschaft, mit diesen friedlichen Wänden, die mich beschützen, beschütze du mich mit ihnen sei, ach, sei dieser Brunnen, der mir all die Zeit, selbst an so angstvollen Tagen, wiederholte: bleib, bleib – –, ich bin da, ich gebe

Dir das Vorbild der Bewegung, die du in dir vollenden mußt … Und wenn ich ins Innerste meiner Arbeit zurückkehrend – ein unbedeutender Bergmann, der aus dem Licht verschwindet – nur spärliche, lakonische Nachrichten sende, kleine Zeichen eines Jägers, der auf dem Anstand nicht sprechen mag, um sein kostbares Wild, das näherkommt, nicht zu verscheuchen – –, sei nicht betrübt darüber, meine zärtlich Geliebte, fühl Dich nicht aufgegeben, verlassen, vergessen. Denke, daß dort, wo ich vergraben sein werde, ich mich wie von der anderen Seite Deinem Herzen nähere, still, – denn wie sehr waren unsere Höhenflüge jenem erhabenen Zentrum nahe, in dem sich meine Schaffensglut entzündet!

Meine ganz, ganz Liebe, ich hab solch ein Verlangen, meine Arme um Dich zu schließen, sie öffnen sich immerzu, ohne mein Wissen sogar, und wenn sich Deine Zärtlichkeit außerhalb Deiner selbst verkörpert (oh, ich habe sie gesehen, Merline! ich habe sie *gesehen*!), erfüllt die meinige, ich schwör's Dir, diesen ganzen Abstand zwischen uns, alles, was Dich umgibt, bis an die Grenzen Deines Sehens, alles, was Du atmest, Merline, *ist meine Zärtlichkeit*, des sei gewiß.

Ich habe alle ›Vor-Arbeitern‹ jetzt fast abgeschlossen, das heißt, ich habe die schrecklichen Rückstände in meiner Korrespondenz behoben –, denk nur, ich schrieb (heut morgen hab ich sie gezählt) 115 Briefe, nicht alle so lang wie der an den General S., aber keiner hatte weniger als vier Seiten und viele enthielten acht oder gar zwölf in einer recht gedrängten Schrift. (Natürlich rechne ich all das nicht mit, was an Dich gegangen ist, das ist kein Schreiben, das ist ein Atemholen mit der Feder – –) Wie viele Briefe!: Ach, Liebes, es gibt so viele Leute, die, ich weiß nicht genau was, von mir erwarten – Hilfe, Rat (von mir, der ich mich so ›ratlos‹ finde vor den gewaltigsten Dringlichkeiten des Lebens!), und ob ich gleich weiß, daß sie sich täuschen, daß sie sich irren, – fühle ich mich dennoch versucht (und ich glaube nicht, daß es aus Eitelkeit geschieht!), ihnen einige meiner Erfahrungen mitzugeben – einige Früchte meiner langen Einsamkeiten – – in dem Sinne, wie ich es für jenen Blinden tat. Ich sehe, daß Du gerührt warst von dem Brief, so hatte ich doch nicht Unrecht, ihn zu schreiben … Und Frauen und junge Mädchen, furchtbar verlassen, selbst im Schoße ihrer Familien, – und Jungverheiratete, entsetzt von dem, was mit ihnen geschah – – –, und dann all diese jungen Menschen, Arbeiter, die Mehrzahl revolutionär, die verwirrt aus den Gefängnissen des Staates kommen und sich in die ›Literatur‹ verirren, Gedichte schreibend wie böse Trunkene – – – – –: was ihnen sagen? Wie ihr verzweifeltes Herz aufrichten, wie ihren entstellten Willen formen, der unter der Gewalt der Ereignisse den Charakter eines Geliehenen und ganz Vorläufigen angenommen hat, das sie nun in sich tragen wie eine fremde Macht, deren Verwendung sie kaum kennen!

Die Erfahrungen des Malte verpflichten mich mitunter, diesen Schreien Unbekannter zu erwidern; er, er hätte es getan, hätte jemals eine ähnliche Stimme ihn erreicht, – und er hinterließ mir gleichsam ein Erbe zu handeln, das ich von einer Bestimmung zum Helfen nicht loszutrennen wüßte. – Übrigens ist er es auch, der mich verpflichtet, diese grenzenlose Demut fortzuführen, der von mir fordert, alle Dinge, die ich gestalten will, zu lieben mit meinem ganzen Fähigsein dazu, seine unwiderstehliche Kraft war es, deren Nutznießung er mir übertrug. Stell Dir einen Malte vor, der in diesem für ihn so schrecklichen Paris eine Geliebte gehabt hätte oder gar einen Freund! Wär er je so weit in das Vertrauen der Dinge eingetreten? ›Denn diese Dinge (er hat es mir in unseren wenigen vertraulichen Gesprächen oft gesagt!), deren eigentliches Leben du wiedergeben willst, fragen dich zuerst: Bist du frei? Findest du dich bereit, mir deine *ganze* Liebe zuzukehren, dich zu mir zu legen, wie sich Sankt Julian der Gastfreundliche zum Aussätzigen legte, ihm jene höchste Umarmung schenkend, die sich in einer schlichten, vergänglichen Barmherzigkeit nicht hätte erfüllen können, sondern die die Liebe, die ganze Liebe, alle Liebe dieser Erde zur Triebkraft nimmt!? – Und wenn das Ding sieht (so sprach Malte zu mir), wenn das Ding sieht, daß du beschäftigt bist, und sei es auch nur mit einer Parzelle deines Interesses, zieht es sich zurück; es gibt dir vielleicht ein Kennwort, macht dir ein kleines, leicht freundschaftliches Zeichen (was schon viel ist gegenüber einem Menschen, der eingeschlossen ist unter Menschen, die unbelehrbar in ihren vielsagenden Irrtümern verharren) – – – Aber es weigert sich, dir sein Herz zu schenken, dir sein geduldiges Wesen anzuvertrauen, seine süße, himmlische Beständigkeit, die es so sehr den Gestirnen gleichen läßt! Ein Ding, damit es zu dir spreche, mußt du eine bestimmte Zeitlang wie *das einzig seiende* behandeln, wie die einmalige Erscheinung –, die durch deine schaffende und ungeteilte Liebe sich in den Mittelpunkt des Universums hineingestellt befindet und der an diesem unvergleichlichen Ort an jenem Tag die Engel dienen.‹

Was Du hier liest, meine zärtliche Freundin, ist ein Kapitel aus den Lektionen, die ich von Malte empfing (meinem einzigen Freund während so vieler Jahre des Schmerzes und der Versuchung) – – – und ich sehe, daß Du das gleiche sagst, ganz und gar, wenn Du von Deinen Zeichnungen und Bildern sprichst, die Dir nur gültig erscheinen um jener liebevollen Eingabe willen, mit der der Pinsel oder der Stift die Umarmung, die liebkosende, wollüstige Inbesitznahme, vollführt. ›Die Schlafende‹ und ein gewisser Teil des ›jungen Mädchens auf rotem Frühlingsbalkon‹ sowie das Auftauchen des anderen jungen Mädchens in der tragischen Laibung des ewigen Fensters – – – – haben mir Herzklopfen bereitet, nicht nur sinnliches, sondern *unendliches*, weißt Du, ein Herzklopfen, das sowohl, von einem schnellen Lauf hervorgerufen werden könnte als auch vom Kommen der Geliebten oder von diesem glücklichen Erschrecken, dessen Frühlings-Strom uns manchmal erfaßt: es war wie eine Ergriffenheit, *von alldem gleichzeitig ausgelöst* – und ich laß Dich raten, ob sie stark war. Das übrigens ist es, was ich sagen wollte, als ich Dir schrieb, das für mich Überraschendste in jedem Pastell wäre diese Gefühlseinheit, in der, jedesmal der Gegenstand einbegriffen ist; ein einziger stürmischer Atemzug des Gefühls, eine einzige Gebärde der Leidenschaft hat ihn, ganz in Einem, in die Herznähe hereingerissen, nirgends ist ein Nacheinander des Ergreifens zu fühlen – – – Immer wieder bist Du's, Merline, oh, Geliebte der Erde und des Himmels, die ich besinge! immer wieder ist es die Macht Deiner Arme, ist es ihr unaussprechlicher Ruhm, so Deinem Herzen zu gehorchen, Deinem herrlichen Herzen, Deinem uralten und jungen Herzen, Deinem frühlinghaften und sommerlichen Herzen, Deinem Herzen, das, trüge es nicht diese strahlende Blüte –, längst ein Stern wäre, nicht so schrecklich groß wie die Venus, aber vom gleichen Feuer, vom gleichen himmlischen Brand!

Merline, höre, ich bin froh, nicht fortzufahren. Alles beginnt mich erneut zu umschließen, und ich muß auf mein Gefühl zurückkommen, daß diese Abgeschiedenheit gut und wohlgefällig und die Erfüllung all meiner Wünsche ist. (Ich habe mich so sehr dagegen aufgelehnt in diesen letzten Wochen!) Würde ich am 22. fahren – die Zeit bis dahin wäre nur eine Wartezeit geworden, gegen meinen Willen – und die Zeit von meiner Wiederkehr aus Genève bis zur Ankunft der Kippenbergs ebenso wieder eine Art Abwarten, – und sind die einmal da, am 2., 3. und 4. Januar, so bringen sie doch eine Art Störung mit mit ihrem vielen Mitteilen –, so daß dann wieder bis in die Mitte des Januar hinein alles Nachwirkung und Unterbrechung wäre! Und meine Kräfte, die auf die inneren Zentren zugehen, müßten umkehren und sich auf Äußeres richten, immerzu auf das *Sichtbare*. – Es ist wahr, ich habe Zeit – *Monate*, denn aller Wahrscheinlichkeit nach werden Zieglers erst im Mai nach Berg zurückkehren – – –, doch weiß man es?! Die verhängnisvollen Jahre haben mir gleichsam eine Schreckhaftigkeit hinterlassen, eine fortwährende Furcht vor allem, was kommen kann, um zu zerstören... Erschrick nicht vor diesem Ausdruck ›Schicksal‹, den ich in meinem letzten Brief verwendet habe; ich nenne ›Schicksal‹ alle äußeren Begebenheiten (die Krankheiten, zum Beispiel, inbegriffen), die, unvermeidbar, eine Geistesverfassung und einen seiner Natur nach einsamen Gedankenflug unterbrechen und zunichte machen können. Cézanne begriff dies wohl, als er sich in den letzten dreißig Jahren seines Lebens alldem entzog, was ihn, wie er es nannte, hätte ›entern‹ können, und als er, gläubig, wie er war, und den Traditionen hingegeben, es sich dennoch verwehrte, dem Begräbnis seiner Mutter beizuwohnen, um nicht einen Arbeitstag zu verlieren. Dies hat mich wie ein Pfeil durchdrungen, als ich es erfuhr, doch wie ein Flammenpfeil, der, da er mein Herz durchbohrte, es in einem Brand von Klarheit hinterließ. Es gibt in unseren Tagen wenig Künstler, die diese Unbeugsamkeit, diesen heftigen Eigensinn begreifen, aber ich glaube, daß man ohne ihn stets nur in einem Randbezirk der Kunst verbleibt, der an sich schon genügend reich ist, um einem willkommene Entdeckungen zu gewähren, von wo man aber doch nur wie ein Spieler am grünen Tisch dabei ist, der, wiewohl ihm mancher ›große Coup‹ gelingt, dem Zufall unterworfen bleibt, der weiter nichts ist als der fügsame und geschickte Affe des Gesetzes.

Es war Mittagessenszeit, ich habe an Deine Befehle gedacht, ich habe langsam gegessen, mit der Aufmerksamkeit eines Schülers, der einer Textaufgabe folgt, deren Lösung in seinem Mund geschieht –: eine Nudelsuppe, Reis, Karotten und den Nachtisch, meinen Kaffee, – und nun setze ich fort. Dünner Schnee fällt, und mitten am Himmel, über dem Springbrunnen, der sich nur ganz oben durch seine nach innen führende Bewegung vom Weiß des Hintergrundes abhebt, steht eine schwach gerundete Sonne, strahlenlos und ohne Kraft, die im nächsten Augenblick von der nebligen Atmosphäre, die sich diesem Beleuchtungsversuch widersetzt, verschluckt sein wird. – Und schon, da ich wieder hinschaue, sehe ich nur noch einen winzigen Schein, gleich einer Stelle auf grauem Papier, die man mit dem Taschenmesser hineingekratzt hat, um einen Tintenfleck zu entfernen, auf diese Weise gegen die Ebenmäßigkeit des Blattes angehend. Liebes, mißversteh mich nicht, alles was ich Dir geschrieben habe, *ist nicht gesagt, um mich gegen Deine Aufforderung zu wehren*, – Du selbst hast sie auf ihren dauernden und innerlichen Zustand eingeschränkt, der im Augenblick keine wirkliche Erfüllung verlangt; *die Aufforderung in meinem Innern, die ich unaufhörlich mich zu Dir hinziehen fühle, ist es, gegen die ich mich wehre* – die ich mir erkläre; zu mir sprech ich vor Dir: versteh, meine Freundin.

Oh, ganz Liebe, als du den Brief gelesen, der von den Qualen meiner Kindheit spricht, hast Du an ›den Nachmittag‹ gedacht, als ich Dir zum ersten Mal von jener schlimmen Zeit erzählte, die mich in ganz jungen Jahren bedrängt und meine Seele mit schmerzlichem Erstaunen und einer Furcht erfüllt hat, die wahrhaftig größer als überlebensgroß war – ›*der Nachmittag*‹ – – –: ich erinnere mich oft daran, wenn ich im Garten meine hundertzwanzig Schritte mache, am anderen Tag noch sah ich alles mit dieser zärtlichen und zugleich starken Erinnerungskraft, von der vielleicht der Engel durchdrungen war in dem unaussprechlichen Augenblick, da er, erbebend, der Jungfrau Maria die ergreifende Verkündigung brachte. Oh, Merline, wenn ich mit dieser Stimme, die in Dir ist, bevor sie aus meinem Munde kommt –, Dir je die Geschichte unserer Liebe erzählen könnte, ein glückseliges Erstaunen würde Dich ergreifen – – –; denn es ist noch so viel schöner, als wir es erahnen – –; unsere Erinnerung, so groß geworden durch die vielfältige Ernte dieses Segensjahres, reicht doch nicht aus, den ganzen Ertrag zu fassen –: ein Drittel, sei gewiß, blieb draußen, ungeborgen – – –

Der Augenblick, da Du mich ansahst ›wie ein junges Mädchen‹. Aus Deinem Antlitz wich mit einem Mal jeder Ausdruck, *jeder*, es zog sich zurück, befreite sich von allem, von allem Wohlgefallen, allen Freundlichkeiten, all seinem gewohnten Zauber, es ward ganz finster, ganz leer, für den Tausendsten Teil einer Sekunde – – –, und in diesem neuen Raum, der der eines Schöpfungsaugenblicks war –, entstand plötzlich dieses neue Licht, oh, ein Licht, Merline, das zu beschreiben niemals weder einem Menschen noch dem Engel vergönnt sein wird und das einzig ein Kind in der Morgenluft seines unschuldigsten Sommertages würde begreifen können. Merline, *ich habe es gesehen*. Seit diesem Augenblick kann ich, was das Leben anbelangt, sterben. Dein Gesicht zu sehen, verklärt von Liebe und ganz voll von dieser Jugend, dieser Jungfräulichkeit, die sich in Dir erhielt, um mich eines Tages zu entzücken, – ich habe begriffen, daß die Summe der Herrlichkeiten bei weitem die Zahl der Schrecken und Schmerzen übersteigt, die ich je empfunden. Verstehst Du? Dies alles den anderen Tag bedenkend, kam mir eine Zeile in den Sinn, die ich vor langer Zeit an die Nacht geschrieben habe und die ich nannte:

Du Dunkel aus Licht –

So war Dein anbetungswürdiges Antlitz, überrascht von einem neuen Glanz mitten in seinem dunklen Übergang: mitten in seinem innersten Ernste, der Jugend war, stand der Glanz aller Leben auf – – –, *aller Leben*, Merline.

Von diesem Augenblick (wie von so vielen anderen und auch von manchen, die sozusagen unscheinbar – (unscheinbar – waren), verstehe ich nicht, wie es geschah, daß sie vergingen! Des öfteren, Merline, gab es seit diesem Ereignis keine Zeit mehr um uns, – sondern nur eine Dauer, frei von jeglichem Einbezogensein, von aller Vergänglichkeit, eine Lebenskonstante, eine pure Existenz – – –

Ich weiß nicht, Merline, ob solche Worte je von Liebenden geschrieben wurden, aber ich meißle sie in dies Papier wie in Granit, und ich erzittre, indem ich's tue.

Liebes, wenn Traurigkeit dich je ergreift, eine Angst des Körpers oder der Seele, ruf Dir Dein eigenes Antlitz ins Gedächtnis, Dein heiliges Jungfrauengesicht, das Gesicht eines auserwählten jungen Mädchens, denn Du hast, ich weiß es, die Verklärung gefühlt, davon du erstrahltest – so wie die heilige Theresa die göttliche Durchdringung fühlte im Moment der Stigmatisation – Ich glaube, daß die ›Schwarzen Jungfrauen‹ in dem Augenblick, da sie dem vor dem Altar hinknieenden Gläubigen mit seinem von Versprechungen und Opfern schweren Herzen Zustimmung bezeigen, ich glaube, daß im Augenblick des erwarteten Wunders – sie dieses von einer Jugend vergoldete Lächeln auf den Lippen haben, das aus dem Kindesalter der Welt herrührt, dieses schwarze Licht, das keinen Schatten wirft – –

Ach, Freundin, – – der Tag ist fast vergangen über dem An-Dich-Schreiben, in einer Stunde wird die Post geholt.

Ich schließe.

Es wird ein Traum, ein Glückstraum, sein, Merline, Dich hier zu haben, endlich, einer von unseren unvergleichlichen Träumen! Ich hoffe, dann einen Teil meiner lieben und sorgenvollen Arbeiten beendet zu haben.

Leb wohl, Freundin, leb wohl,

sei besorgt um Dich, sei besorgt um Dich,
lieb Dich
für René

An Marie Therese Mirbach-Geldern

Schloß Berg am Irchel,
Kanton Zürich (Schweiz)
am 10. März 1921

Meine liebe Gnädigste Gräfin,
längst, längst hätte ich Ihnen schreiben mögen! Nun sind über dem Datum Ihres Briefes fast zwei Monate hingegangen –, aber ich lebte unter so großem Drucke, daß jede Mitteilung wie entstellt gewesen wäre. Ich will gleich sagen, mir ist nicht *das* widerfahren, wovor Sie mich so einsichtig gewarnt haben, vor einem Forcieren, einem an die Arbeit angelegten drängenden, ungeduldigen Entweder-Oder –,

nein; *nicht dies*, Sie schrieben so tröstlich und gläubig: ›Ihre Arbeit, Ihre Kunst kommt, wann *sie* will‹ – ja, so ist es auch –, aber nun, um Neujahr ungefähr, war sie da, *sie war da* –, und im gleichen Augenblick traten Umstände an mich heran, dringende, schwere –, die mich ganz brauchten und denen ich das Recht einräumen mußte, mich auf der Stelle fort- und aus allem, das eben beginnen sollte –, und wofür die hiesigen Umstände unvergleichlich günstig und vorbereitet waren –, hinauszureißen. Ein Verhängnis: in der Wirkung genau wie damals, als ich eben in München anfangen wollte, mich zu besinnen und zusammenzufassen, – da kam die Einrückung; nun wars ja keine Einrückung diesmal, aber ein ebenso Unerbittliches, wider das ein Einspruch nicht geltend zu machen war. Jeder erlebt schließlich nur *einen* Konflikt im Leben, der sich nur immer anders vermummt und anderswo heraustritt –, der meine ist, das Leben mit der Arbeit in einem reinsten Sinne zu vertragen; wo sichs um die unendliche inkommensurable Arbeit des Künstlers handelt, da stehen die beiden Richtungen wider einander. Viele haben sich durch Leichtnehmen des Lebens geholfen, indem sie ihm, so zu sagen, unter der Hand entrissen, was sie *doch* nötig hatten, oder sich seine Werte zu Räuschen machten, deren trübe Begeisterung sie dann rasch in die Kunst hinüberwarfen –; andere hatten keinen Ausweg, als die Abkehr vom Leben, die Askese, und *dieses* Mittel ist freilich um vieles reinlicher und wahrer, als jener gierige Betrug am Leben zugunsten der Kunst. Aber für mich kommt auch dieses nicht in Betracht. Da doch letzten Grundes meine Produktivität aus der unmittelbarsten Bewunderung des Lebens, aus dem täglichen unerschöpflichen Staunen vor ihm hervorgeht (wie wäre ich sonst zu ihr gekommen?), so sähe ich auch *darin* eine Lüge, sein mir Zuströmen irgendwann abzulehnen; jedoch solche Versagung muß auch schließlich innerhalb der Kunst selbst, mag sie potentiell noch so viel durch sie gewinnen, als Härte zum Ausdruck kommen und sich rächen: denn wer sollte auf einem so empfindlichen Gebiet ganz offen und zusagend sein, wenn er dem Leben gegenüber eine mißtrauische, einschränkende und beängstigte Haltung hat! – So lernt man, ach wie langsam, das Leben geht über lauter ›Anfangsgründen‹ hin – *wofür kann* mans dann am Ende ein klein wenig?

Rodin überlegte das oft in seinem Alter. Manchmal um fünf Uhr morgens, fand ich ihn im Garten stehen, versunken in der Betrachtung der Hänge von Sèvres und St. Cloud, die sich aus den wunderbaren Herbstnebeln der Seine langsam hervorhoben, als kämen sie nun, vollkommen richtig gestaltet, zur Welt – – –, da stand er, der alte Mann, und überlegte: ›*Wozu* kann ichs nun, dieses bewundern, wissen, wie viel dies ist, dieser Morgen …?‹ Und ein Jahr später verstand er auch dieses nicht, *konnte es doch nicht*, hatte es doch nicht gekonnt, denn ein Einfluß, ein Schicksal, weit unter seinem Niveau, hatte ihn eingehüllt und mit den trübsten Verwirrungen umgeben, aus denen sich keine Herrlichkeit heraus erklärte! –

Liebe Gräfin, ich wollte nur mein Schweigen begründen –, wohin bin ich geraten? …

Ihrer Freundschaft immer von Herzen dankbar, bin ich, verehrte Gräfin,

Ihr
Rilke

[Originalbrief in französischer Sprache]

An Rolf von Ungern-Sternberg

Mit zurückfolgenden Beilagen!

Schloß Berg am Irchel,
Kanton Zürich, Schweiz,
am 29. April 1921

Mein lieber Baron Ungern,
Ihr Beharren im Vorgesetzten, ja die immer sicherere Hand, mit der Sie nun auch *das* bewältigen, was oft zu widerstreblich schien, macht es mir immer wertvoller, daß Sie mir solchen Einblick in Ihre Arbeit gewähren wollten. Ich sehe nun ein Ganzes sich schließen, sehe einen bewußten und doch biegsamen künstlerischen Willen sich auch am widerspänstigen oder scheinbar Gleichgültigen durchsetzen und freue mich, immer wahrhaft teilnehmend, am einen, wie am anderen. Der Lebhaftigkeit meiner Beteiligung mögen Sie es zu gute halten, wenn ich mich auch diesmal habe gehen lassen, die Rän-

der Ihrer Blätter für einige spontane Anmerkungen auszunutzen. Ich habe gesehen, daß solche Gelegentlichkeiten Ihnen, weit entfernt ärgerlich zu sein, Anregung bereiten, – das machte mir Mut, nichts derartiges zu unterdrücken. Sie wissen, ich meine nicht, was schon bei Ihnen feststeht, durch dergleichen Marginalien zu erschüttern; aber vielleicht bringt es der oder jener Hinweis mit sich, daß die Arbeit, die noch zu leisten bleibt, sich Ihnen in ihren vielfältigen Möglichkeiten darstellt.

Anschließend an die Zeile bei Moréas:

A la ville, à ses bruits, à mon âme, à sa peine [sei es im Lärm der Stadt, seis fern im stillen Hain] –, weiß ich nicht, ob Sie nicht doch mit Ihrer ersten Fassung recht hatten; ob nicht dieses viermalige gleichmäßige Ansetzen so bezeichnend und unentbehrlich dieser Zeile zukommt, daß ich am Ende für den Ausdruck ›Lied‹ stimmen könnte. (Entgegen dem Vorschlag, den Sie in Ihrem Manuscript vermerkt finden werden). ›Rollen‹ ist nicht sehr günstig, um das multiple, zur Gehörs-Einheit gewordene Brausen und Brauen der Stadt zu bedeuten, wäre es das, so hätte ich auch gegen ein einsilbig gelesenes Rolln (das ich dann rücksichtslos *so* schriebe) nichts einzuwenden. Es ist eine Frage an das persönlichste Arbeits-Gewissen, *wann* man sich derartige Zusammenziehungen gestatten dürfe. Wenn der Rhythmus eine Stauung verlangt und alles – Sinn, Inhalt und Spannung der Zeile – durch diese Unregelmäßigkeit an Kraft und Ausdruck gewinnt, so scheint mir eine solche Gewaltsamkeit, die wie ein Knoten im Fluß der Reihe fühlbar bleibt, unter Umständen zu verantworten. Jenes Beispiel (aus dem Gedicht ›Leichenwäsche‹) das Sie anführen, jenes zur Zweisilbigkeit gezwungene ›unruhig‹ wird, vermut ich, ähnlich zu rechtfertigen sein. (Da ich meine Bücher, besonders seit sie so ›alt‹ geworden sind, nie zur Hand habe, kann ich die Stelle nicht in ihrem Zusammenhange nachsehen, und muß Ihnen aus dem gleichen Grunde die andere Antwort schuldig bleiben; soviel ich der Zeile selbst ansehe, ist das Wort ›Bildnis‹ so gestellt, daß ein Verweilen in ihm stattfinde, *ja*, noch ehe dieser Vorgang sich in dem folgenden Wort bestätigt: denn in ihm löst er sich auch schon wieder …) Nebenbei würde ich mit der Silbigkeit der Wörter immer recht rücksichtslos verfahren, wo Rhythmus und das *Tempo der Bedeutung* dadurch gewännen. So weiß ich, in irgend einer schweren gewichtsilbigen Zeile ›Nachholn‹ geschrieben zu haben, weil das ›e‹ mir die ganze Zeile verdünnt hätte, – und weil außerdem die Art des dort gemeinten Nachholens etwas Übervolles, Gedrungnes hatte, als ob man zu große Bissen rasch zu schlucken bekäme. Und so drollig es sein möchte, das zu versichern, gerade das rasche Schlucken zu großer Stücke empfinde ich bei diesem luftlosen, eliminatif geschriebenen Nachholn. (Der Apostroph, der sich entschuldigen würde für den Unfall, verdürbe natürlich Kraft und Robustheit des Ausdrucks.) – Daneben aber, wie sollte man es leichthin aufgeben, Grollen und Grolln zu *hören*, Rollen und Rolln, was für mich Erlebnisse von ganz verschiedener Struktur wären! Lohenstein und noch Haller würden sich kaum bedacht haben, *grollnd* und *drohnd* zu schreiben und das keineswegs aus Versnot, sondern im unmittelbarsten Temperament. – Aber in allen diesen Dingen entscheidet die feine irritable Waage unter dem Glassturz des reinen Gewissens. Sehe jeder zu! Freiheit darf man nur dem raten, der von unendlicher Verantwortung weiß. Auf dem Grunde der Kunst gibt es keine schreibbaren Regeln mehr, wohl aber Momente reinster Gesetzgebung für den in einem letzten Sinne Hörigen!

Verzeihen Sie, – ich habe mich über Gebühr ausgebreitet auf einen kleinen Anstoß hin –, aber da Sie ihn selber wichtig genug nahmen, muß ich mich nicht schämen, diese Wichtigkeit zuzugeben und zu unterstreichen.

Was Sie mir von Otto Taube schreiben, hat mich sehr betrübt; ich erinnere mich deutlich des schönen Hauses an der Tieffurter Allee, – was wird es besonders der alten Baronin schmerzlich gewesen sein so viel Gewohntes mit Neuem zu vertauschen, zu dessen Bekehrung und Aneignung man im Alter so wenig gestimmt ist. (Sind übrigens jene Mémoires der Baronin Taube zu einem Abschluß gekommen?; der verstorbene Graf Eduard Keyserling wußte wunderbar zu erzählen von der eigensinnigen Eigenart dieser persönlichen Aufzeichnungen, die den Blick hatten, der auch noch das eigenmächtig Angeschaute für eine Weile gültig und, für weiterhin, ergiebig macht.)

Mit Freude lese ich dagegen Ihre eigenen Aussichten gegen Schweden zu. Von langen Aufenthalten (allerdings nur im südlichen Schweden und in Gothenburg) habe ich mir sehr dauerhafte Sympathieen für dortige Menschen und ihre vortrefflichen Einrichtungen (z. B. im Schulwesen –) mitgebracht, und ohne den Krieg wären es wohl kaum sechzehn Jahre geworden, seit ich die dortigen Anschlüsse nicht wieder persönlich berühren und fortsetzen durfte. – Vom Gedächtnis sehr schlecht bedient und ohne sprachliche présence d'esprit [Geistesgegenwart], hab ich es leider nie dazu gebracht, schwedisch zu sprechen, aber ich lese es noch mit einiger Leichtigkeit und kleine Stücke von Fröding zu übertragen, war mir noch vor zwei, drei Jahren keine zu mühsame Beschäftigung.

So stell ich mir vor, auch Sie werden gerne jenem Rufe, der ja wahrscheinlich für Stockholm gilt, nachgeben! – Wenn man doch auch meine Arbeit ›brauchte‹ und mich irgendwohin, wo zu leben mir wert schiene, beriefe. Mein stilles refuge d'hiver [Winterzuflucht], das kleine Schlößchen Berg, das mir während so vieler Monate gastlich war, wird nächstens abgelaufen sein, und wieder seh ich mich dem völlig Unbestimmten, Unabsehlichen gegenüber. Als ich vor zwei Jahren in die Schweiz kam, hoffte ich – ganz im Verschwiegenen – mich hier so lange hinzuhalten, bis meine Wiederetablierung in einem der vorlängst vertraulich und lebendig bewohnten Länder – Frankreich, Spanien oder mindestens Italien – sich würde im Bescheidensten herstellen lassen; denn man dachte ja damals, die Welt strebte einer Art Heilung zu, die dergleichen Unternehmung begünstigen müsse. Weit davon! Nun sieht es mehr und mehr so aus, als sollte ich über die gleiche Grenze zurück, die ich zu jener Zeit so erleichtert überfuhr –, ich sehe nur Schwierigkeiten, Erschwerungen und Unterbrechungen ohne Ende, wo es mir so not täte, die im guten Hiesigen gewonnene Gleichmäßigkeit fortzusetzen. Denn nicht der zehnte Teil von dem, was ich mir für Berg vorgenommen hatte, ist zustande gekommen.

In Tschechoslovakien, meiner problematischen Heimat, werd ich voraussichtlich für einen Teil des Sommers mich niederlassen, bei der Fürstin Marie Taxis, in dem guten Lautschin, mit dem ich seit vielen Jahren durch lauter liebe Erinnerungen zusammenhänge; diese Aussicht tröstet mich vor der Hand, – aber ich kann es nicht lassen, über sie hinaus das Weitere ins Auge zu fassen, und da verliert mein Blick jeden Gegenstand.

Die Beunruhigung, die, schon jetzt, von daher in meine Tage herüberwirkt, hat Schuld, daß ich Ihnen so spät antworte. (Übrigens hat, fällt mir eben ein, Sascha Taxis durch die Fürstin, seine Mutter, neulich Ihre Adresse bei mir verlangt. Wahrscheinlich haben Sie ihn inzwischen gesehen; er hat sich nun in Berlin ständig gemacht und wird sehr bedauern, Sie dort so bald zu verlieren.)

Was nun die ›Stances‹ angeht, so hab ich Ihr Manuscript bereits bei der Insel, allgemein vorbereitend, angekündigt; trotzdem bitte ich Sie mir noch später, wenn es so weit sein wird, den Zeitpunkt seiner Einreichung gleich mitzuteilen. Damit ich mindestens *das* erreiche, daß man es dort rasch vornehme, so daß Sie jedenfalls vor Ihrem Abgang nach Schweden erfahren, wie weit auf den Insel-Verlag zu rechnen sein möchte. Ich hoffe sehr, er wird sich Jean Moréas nicht entgehen lassen, denn auch ich sehe keinen Verlag, der dieses Werk, so wie Sie es dem Deutschen eingeformt haben, passender und würdiger vertreten könnte. In diesem Gefühl sind wir einig; seien wirs auch in der Zuversicht!

Leben Sie wohl für dieses Mal, lieber und werter Baron von Ungern. Alles Gute für Ihre Tage.

Herzlich
der Ihre
Rilke

P.S.: Wie ich gestern las, ist das Moskauer Художественный Театръ (Stanislawski also doch wohl) auf dem Wege nach Berlin!

An Nanny Wunderly-Volkart

[26. Mai 1921]

[...]
Da ist der Brief dieses guten Vildrac, der sich noch über jene Stelle äußert, die ich so gern erhalten hätte: ›eine Erwartung erfüllen, die Sie nicht hatten.‹ Die Gründe, die er anführt, warum dies nicht so bleiben dürfte, scheinen ein wenig kleinlich auf den ersten Blick, – aber schließlich hab ich mich gefügt und die Version, die er vorschlägt, angenommen ... ›eine Erwartung, von der Sie selbst nichts ahnten‹, – denn nicht er ist es, der spricht, sondern der Geist dieser bewundernswerten Sprache selbst, der es gelungen ist, von einer so

sublimen Logik zu sein, daß sie nun (wie ich soeben an Vildrac schrieb) alle Wissenschaften zu enthalten und ihnen recht zu geben scheint. Wie sehr ist man doch ›unter den Gesetzen‹ auf den Wegen dieser Sprache, die in Jahrhunderten gereift und wie ein schöner Weingarten bestellt ist, der Jahr für Jahr Sorten ohnegleichen trägt. Die Sprache, die ich zu handhaben gewohnt bin, ist sehr weit davon entfernt, eine ähnliche Klarheit und Sicherheit erlangt zu haben, – sie tastet sich voran –, und eine große Hälfte der Poesie, die man in ihr verfertigt, nutzt ihre Ungenauigkeit aus und mehrt sie. So viele Effekte, die aus der Schwäche dieser Sprache stammen, so viele willkürliche Glanzleistungen, die im Französischen ganz einfach unzulässig sind, – so viele ›Kühnheiten‹, die in dieser edlen französischen Sprache nichts als Fehler wären! Was uns seit je gefehlt hat, ist eine deutsche Akademie, die zuerst die Sprache, die in den Straßen umgeht, zu unbestrittener Würde erhöbe, – wie es Stefan George in seinem Werk getan hat, das, mit dem Goethes, die einzige deutsche Akademie bleibt, die es je gegeben hat. Die Akademien, man mag sie zerstören, wenn ihre Zeit vorbei ist, so wie man gut tut, sich zu einem gewissen Zeitpunkt den senilen und schläfrigen Kräften entgegenzustellen –, aber das soll nicht heißen, daß man auf sie verzichten kann und daß es besser wäre, von ihrem Joch von Anfang an frei gewesen zu sein! Dies jämmerliche Schauspiel, das die deutsche Sprache bietet, entspricht voll und ganz jenem, das wir im Großen sich abspielen sehen, wenn man das ›Reich‹ betrachtet; auch hier entzweite Kräfte, die nie geordnet und einer wahren Herrschaft Untertan gewesen sind. Denn Bismarck oder Wilhelm II. Gehorsam geleistet zu haben, heißt genau das Gegenteil; diese ›Dompteure‹ waren durchaus nicht, weder der eine noch der andere, die Repräsentanten der Gesetze, es waren Starrköpfe, eigensinnige Besessene, der eine brutal und eigenmächtig, der andere eigenmächtig auch, schwach und lächerlich. – Welch ein Elend – – –

Liebe, um N°5 aus meinem großen Zirkus vorzustellen: Proust! Bewundernswert, Be-wun-derns-wert! (Denken Sie daran und vergessen Sie es gar nicht!) ich hab soeben einen neuen Band gelesen, den vierten aus seiner Folge von Romanen, die nun erschienen ist, – auf jeder Seite fast mußt ich mir sagen, welches Vergnügen Sie daraus schöpfen können, wenn Sie eines Tages imstande sein werden, sich mit ihm still zu befassen. Fast alle Themen unserer Gespräche kehren darin wieder, und wie er stets das Vor-Urteil durchbricht, *um auf dem Boden des Urteils anzukommen, den er ausbeutet*: Ja, das ists, was man sagen muß: er beutet ihn aus, er bestellt den Boden des Urteils und er bringt aus ihm unzählige Ernten ein. Wäre dies nicht der Augenblick, sich dieser Lektüre hinzugeben (eine der gewinnendsten, die man haben kann), im Wallis, wenn Sie mit Werner dort sein werden?*

An Walther Rathenau

Le Prieuré, Etoy,
Canton de Vaud, Schweiz,
am 2. Juni 1921

Verehrter und lieber Walther Rathenau,
die Zeitungen widersprechen sich: oder liegt es daran, daß ich sie unregelmäßig und ungeschickt lese? – Ich bin mir noch nicht im Klaren, ob Sie jenen bedeutenden Posten wirklich angenommen und angetreten haben?

Wäre es an dem, so drängt es mich, Ihnen zu schreiben, daß alle meine Wünsche bei Ihnen sind!

Wie oft in diesen Jahren habe ich gehofft, Sie an einer Stelle zu erkennen, die Sie zum unmittelbarsten Einfluß berechtigt. Die neue Regierung ist die erste, deren Haltung ich ungefähr begreife –, mögen Sie nun, innerhalb ihrer, die Mittel und den Beistand finden, im Sinne Ihrer starken, immer wieder zu einem Ganzen verbundenen Einsichten zu ordnen und zu wirken!

..... seit nächstens zwei Jahren wohne ich in der Schweiz; aber nichts von mir heute, es sei denn die Versicherung der alten Gesinnung und Ergebenheit.

Ihr
RM Rilke

* (Nachdem ich Ihnen dies geschrieben hatte, gestern Abend noch, las ich in der N. R. F. eine sehr gerechte und sehr vollständige Anerkennung, die Gide dem Werke Marcel Prousts dort ausspricht.)

P.S.: Eben lese ich in der Gazette de Lausanne eine Notiz, die die bisherigen Nachrichten bestätigt. Also gelten meine Worte und Wünsche, – und von Herzen! R.

[Originalbrief in französischer Sprache]

An Robert Heinz Heygrodt

Château de Muzot,
am 24. Dezember 1921

Sehr werter Herr Dr. Heygrodt,
Sie haben mir (: gestern erhielt ich sie) durch unseren gemeinsamen Freund, Herrn Dr. F. Hünich, eine Arbeit zukommen lassen, die sich auf das Eingehendste und Sorgsamste mit meiner literarischen Produktion beschäftigt. Die mir in dieses Buch eingeschriebenen Worte haben Sie, sozusagen, bewiesen durch die ausführlichste Tat: so will ich gleich versichern, daß es mir nicht am Glauben fehlt zu Ihrer mir so günstigen Verfassung und damit auch nicht am bereitesten Dank für Sie.

Herr Dr. Hünich wird Ihnen nicht verschwiegen haben, daß ich mich nicht entschließen kann, Bücher und Aufsätze, die von meiner Arbeit handeln, zu lesen; ich habe, daß ich mich dazu nicht überwinde, lange für eine Schwäche gehalten, und es mag zu einem Teil auch wirklich nichts anderes sein. Indessen erwuchs etwa seit dem Jahre 1907, über einem bedeutenden Beispiel (das ich Ihnen sofort nennen werde), eine Auffassung in mir, die diesem konsequent ablehnenden Verhalten doch noch ein eigentümliches Recht zu geben scheint. Ich meine nämlich, daß, sobald ein Künstler einmal die lebendige Mitte seiner Betätigung gefunden hat, nichts für ihn so wichtig ist, wie sich in ihr zu halten und von ihr aus (die ja auch die Mitte seiner Natur, seiner Welt ist) nie weiter fortzugehen als bis an die Innenwand seiner still und stetig hinausgetriebenen Leistung; sein Platz ist nicht, *nie*, auch nicht für einen Augenblick, neben dem Beschauer und Beurteiler. (Mindestens nicht mehr in einer Umgebung, in der das Sichtbare überall zum Zweideutigen und Vorläufigen, zur Hilfskonstruktion, zum Gerüst für irgend etwas herabsinkt.) Und es gehört auch schon fast eine akrobatische Geschicklichkeit dazu, um von jenem Betrachtungsposten, genau und unbeschädigt, in die innere Mitte zurückzuspringen (: die Distanzen sind zu groß, die Stellen selbst alle zu verschüttet für ein solches, eminent neugieriges Wagnis). Die meisten Künstler heute brauchen ihre Kraft in diesen Hin- und Herwegen auf, und nicht nur, daß sie sich an sie ausgeben, sie verwirren sich heillos und verlieren einen Teil ihrer wesentlichen Unschuld an die Sünde, ihr Werk von außen überrascht, es gekostet, es mitgenossen zu haben! Es ist das unendlich Großartige und Erschütternde in der Erscheinung *Cézannes* (und hier bin ich vor dem oben angedeuteten ›Beispiel‹), während fast vierzig Jahren, ununterbrochen im Innern, in der innersten Mitte seines Werkes geblieben zu sein –, und ich hoffe einmal zu zeigen, wie die unerhörte Frische und Unberührtheit seiner Bilder dieser Obstination zu verdanken bleibt: ihre Oberfläche ist wirklich wie das Fleisch einer eben aufgebrochenen Frucht –, während die meisten Maler ihren eigenen Bildern schon als Genießer und Koster gegenüberstehen, in der Arbeit selbst als Zuschauer und Empfänger sich an ihnen vergreifend ... (Ich hoffe, wie gesagt, auf diese, mir ganz entscheidende Stellung Cézannes einmal überzeugend hinzuweisen; sie möchte ein Rat und eine Warnung sein für jede ernste künstlerische Entschlossenheit.)

Soviel zu diesem Ersten. Aber auch ein anderes wird Herr Dr. Hünich Ihnen nicht verschwiegen haben: wie stark mein Widerstand und Widerspruch ist gegen alles Hervorholen und Auslegen meiner sogenannten ›Frühzeit‹. Insofern Sie von dieser ausgegangen sind, muß ich auch Ihrer Darstellung unrecht geben. Jene leider vorhandenen Proben sind in der Tat für *nichts* heranziehbar, sie sind nicht, in keiner, keiner Weise, der Anfang meiner Arbeit, vielmehr das höchst private Ende meiner kindlichen und jugendlichen Ratlosigkeit. Wenn es mir vergönnt ist, Ihnen einmal zu begegnen oder mich Ihnen ausführlicher schriftlich mitzuteilen, werde ich es vielleicht versuchen, Ihnen die spezifisch österreichischen, auch zeitlich sehr datierten Gründe für diese Situation vorzustellen: ich zweifle nicht, daß Sie dann dazu hinneigen werden, mir recht zu geben.

Nun hab ich gerade in diesen, auf den ›jungen Rilke‹ bezüglichen Seiten gestern abend ein wenig geblättert. Schade. Mir fiel der Vorwurf ein, den mir Stefan George (etwa 1899, bei unserer einzigen Begegnung, in Florenz) so ausdrücklich vorzuhalten für gut fand: daß ich zu früh veröffentlicht habe. Wie sehr, sehr recht hatte er damit! Aber auch dieses Veröffentlichen … Nun, das bliebe für ein künftiges Mal. – So um die dreißiger Seiten Ihres Buches ist viel tatsächlich Unrichtiges zur Behauptung gekommen. Sowenig man im Recht wäre, den Malte Laurids Brigge (wovor ich Herrn Dr. Hünich gewarnt habe) als ein Bergwerk biographischen Materials abzubauen, sowenig dürfte man auch jene armseligen Geschichtchen, deren Sie sich gelegentlich bedienen, ins Persönliche übersetzen. *Nein*, jene Interieurs haben nicht das milieu der Umgebung des Knaben René wiedergegeben! – Hier häufen sich, wie das nicht anders möglich ist, die Fehler und Fehlschlüsse, die Akzente stehen alle über den falschen Vokalen. Die Militär-Schule: ihre *ungeheure* Bedeutung, da sie zum frühzeitigen und völligen Anlaß wurde zur ›Umkehr‹, zum Weg nach innen und bis in die innerste Mitte! Kurz, hier ware alles anders zu betonen gewesen. Aber *wie*, natürlich, *woher* die Anweisungen dafür beziehen, da ja jene kleinen unfähigen Produkte auch nur Vorstellungen waren, kleine Notlügen zum Zwecke des Sich-erweisens und -erhaltens, denen gegenüber, die einem zu einer eigenen Erweisung so gar nicht zu helfen wußten.

Sie begreifen, sehr werter Herr Heygrodt, wie mit diesem allen *kein* Vorwurf kann ausgesprochen sein. Wenn ich die Schriften läse, die sich mit meiner Lage im Lebensraum befassen, wieviel Korrekturen würden da anzubringen sein! Aber was Ihr Buch angeht, so bin ich ganz sicher, daß es, neben diesen nebensächlichen Irrtümlichkeiten, sehr viel Einsicht, sehr viel Erkenntnis und vor allem sehr viel mitwirkende Freude enthält. Und allein schon *die* müßte ja auf alle Fälle recht behalten!

Haben Sie Dank!

Ob ich gleich jetzt mit Briefen sparsam sein muß (die Verstörungen der letzten Jahre haben noch immer die Oberhand bei mir!), so wäre ich Ihnen doch recht verbunden, wenn Sie unsere Beziehung – die doch sehr nachweisbar eine ist! – durch die Jahre hin gelegentlich mit einer Briefzeile fortsetzen und erhalten wollten.

Ihr ergebener
Rainer Maria Rilke

An Lou Andreas-Salomé

Château de Muzot sur Sierre
(Valais) Suisse,
am 29. Dezember 1921

Meine liebe Lou,
aus meinem ›Nachbrief‹ damals ist nichts geworden, die Ablenkung durch alle Unsicherheiten und Schwankungen meiner Existenz war so stark und anhaltend bis an den Dezember heran, daß es mir an Ruhe fehlte; als, dank freundschaftlichen Beistands, alles für mein Bleiben in diesem alten Muzot geordnet war, schien der Sturz der Mark und ihr Untenbleiben das Ganze noch einmal zu gefährden. Nun, es hat sich eben, eben noch einrichten lassen, bis auf Weiteres, daß ich in meinem starken kleinen Turmbau sitze; seinen Schutz, seine Stille *auszunutzen*, fang ich eigentlich grade erst an und wünsche mir nichts, als gute Clausur und daß sie lang und ununterbrochen sei.

Ob es gleich vielleicht ohne eine Art von Immobilität nicht hingeht, so fühlt man hier doch sehr das Heile des neutralen Gebiets und dazu diese herrliche (mir Spanien und die Provence heraufrufende) Landschaft. Ich habe alles getan, mich in ihr zu halten; und zur Bestärkung dieses Bemühens war das alte Gemäuer, darin ich sitze, nicht unwesentlich. Ich erkannte es irgendwie, und denk, daß meine Arbeitsstube und das kleine Schlafzimmer daneben in der Verteilung, in den Proportionen, in etwas, was sich nicht recht sagen läßt, manchmal, besonders gegen Abend, an die oberen Stuben im schmargendorfer ›Waldfrieden‹, bei Frau Quiet, erinnern! Auf dieser *Etage* gibt es dann nur noch einen kleinen (leeren) Raum, die sogenannte Kapelle, mit noch ganz mittelalterlicher steingerahmter Tür, über der, in starkem Relief, seltsamerweise, nicht ein Kreuz aus der Wand ausgehauen erscheint, sondern das rechts gewendete ›Swastika‹. Vom Haus, darin ich nun allein mit einer stillen Wirtschafterin wohne, wäre viel zu erzählen, viel von der Landschaft –, und dann wären wir schließlich bei mir angelangt, und es käme darauf an, auch da weiter und weiter genau zu sein. Aber mir kommt vor, als könnte das nur noch *mündlich* geleistet werden. Wenn ich wieder nach Deutschland hinausfahre (und infolge von Ruths Verlobung wird dazu nächstes Jahr sicher ein nicht weit aufschiebbarer Anlaß sein), so ist mein erster Weg zu Dir, wenn es irgend in Tage fällt, da Du mich brauchen kannst. –

Vor allem aber muß erst der stille Winter gewesen sein. Wenn er lang sein darf und ununterbrochen, so hoff ich doch ein wenig weiterzukommen, als voriges Jahr in Berg, wenn schon nicht, mich völlig einzuholen, so doch so weit, daß ich mich wieder im Abstand eines größeren Atemholens vor mir hergehen sehe. Eine unglaubliche Schwierigkeit der Concentration ist mir aus der Unterbrochenheit der Kriegsjahre zurückgeblieben, deshalb kann ich ohne den Beistand dieses wörtlichsten Alleinseins nicht auskommen. Mehr als je wird mir jedes Mitteilen zur Rivalität der Leistung, wie es ja wohl bei jedem der Fall wird, der mehr und mehr nur noch *Eines* meint und daher gebend, sei's nach innen oder außen, *dieses* ausgibt, das Gleiche, Eine. Vor ein paar Tagen wurde mir ein Hund angeboten, Du kannst Dir vorstellen, welche Versuchung das war, besonders da die einsame Lage des Hauses das Vorhandensein eines Wächters beinahe ratsam macht. Aber ich fühlte gleich, daß auch dies schon viel zu viel Beziehung ergäbe, bei meinem Eingehen auf einen solchen Hausgenossen; alles Lebendige, das *Anspruch* macht, stößt in mir auf ein unendliches Ihm-recht-geben, aus dessen Consequenzen ich mich dann schmerzlich wieder zurückziehen muß, wenn ich gewahre, daß sie mich völlig aufbrauchen.

Bist Du in Wien, liebe Lou? so grüß mir Freud –; ich sehe mit Freude, wie er nun anfängt, in Frankreich, das sich so lange taub gestellt hat, bedeutende Wirkungen anzuregen. Von dort kommt mir nicht viel herüber, es sei denn, ab und zu, ein Wort Gide's; ganz erstaunlich sind mir nur die Dichtungen von Paul Valéry, von dem ich ein Gedicht ›Le Cimetière marin‹, mit solcher Äquivalenz zu übersetzen vermochte, wie ich sie zwischen den beiden Sprachen kaum für erreichbar gehalten habe. Wenn ich im Eigenen erst ein wenig wieder gesichert bin, so hoff ich auch an seiner Prosa mich zu versuchen; es ist ein herrlicher Dialog da, ›Eupalinos‹ –, wie alle die wenigen Arbeiten Valéry's von einer Ausgeruhtheit, Stille und Gleichmütigkeit des Worts, die auch Du ganz empfinden würdest. Paul Valéry kommt von Mallarmé her, vor etwa fünfundzwanzig Jahren erschien ein merkwürdiger Aufsatz (l'Introduction à la Méthode de

Léonard de Vinci), den er nun – 1919 – mit einer außerordentlich schönen Einleitung neu herausgegeben hat; aber bei Mallarmé einzusetzen, das hieß mit dem nächsten halben Schritt im Schweigen stehn, dans un silence d'art très-pur [in einem Schweigen sehr reiner Kunst], so kam es auch: Valéry schwieg und trieb Mathematik. Erst jetzt, während des Krieges, 1915 oder 1916, entstand wieder, um so reiner, die Notwendigkeit des künstlerischen Wortes in dem Fünfzigjährigen: und was seither von ihm ausgegangen ist, ist von der größten Besonderheit und Bedeutung.

Aber genug, liebe, liebe Lou: bitte gib mir ein kleines Zeichen Deines, Eures Ergehens! Wie und wo? – Was ist aus Баба's kleinen Ungeheuern geworden?! Ich denke viel zu Dir hin, es ist die Zeit zwischen den ›zwei‹ Weihnachten –, dem ersten und dem russischen … Daß Du Nachrichten von dort haben *konntest*: fast scheints einem undenkbar, daß das drüben noch Leben ist und sich nach uns herüber noch mitteilen kann.

Hast Du von diesen Publikationen des Skythen-Verlags etwas gesehen, der auch eine Zeitschrift (russisch und deutsch) herausgibt?; zu Beginn des Unternehmens schrieb mir der junge Reinhold von Walter davon.

Und Picard: ob Du sein Buch gesehen hast: ›Der letzte Mensch‹ – und Regina's ›Landstrasse‹ (mit der erstaunlichen Erzählung: Von einem alten Wirtshausschild.)? Diese beiden Bücher möcht ich von Dir besprochen wissen, wenn Du nicht zu sehr in anderen Dingen stehst.

Ich schicke Dir meine kleine ›préface‹ zu den so völlig im Bild erzählenden Zeichnungen des kleinen Klossowski; mir hats Freude gemacht, mittels französischer Einfälle (: denn nichts darin ist in Gedanken übersetzt) auf meinen Weg zu kommen.

Aber nun leb wohl und in ein *gutes* 1922 hinein.

Rainer.

(Eben las ich im ›Litt. Echo‹ Ernst Heilbrons sicher berechtigte Meinung über ›Peter Brauer‹, Hauptmann's neue ›Tragikomödie‹. Und dazu die armen Hexameter ›Anna‹! Dieser nun bald zwanzig Jahre dauernde Untergang, verbrämt mit Geburtstagen und Ehrendoktoraten.)

P.S. Eine Zucht von kleinen Marienkäfern überwintert bei mir (was auch hätte irgendwie in Schmargendorf geschehen können); eines, ein besonders gelungenes, – sie werden nicht alle gleich gut in diesem Stubenwinter – ist eben übers Papier gewandert: nimm's zum guten Zeichen!

An Robert Heinz Heygrodt

Château de Muzot,
am 12. Januar [1922]

Mein sehr werter Herr Dr. Heygrodt,
es gereicht mir zur Freude, daß Sie meinem, durch Herrn Dr. Hünich an Sie gelangten Brief diese freundliche, ja freudige und vielfältig verstehende Aufnehmung bereiten konnten. Schade, daß ich für die nächsten Monate meine immer wieder überhand nehmende Korrespondenz einschränken muß, sonst läge Lust und Versuchung nahe, auf Ihren Brief da und dort einzugehen und auch noch jenes frühere Schreiben, das durch die Existenz und Übersendung Ihres Buches veranlaßt war, nach mancher Seite hin fortzusetzen. Ich muß mir das nun zwar im Augenblick versagen; da Sie aber meinen Wunsch, wir möchten einander nicht wieder ganz verlieren, mit einem gleichen beantworten, so darf ich mich der geräumigen Aussicht freuen, es könne solches und anderes zu seiner Zeit zwischen uns zu seinem Rechte kommen.

Nur so viel: ich bin mir wohl bewußt, daß auch derjenige, mit dem eine biographisch-auslegende Darstellung sich beschäftigt, nur *eine* Stimme hat im Rate jener aufzufindenden Zusammenhänge; eine gewiß wesentlich zu berücksichtigende, aber nicht mehr. Indessen lege ich, der ich eine Neigung habe, alles, was dergleichen Auslegungen an den Tag bringen, zu ignorieren, keinen Wert darauf, diese Stimme zu gebrauchen; hat es mir doch immer geschienen, als dürfe unsereiner es für sein Eigentlichstes halten, das jeweils oder einst Tatsächliche durch eine höhere und reinere Verwandlung endgültig zu ersetzen. Mein Instinkt ging so sehr in diesem Sinne vor, daß weder die Militärschulzeit noch die Zeiten in *Rußland* – die beiden bestimmendsten Epochen meines äußeren Lebens – beschreibende oder berichtende Darstellungen mir abverlangen konnten. Es war (und viel mehr Beispiele ließen sich dafür zusammenstellen) alles von vornherein auf jene Verwandlung angelegt – (und eben insofern sie nichts zu verwandeln und daher auch nichts zu geben vermochten, muß ich jeden Hinweis auf jene Schein-Produktion meiner Jugend als beirrend tadeln und ablehnen). Glauben Sie mir, ich wäre gern bereit, ja es entspräche mir am meisten, jede neue Aufgabe meines Weges unter einem neuen Namen zu leisten, – wie das noch für den alten *Hokusai* so beglückend und verjüngend war. *Rodin*, da ich, zur Zeit meiner ersten Versuche, von seinem Werke Zeugnis zu geben, ihn nach seiner Kindheit und Jugend fragte, verwies auf eben dieses sein Werk und sagte kurzhin: ›moi –? j'étais quelqu'un; ce n'est que plus tard que l'on commence à comprendre‹ [Ich –? Ich war irgendeiner ... später erst beginnt man zu verstehen]. Dieses Ausweichen enttäuschte mich, um meiner Arbeit willen, aber wie sehr, andererseits, konnte ich es begreifen. Möge ich eines Tages (ich habe keinen anderen Wunsch) so auf ein durchaus Geleistetes hinweisen dürfen, daß es für mich Rede stehe. –

Wem, schließlich auch, tut es einen Dienst, wenn diese verbindenden Hülfslinien gezogen sind? Das Werk ist es – *selbst* doch nur, soweit es eben selbständig geworden ist, und die ergreifenden Kunstwerke Unbekannter, die sich erhalten haben, verlieren keineswegs an Wirkung und Dasein dadurch, daß wir sie mit den Schicksalen und Daten ihrer Urheber nicht verbinden können. Was aber diejenigen angeht, die einem Kunstding gegenüberstehen, dessen Hervorbringer noch vorhanden oder doch mindestens noch nachweisbar ist, so tut man ihnen einen viel zu billigen Gefallen, indem man sie über ihn aufklärt. Der indiskreten Publizität unserer Zeit stehen allerhand Apparate zur Verfügung, den Autor hinter seinem Vorwande zu fassen und zu ermessen, und die Künstler selbst sind der handgreiflichsten Neugier in jeder Weise entgegen, ja zuvor gekommen. Man hat, scheint mir, die Gefahr nicht erkannt, die, mit dieser fortwährenden Bloßlegung des Schaffenden, über alle diejenigen gebracht ist, die noch im Werden sind, – oder vielleicht (es böse zu sagen) *will* man diese Gefahr, um endlich mit diesem überflüssigen métier fertig zu werden. Über solchen Aufdeckungen wird die Lage des Kunstwerks selbst immer problematischer. Das Publikum hat längst vergessen, daß es kein ihm angebotener Gegenstand ist, sondern ein in ein imaginäres Dasein und Dauern rein hingestellter, und daß sein Raum, eben dieser Raum seines Dauerns, nur scheinbar identisch ist mit dem Raume der öffentlichen Bewegungen und Umsätze. Eitelkeit des Produzierenden einerseits, auf der anderen Seite sein Weich- und Schwachwerden, indem er meinte, eine unmittelbare Hülfe und Heilkraft an die Bedürftigen mitzuteilen, haben ihn dazu gebracht, den Irrtum des Kunstempfängers fortwährend zu bestärken und zu komplizieren. Diesem Verhängnis gegenüber scheint es mir die allergrößte, ja dringendste Aufgabe der Kunstforschung zu sein, dem künstlerischen Werke seine besondere unbeschreibliche Situation zu schaffen, die ihm in früheren Zeiten durch das natürliche Vorhandensein zeitloserer, ausgesparter, dem Göttlichen vergönnter Stellen erleichtert war. Im Tempel, in der Kathedrale, ja in der Mitte einer Häuslichkeit, deren Herdstelle noch unwillkürlich, über die tägliche Nutzbarkeit hinaus, kraft ihres unendlichen Feuers, bedeutend war,: hatte das Kunst-Ding seine eigentümlich abgesonderte und doch in Alles (rascher vergängliche) hinüberwirkende Existenz. Wo ist sein Platz mitten im heutigen Gedräng? – Indem die Sichtbarkeit des Göttlichen (zugleich mit der aller höheren Werte, z.B. dem des Geldes, das dem Golde längst nicht mehr gleichzusetzen ist) mehr und mehr abnimmt, – ja das Schicksal selbst, seine entscheidenden Bewegungen und Geschehnisse mehr und mehr ins Unsichtbare zurückzieht und es immer schwerer machen dürfte, dem Wesentlichen ein *sichtbares* Äquivalent aufzustellen, ergibt sich das Kunstwerk als ein auch schon Verdrängtes aus einer Welt, die bis ins Letzte vom Schlag und Rückschlag des Scheinbaren ausgefüllt ist. – Trotzdem bringen wir es hervor, – nicht anders könnend –, unsäglich gehemmt und betroffen durch die Mißverständnisse, denen es, in seiner tief absichtslosen Natur, ausgesetzt ist, und heil und im Hervorbringen gerecht nur so lange, als wir möglichst wenig von der Bewunderung oder Verurteilung wissen, die unsere Leistung draußen erregt und verursacht hat. (Worüber ich wieder bei dem großen Beispiel Cézannes, bei seinem eigensinnigen Ausweg angekommen wäre.)

In einer solchen Zeit, wie der unsrigen, käme es (um zusammenzufassen) viel mehr darauf an, die Lage des Kunstwerkes gegen den Aufnehmenden hin sicherzustellen, als seinen Zusammenhang mit dem Hervorbringer zu untersuchen, für den nächstens nichts dringender wird geworden sein, als daß man alle Aufmerksamkeit von ihm weglenkt und – – ihn gewähren läßt.

Sie sehen nun, mein lieber Herr Dr. Heygrodt, wieviel da zur Sprache drängt, schon da ich kurz sein wollte, – wie wärs erst, wenn ich mir hätte erlauben dürfen, ausführlich zu sein!

Mit guten Wünschen für Ihre Arbeit

Ihr ergebener
R. M. Rilke

An Regina Ullmann

Château de Muzot sur Sierre, Valais
am 25. Januar 1922

Meine liebe Regina,
ich will nun gleich gestehen, daß ich auf Nachrichten von Dir gewartet habe, schon während mehrerer Wochen: ich wußte, sie wollten kommen. Da sind sie nun heute und erfüllen mich zu Herzen. Denn ob es gleich sehr viel ist, wenn Deine Kuh mich hier gekostet hat, mich und meine Landschaft, so konnt ich doch immerhin aus dieser Einrichtung für mich nicht ebensoviel Mitwissen mit Dir gewinnen, wie sie Dir von hier heimgebracht hat. (Gelacht hab ich kaum –, nur genau so viel, als die Überraschung und Freude über diese Art von Verbindung auslösen durfte.)

Deine Nachrichten –, Regina, das mußt Du mir glauben, sind doch *gute* für mich und verhältnismäßig genaue. Daß Du unter den Menschen so recht ›heimlich‹ werden würdest, hab ich nie erwartet, dazu lebst Du viel zu sehr in der Vertraulichkeit dessen, was ihnen als das ›Un-Heimliche‹ erscheinen mag, und worin Du dann freilich einsam bleibst. Aber wieviele Seiten hat nicht dieses angestammte Einsamsein, die Du doch um keinen, wenigstens keinen menschlichen – Preis würdest entbehren wollen. Und wenn Dir dieses, Dein unabgrenzliches Innere oft ›chaotisch‹ erscheint, so nennst Du's *so* doch nur in den Momenten, wo es Dich verlockt zu meinen, auch

Du müßtest über Dein innerstes Bereich jene leichte Verfügung haben, die Du die Anderen über das Ihrige ausüben siehst. Aber selbst wenn sich in Dir eine immer neue, immer weiter um sich greifende Ordnung schaffen sollte –, Du wirst nie imstande sein, sie (was die anderen bei jedem kleinen ›Fortschritt‹ tun) zu ›genießen‹: das ist, liebe Regina, so sehr Dein Verhängnis, daß es zugleich die Ursache ist Deiner eigentümlichen unvergleichlichen Gewinne. Nur in denen, die sie *nicht* überwachen, darf sich die Natur alle Spiele ihrer Grenzenlosigkeit gestatten, und daß Du ihr gleichwohl, ob sie gleich in Dir sich benimmt, als käms auf Dich nicht an, ein besonders und völlig Deiniges, im rühmlichsten Kampfe, abringst: darüber haben wir uns ja doch schon ab und zu – nichtwahr? – verständigen dürfen.

Ich lese gerade wieder, in Pausen, Dein neues Buch, – abends, in meinem ›Ohrensessel‹ –, die Geschichte vom Wirtshausschild bleibt für mich das Wunder, das sie vom ersten Lesen an war: dies ist Dein Meister-Stück, Regina, in dem bewußtes und unbewußtes Gelernthaben plötzlich im vollkommenen Können zusammentrifft. In einem durchaus Deinigen und doch nun zugleich für Alle gültigen Können!

Darüber wird einmal noch viel mehr zu sagen sein. Meine Freude und mein Erstaunen, beide, erwiesen sich, da ich mir die Erzählung nun wieder (laut) vorlas, um keinen Tag älter als vor einem Jahr: junge Freude, neues Erstaunen über jede Stelle; das will doch etwas sagen.

Ich habe eine Art Brief-Fasten augenblicklich, so muß ich mir verbieten, viel mehr zu schreiben; meine Feder wollte jetzt Kräfte sparen für die Arbeit –, für die, im Ganzen, die äußeren Umstände günstig wären; die inneren nicht im selben Maße: mir ist eine unbeschreibliche Schwierigkeit der Concentration geblieben aus jenen Jahren des Unterbrochenseins, deren Folgen noch lange nicht überwunden sind. Mein alter Turm bewährt sich; oft erscheint er mir, seiner Art und Natur nach, als die Verwirklichung jener Verhältnisse, die wir einmal in Burghausen für mich zu schaffen versucht haben.

Du läßt mich nirgends recht erkennen, wieso Du gerade in Regensburg niedergelassen bist –; genug –, Du bists. Und es ist schon gut, eine Weile nicht in München zu sein.

Grüß mir Ellen, – und sag Deiner Mutter von meiner alten Ergebenheit; Helene's Adresse zu haben, ist mir lieb; ich schreibe sie in mein Adressen-Buch und, wenn die nächste Briefzeit für mich anbricht, kommt ihr Name auf meine Liste.

Und nun, Regina, leb mir wohl für dieses Mal; sei, lebe, ertrags –, es hat schon seinen Sinn, so wie es ist, gleichviel, ob wir ihn je erfahren oder nicht.

Rainer

Die Abbildung der Büste schon heute zurückzugeben, kann ich mich nicht entschließen; sie wäre denn doch zu kurz vor mir gewesen. Als Arbeit scheint sie mir von einer schönen Melodie der Form zu sein, ja, irgendwie ›gesungen‹. Fühlst Du sie ›ähnlich‹? Bist Du so *leicht* geworden? Keine Last in den Schultern mehr –, so von innen her jung?; (als hätte Dein Gebein in Dir Flügel bekommen und überall den Schwung von Flügeln …?)

An Anton Kippenberg

Château de Muzot sur Sierre (Valais), Schweiz,
am Abend (spät) des neunten Februar [1922]

Mein lieber Freund,
spät, und ob ich gleich kaum mehr die Feder halten kann, nach einigen Tagen ungeheuern Gehorsams im Geiste –, es muß … *Ihnen* muß es noch heute, jetzt noch, eh ich zu schlafen versuche, gesagt sein:

ich bin überm Berg!

Endlich! Die ›Elegien‹ sind da. Und können heuer* erscheinen. Neun große, vom Umfang etwa der Ihnen schon bekannten; und dann ein zweiter Teil, zu ihrem Umkreis Gehöriges, das ich ›Fragmentarisches‹ nennen will, einzelne Gedichte, den größeren verwandt, durch Zeit und Anklang.

So.

* oder wann sonst es Ihnen recht sein mag,

Lieber Freund, jetzt erst werd ich atmen und, gefaßt, an Handliches gehen. Denn dieses war überlebensgroß –, ich habe gestöhnt in diesen Tagen und Nächten, wie damals in Duino, – aber, selbst nach jenem Ringen dort –, ich habe nicht gewußt, daß ein *solcher* Sturm aus Geist und Herz über einen kommen kann! Daß mans übersteht! daß mans übersteht.

Genug, es ist da.

Ich bin hinausgegangen, in den kalten Mondschein und habe das kleine Muzot gestreichelt wie ein großes Tier –, die alten Mauern, die mirs gewährt haben. Und das zerstörte Duino.

Das Ganze soll heißen:

Die Duineser Elegien.

Man wird sich an den Namen gewöhnen. Denk ich. Und: mein lieber Freund: *dies*: daß *Sie* mirs gewährt haben, mirs geduldet haben: *zehn* Jahre! Dank! Und immer geglaubt: *Dank!*

Daß Sie dies (Sie und die Herrin) begrüße, wenn Sie vom Geburtstag, dem hohen, Ihrer Mutter zurückkehren.

Ihr
Rilke

An Marie von Thurn und Taxis

Château de Muzot sur/Sierre (Valais) Suisse,
am 11. Februar [1922], abends

Endlich,

Fürstin,

endlich, der gesegnete, *wie* gesegnete Tag, da ich Ihnen den Abschluß – so weit ich sehe – der

Elegien

anzeigen kann:

Zehn!

Von der letzten,

großen: (zu dem, in *Duino* einst, begonnenen Anfang: ›Daß ich dereinst, am Ausgang der grimmigen Einsicht / Jubel und Ruhm aufsinge zustimmenden Engeln …‹) von dieser letzten, die ja auch, damals schon, gemeint war, die *letzte* zu sein, – von dieser – zittert mir noch die Hand! Eben, Samstag, den *elften*, um sechs Uhr abends, ist sie fertig! –

Alles in ein paar Tagen, es war ein namenloser Sturm, ein Orkan im Geist (wie *Damals* auf *Duino*), alles, was Faser in mir ist und Geweb, hat gekracht, – an Essen war nie zu denken, Gott weiß, wer mich genährt hat.

Aber nun *ists*. Ist. Ist.

Amen.

Ich habe also dazu hin überstanden, durch alles hindurch. Durch Alles. Und das wars ja, was not tat. *Nur* dies.

Eine, hab ich *Kassner* zugeeignet. Das Ganze ist *Ihr's*, Fürstin, wie sollts nicht! Wird heißen:

Die Duineser Elegien

Im Buch wird (: denn ich kann Ihnen nicht geben, was Ihnen, seit Anfang, gehört hat) *keine* Widmung stehn, mein ich, sondern:

Aus dem Besitz ....

Und nun, Dank für Ihren Brief und alle seine Mitteilungen; ich war sehr gespannt darauf.

Von mir, nicht wahr? heute nur dies ... es ist ja, endlich, ›etwas‹!

Leben Sie wohl, teuere Fürstin.

Ihr

D. S.

Eben, ein gütiger Brief der Fürstin *Oettingen*. Bitte empfehlen Sie mich ihr zu Gnaden. Ich schreibe bald. – Alles Herzlichste dem Fürsten, Kassner –

u.s.w.

P. S. Halten Sie es, bitte, liebe Fürstin, *nicht* für eine Ausflucht meiner Faulheit, wenn ich sage, warum ich Ihnen die neuen ›Elegien‹ jetzt *nicht* abschreibe und schicke: ich wäre eifersüchtig auf Ihre Lektüre. Mir ist zu Mut, als sollt *ichs* sein, durchaus, der sie Ihnen *zuerst* liest. Wann? – Nun, *hoffentlich*, bald.

D. S.

An Lou Andreas-Salomé

Château de Muzot s/Sierre
(Valais) Suisse
am 11. Februar [1922], (abends)

Lou, liebe Lou, also:
in diesem Augenblick, diesem, Samstag, den *elften* Februar, um 6, leg ich die Feder fort, hinter der letzten vollendeten *Elegie*, der zehnten. Jener,* zu dem schon in *Duino* geschriebenen Anfang: ›Dass ich dereinst am Ausgang der grimmigen Einsicht / Jubel und Ruhm aufsinge zustimmenden Engeln …‹ Soviel davon da war, las ich Dir, aber es sind nur eben die ersten zwölf Zeilen geblieben, alles übrige ist neu und: ja, sehr sehr, sehr herrlich! – Denk! Ich habe überstehen dürfen bis dazu hin. Durch alles. Wunder, Gnade. – Alles in ein paar Tagen. Es war ein Orkan, wie auf *Duino* damals: alles, was in mir Faser, Geweb war, Rahmenwerk, hat gekracht und sich gebogen. An Essen war nicht zu denken.

Und stell Dir vor, noch *eins*, in einem anderen Zusammenhang, eben vorher, (in den ›Sonetten an Orpheus‹, fünfundzwanzig Sonetten, geschrieben, plötzlich, im Vor-Sturm, als ein Grab-Mal für Wera Knoop) schrieb ich, *machte*, das *Pferd*, weißt Du, den freien glücklichen Schimmel mit dem Pflock am Fuß, der uns einmal, gegen Abend, auf einer Wolga-Wiese im Galopp entgegensprang –:

wie

hab ich ihn gemacht, als ein ›Ex-voto‹ für *Orpheus*! – Was ist Zeit? – *Wann* ist Gegenwart? Über so viel Jahre sprang er mir, mit seinem völligen Glück, ins weitoffne Gefühl.

So wars eins nach dem Andern.

Jetzt *weiß* ich mich wieder. Es war doch wie eine Verstümmelung meines Herzens, daß die *Elegieen* nicht dawaren.

Sie sind. Sie sind.

Ich bin hinausgegangen und habe das kleine *Muzot*, das mirs beschützt, das mirs, endlich, *gewährt* hat, gestreichelt wie ein großes altes Tier.

* (auch damals schon war sie bestimmt, die letzte zu werden)

Deshalb schrieb ich Dir nicht auf Deinen Brief, weil ich immer schon in diesen Wochen, ohne zu wissen worauf, auf *dieses* zuschwieg, mit immer weiter nach innen genommenem Herzen. Und nun, heute, liebe Lou, nur dies. Du solltest es gleich erfahren. Und Dein Mann auch. Und Баба –, und das ganze Haus, bis in die alten guten Sandalen hinein!

Dein alter
Rainer.

P.S.
Liebe Lou, meine, gestern nacht atemlos geschriebenen Blättchen, diese zwei, konnten, *eingeschrieben*, nicht fort, heute am Sonntag, so hab ich die Zeit wahrgenommen, Dir *drei* der vollendeten *Elegieen* (die *Sechste / Achte* und *Zehnte*) abzuschreiben. Die anderen drei schreib ich dann im Lauf der Tage, nach und nach, und schick sie bald. Es ist mir so gut, wenn Du sie hast. Und außerdem beruhigts mich, wenn sie noch irgendwo, draußen, in genauen Abschriften, sicher bewahrt, existieren.

Aber nun muß ich einen Augenblick an die Luft, solang noch die Sonntags-Sonne in ihr ist.

Прощай [Leb wohl]!

An Kurt Wolff

Château de Muzot
sur/Sierre
(Valais) Suisse,
am 17. Februar 1922

Mein lieber Herr Kurt Wolff,
nicht nur, daß Sie, neulich, meinen Wunsch für seine Erfüllung sorgsam vorbemerkt haben; Sie sind dieser künftigen, mit einigen supplementären Erfüllungen auf das Freundlichste mir Überraschendste, zuvorgekommen!

Den herzlichsten Dank.

Ich habe die schönen Bücher meiner nächsten Lesezeit gutgeschrieben, – nur das Buch Kafka's hab ich mir schon jetzt, gestern

Abend, mitten in anderen Beschäftigungen, vorweggenommen. Ich habe nie eine Zeile von diesem Autor gelesen, die mir nicht auf das eigentümlichste mich angehend oder erstaunend gewesen wäre. Und da ich, wie Sie mich so freundlich erkennen lassen, wünschen darf, so merken Sie mich bitte immer ganz besonders für alles vor, was von Franz Kafka an den Tag kommt. Ich bin, darf ich versichern nicht sein schlechtester Leser. (wie schön ist übrigens diese Edition der ›Kleinen Erzählungen‹!)

Ihre Zustimmung zu unserem ›Mitsou‹ hat mich sehr gefreut. Die Zeichnungen sind erstaunlich, als Schrift, als Mittel einer, das Wort wirklich immer überspringenden Mitteilung, in Ihrer inneren Auswahl und Continuität.

Seien Sie mir, lieber und werter Herr Kurt Wolff, dankbar gegrüßt –, und bringen Sie, bitte, auch bei Ihrer Frau Gemahlin wieder einmal in Erinnerung

Ihren ergebenen
R. M. Rilke

An Katharina Kippenberg

Château de Muzot sur Sierre, Valais,
am 23. Februar 1922

Sie haben, meine liebe Freundin,
noch in Ihren winterlichen Wäldern – und fast als Letztes dort – das Geräusch gehört, mit dem die Leier unwillkürlich aufklang, da man sie hervorholte.

Hier ist nun, was sie seither unter wirklichen Griffen getönt hat:

Die Sonette an Orpheus.

Alles, was ich etwa selbst zu diesem kleinen opus empfände, möchte ich erst später aussprechen dürfen; wenn Sie es längst kennen; am liebsten einmal in einem unsrigen Wiedersehen. –

Hier ist, scheint mir, oft sehr weit Herstammendes geformt, Wesentliches aus dem ägyptischen Erlebnis … Manches, das sich lange, ganz ungeschüttelt, einklären durfte und daneben, dicht daneben, Unmittelbares, das bei der ersten Aufnehmung schon klar war …

Ich will, oder vielleicht *kann* ich mehr nicht sagen.

Die beiden Teile ergaben sich durch die Entstehungszeiten; Anfang Februar und (Teil II) jetzt, in diesen Tagen. Dazwischen brauste der große Sturm der Elegien herein. – So ist auch (mit zwei Ausnahmen, da Gedichte durch andere ersetzt wurden) die Anordnung innerhalb der beiden Abschnitte die chronologische geblieben; für jede Umstellung fehlt mir der Abstand. Auch mag diese Folge, der Entstehung nach, ihre Berechtigung mitbringen, weil oft mehrere Sonette an einem Tage, ja beinah gleichzeitig, sich einstellten, so daß mein Bleistift Mühe hatte, mit ihrem Auftreten Schritt zu halten.

Ich sage immerzu Sonette. Ob es gleich das Freieste, sozusagen Abgewandelteste wäre, was sich unter dieser, sonst so stillen und stabilen Form begreifen ließe. Aber gerade dies: das Sonett abzuwandeln, es zu heben, ja gewissermaßen es im Laufen zu tragen, ohne es zu zerstören, war mir, in diesem Fall, eine eigentümliche Probe und Aufgabe: zu der ich mich, nebenbei, kaum zu entscheiden hatte. So sehr war sie gestellt und trug ihre Lösung in sich.

Für die Möglichkeit früherer oder späterer Herausgabe (falls wir sie ins Auge fassen mögen) empfehle ich, verehrte und liebe Freundin, das Ganze und Einzelne *Ihrem* Beistand: sowohl, was die *Um*ordnung der Folge beträfe, als auch in Bezug auf Fortlassung alles nicht ganz Zulänglichen (wenn Sie wollen, der Hälfte!)

Willkommen zuhause. Mich freuts, daß ich Sie so gut, doppelt gut nun, in der Richterstraße habe empfangen dürfen, mit jener ersten, kurz vor Ihnen dort eingetroffenen Nachricht und nun mit dieser.

Immer aufs Herzlichste
Ihr
Rilke

An Rudolf Bodländer

Château de Muzot sur Sierre,
Valais (Schweiz),
am 13. März 1922

Lieber,
da ist zunächst zu sagen, daß ich an dem Spätsein dieser Antwort nicht schuldig bin. Ich bekam Ihren Brief gestern, Sonntag, am 12. März, genau einen Monat, nachdem er geschrieben war. Der Insel-Verlag schickt mir nämlich an seine Adresse für mich eingehende Post nur in gelegentlichen Schüben nach und durfte sich dieses Mal um so eher Zeit lassen, als man mich in Arbeit und also aller Korrespondenz im Ganzen abgeneigt wußte. Wenn ich ihm demnach keinen Vorwurf machen darf, so entstünde mir der fühlbarste wider mich selbst, wollte ich nun irgendwelche Abhaltung vor die Beantwortung stellen, die Sie seit Wochen erwarten –, und die aufzuschieben mir auch schon deshalb unnatürlich wäre, weil mich, was Sie mir schreiben, sehr von Herzen beschäftigt.

Ein anderes ist es nun freilich, ob ich fähig sein möchte, in doch immerhin kurzem Brief eine Antwort zu finden, die Ihre Erwartung nicht leer läßt. Ob auch solche wenigen (und zu einem Teile ratenden) Worte Sie, Freund und Bruder, wirklich erreichen können, liegt vor allem an der Gangbarkeit und Sicherheit der Brücke, die zwischen uns geschlagen ist. Was diese nun angeht, so meine ich wirklich, mich auf ihre volle Tragfähigkeit verlassen zu dürfen, denn die ergreifenden Worte des Bezugs, die Sie mir geschrieben haben, sind so voller Beweis und Zeugnis, Ihr Umgang mit meinen Arbeiten wird so rein offenbar in ihnen, daß ich meine, auch das Rasche und Fragmentarische einer Briefseite könne nicht anders als mit einer gewissen Genauigkeit in die von Ihnen erfahrenen und vorbereiteten Zusammenhänge aufgenommen sein. So will ich denn, in aufmerksamster Auffassung, versuchen, Ihnen, Lieber, zu dem Konflikt zu reden, den Sie mir mehr andeuten als eigentlich vorstellen. Aber ich erfasse ihn, glaub ich, in seiner Mitte. Sie nennen es den Zwiespalt zwischen der ›geistigen und weltlichen Pflicht‹.

Wenn ich nun an mich selber denke in meiner Jugend, so war es für mich durchaus so, daß ich fort *mußte*, auf die Gefahr hin zu kränken und wehzutun. Ich kann Ihnen nicht unsere damaligen österreichischen Verhältnisse schildern, die (rechnet man die verhängnisvolle Falschheit und Beirrtheit der achtziger Jahre hinzu) so in sich aufgegebene und abgestorbene gewesen sein müssen, daß mein Instinkt mir sagte, es sei, von ihnen aus, ein Hinein- und Hinüberwachsen in das, was das Leben scheinbar mit mir meinte, ein auch noch für die ringendste Kraft ganz und gar Unmögliches. Nehmen Sie dazu, daß ich inmitten dieser Unmöglichkeiten (wo fast alles rein Erfahrbare durch Vorwand und Vorurteil verstellt schien) seit meinem zehnten Jahr in eine entschiedene Laufbahn (die des österreichischen Offiziers) eingelassen war; – so klein, wie ich war, auf ein glattes Lebensgeleis gestellt, auf dem mich jede Bewegung immer weiter und beschleunigter von *dem* fortgleiten ließ, was meiner unaussprechlichen Anlage und ihren dunklen Absichten entsprach –, so werden Sie verstehen, daß ich nur durch die widerstrebendste aufbegehrendste Entgleisung mein Gemüt und Blut in Besitz zu nehmen vermochte.

Was ich künstlerisch schreibe, wird wohl bis zuletzt irgendwo die Spuren des Widerspruchs aufweisen, mittels dessen ich mich angetreten habe, – und doch, wenn Sie mich fragen, so möchte ich nicht, daß es *dies* sei, was vor allem von diesen Arbeiten ausginge: nicht die Aufforderung zu irgendeiner Auflehnung und Befreiung, nicht das Ausspringen aus dem sie Umgebenden und ihnen Anfordernden, möchten – so wünschte ich – junge Menschen aus diesen Schriften schließen; vielmehr, daß sie in einer neuen Verträglichkeit das Gegebene, Zugemutete, unter Umständen Notwendige hinnähmen, vor ihm nicht nach auswärts, sondern ins Tiefere auswichen, dem Druck der Verhältnisse nicht so sehr widerstrebten, als vielmehr ihn ausnutzten, um durch ihn in eine dichtere, tiefere, eigentümlichere Schicht der eigenen Natur eingesetzt zu werden.

Wenn ich heute so spreche und also vielmehr ein Hinnehmen, Sich-Vertragen und Aushalten befürworte (das ich selber nicht geleistet habe) –, so ist dies (hier prüfe ich mich streng) nicht eine Nachgiebigkeit des älteren Mannes, – sondern die Zeiten sind in der Tat andere geworden; zwischen jenem schwersten Jahrzehnt meiner Kindheit und der heutigen (selbst schlimmsten) Einstellung ist ein mit Zeitmaßen überhaupt kaum abschätzbarer Unterschied; mag auch jetzt noch zwischen Vater und Sohn der Abgrund täglich neu aufgerissen sein, gewisse Verständnisse sind über ihn hinüber möglich, ja so geläufig geworden, daß man sie gar nicht mehr zählt. Und dieses vor allem: der junge Mensch selbst ist weit entfernt, in jenem Sinne, in dem unsereiner es in allen entscheidenden Nöten war, allein und verlassen zu bleiben: das bloße Gleichaltrigsein hat eine besondere Bedeutung und Zuverlässigkeit angenommen (seit dem Jahr 1913 halt ich das Buch eines Frühverstorbenen in Ehren, – Henry Franck, La Danse devant l'Arche – in dem diese Erfahrung zuerst in den eindringlichsten Rhythmen gefeiert erschien), – und ich meine mich nicht zu täuschen, daß ich, wäre ich *jetzt* jung, in den reichsten Anschlüssen emporlebte, mitgerissen von solchen meines Alters, ihre meisten Begeisterungen teilend und ihren Bedrängnissen, vom eigenen Gemüt her, einvertraut.

Jenes ›Schwer-nehmen‹ des Lebens, von dem meine Bücher erfüllt sind –, ist ja keine Schwermütigkeit, Lieber (und dieses ›furchtbar‹ und jenes ›tröstlich‹, zu dem Sie sich, mir so ergreifend, bekannt haben, wird in diesen Büchern immer näher zusammenrücken, bis es schließlich *Eines* sein wird in ihnen, ihr einziger wesentlicher Inhalt) – jenes Schwernehmen will ja nichts sein, nicht wahr?, als ein Nehmen nach dem wahren Gewicht, also ein Wahrnehmen; ein Versuch, die Dinge mit dem Karat des Herzens zu wägen, statt mit Verdacht, Glück oder Zufall. Keine Absage, nicht wahr?! *keine Absage;* oh, im Gegenteil, wieviel unendliche Zustimmung und immer noch Zustimmung zum Da-Sein!

Aber nun bleibe noch eines zu bedenken und zu sagen. Sie lassen mich nicht erkennen, was man Ihnen, nach vollzogenem Abitur, vom Hause aus, zumuten will, welchen Beruf, welche Beschäftigung; die, wie Sie sagen, ›einzige Arbeit‹, das Ringen in der Richtung zu Gott, muß nicht notwendig leiden oder eingehen über einer scheinbar anderen oberflächlicheren Anwendung der Kräfte. Vergessen Sie nicht, daß, zum Beispiel in den Zeiten, da das Handwerk noch lebenswarm war, fast alle seine Rhythmen und Wiederholungen Gott in jenen einfältigen Herzen zu steigern vermochte; ja, dort erweist sich vielleicht am gründlichsten die einzige unvergleichliche Vergünstigung des Menschen, wo es ihm gelingt, in ein Unscheinbares, Geringes die heimliche Großheit seiner Beziehungen einzuführen. Es hat das Gedräng der Verwirrungen, die uns die Übersichtlichkeit und Ordnung des Heutigen erschweren, gefährlich vermehrt, daß die Rufe der Kunst so oft als Rufe *zur* Kunst sind verstanden worden. So haben die Erscheinungen künstlerischer Betätigung – Gedichte, Bilder, Skulpturen und die schwebenden Gestaltungen der Musik –, statt ins Leben hineinzuwirken, immer mehr junge, künftige Menschen aus ihm herausgerufen. Dieses Mißverständnis entzieht dem Leben viele ihm zugehörige Elemente, und der Bereich der Kunst, in dem doch nur einige Große am Ende berechtigt bleiben, überfüllt sich mit Verführten und Flüchtlingen. Nichts meint das Gedicht weniger, als in dem Lesenden den möglichen Dichter aufzuregen ..., und das vollendete Bild sagt doch eher: siehe, du mußt nicht malen; ich bin schon da!

Also, *darüber* müßten wir, zum Schluß, genau verständigt sein, Freund und Bruder: daß die Kunst nicht zuletzt wieder Künstler zu stiften vorhat. Sie meint keinen zu sich hinüber zu rufen, ja, es ist immer meine Vermutung, daß es ihr auf eine Wirkung überhaupt nicht ankäme. Indem aber ihre Gestaltungen, aus unerschöpflichem Ursprung ununterdrückbar hervorgegangen, seltsam still und übertrefflich unter den Dingen dastehen, könnte es geschehen, daß sie *jeder* menschlichen Betätigung unwillkürlich irgendwie vorbildhaft werden durch ihre angeborene Uneigennützigkeit, Freiheit und Intensität.

Grüße Ihnen, Rudolf Bodländer, und den lieben, Ihnen Gleichgesinnten!

Rainer Maria Rilke

An Margot Sizzo

Château de Muzot sur Sierre,
Valais (Schweiz),
am 17. März 1922

Meine verehrte Gnädigste Gräfin,
der siebenzehnte ist ein zu schönes Datum, als daß ich mich nicht versucht fühlen sollte, es gleich über ein paar Blättchen zu setzen, mit denen ich bitte, Ihren (gestern eingetroffenen) gütigen Brief er-

widern zu dürfen. – Ich darf dies um so mehr, als meine Arbeit, die tief und lang unterbrochen gewesene, gerettet scheint –, nicht nur *sie* liegt nun vor, sondern auch ein kleiner Band ›Sonette‹ (die Sonette an Orpheus) ist mir in den Unvorsehlichkeiten des Arbeitssturms gewissermaßen hinzugeschenkt worden. – Was aber jene größeren Gedichte angeht, *ja*, so handelt es sich um jene im Winter 1912 auf Duino begonnenen, dann in Spanien und Paris fortgeführten Arbeiten, deren Vollendung und Ausgestaltung Krieg und Nachkrieg – wie ich oft fürchten mußte – zu vereiteln drohten. Das wäre hart gewesen; denn diese Gedichte enthalten das Wichtigste und Gültigste, was ich um die Zeit meiner Lebensmitte festzustellen vermocht hatte –, und es wäre das bitterste Verhängnis gewesen, an der reifsten inneren Stelle abgesagt zu bleiben und *das* nicht gestalten zu dürfen, wofür so viel Voraussetzungen von Leid und soviel Vermutungen der Seligkeit vorgewirkt hatten. Diese ›Elegien‹ (so waren die Gedichte von Anfang an genannt, – es werden nun *zehn* sein –) sollen nun unter dem Titel: ›Die Duineser Elegien‹ erhalten bleiben, um so mehr, als die Kriegsläufe die schützenden Mauern jenes wunderbaren adriatischen Schlosses (in dessen gastlicher Einsamkeit die ersten beiden Elegien und mehrere Fragmente, die nun in den späteren Gedichten vorkommen, entstanden sind) fast bis auf die letzte Spur zerstört haben (: ›Le buste survit à la cité‹ [Die Büste überlebt die Stadt] schrieb Théophile Gautier, wenn ich recht zitiere, in einem seiner vollendeten Sonette).

Auch hier, auch hier, ach auch hier –, steht Leben und Kunst irgendwie im Widerspruch. Da sie Dehmels gedenken, so ließe sich, gerade im Gedanken und Anschluß an *ihn*, dieser Konflikt merkwürdig behandeln; Dehmels Wunsch, den Dichter ins Leben zu stellen (– Briefe, die er mir schrieb, ließen auch erkennen, wie sehr er immer wieder auf *dieses* Thema zurückkam –) ging wohl zunächst aus von der Scheu, von dem *Abscheu* vor dem Schreibtisch-Literaten, in welcher Abneigung er sich z.B. mit seinem Freunde Detlev von Liliencron so herzhaft einig fand (und schließlich mit wem nicht?!), aber zuletzt lag doch da irgendwo ein Fehler vor, ein nicht tief genug Gedacht- und Beobachtet-haben. Ist etwa um den Schreibtisch herum, an den sich einer, sagen wir, zurückzöge, *kein* Leben mehr, reicht Schicksal, Dasein, Nichtsein und alles Bedrängende, Gefährliche und Mächtige etwa nicht bis an diesen dorthin (sagen wir) Geflüchteten? Was seine Hervorbringung schwach, unwahr, überflüssig oder lächerlich macht, ist nicht sein Platz, an dem er sich hält, sondern daß er an diesem Platze (der ebenso gut eine vitale Mitte darstellen könnte, wie irgend ein anderer Platz auf der Welt) vom Leben *ab*sehen lernt, das ihn auch dort umdrängt und umbrandet, – daß er das Leben *überhaupt* nicht mehr gewahrt, sondern nur das Papier und den Tintenfleck am Federfinger: *das* macht diesen – eminent deutschen – Typus so hoffnungslos und widerwärtig. Aber warum ihn bekämpfen –, genügt es nicht, ihn zu übersehen? – Soviel Dinge, des Untergangs wert, kommen am Besten zu ihrem Ende, wenn man sie gewähren läßt, sie sind ja ohnehin immerfort dabei, sich *ab*zuleben. – Aber Dehmel war eine kämpferische Natur, kämpferisch bis zur völligen Geschmacklosigkeit (insofern hafteten ihm auch die achtziger Jahre des vorigen Jahrhunderts noch verhängnisvoll an, die die geschmacklosesten gewesen sein möchten, die die Geschichte aller Zeiten aufzuweisen hätte – –). Sein Kämpferisches um jeden Preis hatte, innerhalb seines eigenen Werkes und in seinem Umgang, gute und schlimme Folgen, wie es eben kam. – Dieser Entschluß in ihm, keine Grenzen gegen das ›Leben‹ (man muß es schon in Anführungszeichen setzen) aufzurichten, wird nicht unschuldig sein an dem, was Sie als das ›plötzlich‹ Unsympathische, ja Abstoßende in seinen Büchern empfinden; damit das Leben nur ja *da* sei, war er imstande, ›Rohmaterial des Lebens‹, unverarbeitet, in einen sonst starken und verwandelten Vers zu wälzen –, eine jener Roheiten zu begehen, in denen die Menschen sich, ab und zu, die unmittelbare Gegenwart ihrer Kraft zu beweisen vorgeben. Meine Bewunderung für Dehmels Kunst war in meiner Jugend trotzdem sehr groß –, aber ich verstand schon damals sehr gut, als mir einmal jemand gestand, er habe mitten in einem schönen Dehmeischen Gedicht Angst umzublättern, denn es könne auf der nächsten Seite eine Brüskerie geschehen, die *dem* um so schmerzhafter sein mußte, der eben in die wahrhaftige Herrlichkeit einiger Verszeilen fühlend und mitwissend eingetreten war.

Auf der anderen Seite hat Dehmels Beispiel und Einfluß, Lyrik aus dem *Leben* hervorspringen zu lassen, gewiß Dichter erweckt: jene ganze, erst anonym auftretende Nyland-Gruppe bildete sich, so viel ich weiß, aus in Fabriken oder sonst stark arbeitenden jungen Menschen: sie waren, seit 1912 oder früher schon, mit leidenschaftlicher Freude an Dehmel angeschlossen und mögen in ihm eine gewaltige und sehr reine Bestärkung gefunden haben. Joseph Winckler und, besonders, der früh verstorbene (oder, wenn ich nicht irre, im Krieg gefallene) Gerrit Engelke, verdanken den Mut, ihre große Begabung von der Stelle aus, auf die das Leben sie gestellt hatte, unbeirrt auszuüben, unbedingt dem Dehmelschen Zuspruch, ja der erschütterten Bewunderung, wie er sie immer für jede sonst noch namenlose Kraft aufbrachte, in einer Kameradschaft und Bereitschaft, die das dauernd Junge an ihm war und vielleicht sein Schönstes. – Daß einer auf seinem angeborenen Platz aufsänge, sei es auch hinter einer Maschine oder am Pflug (was ja sogar eine recht vergünstigte Lage wäre!), ist natürlich in der Ordnung; andererseits aber wäre es falsch, überall das ›métier‹ gelten zu lassen, um den künstlerisch Schreibenden (ich vermeide das abscheuliche: ›Schriftsteller‹) von dem seinen zu verdrängen. Niemand dächte daran, einen Seiler, Schreiner oder Schuster von ihrem Handwerk weg ›ins Leben‹ zu stoßen, damit sie bessere Seiler, Schreiner und Schuhmacher seien; auch den Musiker, den Maler, den Skulpteur ließe man eher bei dem Ihrigen gewähren. Nur bei dem Schreibenden scheint das Handwerk so gering, so von vornherein *gekonnt* (Schreiben kann jeder), daß manche (und unter ihnen auch gelegentlich Dehmel) der Meinung waren, der damit Beschäftigte gerate sofort ins leere Spielen, wenn man ihn zu sehr mit seinem métier allein lasse! Aber welcher Irrtum! Schreiben zu können ist, weiß Gott, nicht minder ›schweres Handwerk‹, um so mehr, als das Material der anderen Künste von vornherein von dem täglichen Gebrauch abgerückt ist, während des Dichters Aufgabe sich steigert um die seltsame Verpflichtung, *sein* Wort von den Worten des bloßen Umgangs und der Verständigung gründlich, wesentlich zu unterscheiden. *Kein* Wort im Gedicht (ich meine hier jedes ›und‹ oder ›der‹, ›die‹, ›das‹) ist *identisch* mit dem gleichlautenden Gebrauchs- und Konversations-Worte; die reinere Gesetzmäßigkeit, das große Verhältnis, die Konstellation, die es im Vers oder in künstlerischer Prosa einnimmt, verändert es bis in den Kern seiner Natur, macht es nutzlos, unbrauchbar für den bloßen Umgang, unberührbar und bleibend: eine Verwandlung, wie sie sich, unerhört herrlich, zuweilen bei Goethe (Harzreise im Winter), oft bei George vollzieht. – Wie verschieden Dehmels Auffassung auch in dieser Beziehung gewesen sein mochte, ging überraschend deutlich aus einer kleinen Kontroverse hervor, die gelegentlich einer Begegnung, vor vielen Jahren, zwischen uns aufsprang. Dehmel (der immer eine Art abwartender Besorgtheit für mich hatte, wie ich später merken konnte) stellte mich gradezu zur Rede über mein ständiges Wohnen im Auslande. Ich konnte ihm unmöglich *alle* Gründe dafür anführen (seine Haltung später im Kriege bewies mir erst recht, wie wenig er die meisten verstanden hätte), so beschränkte ich mich unter anderem zu sagen – mich dessen keineswegs rühmend, sondern es, wenn man so will, als eine Schwäche zugebend –, daß ich arbeitend, kein Deutsch (das meistens so widerwärtig schlecht und faul gesprochene!) um mich hören könne, sondern es vorzöge, dann von einer anderen, mir als Umgangsmittel vertrauten und sympathischen Sprache umgeben zu sein: durch solche Isolierung (die er als enorm ›unpatriotisch‹ empfunden haben mag) nähme dann, erzählte ich ihm, das Deutsch *in mir* eine eigentümliche Sammlung und Klarheit an; abgerückt von allem täglichen Gebrauch, empfände ich es als das mir angemessene herrliche (*wie* herrliche: nur, vielleicht, über das *Russische* so zu verfügen, gäbe eine noch größere Gamme, noch weitere Kontraste des Ausdrucks!) – Material –. Dehmel staunte meine Versicherung so ratlos an, daß ich, scherzhaft, noch hinzufügte, es wäre ja auch, beispielsweise für einen Bildhauer ungemein peinlich, wenn der Ton, den er zu modellieren habe, gleichzeitig noch überall zu Verständigungszwecken oder sonst praktischen Anwendungen höchst ungefähr und nachlässig verschmiert würde ... Wir lachten beide, und das Gespräch wurde in dieser Richtung nie fortgeführt.

– Was aber nun, verehrte Gräfin, die Güte und Nachsicht angeht, mit der Sie das Marien-Leben einschätzen, so wäre ich (fast, fast) geneigt, einen Dehmeischen Standpunkt einzunehmen, nämlich den des *Lebens*, aus dem allein Kunst zu kommen habe. Es ist natürlich nicht ganz auszuschließen, daß auch die Künste gegenseitig in einander hinüberwirken und sich beeinflussen; wo aber bewußt ein schon künstlerisch Gestaltetes zum Anlaß wird wiederum für Kunst auf anderem Gebiet, da müßte der so betroffene Künstler außerordentlich viel aus dem Erlebnis Stammendes *zu dieser Veranlassung hinzu* aufregen, um etwas dennoch ganz Verantwortliches einem solchen Antrieb aus zweiter Hand abzuringen. Dies ist in den Gedichten des kleinen Marien-Lebens *manchmal* geschehen; nicht immer. Es ist auch nicht so sehr die Existenz dieser Verse, die ich anstreite, als vielmehr ihre Entstehungszeit; wären diese Nebenproduktionen etwa zehn Jahre früher anzusetzen, so hätte ich alle Duldsamkeit für sie. Aber sie griffen, wie ich Ihnen schon schilderte, weit zurück im Ton: das werden Sie mir auf alle Fälle zugeben, später, wenn Sie die ersten Elegien (die von 1912) kennen werden; Sie werden kaum glauben wollen, daß es sich um ›contemporains‹ [Zeitgenossen] des Marien-Lebens handle.

Nun aber noch eines, Gnädigste Gräfin …: Wäre ich eitel … (und niemand weiß ja, bis zu welchem Grade er es doch ist, soweit es nämlich jedem darauf ankommt, eine gewisse Identität seines Inneren und Äußeren vertreten zu dürfen) –, also, wäre ich so eitel, wie ich es, wahrscheinlich, irgendwo bin, so müßte ich wirklich untröstlich sein, daß Ihnen das Zwintschersche Bildnis vor Augen kommen konnte. Als Malerei ist es sehr minderwertig, als Porträt angesehen, ist es einfach eine Unwahrheit, eine leichtsinnige widerwärtige Verlogenheit. Nie ist ein ›Bildnis‹ unverantworteter hergestellt worden; seine Geschichte ist die folgende: Im Jahre 1901 kam O. Zwintscher, um eines *anderen* Porträts willen, das zu unternehmen ich ihn gebeten hatte, für einige Wochen zu uns. Am Ende seines Aufenthalts (das beabsichtigte Bildnis war ungefähr fertig), bat er auch mich, ihm doch ein paar Mal zu sitzen, was ich endlich ungern tat (: denn nichts ist mir je begreiflicher gewesen als die Gebärde, mit der ich eine arabische Frau einmal in Kairouan (Tunis) beide Hände vors Gesicht schlagen sah, als sie, mit Entsetzen, gewahrte, daß ein photographischer Apparat es auf sie abgesehen habe; dieses, genau *dieses* Entsetzen ist mir immer ganz unwillkürlich, wenn es sich darum handelt, irgendwie malerisch oder photographisch ›abgenommen‹ zu sein) –, kurz, Herrn Zwintscher gelangs, mich dafür zu überwinden, ich saß ihm vier oder fünf Mal; in der letzten Sitzung, am Schluß, schabte er, mit seinem Ergebnis zerworfen, seine Arbeit bis auf den Grund der Leinwand ab –, und so, la toile vide [mit leerer Leinwand], reiste er (zu meiner Erleichterung) nach Meißen zurück! Ein Jahr später oder zwei erfuhr ich, es existiere trotzdem mein Bild, von Zwintscher gemalt, – er verschickte es sogar schon auf Ausstellungen –, und meine bestürzte Anfrage ergab den Tatbestand, Z. habe ›aus dem Gedächtnis‹ mein Portrait wieder aufgemalt –, und wehe, wieder ein paar Jahre danach, konnte ich zufällig, in einer Exposition in der Bremer Kunsthalle, mit Kummer feststellen, wie ganz exécrable [abscheulich] und zudem wie eigenmächtig ein Zwintschersches Gedächtnis bestellt sei. Tun Sie mir also den *einen* Gefallen, Gnädigste Gräfin, *vergessen Sie*. (Es rührt mich geradezu, daß *Sie* auf *das* hin, – trotzdem, muß ich schon sagen – schrieben, das schöne Adamocz würde mir gern einmal seine Tore auftun: bitte nicht *ihm*, diesem völlig fremden, nie existent gewesenen Zwintscherich; bitte: *nicht* ihm!)

Da ich es vermeide, Schriften zu sehen, die sich mit meinen Arbeiten beschäftigen, so kenne ich auch Soergels Buch *nicht*; kürzlich erst begann die ›Insel‹, die längst beauftragt ist, das Zwintschersche Bild, wo es auftaucht (übrigens auch jedes andere, außer der Büste Fritz Hufs aus dem Museum in Winterthur, die ich noch am ehesten, wo es durchaus sein *muß*, autorisiere), zu unterdrücken, den Kampf gegen diese Reproduktion. Ich denke, sie wird gelegentlich der nächsten Auflage verschwinden, um, wenn man darauf besteht, eine Abbildung zu bringen, eben durch jene Bronze Hufs ersetzt zu werden. Que des ennuis inutiles [Wieviel unnötiger Verdruß]! – Genug, am Ende des siebenten Blattes: verzeihen Sie diese Maßlosigkeit! – Aber das Buch mit den Landschaften Ihrer Kindheit: darf ichs wirklich einmal erwarten?! (Wenn die Versendung sicher genug ist?!) Mit welcher Freude wird es aufgefaßt und betrachtet sein!

Ihr dankbar ergebener
R M Rilke

PS.: Der Zeitungsausschnitt liegt wieder bei. Dank. Es ist freilich eine étourderie [Unbesonnenheit] und Böswilligkeit, Stifter's z.B. nicht zu erwähnen!

An Edith Andreae-Rathenau

Château de Muzot sur Sierre, Valais
am 26. Juni 1922

Verehrte Gnädigste Frau,
wie oft, in den letzten Jahren, habe ich mir den Anlaß gewünscht, Ihnen ein Wort zu schreiben –, und nun drängt sich, mit einem Male, der fürchterlichste auf und drückt mir die Feder in die Hand und läßt sie zugleich erstarren. Was ich, diesen Bann des Entsetzens überwindend, *doch* sagen könnte, wird der Ausruf von Tausenden sein. Und wär er's nicht, das Schweigen selbst, auf allen Seiten bedrängt vom kommenden Aufschrei, zöge sich zu einem schmalen Streifen zusammen und bildete, ausgespart im Leeren, die Schrift dieser Klage, die wir alle meinen.

Es steht mir in keiner Weise zu, im Sinne einer Öffentlichkeit, welche es auch sei, zu sprechen; und doch hier, vor diesem eine weiteste Allgemeinheit angehenden Verlust, wirds unvermeidlich, daß ich gestehe, wie ich immer nur ganz wenige Menschen in Deutschland gesehen habe, die fähig waren, Erzieher eines tieferen und gültigeren Gemeinwesens zu sein: unter ihnen war Walther Rathenau einer der vorzüglichsten. So war es auch aus großer Überzeugung und Hoffnung heraus, daß ich ihm meine Wünsche zurief, im Moment, da er sich entschloß, an der Ordnung einer zerstörten Welt, als der Berufensten einer, lenkend mitzuwirken. War es zu spät, daß er an die ihn so deutlich bezeichnende Stelle trat? Ist die Strömung böser Gewaltsamkeit schon zu stark geworden, als daß die Einzelnen, wahrhaft Helfenden und rein Wollenden, wider sie bestünden?

Welcher Schmerz, dachte ich oft, muß es für Walther Rathenau gewesen sein, überall nur die Correctur von Wirrnis und Verhängnis zu versuchen, statt auf ruhigen und redlichen Grundlagen, einverständigt mit den Besten, die weit ins Künftige reichenden Bauten auszuführen, deren vielfältiger Plan in ihm vorbereitet und vorerlebt war; denn *Retter* zu werden in letzter Stunde war am Ende doch nur ein Mißbrauch seiner Fähigkeiten und Kräfte: so wie er sie, in durchsichtiger Energie, geordnet und gesteigert hatte, war er der vorwissende *Verhüter* des Unheils. In wie vielem Sinne hätte ers sein können, wäre, als es noch Zeit war, die Luft leitender, wären die

Gehöre offener und reiner gewesen. Und hätte er nur dieses *Eine* geltender machen dürfen in dem auch damals heillos tauben und trüben Deutschland, das Eine, das ihm zur ununterbrochenen fast schon unwillkürlichen Leistung geworden war: Geistes-Gegenwart zu stiften, ich meine schwingende Gegenwart des Geistes in allen Dingen und Beziehungen des Handelns und Hervorbringens …, wäre nur dieses eine durchzusetzen ihm damals gelungen, der Gang, der Sturz aller Ereignisse hätte so weltwiderlegend, so töricht-tötlich nicht werden können!

Dadurch vor Allem hat sich Walther Rathenau eine so lebendige Beziehung zu uns, den künstlerisch arbeitenden, geschaffen, daß er nicht ruhte, bis nicht auch das scheinbar materiellste, Innerste in den geistigen Raum einbezogen war; daß er das verstreute und widersprüchige Stückwerk einer von Hast und Hunger zerschlagenen Welt immer wieder im Sinne eines *Ganzen* zu verstehen entschlossen war und daß er die ungeheure Energie besaß, den Glauben an dieses Ganze in sich so stark zu machen, daß er schließlich für Andere überzeugend und überwindend wurde.

In diesem Ganzen, in diesem Heilen, Gnädigste Frau, dauern seine großen Entschlossenheiten weiter, ihre Lebendigkeit konnte nur in die Vorräte des Menschlichen zurückgeworfen –: sie kann nicht widerrufen, nicht vernichtet werden.

Es ist (darf ich dieses zum Schluß versichern) die zarteste Stelle meines so gültigen Schmerzes, daß ich Ihren Bruder, daß ich Sie selbst, verehrte Gnädige Frau, nicht oft genug gesehen habe, um heute mit einem Wort persönlicherer Empfindung und Tröstung dem Übermaß Ihres plötzlichen Leids näher zu sein. Ich bin ihm so nahe, als Sie und die Ihrigen es erlauben und zulassen mögen.

Ihr
immer ergebener
Rainer Maria Rilke

An Margot Sizzo

Château de Muzot sur Sierre, Valais,
am Drei-Königs-Tag [6. 1.] 1923

Meine verehrte Gnädigste Gräfin,
noch vor einigen Tagen las ich Ihren frohen Brief aus dem Sommer wieder, und begriff gar nicht die Säumigkeit meiner Brieffeder, die diese gütigen, in so vielfacher Weise mitteilsamen Zeilen so lange unerwidert lassen konnte. Und doch schrieb ich nicht gleich! Es ist, als ob meine Feder – leider hat man ja die gleiche für alles Schriftliche, Arbeit und Korrespondenz – sich durchaus eine Ruhe erzwingen wollte nach den großen Anstrengungen des vorigen Jahrs ...

Und auch ich selbst! Einer solchen Arbeitsausgabe folgt jedes Mal ein Ratlossein, nicht daß man eigentlich leer wäre, aber bestimmte Vorräte des eigenen Wesens sind verwandelt, sind fortgegeben und gleichsam dem eigenen persönlichen Gebrauche für immer entzogen. Man mag sich nicht sofort nach anderem inneren Besitz umsehen – man weiß eigentlich nicht, *was* man mag, es ist ein Zustand des Zögerns, des Sich-langsam-Umwendens, – und es zeigt sich, daß man in solcher Zeit ungern ›ich‹ sagt –, denn was wäre, ohne Anstrengung und Zwang, von solchem Ich auszusagen? Oft in solchen Momenten, früher, kam mir dann ein äußerer Wechsel zustatten, was sowohl dem Ausruhen wie dem Neuanfangen günstig war (– ein Teil meiner Unstetheit mag sich sogar daraus erklären, daß ich jedesmal nach Ablauf einer derartigen Intensitätsperiode *jede* Veränderung, die sich von außen anbot als eine erwünschte Hülfe hinnahm ...); auch diesmal wäre es vielleicht so gekommen, ich war entschlossen, Muzot zu verlassen, sei es, um wieder nach Paris zu ziehen (was für gewisse Studien, die ich vorhabe, längst geboten wäre), sei es, um unsere – mir selber noch unbekannte – Urheimat, Kärnten aufzusuchen und zu sehen, ob dort eine Niederlassung möglich wäre ... Das Familienwappen, ich glaube mit einer Jahreszahl des vierzehnten Jahrhunderts, soll noch im Ständehaus in Klagenfurt, immer wieder aufgefrischt, vorkommen, – und ich, nicht allein weil ich der letzte Männliche meines Stammes bin, fühlte mich ganz geeignet, einen solchen weiten Kreis durch eine Art Heimkehr dorthin, wenn das ohne Gewaltsamkeit möglich ist, zu schließen, um mich für einige Zeit dort anzusiedeln, von wo wir, wie Legende und Überlieferung versichert, ausgegangen sind! (›Csakathurn‹, wie es heißt eines der ältesten Lehensgüter der Kärntner Rilke ist ja nun, wenn ich nicht irre, ein erblicher Besitz und Titel in der Familie der Grafen Festetics, Ihrer Verwandten!) – Aber dann war der mindeste Versuch, beweglich zu werden, sofort mit soviel Schwierigkeiten verbunden, daß ich, mehr und mehr, nachgab und mich noch für einen Winter auf Muzot einschloß, im besten Entschluß auch die diesmalige Klausur so fruchtbar als möglich zu machen. Ich nahm denn auch gleich verschiedene Übersetzungsarbeiten auf, die mich wohl durch die stillen Monate hin reichlich beschäftigen werden, und ich würde darin schon weiter sein, wenn nicht gesundheitliche Störungen sich über jeder etwas heftigeren Anstrengung oder Erregung einstellten, offenbar auch eine Folge der etwas forcierten Leistung der vorigen Arbeitsperiode.

Dies Alles von mir: liebe Gnädigste Gräfin! Wo Ihr neuester Brief doch so unmittelbaren und unvermutet schmerzlichen Anlaß gebracht hat, von Ihnen und zu *Ihnen* zu reden. Aber gerade, weil dieses so sehr not tut, wollte ich mich Ihnen, nach so langem Schweigen, erst wieder tatsächlich gegenwärtig gemacht haben, damit die warmen Worte der Teilnehmung, die Ihnen zuzuwenden ich mich aufs Natürlichste gedrängt fühle, nicht aus zu vaguem Ursprung zu Ihnen hinüberkämen. Damit Sie um so besser fühlen, *wer* sie spricht und aus welcher Lage. Worte ..., können es solche der Tröstung sein? – Ich bin dessen nicht sicher, ich glaube auch nicht recht, daß man sich über einen Verlust von der Plötzlichkeit und Größe dessen, den Sie erlitten haben, trösten kann oder soll ...

›Wehe denen, die getröstet sind‹, so ähnlich notiert die mutige Marie Lenéru in ihrem merkwürdigen ›Journal‹, und hier wäre ja auch Trost eine der vielen Ablenkungen, eine Zerstreuung, also im Tiefsten ein Leichtsinniges und Unfruchtbares. – Selbst die Zeit ›tröstet‹ ja nicht, wie man oberflächlich sagt, sie räumt höchstens ein, sie ordnet –, und nur weil wir die Ordnung, zu der sie so still mitwirkt, später so wenig genau nehmen, ja sie so wenig betrachten, daß wir das nun Eingestellte und Besänftigte, im großen Ganzen Versöhnte, statt es dort zu bewundern, nur weil es uns nicht mehr so wehe tut, für eine unsrige Vergeßlichkeit und Schwäche des Herzens halten. Ach, wie wenig *vergißt* es, das Herz, – und wie stark wäre es, wenn wir ihm nicht seine Aufgaben entzögen, ehe sie völlig und eigentlich geleistet sind! – Nicht sich trösten wollen über einen solchen Verlust, müßte unser Instinkt sein, vielmehr müßte es unsere tiefe schmerzhafte Neugierde werden, ihn ganz zu erforschen, die Besonderheit, die Einzigkeit gerade *dieses* Verlustes, seine Wirkung innerhalb unseres Lebens zu erfahren, ja wir müßten die edle Habgier aufbringen, gerade um *ihn*, um seine Bedeutung und Schwere, unsere innere Welt zu bereichern ... Ein solcher Verlust ist, je tiefer er uns trifft und je heftiger er uns angeht, desto mehr, eine *Aufgabe*, das nun im Verlorensein hoffnungslos Betonte, neu, anders und endgültig in Besitz zu nehmen: *dies* ist dann unendliche Leistung, die alles Negative, das dem Schmerz anhaftet, alle Trägheit und Nachgiebigkeit, die immer einen Teil des Schmerzes ausmacht, auf der Stelle überwindet, dies ist tätiger, innen-wirkender Schmerz, der einzige, der Sinn hat und unser würdig ist. Ich liebe nicht die christlichen Vorstellungen eines Jenseits, ich entferne mich von ihnen immer mehr, ohne natürlich daran zu denken, sie anzugreifen –; sie mögen ihr Recht und Bestehen haben, neben so vielen anderen Hypothesen der göttlichen Peripherie, – aber für mich enthalten sie zunächst die Gefahr, uns nicht allein die Entschwundenen ungenauer und zunächst unerreichbarer zu machen –; sondern auch wir selber, uns in der Sehnsucht hinüberziehend und *fort* von hier, werden darüber weniger bestimmt, weniger irdisch: was wir doch, vor der Hand, solange wir *hier* sind, und verwandt mit Baum, Blume und Erdreich, in einem reinsten Sinne zu bleiben, ja immer erst noch zu werden haben! Was mich angeht, so starb mir, was mir starb, sozusagen in mein eigenes Herz hinein: der Entschwundene, wenn ich ihn suchte, nahm sich *in* mir eigentümlich und so überraschend zusammen, und es war so rührend, zu fühlen, daß er nun *nur* noch dort sei, daß mein Enthusiasmus seiner dortigen Existenz zu dienen, sie zu vertiefen und zu verherrlichen, fast in demselben Augenblick die Oberhand bekam, in dem sonst der Schmerz die ganze Landschaft des Gemüts überfallen und verwüstet haben würde. Wenn ich mich erinnere, wie ich – oft bei äußerster Schwierigkeit, einander zu verstehen und gelten zu lassen –

meinen Vater geliebt habe! Oft, in der Kindheit, verwirrten sich meine Gedanken, und das Herz erstarrte mir über der bloßen Vorstellung, er könne einmal nicht mehr sein; mein Dasein schien mir so völlig durch ihn bedingt (mein, von vornherein doch so anders gerichtetes Dasein!), daß sein Fortgehen meiner innersten Natur gleichbedeutend war mit meinem eigenen Untergang ..., aber *so* tief steckt der Tod im Wesen der Liebe, daß er ihr (wenn wir ihn nur *mit*wissen, ohne uns durch die ihm angehängten Häßlichkeiten und Verdächte beirren zu lassen) nirgends widerspricht: *wo*, schließlich, kann er Eins, das wir unsäglich im Herzen getragen haben, anders hin verdrängen, als *in* eben dieses Herz, wo wäre die ›Idee‹ dieses geliebten Wesens, ja seine unaufhörliche Wirkung (: denn *wie* könnte *die* aufhören, die doch schon, da es mit uns lebte, von seiner greifbaren Gegenwart mehr und mehr unabhängig war) ... *wo* wäre diese immer schon geheime Wirkung gesicherter, als *in* uns?! Wo können wir ihr näher kommen, wo sie reiner feiern, wann ihr besser gehorchen, als wenn sie mit unseren eigenen Stimmen verbunden auftritt, als ob unser Herz eine neue Sprache gelernt hätte, ein neues Lied, eine neue Kraft! – – Ich werf es allen modernen Religionen vor, daß sie ihren Gläubigen Tröstungen und Beschönigungen des Todes geliefert haben, statt ihnen Mittel ins Gemüt zu geben, sich mit ihm zu vertragen und zu verständigen. Mit ihm, mit seiner völligen, unmaskierten Grausamkeit: diese Grausamkeit ist so ungeheuer, daß sich gerade bei ihr der Kreis schließt: *sie* rührt schon wieder an das Extrem einer Milde, die so groß, so rein und so vollkommen *klar* ist (aller Trost ist trübe!), wie wir nie, auch nicht im süßesten Frühlingstag, Müdigkeit geahnt haben. Aber zur Erfahrung dieser tiefsten Milde, die, empfänden sie nur einige von uns mit Überzeugung, vielleicht alle Verhältnisse des Lebens nach und nach durchdringen und transparent machen könnte: zur Erfahrung *dieser* reichsten und heilsten Milde hat die Menschheit niemals auch nur die ersten Schritte getan, – es sei denn in ihren ältesten, arglosesten Zeiten, deren Geheimnis uns fast verloren gegangen ist. Nichts, ich bin sicher, war je der Inhalt der ›Einweihungen‹, als eben die Mitteilung eines Schlüssels‹, der erlaubte, das Wort ›Tod‹ *ohne* Negation zu lesen; wie der Mond, so hat gewiß das Leben eine uns dauernd abgewendete Seite, die *nicht* sein Gegen-Teil ist, sondern seine Ergänzung zur Vollkommenheit, zur Vollzähligkeit, zu der wirklichen heilen und vollen Sphäre und Kugel des *Seins.*

Man sollte nicht fürchten, daß unsere Kraft nicht hinreichte, irgend eine, und sei es die nächste und sei es die schrecklichste, Todeserfahrung zu ertragen; der Tod ist nicht *über* unsere Kraft, er ist der Maßstrich am Rande des Gefäßes: wir sind *voll*, sooft wir ihn erreichen –, und Vollsein heißt (für uns) Schwer-sein ... das ist Alles. – Ich will nicht sagen, daß man den Tod *lieben* soll; aber man soll das Leben so großmütig, so ohne Rechnen und Auswählen lieben, daß man unwillkürlich, ihn (des Lebens abgekehrte Hälfte), immerfort mit ein-bezieht, ihn mit-liebt, – was ja auch tatsächlich in den großen Bewegungen der Liebe, die unaufhaltsam sind und unabgrenzbar, jedesmal geschieht! Nur weil wir den Tod ausschließen in einer plötzlichen Besinnung, ist er mehr und mehr zum Fremden geworden und, da wir ihn im Fremden hielten, ein Feindliches.

Es wäre denkbar, daß er uns unendlich viel näher steht, als das Leben selbst ... Was wissen wir davon?! Unser effort [Bemühung] (dies ist mir immer deutlicher geworden mit den Jahren, und meine Arbeit hat vielleicht nur noch den einen Sinn und Auftrag, von dieser Einsicht, die mich so oft unerwartet überwältigt, immer unparteiischer und unabhängiger ... seherischer vielleicht, wenn das nicht zu stolz klingt ... Zeugnis abzulegen), ... unser effort, mein ich, kann *nur* dahin gehen, die *Einheit* von Leben und Tod vorauszusetzen, damit sie sich uns nach und nach erweise. Voreingenommen, wie wir es *gegen* den Tod sind, kommen wir nicht dazu, ihn aus seinen Entstellungen zu lösen ... glauben Sie nur, liebe Gnädigste Gräfin, daß er ein *Freund* ist, unser tiefster, vielleicht der einzige durch unser Verhalten und Schwanken niemals, niemals beirrbare Freund ... und *das*, versteht sich, *nicht* in jenem sentimentalisch-romantischen Sinn der Lebensabsage, des Lebens-Gegenteils, sondern unser Freund, gerade *dann*, wenn wir dem Hier-Sein, dem Wirken, der Natur, der Liebe ... am leidenschaftlichsten, am erschüttertsten zustimmen. Das Leben sagt immer zugleich: Ja und Nein. Er, der Tod (ich beschwöre Sie, es zu glauben!), ist der eigentliche Ja-Sager. Er sagt *nur*: Ja. Vor der Ewigkeit.

Denken Sie an den ›Schlafenden Baum‹. Ja, wie gut, daß es mir einfällt. Denken Sie an alle die kleinen Bilder und die Zuschriften dazu, – *wie* haben Sie da, im jugendlichen arglosen Vertrauen, immerfort *beides* in der Welt erkannt und bejaht: das Schlafende und das Wache, das Lichte und das Dunkle, die Stimme und das Schweigen …, la présence et l'absence [das Vorhandensein und das Fehlen]. Alle die scheinbaren Gegenteile, die irgendwo, in einem Punkte zusammenkommen, die an einer Stelle die Hymne ihrer Hochzeit singen –, und diese Stelle ist – vor der Hand – unser Herz!

Immer Ihr dauernd ergebener
Rilke

An Nanny Wunderly-Volkart

Château de Muzot s/Sierre
[16. Januar 1923]

[…]
Das beiliegende Blättchen überlesen Sie nur und verbrennens, wenns Ihnen so lieber ist, – ich mußte mir das entspannen, so groß war Widerspruch und Auflehnung in meinem Wesen, wüßte ich nicht, wie weit weg von alledem meine Sprache lebt und schwingt, es könnte mich völlig verstummen machen, daß sie, dem Namen nach, von dort zu kommen und dorthin zu gehören scheint. – Ich glaube, ich lerne doch noch arabisch –, und wenn, wiederum in zehn Jahren, ein Buch von mir erscheint, so muß die Insel sehen, wie sie sich arabische Alphabete verschafft, es zu drucken, oder ich ediere es in Bagdad oder Samarkand. Nie war mir mein Oesterreichertum, in seiner anderen inneren Zusammensetzung kostbarer! Aber es ist doch noch zu nahe an den ›Deutschen‹, und die Gefahr besteht, zu ihnen gezählt zu werden. Wirklich, es gibt nichts, wozu ich in leidenschaftlicherem Gegensatz stände, als dieses ›Reich‹ … Möge die Schweiz mich schützen, solang bis ich irgend eine weit weit entlegne Zuflucht finde, oder still, als Privatmann in Paris verschwinde, als ein čechoslovakischer Staatsbürger, der die Quais entlanggehen und im Luxembourg sich benehmen darf ohne irgendwann an die Schellen der Politik zu stoßen. Ich war wirklich bestürzt diese Tage: denn daß alles so ins Wahnsinnige weitergeht, vereitelt uns, die wir nicht mehr jung sind, für den Rest unseres Lebens die einstige Arglosigkeit der Bewegung durch die Welt –, und

damit wieviel Freude, wieviel Genügen, den Rest unserer äußeren Zukunft. Bleibt die innere. Aber die heißt es schützen und fernhalten, denn dieses Unheil, das Deutschland seit 1914 über die Welt verhängt, ist nichtmal ein Verhängnis, das die Größe von Schicksal hat, ist etwas wie ein böser, böswilliger Irrtum, eine Geschmacklosigkeit der Geschichte, ein Zufall des Mut-Willens und der Überhebung, ein Riesensturm in einem Riesenbier-Glase …

Pardonnez-moi, Chère, ne croyez pas que je sois injuste [Verzeihen Sie mir, Liebe, glauben Sie nicht, daß ich ungerecht bin] … Mein Instinkt hat so gerufen, da ich zwanzig war, warnend, – nun ruft meine Erfahrung so, – ich habe, den Deutschen gegenüber, nie eine andere Stimme gehabt. –

Liebe, noch habe ich Ihnen nicht gedankt, unser Abonnement der N. R. F. verdoppelt zu haben; quelle charmante idée [welch bezaubernde Idee]. Nun ist aller Grund zu danken, denn gestern kam das (340 Seiten starke!) Januar-Heft, das Sie wohl auch eben werden erhalten haben. Ich las bis zwei Uhr nachts, ganz verloren an die Fülle dieser Dokumentation, die vielleicht nicht ausreicht, der Gestalt, ausgespart Raum zu lassen (: der eine verdrängt sie gewissermaßen in den Beitrag des anderen), die aber doch den charme gewährt, Proust nachzuholen, – und aus der nun das Wunder dieses Werkes zwar nicht begreiflich, aber offenbar hervorgeht.

Auch hier wieder diese Freiheit, diese Sicherheit im Persönlichen, diese Ferne vom Erfolg, dieses sicheinrichten nach einer eigenen inneren Bestimmung, die dann von selbst auf den Unterbau der Tradition aufzuruhen kommt; diese Aufwendung ins Gesellige, ohne alle Ambition, wie nah am ›Snob‹ vorbei, gerettet durch dieses in-Allem-Etwas-Suchen, etwas Reines und Gewaltiges, das dann auch mehr und mehr die Führung dieses Lebens übernimmt, alles in *einem* Sinne beherrschend, auch noch die Krankheit. Schließlich dieses Sterben, Medicamente ablehnend, aber noch in der Agonie die Beschreibung einer Agonie verbessernd …!, nachdem das Wort

Fin

(siehe Facsimile des Manuscripts)

schon unter das letzte Blatt des XX^{ten} Hefts geschrieben war!

———

Dies auf der einen Seite des Rheins. Drüben, dagegen, monatelanges Hauptmann-Feiern …

On n'a qu'à choisir [Man braucht nur zu wählen].

[…]

R.

[Beilage]

So weit man sich wegrückt, man hört nicht auf, unter den politischen Vorfällen zu leiden. (Die schöne schweizer Abstimmung wird gewiß der einzige Akt gemeinsamer Vernunft in der ersten Hälfte des Jahrhunderts bleiben!) Die Franzosen haben vermutlich unrecht gehabt, ihre Sache, auf *diese* Spitze zu treiben,* von wo's nicht weitergeht und kaum zurück. Aber welche Widerwärtigkeit, diese deutsche Regierung, in ihrem Aufhetzen und Anstiften und ihrer wiederum ›ehrlichen‹ und doch so unwahren Wut. Und dazu die Fahnen auf Halbmast, die nichts anderes sind, als (immer noch) auf Halbmast herabgelockerte, von Wilhelm II. abgelegte Paradehosen. Und der *Trauertag* (an dem die Operetten-Theater weiterspielen!) lauter genau wilhelminische Einfälle. Dabei in Essen, was sie widerlegt, eine sachliche Haltung, Ruhe, fortgesetzte Arbeit, Fügung ins Gegebene. Aber in Berlin Geschrei, Beteuerungen, das Großtun der Misère wie früher das der Prosperität.

Ach, Chère, wie *wie* hasse ich dieses Volk, nach allem, was ich je, aus eigner Erfahrung, von ihm merken konnte; gerade noch bis zu Goethe's Tode hätte man es begreifen und lieben können: seit es ›groß‹ geworden ist, mit Preußen als Kern dieser Großheit: welches *Un*-Wesen! Niemand wird je behaupten können, daß ich *seine* Sprache schreibe! –

Kein Volk, kein Volk! Eine zu jedem Auftrieb des Großtuns brauchbare Masse; gleichgültig gegen *jede* Idee, aber stolz darauf, so viele Ideen ›getrieben‹ zu haben. Nichts verwendend, aber alles *aus*-nutzend. Schon zu kaiserlicher Zeit fähig, Lenin nach Rußland zu transportieren, um dort einen Untergang anzurichten, der seinen damaligen ›Ideen‹ zwar konträr hätte sein müssen, ihnen aber nütz-

* ein böses Beispiel für alle, die nichts wünschen, als wieder auf die Gewalt zu kommen!

lich sein konnte; heute ebenso imstande, sich mit den Sovjets zu verbünden, auf der Stelle – schon ist Brockdorff-Rantzau nach Berlin zurückgerufen –, um nun mit dieser Hülfe rasch wieder emporzukommen. – Kein Volk, kein Staat: ein Bündnis schlimmer Instinkte, das dadurch wahrhaft verhängnisvoll wird, daß es wirkliche Werte des Geistes immerfort in sich einbezieht. Wissenschaft, Erfindung, Technik, künstlerische Kräfte – alles ist da, aber nicht aus dem Boden mehr aufwachsend, wie von oben in das Trübe der Herz- und Gesinnungslosigkeit hineingehängt, wie ein Tee-Ei in einem Aufguß, der schwärzer und schwärzer wird davon. Keine Würde, keine Ruhe, kein Zu-sich-kommen. Gemeinsamkeit nur dort, wo ›etwas dabei heraussieht‹. Der ›deutsche Gott‹, unter Wilhelm II. wars ein Unteroffizier –, jetzt ist es eine Art Ebert auf Halbmast.

Und das Schlimmste, daß dieses ›Volk‹ durch sein zweideutiges, heimtückisches Benehmen, sein Ausweichen –, alle, die mit ihm zu tun haben, ins Unrecht setzt und tiefer und tiefer ins Unrecht ... So daß ihm schließlich eine Art Schein-Recht zuwächst, denen gegenüber, die sich vor seiner Ungreifbarkeit zu heftigeren Griffen, zum Zugreifen, haben hinreißen lassen. – Es ist aussichtslos!

An Lisa Heise

Château de Muzot sur Sierre
(Valais), Schweiz,
am 2. Februar 1923

Die gleichen Ängste und unaussprechlichen Überstürzungen, die Sie so leiden machen, lassen mich mehr und mehr verstummen; Ihren bewegten vorletzten Brief zu erwidern, liebe Freundin, wie oft hatte ich mirs vorgesetzt und es aufgeschoben für die bessere und glücklichere Stunde: damit Sie ganz erfahren könnten, wie er (mit seinem großen Vier-Blatt) bei mir, zu Herzen, empfangen war. Aber mein Sommer und erst recht mein Herbst waren von viel Unsicherheiten heimgesucht, und wenn ich nun versuche, einsam in meinem alten Turm, diesen Winter dem guten vorigen möglichst anzuähneln, so hat auch das seine Mühe, teils, weil die Gesundheit weniger gleichmäßig ist, teils eben wegen jener eindringlichen Verstörungen, die die wieder ins Ärgere stürzenden allgemeinen Verhältnisse allem, was man beginnen mag (genau, wie es im Kriege war!), mitteilen. Was das angeht, so kann ich manchen Satz, den Sie schreiben, wörtlich für mich in Anspruch nehmen; den: ›Schon gehört am Tage die Hälfte meiner Gedanken nicht mehr mir, und die Nächte sind voll fiebrischer Visionen.‹ Den und andere ... Denn mir geht es nicht anders. – *Was* geschieht? Und was sind *wir* in diesem Geschehen? – Es ist, auch immer noch wie im Kriege, aufdringlich und dabei doch kaum uns angehend, ein fremdes Unglück, in das man mit verwickelt wird – Ists nicht oft, als könnte man in *einem* Atemzuge sich darüber hinüberheben? – Oft auch, wie man im Gehen durch Sommerwiesen an ein niedres Blühen streift, das antwortet mit freiwerdendem Duft, gerät man an irgendeine unscheinbare Tröstlichkeit im Gemüt, die sich gleich, wie aus zurückgehaltenen Überflüssen, mitteilt ... Ihr Brief selber ist voll solcher Überraschungen, voll von diesen reinen Wohlgerüchen des Herzens, die nur der kennen lernt, der durch ein völliges Armsein gegangen ist.

Für mich, so wie ich alles sehe und es, meiner Art und Anlage nach, erleben muß, besteht kein Zweifel, daß es Deutschland ist, das, indem es sich nicht erkennt, die Welt aufhält. Die vielfältige Zusammensetzung und weite Erziehung meines Blutes gewährt mir eine eigentümliche Distanz, dies einzusehen. Deutschland hätte, im Jahre 1918, im Moment des Zusammenbruchs, alle, die Welt, beschämen und erschüttern können durch einen Akt tiefer Wahrhaftigkeit und Umkehr. Durch einen sichtlichen, entschlossenen Verzicht auf seine falsch entwickelte Prosperität –, mit einem Wort: durch jene Demut, die so unendlich *seines* Wesens gewesen wäre und ein Element seiner Würde und die allem zuvorgekommen wäre, was man ihm an fremdartiger Demütigung diktieren konnte. Damals – so hoffte ich einen Augenblick – sollte in das seltsam einseitig und einwillig gewordene deutsche Gesicht der verloren gegangene Zug jener Demut, die in den Zeichnungen Dürers so konstruktiv anmutet, wieder eingetragen, nachgetragen werden! Vielleicht waren ein paar Menschen da, die das fühlten, deren Wünsche, deren Zuversicht nach einer solchen Korrektur gerichtet waren, – jetzt beginnt es sich zu zeigen und schon zu rächen, daß sie *nicht* geschehen ist. – Etwas ist ausgeblieben, was alles ins Maß gerückt hätte; Deutschland hat versäumt, sein reinstes, bestes, sein auf ältester Grundlage wieder hergestelltes Maß zu geben –, es hat sich nicht vom Grunde aus erneuert und umbesonnen, es hat sich nicht jene Würde geschaffen, die die innerste Demut zur Wurzel hat, es war nur auf Rettung bedacht in einem oberflächlichen, raschen, mißtrauischen und gewinnsüchtigen Sinn, es wollte leisten und hoch- und davonkommen, statt, seiner heimlichsten Natur nach, zu ertragen, zu überstehen und für sein Wunder bereit zu sein. Es wollte beharren, statt sich zu ändern. Und so fühlt man nun: … etwas ist ausgeblieben. Ein Datum fehlt, an dem Anhalt gewesen wäre –. Eine Sprosse fehlt in der Leiter, daher die unbeschreibliche Besorgnis, die Angst, das ›Vorgefühl eines jähen und gewaltigen Sturzes‹ … Was tun? Halten wir uns jeder auf unserer *noch* stillen, *noch* verläßlichen kleinen Lebens-Insel, das Unsere leistend auf ihr, das Unsere leidend und fühlend. Die meine ist mir nicht ständiger und nicht gesicherter als Ihnen die Ihre –, ich bin Gast, wo Sie Pächter sind; aber nun soll wirklich Ihre Frist im Herbst abgeschnitten sein, nachdem Sie ihm, dem Pachtherrn, sein Land geweckt und entwickelt haben in dreijährigem Umgang? Besteht *keine* Möglichkeit, ihn eines Besseren zu überzeugen? Ich kann mir denken, wie unendlich schwierig es ist, jetzt eine ähnliche andere Stelle zu finden –; nach Argentinien zu gehen, entspräche wenig Ihrer Einstellung und Ihrem Bedürfnis, Anschluß zu haben an ein vertraulicheres, irgendwie doch mitwissendes Erdreich –, außerdem sind ja auch dort die Verhältnisse nicht mehr, wie einst, den Mut und die Kräfte begünstigende …

Aber welches Ergebnis doch, welcher volle große Ertrag, wenn Sie die Weimarer Jahre überschauen! So sicher ist dieser Gewinn, daß, hätten Sie nicht daran gedacht, im Verlauf Ihrer dritten Briefseite, den Strich zu ziehen und die Summe andeutend zu formen, ich doch die gute gesunde Fülle aus Ihren – selbst noch den beängsteten – Zeilen, wie aus Spalieren, im Lesen würde ausgelöst haben.

Das läßt mich, weiter und immer, das Gute für Sie hoffen, das ich Ihnen wünsche und das zu lieben Sie so tief fähig geworden sind.

RMR.

An Nora Purtscher-Wydenbruck

Château de Muzot sur Sierre, Valais,
am 11. August 1924

Meine verehrte Freundin,
Ihr Brief aus dem Juni hätte mir den stärksten Anlaß gebracht, Ihnen gleich zu schreiben –, wenn es gleichwohl nicht dazu kam, so lag das an einer Eigensinnigkeit meiner Natur, Ferien zu haben, ja ganz besonders Brief-Ferien; ich war wirklich müde, nach einem gesundheitlich nicht recht guten Winter (dem, genau genommen, keine Besserung gefolgt ist), so gab ich nach –, aber nun (wenn auch für kurz) zu Hause, geh ich, alle Briefberge rechts und links liegen lassend, vor allem daran, Ihnen zu danken und zu antworten.

Ihre Zeilen fanden mich in Ragaz –, und denken Sie, es traf sich so, daß ich sie Ihrer Tante, der Fürstin Marie Taxis, zeigen konnte! Gerade sie (und endlich auch wieder einmal den Fürsten zu treffen), war ich in das alte Bad gereist, da es sich gezeigt hatte, daß die Fürstin dort eine Kur würde unternehmen müssen, statt, wie die letzten Jahre, bis zu mir ins Wallis ihre Schweizer Reise auszudehnen. Nun hat mir die Fürstin so viel Herzliches an Sie aufgetragen, daß ich schon deshalb beschämt bin, weil ich einen derartigen, Sie gewiß erfreuenden Auftrag mit namhafter Verspätung ausführe.

Wenn Ihr ganzer Brief, meine liebe Gräfin, ein Gegenstand des Anteils für die Fürstin war, so gehörte ihre ganz besondere Aufmerksamkeit jenen merkwürdigen Zeilen, darin Sie Ihre Erfahrungen im medialen Schreiben andeuten. Sie erinnern, daß man bei den Taxis, sooft ein verläßliches Medium da war, sehr ernste und oft kontinuierliche Séancen abgehalten hat –, wir waren gerade in Ragaz dabei, ältere und neuere Ergebnisse dieser Sitzungen, davon ein Teil mir noch unbekannt war, durchzusehen, und so geriet, was Sie mir mitteilen mochten, in eine Atmosphäre, die jedes Ihrer Worte in seiner ganzen Vermutung, in allem seinem Ernste gewähren und wirken ließ. Nur hätten wir gerne noch so viel mehr gewußt!

Die Fürstin ließ Ihnen sagen, still und genau fortzufahren; vielleicht, daß jene sich mitteilenden Kräfte doch schließlich eine Aufzeichnung und Aufbewahrung ihrer Manifestierungen zugeben mögen (wogegen es sicher wichtig ist, *keine* Beziehungen zu metaphysischen Gesellschaften einzugehen!), wenn man sich verpflichtet, diese vertraulich zu halten und nicht in einem ihnen unlieben Sinne zu gebrauchen. Es ist nämlich von größtem Werte, jene Mitteilungen, deren Sinn oder Gültigkeit oft erst nach und nach sich herausstellt, wiederlesen zu können. – Was mich selbst angeht, so stammen meine eigenen Eindrücke auf diesem geheimnisvollen Gebiet, mit ganz wenigen Ausnahmen, aus jenen Versuchen im Taxisschen Kreise, denen ich, bis vor ungefähr zehn Jahren öfter, als Zuschauer beigewohnt habe. Später war es mir leider nie möglich, mich mit einem zuverlässigen Medium zu verbinden, ich würde sonst gewiß eifrig gewesen sein, die sehr besonderen Erfahrungen, die mir zuteil geworden sind, bei entsprechender Gelegenheit zu vermehren. Sie sehen aus diesem schon zur Genüge die Art meiner Einstellung. Ich bin überzeugt, daß diese Erscheinungen, wenn man sie hinnimmt, *ohne sich in sie zu flüchten*, und willens bleibt, sie immer wieder in das *Ganze* unseres Daseins einzuordnen, das ja voll nicht minder wunderbarer Geheimnisse ist in allen seinen Ereignissen –, ich bin, sage ich, überzeugt, daß diese Erscheinungen nicht einer falschen Neugier in uns entsprechen, sondern uns tatsächlich *unbeschreiblich angehen* und (wenn man sie ausschlösse) doch immer wieder an irgendeiner Stelle sich geltend zu machen fähig wären. Warum sollten sie nicht, wie alles noch Unerkannte oder überhaupt Unerkennbare, ein Gegenstand unserer Bemühung, unseres Staunens, unserer Erschütterung und Ehrfurcht sein?

Ich war eine Weile geneigt, so wie Sie es nun scheinen, ›äußere‹ Einwirkungen bei diesen Versuchen anzunehmen; ich bin es nicht mehr in demselben Maße. So ausgedehnt das ›Außen‹ ist, es verträgt mit allen seinen siderischen Distanzen kaum einen Vergleich mit den Dimensionen, *mit der Tiefendimension unseres Inneren*, das nicht einmal die Geräumigkeit des Weltalls nötig hat, um in sich fast unabsehlich zu sein. Wenn also Tote, wenn also Künftige einen Aufenthalt nötig haben, *welche* Zuflucht sollte ihnen angenehmer und angebotener sein, als dieser imaginäre Raum? Mir stellt es sich immer mehr so dar, als ob unser gebräuchliches Bewußtsein die Spitze einer Pyramide bewohne, deren Basis in uns (und gewissermaßen unter uns) so völlig in die Breite geht, daß wir, je weiter wir in sie niederzulassen uns befähigt sehen, desto allgemeiner einbezogen erscheinen in die von Zeit und Raum unabhängigen Gegebenheiten des irdischen, des, im weitesten Begriffe, *weltischen* Daseins. Ich habe seit meiner frühesten Jugend die Vermutung empfunden (und hab ihr auch, wo ich dafür ausreichte, nachgelebt), daß in einem tieferen Durchschnitt dieser Bewußtseinspyramide uns das einfache *Sein* könnte zum Ereignis werden, jenes unverbrüchliche Vorhandensein und Zugleich-Sein alles dessen, was an der oberen ›normalen‹ Spitze des Selbstbewußtseins nur als ›Ablauf‹ zu erleben verstattet ist. Eine Gestalt anzudeuten, die Vergangenes und noch nicht Entstandenes einfach als Gegenwärtigkeit letzten Grades aufzufassen fähig wäre, ist mir schon, seinerzeit, im ›Malte‹ Bedürfnis gewesen, und ich bin überzeugt, daß diese Auffassung einem wirklichen Zustande entspricht, mag er auch durch alle Vereinbarungen unseres ausgeübten Lebens widerrufen sein.

Jene Séancen nun, mit allen ihren störenden oder beirrenden Nebenerscheinungen, mit ihren fatalen Unbeholfenheiten, Halbheiten und (darüber kann kein Zweifel sein) ihren zahllosen Mißverständnissen ..., liegen auf dem Weg zu solchen Einsichten, – und konnten mich, da diese, ahnungsweise, in mir schon vorgebildet waren, nicht übergehen; sie haben, da ich eine Vollzähligkeit des Möglichen anzunehmen immer geneigt war, mein Welt-Bild nicht irgendwie verändert: es müßte mir nur eben gefehlt haben, dergleichen *nicht* vorkommen zu sehen. Aber gerade weil, gewissermaßen, die Natürlichkeit dieses Ungeheueren in meine inneren Zusagen und Zugeständnisse schon einbegriffen war, lehnte ich es auch ab, zu solchen Aufschlüssen *mehr* überzugehen als zu sonst einem Geheimnisse des Daseins; sie sind mir *ein* Geheimnis unter zahllosen Geheimnissen, die alle mehr an uns Teil haben, als wir an ihnen. Wer, innerhalb der dichterischen Arbeit, in die unerhörten Wunder unserer Tiefen eingeweiht, oder doch von ihnen, wie ein blindes und reines Werkzeug, irgendwie gebraucht wird, der mußte dazu gelangen, sich im Erstaunen eine der wesentlichsten Anwendungen seines Gemüts zu entwickeln. Und da muß ich gestehen, mein größtes, mein leidenschaftlichstes Staunen ist bei meiner Leistung, ist bei gewissen Bewegungen in der Natur, *mehr noch* als etwa bei den medialen Begebnissen, so ergreifend sie mir ab und zu geworden sind. Aber ich habe gerade diesen gegenüber, während ich sie gehorsam, ernst und ehrfürchtig hinnehme, den merkwürdigen Instinkt, ihnen sofort, wenn sie in mich ein- und übergehen, Gegengewichte in meinem Bewußtsein aufzuwecken: nichts wäre mir fremder, als eine Welt, in der solche Mächte und Eingriffe die Oberhand hätten. Und seltsam: je mehr ich so handle (nach jeder nächtlichen Sitzung z.B. bemüht, den Anblick der gestirnten stillen Nacht sofort für ebenso großartig und gültig zu halten ...), desto mehr glaube ich mich mit dem Wesentlichen jener Ereignisse im Einverständnis. Sie wollen, scheint mir, eher vertragen sein, als anerkannt; eher nicht abgelehnt, als gerufen; eher zugegeben und geliebt, als gefragt und ausgenutzt sein. Ich bin, zum Glück, medial vollkommen unbrauchbar, aber ich zweifle keinen Augenblick, daß ich mich auf *meine* Weise den Einflüssen jener oft heimatlosen Kräfte eröffnet halte und daß ich nie aufhöre, ihren Umgang zu genießen oder zu erleiden. Wie viele Worte, wie viele Entschlüsse oder Zögerungen mögen auf Rechnung ihrer Einwirkung zu schreiben sein! Im Übrigen gehört es zu den ursprünglichen Neigungen meiner Anlage, das Geheime als *solches* aufzunehmen, nicht als ein zu Entlarvendes, sondern als das Geheimnis, das *so* bis in sein Innerstes, und überall, geheim ist, wie ein Stück Zucker an jeder Stelle Zucker ist. Möglicherweise, so aufgefaßt, löst es sich unter Umständen in unserm Dasein oder in unserer Liebe, während wir sonst nur eine mechanische Zerkleinerung des Geheimsten erreichen, ohne daß es eigentlich in uns überginge. Ich bin (das wäre am Ende die einzige Stelle in mir, wo eine langsame Weisheit anzusetzen vermöchte) völlig ohne Neugier dem Leben, meiner eigenen Zukunft, den Göttern gegenüber ... *Was* wissen wir von den Jahreszeiten der Ewigkeit und ob gerade Erntezeit wäre! Wie viele Früchte, die für uns gemeint waren oder deren Gewicht es einfach mit sich gebracht hätte, daß sie uns zugefallen wären, – wieviel solcher Früchte haben neugierige Geister im Reifen unterbrochen, eine voreilige, verfrühte Kenntnis, oft ein Mißverständnis davontragend, um den Preis einer zerstörten (späteren) Erbauung oder Ernährung.

Aber ich muß schließen, liebe und werte Freunde, nachdem ich einen so weiten Umkreis zu beschreiben versucht habe. Nehmen Sie ein Ihriges daraus, und, wenn es die Umstände zulassen, teilen Sie sich mir immer mit über die besonderen Bewegungen und

Stöße, die sich Ihnen vom Unbekannten her übertragen. Auch *Sie* werden nicht auskommen ohne die Erweckung von Gegengewichten: die Ihnen ja zum Glück nicht fehlen, da künstlerische Arbeit, Haus, Familie, Natur – und, nicht zuletzt die Tiere, Ihr Herz und Ihre Teilnehmung inständig beschäftigen. Diese freilich, diese Mitwisser des Ganzen, die Tiere, die in einem breiteren Durchschnitt des Bewußtseins ihre Selbstverständlichkeit haben, leiten am ehesten schon wieder – hinüber und sind dem medialen Zustand nahe.

Immer, in der ergebensten Freundschaft Ihnen Beiden zugetan,

Ihr

Rilke

An Witold Hulewicz

[Briefstempel: Sierre, 13. XI. 25]

[...]

Und bin *ich* es, der den Elegien die richtige Erklärung geben darf? Sie reichen unendlich über mich hinaus. Ich halte sie für eine weitere Ausgestaltung jener wesentlichen Voraussetzungen, die schon im ›Stundenbuch‹ gegeben waren, die sich, in den beiden Teilen der ›Neuen Gedichte‹, des Welt-Bilds spielend und versuchend bedienen und die dann im Malte, konflikthaft zusammengezogen, ins Leben zurückschlagen und dort beinah zum Beweis führen, daß dieses so ins Bodenlose gehängte Leben unmöglich sei. In den ›Elegien‹ wird, aus den gleichen Gegebenheiten heraus, das Leben wieder möglich, ja es erfährt hier diejenige endgültige *Bejahung*, zu der es der junge Malte, obwohl auf dem richtigen schweren Wege ›des longues études‹ [der langen Studien], noch nicht führen konnte. *Lebens- und Todesbejahung erweist sich als Eines in den ›Elegien‹*. Das eine zuzugeben ohne das andere, sei, so wird hier erfahren und gefeiert, eine schließlich alles Unendliche ausschließende Einschränkung. Der Tod ist die uns abgekehrte, von uns unbeschienene *Seite des Lebens*: wir müssen versuchen, das größeste Bewußtsein unseres Daseins zu leisten, das in *beiden unabgegrenzten Bereichen* zu Hause ist, *aus beiden unerschöpflich genährt* ... Die wahre Lebensgestalt reicht durch *beide* Gebiete, das Blut des größesten

Kreislaufs treibt durch beide: *es gibt weder ein Diesseits noch Jenseits, sondern die große Einheit*, in der die uns übertreffenden Wesen, die ›Engel‹, zu Hause sind. Und nun die Lage des Liebes-Problems in dieser so, um ihre größere Hälfte erweiterten, in dieser nun erst *ganzen*, nun erst *heilen Welt*. Es nimmt mich wunder, daß Ihnen die ›Sonette an Orpheus‹, die mindestens ebenso *›schwer‹* sind, von der gleichen Essenz erfüllt, nicht hilfreicher sind zum Verständnis der ›Elegien‹. Diese sind 1912 (auf Duino) begonnen, in Spanien und Paris – fragmentarisch – fortgeführt bis 1914; der Krieg unterbrach diese meine größeste Arbeit vollständig; als ich 1922 (hier) diese wieder aufzunehmen wagte, kamen den neuen Elegien und ihrem Abschluß die, in wenigen Tagen, stürmisch sich auferlegenden ›Sonette an Orpheus‹ (die *nicht* in meinem Plane waren) zuvor. Sie sind, wie das anders nicht sein kann, aus derselben ›Geburt‹ wie die ›Elegien‹, und daß sie plötzlich, ohne meinen Willen, im Anschluß an ein fruhverstorbenes Mädchen, aufkamen, rückt sie noch mehr an die Quelle ihres Ursprungs; dieser Anschluß ist ein Bezug mehr nach der Mitte *jenes* Reiches hin, dessen Tiefe und Einfluß wir, überall unabgegrenzt, mit den Toten und den Künftigen teilen. Wir, diese Hiesigen und Heutigen, sind nicht einen Augenblick in der Zeitwelt befriedigt, noch in sie gebunden; wir gehen immerfort über und über zu den Früheren, zu unserer Herkunft und zu denen, die scheinbar nach uns kommen. In jener größesten *›offenen‹* Welt *sind* alle, man kann nicht sagen ›gleichzeitig‹, denn eben der Fortfall der Zeit bedingt, daß sie alle *sind*. Die Vergänglichkeit stürzt überall in ein tiefes Sein. Und so sind alle Gestaltungen des Hiesigen nicht nur zeitbegrenzt zu gebrauchen, sondern, soweit wirs vermögen, in jene überlegenen Bedeutungen einzustellen, an denen wir Teil haben. Aber *nicht im christlichen Sinne* (von dem ich mich immer leidenschaftlicher entferne), sondern, in einem rein irdischen, tief irdischen, selig irdischen Bewußtsein gilt es, das *hier* Geschaute und Berührte in den weiteren, den weitesten Umkreis einzuführen. Nicht in ein Jenseits, dessen Schatten die Erde verfinstert, sondern in ein Ganzes, in *das Ganze*. Die Natur, die Dinge unseres Umgangs und Gebrauchs, sind Vorläufigkeiten und Hinfälligkeiten; aber sie sind, solang wir hier sind, *unser* Besitz und unsere Freundschaft, Mitwisser unserer Not und Froheit, wie sie schon die Vertrauten unserer Vorfahren gewesen sind. So gilt es, alles Hiesige nicht nur nicht schlecht zu machen und herabzusetzen, sondern gerade, um seiner Vorläufigkeit willen, die es mit uns teilt, sollen diese Erscheinungen und Dinge von uns in einem innigsten Verstande begriffen und verwandelt werden. Verwandelt? Ja, denn unsere Aufgabe ist es, diese vorläufige, hinfällige Erde uns so tief, so leidend und leidenschaftlich einzuprägen, daß ihr Wesen in uns ›unsichtbar‹ wieder aufersteht. *Wir sind die Bienen des Unsichtbaren. Nous butinons éperdument le miel du visible, pour l'accumuler dans la grande ruche d'or de l'Invisible* [Wir tragen leidenschaftlich den Honig des Sichtbaren ein, um ihn im großen goldenen Bienenstock des Unsichtbaren anzuhäufen].

Die ›Elegien‹ zeigen uns an diesem Werke, am Werke dieser fortwährenden Umsetzungen des geliebten Sichtbaren und Greifbaren in die unsichtbare Schwingung und Erregtheit unserer Natur, die neue Schwingungszahlen einführt in die Schwingungs-Sphären des Universums. (Da die verschiedenen Stoffe im Weltall nur verschiedene Schwingungsexponenten sind, so bereiten wir, in dieser Weise, nicht nur Intensitäten geistiger Art vor, sondern wer weiß, neue Körper, Metalle, Sternnebel und Gestirne.) Und diese Tätigkeit wird eigentümlich gestützt und gedrängt durch das immer raschere Hinschwinden von so vielem Sichtbaren, das nicht mehr ersetzt werden wird. Noch für unsere Großeltern war ein ›Haus‹, ein ›Brunnen‹, ein ihnen vertrauter Turm, ja ihr eigenes Kleid, ihr Mantel: unendlich mehr, unendlich vertraulicher; fast jedes Ding ein Gefäß, in dem sie Menschliches vorfanden und Menschliches hinzusparten. Nun drängen, von Amerika her, leere gleichgültige Dinge herüber, Schein-Dinge, *Lebens-Attrappen* ... Ein Haus, im amerikanischen Verstande, ein amerikanischer Apfel oder eine dortige Rebe, hat *nichts* gemeinsam mit dem Haus, der Frucht, der Traube, in die Hoffnung und Nachdenklichkeit unserer Vorväter eingegangen war ... Die belebten, die erlebten, die *uns mitwissenden Dinge* gehen zur Neige und können nicht mehr ersetzt werden. Wir *sind vielleicht die Letzten, die noch solche Dinge gekannt haben*. Auf uns ruht die Verantwortung, nicht allein *ihr* Andenken zu erhalten (das wäre wenig und unzuverlässig), sondern ihren humanen und larischen Wert. (›Larisch‹, im Sinne der Haus-Gottheiten.) Die Erde hat keine andere Ausflucht, als unsichtbar zu werden: *in* uns allein kann sich diese intime und dauernde Umwandlung des Sichtbaren in Unsichtbares, vom sichtbar- und greifbar-sein nicht länger Abhängiges vollziehen, wie unser eigenes Schicksal in uns fortwährend *zugleich vorhandener und unsichtbar wird.* Die Elegien stellen diese Norm des Daseins auf: sie versichern, sie feiern dieses Bewußtsein. Sie stellen es vorsichtig in seine Traditionen ein, indem sie uralte Überlieferungen und die Gerüchte von Überlieferungen für diese Vermutung in Anspruch nehmen und selbst im ägyptischen Totenkult ein Vorwissen solcher Bezüge heraufrufen. (Obwohl das ›Klageland‹, durch das die ältere ›Klage‹ den jungen Toten führt, *nicht* Ägypten *gleichzusetzen* ist, sondern nur, gewissermaßen, eine Spiegelung des Nillandes in die Wüstenklarheit des Toten-Bewußtseins.) Wenn man den Fehler begeht, *katholische* Begriffe des Todes, des Jenseits und der Ewigkeit an die Elegien oder Sonette zu halten, so entfernt man sich völlig von ihrem Ausgang und bereitet sich ein immer gründlicheres Mißverstehen vor. Der ›Engel‹ der *Elegien* hat nichts mit dem Engel des christlichen Himmels zu tun (eher mit den Engelgestalten des Islam) … Der Engel der *Elegien* ist dasjenige Geschöpf, in dem die Verwandlung des Sichtbaren in Unsichtbares, die wir leisten, schon vollzogen erscheint. Für den Engel der Elegien sind alle vergangenen Türme und Paläste existent, *weil* längst unsichtbar, und die noch bestehenden Türme und Brücken unseres Daseins *schon* unsichtbar, obwohl noch (für uns) körperhaft dauernd. Der Engel der Elegien ist dasjenige Wesen, das dafür einsteht, im Unsichtbaren einen höheren Rang der Realität zu erkennen. – Daher ›schrecklich‹ für uns, weil wir, seine Liebenden und Verwandler, doch noch am Sichtbaren hängen. – Alle Welten des Universums stürzen sich ins Unsichtbare, als in ihre nächsttiefere Wirklichkeit; *einige Sterne steigern sich unmittelbar und vergehen im unendlichen Bewußtsein der Engel –, andere sind auf langsam und mühsam sie verwandelnde Wesen angewiesen, in deren Schrecken und Entzücken sie ihre nächste unsichtbare Verwirklichung erreichen. Wir sind*, noch einmal sei's betont, *im Sinne der Elegien, sind wir diese Verwandler der Erde, unser ganzes Dasein, die Flüge und Stürze unserer Liebe, alles befähigt uns zu dieser Aufgabe* (neben der keine andere, wesentlich, besteht). (Die Sonette zeigen Einzelheiten aus dieser Tätigkeit, die hier unter den Namen und Schutz eines verstorbenen Mädchens gestellt erscheint, deren Unvollendung und Unschuld die Grabtür offen hält, so daß sie, hingegangen, zu jenen Mächten gehört, die die Hälfte des Lebens frisch erhalten und offen nach der anderen wundoffenen Hälfte zu.) Elegien und Sonette unterstützen einander beständig –, und ich sehe eine unendliche Gnade darin, daß ich, mit dem gleichen Atem, diese beiden Segel füllen durfte: das kleine rostfarbene Segel der Sonette und der Elegien riesiges weißes Segel-Tuch.

Möchten Sie, lieber Freund, hier einigen Rat und Aufschluß erkennen und, im Übrigen, sich selber weiterhelfen. Denn: Ich weiß nicht, ob ich je mehr sagen könnte.

Ihr
R. M. Rilke

V. Das Testament

Das Testament ⟨Auswahl⟩

(Im April)

Der Frühling, der sich in diesem Jahre so zeitig durchgesetzt hat, daß die strahligen Löwenzähne schon zu Pustekugeln verblüht sind und in den Wiesen das Schaumkraut steht –, ist meiner Besinnung nie günstig gewesen; seine Kräfte haben nicht die Richtung der Einkehr. Trotzdem mußte sie ja nun, nach so vielen ihr verlorenen Monaten, versucht werden, in der letzten Zeit dieses begünstigten Geborgenseins.

Da eben die Beziehungen zur Geliebten so weit beruhigt waren, daß ich voraussehen konnte, ich würde mir eine Weile mit ungetheilter Aufmerksamkeit gehören dürfen, entstand drüben, am Ausgange des Parkes, ein kleiner Bau, den ich für eine Scheune hielt und nicht weiter beachtete. Indessen es wurde ein elektrisches Sägewerk daraus, und nun ist es schon seit zehn Tagen, unermüdlich surrend und schwirrend, im Gange. Meine Stille ist zerstört. Ich sehe, daß das, was ich vorhatte, nicht als eine Nachholung in vorletzter Stunde unternommen sein sollte, wie eine, unter bösem Gewissen verspätete Schulaufgabe. Die Zeit des Wirkens ist vorüber. Nun spricht die Säge.

Wie genau doch das Gericht ist. Seltsam: ich merke, wie sehr mir das Alles hier durch das Gehör gehört hat –, und aus dem ist es mir nun schon fortgenommen. Nachts, wenn ich aufwache, oder am späten Abend (denn man arbeitet lange dort in der Säge und fängt manchmal schon bald nach fünf Uhr morgens den geräuschvollen Werktag an) stellt er sich unbeschreiblich milde wieder her, jener weite reine Gehörraum, den ich lange habe bewohnen dürfen. Er fing eben an, von den kleinen Vogelstimmen gleichsam »gemustert« zu sein; seine Mitte aber war immer noch die Fontäne, und ich liege nun in der Nacht und nehme Abschied von ihr. Dies wars, dies hätte mich ordnen müssen, in vielen vielen gleichmäßig horchenden Wochen. Wie begriff ichs sofort, wie nahm ichs auf, schon am ersten Tag: diese vielfältige Abwandlung ihres Niederfalls. Der mindeste

Luftzug veränderte ihn, und wenn es ganz stille war um den plötzlich vereinsamten Strahl, so stürzte er in sich selber zurück und klang an sich selber an, ganz anders als über der Wasserfläche. Sprich, sagte ich zur Fontäne, und lauschte. Sprich, sagte ich, und mein ganzes Wesen gehorchte ihr. Sprich, du reine Begegnung des Leichten mit dem Schweren, du Leichtsinn des Gewichts, du Spielbaum, du Gleichnis unter den beladenen Mühebäumen, die sich sorgen in ihrer Rinde.

Und mit einer unwillkürlichen unschuldigen List meines Herzens, damit nichts sei als dies, von dem ich lernen wollte, zu sein, – setzte ich die Fontäne der Geliebten gleich, der fernen, sich verhaltenden, schweigenden.

Ach, wir waren einig, daß das Schweigen bestehen solle zwischen uns: es wäre das Gesetz dieses Winters gewesen, ein hartes gewaltiges –, aber dafür finge jetzt unsere Milde an, nicht nur die unsrige, die Müdigkeit des Gethanen wäre in meinem Herzen. Vielleicht – die Nothwendigkeit war so ungeheuer – wären wir stark genug gewesen, zu schweigen, – nicht wir brachen es, der Mund des Schicksals ging auf und überschüttete uns mit Nachrichten. Denn die Liebe ist das eigentliche Klima des Schicksals; so weit sie auch ihre Bahn durch die Himmel spannt, ihre Milchstraße aus Milliarden Sternen des Bluts, das Land unter diesen Himmeln liegt trächtig von Verhängnissen. Nicht einmal die Götter, in den Verwandlungen ihrer Leidenschaft, waren mächtig genug die irdische Geliebte, die erschrockene, flüchtende, aus den Verstrickungen dieses fruchtbaren Bodens zu befreien.

Ist es Wahnsinn, was ich da schreibe? Warum handeln die Briefe der Liebenden nirgends von diesem Zwiespalt? Ach, ihre Sorgen sind andere. Immer sieht es so aus, als schwünge die Liebende den Geliebten höher, als er je sich selber zu werfen vermochte. Ihre Lust zu ihm macht ihn schöner und fähiger. Die Erwartung ihrer offenen Arme beschwingt seinen Wettlauf. Seine Leistung klärt sich in dem Kontur des Glücks, wo sie sonst ausfloß ins Trübe der Sehnsüchte hinüber. Nun erst, an ihrem Herzen, ward Arbeit stürmisch und süß für den mühenden Mann – und Ruhe unendlich. Jetzt erst löst sich der Niederschlag seiner Knabennächte, die Angst, jetzt erst sieht er der Nacht auf den Grund.

Und wenn eine Störung ist in seiner Freude, so stammt sie aus Hindernissen, Erschwerungen oder Bedrohungen dieser Vereinigung; alle Noth kommt in der einen Sorge zusammen: sich einander zu verlieren; und nirgends ist Zweifel, als in der Eifersucht.

Wie aber der, der schon wußte? Der, in dessen Herzen die Einsamkeit der Liebenden zuvorgekommen war? Von frühe an kannte er ihr reines Gesicht. Da er sich flüchtete aus den Familien-Ähnlichkeiten, die ihn umzingelten, Zug für Zug ein Anrecht auf ihn, da ward ihm ihr Antlitz zur Zukunft: durch ihre Augen schaute er ins Offene. Seine kleine Hand legte sich still in die ihre, die führte und nie in Besitz nahm. Heranwachsend gewahrte er nach und nach ihre hohe Gestalt –, damals trat sie zuweilen an ihn heran und prüfte ihn wie einen Wurfspeer.

Und später warf sie ihn.

Ach, womit könnte die Liebende *den* überraschen, dem dies zum Bewußtsein ward und zu mehr als Erinnerung: diese Erwählung; die Lust des ausholenden Arms, das Geworfensein – oh, und das Zittern im Ziel.

Und doch wer hatte so wie dieser göttlich Gebrauchte, über den schon entschieden war, die Liebende gerühmt, die Geliebte ersehnt!

Es war, als hätte er, von jener Bahn aus, die er mit der Kraft der Einsamkeit vollzog, ihre Gestalt vollkommener erkannt, als je einer vor ihm. Und aus diesem Wissen, das unendlich war, erwuchs ihm die unendliche Entbehrung.

Er floh vor ihr, indem er sie rief. Es drängte ihn irgendwie, ihr ausgesetzt zu bleiben, sie auszuhalten, sie zu überstehen. Denn war nicht ein Mangel in seinem Antrieb, der ganz gerecht werden sollte, solang er diese Fordernde fürchtete und vermied? Dieses Ausweichen seines Gefühls vor ihr, im letzten Moment, fälschte es nicht sein Fühlen überhaupt? War diese Angst vor dem Geliebtwerden, die aus den frühesten Leiden seiner Kindheit stammte und ihn nie verließ, eine Warnung, der er folgen mußte bis zuletzt, oder kam es darauf an, wie von einem ältesten Irrthum, von ihr geheilt zu sein?

Gab es jene Liebende, die kein Hindernis war, die ihn nicht verlangsamte und nicht ablenkte in die Aufenthalte der Liebe? Jene, die begriff, daß er weit über sie hinaus geworfen war, wenn er sie durchdrang? Die Seelige, die seinem großen Geworfensein zustimmte, die nicht daran dachte, ihn zu entwenden und zu behalten in Heimlichkeit, und die nicht vorauslief, um wieder und wieder in seiner Bahn zu stehn? Die vielleicht schon Verlassene, die es darauf ankommen ließ, wie oft er noch würde durch sie durch geschleudert sein, in's Ziel, aus der Hand seiner Göttin?

Oh wenn es sie gab, dann war ihm geholfen, wie ihm damals, als Jüngling, anders geholfen wurde, da er nach Russland kam. Die Heimsuchungen seiner Kindheit hatten es mit sich gebracht, daß er, bis an das Ende seines zweiten Jahrzehnts, in der Voraussetzung lebte, einzeln und allein, einer, ihm feindsäligen Welt gegenüberzustehen, ein täglich Aufgelehnter wider die Übermacht Aller. Aus dem Unrecht solcher Einstellung konnte, selbst bei echten Bewegtheiten, nur Entstelltes, Krankhaftes hervorgehen. Russland, nicht in langsamer Überredung, über Nacht – wörtlich: über die erste moskauer Nacht – löste ihn sanft aus dem bösen Zauber dieser Befangenheit. Ohne sich dessen zu rühmen, unbemüht, wie durch eine reine Herzensjahreszeit bereitete ihm das versöhnliche Land unerschöpfliche Beweise des Gegentheils. Wie glaubte er ihm; wie entzückte es ihn, brüderlich zu sein. Und wenn er auch im Bekenntnis dieses Einklangs (vielleicht weil er nicht auf russischer Erde bleiben durfte) immer ein Anfänger geblieben ist, er vergißt ihn nie, er weiß ihn, er übt ihn aus.

*

Es ist gegen das Geheimnis meines Lebens.

Indem die Geliebte alles Ereignis gegen sich zu abzieht, werd ich unwahr in mir; denn nun scheint ihr, in der fortwährenden Strömung, auch *das* zuzutreiben, worüber ich nicht verfugen darf. Theils hat ihr Wille schuld, theils geschieht diese Bemächtigung durch ihr bloßes Dasein. Sie hat die Landschaft im Gemüthe des Liebenden umgewandelt und bewohnt eine tiefste Stelle darin –: das Thal, zu dem alles abfließt.

*

Die Säge schafft seit frühem Morgen. Mein Schauen, überlebend gleichsam, umfaßt noch, wehmüthig, diese im Anschein heile Umgebung, deren Abbruch fortwährend im Gehör geschieht. So hat man zuweilen von Sterbenden erzählt, daß ihnen die Welt nicht aus allen Sinnen gleichzeitig fortgenommen wird. Ihr Schmecken vermag nichts mehr, ihr Tasten ist stumpf geworden, ihr Ohr versagt. Aber sie schauen noch. Es gelingt ihnen sogar, noch eine langsame Wendung des Kopfes in den Kissen zu vollziehen; dann und wann, wenn wieder ein wenig Kraft beisammen ist, um den Rahmen des Blicks über einen anderen Bildausschnitt zu legen. Es ist gewiß eine Erleichterung, schließlich nur noch mittels *eines* Sinnes Abschied zu nehmen.

Ohne das Eingreifen des Sägewerks da drüben, hätte ich diesem Allem hier bis zuletzt angehangen, ohne ihm doch jenen Ertrag abzuringen, für den es zu spät war. Ich hätte mich gewiß nicht entschlossen, eine solche langsame Einsicht anzutreten, wie ich sie jetzt Tag fur Tag vollziehe, und mit dem Ruck des Fortgehens hätte ich endlich an die Verzweiflung über das Nichtgeleistete gerührt und sie wäre, in einem einzigen Block, furchtbar herabgestürzt. Ich weiß nicht, was mir damit geschehen wäre, aber ich fürchte, die Gestalt der Geliebten in mir wäre wie unter einem Bergsturz verschüttet worden.

Ist es mein Fortschritt in alledem (man sehe es nachsichtig an, daß ich nach einem suche, während ich verurtheilt bin, mir so Schweres bewußt zu machen) ist es mein Fortschritt, daß es mir gelingt, über dem Haupt der Geliebten in schmerzhafter Arbeit das Felsstück fortzumeißeln, das mit seinem Fall ihr reines Dastehn zertrümmert hätte? (Wohin weht sein Steinstaub? Wer athmet ihn? Ach, die Schuld ist nicht aus der Welt.) Aber *sie* soll mir schuldlos sein, die Liebende. Und auch dies ist vielleicht für einen Fortschritt zu halten (als könnt ich mich nur mit »Fort-Schritten« entfernen vom Schauplatz des Verlusts!), auch dies, daß ich diesen Zwiespalt nicht länger einen zwischen Arbeit und Liebe aufgesprungenen nenne, er klafft *in* meiner Liebe selbst, da ja, wie ich nun ein für alle Mal erfuhr, meine Arbeit Liebe ist. Welche Vereinfachung! Und nun ist dies, in der That, soweit ich sehe, der einzige Konflikt meines Lebens. Alles andere sind Aufgaben.

*

Nichts soll aus jener schweren »fremden« Heimsuchung aufbewahrt sein, die mich, da ich eben hier begonnen hatte, das Werk meiner Besinnung zu thun, eines Morgens um vier (es war noch Nacht, und ein kalter Regen fiel in der Finsternis) fort und nach G. trieb. Niemand wird je mehr davon erfahren, als was ich, in stiller Rechenschaft, diesen Blättern anvertraue. Aber ehe ich das kleine Taschenbuch in blauem Leder verbrenne, das ich damals mit auf die Reise nahm, will ich über seinen Zustand Bericht ablegen. Kaum drei Seiten darin sind beschrieben; aber was, neben zwei Adressen, diese Seiten dicht ausfüllt, macht mir die vielen vielen leeren Blätter so unheimlich, daß ich sie, wie angesteckt und verseucht, mit ins Feuer werfe. Ich schreibe hier, ohne das Mindeste zu verändern, eines nach dem anderen, ehe ich sie vernichte, die sinnlosen Worte ab, in denen sich mein damals fähiger Geist zersetzte, da ein »fremdes« Schweres plötzlich, wie eine scharfe Säure, über ihn ausgegossen war.

(Aus dem zerstörten Taschenbuche:)

(Oben am Rande, das Wort:) Nachtmahr –, (dann Zahlen, ohne Ordnung, Additionen kleiner sinnloser Posten, dann:)

»Silber Freude Rohheit Runde Loos Lieber
Aufguß Sand Weshalb Nimmer Achtung
Lauer Nieder Neid Vielfraß Seegen Sucht
Nager Weg Ast vertieft Zaun Sage Einfalt
Wespe Herz Kino (Kind) Trauer Taufall
Gerücht Ring Sanftmuth Abend Wiege
Lebendige Speise Vogel Ähre Loos nicht
Taufstein Ärger Trübe Bunt Beifall
Wesen Saumthier Ätzung Hinweg Ausfall
Haartracht Zäune Taifun Ach Wiege Mai
Hartung Silber Nebel Wege Ruf Brief
Bote Busta Nota Auto Timgad Ufer
Raufe Trank Neuling Wink Oh Achse
Glanz Fink Steuer Sturm Stein Ribe
Johannisfeuer Dienst August Pose Possard
Nonne Neerung Spieß Spülung Heiter
Saum Kerbe Wesen genau Last Senke (?)

Griff Geifer Kralle Übung Nachtzug Eifer
Wüste Speer Taumel Einbruch Rage Lauf
Lebzelt Zittergras Nachmittag Überall Hun-
dert Heilung Hefe Wieburg Verschwender
König Dorn Stufe Ungut Ungelt Trauffe
Tragstein Trille Treubruch Scham Ost Fehr
Caseïn Kommer Kranz Bisthum Beere
Bahre Bär Zwerch Zirpe Stempel Arg
(Neue Seite:)
Wiederkehr Liebling Taucher Vogelkopf
Angstschweiß Halsband Dornreif Wikuna
Ringband Lastkarrn Liebknecht Agnese
Terwin Garn Gast Rolle Brille Wille Schule
Thugut Marie Iffland Herzblut Wimmer
Zweibruck Feierabend Wendlandt Abstieg
Spur Spürung Neige Vierzug Zander Zaun-
gast Larde Feilitzsch Triefe Bestimmung
Nur Bast Brausen Ballast Nachtherz Ei-
gensinn sauber Urgast Billung bereitet
Saumzwang Niefeln Hieber Beherzung
Ichthüs Nomenclatur Beinung Richter
Regulus Galgen Wehrkraft Karde Spule
spielt langsam aber keine Musik reicht
an den Reigen Naumann«   (Und drei Adressen.)

*

Das Prinzip meiner Arbeit ist eine leidenschaftliche Unterwerfung unter den Gegenstand, der mich beschäftigt, dem, mit anderen Worten, meine Liebe gehört.

Die Umkehr dieser Unterwerfung geschieht schließlich, mir selber unerwartet, in dem plötzlich in mir aufkommenden schöpferischen Akt, in dem ich ebenso schuldlos handelnd und überwindend bin, wie ich in jener vorhergehenden Phase rein und unschuldig unterworfen war.

Vielleicht wird für ein in solchen Verhältnissen sich leistendes Herz das Geliebtwerden immer zum Verhängnis. Es unterwirft sich, seiner Übung nach, auch unter den Liebenden, den es ja nicht zu gestalten hat, den es aber nun, durch seine unendliche Nachgebung, zu immer neuen Bemächtigungen verlockt. Und die Umkehr, die in diesem Falle einfach die Liebe zum Liebenden wäre – fast möchte man sagen, wider ihn – kann sich nie ganz auswirken gegen sein Überhandnehmen …

So erscheint das Liebeserlebnis als eine gleichsam verkümmerte, unfähige Nebenform der schöpferischen Erfahrung, als ihre Herabsetzung, – und bleibt ungekonnt, unbeherrscht und, an der höheren Ordnung jenes Gelingens gemessen, unerlaubt.

*

Oder Rimbaud:

Einmal mit dem ungestümen Herzen an der Sprache rütteln, daß sie göttlich »unbrauchbar« werde für einen Augenblick – und dann fortgehen, nicht zurückschaun, Kaufmann sein.

ANHANG

Editorische Notiz

Der vorliegenden Textauswahl liegen folgende Ausgaben zugrunde:

[Kapitel I–III:]
Rainer Maria Rilke: Sämtliche Werke. Hrsg. v. Rilke-Archiv. In Verbindung mit Ruth Sieber-Rilke besorgt durch Ernst Zinn. 12 Bde. Frankfurt am Main: Insel 1975.

[Kapitel IV:]
Rainer Maria Rilke: Briefe in zwei Bänden. Hrsg. v. Horst Nalewski. Frankfurt am Main u. Leipzig: Insel 1991.
›An Walther Rathenau, 2. 6. 1921‹; ›An Marie Therese Mirbach-Geldern, 10. 3. 1921‹, aus: ebd. Aus dem Französischen übersetzt von Heidrun Werner.

[Kapitel V:]
Rainer Maria Rilke: Das Testament. Frankfurt am Main: Suhrkamp 1976.

Editorische Notiz

Daten zu Leben und Werk

1875
Als zweites Kind des Eisenbahnbeamten Josef Rilke und seiner Frau Sophie, geb. Entz, die einer vornehmen Fabrikantenfamilie entstammt, wird René Karl Wilhelm Johann Josef Maria Rilke am 4. Dezember 1875 in Prag geboren. Ein wichtiger Faktor in den ersten Lebensjahren des Kindes, das die früh gestorbene Schwester ersetzen soll und daher wie ein Mädchen erzogen und gekleidet wird, ist die überspannte Religiosität der von ihrer Ehe und vom Leben enttäuschten Mutter.

1882–1895
1882–1885: Besuch einer deutschen, dem Piaristen-Orden unterstehenden Volksschule in Prag, 1884: Nach der Trennung der Eltern bleibt das Kind bei der Mutter. 1884: Eintritt in die Militärunterrealschule in St. Pölten. 1890: Wechsel an die Militäroberschule nach Mährisch-Weißkirchen. 1891: Abbruch der mit traumatischen Erfahrungen einhergehenden militärischen Laufbahn nach zunehmender Verschlechterung des Gesundheitszustands. Rilke besucht die Handelsakademie in Linz, die er jedoch bereits im folgenden Jahr wieder verlässt, um sich durch Privatunterricht in Prag auf das Abitur vorzubereiten. 1894: Veröffentlichung des ersten Gedichtbands *Leben und Lieder. Bilder und Tagebuchblätter.* 1895: Ablegung der Reifeprüfung mit Auszeichnung.

1895–1900
1895: Einschreibung an der Prager Universität. Studium der Fächer Kunstgeschichte, Literatur und Philosophie sowie (für ein Semester) der Rechtswissenschaft. Erscheinen des Gedichtbands *Larenopfer.* 1896: Philosophiestudium in München. Veröffentlichung des Gedichtbands *Traumgekrönt.* 1897: Beginn der Beziehung zu der mit dem Orientalisten F. C. Andreas verheirateten Lou Andreas-Salomé, die Rilke in die Münchner Kunst- und Kulturwelt einführt

und ihn veranlasst, seinen ersten Vornamen in »Rainer« zu ändern. Im Oktober folgt er ihr nach Berlin. Erscheinen des Gedichtbands *Traumgekrönt* und Uraufführung des Dramas *Im Frühfrost.* 1899: Einschreibung als Student der Kunstgeschichte an der Berliner Universität. Russlandreise mit dem Ehepaar Andreas (Besuch bei Leo Tolstoi). Niederschrift der lyrischen Prosadichtung *Die Weise von Liebe und Tod des Cornets Christoph Rilke* (veröffentlicht 1906). Der erste Teil des *Stunden-Buchs* entsteht. Veröffentlichung der Gedichtsammlung *Mir zur Feier*, der Erzählungen *Zwei Prager Geschichten* sowie der dramatischen Dichtung *Die weiße Fürstin. Eine Szene am Meer.* 1900: Zweite Russlandreise, diesmal allein mit Lou Andreas-Salomé. Aufenthalt in Worpswede, Bekanntschaft mit der Malerin Paula Modersohn-Becker und der Bildhauerin Clara Westhoff.

1901–1913

1901: Rilke heiratet Clara Westhoff, mit der er ab Mitte des Jahres in Westerwede bei Bremen zusammenlebt. Entstehung des zweiten Teils des *Stunden-Buchs.* Geburt der Tochter Ruth. Veröffentlichung des Prosabands *Die Letzten* und Uraufführung des Dramas *Das tägliche Leben.* 1902: Beendigung des familiären Zusammenlebens mit Clara Westhoff, zu der jedoch weiterhin eine freundschaftliche Beziehung besteht, Paris wird zum Hauptwohnsitz, doch unternimmt Rilke von hier aus zahlreiche Reisen (vor allem nach Italien). Künstlerische Beeinflussung durch den Bildhauer Auguste Rodin, über den er eine Monographie verfasst (Erscheinungsjahr 1903) und für den er vorübergehend als Sekretär arbeitet. Herausgabe des Gedichtbands *Das Buch der Bilder* sowie des Dramas *Das tägliche Leben.* 1903: Reisen nach Frankreich und Italien, wo in Viareggio der dritte Teil des *Stunden-Buchs* entsteht. Erscheinen des *Worpsweder Tagebuchs.* 1904: Aufenthalt in Italien (Rom), Dänemark und Schweden. Beginn der Arbeiten an dem Roman *Die Aufzeichnungen des Malte Laurids Brigge.* 1905: Aufenthalt in Worpswede und Paris. Veröffentlichung der Gesamtausgabe des *Stunden-Buchs.* 1907: Tod des Vaters. 1907: Endgültiges Zerwürfnis mit Rodin. Erscheinen des Gedichtbands *Neue Gedichte* (darin enthalten *Der Panther).* 1908: Herausgabe von *Der Neuen Gedichte anderer Teil* 1910: Veröffentlichung von Rilkes einzigem Roman *Die Aufzeichnungen des Malte Laurids Brigge*. 1911/12: Erster Aufenthalt im Schloss Duino der Fürstin Maria von Thurn und Taxis, wo 1912 der erste Teil der *Duineser Elegien* und *Das Marienleben* entstehen. Intensive Übersetzertätigkeit. 1913: *Das Marienleben* erscheint.

1914–1918
1914: Aufenthalte in Italien und Deutschland. Verlegung des Wohnorts von Paris nach München. Eine anfängliche Kriegsbegeisterung spiegelt sich in den *Fünf Gesängen* (veröffentlicht 1915). 1916: Einberufung zum Dienst in der österreichischen Armee. Aufgrund schlechter körperlicher Verfassung Versetzung ins Wiener Kriegsarchiv. Rückkehr nach München, wo Rilke mit verschiedenen Unterbrechungen (u.a. Aug./Sept. 1917 Aufenthalt auf Gut Bockel in Westfalen als Gast von Hertha Koenig) bis 1918 lebt.

1919–1926
1919: Vortragsreise durch die Schweiz. Begegnung und Freundschaft mit den Brüdern Reinhart. 1921: Rilke findet seinen endgültigen Wohnsitz im Château de Muzot bei Sierre im Wallis (von Werner Reinhart zur Verfügung gestellt). 1922: Vollendung der *Duineser Elegien* und Niederschrift der *Sonette an Orpheus* (beide veröffentlicht 1923). 1923–1926: Hauptphase der Abfassung von Gedichten in französischer Sprache. Wiederholte Sanatoriumsaufenthalte. 1925: Letzte Reise nach Paris. Am 29. Dezember 1926 stirbt Rilke im Alter von 51 Jahren an Leukämie. Die Beisetzung erfolgt seinem eigenen Wunsch entsprechend in der Bergkirche von Raron.

»Wenn wir uns mitten im Leben meinen«

Nachwort

Mit der vorliegenden Auswahl soll ein repräsentativer Band für Leser vorgelegt werden, die Rilke auch jenseits seiner kanonisierten Dichtungen kennenlernen wollen, und das schließt den ganz frühen Dichter ebenso ein wie den Dramatiker, den Erzähler, den Briefautor und den Verfasser kunstästhetischer Schriften.[1]

Schon zu Lebzeiten wurde für Rilke geschwärmt, und es gibt gute Gründe, auch heute noch nachhaltig für diesen großen Dichter der Moderne zu schwärmen.[2] Kein anderer Autor allerdings fordert Intellekt und Emotion so paritätisch heraus wie er. Rilkes Texte selbst sind weniger das Resultat eines schwärmerischen Naturells als vielmehr das Produkt eines früh ausgeprägten, intellektuellen Sendungsbewusstseins, das ohne seine konzeptionelle Seite gar nicht zu denken ist.

Richard Exners Befund von 1975 hat bis heute nichts von seiner Gültigkeit verloren: Rilke wird »auch fernerhin angehimmelt und heruntergemacht werden.« An den »Rezeptions-Exzessen« seiner Leser sei er freilich nicht ganz unschuldig gewesen, habe er doch nur selten Einspruch erhoben, »wenn man sein Werk als Lebensphilosophie und als Apologie für eigene Schwächen miß-

1 Für das vorliegende Lesebuch wurden *Die Aufzeichnungen des Malte Laurids Brigge* aus verschiedenen Gründen nicht berücksichtigt. Zum einen liegt dieser Roman in vielen Editionen vor, zum anderen würde er aufgrund seines Umfangs vielen wieder oder neu zu entdeckenden Texten den Platz wegnehmen. Seine herausragende Bedeutung in Rilkes Gesamtwerk und für den Roman des 20. Jahrhunderts im Allgemeinen bleibt davon unberührt.

2 Oskar Maria Graf hat mit *Rainer Maria Rilke und die Frauen* eine Meistererzählung über den fast kultischen Status der (Münchner) Rilke-Schwärmerei zwischen 1917 und 1920 geliefert (Oskar Maria Graf: »Rainer Maria Rilke und die Frauen. Rede zu seinem 25. Todestag. New York 1951«, in: ders.: *An manchen Tagen. Reden, Gedanken und Zeitbetrachtungen.* Werkausgabe Bd. 12. München: List 1994, S. 156–189).

brauchte«.[3] Es wäre an der Zeit, Rilkes Werk nicht als eine Art von Steinbruch anzusehen, »aus dem man sich beliebig das Beweismaterial für diese oder jene philosophische Deutung bricht.«[4]

Ein Ende solcher Exzesse ist nicht in Sicht. Es gibt ohnehin keine ideale Rezeption, die ganz frei von Indienstnahme und Fremdbestimmung wäre, was eben die steinbruchartige Fragmentarisierbarkeit seiner Dichtung selbst mitbedingt. Rilke wird weiter biographistisch gelesen werden, auch wenn er sich ausdrücklich gegen eine biographistische Auslegung verwahrte, und der Leser wird sich weiterhin in *seinem* Rilke erkennen wollen.

Es spricht für das Werk dieses Dichters, dass ihm die Verwendung als Deutungssteinbruch nichts anhaben kann, vermag doch eine erneute Lektüre jede Interpretation wieder in Frage zu stellen. Rilkes Literatur ist ein hermeneutischer Generator, der nicht zum Stillstand kommt. Die Forschung zu Rilke macht immer wieder auf neue Aspekte und Konstellationen aufmerksam, ihre Entdeckungen können produktiv umschlagen in eine sprichwörtlich vertiefte Lektüre. Es ist ein Glück, dass Rilke es seinen Lesern nicht leicht macht. Der Leser ist substantiell herausgefordert, beim Lesen nicht nur über Sinnvermittlungen und Bedeutungen oder mögliche autobiographische Bezüge zu reflektieren, sondern ebenso über das Vermögen und Unvermögen von Sprache.

Und so wird Rilke weiterhin »ein Dichter der Zukunft« bleiben, der sich einfach nicht ›verbrauchen‹ lässt. Beinahe alles, »was er dachte und schrieb«, so fasst es Ulrich Fülleborn, einer der großen Rilke-Forscher, zusammen, war »in einem nichtfestgelegten, nicht einengenden Sinn zur Dimension der Zukunft hin offen.«[5]

3 Richard Exner: »Ach, armer Rilke: Leser und Narziß – Kühnheit und Furcht – Zeitgenossenschaft – Sprache der Fische«, in: *Rilke heute. Beziehungen und Wirkungen.* Bd. 2. Frankfurt a. M.: Suhrkamp 1976, S. 59–94, hier S. 93.

4 Exner, »Ach, armer Rilke«, S. 64.

5 Ulrich Fülleborn: »Rilke – ein Dichter der Zukunft«, in: *Rilke heute. Der Ort des Dichters in der Moderne.* Frankfurt a. M.: Suhrkamp 1997, S. 8.

Man muss diesen Dichter nicht verherrlichen – aber auch nicht schmähen. Beides geschieht oftmals in Unkenntnis des Werkes, der Eigenname scheint hier metonymisch im Sinne einer unausgesprochenen Vereinbarung für Rilkes Texte zu stehen und dafür zu bürgen, dass man ja wisse, worüber man spreche, trifft man nur das Zauberwort. Aber auch hier »schläft ein Lied in allen Dingen«, Rilkes Dichtungen.

Es gehört unter anderem zum guten Ton – der nicht immer der beste sein muss –, Rilkes Texten Kitsch vorzuwerfen. Aber abgesehen davon, dass der Ruf, »kitschig« zu sein, nicht der schlechteste sein muss und manche Autoren im Unterschied zu Rilke so enttäuschend hohle Nüsse sind, dass sie keinerlei Vorwürfe provozieren, kontert Rilke den Vorwurf selbst: indem er gelesen wird. Lesend lernt man einen Dichter kennen, der wie kein anderer unterschiedliche stilistische und rhetorische Register zu ziehen wusste, dabei mit seiner Dichtung immer erst unterwegs war zu einer ›anderen‹ Sprache, zu einer utopischen Aufhebung der Differenz von Ding und Wort. So wie auf der anderen Seite der Leser unterwegs ist in Rilkes Dichtungen und sein eigenes Lesen dabei immer mitreflektiert, sich wieder auf den Text konzentriert, den er ganz genau lesen möchte, Satz für Satz, Wort für Wort, Buchstabe für Buchstabe: Verstehen baut sich auf – und verliert sich. Dieses Sich-Verlieren bedeutet aber keinen Verlust, es verweist auf eine Unabschließbarkeit der sich immer neu aufbauenden Lektüre.

Was Wolfram Groddeck für Rilkes berühmtes Gedicht *Archaïscher Torso Apollos* konstatiert, gilt für Rilkes Texte allgemein: Der »Fülle von Sinnproduktionen«, welche Rilkes Texte auszeichnet, korrespondiert eine »Überfülle von Deutungen und Deutbarkeit«.[6] Die Überfülle der Sekundärliteratur bezeugt dies. Insbesondere der *Malte* und die *Duineser Elegien*[7] haben eine eigene, multiperspek-

6 Wolfram Groddeck: »Archaïscher Torso Apollos«, in: *Gedichte von Rainer Maria Rilke*. Hrsg. von Wolfram Groddeck. Stuttgart: Reclam 2008, S. 89.

7 Zur vertieften Lektüre empfohlen seien wenigstens Ulrich Fülleborn, Manfred Engel: *Rilkes Duineser Elegien.* Band 1–3 (Selbstzeugnisse, Forschungsgeschichte, Rezeptionsgeschichte). Frankfurt a.M.: Suhrkamp 1988; Peter

tivische und theoretisch sehr unterschiedliche Interpretationsgeschichte erfahren.

Rilkes Texte erweisen sich als vielfach anschlussfähig, zumal es sehr viele intertextuelle und die Kunstsparten übergreifende Querverbindungen zur Musik und insbesondere zur Bildenden Kunst gibt (Rodin, Cézanne u. a.), nicht zu vergessen die interkulturellen Bezüge zu Frankreich, Italien, Dänemark, Schweden, Russland, Spanien, Ägypten oder zur Schweiz.[8]

In der Rilke-Forschung haben sich einige zentrale Topoi und Chiffren herausgebildet, die zum methodisch unterschiedlich reflektierten und kontextualisierten Grundbestand der Rezeptionsgeschichte geworden sind. Im Reflex auf die paradoxalen Denkfiguren Rilkes sind sie zum Teil direkt von Rilke übernommen worden, ihre ästhetische, mentale und existentielle Funktion entwickelte sich somit zu einer metaphorischen Begrifflichkeit.

Zu diesen Topoi gehören neben »Weltinnenraum« u. a. Rilkes Konzept einer intransitiven Liebe[9], Narzissmus[10], Heimatlosigkeit, Ding-Poetik (Transformation einer Ding-Epiphanie in ein Gedicht; das Ding-Gedicht als Denkfigur)[11], Vorwand, Verwandlung, Poetik

Krumme: *Eines Augenblicks Zeichnung. Zur Temporalität des Bewußtseins in Rilkes Duineser Elegien*. Würzburg: Königshausen & Neumann 1988; Wolfgang Janke: *Archaischer Gesang. Pindar – Hölderlin – Rilke. Werke und Wahrheit*. Verlag: Königshausen & Neumann 2005.

8 Siehe hierzu: *Rilke-Handbuch. Leben – Werk – Wirkung*. Hrsg. von Manfred Engel. Stuttgart, Weimar: Metzler 2004, S. 27–130.

9 Siehe z. B. Günther Schiwy: *Rilke und die Religion*. Frankfurt a. M. und Leipzig: Insel 2006. S. 112–114.

10 Siehe Exner, »Ach, armer Rilke«, S. 67 f.

11 Siehe hierzu Roger W. Müller Farguell: »Der wendende Punkt«, in: *Gedichte von Rainer Maria Rilke*, S. 122–132. Der Aufsatz reflektiert die wissenschaftliche Rezeptionsgeschichte von Rilkes »Dinggedicht« *Der Ball* und hinterfragt sehr differenziert die paradoxe Poetik des »Dinggedichts« zwischen Bewegungsfigur, Sinnbild, Symbol, Metapherngefüge, Chiasmus und Denkfigur. Die »ballistische Denkfigur von Aufstieg, Wendung und Fall« zählt Müller Farguell zufolge »zu den zentralen Tropen in Rilkes Werk«.

der Figur,[12] »Figur der Reflexion«[13], Abwesenheit,[14] Engel[15] – und die Trias Kindheit, Gott, Tod.

Im Folgenden soll entlang einiger dieser Topoi – ohne Anspruch auf Vollständigkeit – Rilkes Gesamtwerk abgeschritten werden. Dabei wird zunächst vor allem die Lyrik im Vordergrund stehen; den weiteren Akzenten des Lesebuchs entsprechend, wird aber auch von anderen Gattungen, Rilkes dramatischen Texten, seinen Erzählungen und seinem Briefwerk, die Rede sein.

»Weltinnenraum«

Rainer Maria Rilke hat mit strenger Konsequenz ein Werk hervorgebracht, dem die Bezeichnung »Werk« nicht ganz gerecht wird und das bloß als »Dichtung« zu bezeichnen seine anthropologischen, existentiellen und religiösen Implikationen außer Acht lassen würde. Von seinem Frühwerk an (1897 bis etwa 1906), das die ersten Dichtungen der Kindheit und Jugend (1884–1897) ablöste,[16] stellte sich Rilke programmatisch der Aufgabe, die Grenzen zwi-

12 Siehe hierzu Manfred Engel: »Rilke als Autor der literarischen Moderne«, in: *Rilke-Handbuch*, S. 507–529, insbes. S. 521–524.

13 Siehe Winfried Eckel: »Die Figur der Reflexion im Werk Rilkes. Eine Skizze«, in: *Rilke heute. Der Ort des Dichters in der Moderne*, S. 263–274, und ders.: *Wendung. Zum Prozeß der poetischen Reflexion im Werk Rilkes*. Würzburg: Königshausen & Neumann 1994. Eckel weist auf die prozessual selbstreflexive Struktur als »Grundstruktur des sprachlichen Vollzugs« in Rilkes Texten hin.

14 Siehe Eckel, »Die Figur der Reflexion«, S. 268–273. Eckel führt u. a. folgendes Beispiel an: »Sieh, ich bin nicht, aber wenn ich wäre / wäre ich die Mitte im Gedicht« (*Gedichte für Lulu Albert-Lazard*, in: *Sämtliche Werke* [= SW], Bd. 3, S. 224; Oktober 1914).

15 Siehe hierzu Perdita Rösch: *Die Hermeneutik des Boten. Der Engel als Denkfigur bei Paul Klee und Rainer Maria Rilke*. München: Fink 2008.

16 Zu den Datierungen der Werkphasen siehe Sascha Löwenstein: *Poetik und dichterisches Selbstverständnis. Eine Einführung in Rainer Maria Rilkes frühe Dichtungen (1884–1906)*. Würzburg: Königshausen & Neumann 2004.

schen Leben[17] und Literatur einzureißen – im Sinne eines ›höheren Daseins‹, das in gestaltender Dichtung aufgehoben ist.

Bis dahin aber mussten seine Literatur und er selbst einen Prozess der – stets gefährdeten – Selbstbestimmung durchlaufen. Im November 1897 attestierte sich Rilke noch eine Lebens- und Gegenwartsferne, die seine bisherige Dichtung unglaubwürdig machte: »Ich steh noch immer tastend an dem Tor / und warte im Gewande der Epheben. / Weil ich noch nie gefunden in das Leben, / so prahlte ich, daß ich es längst verlor. / (…) Ich war noch nie in einer Gegenwart (…)« (S. 158).[18]

Seine Literatur, die er fortan lebte, sollte nicht mehr »im Gewande der Epheben« knaben- und schülerhaft sein, sie sollte sich fragend einer Gegenwart stellen, in der (die) Vergangenheit als Sinnbild oder Allegorie figurierte und in der Wahrnehmung bzw. Imagination gegenwärtig blieb, wie er dies prominent im *Malte* und z. B. in der zehnten *Duineser Elegie* darstellte.

Metamorphotische Zeiterfahrung und ihre Versprachlichung im Sinne einer Vergegenwärtigung spielen in seinem mental-ästhetischen Projekt des Sehenlernens, das im *Malte* eine prägnante Ausformulierung erfährt[19] und auch in seinen Gedichten von großer Bedeutung ist, eine wichtige Rolle.

Unter Gegenwart ist bei Rilke weniger eine (politisch orientierte) Zeitgenossenschaft zu verstehen als vielmehr eine autarke Identität narzisstischer Prägung, die mit der Formel einer geistig-spirituellen Ganzheit nur ungenügend umschrieben ist. Gleichwohl war Rilke kein unpolitischer Autor, wie seine Briefe bezeugen. Mit Richard Exner ist aber festzuhalten, dass Rilke sich als »politische Figur der Rechten oder Linken« nicht eignet: »Dieser Mensch, der einer

17 Siehe Ingeborg Schnack: *Rainer Maria Rilke – Chronik seines Lebens und seines Werkes. 1875–1926*. Erweiterte Neuausgabe. Hrsg. von Renate Scharffenberg. Frankfurt a. M.: Insel 2009.

18 Die Rilke-Zitate mit Seitenzahlen in Klammern beziehen sich auf den vorliegenden Band.

19 Vgl. Priska Pytlik: »Rainer Maria Rilke: *Die Aufzeichnungen des Malte Laurids Brigge*«, in: dies.: *Okkultismus und Literatur. Ein kulturhistorisches Phänomen und seine Bedeutung für die Literatur um 1900*. Paderborn: Schöningh 2005, S. 167–194.

dauernden erfüllenden Beziehung zu einem anderen Menschen nicht fähig war, war keines Landes Patriot!«[20]

Die große Differenz von Rilkes Selbstverständnis als Dichter zu anderen Autoren der Frühen Moderne ist sicher sein gelebter und nicht nur ästhetisierter Narzissmus – ein paradigmatischer Narzissmus von allgemeinem Interesse, wie sich an den sympathetischen bzw. ideosynkratischen Reaktionen auf das Werk zeigt, das nur zu oft mit der Person Rilke gleichgesetzt wird und umgekehrt.

Narzisstische Grundbedingung ist die Einsamkeit. Rilke verstand sie als programmatische Notwendigkeit, die er allen zähen Selbstzweifeln und -revisionen zum Trotz aufrecht zu halten versuchte, wie dies vor allem in seinen Briefen zum Ausdruck kommt und sich aus seinen Gedichten herauslesen lässt:

> Mein Leben ist nicht diese steile Stunde,
> darin Du mich so eilen siehst.
> Ich bin ein Baum vor meinem Hintergrunde,
> ich bin nur einer meiner vielen Munde
> und jener, welcher sich am frühsten schließt.
>
> Ich bin die Ruhe zwischen zweien Tönen,
> die sich nur schlecht an einander gewöhnen,
> denn der Ton Tod will sich erhöhn …
>
> Aber im dunklen Intervall versöhnen
> sich beide zitternd …
> und das Lied bleibt schön. (S. 150)

Das sprechende Ich ist hier Figur (Baum) und Hintergrund (Umgebung) zugleich, Leben und Tod, das Eigene und das Andere, seine eigene Differenz – als Einheit. Aus ihm sprechen viele Stimmen (»Munde«), aber nur eine ist sprichwörtlich eigentlich.

Der »Baum« kann als »Zunge« und »Sprache« gedeutet werden (lingua: Sprache, Zunge), die Zunge als (sprechender, tönender/schweigender) »Baum des Wissens«, »Baum der Erkenntnis« und/oder »Baum des Lebens«.

20 Exner: »Ach, armer Rilke«, S. 64 f.

Dass Rilke hier die (irreguläre) Pluralform »Munde« anstatt »Münder« gewählt hat, ist vielleicht nicht nur aufgrund der Reimbildung zu »Stunde« motiviert, sondern auch durch die verschwiegenen, dennoch aber mitklingenden Reimwörter »Wunde« und »Kunde«: Der Mund als sich in Intervallen schließende und wieder öffnende Wunde, die kund tut. Dieses musikalisch-existentielle Intervall ist dunkel wie der Weltinnenraum des geschlossenen Mundes. Komplementär zum akustischen Weltinnenraum evoziert das Gedicht den Weltinnenraum des Sehens: Die Chiffre des »dunklen Intervalls« ist gleichzeitig ein Begriff aus der mit optischen Reizen experimentierenden Nachbildforschung und bezeichnet dort eine nichtbildliche (dunkle) Phase zwischen zwei positiven Nachbilderscheinungen. Rilke wird der optische Begriff des »dunklen Intervalls« möglicherweise aus den frühen Forschungen zum Nachbild (um 1825, verstärkt um 1890) bekannt gewesen sein. In der audiovisuellen Ruhephase des synästhetischen »dunklen Intervalls«, in der Latenzzeit des Nichthörens und Nichtsehens, »versöhnen« sich beide Töne, indem keiner von beiden »sich erhöhn« kann. Dass sie das überdies »zitternd« tun im Sinne eines tönenden Nachhalls und Verblassens des Nachbildes, wobei mit »Zittern« zugleich Furcht und Schrecken aufgerufen werden, weist dem »Lied« die Qualität des Schönen zu. Dass das Lied schön bleibt, muss es erst durchsetzen.

Die Feststellungen, dass sich die beiden Töne nur »schlecht an einander« gewöhnen und der »Ton Tod (...) sich erhöhn«, also dominieren will, werden gestisch als prosodischer Konflikt zwischen Metrum und Sprachrhythmus realisiert: Während die Zeilen 1 bis 6 als alternierende Verse mit Auftakt skandiert werden können, geraten die Zeilen 7 und 8 irritierend ins Stocken. Zwischen »schlecht« und »an« sowie zwischen »Ton« und »Tod« entsteht eine sprachrhythmische Zäsur, da alle vier Wörter betont werden. Am Schluss allerdings etabliert sich dann wieder der fünfhebige, alternierende Vers mit Auftakt. Das Lied bleibt schön, weil diese Art Herzrhythmusstörung ausgeglichen werden kann. Nimmt man die Rede vom Herzrhythmus und seiner Störung wörtlich, erhält »Intervall« eine organische Konnotation, die Ruhe markiert dann den zeitlichen Abstand zwischen zwei Herzschlägen.

Als konstante »Ruhe zwischen zweien Tönen«, die in ihrer Beständigkeit mit dem Baum der ersten Strophe korrespondiert, ist das sprechende Ich selbst die ausgleichende Latenzzeit, es steht metonymisch für das schöne Lied selbst, das insgesamt als Nachbild des im Schweigen und Gestaltlosen Zum-Ausgleich-Kommen von Leben und dominieren wollendem Tod verstanden werden kann. Dieser Zirkel, dass das Gedicht prozessual das durchführt, was es imaginiert, indem es auf das »Ich« als imaginäre Mitte verweist, macht seine parabolisch-paradoxe Struktur aus, die prototypisch für viele Gedichte Rilkes und seine Poetik des Concetto, des scharfsinnigen Einfalls, steht.

Rilkes an Paracelsus anschließende Vision eines »Weltinnenraums« diente ihm als geistiges und mentales Regulativ der Alltagserfahrungen, über die dieser esoterisch-imaginäre Raum weit hinausging. Der »Weltinnenraum« steht für die Permeabilität von Innen und Außen, Transzendenz und Immanenz sind hier versöhnt, was ihn konzeptionell mit dem esoterischen »mundus imaginalis« verwandt erscheinen lässt.[21] In dem Gedicht *Es winkt zu Fühlung fast aus allen Dingen* ist er zum ersten Mal belegt: »Durch alle Wesen reicht der *eine* Raum: / Weltinnenraum. Die Vögel fliegen still / durch uns hindurch. O, der ich wachsen will, / ich seh hinaus, und *in* mir wächst der Baum« (S. 177).

Nella Bielski bezeichnet Rilkes »Weltinnenraum« als »eine Wirklichkeit höchsten Grades, (…) Gleichzeitigkeit der Anwesenheit, ein Raum in uns, wo wir mit der Welt eins sind, und zugleich eine Art Zufluchtsort in uns für die Toten und die Zukünftigen. Ein Raum, der bis zu den Sternen reicht und sie umgreift. Im Weltinnenraum ist alles zu einem einzigen grenzenlosen Raum geworden.«[22]

21 Vgl. Gísli Magnússon: »Imagination und *mundus imaginalis* – Rilkes *Weltinnenraum*«, in: ders.: *Dichtung als Erfahrungsmetaphysik. Esoterische und okkultistische Modernität bei R. M. Rilke*. Würzburg: Königshausen & Neumann 2009, S. 183–187, hier S. 183.

22 Nella Bielski: *»Wer, wenn ich schriee, hörte mich denn …«. Ein Versuch über Rilke*. München: Hanser 1990, S. 28–29. Siehe auch: Walter H. Sokel: »Zwischen Existenz und Weltinnenraum. Zum Prozeß der Ent-Ichung im *Malte Laurids Brigge*«, in: *Rilke heute. Beziehungen und Wirkungen*. Bd. 1. Frankfurt a. M.: Suhrkamp 1975, S. 105–129.

Diese »Gegenwärtigkeit letzten Grades« (Rilke) umfasst Vergangenes und Zukünftiges.

»Das Tötliche hat immer mitgedichtet«

Unmittelbar verbunden mit dem raumzeitlichen und spirituellen Zusammendenken von Vergangenheit (nicht nur der eigenen Kindheit), Gegenwart und Zukunft ist Rilkes Todesverständnis. Das Wort »Tod« als solches oder als Kompositum (»Todes-Erfahrung«, »Todesstimmung«) ist mit um die 150 Nennungen allein im vorliegenden Auswahlband eine der zentralen poetischen Chiffren. Ihr Ursprung ist kein ästhetischer.

In Gedicht II der *Elften Antwort* vom Oktober 1925 aus dem lyrischen Briefwechsel mit Erika Mitterer heißt es, auf Rilkes wohl geahnte tödliche Krankheit anspielend und seine Dichtungen bilanzierend: »Wir sind ja auch in das, was schreckt und stört, / von Anfang an so grenzenlos verpflichtet. / Das Tötliche hat immer mitgedichtet: / nur darum war der Sang so unerhört« (S. 196).[23]

Das Schreckliche und Störende bildet den Untergrund des Lebens und lässt im Menschen ein permeables Parallelbewusstsein entstehen. Der Dichter ist ein Medium des Todes, dem Tod bzw. dem »Tötlichen« kommt im Selbstverständnis Rilkes die Rolle des Co-Autors zu, was den »Sang« so »unerhört« im mehrfachen Sinne von nicht gehört/erhört und neu, unglaublich, außerordentlich macht.

»Der Tod ist groß«, beteuert das Gedicht *Schlußstück* in einer Mischung aus selbstbewusster Rühmung und klagender Furcht, die auch in der Konstellation der sechs Zeilen als gedanklicher Chiasmus mit gegenläufigen Bewegungen wie z. B. äußeres Lachen/inneres Weinen zum Ausdruck kommen: »Der Tod ist groß. / Wir sind die Seinen / lachenden Munds. / Wenn wir uns mitten im Leben meinen, / wagt er zu weinen / mitten in uns« (S. 48). Der Tod, hier

23 Zum Briefwechsel siehe auch: Karen Leeder, Robert Vilain (Hrsg.): *Nach Duino. Studien zu Rainer Maria Rilkes späten Gedichten*. Göttingen: Wallstein 2010.

als Personifikation als solche, ist nicht die Contradictio des Lebens, er ist mitten *im* Leben, offenbar und verborgen zugleich. Findet hier eine gewissermaßen überkompensierende Zurücknahme der von Rilke für die moderne Gesellschaft beklagten Exterritorialisierung des Todes statt, so wird der Tod im Gedicht *Der Tod* (1915) als Essenz eingenommen, er wird substantialisiert. Metonymisch erscheint hier der Tod als »ein bläulicher Absud / in einer Tasse ohne Untersatz« (S. 181), ohne metaphysischen Überbau. Der Henkel der Tasse ist zudem abgebrochen, und symbolisch gebrochen ist auch das Wort »Hoffnung«, das am »Bug« der Tasse »in aufgebrauchter Schrift« als »*Hoffnung*« erscheint. Mit der Einführung der Metapher »Bug« knüpft das Gedicht an die literarische Allegorie des Lebens als Schifffahrt an, mit der Tasse als Schiff und dem »Rücken einer Hand« als Meer. Das Ensemble aus dem Torso der Tasse und dem Handrücken, auf dem diese steht, könnte zugleich eine Plastik oder Skulptur sein, das Schrift-Bild-Gedicht *Der Tod* wäre demnach lesbar als Emblem, dem Strategien seiner Auslegbarkeit als vorgegebene und antizipierende Allegorien des Lesens eingeschrieben sind.

Ganz anders war da noch Rilkes triumphale Darstellung des Todes in *Die Weise von Liebe und Tod des Cornets Christoph Rilke* (1899) als ein sprachrhythmisch galoppierendes »Fest« des Blutes und »lachende Wasserkunst«: »Wein? Oder Blut? – Wer kanns unterscheiden?« (S. 20)

»Lieben ist dauern«

Ein weiterer zentraler Rilke-Topos ist die Idee einer ›intransitiven Liebe‹. Idealtypisch soll die ›intransitive Liebe‹ eine narzisstische Selbstvollendung jenseits der Abhängigkeiten und Beeinflussungen einer ›transitiven‹, objektgerichteten Liebe ermöglichen, deren Ent-Täuschung vorprogrammiert ist. Rilkes Liebes-Konzept einer Liebe an sich wird insbesondere im *Malte* thematisiert: »Geliebtwerden ist vergehen, Lieben ist dauern«.[24]

24 SW, Bd. 11, S. 937

»Askese freilich«, so Rilke in *Das Testament*, »ist kein Ausweg; sie ist Sinnlichkeit mit negativem Vorzeichen.« Über das sich abzeichnende Dilemma zwischen der Unmöglichkeit gelebter Liebe und ihrer sinnlichen Notwendigkeit hat Rilke sich immer wieder Rechenschaft abgelegt. Dem Heiligen mag Askese »wie eine Hilfskonstruktion« zustatten kommen; »in dem Durchschnittspunkt seiner Entsagungen gewahrt er jenen Gott des Gegensatzes, den Gott des Unsichtbaren, der noch nicht geschaffen hat.« Ist Rilke also ein Heiliger? In seinen Briefen erweckt er zuweilen den Eindruck; seine Liebesverhältnisse lassen nicht darauf schließen. Braucht Rilke die Liebe schließlich nur für das zu »leistende« Werk, das ohne sie unsinnlich wäre? Im *Testament* gibt er die Antwort: »Wer aber in die Sinne verpflichtet ist, Erscheinung für rein und Gestalt für wahr zu halten hat auf Erden, wie dürfte der mit der Absage beginnen! Und selbst wenn sie sich ihm erst hülfreich und nützlich erwiese, bei ihm bliebe sie Betrug, List, Erschleichung –, und zum Schlusse rächte sie sich irgendwo im Kontur seines Werks, als Härte, als Dürre, als Unzugiebigkeit, als Feigheit der Frucht.«[25]

An anderer Stelle schreibt Rilke dann sehr offen über eine ihn bedrängende Urangst. Das angesprochene »Geheimnis« ist das zu bewahrende Geheimnis seiner Dichtung, das er durch eine konstante Beziehung zu einer Frau einzubüßen fürchtete: »Es ist gegen das Geheimnis meines Lebens. Indem die Geliebte alles Ereignis gegen sich zu abzieht, werd ich unwahr in mir; denn nun scheint ihr, in der fortwährenden Strömung, auch *das* zuzutreiben, worüber ich nicht verfügen darf. Theils hat ihr Wille schuld, theils geschieht diese Bemächtigung durch ihr bloßes Dasein. Sie hat die Landschaft im Gemüthe des Liebenden umgewandelt und bewohnt eine tiefste Stelle darin –: das Thal, zu dem alles abfließt.«[26]

Es ist letztlich eine ins Extrem gesteigerte und von ihm verklärte Angst des Selbstverlustes – an der nach kurzer Zeit von seiner Seite aus wohl auch die Ehe mit Clara Westhoff scheiterte, zumindest was das familiäre Zusammenleben anbelangt. Dieselbe unüberwindliche Angst, die unverfügbare poetische Potenz zu verlieren,

25 Rilke: *Das Testament*. Frankfurt a.M.: Suhrkamp 1976, S. 26.
26 Rilke: *Das Testament*, S. 29.

hinderte ihn daran, sich einer Psychoanalyse zu unterziehen, zu der ihm Lou Andreas-Salomé geraten hatte, mit der Rilke einen langjährigen intensiven Briefwechsel führte und die wohl seine wichtigste Bezugsperson war, sein »Lebensmensch« (Thomas Bernhard).

Gottsuche

Neben den Fragen nach der Interdependenz von Leben und Tod und einer dauernden Form der Liebe ist die Frage nach Gott bzw. dem Göttlichen von herausgehobener Bedeutung in Rilkes Texten.[27]

Rilke war ein Gottsucher, ein Gott-Umkreiser und Umdeuter der Geschichte Jesu, was seine Dichtungen und Briefe bezeugen.[28] Bernhard Blume weist darauf hin, dass das *Stundenbuch* keine christlich-religiöse Dichtung sei, als welche sie »mißverstanden und von unzähligen Menschen mit tiefer Ergriffenheit gelesen« worden sei. Vielmehr habe Rilke vor der Niederschrift dieses Rollengedichts »den christlichen Glauben seiner Kindheit bereits verloren.« Die Gedichte aus dem *Stundenbuch* seien demzufolge keine Gebete, sondern »virtuose sprachliche Etüden«. Der Topos der Unaussprechlichkeit Gottes ist ein Axiom der deutschen Mystik, namentlich von Meister Eckhart, an dem Rilke sein differenziertes sprachliches Instrumentarium entwickelt hat.[29] Dem Alten Testa-

27 Siehe Magnússon: *Dichtung als Erfahrungsmetaphysik*, insbesondere Kap. 4: »Die Forschung zur alternativen Religiosität und spirituellen Modernität bei Rilke«, S. 47–69. Magnússon zufolge ist es »ein Missverständnis, Rilke als Mystiker zu interpretieren«. Die Formel der »konfessionslosen Religiosität« bei Rilke erfährt hier eine rezeptionsgeschichtlich und werkorientiert breite Differenzierung.

28 Siehe hierzu Schiwy: *Rilke und die Religion*. Zu Rilkes Auseinandersetzung mit dem traditionellen Christusbild siehe S. 61–69. Seine radikale Entmythologisierung der Christusgestalt gipfelt in der achten *Christus*-Version vom Sommer 1897, in der er Jesus folgende Gott negierende Worte in den Mund legt: »Und dann von tausend Erdensorgen schwer / stieg meine Seele in den hohen Himmel, / und meine Seele fror; denn er war *leer*«.

29 Vgl. Bernhard Blume: »Rainer Maria Rilke. Existenz und Dichtung«, in: *Rilke heute. Beziehungen und Wirkungen*. Bd. 2, S. 168–184, hier S. 177.

ment näher als dem Neuen Testament, entwickelte Rilke eine religiöse Diesseitigkeit jenseits eschatologischer Vertröstungen, wie sie vor allem Christus verkörpert, der als immer nur Verheißender am besten außen vor bleiben sollte. Rilke warf dem Christentum vor, »die ursprüngliche Einheit von Leben und Tod auseinanderzureißen und dem Diesseits ein Jenseits gegenüberzustellen«[30] und setzte statt dessen »auf seine Weise die negative mystische Theologie der Fragen fort, wie sie sich seit der Antike im Abendland gegen die positive dogmatische Theologie der Antworten behauptet hat.«[31] Dies implizierte auch die geistig-dichterische Auseinandersetzung mit einem dunklen, schrecklichen Gott: »Herr, sei nicht gut: sei herrlich; widerleg / das Hörensagen, das sie an dir rühmen: / zerbrich das Haus, zerstör den Steg / und wälz ein Nest von Ungetümen / dem Flüchtling an den Nebenweg« (S. 199). Rilkes Dichtung ist eine Poetik der Fragen immanent, die man immer wieder durchqueren muss – und schließlich sind die Fragen selbst schon Antwort: Das mag ein Grund für die große identifikatorische Wirkung sein, die der Dichter auf seine Leser ungebrochen ausübt.

Die identifikationswilligen Leser scheinen von der »Anatomie des Entsetzens«[32], die Rilkes Dichtung auszeichnet, nicht abgeschreckt zu werden. Dass das Gegenteil der Fall ist, lässt sich vielleicht durch Rilkes Rhetorik des Rühmens[33] und des Erhabenen erklären. Mit dem »Rühmen« und seiner Paradoxie angesichts der eigenen Alltagserfahrung und der weltpolitischen Lage ist ein anderes wesentliches Paradigma von Rilkes Poetik ins Spiel gebracht, das für sein ästhetisches und spirituelles Verständnis ebenso konstitutiv ist wie die ästhetisch verhandelten Fragen nach Lebensbejahung und Tod, nach Religiosität und Spiritualität.

30 Gerhard Ammelburger: *Bejahungen. Zur Rhetorik des Rühmens bei Rainer Maria Rilke*. Königshausen & Neumann 1995, S. 79.

31 Schiwy: *Rilke und die Religion*, S. 49.

32 Exner: »Ach, armer Rilke«, S. 70.

33 Zu dieser Thematik siehe Ammelburger: *Bejahungen*.

In seinem am 20. Dezember 1921 in Muzot geschriebenen Widmungsgedicht für Leonie Zacharias dient ein rhetorisches Frage- und Antwort-Ritual zur prozessualen Durchführung dieses modernen Hymnus. Die Antwort kontert die Variationen der Frage durch die konstante Benennung der Tätigkeit des Rühmens. Auf die rhetorische Frage, die im Akt des Fragens die Antwort bereits kennt, folgt die Performanz des Rühmens. Die Paradoxie des Gedichtes besteht darin, dass die Antwort die Frage stellt bzw. dass die Rollenverteilung von Frage(n) und Antwort(en) bereits mit der ersten Anrufung des »Dichters« eine bloß rhetorische ist: »Oh sage Dichter, was du tust? / – Ich rühme. / Aber das Tödliche und Ungetüme, / wie hältst du's aus, wie nimmst du's hin? / – Ich rühme. / Aber das Namenlose, Anonyme, / wie rufst du's, Dichter, dennoch an? / – Ich rühme. / Woher dein Recht, in jeglichem Kostüme, / in jeder Maske wahr zu sein? / – Ich rühme. / Und daß das Stille und das Ungestüme / wie Stern und Sturm dich kennen? / :– weil ich rühme« (S. 191). Gebetsmühlenhaft könnte dieses Gedicht nach der Setzung der letzten Zeile, »weil ich rühme«, wieder von vorn beginnen. So hat das Rühmen keinen Anfang und kein Ende.

Dieses Rühmen sollte jedoch nicht als ein affirmatives Rühmen des Bestehenden missverstanden werden, sondern ist als ein Rühmen des Antizipierten und Ungesagten zu begreifen. Mit Wolfgang Janke ist zu betonen, dass der »neuarchaische Hymnus« Rilkes nicht so rühmt, »daß er begütigend über das Elend von Dasein und Welt, Geschichte und Gesellschaft hinwegsieht, sondern so, daß er durch das Tödliche und Beengende, das auf uns einstürmt, hindurchgeht.«[34] Was genau aber rühmt der Dichter? Er rühmt das Dichten, dessen Tätigkeit er im Akt des Rühmens vollzieht, paradoxerweise als wertvoller Ertrag des Schweigens: »Rühmen, das ists! Ein zum Rühmen Bestellter, / ging er hervor wie das Erz aus des Steins / Schweigen« (*Die Sonette an Orpheus*, S. 119).

34 Wolfgang Janke: *Archaischer Gesang*, S. 244.

Mit seiner Poetik der Angst und der (rühmenden) Ekstase weist Rilke auf den französischen Existentialismus voraus und schließt u.a. an mythische und ekstatische Traditionen der Literatur des 16. und 17. Jahrhunderts[35] sowie die Philosophie Søren Kierkegaards (1813–1855) an.[36]

Um »manches von Kierkegaard unmittelbar lesen zu können«, wie er in einem Brief an Lou Andreas-Salomé vom 12. Mai 1904 schreibt, hat Rilke seine Dänischkenntnisse verbessert.[37] Sein Fremdsprachenrepertoire war immens. Neben Deutsch und Tschechisch sprach, las und schrieb/übersetzte er Französisch, Italienisch, Spanisch, Russisch und Dänisch. Während Französisch seine zweite Literatursprache geworden ist, die er mündlich und schriftlich beherrschte – im Lesebuch dokumentiert durch drei französische Originalgedichte –, hatte er sich in den anderen Sprachen eine Kompetenz erworben, die über rudimentäre Kenntnisse zum Teil weit hinausging.

Rilkes Beschäftigung mit dem dänischen Philosophen setzt Anfang 1904 ein, er übersetzt das »Tagebuch eines Verführers« aus Kierkegaards programmatischem Hauptwerk *Entweder/Oder* (1843), mit dem er sich in der Folgezeit auseinandersetzt. Nach dem krisenreichen Abschluss des *Malte* schreibt er am 30. August 1910 an Marie von Thurn und Taxis: »er hat mich noch nie so ergriffen«. Zu dieser Zeit hat Rilke u.a. *Furcht und Zittern* und *Die Wiederholung* (beide 1843) gelesen.[38]

Von großer Bedeutung für Rilke waren über Kierkegaard hinaus insbesondere seine so intensive wie komplexe Beziehung zu Lou Andreas-Salomé[39], die Lektüre Friedrich Nietzsches sowie seine ihn theoretisch und praktisch beschäftigenden Begegnungen mit Auguste Rodin (1840–1917) und Paul Valéry (1871–1945). Pro-

35 Zur Poetik der Ekstase siehe Christiane Augner: *Gedichte der Ekstase in der Literatur des 16. und 17. Jahrhunderts*. Tübingen: Gunter Narr 2001.

36 Über esoterische und okkultistische Einflüsse siehe Magnússon: *Dichtung als Erfahrungsmetaphysik*.

37 Zit. nach Theodore Fiedler: »Skandinavien«, in: *Rilke-Handbuch*, S. 116–124, hier S. 118.

38 Vgl. Fiedler, »Skandinavien«, S. 121–122.

39 Sehr lesenwert ist Lou Andreas-Salomés eindringliches Porträt *Rainer Maria Rilke*. Hamburg: Severus 2010.

duktionsästhetisch wichtig war nicht zuletzt die Auseinandersetzung mit Friedrich Hölderlin (1770–1843), die eine poetische Summe in der huldigenden Elegie *An Hölderlin* findet (S. 177f.), deren Huldigung sich neben motivischen und thematischen Bezügen in metrischen, stilistischen und strukturellen Korrespondenzen manifestiert.

Bildende Kunst

Starke Korrespondenzen finden sich bei Rilke auch zur Bildenden Kunst.

Rilke schrieb seine Monographie *Worpswede* über die Worpsweder Künstlerkolonie zwischen dem 1. und 28. Mai 1902. Ausgewählten Künstlern der Worpsweder Kolonie, Fritz Mackensen, Otto Modersohn, Fritz Overbeck, Hans am Ende, Heinrich Vogeler, widmete er jeweils ein eigenständiges Porträt, exemplarisch mag hier dasjenige über den impressionistischen Maler und Mitbegründer der Künstlerkolonie Hans am Ende (1864–1918) stehen. In den Porträts versuchte Rilke, das je Spezifische der Bildkunst des Künstlers zu fassen und ihn aus seinem zeitgeschichtlichen Kontext und dem seiner Herkunft und künstlerischen Entwicklung heraus zu begreifen.

In der ersten größeren Arbeit Rilkes zur Bildenden Kunst finden sich »zentrale Gedanken seiner Kunstauffassung und Dichtungstheorie«, was Antje Büssgen zufolge »die weitgehende Vernachlässigung des Textes in der Forschung verwunderlich erscheinen lässt«.[40] In *Worpswede* reflektiert Rilke, auf antike Mythologie und Urzeiten zurückgreifend, das Verhältnis von Mensch, Natur und Kunst. Der Kunst kommt hierbei die Funktion des synthetisierenden Mediums zu, »in welchem Mensch und Landschaft, Gestalt und Welt sich begegnen und finden«. Von hier aus unternimmt Rilke es, die Bedingungen des modernen Künstlertums zu bestimmen, was der eigentliche Kern der Arbeit ist, und eine an Schillers

40 Antje Büssgen: »Bildende Kunst«, in: *Rilke-Handbuch*, S. 137.

Schrift *Über naive und sentimentalische Dichtung* erinnernde Kulturtheorie zu entwerfen, die mit der Denkfigur des Umschlagens von hoher Intelligibilität und Selbstreflexion in wiedergewonnene Naivität und Reflexionsferne operiert, worin sich »eine erste Umschreibung des Sachlichkeitsideals« ankündigt, »das er in dieser Zeit zu erarbeiten begann«.[41]

Es ist interessant zu beobachten, wie er den programmatischen ersten Satz der Einleitung zu seiner Worpsweder Porträtsammlung über Malerei und insbesondere die Landschaftsmalerei ganz wörtlich nimmt: »Die Geschichte der Landschaftsmalerei ist noch nicht geschrieben worden und doch gehört sie zu den Büchern, die man seit Jahren erwartet« (S. 353). In der Folge schreibt Rilke diese Geschichte selbst, indem er das Schreiben wörtlich nimmt als ein Schreiben der Landschaftsmalerei. Dieses Schreiben vollzieht sich in der Transformation imaginierter Landschaft, wie sie für die Malerei stoffliche Anregung sein könnte, in das Medium verbaler Evokation.

Rilkes anhaltendes Interesse an semiotischen und wahrnehmungsästhetischen Wechselbeziehungen zwischen Literatur und Bildender Kunst hat die wohl prägnanteste und sprachfigürlich kompakteste Manifestation im Sonett *Archaïscher Torso Apollos* gefunden, dem Eröffnungsgedicht des dem Bildhauer Auguste Rodin gewidmeten »Anderen Teils« der *Neuen Gedichte*. Mit Rodin, den er in seinem Atelier in Paris am 1. September 1902 zum ersten Mal besuchte und für den er mit Unterbrechungen bis zum 10. Mai 1906 arbeitete, hat sich Rilke grundlegend und wiederholt auseinandergesetzt. Im Lesebuch findet diese nicht immer konfliktfreie Beziehung, die 1912 zu einem endgültigen Zerwürfnis führte, ihren Nachhall in unterschiedlichen Gattungen: im Gedicht *Rodin* (S. 173), in den *Aufzeichnungen* vom 17. November 1900 (S. 380–382) und in einer Reihe von Briefen. Später sprach Rilke davon, er sei Schüler Rodins gewesen, nicht etwa sein Sekretär, was eine »hartnäckige Legende« sei (in einem Brief an A. Schaer vom 26. 2. 1924).

41 Büssgen, »Bildende Kunst«, S. 139.

Rodin war für Rilke geradezu ein Sinnbild gelingender künstlerischer und existentieller Selbstverwirklichung in Fragen der Lebensführung und des unbeirrten Arbeitsethos und wirkte durch seine Sachlichkeit handwerklichen Könnens kompensatorisch auf seine eigenen spiralisierenden Selbstreflexionen und Produktionskrisen. Sachlichkeit ist für Rilke darüber hinaus ein poetologisch zentraler Begriff. Er steht für eine selbstvergessen-ausführende Medialität des Künstlers (Bildhauers, Dichters), der die als Vorwand dienende stoffliche Vorlage allmählich vergisst und künstlerisch transformiert. Sachlichkeit bedeutet darüber hinaus »die Suspension konventionalisierter Bedeutungszuschreibungen, eine aus geduldiger, hingebungsvoller Naturbeobachtung resultierende Verwandlung des Sujets in die ›Namenlosigkeit‹ (Rilke) und daher neu erworbene Bedeutungsoffenheit des Kunstwerks«.[42] Damit einher geht eine Absage an Ideenkunst. Einfaches Schauen, aber genaues Beobachten ist ein in dieser Zeit der intensiven Beschäftigung mit Rodin grundgelegtes ästhetisches Credo Rilkes.

Rilkes wohl wichtigste Schrift zur Bildenden Kunst, *Auguste Rodin* (Erster Teil [1902]; Zweiter Teil: Ein Vortrag [1907]), ist hier aufgrund ihres Umfanges von über 100 Seiten nicht berücksichtigt worden.[43] In den wesentlich kürzeren *Aufzeichnungen* setzt sich der Dichter mit der Frage auseinander, was Rodins »Plastik so isoliert, so sehr zum Kunstwerk« mache, »welches wie eine Festung ist: sich selbst beschützend, wehrhaft, unzugänglich«. Ein Umstand, so Rilke, sei für eine Plastik »ungemein wichtig: daß das Kunstwerk in sich zu Ende gehe.« Die Plastik, »die mit dem Beschauer dieselbe Atmosphäre teilt«, müsse »das ›Wegschauen‹ besser können. Das heißt: Sie muß mit sich ganz beschäftigt sein« (S. 380–382). Es wäre reizvoll, die sich hier anschließenden wahrnehmungsästhetischen Fragen auf das Sonett *Archaïscher Torso Apollos* zu beziehen, von dem es heißt: »denn da ist keine Stelle, / die dich nicht sieht« – und das ohne Augen, fehlt dem Torso doch nicht nur jene »Mitte, die die Zeugung trug« und zu der dennoch »ein Lächeln« geht, sondern auch das »unerhörte« Haupt (S. 59).

42 Büssgen, »Bildende Kunst«, S. 140.
43 Vgl. SW, Bd. 9, S. 135–246.

Weitgehend unerhört und ungesehen sind auch Rilkes dramatische Dichtungen, die es neu oder überhaupt erst zu entdecken gilt, werden sie doch kaum mehr wahrgenommen oder als Nebenprodukte eingestuft, die mit seinen Gedichten und dem *Malte*-Roman nicht mithalten können. »Eine systematische Erschließung der Dramen oder der Dramenpoetik liegt noch nicht vor.« Zu diesem Ergebnis kommt Monika Ritzer in ihrer Darstellung von Rilkes dramatischen Dichtungen.[44] Dabei zeigt sich in Rilkes Dramatisierung von Denkfiguren ein ausgeprägter Wille zum inszenatorischen und formalen Experiment – vor dem von ihm adaptierten zeitgenössischen Hintergrund von Naturalismus inklusive sozialer Milieuschilderung, Jugendstil, Symbolismus und »Psychodrama«.

Waisenkinder (S. 341–350), entstanden wahrscheinlich im Frühjahr 1901, veröffentlicht im Mai 1901, ist ein Übergangsstück zwischen Naturalismus und Psychodrama.

Die chorische Konstellation der Figuren und die auf das expressionistische Drama vorausweisenden Beschreibungen des Bühnenbilds – »im Garten eines Waisenhauses. Herbst. Die breite Lindenallee tastet mit hundert welken Händen, wie weit es zur Erde ist. (…) Der Park ist schwarz, und die Stämme stehen wie viele Männer« – lassen eine rituell-geisterhafte Atmosphäre entstehen, die das Stück grundiert. Diese dem Zuschauer wie dem Leser aus anderen Kontexten vertraute Atmosphäre schafft die dramaturgische Voraussetzung für die zwischen dem »älteren Knaben« Paul und Jerôme, dem Jüngsten, verhandelte Frage nach der Signifikanz und der Erscheinungsform des Todes. Auslöser des dramatischen Konfliktes ist der Tod der »kleinen Betty«, die in einer Kapelle aufgebahrt liegt, zu der die Waisenhausgruppe von einer »blonden Nonne« geführt wurde. Die sieben Waisenknaben und sechs Waisenmädchen diskutieren in einer Mischung aus Furcht und Altklugheit über den Zusammenhang von Tod, Seele und Namen. Bettys Seele heiße nun Betty, sie selber aber »Kadaver«, weiß Paul. Nachdem er Betty in der Kapelle unbemerkt berühren konnte, meint Je-

44 Monika Ritzer: »Dramatische Dichtungen«, in: *Rilke-Handbuch*, S. 282.

rôme, Betty sei gar nicht tot. Sterben sei nämlich »ein furchtbar hohes, gelbes, häßliches Haus. Und die Mama hat müssen hinunter … von ganz, ganz oben – in den Hof, … auf die Steine.« Dann erst sei man tot. Der aufgrund des Bekenntnisses des mütterlichen Selbstmords von den anderen verstoßene Jerôme folgt dem Gärtner und dem von diesem auf den Schultern getragenen Sarg Bettys in den »schwarzen Park« hinein. Offen bleibt, ob er nun ebenfalls den Tod sucht oder sich sympathetisch vergewissern will, dass Betty tatsächlich noch lebt – im Tod. Kennzeichnend für das Stück sind insgesamt seine artifizielle Anlage, die im verrätselten Schluss kulminiert, und die Stilisierung der Charaktere zu Kunstfiguren mit solistischen und chorischen Stimmen. Die Solostimmen instrumentierte Rilke mit einer flexiblen Diktion zwischen lyrischer Sprachrhythmik (insbesondere Jerôme) und prosanaher, stilisierter Alltagssprache. *Waisenkinder* ist als mysterienhafte Parabel ausdeutbar. In der schematischen Konstellation der Figuren, ihrer chorischen Gruppierung und schlichten Sprachgebung, die sicher auch dem Alter der Waisen geschuldet ist, manifestiert sich der Einfluss des belgischen Autors Maurice Maeterlinck (1862–1949), dessen Stücke Rilke stark rezipiert hat und den er essayistisch porträtierte (*Maurice Maeterlinck*, S. 422–437).

Erzählungen

Fast synchron zu seinen dramatischen Dichtungen (entstanden zwischen 1894 und 1904) schrieb Rilke seine rund 80 Erzählungen (1893–1903), sie gehören somit allesamt zum Frühwerk. Mit dem 1910 veröffentlichten *Malte* hat Rilke sein letztes erzählerisches Werk verfasst. Thematisch und stilistisch sind seine Erzählungen, von ihm als Novelle, Geschichte oder »Skizze« bezeichnet, zwischen Naturalismus, Impressionismus und Symbolismus angesiedelt.

Sind die Erzählungen schon Rilke? Das ist eine Frage, die nur auf den ersten Blick unsinnig erscheint. Rilke war keinem -ismus verpflichtet, als intensiver Leser von Romanen (siehe *Thomas*

Mann's ›Buddenbrooks‹, S. 437–439; *Zwei nordische Frauenbücher*, S. 445–449) fühlte er sich keiner Einflussangst ausgesetzt, was seine zahlreichen Aufsätze zur Literatur und seine Bewunderung z. B. für die schwedische Schriftstellerin Ellen Key (1842–1926) oder geradezu seine Verehrung des dänischen Autors Jens Peter Jacobsen (1847–1885) belegen. Vor allem der *Malte* und die späteren Gedichte gelten der Rilke-Forschung als echter Rilke. Vielleicht kann man sich über diesen Rilke ausführlicher und tiefgreifender den Kopf zerbrechen. Vielleicht sind in Rilkes Prosa konventionelle Muster eher erkennbar. Dass er sich einer stringent erzählten Handlung versperrte und eher das Seelenleben seiner Protagonisten erforschte, ist keine Besonderheit, sondern war vielen Autoren der Frühen Moderne gemein. Aber *wie* Rilke erzählt, das macht die Geschichten zu einem prägnanten, zuweilen spannenden Leseerlebnis.

Wie sich Annuschka in *Frau Blaha's Magd* (S. 304–308) vor lauter Heimweh verzehrt, »vollkommen unerwartet« ein Kind bekommt, dieses erstickt und »zu unterst in ihren Koffer« legt, was nur ganz beiläufig geschildert wird; wie sie sich »für das Alleinsein« ein Puppentheater kauft, darin die Puppen »immer dasselbe« sprechen; wie die Kinder der Umgebung sich bei Blahas in der Küche einfinden, dem Schauspiel zu folgen, und die Annuschka ihnen sagt, sie habe noch eine »ganz große Puppe«, die sie dann auch holen muss; wie die Kinder aber alle flüchten, weil sie Angst bekommen vor dem Harlekin, der vorher gar nicht dabei war; wie Annuschka schließlich die ganz große Puppe holt, das Theater zerstört und alle Puppen köpft, die ganz große ebenfalls – wie Rilke das in aller Kargheit erzählt, kommentarlos, mit dem Anfang der Erzählung bereits auf ihr Ende zusteuernd, das ist radikal und bei aller Radikalität rührend, ein Tribut an die Kindheit und die schmerzliche Welt der Erinnerungen.

Prager Lokalkolorit und eine politische Dimensionierung enthält *König Bohusch*, eine der *Zwei Prager Geschichten*, die 1899 erschienen sind (S. 229–268). In ihr verarbeitete Rilke die antiösterreichischen Prager Unruhen von 1891 anlässlich einer Jubiläums-Landesausstellung, bekannt geworden als »Omladina-Affäre«. »Omladina« war eine von 1891 bis 1894 bestehende tschechisch-nationalistische Geheimorganisation und radikale Jugend- bzw. Studentenbewegung, die mit den einen Ausnahmezustand auslösenden Unruhen in politische Verbindung gebracht wurde. In *König Bohusch* verkörpert Rezek den nationalistischen Studenten, sein Konterpart, der bucklige, poetisierende Bohusch, von den Schauspielern als König und Majestät tituliert, repräsentiert den träumerischen Außenseiter. Schauplatz sind bekannte Orte in Prag, so z. B. verschiedene Friedhöfe, Straßen oder das Nationalcafé, in dem aktuelle tagespolitische und kulturelle Themen verhandelt werden. Die historische Topographie und die Wiedererkennbarkeit realer Persönlichkeiten Prags geben *König Bohusch* die Aura einer Schlüsselgeschichte. Aber auch hier ist Rilke mehr an dem zum Teil traumatischen Innenleben seiner Figuren interessiert als an politischen Hintergründen wie dem aufflammenden tschechischen Nationalismus. So flüchten Bohuschs Gedanken seit seinem fünften Lebensjahr bei so gut wie jeder sich bietenden Gelegenheit in ein Traumreich aus Bergen, Burgen und Palästen und schließlich zu seinem vor drei Jahren gestorbenen Vater, der eine dem Vater in Kafkas *Urteil* nicht ganz unähnliche Dimensionierung erfährt. Was der Kindsmord in *Frau Blaha's Magd*, ist in *König Bohusch* eine ödipale Phantasie, die Bohusch gezwungen ist, sich immer wieder zu vergegenwärtigen: Mit bloßen Händen gräbt er sich zum Sarg seines Vaters vor und »holt sich mit heißer Hand aus dem dumpfen Dunkel die Brust des Vaters und schnallt sich dieselbe wie einen Harnisch um die schüchternen Schultern«. Nie kann er begreifen, dass er »mit beiden wunden Händen die Stimme des Vaters nicht finden kann«. Eine unglaubliche Szene! Sein Vater, ein ehemaliger fürstlicher Portier, wird der unerreichbare »Riese« bleiben, als welchen der Sohn in Kafkas *Urteil* seinen Vater bezeichnet, die imponierende Erscheinung des Vaters mit seiner so mächtigen Stimme wird ihm, dem ewig nur »Kleinen«, immer überlegen sein, selbst wenn sie ohne Leben und verstummt ist.

Eine eingebildete Liebe wird Bohusch schließlich zum Verhängnis, Frantischka, von der es heißt, sie sei »die Liebste von dem Seligen« gewesen, und die ihn bei der Beerdigung des Vaters »auf die Stirne« küsst. Auch in Liebesdingen wird er an den Vater nie heranreichen. Eher durch Zufall wird Bohusch zum Mitwisser der Verschwörung. Anstatt einfach nur darüber zu schweigen, wie Rezek ihm dringend anrät, phantasiert er sich in einem Brief an die »unwürdige Geliebte« ein »großes Geheimnis« und eine »unbeschreibliche Wichtigkeit« seiner verschwörerischen »Aufgaben« herbei. Die Imagination überblendet langsam die Realität. Eine große Rede der Selbstoffenbarung will er halten vor Frantischka, und die große Rede ist nur Weinen. Die unerreichbare Frantischka wird zum verräterischen »Frauenzimmer«, das den Kreis der Verschwörer und ihren geheimen Treffpunkt »in den Kellerräumlichkeiten eines Hauses der Hieronymusgasse« bei der Polizei denunziert, was zu Bohumils Ermordung durch Rezek führt. *König Bohusch* ist ein trauriges Märchen über Macht, Verrat, Phantasie und eingebildete Liebe. Die Phantasie aber ist es, die den beim Anblick seines Mörders lächelnden Bohusch immerhin auch seinen Tod ohne erkennenden Sinn für die Realität erleben lässt.

Briefe

Rilke war ein immens produktiver Korrespondent in eigener Sache. Das Briefeschreiben gewährleistete ihm den Kontakt zur Außenwelt bei gleichzeitig aufrecht erhaltener Einsamkeit. Diese Einsamkeit mit all ihren Grundbedingungen und Folgen wie Melancholie oder Depression verhinderte jedoch nicht die ratschlagende Einfühlung in die Lebenssituation des anderen.

In seinen Briefen[45], die in zahlreichen Einzeleditionen vorliegen, zeigt Rilke sich rhetorisch sehr wandlungsfähig. Für jeden Briefpartner schien er ein eigenes Register zu besitzen, das eine individuelle Stimmung der Anrede und der Mitteilung erzeugte. Die Briefe sind – neben seinen kunstästhetischen Essays und den poetologischen Selbstthematisierungen seiner Gedichte – Rilkes wichtigstes Medium der Selbstverständigung und, was vielleicht entscheidender ist, der Selbstvergewisserung in existentiellen, ästhetischen und

45 Eine ausführliche Darstellung der intensiven Briefwechsel Rilkes insbesondere im Hinblick auf seine Selbstsakralisierungen findet sich in: Martina King: *Pilger und Prophet. Heilige Autorschaft bei Rainer Maria Rilke*. Göttingen: Vandenhoeck & Ruprecht 2009.

z. B. religiösen Fragen. Bücher sind nur dickere Briefe an Freunde, schrieb Jean Paul einmal. Rilkes Briefe haben zuweilen den Gehalt von ganzen Büchern. Was den Briefpartnern ab und an als Zumutung der Selbstoffenbarung Rilkes erschienen sein mag, war ihm selbst eine existentielle Notwendigkeit der Selbstreflexion in der Hoffnung, sich im Gesprächspartner erwidert und gespiegelt zu finden. Der Brief fungiert hier als narzisstisches Medium, offen für und, wie im Falle von Lou Andreas-Salomé, angewiesen auf ein Echo. Wurde das Echo in irritierender Modulation versendet, stimmte Rilke seine rhetorischen und emotionalen Instrumente neu, um sich und dem anderen Klarheit zu verschaffen. Ist es abwegig, wenn man die Briefe als ein Hauptwerk des Dichters ansieht? Als Anrufungen und Zeugnisse von Krisensituationen kann man sie partiell seinen Dichtungen zuschlagen, deren Gedankenarbeit sie oftmals voranlaufen, sie fortsetzen und selbst wieder poetisierend reflektieren.

Was Rilke im Brief an Lotte Hepner vom 8. November 1915 über die geistige Intentionalität des *Malte* sagt, gilt paradigmatisch für sein dichterisches Gesamtwerk: »Was in Malte Laurids Brigge (...) ausgesprochen, nein, gelitten steht – das ist ja eigentlich nur *dies* mit allen Mitteln und immer wieder von vorn und an allen Beweisen dies: *dies*: Wie ist es möglich zu leben, wenn doch die Elemente dieses Lebens uns völlig unfaßlich sind? Wenn wir immerfort im Lieben unzulänglich, im Entschließen unsicher und dem Tode gegenüber unfähig sind, wie ist es möglich, da zu sein? Ich bin nicht durchgekommen, in diesem unter der tiefsten inneren Verpflichtung geleisteten Buch, mein ganzes Staunen auszuschreiben, darüber, daß die Menschen seit Jahrtausenden mit Leben und Tod umgehen (von Gott gar nicht zu reden) und dabei diesen ersten unmittelbarsten, ja genau genommen, einzigen Aufgaben: (denn was haben wir anderes zu tun) noch heute (und wie lange noch?) so neulinghaft ratlos, so zwischen Schrecken und Ausrede, so armselig gegenüberstehen. Ist das nicht unbegreiflich?« (S. 575)

Ein weiterer Aspekt von Rilkes so extensiver wie intensiver Briefkultur sollte nicht übersehen werden: Mit Briefen scheint er sich seine Briefgemeinde bisweilen buchstäblich vom Leib gehalten zu haben. Es war in ihnen alles gesagt, warum hätte man sich also persönlich begegnen sollen, was doch nur zu sinnlosen Konflikten und Missverständnissen geführt hätte. Da war das Interface Brief kontrollierbarer.

Nicht alle Briefwechsel sind hier berücksichtigt worden. Die Briefe an die Mutter etwa, die von einer komplizierten wie komplexen Beziehung zeugen, bilden ein eigenes, mehr als 1000 Briefe umfassendes Kapitel, das weniger in Auswahl als im vollständigen Überblick rezipiert werden sollte.[46] Auch der Briefwechsel, den die russische Dichterin Marina Zwetajewa (1892–1941) und Rilke 1926 kurz vor dessen Tod führten, sollte in seiner Gesamtheit und chronologischen Reihenfolge gelesen werden.[47] Für Zwetajewa war Rilke nichts weniger als »die Dichtung selbst«, er sei die »reinmenschliche (göttliche) Erscheinung«, seine Bücher erwartete sie »wie ein Gewitter«.[48]

Das Testament

Der vorliegende Band wird abgeschlossen mit Passagen aus der bereits erwähnten Textsammlung *Das Testament*, ein Konvolut von Aufzeichnungen, Briefentwürfen und Tagebucheintragungen, das Rilke Ende April 1921 auf Schloss Berg am Irchel verfasst hat und das erst 1974 als Faksimile der Handschrift aus dem Nachlass veröffentlicht wurde. Den zum Teil aperçuhaften Fragmenten hatte Rilke im Sinne einer Herausgeberfiktion eine Einführung vorangestellt, die dem Leser die biographischen Umstände des »Schreibers« näher bringen sollte, hinter dem sich niemand anderes als Rilke selbst verbarg, der mit dem *Testament* das Scheitern seiner damaligen Bemühungen, die *Duineser Elegien* zu vollenden, ergründen wollte. Rilke fürchtete, dieses Lebensprojekt endgültig nicht mehr fertig stellen zu können.

46 Hella Sieber-Rilke (Hrsg.): *Rainer Maria Rilke: Briefe an die Mutter.* 2 Bde. Frankfurt a. M.: Insel 2009.

47 Rainer Maria Rilke und Marina Zwetajewa: *Ein Gespräch in Briefen*. Frankfurt a. M.: Suhrkamp 1998.

48 Zum Briefwechsel siehe Schiwy: *Rilke und die Religion*, S. 161–166.

Im *Testament* findet sich ein zweipoliges poetologisches Statement. Zum einen knüpft Rilke hier an seine Poetik des »Dinggedichtes« an, zum anderen begreift er sich als schöpferisches Medium, als bloß ausführendes Organ: »Das Prinzip meiner Arbeit ist eine leidenschaftliche Unterwerfung unter den Gegenstand, der mich beschäftigt, dem, mit anderen Worten, meine Liebe gehört. / Die Umkehr dieser Unterwerfung geschieht schließlich, mir selber unerwartet, in dem plötzlich in mir aufkommenden schöpferischen Akt, in dem ich ebenso schuldlos handelnd und überwindend bin, wie ich in jener vorhergehenden Phase rein und unschuldig unterworfen war« (S. 683).

Die »Unterwerfung unter den Gegenstand«, die produktionsästhetisch sicherlich durch die tiefgreifende Begegnung in Paris mit Auguste Rodin und seiner skulpturellen Arbeitsweise mitinitiiert wurde, hat selbst etwas Mediumistisches. In der Korrelation von Ding und Erinnerung manifestiert sich das erinnerte Ding poetisch als Metamorphose und Gestalt, Geste und Gebärde, wobei die Trennung von (erinnerndem) Subjekt und (wahrgenommenem oder imaginiertem) Objekt aufgehoben ist: »Und es genügt auch noch nicht, daß man Erinnerungen hat. Man muß sie vergessen können, wenn es viele sind, und man muß die große Geduld haben, zu warten, daß sie wiederkommen. Denn die Erinnerungen selbst *sind* es noch nicht. Erst wenn sie Blut werden in uns, Blick und Gebärde, namenlos und nicht mehr zu unterscheiden von uns selbst, erst dann kann es geschehen, daß in einer sehr seltenen Stunde das erste Wort eines Verses aufsteht in ihrer Mitte und aus ihnen ausgeht.«[49]

An anderer Stelle erklärt Rilke, der sich teilnehmend, wenn auch kritisch mit Okkultismus und Spiritismus auseinandergesetzt hatte,[50] ihm sei die Niederschrift der Eingangszeilen der ersten Duineser Elegie, »Wer, wenn ich schriee, hörte mich denn aus der Engel/ Ordnungen?« (S. 90), während eines Spaziergangs ›diktiert‹ worden.[51] Der Dichter als Schnittstelle von inneren und äußeren Stimmen, als sein eigenes Weltinnenraum-Projekt.

49 Rainer Maria Rilke: *Die Aufzeichnungen des Malte Laurids Brigge*: SW, Bd. 11, S. 724–725.

50 Siehe Magnússon: *Dichtung als Erfahrungsmetaphysik*.

51 Vgl. Bernard Dieterle: »Italien«, in: *Rilke-Handbuch*, S. 96.

Was sich hier als eine Außerkraftsetzung steuerbarer Autorenintentionalität andeutet, an deren Stelle die Vorstellung des Dichters als empfangendes ›Diktiergerät‹ tritt, steigert sich in einer Selbstaussage zur Entstehung der Gedichte *Aus dem Nachlaß des Grafen C. W.* zu einem das Ich ausschaltenden automatischen Schreiben: »ich bins nicht, es war so völlig Auftrag.«[52]

Hier tut sich ein für Rilke entscheidender Konflikt auf, der zwischen Autonomieästhetik und Inspirationspoetik, zwischen einem das Werk fast herbeizwingenden »Leisten«, wie Rilke es immer wieder als seine – eine ›transitive Liebe‹ ausschließende – Lebensaufgabe betonte, und einer epiphanen Augenblickspoetik, die von diesem Zwang entbindet. Dieser Konflikt stürzte ihn insbesondere während der langjährigen Entstehungszeit der *Duineser Elegien* in nachhaltige (un)produktive Krisen.[53] Zum Vergleich: Die Mehrzahl der 110 Gedichte des Weihnachten 1899 erschienenen Gedichtbandes *Mir zur Feier*, 1909 in zweiter Auflage unter dem Titel *Die Frühen Gedichte* veröffentlicht, entstanden zwischen November 1897 und Mai 1898. Die Abfassung der *Duineser Elegien* nahm zehn Jahre in Anspruch (1912–1922).

Im *Testament* finden sich Auszüge aus einem »kleine(n) Taschenbuch in blauem Leder« (S. 682), das der Verfasser sich entschließt zu verbrennen, um keinerlei Zeugnis »jener schweren ›fremden‹ Heimsuchung« zu hinterlassen, über deren Wesen er sich des weiteren jedoch ausschweigt. Der Umstand, dass in dem zu verbrennenden Taschenbuch »kaum drei Seiten« beschrieben sind, mache ihm »die vielen vielen leeren Blätter so unheimlich«. Aus dem »zerstörten Taschenbuche« für erhaltenswert erachtet er aber eine agrammatische Reihung von für sich stehend »sinnlosen« Ein-

52 SW, Bd. 3, S. 112–188. Vgl. Pytlik: *Okkultismus und Literatur*, S. 187. Siehe diesbezügl. auch Magnússon: *Dichtung als Erfahrungsmetaphysik*. Magnússon behandelt sehr eingehend den Unterschied zwischen künstlerischer und spiritistischer Medialität bzw. zwischen künstlerischer Gnosis und spiritistischer Gnosis.

53 Zu Rilkes Konzeption von sakral gesteigerter Autorschaft siehe King: *Pilger und Prophet*. Den poetologischen Konflikt untersucht Sandra Kluwe in *Krisis und Kairos. Eine Analyse der Werkgeschichte Rainer Maria Rilkes*. Berlin: Duncker & Humblot 2003.

zelwörtern, darunter Eigennamen (Loos, Hartung, Liebknecht, Agnese, Terwin, Iffland, Larde, Feilitzsch, Naumann ...). Ansatzweise kann der Leser im freien kombinatorischen Spiel selbst dieser kontextlosen Liste narrative Qualitäten abgewinnen, wenn man zum Beispiel das »oben am Rande« des Taschenbuchblattes positionierte Wort »Nachtmahr« als thematischen Referenzrahmen liest. Dann ist die Liste das Produkt eines Albtraums, ein radikaler Sonderfall innerhalb von Rilkes kompromissloser und darum stets vom Scheitern bedrohter Sprachästhetik. Wörter, ohne den Boden der Syntax, in der Auswahl und ihrer Anordnung zum Teil gesteuert über klangliche Mittel (Alliteration, Assonanz, Reim), müssen für sich sprechen und evozieren doch so etwas wie Abläufe, Vorstellungen, Geschehnisse. Erst am Schluss dieses stotternden »Reigens« baut sich wieder eine syntagmatische Ordnung auf, die allerdings sofort wieder negierend torpediert wird: »Spule / spielt langsam aber keine Musik reicht / an den Reigen«. Vor »Spule« steht die Wörterfolge »Regulus Galgen Wehrkraft Karde«. Wer oder was ist »Regulus«? Ein Stern? Ein Goldhähnen? Ein römischer Feldherr? Oder ein chemischer Begriff, der metaphorisch für das poetische Verfahren steht und auch als alchemistisches Symbol dient: erstarrte Schmelze. Galgen und Wehrkraft eröffnen einen militärischen Kontext. Die Karde findet in der Naturmedizin Verwendung und hat in der Pflanzenalchemie ihre Bedeutung. Was ist hier passiert? Hat es Rilke die ›normale‹ Sprache verschlagen, war er unterwegs zu einer alchemistischen Sprachschmelze, um mit Worten ganz andere Dinge zu tun? Ist ihm die Sprache zerfallen wie Lord Chandos »die abstrakten Worte (...) im Munde wie modrige Pilze« (Hugo von Hofmannsthal)? Zweifellos kann die Sprachzersetzung im *Testament* als Sprach- und Bewusstseinskrise gedeutet werden. Der Rest ist Schweigen. Dem Leser aber kann der listige Reigen kombinatorische Freude bereiten.

Sprache hält Rilke oft in paradoxer Bewegung zwischen »Unsäglichkeit und Sagnis« (S. 194). Dem Schachspiel vergleichbar kann ein Gedicht als eine Konstellation von (Sinn-)Figuren begriffen werden, die sich je nach Lesart verschieben. Das Gedicht I aus der in den Briefwechsel mit Erika Mitterer integrierten Gedichtfolge *Elfte Antwort* schließt figürlich eine planetare Konstellation mit dem taktischen Manöver eines Schachspiels (»starke Stellung«) und seiner Übertragung auf die Kommunikation bzw. Kunst der Briefpartnerin kurz: »Auf meiner Sternenkarte such ich wieder / Dich und den graden weltischen Bezug, / der aus der starken Stellung Deiner Lieder / selbst in mein Schweigen Räume niederschlug« (S. 195).

Gleitende Sprache schafft hier gleitende Kontexte. Die Opposition schwarz/weiß der Felder des Schachbretts als regulativer Hintergrund, darauf die Figuren zu setzen sind, ist gleichzeitig zu lesen als Opposition zwischen geschriebenem Wort und leerer Papierfläche bzw. gesprochenem Wort und Stille. Das »Schweigen« als subjektgebundenes Verhalten erscheint hier stark emphatisiert und erhält einen fast religiösen, zumindest aber subjektmetaphysischen Status. Die Wendung vom »graden weltischen Bezug«, der »in mein Schweigen Räume niederschlug«, enthält ihre eigene Opposition in der gestischen Ambivalenz des Wortes »niederschlagen«: im Sinne von »manifestieren« und »Gestalt annehmen« – und »Gewalt ausüben«. Und in der Tat (der Worte): das Schachspiel ist ein Kriegsspiel – ist ein Gedicht?

*

Ist Rilke die Summe der Einzelinterpretationen seiner Texte? Gibt es gemeinsame Vielfache seiner Dichtung? Das mag der Leser entscheiden.

Rilkes Literatur ist eine Aktie mit garantiertem Wertzuwachs. Rilke lädt dazu ein, »gut« zu lesen, worunter Friedrich Nietzsche verstand, »langsam, tief, rück- und vorsichtig, mit Hintergedanken, mit offen gelassenen Thüren, mit zarten Fingern und Augen« zu lesen.[54] Rilke ist nicht auszulesen. Denkt man, ein Gedicht lesend zu haben, bleibt ein Rest, der sich nicht einfügt. Und ist das nicht wunderbar, dass man noch etwas für später zu tun hat?

54 Friedrich Nietzsche: *Sämtliche Werke.* Kritische Studienausgabe in 15 Bänden. Herausgegeben von Giorgio Colli u. Mazzino Montinari. München: Deutscher Taschenbuch Verlag; Berlin/New York: de Gruyter 2005, Bd. 3, S. 17.

Archaïscher Torso Apollos, eins der berühmtesten Gedichte der Weltliteratur, endet mit der vielzitierten, ganz wörtlich zu nehmenden Zeile »Du mußt dein Leben ändern.« Rilke kann ganz wörtlich gelesen werden. Rilke zu lesen kann das Leben verändern.

Michael Lentz

Ausführliches Inhaltsverzeichnis

I. Gedichte

1. Aus den zu Lebzeiten publizierten Gedichtzyklen

2. Frühwerke, verstreute und nachgelassene Gedichte

3. Gedichte in französischer Sprache

II. Erzählungen und Dramen

III. Essays und Aufzeichnungen

IV. Briefe

V. Das Testament

Alphabetisches Verzeichnis der Gedichttitel und -anfänge

Rainer Maria Rilke
Gedichte
Band 90078

»Herr: es ist Zeit. Der Sommer war sehr groß. / Leg deinen Schatten auf die Sonnenuhren, / und auf den Fluren laß die Winde los.« Rilkes Gedichte haben einen ganz eigenen Sound, der sie bei aller Tiefe der Reflexion wunderbar sinnlich und verführerisch macht. Wie nur wenige Lyriker verbindet Rilke die Suche nach Sinn und Zusammenhang mit großer sprachlicher Musikalität und ist nicht zuletzt deshalb bis heute einer der populärsten Dichter der Moderne. Dieser Band enthält sämtliche zu Lebzeiten des Autors publizierten Gedichtzyklen.

Fischer Taschenbuch Verlag

fi 90078 / 2

Rainer Maria Rilke

Die Aufzeichnungen des Malte Laurids Brigge

Band 90140

Der Moloch Paris. Eine schwangere Frau schiebt sich an einer Mauer entlang, der Stein ist schützender als die Menschen. Zur Vereinzelung gezwungen, sind die Menschen auf eine kalte, hässliche Welt zurückgeworfen, die »nach Jodoform, nach dem Fett von pommes frites, nach Angst« riecht. Mutig wagt Malte Laurids Brigge, letzter Spross einer aussterbenden Adelsfamilie, den Blick hinter die Oberfläche der Dinge und findet ein »neues Leben voller neuer Bedeutungen«. Rainer Maria Rilkes einziger Roman ist mit seiner radikalen Subjektivität ein Meilenstein der literarischen Moderne.

Fischer Taschenbuch Verlag

fi 90140 / 1

Arthur Rimbaud

Sämtliche Dichtungen

Band 90241

Ein frühreifer Poet, schuf Arthur Rimbaud in seinem kurzen Leben hinreißende Verse, die in ihrer Modernität und kompromisslosen Subjektivität vielen späteren Dichtern den Weg ebneten. Sein ›Trunkenes Schiff‹, mit dem er sich dem Dichter und Geliebten Paul Verlaine vorstellte, revolutionierte die französische Dichtung durch seine wuchernde Bildwelt und den radikalen Symbolismus.

Fischer Taschenbuch Verlag

fi 90241 / 1

Franz Kafka

Das Urteil

Die Verwandlung

Originalfassung

Band 90020

Normaler Versicherungsangestellter im Leben, hat Franz Kafka ein eigenwilliges Werk voll grotesker Begebenheiten hinterlassen. Ein Handlungsreisender zum Beispiel verwandelt sich in Kafkas berühmtester Erzählung in einen Käfer, ein Sohn geht auf die Prophetie seines Vaters hin ins Wasser. Irrwitzig, rätselhaft, doch mit überzeugender Plausibilität erzählt Kafka vom Kampf des Menschen gegen eine verborgene Übermacht.

Fischer Taschenbuch Verlag

fi 90020 / 2

Literarische Moderne
Das große Lesebuch
Herausgegeben von Moritz Baßler
Band 90252

Wie keine andere Epoche steht die literarische Moderne für den lustvollen Bruch mit Traditionen: Umgangssprache und Großstadt ziehen plötzlich in die verklärten Kunstwelten des 19. Jahrhunderts ein; man entdeckt die Ästhetik des Hässlichen und spielt mit Unsinn und Kontingenz; statt aufs große Ganze zu zielen, taucht man in Bewusstseinsströme ab oder berauscht sich an der »Anarchie der Atome«. – Das vorliegende Lesebuch versammelt die kanonischen und die zu Unrecht vergessenen Texte dieser faszinierenden Epoche und führt eindringlich vor Augen, wie riskant, wie verstörend, wie herrlich unverständlich diese Texte auch heute noch sind. Es gibt keine Epoche der deutschen Literatur, so das Fazit dieser einzigartigen Sammlung, der eine größere Spielfreude zueigen ist, keine, in der mit so anarchischen Zügen experimentiert, und keine, in der mehr gelacht wird.

Mit Texten von Franz Kafka, Christian Morgenstern, Rainer Maria Rilke und vielen anderen.

Das gesamte Programm von Fischer Klassik
finden Sie unter:
www.fischer-klassik.de

Fischer Taschenbuch Verlag

fi 90252 / 1